여우사냥

초판 1쇄 발행 ㅣ 2009년 11월 15일
초판 2쇄 발행 ㅣ 2010년 1월 10일
개정판 1쇄 발행 ㅣ 2016년 8월 1일

지은이 ㅣ 다니엘 최
펴낸이 ㅣ 최대석
펴낸곳 ㅣ 행복우물

편 집 ㅣ 엠피케어(umbobb@daum.net)

등록번호 ㅣ 제307-2007-14호
등록일 ㅣ 2006년 10월 27일

주 소 ㅣ 경기도 가평군 경반안로 115
전 화 ㅣ 031)581-0491
팩 스 ㅣ 031)581-0492
이메일 ㅣ danielcds@naver.com

ISBN 978-89-93525-37-3(03810)
정 가 19,000원

여우사냥

다니엘 최 지음

행복우물

"이 땅에서 살다간 자랑스런 선조들에게."

목 차

제1권 조선의 왕비를 제거하라

제2권 원수 찾아 삼만리

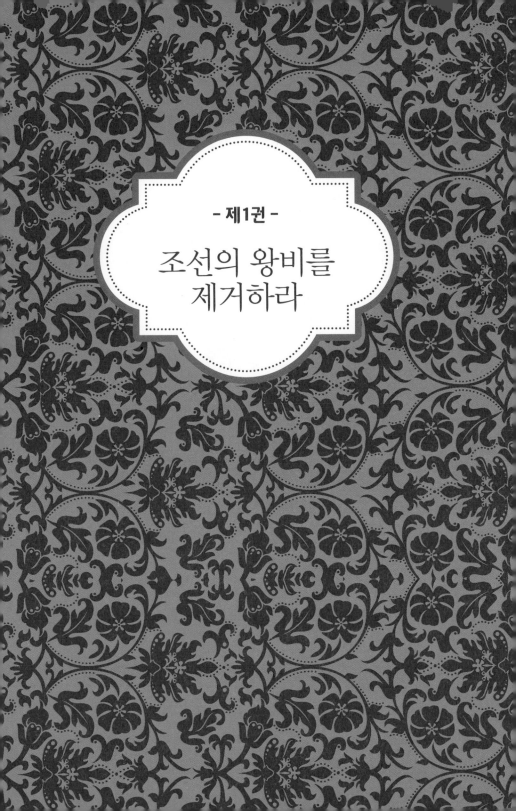

- 제1권 -

조선의 왕비를
제거하라

1. 영국 공사관 습격사건

검은 구름 속에서 타오르던 붉은 해가 서서히 시라네(白根)산을 넘어가고 있었다. 석양의 붉은 빛을 받아 에도만의 태평양도 빨갛게 물들었다. 비가 오려는지 검은 구름도 몰려온다. 검은 구름 사이의 붉은 낙조, 그리고 푸른 바다가 넘실대는 에도만의 일몰 장면은 그야말로 장관, 바로 그것이었다.

언덕의 아래 바닷가까지는 소나무가 빽빽이 들어차 있는 아리모토(有本) 숲이 있고, 그 앞부터는 끝없이 펼쳐진 망망대해, 태평양이다.

숲과 바다가 내려다보이는 언덕위에 새로 지은 이국풍의 건물이 주위를 압도하고 있었다.

빼어난 경관 속에 붉은 색 벽돌로 지은 3층짜리 저택이다. 창가의 테라스는 흰색으로 치장했다. 마치 솥뚜껑을 엎어 놓은 모양을 한 둥 그런 지붕이 독특했다. 바로 2년 전에 지은 주일 영국공사관 건물이다.

아까부터 언덕 위에서 그 건물을 유심히 지켜보고 있던 청년들 중 하나가 입을 열었다.

"자, 오늘의 결의를 맹세해. 오줌을 누자고."

세 명의 청년 중 한 명의 제안에 모두가 허리 아래께를 내리더니 저 멀리 태평양 쪽을 향하여 오줌을 내리갈겼다. 큰일을 앞두고 오줌을 누며 맹세를 다짐하는 일본인들의 습관은 언제부터 생겨났을까? 어떤 사람들은 도요토미 시대부터라고도 하고, 또 다른 사람들은 그보다 훨씬 더 오래된 습관이라고도 한다.

"어때, 순수케? 천하의 절경 아닌가?"

"넷, 과연 천하의 절경입니다. 에도에서도 이만한 경치는 쉽지 않을 것입니다."

"저 아래 있는 공관에서 좌우로 갈라지는 길까지가 520보야. 이 대로의 뒤로 계속 한 시간 정도 가게 되면 메구로(目黑) 강이 나오게 되지. 이제 지형은 충분히 파악됐지? 그러면 본부로 가자."

해가 시라네 산을 넘어가버리자 주위는 곧바로 어둑어둑해지기 시작하였다. 1862년 12월 20일, 훗날의 도쿄는 아직 에도(江戶)라고 불리고 있었다. 검은 구름이 계속 몰려오는 모양이 금세라도 빗방울을 뿌려댈 것만 같았다.

네 개의 촛불이 주위를 환하게 비추고 있는 다다미 열 두 장의 패 큰 방이다. 일곱 명의 젊은이들이 지도를 가운데 두고 빙 둘러 앉아 있었다. 방에는 아무런 장식도 없고 작은 장지문 하나가 있을 뿐이다. 방 한 구석에 세워 놓은 대도 일곱 자루에서 내뿜는 분위기로 방안의 공기는 제법 살벌했다. 번쩍이는 마른번개가 방안을 환하게 비추고는 사라졌다.

"서양 오랑캐들을 이 땅에서 몰아내야 한다는 건 다시 이야기할 필요도 없다. 문제는 어떤 방식으로 그들을 몰아내느냐 하는 방법상의 문제인데, 우선은 무력으로 따끔한 맛을 보여 주어야 한다는 것이 윗분들의 방침이다. 그래서 조금 전에 우리들이 현장을 다시 한 번 확인하고 온 것이다. 먼저 영국 공사관을 불질러서, 우리 일본에도 뜨거운 피가 살아 있음을 보여 주자는 것이다. 왜 하필이면 영국공사관이냐고 아직도 의문을 갖고 있을 조원들이 있을지도 몰라서 다시 한 번 설명을 하겠다. 제군들도 몇 달 전에 있었던 나가무기(生麥) 사건을 다 들어서 알고 있을 것이다. 바로 이번 여름에 사쓰마 번의 아이들이 영국 놈들을 참살한 사건이다."

30대 초반의 날카로운 눈매를 가진 청년이 부하들에게 하는 일장 연설이다. 이들 모두는 검은 옷에 가슴에는 방패 순(楯)자를 새긴 복장을 하고 있었다. 그들은 마치 그 자리에 박아놓은 밀랍인형처럼 조금의 움직임도 없이 대장의 말을 듣고 있을 뿐이었다.

"그건 입장을 바꾸어서 우리들의 번주께서 행차하셨을 경우라도 마찬가지일 것이다. 다이묘께서 행차하시는데 제깟 놈들이 뭔데 감히 말을 탄 채로 구경을 하느냐는 말이다.

그래서 사쓰마 번의 무사들이 그 자리에서 두 놈의 목을 베어버린 것이다. 지금 들리는 소문으로는 영국에서 거기에 대한 대대적인 보복작전을 준비하고 있다고 한다. 그러니까, 사쓰마가 됐건, 조슈가 됐건, 이번 기회에 영국 놈들에게 우리 일본이 그렇게 호락호락하게 당하지 않는다는 사전 경고를 하자는 말이다. 이건 우리 미다테구미(御楯組)의 명예까지도 관계가 되어 있는 일이다."

그는 다시 한 번 부하들을 둘러 본 후 그 중 하나를 지목하며 말했다. 장지문 밖에서 다시 한 번 번개가 번쩍했다.

"이제 작전계획은 다 세워졌다. 너, 미우라!"

"하이!"

힘차게 대답하며 머리를 다다미 바닥에 박은 소년은 이제 겨우 열대여섯 살을 넘겼을까 하는 까까머리였다.

"네가 제일 어리고 씩씩하기 때문에 너에게 가장 중요한 일을 맡기는 거다. 할 수 있겠나?"

"하이!"

"너는 마차를 몰고 언덕 위에서 대기하고 있다가 나와 함께 언덕 밑으로 달려간다. 마차에는 건초더미와 유황이 가득 실려 있다. 그것이 공사관의 담벼락에 부딪치려고 할 찰나에 내 말 위로 옮겨 타는 거다. 말 타기에는 자신 있겠지?"

"네, 그렇습니다. 올 3월에 있었던 청소년승마대회에서 우승했습니다."

"그래, 좋았어. 명심해, 네 역할이 제일 중요하다는 것을. 그리고 다카스키. 너는 부하 여섯 명을 데리고 공사관 밑의 두 갈래 길에서 숨어 있다가 추격해 오는 공사관 경비원들을 막도록 해라. 알겠나?"

"핫! 알겠습니다."

얼굴이 하얀 청년이 양팔을 다다미에 짚으면서 대답했다. 그는 고개를 숙인 자세에서도 연신 기침을 해댔다. 이때 찢어지는 듯한 천둥소리가 들려왔다.

"아까 보아 두었던 길에서 갑자기 심하게 꺾인 골목이 있지? 거기가 매복 장소로는 아주 제격이다. 지금까지 정탐한 바로는 영국에서 직접 와서 경비를 서는 놈들은 모두 열 여덟 명이다. 그것도 3교대니까 분명 여섯명씩이 경비를 할 것이다. 실제 경비는 신센구미 놈들이 맡고 있고, 영국 놈들은 그들을 감독만 할 게 분명하단 말이다. 총을 가진 놈들은 군인들뿐이다.

그러니까 신센구미(新選組) 놈들이 뒤따라 내려와도 우리가 공포를 쏘면 분명 꽁무니가 빠져라 도망할거란 말이다. 총은 갖고 있나?"

"핫! 두 자루를 소지하고 있습니다."

대답을 한 청년은 계속해서 기침을 해댔다. 그런 그가 안쓰러웠는지 대장이 다시 물었다. 아까보다는 훨씬 부드러워진 말투였다.

"다카스키, 약은 계속 먹고 있나?"

"네, 염려하지 않으셔도 됩니다."

이번에는 코 옆에 검은 점이 있는 청년을 지목하며 명령한다.

"다음은 슌수케, 네 차례다. 너는 나와 미우라 둘이서 담장 안에다가 건초더미를 넣고 나면, 그 때를 놓치지 말고 담장 너머로 기름병과 불을 던지는 거다. 마차가 달려 내려오는 소리를 들으면 곧바로 횃불을 준비하도록 하란 말이다. 네가 실수하면 죽도 밥도 안 된다. 그러니까 너는 내일부터 조원들을 데리고 횃불을 붙이는 연습, 기름병을 투척하는 연습을 쉬지 말고 하도록 해라. 담이 높고 게다가 경비병까지 있어서 썩 쉽지 않을 것이다. 내 말 알아들었나?"

"하이!"

순수케라는 청년이 자세를 고쳐 앉으며 씩씩하게 대답했다. 대장의 작전지시가 계속됐다.

"불을 던지고 나면 아래로 도망쳐야 한다. 언덕 밑에서 여기 다카스키 조원 여섯 명이 대기하고 있다가 너희들을 추격하는 놈들이 있으면 막아줄 거다. 그러니까 너희 조원들은 그냥 죽기 살기로 도망만 가란 말이다."

이제는 번개와 천둥이 계속됐다. 천둥소리에 놀랐는지 여기저기서 개들이 요란하게 따라 짖어댔다.

"이게 내가 구상한 작전이다. 제군들, 질문 있으면 지금 하도록!"

"우리 조가 하는 일은 그냥 기다리다가 추격자가 있으면 그 놈들만 막아내면 되는 건가요?"

얼굴이 하얀 다카스키가 물었다. 드디어 빗방울이 요란한 소리를 내며 지붕과 마당에 떨어졌다. 방안의 촛불들이 바람에 일렁거렸다.

"그렇지, 너희 조의 임무는 순스케가 무사히 도망치도록 뒤를 봐주는 거야. 왜? 실망했나?"

"너무 심심할까 봐 하는 말이지요."

"신센구미 놈들이 거기까지 따라올지도 모른다. 만약 그렇게 된다면 모두들 목숨을 걸고 싸워야 한다. 신센구미 놈들은 하나같이 뛰어난 싸움꾼들이니까 너희 여섯 명이서 막아내기는 쉽지 않을 것이다. 그땐 순스케의 조원들도 뒤 돌아와서 여기 다카스키 조와 힘을 합쳐야 한다."

"신센구미 놈들 중에는 경심명지류(鏡心明智流)의 달인도 있다던데…."

다카스키라고 불린 청년이 한 마디 하자, 얼굴에 점이 있는 청년이 역시 겁에 질린 듯한 표정으로 말을 받았다.

"그놈은 거합술(居合術)의 달인이라 걸어가면서 순식간에 두세 명을 벤다던데요."

"괜찮아. 그런 실력을 가진 놈은 조장 나카쿠라 한 놈뿐이다. 나카쿠라는 조원들 전체를 지휘해야 하기 때문에 거기까지 쫓아오진 못할 것이다."

"왜 하필이면 23일인가요?"

이번에는 까까머리가 초롱초롱한 눈을 들고 물었다.

"미우라, 사실 이건 절대 비밀인데…."

대장은 잠시 망설이는 모습이었다. 희고 깨끗한 그의 얼굴에서는 귀공자다운 면모도 엿보였다. 이윽고 그가 결심한 듯 천천히 입을 열었다.

"그래. 여기 있는 우리들 모두는 한 배를 탔으니까, 뭐 사실 숨길 것도 없지. 너희들만 알고 있도록 해라. 그날 밤에 일영친선구락부라는 데서 영국 공사관 놈들을 초대해서 한바탕 잔치를 열기로 했다는 아주 확실한 정보가 있다."

이제 부하들은 충분히 알아들은 얼굴들이었다. 아까 처음 회의를 시작할 때보다는 많이 자신감을 갖게 된 것 같았다. 더 이상 질문도 없는 모양이었다.

"자, 오늘의 모임은 끝났다. 이제 마지막 준비할 수 있는 기간은 딱 닷새 뿐이다. 너희 여섯 명은 그 지형이 익숙해지도록 한 두 차례 더 현장 답사를 하고 요소요소를 잘 살펴라. 그리고 나머지 조원들은 내일부터 나와 함께 마차를 개조하는 작업을 하자."

"핫! 알겠습니다."

"이제 구호를 외친다. 손노조이!"

"손노조이(尊王攘夷)!"

"조슈 번(藩)의 번영을 위하여."

"위하여!"

밖으로 나오자 초저녁부터 간간히 내리던 비는 어느덧 폭풍우가 되어 이들의 얼굴을 사정없이 때리며 지나갔다.

이들이 이런 행동을 하게 된 원인은 어디에 있을까? 그 이야기는 10년 전으로 거슬러 올라간다. 1853년 7월, 에도만 입구에 미국 군함 네 척이 나타났다. 일본 사람들은 이 배를 구로후네(黑船)라고 불렀다. 이 배들은 미국 동인도함대 소속의 페리 제독(Matthew Perry)이 이끄는 함대였다.

미국 함대의 목적은 개항과 통상이었다. 페리 제독은 이미 여러 경로를 통하여, 강경한 방법이 아니고는 일본의 개항을 이끌어 낼 수 없다는 사실을 간파하고 있었다. 그는 정찰 나온 우타가(浦嘉)현의 관리에게 미합중국 필모어 대통령의 친서를 건네어 주었다.

에도 막부에서는 미국의 개항요구서를 받아들고 갑론을박이 벌어졌다. 쇄국을 고집하는 쪽과 개항을 원하는 쪽의 주장이 팽팽히 맞선 것이었다. 차일피일 시간을 끌자 페리제독은 3일간의 시한을 준다는 최후통첩을 하기에 이르렀다. 이 기한까지 쇼군의 회답을 받지 못할 경우, 에도 성을 쑥대밭으로 만들겠다는 으름장을 놓은 것이었다.

일본에서도 미국 측의 요구를 거절할 경우, 자기네들도 청국과 똑같은 전철을 밟게 될 것이라는 사실을 잘 알고 있었다.

청(靑)의 경우는 또 어떠했던가? 청의 황제는 1840년에 영국과 아편수입 문제를 놓고 한 판 대결을 벌였다. 그러나 2년 가까이 걸친 수차례의 전투에서 결국은 영국 함대에 패배하고, 1842년에 굴욕적인 남경조약을 체결할 수밖에 없었다. 대국으로서의 자존심은 땅에 떨어지고 말았다.

청은 남경조약으로 인하여 홍콩을 영국에 할양해야 했으며, 또한 무려 2,100만 달러에 달하는 배상금을 지불하여야만 하였다. 당시 이 금액은 청국의 전 국민이 1년 동안 먹고 살 수 있는 엄청난 액수의 돈이었다.

그러나 청국의 비극은 거기에서 끝나지 않았다. 1844년 7월에는 미국과 망하(望廈)조약을 체결하였다. 그 뒤를 이어 프랑스와 황포(黃浦)조약을, 그리고 3년 후에는 스웨덴, 노르웨이와도 조약을 체결하였다. 중원의 대국인 청국이 서서히 몰락해가고 있는 중이었다.

페리 제독은 약속한 대로 에도만(江戶灣)에 다시 나타났다. 이번 함대는 지난 번보다도 훨씬 규모가 큰 일곱 척이나 되는 대함대였다. 이에 대항할 힘이 없었던 일본은 결국 미일화친조약이라는 불평등 조약을 체결하게 된다.

그러자 일본은 바쿠후(幕府)를 중심으로 한 개국찬성파와, 덴노(天皇)를 중심으로 한 외세배척파로 나뉘어 전국이 내전 일보직전의 상황으로까지 치닫게 되었다.

바쿠후의 최고 권력자인 이이 나오스케 다이로(大老)가 굴욕적인 미일통상수교조약을 체결하고 하코다테, 니이가타 등 5개 항을 개항키로 결정하자, 사쓰마와 조슈의 번주들은 바쿠후로부터 정권을 되찾아 덴노에게 돌려주어야 한다는 왕정복고론을 기치로 내걸고 세력을 결집시키게 된다. 그 배경이 되는 사상이 바로 존왕양이 사상이다.

당시만 해도 일본은 가고시마를 중심으로 한 사쓰마(薩摩) 번과, 시모노세키를 근거지로 한 조슈(長州) 번이 엎치락뒤치락 하면서 권력을 장악하고 있었다.

막부 말기인 이때까지의 일본의 정신 사조는 주자학의 대의명분론에 바탕을 둔 신도(神道)사상이 주류를 이루고 있었다. 그러던 것이 외세의 침입이 잦아지자 황실숭배 사상이 더욱 짙게 깔리게 되었으며, 급기야는 외국세력을 일본 땅에서 몰아내야 한다는 양이(攘夷) 사상으로까지 발전하게 되는 것이다.

더군다나 이들이 몸담고 있는 미다테구미(御楯組)는 이름 그대로 황실(御)의 방패(楯) 역할을 하는 비밀결사조직이었던 것이다.

이것이 바로 일단의 젊은이들이 영국공사관을 방화하기로 한 결정의 배경이 되는 상황이었다. 당시 영국 공사관은 다른 외국공관에 비해 상대적으로 경비가 허술한 편이었으며, 또 거사 후 퇴로를 확보하기가 쉬운 위치에 있기도 했다.

내일은 1862년의 크리스마스이브. 어둠 속에서 크리스마스트리가 반짝반짝 빛을 내기 시작한 저녁 6시가 조금 넘은 시간, 에도 중심에서 약간 떨어진 시나가와 현의 영국 공사관 위 언덕길에서 마차 한 대가 짐을 가득 실은 채로 달려 내려오고 있었다. 마차 위에서는 연신 채찍을 휘둘러 대는데, 그 옆에는 나란히 달려오고 있는 다른 말 한 필도 보였다.

영국 공사관의 북쪽 담에서 초소근무를 하고 있던 신센구미 소속 대원이 이 수상한 마차를 보고 제지하려고 초소 밖으로 나왔다. 그는 마차와의 거리가 불과 50보 정도 되자 그 때서야 이 마차가 공사관 담에 충돌할지도 모르겠다는 생각을 했다. 그가 서둘러 몸을 피하려고 하는 찰라, 쾅! 하는 요란한 소리와 함께 마차가 벽돌담에 부딪치면서 마차 위에 있던 거대한 상자가 공사관 쪽으로 훌쩍 날아갔다.

충돌 직전에 마차 위에 있던 젊은이는 날쌔게 옆의 말로 옮겨 탔다. 두 명을 태운 말은 요란한 말발굽 소리를 내면서 언덕 밑으로 사라져갔다. 마차를 끌고 온 말은 충돌 순간의 충격으로 인하여 그 자리에서 죽고 말았다.

이때 반대편 길에서 검은 옷을 입은 자들이 한 손에는 유리병을, 다른 한 손에는 횃불을 들고 나타나더니 들고 있던 것들을 훌쩍 담장 너머로 집어 던졌다. 픽! 소리를 내면서 불이 붙자마자, 불은 순식간에 공사관 전체로 번져 나갔다.

"불이야, 불이 났다!"

"물을 가져와라. 어서 빨리!"

공사관 안팎에서 고함소리가 들려왔다. 검은 옷을 입은 괴한들은 왼쪽으로 뻗어있는 내리막길로 황급히 사라져갔다. 그들이 30여 보 정도나 뛰어 내려갔을까?

"탕! 탕! 탕~."

고막을 찢는 듯한 총소리가 들려 왔다.

"탕~."

다시 한 발의 총소리가 긴 여운을 남긴 채 울려 퍼졌다.

"억! 순수케 형, 나 맞았어."

밑을 향하여 뛰던 젊은이들 중 하나가 앞으로 고꾸라지면서 내뱉는 말이었다.

"리스케, 정신 차려. 여기서 쓰러지면 안 돼!"

청년을 잡아 일으켜 세우자 입에서 피가 울컥울컥 쏟아져 나왔다.

"저놈들이다. 저놈들을 잡아라!"

고함소리와 함께 검은 옷을 입은 무사들이 칼과 창을 들고 뒤쫓아 내려왔다. 곧 이어서 칼과 창이 마주 부딪치는 소리와 고함소리가 요란하게 들렸다.

"야, 쇼오지! 내가 리스케를 업고 갈 테니까 나 좀 부축해 줘."

순수케는 동생을 들쳐 업고 정신없이 뛰어 내려갔다. 안 돼, 리스케. 우리가 얼마나 고생고생 하면서 미다테구미의 행동대원이 되었는데 여기서 네가 죽다니. 리스케, 정신 차려.

"나 죽나 봐. 형, 나도 무사가 되고 싶었는데 이렇게 죽나 봐. 억울해…."

거의 다 죽어 가는지 목소리가 모기소리만큼이나 작아져 있었다. 리스케의 입과 가슴에서 나오는 피가 등을 타고 줄줄 흘러 내렸다. 그의 등은 동생의 뜨거운 피로 흥건히 젖었다.

쓰까리무라(束荷村)라는 작은 농촌에서 땅 한 뼘도 갖지 못한 농부의 자식으로 태어났다. 어떻게 해서든지 입신을 해 보겠다고 어린 동생과 함께 무작정 고향동네를 도망쳐 나와서 대도시인 하기성(城)

으로 향했다.

우여곡절 끝에 가르쳐주고 먹여주고 재워준다는 쇼카손주쿠(松下村塾)에 들어갔다. 그곳에서 이노우에 가오루나 다카스키 신사쿠와 같은 훌륭한 선배들과 함께 공부를 하며 무술을 닦을 수 있게 된 건 정말 큰 행운이었다.

손주쿠에서 맹자의 사상을 배우고 지리와 산술을 배웠다. 특히 일본의 역사와 존왕 사상을 배울 때만큼은 다른 어떤 시간보다도 가슴이 뜨거웠다. 손주쿠의 100여 명 선후배들과 함께 미다테구미라는 무력단체에 가입하여 죽음을 무릅쓰고 열심히 뛰었다.

순수케는 비록 작은 힘이나마 외세배척과 황실복원사업에 자기도 힘을 보탤 수 있다는 사실에 무한한 자부심을 느꼈다. 큰 스승님이신 요시다 쇼인(吉田松陰)이 자기를 보고 장래에 크게 될 인물이란 칭찬을 해 주셨을 때는 얼마나 감격했는지 모른다.

그래. 나도 크게 될 수 있다. 일개 농사군의 아들로 내 일생을 마칠 수는 없다. 우선 실력을 갈고 닦는 게 급선무이리라. 순수케는 다른 어떤 학생보다도 더 열심히 일했다. 무술 연습도 손에서 피가 나도록 했다. 자급자족 체제인 손주쿠에서는 주로 낮에 일을 하고 밤에 공부했다.

한 삼백 보쯤 정신없이 뛰어온 것 같았다. 자기만큼이나 큰 동생을 등에 업고 뛰어 온 순수케의 온 몸은 땀으로 뒤범벅이 되었다. 그때 뒤에서 따라오던 쇼오지가 소리쳤다.

"순수케 형, 리스케가 죽은 것 같아요."

그 말을 듣고 순수케가 동생을 땅 위에 내려놓았다. 마치 고목나무가 쓰러지듯 리스케는 벌렁 옆으로 나뒹굴었다. 고개도 젖혀졌다. 앞가슴에 큰 구멍이 난 것으로 보아서 총알은 등을 뚫고 앞쪽으로 나온 게 분명했다. 이제는 더 이상 피도 나오지 않았다. 순수케는 동생의 몸 위에 무너져 내렸다.

"안 돼, 리스케. 네가 먼저 가다니. 안 돼. 이제 조금만 더 고생하면 너도 무사가 될 수 있는데, 이렇게 가다니…, 흐흐흑!"

뒤에서 요란한 발자국 소리가 나더니 다른 대원들이 뒤따라 도착했다. 그들은 상황을 알아차리고는 아무 말도 하지 않았다.

죽은 대원은 리스케 한 명 뿐이었다. 두 명의 대원들은 팔과 다리에 가벼운 상처를 입는 경상을 당했다.

영국 공사관 쪽에서도 인명피해는 없는 것 같다고 했다. 화재가 발생했을 때는 공사관 직원들 대다수가 일영친선구락부에서 주최한 크리스마스 만찬에 초대되어 가고, 공사관 내에는 경비병력 약간만이 있었기 때문이었다.

영국에서 파견 나온 해군 장병 여섯 명은 소총을 소지하고 있었다. 리스케는 이들 여섯 명의 병사들이 쏜 총탄에 당한 것이었다.

다음날 아침, 전날의 화재에 대한 자세한 보고를 받은 영국공사 앨코크(Rutherford Alcock)는 이번 사태를 치밀한 계획 하에 저지른 일본 내 극우 세력에 의한 계획범죄로 보고, 막부에 강력한 항의를 하였다.

고금을 막론하고 치외법권 지역에 있는 외국 공관을 방화한 것은 엄청난 사건임에 분명하였으나, 대외개방을 못마땅하게 생각하고 있던 고위층의 적극적인 비호아래 이 일은 흐지부지 끝나 버리고 말았다. 만약에 영국 공사관 측에 인명피해라도 있었더라면 결코 쉽게 끝날 수 없는 국제적인 사건이었다.

아리야마에 있는 조슈 번의 양이운동 조직인 미다테구미의 본부. 밖에서는 허름한 시골집처럼 보였는데, 사립문을 열고 안으로 들어가니 손가락만한 대나무들이 빽빽하게 들어차 있고, 그 사이로 아늑한 오솔길이 나 있었다. 중간 중간에 놓여있는 자연석들도 대나무 숲과 조화를 이루고 있었다. 제법 격식을 갖춘 정원이었다. 오솔길 중간 중간에는 등도 여러 개가 걸려 있었다.

안채 깊숙한 곳에 미다테구미의 두령인 수후 마사노스케(周布政之助)가 이노우에 가오루와 마주 앉아서 조용히 이야기를 나누고 있었다. 마사노스케는 조슈 번 내에서 12,000석을 받고 있는 중신으로, 번의 무력결사조직인 미다테구미의 책임자였다. 행동대장인 이노우에의 녹봉은 겨우 150석이었다. 이노우에는 조직에 들어온 지 5년밖에 안 되지만 그 두뇌의 영특함과 대담무쌍한 성격으로 인하여 벌써부터 번의 수뇌부들로부터 주목을 받고 있었다.

"그래, 한 아이가 죽었다고?"

"네, 순수케의 동생인 리스케란 열아홉 살 먹은 아이입니다."

"음, 작전을 하다보면 인명의 피해는 있게 마련이지. 안 됐군."

"네, 순수케가 아주 슬퍼한답니다."

"그건 그렇고, 뭐니 뭐니 해도 이번 작전에선 그 언덕까지 마차를 끌고 올라가는 게 제일 어려웠을 것 같군,"

"네, 그렇습니다. 말 한 필의 힘으로 끌 수 있는 무게가 아니었죠.

아이들 네 명이 달라붙어서 뒤에서 밀면서 겨우 올라갔지요. 혹시라도 다른 공사관 쪽에서 눈치를 채면 어떡하나 하고 가슴이 조마조마했다니까요. 통행인들이 많지 않았던 게 다행이었습니다."

손가락으로 탁상 위에 놓인 지도를 손으로 짚어가면서 당시 상황을 설명하고 있는 이노우에는 상기된 표정이었다.

"정말 기가 막힌 작전이었어. 크리스마스에 불세례라. 이번 화재로 영국 놈들의 간이 콩알만큼이나 작아졌을 거야. 안 그런가, 이노우에? 역시 자넨 천재야. 하하하!"

마사노스케는 조슈 빈의 사설 교육기관인 쇼카손주쿠의 학장도 겸하고 있었다.

"그러니까 이번 일에 순수케, 다카스키, 그리고 미우라가 제일 공이 많았다는 이야기인가?"

비록 50대라고는 하지만 딱 벌어진 어깨와 이글이글 타오르는 눈매에서는 위압감이 넘쳐흘렀다. 과연 100여 명이나 되는 무력조직인 미다테구미를 이끌만한 풍채였다.

"네, 그렇습니다. 젊은 아이들이 전혀 무서운 것을 모른다니까요. 정말로 물불을 가리지 않았습니다."

"그러면 어떤 포상을 할까?"

조금 열어놓은 장지문 사이로 불어오는 바람에 촛불이 흔들리고 있었다.

"미우라 고로를 정식 조원으로 승격시켜 주십시오. 그리고 순수케는 동생도 죽고 했으니, 이번 기회에 이름을 내려 주시도록 하면 아마 녀석도 기뻐할 것입니다."

"이름을 지어준단 말이지. 흠…, 그래, 이름이라면 우리들의 스승이셨던 요시다 쇼인님께서 옛날에 지어 놓으신 이름이 있었지. 쇼인님께서도 순수케가 아주 크게 될 인물로 진작부터 점찍어 놓고 계셨던 거야. 아깝게도 3년 전에 세상을 뜨시긴 했지만 말이야."

"그 이름이 무엇인지요?"

"이토야. 이토 히로부미(伊藤博文). 이번 기회에 아예 무사칭호까지도 주지 뭐. 하급무사 이토 히로부미, 어때? 녀석이 흡족해 할까?"

"흡족해하다 뿐이겠습니까? 실은 이름만을 바랐는데 무사 칭호까지도 주시다니. 감사합니다. 마사노스케님."

"뭘, 자네가 이번 일에 제일 공이 컸지. 내가 번주님께 말씀드려서 이번 기회에 자네의 녹봉도 올려 주도록 함세. 한 300석 정도로 말이지."

이노우에 가오루의 입이 대문짝만하게 벌어졌다.

"그게 다가 아닐세, 이노우에. 자네들 말이야. 영국 구경해 볼 생각 없나?"

마사노스케가 흰 머리카락을 쓸어넘기면서 이노우에를 넌지시 바라보았다.

"네?"

이노우에는 자신을 믿지 못하겠다는 표정으로 마사노스케를 쳐다보았다. 오늘따라 마사노스케의 검정색 비단 하오리와 진한 푸른색의 하카마가 유달리 멋져 보였다. 하카마의 오른쪽 가슴께에 마다테구미를 상징하는 방패 순(楯)자를 보며 이노우에는 생각했다. 목숨을 던져서라도 왕을 보호해야 한다. 그것이 미다테구미의 존재 이유다. 하카마 안에는 붉은 갑옷을 입고 계시리라.

교토의 바쿠후에서는 그들의 수하조직인 신센구미를 동원하여 항상 조슈 번의 실력자들을 노려왔다. 그 중에서도 무장조직인 미다테구미를 이끌고 있는 마사노스케는 놈들의 저격 대상 제1호였다. 그래서 그는 잠을 잘 때조차도 갑옷을 입고 잔다고 했다.

잠시 허공을 바라보던 마사노스케가 천천히 입을 열었다.

"우리 조슈번에서 내년 초에 영국으로 유학을 보내기로 결정했어. 외국을 우리가 무턱대고 배척할 수만은 없는 일이고, 또 우리들의 스승이셨던 요시다 쇼인님께서도 외국문물을 하루 빨리 배워 오는 것이 결국은 황실을 떠받드는 것이라고 가르쳐 오셨거든. 청나라처럼 망하지 않고 나라가 계속 유지되려면 결국은 서양의 앞선 문물을 배워야 한단 말씀이지. 그래서 내년에 우리 조슈 번의 가장 훌륭한 젊은이들 다섯 명을 선발해서 영국 유학을 보내려고 하네. 그 다섯 명이라는 게 결국은 우리 미다테구미의 열혈대원들 중에서 뽑힐 가능성이 아주 많지만 말이야."

"언제쯤이나 떠나게 되나요?"

이노우에가 구미가 당기는 듯이 눈을 반짝이면서 물었다.

"아마도 4월이나 5월쯤 되지 않을까 싶네."

마사노스케는 탁자 위에 놓인 차를 천천히 들어 마셨다. 차는 이미 차갑게 식어 있었다.

"내가 다섯 명을 다 추천할 수는 없어. 그렇지만 세 명 정도는 가능할 거야. 우선 자네와 다카스키 신사쿠, 그리고 슌스케 놈, 아니지, 이토 히로부미지, 하하하!"

그는 번 내에서의 자기의 위치를 과시하듯 호쾌하게 웃어 제꼈다.

"마사노스케님, 미우라 고로는 어떻게 안 될까요?"

"아, 그 아이는 이제 겨우 열다섯이라고 하지 않았던가? 너무 어려. 아직 외국의 문물을 배워 오기는."

마사노스케는 턱수염을 한 번 쓰다듬고는 다시 말을 이어갔다.

"이번에 자네들이 선발된다면 아마도 우리 일본에서 최초로 떠나는 시찰단이 될 걸세. 역사상 처음으로 서양의 문물을 배워오는 사람들이란 말이지. 선각자, 자네 그 말뜻을 알지?"

"마사노스케님, 감사합니다. 충성을 다하겠습니다!"

이노우에는 앉은 채로 약간 뒤로 물러나서 이마를 다다미에 대고 세 번 절을 했다.

1863년 5월 12일, 요코하마 항구에서 막 출항을 하려고 하는 거대한 기선이 있었다. 영국 상선 퀸엘리자베스 3호였다. 갑판 위에 선 이토 히로부미는 눈을 들어 후지 산을 바라보았다. 후지 산 꼭대기에 아직도 남아있는 흰 눈이 태양에 반사되어 눈부셨다.

5월의 시원한 바닷바람이 그의 볼을 가볍게 스치고 지나갔다.

정말 가난한 농촌에서 태어났다. 이름도 없었다. 그러던 중 무작정 상경해서 쇼카손주쿠에 들어가는 행운을 잡았다. 그곳에서 공자, 맹자를 배웠고 수리와 지리, 역사도 배웠다. 또 열혈대원들만이 들어갈 수 있는 무력집단인 미다테구미의 대원이 되는 행운도 따랐다.

거기서도 열심히 노력하고 충성을 다한 결과, 꿈에도 그리던 무사계급에 진입하고, 이토 히로부미라는 이름도 받았다.

두 달 전에는 미다테구미의 동료로부터 여동생을 소개받아 이제는 어엿한 가정도 꾸렸다. 아내 스미코(嶝子)를 생각하면 지금도 가슴이 고동친다. 그리고 지금은 아무도 가보지 못한 영국 유학길에 오른다.

아, 정말 내게는 행운이 끝없이 이어지는구나. 도요토미 히데요시(豊臣秀吉)가 한 시대를 풍미한 인물이라면, 나 이토 히로부미도 또 다른 한 시대를 주름잡으리라. 조선뿐만이 아니라 중국까지도 우리 일본의 속국이 되도록 만들어야지. 이토 히로부미는 가슴 깊이 숨을 들이 마셨다.

닷새가 지나서 배는 상해에 도착했다. 중국이라는 나라에 왜 이다지도 서양의 배들이 즐비한가? 큰 배들은 모두 외국의 깃발을 달고 있었다. 중국의 배라고는 조그마한 고기잡이배들 뿐이었다. 서양의 배는 굴뚝 하나만해도 일본의 웬만한 집보다도 더 큰 것 같았다. 그 큰 굴뚝에서 검은 연기가 솟구쳐 오를 때마다 터져 나오는 뱃고동소리는 이들 일행을 깜짝깜짝 놀라게 하고도 남았다.

어떤 배는 산더미처럼 쌓여있는 짐을 배 안으로 꾸역꾸역 집어넣고 있었다. 또 다른 배는 갑판 위에 사람 몸통은 들어감직한 대포 구멍을 양 옆으로 향하고 정박해 있었다. 그런 대포가 군함에 따라서 적게는 대여섯 개, 많게는 열 개도 넘게 갑판 위에 설치되어 있었다. 저런 군함을 가지고 공격해대는데 어찌 창과 칼로 당할까….

"이토. 내가 오랫동안 생각해 왔던 건데…, 사실 애초부터 서양 오랑캐들을 물리친다는 건 가능한 일이 아니었어."

30대 초반의 이노우에가 팔짱을 낀 채로 혼잣말처럼 중얼거렸다.

그런 이노우에를 이토가 의아한 눈초리로 쳐다보았다.

"아니, 이노우에님. 갑자기 무슨 말씀입니까? 이제 일본을 떠난 지 겨우 닷새밖에 지나지 않았는데 벌써부터 초심을 뒤짚다니 이게 될 법이나 한 말씀입니까?"

머리 위에서는 갈매기들이 요란하게 울며 날아다녔다. 이제 그들의 배는 영국을 향해 출발하는 것이었다.

"아니야, 사실 나는 그동안 미다테구미의 골수분자처럼 행동했지만 내 마음 속엔 계속 그런 의문이 있었어. 이번 기회에 영국에 가서 직접 보고 느끼면 과연 내 생각이 맞았다는 게 확인되겠지만 말이야. 자네도 보게나. 우리들에게 지금 저런 배가 있나? 우리가 타고 가는 이 배도 영국의 배가 아닌가 말이야. 우리가 무슨 수로 저렇게 쇠로 된 배를 만들 수가 있겠나? 어서 빨리 저들의 발달한 문명과 기술을 배워야만 해. 그게 결국은 존왕(尊王)이고 양이(攘夷)야. 국력이 없는데 아무리 황실을 떠받든다고 떠들면 무엇하고, 외국세력을 물리치자고 하면 무엇 하겠는가. 어때? 내 말이 틀렸나?"

이토는 아무 말도 하지 않고 바다만 바라보고 있었다. 지금 이토의 심정은 사람이 어찌 이렇게도 경박한가 하는 의구심으로 가득 차 있을 뿐이었다. 그러나 이러한 이토 히로부미의 생각도 불과 몇 달 후에는 송두리째 바뀌게 된다.

이들 일행은 무려 4개월이 지난 9월이 돼서야 런던에 도착하였다. 영국 화물선을 타고 오다보니 이곳저곳에 들러서 화물을 싣고 내리고, 또 중간에 배를 수리하느라고 일정이 지체된 때문이었다.

이들이 제일 먼저 시작한 일은 영어공부였다. 외국 문물을 살피려

해도 말이 통하지 않으니 답답할 뿐이었다. 그런 중에도 이들 일행은 이곳저곳을 둘러보았다.

특히 이토는 런던의 밤거리에 여자들이 활보하고 있는 광경을 눈여겨보았다. 안전하게 밤늦게까지도 나다닐 수 있다는 것은 그만큼 치안이 확실한 기능을 하고 있다는 증거였다. 이노우에는 해군의 군함과 조선소를 중점적으로 살펴보았다. 다카스키 신사쿠는 육군의 군비체제를 연구한다며 이곳저곳을 돌아다녔다.

원래의 일정은 일 년 정도 머물다 올 예정이었는데, 이들이 8개월 정도 머물고 있을 때 돌연 조슈 번에서 큰 사건이 발생하였다.

천황의 힘을 등에 업고 의기양양해진 조슈 번은 덴노를 움직여 지금까지 쇼군이 외국과 체결했던 모든 조약을 폐기하도록 압력을 행사하였다. 때마침 조선에서는 대원군이 집권하여 나라의 문빗장을 더욱 꼭 걸어 잠갔다. 그런 상황도 이들에게는 큰 힘이 되었다.

쇼군이 반항하지 못하고 순순히 따를 움직임을 보이자 더욱 기고만장한 조슈 번에서는, 때마침 시모노세키 해협을 통과하고 있던 미국 상선에 포격을 가했다. 이 일로 미국, 영국, 네델란드, 프랑스 등 4개국은 연합함대를 구성하여 일본을 응징하기로 결정하였다.

이들 이노우에 일행은 지금 상황에서 일본이 외국과 대결하면 결과는 보나마나한 것이라 판단하고 급히 귀국길에 올랐다. 어떻게든 외국과의 전쟁만큼은 막아보고자 했던 것이었다. 런던을 떠나기 전, 이들은 8개월간 체류하면서 알게 된 인맥을 통하여 당시 일본주재 영국 공사였던 알코크를 면담할 수 있는 소개장을 받아 두었다.

불과 일년 반 전에 공사관을 습격하여 불을 지른 청년들이, 이번에는 태연하게 영국 공사를 면담한 것이었다. 면담 자리에서 이들은 자기들에게 며칠의 여유만 주면 책임지고 번을 설득해 보겠노라고 제안했다. 사과와 함께 배상금도 지불하도록 해보겠다고 하여 마침내 알코크 공사의 허락을 받아냈다. 그러나 설득작업은 실패로 돌아갔다. 이들의 노력에도 불구하고 강경파들의 고집을 꺾을 수는 없었던 것이다.

1864년 9월이 되자 4개국 연합함대는 5천의 병력과 15척의 대함대로 이들의 본거지인 시모노세키 항을 쑥대밭으로 만들어 버렸다.

조슈 번으로 대표되던 일본은 결국 외국 세력에 항복을 하고, 그들이 요구하는 대로 문호를 개방할 수밖에 없었다. 이때에 강화사절로 나갔던 사람들이 바로 이들 조슈 번의 유학파인 이노우에 가오루, 다카스키 신사쿠, 그리고 이토 히로부미였다.

아깝게도 다카스키 신사쿠는 젊은 나이에 요절을 하고 말았다. 그러나 이노우에 가오루(井上馨), 이토 히로부미(伊藤博文) 그리고 마우라 고로(三浦梧樓), 이들 미다테구미의 3인방은 그로부터 30년 후에는 주범(主犯)으로, 공범(共犯)으로, 그리고 종범(從犯)으로 세계 역사상 그 유례가 없는 인접국의 국모살해라는 엄청난 범죄를 저지르게 되는 것이다.

2. 왕손의 씨를 말려라

"서른 아홉이요."

"아악! 살려주오."

"마흔이요."

쉰셋까지를 헤아리자 죄인의 입에서는 더 이상 비명소리도 들리지 않았다. 여기는 경복궁의 동쪽에 위치한 의금부의 동면감옥. 갇혀있는 죄인 40여 명은 모두가 역모와 관련된 자들이었다.

"에이, 매를 그만 두어라. 저놈이 방분(放糞)을 한 모양이로군."

똥 냄새가 추국청 안을 뒤덮고 곤장을 치던 형리들이 코를 틀어막자 집장사령이 고개를 돌리며 하는 말이었다.

다음 날, 다시 추국이 시작되었다.

"무엇들 하느냐? 저놈의 주리를 틀지 않고!"

벽력같이 지르는 집장사령의 고함소리에 형리들이 달려들어 긴 장대를 죄인의 양다리에 어긋나게 끼워 넣더니 묶여있는 발목 사이에 넣고 장대를 힘껏 뒤틀었다. 죄인은 추국청이 떠나가라고 비명을 지르고 이어서 으드득! 뼈가 부러지는 소리가 났다.

옆에서 함께 추국을 받고 있던 죄인은 이미 산송장이 다 되어 버렸다. 머리는 봉두난발이요, 군데군데 드러난 어깨며 정강이에는 검붉은 피딱지가 여기저기 말라붙어 있었다.

벌건 대낮인 중화참부터 시작된 추국은 사방이 어둑어둑해져서 관솔불이 활활 타오를 때까지도 계속됐다. 관솔불에서 나오는 연기와 그을음, 죄인들에게서 나는 피고름냄새와 땀 냄새, 의금부 추국청 안은 그야말로 생지옥, 바로 그것이었다.

"네, 이놈, 아직도 이실직고(以實直告)하지 못하겠느냐?"

"난 모르오, 난 모르는 일이오."

"네놈들이 역모를 모의한 증좌가 이렇게 있는데도 시치미를 뗄 작정이냐?"

집장사령이 손에 들은 종이뭉치를 흔들어 죄인의 코앞에 내보이면서 윽박질렀다.

"난 모르오. 모른다 하지 않았소."

죄인의 목소리는 겨우 모기소리만큼이나 작아져 있었다. 아마도 마지막 혼신의 힘을 다하는 모양이었다.

"어허, 이놈이 참으로 지독한 놈이로구나. 아직도 정신을 못 차리다니. 여봐라, 이놈을 매우 쳐라."

다 죽어가는 송장을 형리 두 명이서 참나무 몽둥이로 대여섯 차례 타작하자 죄인은 고개를 푹 꺾고 옆으로 늘어져 버렸다.

"사령, 혼절했습니다요."

"물을 끼얹고 어서 빨리 인두를 가지고 오너라."

집장사령의 지시에 형리(刑吏) 하나가 물을 바가지에 담아서 죄인의 얼굴에 쏟아 부었다. 또 다른 형리 하나는 옆의 화로에서 시뻘건 인두를 뽑아 들었다.

번쩍하고 푸른빛이 추국청 안을 훑고 지나갔다. 곧 이어 천지를 뒤흔드는 천둥소리가 들려왔다. 굵은 빗방울 소리가 요란하게 지붕과 마당을 때리기 시작했다.

형리로부터 인두를 직접 받아든 집장사령이 그것을 자기 얼굴 가까이에 대어 본 후, 곧바로 죄인의 머리카락을 움켜쥐고는 그의 옆구리에다 갖다 들이댔다.

"치~익!"

살이 타는 노린내가 순식간에 좁은 추국청 안을 가득 메우자 형리들도 코를 틀어막고 몇 발짝 뒤로 물러섰다.

"아~악! 살려주오. 살려주오. 다 말하겠소. 살려주오."

"그래, 이놈아. 네가 살 길은 바른 대로 고하는 길 뿐이다. 어서 자백하거라."

집장사령은 인두를 형리에게 넘겨주고 자리로 돌아가 좌정하고 죄인의 대답이 나오기를 기다렸다.

"지난 칠월 열이틀에, 동작나루 앞 한강에서 역모를 꾀했소."

"누구누구냐?"

"도정궁 이하전 대감과 나 이긍선, 그리고 옆에 있는 김순성이오."

"어떤 내용이더냐?"

"우리들이 궁궐 내에서 금위군 패장…, 아까 누구라고 하시었소?"

"이놈아 내가 언제 무슨 말을 했더냐? 네놈이 금위군 패장 이호정과 내통하였다고 하지 않았느냐?"

"그렇소. 이호정과 내통하여 상감을 시해하고…."

잠시 말이 막히자 집장사령의 맞은편에서 팔짱을 끼고 추국 광경을 지켜보고 있던 사헌부의 장령이 그에게 다가오더니 귀에다 대고 속삭였다.

역모를 다스릴 때는 의금부, 사헌부, 그리고 사간원이 합좌하여 다스리도록 되어 있었다. 편파적인 수사나 고문을 없애기 위함이었다. 사헌부의 장령은 일종의 참관인인 셈이다. 그러나 지금은 의금부건 사헌부건 사간원이건 모두 서인 일색이었으니, 언제나 한 통속이 될 수밖에 없었다.

"남한산성에 있는 총융청 군사들을 끌고 와서 궁궐을 점령하고, 도정궁 이하전 대감을 새로운 임금으로 모시기로…."

말을 마친 후 힘에 겨운지 가쁜 숨을 토해냈다.

바로 그때, 옆에서 함께 고문을 받던 자가 깨어난 듯 큰 소리로 고개를 절레절레 흔들며 발악을 했다.

"이보게 긍선, 어찌 그런 허위 자백을 하는가? 그런 자백을 하건 안 하건 우리는 모두 죽는 목숨일세. 어차피 한번 죽는 것…"

"픽!"

말을 하는 사이에 형리가 옆에 놓여있던 팔뚝 굵기 만한 참나무 몽둥이를 들어서 그의 어깨를 내리쳤다. 어깨뼈가 내리 앉았는지 죄인은 비명조차 지르지 못하고 옆으로 픽 쓰러졌다.

그는 가물가물해가는 정신 속에서도 지난 닷새 전의 동작나루 뱃놀이가 떠올랐다. 아, 내가 왜 도정궁과 그 자리에 함께 있었던가. 이게 다 운명인가? 도정궁이나 나나 성격이 호탕하고 술을 좋아하는 것밖에는 없는데, 난 이제 이렇게 죽어가면 그만이지만 집에 계시는 노모는 누가 돌본단 말인가?

공초 기록관 이문영은 하품을 하며 벼루에 먹을 갈았다. 그도 이런 일에 이골이 나다보니 이제는 고문하는 광경을 즐길 줄도 알게 되었다.

문: 왜 임금을 시해하기로 하였는가?
답: 현 임금은 너무나 무능하다.
문: 누구를 왕으로 추대하기로 하였는가?
답: 도정궁을 새로운 왕으로 모시기로 했다.
문: 역모를 하기로 결의한 자들의 이름을 다 기억해 낼 수 있는가?
답: 동부승지 김탁현, 광주유수 이설기, 사간원 교리 김말생, 나 이승선, 그리고 옆에 있는 김순성….

의자를 놓고 지켜보고 있던 의금부판사 정1품 당상관 김중길이 부채를 흔들어 대더니 가래를 퉤! 하고 뱉으면서 공초 기록관에게 물었다.

"얼마나 정리가 되었느냐?"

"네, 모두 두루마리 두 개 분량이옵니다."

"됐다. 그만하면. 내일 날이 밝는 대로 영상께 보고하자."

다음날은 언제 비가 왔느냐는 듯 화창하게 개어 있었다. 온갖 기화요초가 만발한 궁궐, 왕의 침전인 강녕전 주변에는 새소리들이 요란하다. 임금은 몸이 불편하다는 핑계로 요즘 주로 정사를 침전에서 보고 있었다.

"전하, 역모를 꾀한 자들이 있어, 요 며칠 사이에 일망타진하였사옵니다. 여기 죄인들이 자백한 공초를 가져 왔사옵니다."

"또 역모요? 이번엔 누구요?"

"네, 마마. 도정궁 이하전과 그 일당들이옵니다."

"이하전은 나와 가까운 일가가 아니오?"

환관이 받아 넘기는 서류를 보지도 않은 채로 임금이 고개를 들며 물어 보는 말이었다.

지금 앞에 있는 임금은 다름 아닌 강화도령 철종이었다.

전왕 헌종이 후사 없이 갑자기 승하하자 당시 실권을 쥐고 있던 안동 김문에서는 부랴부랴 후사를 물색하기 시작했다. 이런 저런 역모사건으로 왕손의 씨를 말렸던 터라, 선왕과 6촌 이내의 마땅한 후계자가 있을 수 없었다.

그 중에서 가장 적합한 인물이 도정궁 이하전이었다. 선조의 아버지 덕흥대원군의 직계 후손인 사람이다. 그를 적극적으로 신왕후보로 추천한 사람은 헌종의 생모인 대비 조씨였다.

그러나 당시 실권을 쥐고 있던 안동 김문에서는 도정궁을 거절했다. 도정궁이 이미 혼인을 한 사람이라는 게 그 표면적 이유였지만, 실상인즉, 그가 너무 똑똑한데다가 배포 또한 센 사람이었기 때문이었다.

비록 헌종의 생모이기는 했지만 당시 조대비에게는 실권이 없었다. 그녀의 시어머니 김씨가 대왕대비로서 왕실의 최고 어른인 때문이었다. 그 김씨는 다름 아닌 순원왕후로 안동김문의 영안부원군 김조순의 딸이다. 순원왕후 김씨는 그 후 아버지 김조순과 오라비 김좌근으로 이어지는 안동 김문의 집권에 지대한 공헌을 하게 된다.

기회를 놓칠세라 안동 김문에서는 조대비 측이 미처 손을 쓰기 전에 재빨리 원상(院相)에 같은 서인 편인 권돈인을 지명하고, 사도세자의 증손자인 강화도령 원범을 지목하여 왕위를 잇게 했다. 자연스레 종묘를 이어가지 못하고 후사가 끊겼을 때 왕실에서 임금을 추대하는 방식, 이른 바 택군(擇君)인 것이다. 그러나 승하한 헌종의 7촌 아저씨뻘이 되는 강화도령 이원범은 왕이 되기에는 여러 모로 부적합한 인물이었다.

원범의 아버지 진계군은 정조대왕의 아우인 은언군의 손자로 슬하에는 3형제가 있었다. 큰아들 원경은 민진용의 모반 사건으로 목숨을 잃었다. 졸지에 아들을 잃고 정신이 번쩍 난 아버지는 두 아들을 데리고 한양을 빠져 나와서 강화도의 산속으로 숨어들었다. 한양에서 어물대다가는 모두가 비참한 죽음을 면키 어렵다는 판단에서였다.

왕손으로 글을 아는 것은 곧 죽음에 이르는 지름길이라는 사실을 깨달은 진계군은, 두 아들에게 글도 가르치지 않고 섬에서 나무나 해다 장에 팔아가며 겨우겨우 살아가고 있었다. 그러나 죽음의 마수는 섬에서 조용히 살고 있는 이들 불쌍한 왕손조차도 그냥 내버려두지 않았다.

안동 김문과 당시 집권 세력인 서인 측에서는 진계군과 그의 처, 그리고 둘째 아들 이렇게 세 명을 서학을 하며 천주를 믿는다는 구실로 모두 처형해 버린 것이었다.

오직 왕손의 피를 타고 태어났다는 이유만으로 부모와 두 형을 모두 잃고 천애 고아가 되어 버린 원범이었다. 그래도 그의 강화도 생활은 행복했다. 나무해서 장에다 내다 팔고 곡식과 맞바꾸어서 먹고 살고… 부족한 게 없었다.

그러한 그에게도 불행의 그림자가 서서히 다가오고 있었으니 바로 1850년 6월 초낮새, 영의성 성원용이 이끄는 제왕봉영 행렬이 깃발을 앞세우고 강화도로 들이닥친 것이었다.

안동 김씨 일문에서는 강화도령을 찾아내고 그야말로 쾌재를 불렀다. 아무리 따져 봐도 원범이 만한 임금재목이 없었다. 승하한 임금의 6촌 이내에 들지 못하고 7촌이 된들 어떠하랴.

그깟 왕위계승 절차는 그들에게 있어서 큰 문제가 아니었다. 그들의 관심사는 오직 하나, 호락호락한 임금감이면 되는 것이었다.

글도 모르고 지금껏 산속에서만 틀어박혀 있었으니 오히려 금상첨화 아닌가. 일단 왕으로 삼아서 자기네 집안의 여식과 혼사만 치르고 나면 만사형통이리라. 그냥 허수아비에 불과한 왕을 뒤에서 조종하여 모든 국정을 좌지우지하는 것은 식은 죽 먹기보다도 더 쉬울 것 아닌가.

그리하여 그들은 서둘러 김문근의 딸을 왕비에 책봉하여 중전의 자리에 앉히고 조정을 쥐락펴락하면서 안동 김씨 세도정권의 절정기를 맞이하게 되는 것이다.

"이제 몇 안 남은 친척인데…."

왕은 선뜻 내켜하지 않는 자세였다. 그러나 어이하랴. 당신이 할 수 있는 일은 아무 것도 없으니. 곧이어 김좌근의 입에서 비책이 일사천리로 튀어 나왔다.

"전하, 역모는 일벌백계(一罰百戒)로 다스리는 것이 조정의 법칙이옵니다. 삼족을 멸하는 것이 원칙이오나 전하의 가까운 종친이오니…."

잠시 말을 끊은 김좌근은 좌우에 시립해 있는 내시와 궁녀들을 힐끗 살펴 본 뒤에 다시 담담한 목소리로 다음 조처들을 내놓는다. 김좌근의 옆으로는 함께 입궐한 세도 좌찬성 김병기와 금호군 대장 김병문이 부복해 있었다.

"특별히 성은을 베풀어 사약만을 내리시고 삼족을 멸하는 벌은 면하여 주시오면, 저도 상감마마의 성은에 감읍해 마지않을 것이옵니다."

하얀 용안에 핏기라고는 전혀 찾아볼 수없는 임금이 근정전의 처마를 넋 놓고 바라보고 있었다.

한양에서 사람들이 왔다는 소식을 들은 원범은 자기를 잡으러 온 사람들인 줄로 알고 산 속 깊은 곳으로 도망쳐서 사흘간이나 있었다. 그때 잡히지 말았어야 하는 건데. 봄에는 나물먹고 여름에는 미역 감고 얼마나 좋았던가. 그 때 내 나이 열아홉, 가을에는 말순이 아버지가 나와 말순이 살림차려 주시겠다고 했는데. 생전에 부친께서 참으로 사람의 운명이란 마음먹은 대로 되지 않는다고 하시더니 그런 모양이로군.

좌찬성 김병기는 힐긋 용안을 훔쳐보았다. 요즘 아무래도 넋이 나가신 모양이네. 잠시만 틈을 주면 저렇게 먼산만 바라보고 있으니. 상감께서 아무래도 수(壽)를 다하지 못하시려나?

"전하, 역모이옵니다. 촌각을 다투어야 하오니 어서 빨리 공초를 읽어 보시고 윤허하여 주시옵소서."

세도 김병기가 고개를 들고 임금에게 올리는 말이었다. 임금으로부터 가장 빨리 승낙을 받는 방법을 내가 알고 있지. 장계나 공초를 디밀고서 읽어 보시라고 윽박지르는 것이라네. 그러면 꼼짝없이 재가하시도록 되어있지. 글을 읽을 줄 모르시니까, 호호호. 김병기가 속으로 웃고 있을 때 철종의 힘없는 옥음이 들려왔다.

"그렇게 하시구려."

고개를 돌려서 한숨을 토해내는 모양이 앉아 있기조차도 힘에 겨운 모양이었다.

김병기가 회심의 미소를 지으며 작은 아버지이자 영의정인 김좌근을 곁눈질해 보았다. 어떻습니까? 제가 상감을 윽박지르는 데는 일가견이 있지요? 김좌근이 천천히 몸을 일으켰다.

무슨 낙이 있겠는가? 강화섬에서 나무하며 새들을 벗삼아 유유작작하게 지내던 시골 청년이다. 그런 그를 어느 날 갑자기 왕이라고 해서 한양으로 끌고 왔다. 구중궁궐 속에 가두어 놓더니 중전이다, 귀빈이다, 숙의다, 상궁이다, 무수리다 하며 밀어 넣는다. 단 하루도 여인네를 가까이 하지 않는 날이 없으니 제아무리 천하장사라도 배겨날 수가 없다.

궐에 들어온 지 어느 덧 10년, 임금은 벌써 하초가 부실해져서 거동조차도 제대로 하지 못하는 지경이 되고 말았다.

철종도 처음에는 이렇게 무기력한 왕이 아니었다. 원래가 강화도에서 농투성이로 지내던 몸인지라 백성들의 아픔을 누구보다도 잘 이해하고 있었다. 그래서 즉위 3년이 지난 1853년 봄에는 관서지방에 기근이 일어나자 선혜청의 쌀 5만 섬과 사역원 삼포세 6만 냥을 민간에 대여해 주도록 하였다. 탐관오리들도 징벌하였다. 함흥의 화재민에게도 3천 냥을 지급하였다. 그해 7월에 영남의 수해지역에는 내탕금 5천 냥과 포목 2천 근을 내려 보내주기도 하였다.

그러나 삼정(三政)의 문란으로 일컬어지는 전정(田政), 군정(軍政), 환곡(還穀)의 근본 문제가 세도정치에 있음을 알면서도 그것을 뿌리뽑을 수 있는 힘이 자신에게는 없었다. 그러면서 차츰 포기하는 심정이 되었고, 그 틈을 타서 안동 김문에서는 계속 술과 궁녀들을 밀어 넣어 주색에 빠지게끔 만들어 버렸던 것이다.

그래도 작년까지만 해도 경평군 이세보가 있어서 친구처럼 지내며 이런 저런 이야기도 나누고 궁궐 생활이 한결 좋았다. 임금은 한 살 아래인 그가 친동기간처럼 여겨졌다. 그래서 그에게 경평군이라는 군호를 주었다. 그를 정1품 현록대부에 승차시키고 임금의 수라상을 돌보는 직책을 맡겼다.

철종은 몇 년 전, 그가 청나라에 동지사로 다녀왔다면서 그곳 사정을 재미있게 이야기해주던 때를 떠올렸다.

"건물들이 모두 웅장하더이다."

"얼마나 크오?"

"웬만한 세도가집 중에서도 이런 대궐과 규모를 견줄만한 집들이 쾌 많이 있더이다."

"아니, 권세가의 집이 이 대궐만큼이나 크단 말이오?"

임금이 놀라는 표정을 짓자 그는 더욱 신이 나서 이야기를 해 나갔다.

"그리고 또 신기한 것은 연경으로 가는 길에 보니 농사를 짓고 있는데 말이 쟁기를 끌고 있더이다."

"아니, 거기는 소가 없더란 말이오?"

"아니지요. 소도 간혹 눈에 뜨이긴 하던데 이상하게도 밭을 가는 건 모두 말이었다니까요?"

"허허, 그것 참 재미있겠소. 말로 쟁기를 간단 말이지요."

"그리고 흙이 검은 색이더이다. 우리는 검기도 하고 붉기도 한데 청국의 흙은 모두가 짙은 검은 색을 띠고 있더이다."

"또 어떤 일이 있었소?"

"자금성이라고 하는 큰 궁전을 갔는데 그 규모란 입으로 다 말씀드릴 수가 없나이다. 방의 숫자만도 무려 9,999개라고 하더이다."

"그렇다면 일만 개에서 한 개가 빠진다는 말이오?"

"그러합니다. 거기 얽혀있는 재미있는 이야기도 있지요. 백일이 지난 아기가 매일 다른 방에서 잠을 자면 그 마지막 9,999번째의 방에서 스물여덟번째 생일을 맞이한다고 하더이다."

"허어. 과연 청은 대국인가 보오. 또 무슨 이야기가 있소?"

"궁궐의 내부에 나무가 없는 것을 보고 깜짝 놀랐지요. 그래서 관리들에게 물어본 즉, 자객의 출입을 우려해서 나무를 모두 없앴다고 하더이다."

"허어, 그렇다면 청국의 황제란 모두 겁쟁이들인 모양이오."

그런 이세보가 곁에 있을 때엔 나라 돌아가는 모양이며 이런저런 이야기로 즐거웠는데, 어느 날 갑자기 그마저도 역모라고 뒤집어씌우더니 신지도로 유배를 보내버렸다.

이놈들 내가 모를 줄 아느냐? 경평군도 도정궁도 결코 짐의 자리를 넘볼 사람들이 아니니라.

그러나 이런 왕의 심정을 알 까닭이 없는 김좌근 일행은 서둘러 임금에게 하직 인사를 고하고는 도포자락을 휘날리면서 침전을 빠져 나갔다.

임금은 눈을 감고 이세보가 가르쳐 주었던 시 한 수를 읊조렸다. 임금의 몸이 이리저리로 흔들리며 나지막한 옥음이 배어 나왔다. 옆에서 시립해 있던 환관들과 궁녀들이 눈시울을 적셨다.

오늘 가도 이별이요, 내일 가도 이별이라.
오늘 가나 내일 가나 이별은 같건마는,
아마도 하루 더 묵으면 훗날 기약할런가.

홍의에 구슬상모를 쓰고 허리에는 번쩍이는 보검으로 잔뜩 위엄을 높인 금부도사가 가죽신 소리를 저벅저벅 내며 도정궁 이하전의 집 마당에 나졸들을 대동하고 나타났다.

"죄인 이하전은 어명을 받들라."

그는 붉은 교지를 펼쳐들고 위엄 있는 말투로 이하전 앞에서 읽어 내려갔다. 이하전은 몸을 움직일 수조차 없이 만신창이가 된 몸임에도 불구하고 마당으로 내려와서 세 번 절을 하고 성지를 받았다.

이하전은 짐을 시해하고 스스로 용상에 앉겠다는 허망한 꿈을 꾸고 김순성, 이승선 등과 함께 역모를 꾀하였다. 이제 그 전말이 백일하에 들어났으니 삼족을 멸하여 그 죄를 물음이 마땅하도다. 그러나 짐과 그대와의 소원(疏遠)치 아니한 종실관계를 고려하여 특별히 죄지은 당자에게만 사약을 내리노라.

도정궁은 넙죽 엎드린 채로 성지를 받아들면서 눈물을 줄줄 흘렸다. 아마도 금부도사는 도정궁이 상감마마의 성은에 감읍하여 흘리는 눈물이라고 짐작하였을 게다. 그러나 도정궁은 속으로 울부짖으며 두 친구들을 불렀다.

여보게들, 내가 자네들을 죽였구면. 그냥 집에 있어도 될 것을 뱃놀이는 또 무슨 놈의 뱃놀이란 말인가. 내가 죽으려고 환장을 했던 게야. 그러나 우리들이 뱃놀이를 하지 않았다 하더라도 저놈들이 또 다른 구실로 우리들을 옭아넣었겠지. 어차피 우리들은 죽을 목숨들이었군.

그래, 친구들아, 우리 저 세상에 가서 다시 보세. 더 좋은 세상을 만들어 보세나. 우리들이 꿈꾸던 세상을 말일세. 으흐흐, 친구들과 술을 한 잔 한 것이 이렇게 목숨을 끊어야 할 대죄란 말인가….

이하천이 방으로 들어갔다. 방은 이미 뜨끈뜨끈하게 덥혀져 있었다. 독이 몸에 빨리 퍼지게 하기 위함이었다. 문 밖에서 부인의 떨리는 목소리가 들려왔다.

"여보, 이 세상에서 마지막 작별인사라도 하시고 떠나시구려."

마당에 엎드러지는 소리가 들리더니 곧 이어 통곡소리가 들려왔다.

"어흐, 어흐흐흑!"

"부인 울지 마오. 우리의 복이 여기까지인 모양이오. 내가 다시 태어나게 되면 두 번 다시 왕족으로 태어나지 않으리라. 그 땐 우리 상놈으로 농사지으며 범부(凡夫)들 처럼 오순도순 살아봅시다. 아이들에게도 나의 정을 전해주오."

"천주님께 기구(祈求)하겠어요."

이제 남편이 죽는 마당에 내가 서학을 한다는 사실이 밝혀진들 무엇이 무서울까. 부인 김씨는 합장을 하고 문 밖에서 하염없이 울고 있었다. 자식들은 관노로 팔려갈 것이고 자기도 어느 지방의 관기로 내쳐질 것이었다. 이제 잠시 후에 금부도사와 의관이 방에 들어 가서 죽음을 확인하는 것으로 모든 순서가 끝날 것이다.

부인 김씨는 이 순간 따라 죽지 못하고 지아비만을 먼저 저 세상으로 떠나보내는 자기 자신이 원망스럽기만 하였다.

한여름의 태양은 이글이글 그녀의 머리 위를 내리쬐고, 울타리 앞 느티나무 위의 매미들만이 악을 쓰며 울어대고 있었다.

3. 차라리 사내였으면

녹음방초승화시(綠陰芳草勝花時)라더니, 바야흐로 신록의 아름다움이 꽃보다도 더 좋은 계절이 되었다. 북성산과 연하산에서 뻗어 나온 줄기들이 포근히 감싸고 있는 여주 섬락리는 50여 호의 초가가 옹기종기 모여 있는 그림 같은 동네였다.

아까부터 초가집 사립문 위로 처져있는 금줄을 못마땅한 듯 바라보는 중년의 남자가 있었다. 뒷짐을 지고 담장과 사립문 앞을 오락가락하던 사내는 더 이상 참지 못하겠다는 듯 집 안을 향해 버럭 소리를 질렀다.

"금줄에 숯은 왜 달았나. 이것 당장 떼어버려요!"

"그래도 여식을 낳았으니 다는 것 아니겠습니까? 나리, 그냥 그대로 두시지요."

"에이, 그렇다면 하는 수 없지. 내가 직접 떼어 버릴 테니까."

옥신각신 입씨름을 하고 있는 사람은 이 집 주인인 민치록과 유모

김씨였다.

이 집에 딸이 때어난 것은 보름쯤 전의 일이었다. 아들이 귀한 민씨 문중에 간절히 아들을 점지해 달라고 빌었건만, 삼신할미는 매정하게도 계집아이를 보내 준 것이었다. 안방에서 이 소란을 듣고 있던 부인이 불편한 몸을 이끌고 방문을 열더니 목을 내밀었다.

"그래요, 유모. 주인 어른의 말씀대로 하도록 해요."

어미의 마음인들 편할 리가 있겠는가. 쥐구멍이라도 있으면 찾고 싶은, 그야말로 죄인 된 심정일 것이다.

태기가 있다는 사실을 알고부터는 하루가 멀다 않고 20리 길을 걸어서 산을 넘고 물을 건너 영험하다는 삿갓봉 남근바위를 찾아가 백일치성을 드렸건만, 막상 낳고 보니 여자 아이였다.

민치록, 그가 비록 지금은 몰락한 양반의 후손으로 어찌어찌하여 이곳 여주의 촌구석까지 내려와 있지만, 그의 가문은 조선에서도 내로라하는 명문대가였다. 여흥 민씨 집안에서는 두 분의 왕비를 배출해 냈으니, 바로 세종대왕을 낳으신 원경왕후와 숙종의 정비인 인현왕후였다.

그러나 어찌된 일인지 3대 전부터는 계속하여 외동아들로만 겨우 겨우 명맥을 유지해 오더니, 민치록의 대에 와서는 아들 하나와 딸 둘을 얻었지만 모두 어려서 죽고 이제 대가 끊기는 지경이 되고 말았다. 노심초사 끝에 아이를 가졌다하여 이번에는 건강한 사내아이를 바랐건만, 막상 낳고 보니 그것 또한 계집아이였다.

집 앞에 나온 민치록은 뒷짐을 지고 오락가락하면서 혼잣말을 중얼거렸다. 허, 내 그토록 간절히 사내아이를 바라고 간구했건만 하늘도 무심하시지. 아아, 이제 내가 죽고 나면 조상님들을 무슨 낯으로 뵌단 말인가. 참으로 답답한 노릇이로세. 그의 답답해하는 얼굴 위로 저 멀리 연하산 자락을 힘겹게 넘어가는 저녁노을이 붉게 비치고 있었다.

쨍쨍 내리쬐는 한 여름의 불볕더위 속을 서너 명의 사내아이들이 앞서서 뛰어가고, 그 뒤를 뒤질세라 여자아이 하나가 열심히 쫓아가고 있었다. 사내아이들은 모두 웃통을 벗어 한 손에 휘두르며 바지만 걸친 채로 앞서거니 뒤서거니 했다. 여자아이는 흰 무명 저고리에 검정 치마 차림으로 땀을 뻘뻘 흘리고 있었다.

"얘들아, 같이 가!"

높다란 언덕을 넘어가자 그들의 앞에 탁 트인 벌판이 나타났다. 푸른 물줄기가 시원스레 벌판을 가로지르며 흐르고 있었다.

"와, 냇물이다."

아이들은 누가 말릴 틈도 없이 풍덩풍덩 냇가로 뛰어들었다. 뒤늦게 달려온 여자아이는 냇가에서 발만 동동 구르면서 숨을 돌리고 있었다.

"야, 계집애는 여기 오면 안 돼. 벗은 것 보면 안 된단 말이야. 넌 저쪽에 가서 혼자 놀아."

"그래, 너희들은 떡 감아. 난 여기서 물고기들하고 놀고 있을 테니까."

아이는 물속에서 헤엄치며 돌아다니는 물고기들의 은빛 비늘을 신기한 듯 바라보더니 두 발로 물속을 휘휘 저었다.

여주 북성산의 제비골 계곡에서부터 흘러내리는 소양천의 물줄기는 언제나 맑고 그칠 줄을 몰랐다. 아무리 가뭄이 심하더라도 이곳에는 항상 물이 철철 넘쳐흘렀고 크고 작은 물고기들이 지천으로 뛰놀고 있었다.

아이는 개구쟁이처럼 천방지축이어서 동네 아이들과 놀고 오면 늘 흙투성이였다. 민치록은 놀다 온 아이를 우물에서 정성들여 깨끗이 씻겨주었다. 함께 저녁밥을 먹고 나면 아이를 데리고 사랑으로 건너왔다.

딸아이는 이상하게도 동네아이들과 놀아도 주로 뜀박질을 하면서 사내아이들과만 어울려 지냈다. 봄이면 나비를 쫓아다니고 여름이면 잠자리를 잡으면서 뛰놀았지만, 다른 여자 아이들처럼 소꿉장난을 하거나 얌전하게 앉아서 하는 놀음은 별로 즐겨하지 않는 것이었다.

집안에서조차도 어머니와는 별로 같이 있는 시간이 많지 않았다. 아이는 아버지의 책상머리에서 아버지가 책 읽는 소리를 따라 하기도 했고, 뜻도 모르는 서책들을 뒤적이곤 하였다.

그래 이것도 내 팔자인 모양이다. 저 애한테 정을 붙이고 살아보자. 언젠가는 사내아이를 주실지도 모르지. 이런 생각을 하며 민치록은 벼루에 먹을 갈고 있었다.

요즘 들어서는 아이에게 천자문을 가르쳐 주는데, 아이는 참으로 신기하게도 글자 하나를 알려주면 다른 글자 두세 자를 아울러 깨치는 것이었다. 책을 앞에 놓고 있을 때면 아이는 어느 때보다도 초롱초롱한 눈망울을 굴리면서 재미있어 했다.

"애기야, 밭 전(田) 자를 보아라."

"자, 여기 우리 땅이 있구나. 그리고 이것은 옆 집 박서방네 땅이고, 또 이것은 이첨지네 땅이고, 그리고 하나 남은 것은 전생원네 땅이란다. 이렇게 네 개가 나란히 있으니 밭 모양과 똑같지 아니하냐?"

"그래요, 아버지."

"그러면 이번엔 해와 달이 한데 붙어 있는 글자를 보자구나. 해도 밝고 닭도 밝은데 이렇게 해와 달이 함께 있으니 얼마나 밝겠느냐? 그래서 밝을 명(明)자니라."

"정말요."

아이는 제법 오동통하게 살이 오른 손으로 먹을 갈면서 아버지의 설명을 신기한 듯 듣고 있었다.

"이번에는 집 안에 여자가 있는 글을 한 번 보자꾸나. 이렇게 집 아래에 여자가 들어 앉아 있으니 집이 편안하지 아니하냐? 그래서 편안할 안(安)이니라."

아버지는 딸아이의 손에 붓을 쥐어 주면서 다정하게 속삭였다.

"이번에는 네가 이 글자들을 직접 써 보거라. 오늘은 몇 개나 쓰겠느냐?"

"네, 여기서부터 여기까지 스무 자를 열 번씩 쓰겠어요."

"그렇게 하여라. 나는 마당에 나가서 모깃불을 좀 더 피우고 오마."

딸의 기억 속에 아버지는 온통 사랑, 그것뿐이었다. 아버지 민치록은 딸이 태어나기 전까지 과천 현감도 하고 덕천 군수도 하며 여기 저기 벼슬길을 다녔다지만, 어찌된 일인지 벼슬길에서 물러난 후의 살림은 아주 가난했다. 어떤 때는 먹을 것이 없어서 하루에 두 끼씩

만 먹었고, 그것도 밥에 보리나 조가 절반이 넘을 때도 많았다.

그래도 여주에서의 생활은 즐거웠다. 딸은 사내아이들과 동네며 산을 싸돌아 다니면서 꽃도 꺾고 나비도 잡으면서 즐겁게 지냈다.

어느덧 딸의 나이 열 살이 되었다. 그 때까지도 딸의 이름은 그냥 '애기'였다. 그것이 당시의 습관이었다. 여자아이들은 성년이 다 되어서야 이름을 가졌다.

하루는 사위가 어둑어둑해져서 들어온 민치록이 집에 오자마자 딸의 손목을 잡고 사랑으로 들어갔다.

"애기가 제법 많이 컸으니 내가 오늘은 선물을 주어야지."

아버지가 불쑥 품속에서 꺼낸 것은 족제비 털이 달린 붓 한 자루와, 용 그림이 있는 먹 하나였다. 딸아이는 그것을 받아들고 날아갈 듯이 기뻐했다. 지금껏 아버지의 붓을 가지고 함께 글공부를 했던 것이었다. 이제 나만의 붓을 가지게 되었다니. 너무 기뻐서 그것을 가슴에 꼭 끌어안았다.

"아가야, 그렇게도 좋으냐?"

"네, 정말 기뻐요. 제가 꼭 갖고 싶은 것이었거든요."

"그래, 그것을 가지고 무슨 글자를 제일 먼저 쓰고 싶으냐?"

딸아이는 주저없이 먹을 듬뿍 갈아서 여섯 글자를 썼다. 그것들은 민(閔), 치(致), 록(祿), 애(愛), 국(國), 충(忠)의 여섯 글자였다. 아버지는 손을 들어 딸의 머리를 쓰다듬었다. 그리고 천천히 말했다.

"그래, 아가. 네가 나를 사랑한다는 말이로구나. 그리고 나라에 충성하겠다는 뜻이겠지?"

딸은 고개를 끄덕여서 아버지의 짐작이 옳다는 표시를 했다.

"그래, 그러면 이번엔 내가 써 볼까?"

민치록은 자기의 붓을 들고 천천히 낯선 글자 두 자를 썼다.

"읽어 보거라."

"자줏빛 자(紫), 꽃부리 영(英)입니다."

"자, 이제부터 이것이 네 이름이니라. 너도 이제는 어엿한 소녀가 되었으니 이름을 갖는 것이 좋지 않겠느냐? 언제까지 애기 소리만을 들을 수는 없겠지."

민치록은 일어나서 미닫이문을 살며시 열었다. 사랑 뒤뜰에는 모녀가 소중하게 가꾸어 오던 작은 꽃밭이 있었다. 거기에는 채송화, 맨드라미, 백일홍, 봉숭아, 국화와 같은 꽃들이 탐스럽게 피어 있었다. 그 중에서도 딸이 제일 좋아하는 꽃은 국화였다.

민치록은 친구들과 사랑에서 술을 들며 환담을 나눌 때조차도, 딸을 곁에 앉혀 놓고는 자랑스러워하곤 했다. 그럴 때면 친구들은, 계집아이란 시집가면 출가외인인데 무엇이 그리 자랑스럽냐며 면박을 주었다.

민치록이 열어제킨 문 밖에는 늦여름의 선선한 바람을 타고 진한 국화향이 물씬 방안으로 퍼져 들어왔다. 이제 끝물인 백일홍은 마지막 아름다운 자태를 뽐내고 있었다. 지금부터는 국화의 계절이 될 것이었다. 늦은 여름부터 피어서 가을이 무르익어 갈 때까지 흐드러지게 피어 있는 국화는 향기가 또한 일품이었다.

자영은 노란 국화보다는 자줏빛 국화를 더 좋아했다. 노란 국화는 혼자서도 잘 피어있을 것만 같았다. 너무나도 화려해서 도움이 필요 없는 자신만만한 자태였다. 그러나 자줏빛 국화는 어딘지 모르게 측은한 느낌이 들었다. 마치 자신이 돌보아주지 않으면 홀로 피어 있을 수 없는 것처럼.

"네가 붉은 국화를 좋아해서 붙인 이름이란다. 이 이름처럼 예쁘게 자라야 하느니라. 그리고 우리 가문이 원경왕후님과 인현왕후님을 배출한 명문가라는 사실을 한시도 망각해서는 안 되느니라."

민치록은 딸의 팔을 잡고 서안 가까이로 끌어당기며 미소를 짓고 넌지시 물어보았다.

"그래, 우리 자영이가 요즘은 어떤 서책들을 읽고 있느냐?"

"소학이나 동몽선습 같은 책들은 이제 별반 흥미가 없어요. 요사이는 춘추좌씨전(春秋左氏傳)을 읽고 있답니다."

"호, 네가 벌써 춘추좌씨전을 읽고 있다고?"

그건 정말 놀라운 일이었다. 열 살짜리 소녀 아이가 벌써 중국의 역사책인 춘추의 해설서를 읽고 있다니. 이 아이가 정말 이 다음에 큰 인물이 되려나? 그럴지도 모르지. 두 분의 걸출한 왕비님을 배출한 명문가가 아닌가. 민치록은 딸의 얼굴을 다시금 자세히 살펴보면서 이런 저런 생각을 해 보았다.

유모는 평안도 사람으로 매우 건강하고 무뚝뚝했지만 자영에게만은 아주 다정한 사람이었다. 자영은 어머니보다도 유모를 더 많이 따랐다. 유모는 자영이 놀다가 밤늦게 돌아올 때도 부모에게 들키지 않게 사립문을 살짝 열어놓곤 했다. 아마도 핏덩어리 딸을 낳자마자 저 세상으로 떠나보내고, 이 집에 와서 비슷한 또래의 여자 아이를 키우면서 자영을 친자식으로 여기고 있는지도 모를 일이었다.

유모는 자영에게 이야기도 많이 해 주었는데, 자주 해 주었던 이야기 중 하나는 양이(洋夷)들에 관한 이야기였다. 유모는 빠른 평안도 사투리로 손짓발짓을 해 가면서 흥에 겨워 이야기 하곤했다.

"아, 글쎄. 서양 사람들은 얼굴이 핏덩이처럼 붉고 머리 색깔은 황금색이라나? 그리고 키는 여기 대들보에 닿을 정도로 구척장신이라고 하지 않소."

유모는 이야기 도중에 벌떡 일서서서 대들보를 손으로 가리키며 말했다.

"어떻게 얼굴이 붉고 머리가 금색일 수가 있어?"

"아 그걸 낸들 어찌 알겠소. 그러니끼니 서양 오랑캐라 하지 않소. 서양 오랑캐들은 밥도 먹지 않고 고기만 먹고 산다고 하오. 그것뿐인 줄 아오? 그들이 믿는 서학이라는 건 부모가 죽어도 절을 하지 않는다 하오."

"어떻게 그럴 수가?"

자영이 눈을 동그랗게 뜨고 물어보면 유모는 더욱 신이 나서 이야기를 그칠 줄 몰랐다.

"그 도깨비들은 보리밭에 숨어 있다가 동네 아이들이 지나가면 스리슬쩍 낚꿔채 갖고서리 보리밭 속으로 끌어들인다 하오."

"그래서?"

"그런 연후에 아이의 똥구멍 속으로 손을 쑥 집어넣어서는 간을 빼서 소금에 찍어 먹는다 하오. 그것뿐이 아니라오. 그 죽은 아이의 눈알을 빼서 그걸로 비누라나 뭐라나 하는 손 씻는 약을 만든다고 하오."

어린 자영은 너무 무서워서 이불을 뒤집어쓰고 유모의 이야기를
들어야만 했다. 유모의 이야기는 끝이 없어서 어떤 날은 새벽에 닭이
울 때까지 계속된 적도 있었다. 유모는 자영에게 젖을 주어 기른 엄
마이기도 했지만, 어린 시절 그녀를 먼 동화의 나라에까지 데리고 가
서 놀다오곤 하는 이야기 친구이기도 했다. 어린 딸은 그런 유모의
입담이 도대체 어디서 나오는지 궁금하여 물어보았다.

"유모는 그런 얘기들 어디서 들어?"

그러면 유모는 자랑스러운 듯이 가슴을 쭉 내밀면서 대답하곤 했
다.

"아 어디서 듣긴. 동네 마실가서 아낙들한테 듣고, 또 아낙들은 그
남정네들한테서 듣고 그러지비."

자영은 아버지 민치록이 세상을 떠나기 전에도 아버지와 함께 사
랑에서 자는 날이 많았다. 긴긴 가을밤 촛불이 밝혀지면 아버지와 딸
은 함께 서책을 보기도 하고 글을 쓰기도 하면서 지냈다.

아버지는 가끔씩 딸에게 무슨 이야기를 듣고 싶으냐고 물어 보았
다. 그럴 때면 언제나 딸은 인현왕후 할머니의 이야기를 해 달라고
졸랐다. 스승이자 친구였던 아버지는 전에 없이 힘들어 하면서도 딸
에게 그 이야기를 해 줄 때만큼은 눈에 힘이 들어가 있었다.

"왜 원경왕후님 이야기는 듣고 싶지 않고?"

"그 이야기는 너무나도 많이 들었어요."

그러나 사실 자영이 더 많이 들은 이야기는 인현왕후의 이야기였
다. 그 이야기는 이미 책으로도 서너 번 이상이나 읽었다. 그래도 아

버지의 입을 통해 듣는 이야기는 책으로 읽는 것보다 몇 배 더 실감
이 나고 재미있었다.

"그래, 지금은 원경왕후의 아드님이신 세종대왕께서 만드신 한글
이, 아낙네들이 쓰는 글이라는 뜻으로 언문이라고 불리면서 천대를
받지만, 머지않아 이 땅이 개화되면 한문을 몰아 낼 것이니라. 세종
대왕은 정말 훌륭한 성군이셨지. 그렇지만 그분을 낳으신 원경왕후
님은 더 훌륭하신 분이셨지. 암, 그렇고말고."

민치록은 스스로의 말에 도취되어서 미소를 짓곤 하였다. 가문에
대한 자부심이 샘솟는 듯해 보였다. 아버지 민치록은 이야기를 시작
할 때면 물을 한 모금 마시고 자세를 단정히 했다. 자영은 그것을 선
조에 대한 존경의 표시라고 생각했다.

수도 없이 들은 인현왕후님의 이야기였지만, 자영은 다시 들을 때
마다 항상 처음 듣는 이야기와도 같은 착각에 빠졌다. 그건 참 이상
한 일이었다. 아마도 어린 자영 자신이 인현왕후가 되어서 그 이야기
속으로 빠져 들어갔기 때문이 아니었을까?

"지금으로부터 200년쯤 전에 민유중이란 분이 계셨단다. 네 아득
한 할아버지시지. 그 분은 과거에 급제하여 벼슬이 계속 오르고 나
중에는 전라도, 충청도, 평안도의 관찰사도 하셨고, 또 호조판서라는
벼슬도 하셨지."

"아버지, 관찰사가 무엇이에요?"

딸은 매번 똑같은 질문을 했고 아버지도 똑같은 대답을 했다. 왜
지난 번에도 이야기 해 주었는데 또다시 묻느냐는 말은 단 한 번도
하지 않았다.

"응, 관찰사는 임금님의 명을 받아서 아주 큰 지방을 다스리는 원 님이신 셈이지. 우리 자영이가 걸어서 열흘 길을 가도 다 못갈 만큼 넓은 땅을 다스리시는 높은 어른이시란다."

"그렇게나 넓은 땅을요?"

"그 분에게 딸이 하나 태어났단다. 너처럼 아주 예쁜 딸이었지. 그 래서 유중 할아버지는 그 딸을 금이야 옥이야 하고 아끼면서 곱게 키우셨지. 그런데 어느 날 나라에서 임금님의 부인을 뽑는다는 방이 붙은 거야. 그걸 간택령(揀擇令)이라고 하는데 그렇게 방이 붙고 나 면 전국 명문가의 처녀들은 시집을 갈 수가 없지. 그 간택이 끝나기 까지는 말이지."

"그래서요?"

"모두 세 번의 심사를 하지. 궁중의 어른들께서 말이야. 그래서 맨 마지막에 결국은 진여라는 민씨 문중의 처녀, 민유중 할아버지의 딸 이 간택되었단다. 그 분이 바로 네가 자랑스러워하는 너의 아주 윗대 할머니이신 인현왕후시지. 그런데 그때 이미 숙종 임금님께서는 어 느 한 궁녀와 깊은 관계에 빠져서 거기서 헤어나질 못하셨더란다. 그 게 바로 장옥정이라는 여인이지."

"아하, 장희빈이군요."

딸이 맞장구를 쳐주면 아버지는 더욱 신이 나서 이야기를 이어 나 갔다.

"그래. 그런데 그 희빈이란 말은 나중에 궁궐에서 더 지위가 높아 진 연후에 붙여준 계급이란다. 나라에는 계급이라는 게 있지. 판서니 관찰사니 교리니 비장이니 하는 게 전부다 계급을 나타내는 말이란다. 궁중에서 여자들 사이에도 계급이 없으면 어떻게 되겠니?"

"서로 내가 위다, 내가 더 높다 하면서 싸움이 일어나겠지요?"

"그래, 그렇단다. 그래서 궁궐내의 여인들도 모두 다 계급이 있단다. 궁궐에는 수백 명이나 되는 여인들이 있지."

"그렇게나 많아요?"

어린 딸이 눈을 동그랗게 뜨자 아버지는 더 신이 났다. 그 신명이 아픈 몸의 시름조차도 잊게 해 주는 힘이 되는 것 같았다.

"소의는 정2품, 숙의는 종2품, 그 밖에 상궁은 정5품 이런 식이지. 그런데 빈이란 왕비 바로 아래 정1품을 나타내는 품계니까 아주 높은 계급이라고 할 수 있지. 장옥정은 숙종 임금보다 두 살이 더 많았단다. 아주 당대의 미인이었지. 그런데 그 여인은 후덕한 아름다움에서 나오는 게 아닌 그야말로 요부(妖婦)였지. 인품은 없고 명예욕과 출세욕만 있었던 게지. 대궐에서 왕의 부인이 된다는 건 물론 미모도 중요하지만, 그보다는 인품이 더욱 중요한 법이지. 생각해 보거라. 만백성의 어머니인데 덕이 없고 학문도 없고 오로지 미모만 앞세워서 질투나 하고 시기나 한다면 그것이 어디 다른 여인들의 본이 되겠느냐?"

"맞아요, 아버지 말씀이. 저도 그래서 학문을 게을리 하지 않는답니다."

"그래, 기특하구나. 그런데 어느 날 민진여란 규수가 왕비로 간택이 되어서 궁궐에 들어오게 되는 거야. 그러니 그 질투심 많은 여인이 어찌 그냥 보고만 있었겠느냐. 그래서 온갖 모함을 하게 되는데, 때 마침 그러던 중에 장옥정의 몸에서 왕자가 태어나게 되는 거야.

그러니 더욱 기고만장(氣高萬丈)하지 않았겠느냐? 그런데다가 새 중전은 궁궐에 들어온 지 몇 년이 지나도 왕자를 생산치 못하시는 거야. 이때가 기회다 싶어서 그동안 숨죽여 지내던 남인들이 벌떼처럼 일어나서 장희빈이 낳은 왕자 균(均)을 세자로 책봉해야 된다고 상소를 올려대고, 그래서 결국은 균이 세자가 되기에 이른 거지. 남인들은 내친김에 중전을 폐서인(廢庶人)하라고 임금을 압박했지. 그래서 결국은 인현왕후께서 폐서인이 되셔서 감고당(感古堂)이라는 친정집으로 돌아가게 되셨지. 바로 그 집으로 우리들이 내년에 이사를 갈 작정이란다."

"아버지, 남인들은 뭐고 서인들은 뭐예요?"

"정치를 하는 사람들의 한 패를 말한단다. 서로 뜻이 맞는 사람들끼리 이룬 패거리인 셈이지. 그건 네가 나중에 더 커서 찬찬히 알아보거라. 어쨌든 당파싸움은 나쁜 거란다."

"왜 당파싸움은 나쁜 거예요?"

어린 딸의 초롱초롱한 눈망울을 보면서 아버지는 딸의 머리를 쓰다듬었다.

"가령 우리 집에서 아버지는 여기 뒤뜰에다 백일홍을 심자고 하는데 어머니는 고추를 심자고 한다면 어떻겠느냐? 물론 내가 백일홍을 심자는 것은 예쁜 꽃을 보자는 것이고, 어머니가 고추를 심자는 것은 나중에 따 먹을 수도 있으니까, 두 사람의 주장이 다 나름대로 이유가 있기는 하지. 그러나 서로 자기주장만 고집하고 절대로 양보하지 않는다면 어떻게 되겠니? 결국은 싸움만 하다가 아무 것도 심지 못하고 여름이 지나가겠지? 그러면 꽃도 못보고 고추도 못 따먹는 일이 발생하게 되고, 결국 우리집 전체로 보면 아무 소득도 없는 입씨름만을 하는 것과도 같은 이치란다. 이제야 내 말을 알아듣겠니?"

"네 맞아요. 그러니까 서로서로 조금씩 양보해서 합의를 해야지요."

딸은 이제 졸려서 아버지의 무릎을 베고 누웠다. 딸의 손을 잡은 채로 이야기는 계속 되었다.

"인현왕후님이 궁궐에서 쫓겨 나오실 때 수많은 백성들이 연도에서 왕후님을 보면서 엎드려 통곡을 했더란다. 아이고, 우리 불쌍한 중전마마, 불쌍한 중전마마 하면서 말이지."

"흰 가마를 타고 요금문으로 퇴궐하셨다고 읽었어요."

"그렇지. 중전마마가 되어서 들어갈 때는 경복궁의 정문인 돈화문(敦化門)으로 들어가셨지. 그런데 궐에서 쫓겨나는 입장이시니 정문 출입이 안 되셨던 게지. 게다가 화려하게 장식된 가마도 타실 수가 없었던 게야. 그래서 흰 가마를 타신 채 북쪽으로 난 문인 요금문으로 나오셨던 거란다. 그래도 백성들은 어찌 알았는지 수백, 수천의 백성들이 엎드려 통곡하면서 중전마마를 외쳐댔다지 뭐냐. 중전마마는 다 쓰러져 가는 안국방의 감고당에 오셔서 하루하루를 외롭게 지내셨다지. 그동안 비어있던 집이라서 잡초는 키를 넘었고 담장은 다 쓰러져 있었더란다. 그래도 아무 불평 없이 그냥 일반 백성이 되셔서 조용히 지내셨단다. 저녁노을이 질 때면 마루에 나와서 상감이 계신 대궐을 바라보면서 말이야. 그렇게 6년을 지냈는데 하늘도 무심치 않았던 모양이지. 결국은 궁궐에서 장희빈이 중전마마를 저주하는 굿을 벌이고, 허수아비를 만들어서 가슴에 화살을 쏘고, 중전마마가 회임하시지 못하게 마루 밑에다 쇠말뚝을 박고, 부적들을 묻어놓고 한 죄상이 모두 들통이 났다지 뭐냐? 그래서 장희빈은 결국 국모로서 체통이 없다하여 사약을 받아 죽게 되지. 어떠냐? 참 파란만장하고 비참한 최후 아니냐?"

"임금님의 손목을 물어뜯었대요."

"어디서 들었느냐?"

"인현왕후전에서 읽었어요."

"오, 그렇지. 내 딸이 기특하기도 하구나. 그리고는 임금이 다시 너의 할머니의 할머니께 중전자리를 되돌려 주시면서 인현왕후라는 호칭도 주시고 궁궐로 모시고 가게 된 날이 온 거야. 그 때에 수많은 백성들이 몰려들어서 왕후님의 금의환향을 축하해 주었다지. 너 금의환향(錦衣還鄕)이란 말이 무슨 말인지 알지?"

"네, 알아요. 비단 옷을 입고 고향으로 돌아간다는 말이니 곧 출세해서 돌아간다는 뜻도 되고, 잘 되어서 고향 땅을 밟는다는 뜻도 되지요."

"그래, 그래도 네가 주목해야 할 대목은 바로 인현왕후께서 당신이 낳은 아들이 아닌 희빈 장씨같이 모진 성정을 가진 어머니의 몸속에서 태어난 아들을 잘 키우셔서 후일 우리나라의 스무 번째 임금이신 경종(景宗)으로 만드셨다는 거란다. 그만큼 여자의 역할이 큰 것이란다. 너도 이다음에 훌륭한 어머니가 되어야 한다. 알겠느냐?"

그 질문에 대답을 한 적은 별로 없었다. 자영은 이미 아버지의 무릎을 베고 멀리 아득한 꿈나라로 여행을 떠났으니까. 그 때는 더 이상 소쩍새도 울지 않는 자시(子時)도 넘은 시각이 되어 있었다.

제법 추운 겨울의 어느 날이었다. 짙은 회색 솜두루마기에 족제비 목도리를 하고 손에는 두툼한 털장갑을 낀 아주머니 한 분이 여주 집에 왔다. 그 귀부인은 하인 한 명과 네 명의 가마꾼을 데리고 왔다. 그즈음 민치록은 건강이 좋지 않아서 앉아있는 시간보다는 누워 있는 시간이 더 많았다.

안방으로 들어간 그 귀부인과 자영의 새 어머니는 머리를 맞대고 소곤소곤 이야기하더니, 잠시 후 민치록이 안방으로 들어갔다. 유모 는 부엌에서 열심히 음식을 만들고 있었고, 곧 이어서 지지고 볶는 소리와 냄새가 온 집안에 가득 넘쳤다.

자영은 밥이며 고기국이며 또 산나물 등속을 한 상 가득 들고 들 어가는 유모의 뒤를 따라서 방문 앞까지 갔다. 유모는 자영의 호기심 을 눈치 챈 듯 돌아 나와서, 그 귀부인은 자영의 먼 친척이 되는 분으 로 구름재(雲峴)에서 오셨다고 말해 주었다.

귀부인은 긴 머리를 곱게 땋아 올려서 머리 위에 옥비녀를 꽂았는 데, 그분이 입고 있는 짙은 자주색 저고리와 금박을 한 치마는 자영 이 생전 처음 보는 호사스런 옷이었다.

뽀얗게 분을 바른 귀부인의 얼굴은 보기에도 귀하고 복스러워 보 였지만, 그 지분 냄새는 안방의 창호지를 넘어서 마루에 서 있는 자 영에게까지 풍겨왔다. 실로 그런 기품의 부인네는 이런 시골에서 보 아오던 아낙네들하고는 달라 보였다.

아버지나 그 귀부인이나 소곤소곤 작은 소리로 말하고 있어서 무 슨 말을 하는지는 알 수 없었다. 그러나 그 다음날 민치록이 자영에 게 해 준 이야기는 어린 딸을 충격으로 몰아넣기에 충분했다.

자영의 먼 친척인 그분은 자기 동생을 민치록의 집에 양자로 넣어 주기로 합의하고 돌아갔다는 것이었다. 자영은 그 일로 인해 아버지를 새로 오는 오라버니에게 빼앗기는 것만 같아서 무척 불안했다.

그런 눈치를 챘는지 어느 눈보라가 심하게 치는 날, 사랑방으로 약 사발을 들고 들어온 딸에게 민치록은 차근차근 그간의 과정을 이야기해 주었다.

"자영아, 내가 죽으면 우리 집에 대가 끊긴다는 걸 너도 알고 있겠지?"

자영은 슬퍼서 눈물을 흘렸다. 지금껏 아버지의 병수발을 해 오긴 했지만 아버지가 돌아가신다는 생각은 꿈에도 해 본 적이 없었다. 어머니가 돌아가신 지 이제 겨우 삼년이 지났는데 또다시 아버지를 잃어야 한단 말인가?

"그래서 우리 종친에서 회의를 했단다. 지난날에 오신 분이 너의 12촌 언니뻘이 되시는데, 그 분의 동생을 나의 아들로 입적시켜서 우리 집안의 대를 잇도록 했단다. 이건 사실 내 의사와는 관계없이 종친회의에서 결정한 일이란다."

민치록은 기침을 두어 번 한 후에 먹다 남긴 약을 마저 꿀꺽꿀꺽 들이켰다.

"앞으로 내가 없더라도 새로 오는 오라비를 아버지처럼 알고 나를 따르듯이 잘 섬기도록 해라. 그리고 언제나 한 뱃속에서 난 오누이처럼 사이좋게 잘 지내도록 하여라."

민치록의 눈에도 이슬이 맺혔다. 그는 고개를 들어 딸을 똑바로 보면서 다짐이라도 받듯이 이야기했다.

"이 세상에 믿고 의지할 사람은 오직 그 오라비뿐일 것이니라. 내가 없어도 잘 지낼 수 있지?"

자영은 와락 슬픔이 밀려와서 소리 내어 울었다. 아버지가 돌아가신다니…. 자영의 어린 몸이 부르르 떨렸다. 아버지는 어린 딸을 꼭 끌어 안아주었다. 아버지의 입에서는 진한 약 냄새가 났다. 그래도 어린 딸은 아버지가 좋아서 아버지의 품속으로 더욱 깊이 파고들었다. 서글픈 생각을 하자 점점 설움이 북받쳐서 엉엉 통곡을 해댔다.

아버지의 몸은 비쩍 말라 있었다. 마치 마른 통나무를 끌어안고 있는 느낌이었다. 아, 아버지. 언제나 내게 자상하게 글공부를 가르쳐 주셨던 아버지. 이게 아버지의 몸이군요. 이런 몸을 가지고도 저에게 밤늦도록 옛날이야기를 해 주셨군요. 아버지가 계시지 않으면 나는 누구와 이야기해야 하나요? 아버지가 계시지 않으면 내가 글공부를 한들 누가 알아줄까요?

딸은 아버지의 야윈 몸을 더욱 세차게 끌어안았다. 문밖의 쪽마루로 눈보라가 몰아치는 소리가 들렸고 겨울바람은 오동나무를 사정없이 흔들어 댔다. 문풍지는 연신 바람을 막느라고 붕붕~ 소리를 내면서 심하게 떨고 있었다.

자영의 오라버니가 된 민승호. 그가 어느 이른 봄날 왔다. 흰 두루마기에 넓은 갓을 쓰고 갈색 갈기가 휘날리는 말을 타고 여주 집에 온 것이다.

자영이 또래의 동네 사내아이들은 말발굽 소리를 듣자 새까맣게 그 뒤를 따라와서 집 앞은 올망졸망한 아이들로 가득 메워졌다.

마당에 말을 매고 대문 안으로 성큼성큼 걸어 온 그는 안방에 들어가서 두루마기를 벗고 민치록과 계모 이씨에게 큰절을 올렸다.

민치록은 몸이 불편한 중에도 기꺼이 절을 받았으며 아주 흐뭇해 하는 표정이 얼굴에 역력히 나타났다. 그는 대장부였다. 훤칠한 키에 딱 벌어진 가슴이며 얼굴에 시꺼먼 수염이 그를 더욱 강인한 사람처럼 보이게 했다. 방에서 간단한 인사를 치르고 난 후 마당으로 내려온 오라버니는 자영을 한눈에 알아보고는 손을 잡으며 말을 건넸다.

"네가 자영이구나."

순간 어린 딸은 얼굴이 화끈거려서 살며시 손을 빼내고 그 자리를 빠져 나와서 뒤란 쪽으로 갔다. 자영의 가슴은 계속 콩당콩당 방망이질을 하고 있었다.

자영이와 스물한 살 차이인 민승호는 학문도 꽤 높은 경지에 있었다. 그는 말타기와 사냥을 좋아해서 전국에 유명한 곳은 안 가본 곳이 없다고 했다.

새 오라버니는 집에 자주 있지 않았다. 한 번 왔다가는 바람처럼 사라지고, 한 열흘쯤이나 지나서 불쑥 찾아오고 하는 식이었다.

자영은 민승호가 없을 때는 허전해서 멀리 집밖을 내다보면서 목을 빼고 기다리곤 했다. 자영의 나이 열 한살이었지만 그때 벌써 연모의 정이 싹 트고 있었는지도 모를 일이었다. 오라버니 민승호가 오고 나서부터는 유모의 이야기도 그냥 그렇게 심드렁해졌다.

대를 잇게 됐다는 사실 때문에 안도하여 긴장이 풀렸기 때문이었을까? 민치록은 민승호가 입적한지 석 달 만인 4월에 운명하였다. 그

전 날도 자영은 아버지와 밤늦도록 글을 읽다가 함께 잠이 들었다. 이른 아침 요란한 까치 소리와 개 짖는 소리에 눈을 떴다.

아버지는 그때까지도 책을 읽고 계셨다. 그런데 자영의 눈에는 그 모습이 어딘지 이상해 보였다. 서안위에 머리를 숙이고 있는 모습이 평소의 아버지와는 너무나도 달라보였다.

"아버지, 아버지."

자영은 아버지를 부르면서 소매에 손을 갖다 댔다. 그러자 아버지는 갑자기 스르르 무너져 내렸다. 자영은 깜짝 놀라서 안방으로 뛰어가면서 유모와 어머니를 불렀다.

"유모, 여기 큰일 났어요. 어머니, 빨리 좀 와 보세요."

유모와 어머니가 속치마 차림으로 거의 동시에 뛰어 나왔다.

민치록은 손에 붓을 쥔 채로 운명하였다. 아아, 아버지. 그렇게도 자상하시던 아버지. 평생을 글만 사랑하시더니. 이제 난 어떻게 살아요?

집안에 어머니와 유모의 곡성이 들렸고 소식을 들은 동네 사람들과 민씨 문중의 친척들의 조문이 이어졌다. 가난한 선비의 장례식은 조촐했다. 한 때는 현감도 하였다지만 집안이 몰락하고 보니 찾아오는 사람들도 많지 않았다.

4. 마마, 옥새를 간수하소서

1863년 계해(癸亥)도 다 저물어가고 있었다. 혜화문 밖에는 때 이른 눈발이 뿌리고 있었다.

오후부터 내리기 시작한 눈발은 저녁 어스름 무렵에는 제법 앞을 볼 수 없을 정도로 굵어지더니 이제는 열 발짝 앞의 사람도 잘 구분할 수 없을 정도가 되었다.

눈발을 맞으며 나귀를 타고 가는 어느 양반의 행차가 있었다.

"아직 멀었느냐?"

나귀 위에서 갓을 삐뚜름하게 쓴 양반이 나귀 고삐를 잡고 있는 종자를 보고 하는 말이었다.

"네, 네, 대감마님. 이제 혜화문을 나섰으니 저 앞에 보이는 개천 하나만 건너서 조금만 더 가면 됩니다요."

이들은 돈암골에 있는 신흥사를 찾아가고 있는 중이었다. 나귀 위에 앉은 사람은 작달막한 키에 눈매가 날카로운 것이 매우 야무져 보였다. 하얀 바지저고리에 솜을 넣고 누빈 두루마기를 걸쳤는데, 머리에는 커다란 통영갓을 쓴 모양이 작은 키와 묘한 대조를 이루었다.

40대 중반쯤으로 보이는 그 양반차림은 연신 긴 장죽을 담배도 넣지 않고 뻑뻑 빨아대고 있었다. 발등거리를 들고 앞서 걷고 있는 하인은 중키 정도밖에는 되지 않았으나 딱 벌어진 어깨가 매우 다부졌다.

일행이 신흥사에 도착할 때쯤 사위는 칠흑같이 어두워져 있었다.

"대감마님, 저 쪽 입니다요."

하인이 나직한 목소리로 말하면서 절의 입구에 높이 달린 두 개의 등불을 가리켰다. 초겨울인데도 그들의 몸은 땀으로 흠뻑 젖어 있었다. 그도 그럴 것이, 구름재(雲峴)에서부터 신흥사까지의 십리 길을 그들은 쉬지 않고 단숨에 달려 왔던 것이었다.

절의 경내로 몇 걸음 옮기자 안에서 사각사각 하는 소리가 나더니 곧바로 여인네의 나긋한 목소리가 들려왔다.

"구름재에서 오시는 길인가?"

발등거리를 들고 있는 하인에게 다가와서 낮게 묻는 여인의 말이었다.

"네, 그러합니다요."

쓰개치마를 머리에서 내린 여인은 뒤에 서 있는 작은 키의 양반을 향해 잠시 고개를 숙여 예를 표하더니 앞장섰다.

"이쪽으로 따라 오시지요."

그녀의 앞으로는 또 다른 여인 하나가 청사초롱을 들고 길을 밝혀 주고 있었다. 그들은 대웅전을 뒤로 돌아 한참을 가더니 어느 암자 앞에서 멈추어 섰다.

"노 마님, 여기 남촌 정선달님 오셨습니다."

"안으로 모시게."

"드시지요."

"고마우이."

작은 양반은 발을 툭툭 털고는 방문을 열고 안으로 들어갔다. 방 안에는 머리가 절반쯤은 하얀 귀부인이 좌우에 촛불을 밝히고 앉아 있었다.

"전주댁, 이 방에 다른 사람들 얼씬 못하게 하게."

"네, 알겠습니다. 노 마님."

옷차림새는 그냥 특별날 것도 없는 양반집의 안방마님처럼 수수한 남 갑사 치마와 흰 저고리에 잿빛 털토시를 하고 있었다.

"앉으세요. 먼 길에 고생이 많으셨소."

"아닙니다, 마마. 우선 제 절을 받으시지요."

"같이 늙어가는 처지에 절은 무슨 절이야. 그만두세요."

사내가 절을 하려고 하자 여인네는 손사래를 치면서 기겁을 했다. 그래도 사내는 못 들은 체하고 조용히 무릎을 꿇고 큰절을 올렸다.

앞에 앉은 이는 누구인가? 익종대왕의 정비인 대왕대비 조씨이다. 일찍이 스물셋의 나이에 당시 동궁이던 지아비를 잃고 평생을 궁궐에서 산 가련한 여인이다. 그러나 어언 수십 년의 세월이 흘러 이제는 대궐에서 가장 웃어른이 되어 있는 분이다.

"우선 술 한 잔 하시구려."

조대비는 개다리소반 위에 놓여있던 술병을 들어서 사내의 잔에 따라 주었다. 사내가 목을 뒤로 하더니 한 잔을 가볍게 마셨다.

"아주 맛이 일품입니다. 송엽주인가 보옵니다."

"그래요. 내가 특별히 좋은 술로 준비하라고 했지요. 이것도 좀 들어 보시오."

이번에는 산나물 무침 접시를 앞으로 밀어주며 젓가락을 건네주었다.

"아이고. 이러시면 제가 송구해서….".

저녁 예불시간이 지났는데도 경내 이곳저곳에서는 목탁소리와 독경소리가 계속하여 은은히 울려나오고 있었다.

"그래, 흥선군. 어떻게 하면 좋겠소."

흥선군이라고 불린 이 사내. 그렇다. 흥선군 이하응이다. 이제 조선 왕실에서는 마지막 남은 왕손. 사람들은 흔히 파락호라고도 하고 비렁뱅이라고도 수군거리는 바로 그 술주정뱅이다.

그러나 지금 노 대비 앞에 앉은 이 사내의 눈에서는 감히 범접할 수 없는 형형한 빛이 쏟아지고 있었다.

"마마는 상감께오서 얼마나 수를 더 하실 수 있을 것으로 짐작하시옵니까?"

"글쎄… 내가 옆에서 지켜 본 바로는, 이제는 거동도 불편하시고 옆에서 부액을 하지 않으면 바깥출입조차도 어려우시니… 반년쯤이나 더 사실까?"

"전의들이 드리는 탕약도 전혀 효험이 없으신 게지요?"

"그렇다네. 너무 시달리셨지, 너무 시달리셨어. 그놈들이 날마다 술이다 잔치다 하며 온갖 궁녀들을 하루도 쉬지 않고 들이미니 천하에 제아무리 장사인들 견딜 수가 있겠는가?"

대왕대비 조씨는 옆으로 얼굴을 돌리고 타오르는 촛불을 물끄러미 바라보면서 혼자 말하듯이 중얼거렸다. 촛불이 겨울바람의 웃풍에 잠시 흔들거렸다. 바람소리가 독경소리와 함께 스치듯 사라지곤 했다.

"그렇다면 이 부족한 흥선의 생각으로는 아마도 올 겨울을 못 넘기지 싶습니다. 병약한 사람들에게 겨울은 참으로 어려운 계절이 아니옵니까? 그러하오시면…."

이하응은 잠시 노 대비의 얼굴을 물끄러미 바라보더니 나직한 목소리로 말하였다.

"마마, 우선 상감께서 승하하시면 그 즉시로 옥새를 간수하셔야 하옵니다. 그것을 손에 쥘 수 있는 사람은 중전 김씨와 대비마마뿐이옵니다. 상감께서 승하하시면 틀림없이 중전이 그것을 간직하려 들 것이옵니다. 그러나 궁궐의 법도상 대비마마께오서 간직하시겠다고 호통하시면 김씨가 고집할 수는 없을 것이옵니다. 만에 하나라도 그것이 중전의 손을 거쳐서 김문의 손으로 옮겨진다면 그 다음엔 어떻게 해 볼 도리가 없사옵니다. 하오니 온갖 신경을 다 집중하셔서 승하하시자마자 곧바로 침전으로 드시옵소서. 그리고는…."

듣고 있던 노 대비는 목이 타는지 소반 위에 있던 그릇에서 물을 한 모금 들이키고는 더욱 바짝 흥선군의 앞으로 당겨 앉았다.

"가장 빨리 영해 침두에 듭셔야 하옵니다. 그리고 정원용 대감에게 원상의 중임을 맡기시고 국상을 모두 지휘하도록 하소서. 제가 이미 대감과는 약조를 해 두었사옵니다."

대왕대비 조씨는 말없이 고개를 끄덕이면서 알았다는 표를 했다.

"그런 연후에 언문교지를 내리셔야 할 줄로 아옵니다. 제가 여기에…."

이하응은 품속에서 두루마리를 꺼내서 소반을 옆으로 밀치더니 방바닥에 펼쳐 보였다. 거기에는 이렇게 씌어 있었다.

흥선군 이하응의 제2자 재황을 익성군으로 봉하노라. 익성군으로 익종대왕의 대통을 잇고 보위에 오르게 하라.

"김문에서 제 필체를 알아보고 그것을 기화로 트집을 잡으려 할지도 모를 일이옵니다. 하오니 돌아가시는 대로 대비마마의 친필로 다시 고쳐 쓰셔서 잘 간직하셔야 하옵니다."

"알겠소. 내 그리하리다."

"옥새를 간수하시자마자 금위영의 군사들로 하여금 궐내의 출입을 통제하셔야 하옵니다. 제가 이장렴에게는 미리 손을 써 놓았사옵니다."

비로소 노(老) 대비도 안심이 되는지 허리를 펴며 장죽을 입에 물었다. 흥선이 재빨리 부싯돌을 켜서 담배에 불을 붙여 주었다. 조대비는 한 모금을 길게 빨더니 그대로 재떨이 위에다 얹어 놓은 채로 다시 몸을 숙이면서 물었다.

"그 이장렴이라는 자가 금위영의 대장이 아니던가? 그자를 흥선군이 잘 알고 있소?"

"허허허. 말씀 드리기 송구하오나 그 자는 저를 흠모한다 하였사옵니다. 제가 비렁뱅이 짓을 하고 다닐 때 일입지요."

고개를 연신 끄덕이는 모양이 꽤나 안심이 되는 모습이었다.

"그러나 내게도 하나 문제가 되는 일이 있소이다. 가령 재황이를 보위에 앉힌다고 했을 때…"

말을 잇기가 무척 거북한 듯 대왕대비 조씨는 물끄러미 흥선군의 얼굴을 쳐다보았다. 이하응이 얼른 눈치를 채고 미소를 머금은 얼굴로 반문하였다.

"마마는 사사로이는 저의 6촌 형수님이 아니옵니까? 시동생인 저에게 못 하실 말씀이 무엇이옵니까?"

"그게… 실은… 만약에 재황이가 보위에 오르면… 흥선군은 살아계신 대원군이 되신단 말이오. 지금껏 조선 왕실 역사상 그런 관례는 단 한 차례…"

아하, 그것이었구나. 흥선은 속으로 쾌재를 불렀다.

"마마, 그런 일이라면 심려 놓으시옵소서. 제 아들놈 재황이를 마마의 양자로 입적시키면 간단히 해결될 문제이옵니다. 그리고 신왕은 철종대왕의 승통을 잇는 것이 아니라 익종대왕의 승통을 잇는다고 반포하시옵소서."

흥선이 손으로 자기가 쓴 밀지의 내용을 짚으며 설명하자, 노 대비의 표정이 환하게 밝아지면서 흥선군의 손을 덥석 잡았다.

"아니, 흥선. 그런 절묘한 방법이 있었구려. 재황이가 내 아들이 된다? 그리고 익종대왕의 후사가 된단 말이오? 과연 천하의 모사꾼 흥선군이요. 호호호."

왜 아니 기쁠까. 지아비인 효명세자는 동궁으로 있던 중에 이 세상을 하직한 분이었다. 후일 익종대왕으로 추존은 되었지만 옥좌에는 단 하루도 앉아 본 적이 없었다. 그러니까 나는 임금의 어머니이자 대왕대비로서 수렴청정을 할 수 있다는 말이로군. 정말 묘수로세, 묘수야.

"마마, 혼자가 아니시옵니다. 조두순 대감과도 입을 맞추어 놓았나이다. 또 성하가 계속 마마께 전갈을 가지고 갈 것이옵니다. 마마께오서도 급한 전갈이 있으시면 언제든지 성하나 김상궁을 제게 보내 주시옵소서. 제가 즉시로 답변을 고하오리다."

노 대비는 알겠다는 뜻으로 이하응을 물끄러미 바라보며 다시 고개를 끄덕이었다.

"시간이 꽤 많이 흘렀사옵니다. 이제 그만 가 보아야 하겠나이다. 마마, 다시 한번 말씀 드리옵니다. 한 달, 길어야 두 달이옵니다. 부디 정신을 집중하소서."

"알겠으이. 나는 흥선만 믿네. 여봐라, 전주댁, 게 있느냐?"

밖에서 즉시 조용한 대답이 들려왔다.

"네, 마나님."

"이제 그만 가 보아야겠다. 가마를 대령토록 해라."

"네, 알겠사옵니다."

밖에서 사박사박 하는 발걸음 소리가 들리자 대왕대비 조씨는 흥선군을 바라보며 자랑스레 한마디 했다.

"김상궁은 벌써 40년을 나와 함께 했다네. 내가 대궐에 들어올 때 데리고 온 아이였지… ."

대왕대비 조씨, 이제는 대궐의 가장 웃어른이라고는 하나 평생을 안동 김씨들에게 눌려 기도 펴보지 못한 채 살아온 설움이 어디 이 만저만이랴.

가마 속에 몸을 의지한 채 궐로 향하는 노 대비의 마음은 착잡하기만 하다. 과연 홍선의 말대로 주상께서 그리 쉽사리 승하하실까? 과연 홍선이 일러준 대로 내가 그 일을 해 낼 수 있을까? 안동 김문의 당상관들이 두 눈을 벌겋게 뜨고 있는데, 주변에 아무도 내 편이라고는 없는 내가? 김병기 그놈은 또 얼마나 영특하던가. 어쩌면 벌써 내 뒤를 밟고 있을지도 모르는 일이지.

그녀는 몸서리를 치며 가마의 쪽문을 살짝 열고 밖을 내다보았다. 밖에는 온통 어두움뿐이다.

김병기와 그 추종 세력들의 눈을 피하기 위하여 오늘 홍선과의 만남을 치밀하게 준비해 왔다. 일부러 상감의 쾌유를 비는 불공을 드리겠다며 몰래 궐을 빠져 나왔다. 그게 엿새 전의 일이다.

지난 6일간은 정말 열심히 불쌍한 상감을 생각하면서 불공만을 드렸다. 오오, 불쌍한 임금. 강화도에서 지냈으면 얼마나 행복하셨을까. 볼모로 잡혀오다시피 하여 궁궐에서 어언 12년, 아직 서른셋의 팔팔할 보령임에도 불구하고 벌써 거동조차도 불편한 병인이 되셨으니.

그러나 노 대비는 어금니를 꼭 깨물었다. 내 이번에만큼은 어떤 일이 있어도 기필코 해 내리라. 그간 얼마나 수모를 당하면서 살아왔던고.

궁궐에서 시어머니인 김대비 밑에 있을 때 빈이나 숙의는 말할 것도 없거니와 상궁나인들조차도 얼굴 한 번 디밀지 않았었지. 뒷방 신세나 지는 힘없는 여인이라고. 그러나 이제는 내가 대궐의 주인이다. 이번 일만 잘 해 내면 우리 풍양 조씨 일문에도 다시 봄이 올 테지. 한 두엇 있는 조카놈들도 겨우겨우 한직에다 붙여 주었지만, 그게 어디 벼슬이라고나 할 수 있는 자린가. 겨우 궁궐에서 심부름이나 하는 내시와 다를 바 없는 자리지. 이번에 주상을 옹립하면 도승지를 제수하리라. 늙은 대비는 작은 주먹을 꼭 쥐면서 고개를 끄덕이었다.

신흥사에서 흥선군과 대왕대비 조씨의 밀회가 있고 나서 불과 이틀 후에, 교동 김좌근의 집에서도 일대 회합이 벌어졌다.

"네 이놈들 물렀거라. 좌찬성 대감의 행차시다."

"쉬이~ 선 놈은 앉고 앉은 놈은 꿇어 엎디어라."

벽제소리도 요란하게 평교자에서 내리는 사람은 세상 사람들이 말하는 세도 김병기였다. 현 임금인 철종의 장인인 김문근이 작년에 세상을 뜨자 영의정 김좌근이 안동 김문의 좌장 역할을 하고 있었으나, 실제로는 좌찬성의 자리에 앉아있는 김병기가 모든 실권을 쥐락펴락했다. 김병기는 김문근의 양자였다. 그래서 세상 사람들은 그를 '세도 김병기' 또는 단순히 '세도'라고 했다.

잠시 후 또 다른 사린교가 당도했다.

"물렀거라, 물렀거라. 지중추부사 김병학 대감의 행차시다."

구종(驅從)과 별배만도 20여 명은 족히 넘을 듯한 행차들이 줄줄이 들이닥치고 있었다. 그러나 그들의 호통소리와는 달리 그 주변에서 땅에 넙죽 엎드려 있는 행인들도 없었고, 기껏해야 허리를 반이나마 굽히는 상민들이 고작이었다. 사람들은 모두 담 뒤로 숨어서 수군거릴 뿐이었다.

"허, 오늘 김문들이 큰 작당들을 하는 모양일세."

"또 재물들을 그러모을 모의들을 하는 게지."

두 남자들이 하는 말을 듣고 있던 아낙이 자기 서방인 듯싶은 사내에게 주의를 주었다.

"아이구, 개똥아범 누가 듣겠수. 목소리 좀 낮추어유"

"들을 테면 들으라지. 제놈들이 우리 피땀을 빨아먹는 빈대지 뭐 별겐가?"

머리에 무명 수건을 질끈 동여맨 40대의 사람이 담 뒤에 숨어서 밖을 내다보며 하는 대꾸였다.

김좌근의 사랑에 모인 사람들의 면면은 이러했다. 좌장인 김좌근은 일인지하 만인지상(一人之下 萬人之上)의 영의정이요, 그의 아들 김병기는 좌찬성, 조카 김병학은 대제학, 그의 형제 김병국은 훈련대장, 조카 김병주는 근위군 이백 명을 총 지휘하는 왕실경호대의 대장군으로 있었다. 그 외에도 판중추부사 김흥근, 호조판서 김병필, 병근, 병덕 등, 안동 김문의 내로라하는 권세가들은 다 모인 것이다.

"내가 오늘 모두를 이 자리에 모은 것은…."

김좌근은 장죽에 연초를 가득 채워 한 모금을 빨고 나서 운을 뗄 때였다. 잠시 두어 모금을 더 빤 후에 은 재떨이에 장죽을 올려놓은 채로 좌중을 둘러보며 말을 이어 나갔다.

"이제 상감의 수가 얼마 남지 않은 듯하여 앞으로의 대책을 논의하자는 게야. 다들 그렇게 짐작을 하고 왔겠지만 말일세."

재떨이에서는 파란 담배연기가 천장을 향해 꾸물꾸물 올라가고 있었다.

"우선 한 마디씩 해 보게나. 상감께서 얼마나 더 가실 것 같나?"

좌중을 둘러보았지만 아무도 선뜻 나서는 사람이 없었다. 그도 그럴 것이다. 어느 누가 감히 상감마마께서 언제 승하하시리라고 입 밖에 낼 수 있다는 말인가. 아무리 안동 김문의 세상이라고는 하지만, 자칫 잘못하면 그 말 한마디로 인해서 대역죄로 삼족이 멸문지화를 당할 수도 있는 엄청난 말이었다.

오랜 침묵을 깨고 병필이 입을 열었다. 그는 철종의 왕비인 철인왕후 김씨의 친정 오라비로 현재 호조판서의 직위에 올라 있는 사람이다.

"중전을 근자에 서너 차례 만났습니다. 중전의 말로는 상감이 하초가 부실하고 썩어 들어간다고는 하나, 탕제를 계속 드시어서 최근에는 차도가 꽤 많이 보이고, 아직도 총기가 영명하신 것이 그다지 쉽사리 세상을 뜨실 것 같지는 않다 하더이다."

병필은 자기 누이동생이 후사를 생산치 못하는 것이 못내 아쉬운 듯, 말을 할 때도 얼굴이 벌겋게 달아오르더니 말을 마치고는 입맛을 쩍쩍 다셨다.

"그렇지, 상감의 옥체야 중전이 제일 잘 아시겠지."

"그리고 근자에도 후궁들이 침소에 드시는 것을 싫다하시지 않는다 하옵니다."

병필의 거듭되는 설명에 모두들 그렇겠다는 뜻으로 고개를 끄덕였다.

"저도 일전에 묘의(廟議) 때 용안을 뵈오니 수척하시고 검버섯이 몇 점 있는 것 말고는 그리 걱정스러워 보이지는 않더이다."

상감을 가장 가까이에서 자주 모신다는 세도 김병기의 말이었다. 그러자 모두들 한 마디씩 했다. 여기저기서 두런두런 이야기들이 중구난방으로 나오자 김좌근은 은 재떨이를 장죽으로 딱! 소리가 나게 내려치면서 좌중을 진정시켰다.

"그러면 대략 의견들은 상감이 내년 한 해는 더 갈 것 같다는 말들이렸다?"

그러자 병국과 병학 형제가 고개를 끄덕이면서 대답했다.

"그렇다고 사료되옵니다."

"그러나 말일세. 만일이라는 게 있으니… 만일 주상께서 승하하시면 그 후사는 어떻게 하는 것이 좋겠나? 일 년 후의 일일지라도 미리 대책들을 강구해 놓는 게 좋지 않겠나?"

"종친들이 손을 쓰지 못하도록 우리가 미리 뜻을 맞추어 놓아야 하겠지요."

역시 안동김문 중에서 가장 똑똑하다는 김병기의 말이었다.

"도정궁 이하전은 얼마 전 역모사건으로 사약을 받았으니, 이제 남은 혈족이라고는 전라도 완도 근처의 섬으로 유배가 있는 경평군 이세보와, 비렁뱅이 짓과 파락호 노릇을 일삼는 흥선군 이하응뿐이지요."

"그 신지도에 귀양 가 있는 이세보도 즉시 사약을 내리도록 해야 하고, 이하응도 어떤 방법을 쓰든지 옭아매서 제거해야 합니다. 그래야만 후환이 없다니까요."

김문에서 가장 강경파로 알려진 병필이 눈에 잔뜩 힘을 주면서 말했다.

"그렇다면 아예 전주 이(李)씨들을 씨를 말리자는 뜻이 아닙니까? 그러면 도대체 백성들이 우리를 보고 뭐라고 하겠습니까? 그렇잖아도 한둘만 모이면 안동 김문에서 60년씩이나 저희들끼리 해 먹었다고 수군수군하고들 있는데… ."

김문 중에서 비교적 홍선에게 호의를 가지고 있는 김병학의 말이었다.

"아니 그러면 대제학은 안동 김문이 아니라는 말이요?"

병필이 얼굴에 핏대를 세우면서 종제되는 대제학 김병학을 몰아세웠다.

"아니, 저의 말씀은 그런 게 아니오라, 천하의 주정뱅이로 소문난 홍선군까지도 그렇게 할 필요가 무에 있겠느냐는 말씀입지요."

"허허, 왜들 이러시나. 종친 중에서 후사를 물색해 보자니깐… ."

김좌근이 답답하다는 듯이 좌중을 둘러보며 손사래를 쳤다. 모두들 잠시 침묵에 잠겨 있었다. 그도 그럴 것이다. 안동김문에서는 지난 60년 간 전주 이씨 중에서 조금만 소리를 낸다 치면 이런 저런 구실을 만들어서 모두 처단하여 버렸다.

이제 종친 중에서는 마땅한 인물을 찾아 볼 수가 없는 형편이다. 오죽하면 선왕 헌종이 승하하시자 강화도에서 나무나 하고 풀이나 베어 먹던 이원범을 부랴부랴 모셔다가 지금의 철종으로 옹립했을까.

모두들 종친부를 앞에다 놓고 머리를 맞대고 상의하여도 묘수가 떠오르지 않았다. 똑똑하지도 말아야 하고, 배포가 있어서도 안 되고, 왕손이어야 하고… 그런 인물이 어디 없을까?

이때 문득 훈련대장을 맡고 있는 김병국이 말문을 열었다.

"흥선군 이하응의 2자 재황이 영특하다는 소문이 있사온데…."

"아, 지금 그 파락호의 아들을 왕으로 삼잔 말씀이신가?"

버럭 소리를 치고 나선 사람은 판중추부사로 있는 김흥근이었다.

"아니 멀쩡하게 흥선군이 살아있는데, 그 아들을 왕으로 삼으면 우린 어쩐단 말이오? 그가 행여 왕의 권세를 믿고 조정에서 세를 이루려고 한다면 우리들에게는 또 다른 우환이 아니겠소?"

말을 꺼낸 김병국이 머쓱해져 있는데 좌장격인 김좌근이 몸을 이리저리 흔들면서 중얼거리듯 한마디 했다. 살이 잔뜩 올라 디룩디룩한 몸이 거북해 보였다.

"그러니까 힘들단 말이지, 똑똑하지 말아야 하고, 끄나풀도 없어하고… 어디 강화도령 같은 이가 또 없을까?"

"경평군 이세보는 어떻습니까?"

"경평군도 반골이에요. 왕실에서 수라상이나 좀 돌보라고 했더니만 사사건건 우리들이 하는 일을 못마땅하게 생각해서 주상 전하께 되지도 않는 입이나 나불거리고. 아 그래서 작년에 신지도로 귀양을 보낸 것 아닙니까."

"하긴 전주 이가들은 씨가 말랐으니…."

들릴 듯 말듯하게 김병국의 중얼거리는 소리를 듣자 김좌근이 노기 띤 음성으로 재떨이를 두드리면서 김병국을 꾸짖었다.

"허허, 영어(潁漁)는 무슨 말씀이 그러한가? 여기 종친부를 보게나. 경평군 이세보 외에도 인평대군의 후손인 이시원이 있고, 이돈

영, 이근수, 이세기, 이창호 이렇게 아직도 많이 있지 않은가. 누가 가장 적임자인지를 물색하랬더니 그 무슨 막말인가?"

김좌근의 호통에 김병국이 쥐구멍이라도 찾으려는 듯 움츠러들자 친형인 김병학이 김좌근의 노기를 달래며 하는 말이다.

"영상대감, 진정하시지요. 병국이 잠시 실언을 하였습니다. 너그럽게 보아주십시오."

그말에 김좌근이 답답하다는 듯이 헛기침을 두어 번 해서 좌중의 주의를 집중시킨 후 결론을 내렸다.

"그러니까 상감께오서 당분간은 별 탈이 없으실 거란 얘기들이 나왔고…. 종친부를 좀더 자세히 들여다 보세나. 찾아보면 마땅한 인물이 나오겠지. 자, 오늘은 이만하고 돌아들 가지?"

김병학은 사린교에 흔들리면서 하늘의 별을 바라보았다. 11월 중순의 겨울밤 별들이 머리 위로 무수히 쏟아져 내리고 있었다. 다 되었음이야. 이제 안동 김문의 권세도 저물어가는 게지. 더 이상 마땅한 후사를 찾을 수가 없는데. 그래도 내 생각엔 흥선군의 둘째가 가장 적임인데 저렇게들 반대를 하고 있으니.

그는 사람을 보는 눈이 남달랐다. 흥선이 아무리 개망나니 짓을 하고 다녀도 자기는 처음부터 흥선에게 마음을 주고, 그가 곤궁한 처지에 있을 때마다 그의 편이 되어 주었던 것이다. 시시때때로 문중의 눈에 띄지 않게 쌀섬도 보내 주었고 피륙도 보내 주었다. 또 가끔씩 술자리도 함께 하였다.

물론 남들과 함께 한 자리에서는 흥선은 여전히 주정뱅이요 파락호였지만, 단 둘이만 있을 때는 그도 자기의 형형한 눈초리를 숨기지 않았다. 지난달에는 홍선과 단 둘이서만 밤새워 가면서 술을 마셨는데 그가 난데없이 이런 말을 하는 것이었다.

"영초(穎樵), 내 둘째 아들놈에게 자네 딸을 줄 수 있겠나? 내 그러면 그놈이 다음에 임금이 되면 자네를 영의정에 앉혀 줌세."

"하하하, 이 사람 홍선이 이제 보니 취했구먼. 자네가 역모라도 꾸미겠다는 작정인가? 어찌 멀쩡하신 상감을 두고 그런 말을 입 밖에 내는가? 난 아예 못들은 걸로 하겠네."

이렇게 얼버무리고 말았지만 그건 취중의 농담이 아니었다. 정탐을 하여 들은 바로는 홍선이 밤만 되면 은밀히 아들 재황에게 왕자 수업을 시킨다는 소문이었다. 그래도 문중의 다른 모든 사람들은 홍선을 그냥 쓸모없이 세월만 죽이는 낙척 종친의 하나라고만 치부해 왔던 것이다. 그건 또 홍선의 위장술이 그만큼 뛰어나다는 증거이기도 하였으며 그의 용의주도함을 엿볼 수 있는 단면이기도 했다. 구름이 몰려오고 있어, 먹구름이 몰려오고 있는 게야. 아, 앞으로 우리 김문은 어찌 되려나.

홍선군과 대왕대비 조씨가 의논했던 그 일은 예상 밖으로 빨리 들이닥쳤다. 신흥사에서의 밀회가 있고 한달 가까이 쯤 지난 섣달 초여드레, 땅거미가 질 무렵 김상궁이 숨이 턱에 닿아서 뛰어 들어왔다.

"마마, 마마, 큰일 났사옵니다."

"아니 왜 이리 호들갑이냐?"

"마마, 마마, 주상 전하께오서…."

잠시 숨이 찬 듯 한숨 돌리는데, 순간 대왕대비 조씨는 아차! 드디어 그 일이 터진 게로구나 하는 생각이 들었다.

"그래 주상전하께서?"

"방금 전 승하하셨다고 들었사옵니다."

"그게 사실이냐?"

"네, 조금 전 해질 무렵에 대조전 앞뜰을 거닐겠다고 하셨는데, 그만 몇 어보 못 옮기시고 갑자기 쓰러지셨다 하옵니다. 전의들이 승하하신 것을 확인했고 지금 대조전은 온통 곡성이 들끓는다 하옵니다."

내왕대비 조씨가 귀를 기울여보니 정말 임금의 침전 쪽에서 곡성이 바람결에 들렸다 끊어졌다 하는 듯도 했다. 김상궁의 말을 듣고 대비전의 다른 시녀들 서너 명이 몰려 왔다.

"김상궁과 조상궁은 나를 따르거라. 그리고 너 장상궁은 어서 빨리 이장렴에게 가서 대조전으로 와서 나를 호위하라고 일러라."

어금니를 꼭 깨물었다. 침착해야 한다. 홍선이 일러준 대로 나의 역할이 아주 중요한 시간이 왔음이야. 정신을 집중해야 해.

부랴부랴 대조전에 이르니 이미 희정당에서 정사를 의논하고 있던 신료들이 임금의 승하소식을 접하고 달려와서 곡을 하고 있었다. 곧이어 이곳저곳에서 궁녀들이 달려와서 곡을 해 대자 궁궐은 삽시간에 온통 곡성으로 떠나갈 듯하였다.

대왕대비 조씨는 철종의 영해 옆으로 다가가서 철종의 용안을 바라보았다. 참으로 평안한 얼굴이었다. 이제 서른셋, 한창 나이에 벌써 가시다니. 순간 참아왔던 눈물이 앞을 가렸다.

줄줄 흘러내리는 눈물과 함께 참고 참았던 서러움이 복 바쳐 올라서 주체할 틈도 없이 통곡으로 변하였다.

옆에 있던 중전 김씨도 함께 덩달아 통곡을 해 대자, 월대 위에 있던 당상관들이나 아래에 부복해 있던 신료들도 합세하여 그야말로 곡성이 하늘을 찌를 듯이 퍼져 나갔다.

그것은 설움에 겨워 흘리는 눈물이었고 한 맺힌 통곡이었다. 노대비는 이른 나이에 지아비를 잃고 평생을 독수공방하면서 김문들의 세도에 기를 펴지 못하고 산 지난날이 서러워서 흘리는 눈물이었고, 중전 김씨는 자기의 뜻과는 상관없이 임금에게 시집와서 지난 10여 년을 실권도 없는 임금의 아내 노릇을 한 데 대한 원한이 사무친 통곡이었다. 지금껏 세도를 누렸던 대소 신료들은 앞으로의 일이 어찌 될지를 몰라서 전전긍긍하며 흘리는 눈물이었고, 또 김문의 세도 앞에 기를 펴지 못하고 죽어지내던 한직의 신료들에게는 세월을 원망하는 회한의 통곡이었다.

얼마나 울었을까?

"마마, 고정하옵소서."

나직한 목소리로 간하는 신하를 보니 다름 아닌 영중추부사 정원용이었다. 퍼뜩 정신이 든 대왕대비 조씨는 서둘러 옆을 보더니 통곡을 하고 있는 중전 김씨에게 냉엄한 목소리로 물었다.

"중전, 대보(大寶)는 누가 간직하고 있소?"

중전이 이 무슨 일인가 하여 뜨악한 표정으로 울음을 멈추고 대왕대비를 쳐다보면서 대꾸했다.

"대비마마, 어찌하여 대보를 찾으시옵니까?"

"임금께서 승하하셨다고 어찌 옥새의 간수를 소홀히 할 수 있겠소? 이제 내 위로는 더 이상 어른이 없으니 내가 대보를 간직하여 종사를 보전하여야만 하겠소. 대보는 어디 있소?"

"대왕대비 마마, 어찌… ."

중전 김씨가 치맛자락을 움켜쥐며 한 걸음 옆으로 비켜 앉았다. 월대 위아래에서 통곡하고 있던 신료들도 게눈을 뜨고서 승하하신 임금의 옆에서 벌어지고 있는 이 희한한 싸움에 촉각을 곤두세우고 있었다.

"어허, 궁궐에 엄연한 법도가 있는데 어찌 이리 방약 무엄한고. 중전은 위아래도 없는가?"

대왕대비 조씨의 호통소리에 찔끔 놀란 중전이 치마폭에 감추었던 옥새를 부들부들 떨리는 손으로 꺼내들자, 김상궁이 마치 독수리가 먹이를 낚아채듯이 재빨리 받아들어 자기 상전에게 갖다 바쳤다.

월대 맨 앞에서 곡을 하고 있던 김병기가 고개를 들어 이쪽을 흘끔 보더니 얼굴빛이 흙빛으로 변해 버렸다. 어허, 저걸 빼앗기면 아니 되는데… 이 일을 어쩐다? 뛰어 들어갈 수도 없고.

다음에는 어떻게 해야 하나? 흥선군이 분명 어찌어찌하라고 하였건만 졸지에 이런 일을 당하고 보니 정신이 아득하여 도무지 생각이 나질 않는다. 눈을 들어 월대 앞을 보니 조카 조성하가 이쪽을 보면서 뜻있는 고갯짓을 하는 게 보였다. 옳거니! 그리하라 했지.

대왕대비 조씨는 한 두어 발치 거리를 두고 마루에 부복해서 곡을 하고 있는 정원용 대감을 바라보면서 말했다.

"졸지에 이런 막중지사를 당하고 보니 앞이 캄캄할 따름이오. 그러나 나라에 일시라도 지존의 자리가 비어 있을 수는 없으니… ."

잠시 한 숨을 쉬면서 다시 힘을 모은 후 머리를 조아리고 있는 모든 대소신료들을 바라보면서 지엄한 명령을 내렸다.

"영중추부사 정원용 대감께서는 선왕이신 순조, 헌종, 익종대왕께오서 승하 하셨을 때도 원상으로 수고 하시지 아니 하였소?"

"네 그러 하옵니다."

정원용이 얼른 그 말뜻을 알아차리고 고개를 들면서 대답했다.

"이번에도 대감께서 원상의 중책을 맡아 이 막중대사를 처리하여 주시오."

"네, 신 정원용 감히 대비마마의 지시를 받잡겠사옵니다."

"이제 경들은 들으시오. 주상 전하의 영해를 옆에 두고 이런 말을 하는 것이 참으로 외람되기는 하오만, 한 나라의 옥좌를 잠시도 비워둘 수는 없겠기에 이 자리에서 서둘러 다음 왕위를 계승할 왕통을 찾는 일을 의논하고자 하오. 대신들의 의견을 들려주오."

이때 좌의정 조두순이 고개를 들어 한마디 했다.

"마마, 이런 일은 원래 왕실에서 결정할 문제이옵니다. 신들이 의논하기에는 적절치 않은 줄로 아옵니다. 헤아려 주시옵소서."

오, 과연 흥선군이 조두순 대감과 입을 맞추었다고 하더니 그 말이 틀림이 없구먼. 날보고 모든 것을 결정하라는 말이로군. 이렇게 조대비가 흐뭇한 생각을 하고 곧바로 다음 조치를 발표하려고 하고 있을 때, 김문의 좌장격인 영의정 김좌근 대감이 고개를 들고 한마디 했다.

"마마, 이번 일은 국가의 백년대계에 관한 일이옵니다. 그렇게 서두르실 일이 아니오라 신중에 신중을 기할 일이옵니다. 마마 부디… "

김좌근의 말이 미처 끝나기도 전에, 다시 좌의정 조두순이 그 말을 가로막고 나섰다. 그도 필사적이었다.

"대왕대비 마마, 원래 이 일은 종친의 일이옵고 왕실에서 결정할 일이옵니다. 중신들이 간여할 일이 아니라고 사료되옵니다."

아니, 저 늙은 놈이? 예전 같으면 감히 입도 못 벌릴 놈이 여기서 주절주절? 이게 무엇이 잘못돼도 단단히 잘못됐구먼. 세도 김병기는 자기가 무슨 꿈을 꾸고 있는 것은 아닌지 가만히 무릎을 만져 보았다. 어쩌면 분위기가 이다지도 바뀔 수 있단 말인가.

성원용이건 조두순이건 예전 같으면 그냥 입만 꾹 다물고 있었을 늙은이들이었다. 그런데 그들이 마치 제 세상인 양 떠들어 대고 있는 것이었다. 반면에 김문에서는 이렇다 할 발언조차 하지 못하고 있는 판국이 아닌가. 어허, 무슨 사단이 있었구나. 그런 게 분명해. 이일을 어쩐다?

이 때 다시 대왕대비의 카랑카랑한 음성이 귓전을 때렸다.

"주상의 승하는 분명 슬픈 일이지요. 그렇다고 마냥 슬픔에만 잠겨 있을 수는 없는 일이오. 이 나라에 한시도 상감의 자리를 비어 놓을 수 없겠기에… ."

50대의 노 대비는 혼신의 힘을 다하여 이 사태에서 주인공의 역할을 다 해내고 있었다. 그녀는 잠시 호흡을 가다듬고 말을 이어갔다.

"흥선군 이하응의 제2자 재황을 익성군에 봉하노라. 그리고 익종 대왕의 승통을 이어 보위에 앉히도록 하라. 도승지는 즉시 명을 받들라!"

노 대비는 소매 자락에서 언문교지를 꺼내어 도승지에게 주었다.

도승지 민치상이 무릎걸음으로 대왕대비의 곁으로 오더니 교지를 받아 들고 복명의 뜻을 밝혔다.

"네이, 즉시 시행하겠나이다."

안동 김문의 중신들은 순간 뒤통수를 얻어맞은 듯이 모두가 멍하니 있었다. 아니 내가 잘못 들었나? 흥선군의 2자라고? 그 술주정뱅이의 아들이 왕이 된다는 말인가? 안동 김문의 좌장격인 영의정 김좌근도 필사적이었다.

"대비마마, 흥선군은 이미 삼천리강토에 파락호(破落戶)요, 술주정뱅이라고 소문이 파다하게 퍼져있는 위인이옵니다. 만약에 흥선의 자제로 대통을 잇게 한다면 그것은 세상 사람들에게 왕실의 체통을 깎아내리는 처사인 줄로 아옵니다. 부디 통촉하시옵소서."

이 말에 발끈한 대왕대비가 얼굴에 핏발을 세우고 김좌근 대감을 무섭게 쏘아보면서 질책하였다.

"아니 그렇다면 영해를 앞에 두고 이런 말씀 드리는 건 참으로 무례하오만, 내가 영상대감께 한마디만 묻겠소. 지금 승하하신 주상께서는 어떠하셨소? 무학(無學)에 강화 섬에서 나뭇짐이나 지시던 분이 아니셨소? 그 분을 좋다고 옹립하신 분들이 누구시었소? 바로 경들이 아니었소이까?"

그녀는 말을 마치자 설움을 참지 못하겠는지 어깨를 들먹이면서 통곡을 해 댔다.

"불쌍한 상감, 천수도 누리지 못하고 가셨구려. 어흐흐흑."

한참을 울던 대왕대비는 얼굴을 치켜들고 엄숙한 말로 선포했다. 대소신료들은 그저 고개만 숙이고 있을 뿐이었다.

"원상 정원용 대감께서는 어서 빨리 국상을 선포하고 한편으로는 신왕을 옹립할 봉영대신을 선발하도록 하시오."

이 때 내금위장 이장렴이 들이닥쳤다. 조영하가 이장렴에게 가까이 가더니 귀에 대고 속삭였다.

"어서 빨리 아뢰시오."

"신 금위대장 이장렴 현신이오."

대왕대비 조씨가 반색을 하면서 고개를 들었다. 얼마나 기다리던 사람이었던가. 이제 어서 빨리 이 자리를 벗어나야만 한다. 더 이상 시간을 끌면 불리하다.

"금위대장은 속히 들어서 대보를 호위토록 하라."

"네이~."

내금위장의 복병이 멀어지자 김상궁이 얼른 대왕대비를 부액하고 일어섰다.

대조전을 나오자 이장렴과 금위영 패장들과 내금위 갑사들이 대왕대비를 빙 둘러쌌다. 붉은 갑옷을 입고 전후좌우에서 시위하는 이장렴과 부하들의 위세에 눌려서 안동 김문에서는 한 마디 말도 해보지 못하고 옥새를 빼앗기고 만 것이었다.

이곳에 도착하기 전에 이장렴은 장상궁의 전갈을 받고 부랴부랴 패장 이십여 명을 모두 갑옷 차림으로 모아 놓고 훈시를 했다.

"지금 주상 전하께서 승하하시었다. 우리들은 대비마마의 명을 받들어 대보(大寶)를 인수하러 간다. 너희들 열 명은 나를 따르고 나머지 열 명의 패장들은 부하들을 모두 무장시켜 즉시 대궐의 안팎을 철저히 경계하라. 특히 금호군과의 마찰이 있을 시는 가차없이 베어 버리라. 어느 놈도 일체 궐내에서 힘을 쓰지 못하도록 무장을 해제시 키라."

이장렴이 대장군의 복장으로 갑옷을 입고 전통을 메고 활을 그득 히 꽂은 채로 앞에서 뛰어오고, 그의 뒤로는 질서도 정연하게 패장들 과 병사들이 역시 붉은 갑옷차림으로 병장기 소리도 요란하게 뛰어 올 때, 그들의 앞을 가로막는 한 패의 갑사들이 있었다. 바로 금호군 대장 김병문의 부하들이었다.

원래 금위군은 대궐의 담장 둘레만을 경계하고 순찰만을 돌게 되 어 있었고, 임금과 중전등 왕실 측근 경호는 금호군(金虎軍)이 맡도 록 되어 있었다.

"웬 놈들이냐? 주상의 침전으로는 접근하지 못한다."

황금빛의 도포자락을 날리면서 금호군 병사 십여 명이 앞을 가로 막고 나섰다. 순간 벼락같이 소리를 치면서 이장렴이 칼을 뽑아 앞을 가로막던 금호군 장교의 팔을 내리쳤다. 팔은 왼쪽 어깨에서부터 가 슴께로 비스듬히 비껴갔고 그는 피를 뿜으면서 그 자리에 주저앉았 다.

"나는 내금위 대장 이장렴이다. 지금 전갈을 받고 왕실의 최고어 른이신 대왕대비 마마를 호위하러 가는 길이다. 어느 놈이든지 내 앞 길을 막는 놈은 단칼에 베어 버리겠다!"

서슬 퍼런 그의 말에 모두들 슬금슬금 길을 비켜 주었다. 원래가 싸움이란 기선을 제압하는 쪽이 이기게 되어 있다. 이쪽은 종2품의 대장군이요, 어려서부터 뛰어난 싸움꾼에 무반으로 잔뼈가 굵은 이장렴이다.

다른 한쪽은 비록 무예가 뛰어나서 왕실 경호군 별장에 뽑히긴 하였으나 이번 사태를 두고 상부로부터 어떤 지시도 받은 적이 없었다. 그만큼 안동 김문에서는 현왕의 승하 가능성을 낮게 보고 있었던 것이었다. 그들의 대장인 김병문은 어디에 있는지 코빼기도 보이지 않았다.

수하 장졸들을 몰고 주상의 침전으로 향하는 내금위장 이장렴의 마음은 날아갈 것만 같았다. 나라는 썩을 대로 썩었고 모든 벼슬은 돈으로 사고파는 시대이다. 자신은 무과에 급제하여 입신한 후 급기야는 내금위장의 직책에까지 올랐지만, 이 나라 조선을 개혁하려면 영명한 군주가 나와야만 하는 시대였다. 그래서 흥선군 이하응에게 기대를 걸고 그의 집 주변을 살펴보았으나, 그로부터는 어느 한 구석도 왕손다운 면을 찾아 볼 수 없었다.

3년 전 어느 날 내금위의 종4품 별장직을 맡고 있을 때 우연히 종루의 기생집에서 흥선군을 만날 기회가 있었다. 그 때 자신은 당시 병조판서였던 김흥문 대감을 수행하고 있었다. 인정(人定) 종소리가 들린지도 한참이 지났으니 밤이 꽤 이슥했으리라.

안에서 기생들의 왁자지껄한 웃음소리가 들리더니 장지문이 열렸다. 술에 인사불성이 된 사람 하나가 비틀거리면서 대청마루 밖으로 뛰쳐나오더니 자기가 서 있는 앞에까지 와서는 토악질을 하는 것이었다. 바로 흥선군이었다. 안에서 함께 온 자들인 듯한 사람들의 야유가 터져 나왔다.

"하하하, 오늘 흥선군이 공술에 너무 취했군 그려."

안에서는 기생들의 자지러지는 웃음소리가 들려왔다. 찌그러진 갓은 삐뚜름하게 머리 위에 걸려 있었고 도포자락엔 술 자국이 얼룩 얼룩 했다. 순간 이장렴은 속에서 불끈하고 울분이 치솟아 올랐다. 자신도 모르게 이하응에게 발길질을 해 댔다.

"에이, 이 개돼지만도 못한 위인이라니!"

작은 체구의 흥선은 뒤로 발랑 나자빠지면서 이쪽을 멀뚱히 바라 보고 있었다.

그런 그가 보름쯤 전에 난데없이 기별을 해 온 것이었다. 그것도 아주 은밀히 조대비의 조카인 조영하를 통하여. 밀지의 내용은 아주 간단했다.

비상사태가 발생하면 두말말고 조대비 마마를 도와 드리게.

― 흥선

이장렴은 자신의 사람 보는 눈이 잘못되지 않았음을 알고는 스스 로 감격했다. 그럼 그렇지. 흥선군에겐 분명 다른 뜻이 있었던 거야. 그래서 그동안 주위를 속이려고 그렇게 술주정뱅이에 개망나니 노 릇을 자청하신 거라고. 세상의 비웃음을 다 참아내시며 사셨던 거야. 이제 때가 된 모양이군. 난 그 분과 일면식밖에 없지만, 그 분이 나를 믿고 이렇게 밀지(密旨)를 보내 주셨으니 내가 목숨인들 못 바칠까.

"물렀거라, 물렀거라. 흥선군 이하응 대감의 행차시다."

벽제 소리도 요란하게 40여 명의 구종별배들이 길을 트이며 대궐로 향하고 있었다. 높다란 사린교 위에 앉아서 금관조복을 품위 있게 갖추어 입고 눈을 지긋이 감고 있는 사람, 머리에는 정일품을 알리는 금빛 찬란한 관을 쓰고 한 손에는 상아로 만들 홀(笏)을 들고 가끔씩 눈을 떠서 좌우를 돌아보는 그의 기품에 연도의 백성들은 저도 모르게 넙죽 꿇어 엎드렸다.

앞의 좌우에는 흥선군과 시정잡배 생활을 함께 하면서 김문의 눈을 속이는데 일등공신 역할을 한 천의연, 하정일, 장순배, 안필주, 흔히 세상 사람들이 '천하장안'이라고 불러대는 네 명의 건달들이 기세도 당당하게 고래고래 소리를 지르고 있었다.

흥선군에게 오늘 같은 날이 있을 줄 누가 알았겠는가? 자기네들처럼 상사람들과 격의 없이 어울려주고 놀아준 것이 너무나도 고맙고 감격스러워서 목숨까지도 바치겠노라고 다짐한 사람들이다. 지금은 그런 흥선군 이하응 대감이 개선장군이 되어서 대궐로 행차하시는 길이다.

"아이구, 의젓하시기도 해라. 저분이 흥선군이시라는군."

"글쎄 말이야. 술만 자시고 노름만 하신다고 하더니만 저렇게 차려 입으시니 정말 딴 분이 되셨네 그려."

길가에 엎드린 남정네들 뒤로 구부정하게 고개를 숙인 아낙네들이 주고받는 말이었다.

흥선군 이하응은 감개가 무량하였다. 그동안 김문과 서인들의 눈을 피하여 얼마나 고생을 했던가. 일부러 술자리라는 술자리는 다 찾아다녔으며, 투전판이라면 사대문 안이나 밖을 무론하고 수도 없이 기웃거렸었다. 오죽하면 상갓집 개요, 잔칫집 불청객이라는 별명을 들으면서 쌀 되박을 얻어다가 식솔들을 먹여 살리는 체를 했을까. 이 놈들, 내 이 강산을 몽땅 뜯어 고치리라. 그동안 죽어지내던 백성들을 위해서 임금께서 선정을 베풀도록 길을 닦아 놓으리라.

그에게도 정말 지난 몇 달간은 피를 말리는 시간이었다. 경평군 이세보도 역모로 귀양을 가고, 도정궁 이하전도 역모로 처단되고, 가까운 왕손 중에 멀쩡히 두 눈 뜨고 한양바닥에 살아있는 사람은 자기와 형 흥인군 이최응뿐이었다.

안동 김문에서도 이미 김병학과 김병국은 자기의 정체를 다 알아차렸다. 요즘은 다른 김문들도 과연 흥선군이 타락한 술주정뱅이인지, 아니면 발톱을 숨기고 있는 독수리인지 부쩍 의심하는 눈치였다.

흥선군은 이번 겨울이 자기 삶에서 마지막 겨울이 될지도 모른다는 비장한 각오를 했다. 임금은 이번 겨울을 넘기지 못하신다. 이런 확신을 가지고 최근에는 남의 눈을 의식하지 않고 대담하게 홍순목이나 조두순 같은 원로들을 만나서 그들을 자기편으로 포섭하였다.

과거 이미 세 분의 선왕을 모셨던 이들은, 지금은 안동 김문에게 밀려서 숨도 제대로 쉬지 못하고 지내지만, 만약의 위급사태에는 분명 큰 일을 해 줄 수 있는 인물들이었다. 과연 흥선군의 도박은 보기 좋게 성공하였다.

5. 절두산의 칼춤

1866년은 고종이 보위에 오른 지 3년째가 되는 해이다. 이 해 병인년(丙寅年)은 조선의 역사에서 유난히 큰 사건이 많은 해로 기록된다.

"서소문 밖 새남터로 가자."

"오늘 서학쟁이들 목을 자른다더라."

사람들은 꾸역꾸역 용산 쪽으로 몰려들었다. 동작과 사당 쪽 나룻배 사공들은 이른 아침부터 구경꾼들을 실어 나르기에 잠시도 쉴 틈이 없었다. 이촌 앞 강둑에는 오시(午時)가 되자 벌써 천여 명이 넘는 군중들이 운집하였다.

멀리 소가 끄는 함거가 나타났다. 수레 위에 가로와 세로로 나무를 못 박아 만든 우리 속에 죄수들이 한 명씩 갇혀 있었다. 창날을 번쩍이며 전후좌우에 죄수들을 호송하는 의금부 군사들의 살벌한 표정과, 희희낙락하며 수레 뒤를 따르는 백성들의 표정이 묘한 대조를 이루고 있다.

"어허, 어쩌면 죽으러 간다는 사람들의 표정이 어쩌면 저렇게 태연할 수가 있을까?"

수염이 허연 노인이 혀를 쯧쯧 차면서 불쌍하다는 투로 하는 말이었다.

"천주(天主)의 곁으로 가는 길이니 두렵지도 않답니다."

옆에서 따르고 있던 40대가 노인을 보고 하는 대꾸였다.

정월도 이제 다 저물어 닷새만 있으면 2월이다. 오늘따라 눈발도 간간히 휘날리고 서북풍도 만만치 않게 불건마는, 죽으러 가는 사람들을 구경하는 백성들의 숫자는 시간이 지날수록 점점 더 늘어만 갔다.

"앞에 실려 가는 저분들은 모두 승지 벼슬을 했답니다요."

"승지면 꽤 높은 벼슬일 텐데…."

노인은 여전히 아깝다는 표정으로 말을 받았다.

"아무렴입쇼. 임금님을 옆에서 모신다지 않습니까요. 우리같은 천출들은 꿈도 꾸지 못할 까마득한 벼슬입죠."

이윽고 수레가 새남터에 닿았다. 수십 명의 군사들이 함거 주위를 철통같이 에워쌌다. 죄수들이 함거에서 내려졌다. 머리는 봉두난발이요, 무릎이 상했는지 모두들 잘 걷지를 못했다. 필경 고문으로 무릎이 다 으깨졌을 것이었다.

죄인들을 넓은 마당의 한가운데로 끌고 갔다. 걸음을 옮길 때마다 발을 묶은 쇠사슬에서는 철그럭거리는 소리가 났다. 죄인들의 앞에 의자를 놓고 앉아 있는 집행관은 총융사 이현직이었다.

죄수의 목부터 허리까지 길게 '참살(慘殺) 죄인 남종삼'이라고 씌어 있는 띠를 두르고 있었다. 노인은 연신 측은한 표정을 지으면서 고개를 가로 저었다. 죄수의 이름을 적은 흰 천이 바람에 팔랑팔랑 소리를 내면서 나부끼었다.

"죄인은 마지막으로 할 말이 있는가?"

남종삼은 집행관의 눈을 똑바로 쳐다보았다. 집행관 이현직은 순간 전신에 소름이 오싹하는 것을 느낄 수 있었다. 다 죽어가던 놈이 어디서 이렇게 힘이 났는가?

"있으나 하지 않겠소이다."

집행관이 고개를 끄덕이며 오른 손을 번쩍 들자 북소리가 울렸다.

"둥~ 둥~ 둥~."

북소리에 맞추어서 망나니들이 칼춤을 추기 시작했다. 번쩍이는 칼날을 휘두르면서 덩실덩실 추는 춤은 괴이하고도 음산했다. 구경꾼들은 망나니들의 칼이 자신들이 서 있는 쪽을 향할 때는 저도 모르게 움찔했다.

시커먼 옷을 입은 망나니들은 그렇게 죄수들의 주변을 서너 바퀴 돌았다. 망나니들의 검은 옷과 사형수들의 흰 옷이 묘한 대조를 이루고 있었다. 승자와 패자인가?

남종삼은 고개를 들어 하늘을 우러러 봤다. 한 줄기 햇빛이 구름 사이로 잠시 비추다가 곧바로 다시 구름 속에 사라져갔다. 그는 불과 20여일 전의 일을 생각해 내고는 희미하게 미소를 지었다. 그날 대원군과의 면담자리에서 대원군이 베르노 주교를 만나보고 싶다는 의견을 피력한 것이었다. 오, 어떻게 이런 일이 있을 수 있을까? 남종삼은 자신이 꿈을 꾸는 것은 아닌지 두 주먹을 꼭 쥐어보기까지 했다.

이제 대원군이 주교를 만나서 주교의 인품에 감탄하고 서학이 나쁜 종교가 아니라는 사실을 깨우친다면, 그래서 포교의 자유를 인정해 준다면 실로 조선 천주교에는 일대 서광이 비추는 것이다. 그야말로 천주교는 탄탄대로를 걷게 될 것이다. 이날이 오기만을 얼마나 노심초사하며 기구(祈求)하였던가.

"챙! 챙!"

남종삼은 퍼뜩 정신이 나서 위를 올려다보았다. 꿇어앉은 머리 위로 두 명의 망나니들이 휘두르는 시퍼런 칼날이 햇빛을 받아 번쩍번쩍 빛나고 있었다.

그는 속으로 절규했다. 아아, 이렇게 죽는 것이 천주님의 뜻이런가. 천주님이 전능하시다면 왜 나를 구원해 주시지 않는가. 사십 줄을 넘게 열심히 살아 온 내가 왜 이렇게 형장의 이슬로 사라져야만 하는가. 그러나 그는 다시 생각했다. 나는 죽어야 한다. 그리스도께서 죄 없이 돌아가신 것처럼 나도 죽어야만 한다. 그래서 이 땅에 순교의 피를 흘려야만 한다. 먼 훗날 나의 이름이 이 땅의 천주교인들에게 기억되리라.

그는 눈을 들어 주변을 가득 에워싸고 있는 흰 옷의 무리들을 쳐다보았다. 그래. 너희들이 증인이다. 너희들이 훗날 나의 죽음이 헛되지 않았음을 증언해 줄 것이다. 주님이시여, 이 요한의 목을 거두어 주소서.

두 명의 망나니들이 바가지에 담긴 술을 입에 잔뜩 머금고는 칼날에 소리도 요란하게 뿌려댔다. 마침 구름 밖으로 나온 햇살을 받아 무지개를 그렸다. 칼을 거두어 들였는가 싶었는데 어느 사이 남종삼의 머리 위로 칼을 힘차게 휘둘러 댔다.

"휙!"

사람들은 모두 눈을 감았다. 그들이 다시 눈을 떴을 때는 몸은 머리를 잃은 채 피를 뿜어대고 있었다. 아, 저렇게도 피가 많이 나오다니! 사람들은 모두 벌어진 입을 다물지 못했다.

잘라진 목에서는 울컥울컥 피가 끝도 없이 솟아나오고 있었다. 몸은 꿈틀거리면서 앞으로 푹 고꾸라졌다. 그 두어 발짝 앞에는 떨어져 나간 머리가 움찔움찔 움직였다.

몸통과 머리는 마치 서로 장단이라도 맞추듯이 그렇게 두어 번을 꿈틀거리더니 이내 잠잠해졌다. 떨어져 나간 머리는 버려진 수세미 같기도 했고 밭에서 뒹구는 호박덩어리 같기도 했다. 구경하던 아낙네들은 토악질을 해 댔다.

아무도 어느 망나니의 칼이 목을 쳤는지 몰랐다. 어쩌면 두 개의 칼이 동시에 목을 잘랐을지도 모르는 일이었다. 망나니들은 항아리에 담겨 있는 물을 퍼내어 칼날의 피를 닦았지만 피와 기름이 엉겨서 잘 닦아지지 않았다.

똑같은 과정이 반복됐다. 이번에는 '홍봉주'라는 이름 석자만 틀릴 뿐이었다. 마지막 말을 물었고 그 죄인 역시도 할 말이 없다고 했다. 다시 집행관의 오른 손이 올라갔다.

홍봉주도 대원군과의 면담을 생각했다. 어쩌면 이렇게도 상황이 바뀔 수가 있는가. 과연 인간만사 새옹지마(塞翁之馬)라더니 그 말이 참이로고. 조선의 천주교회에 큰 일꾼이 되는 듯하더니 불과 20여 일 만에 참형수의 신분으로 전락하다니. 어허, 나는 이렇게 천주님 곁으로 떠나가지만 마누라와 자식놈들은 어찌 되려는고. 불찰이로세, 불찰이야. 그놈의 소문이 이렇게 사람을 죽이는구먼.

홍봉주, 그의 할머니는 바로 정약용의 형인 정약전의 딸이었다. 그는 대대로 뿌리 깊은 천주교 집안에서 자라온 사람이었다. 결국 나도 천주님을 위하여 순교하는군. 이 얼마나 큰 가문의 영광인고. 그런 생각을 할 때에 회초리로 목을 때리는 것같은 따끔한 통증이 왔다.

하늘에서는 해가 구름을 완전히 벗어나서 홍봉주의 떨어져 나간 시신을 환히 비추고 있었다.

날이 저물자 십여 명의 사람들이 새남터 형장에 나타났다. 그들은 같은 천주교인들로, 먼서 죽어간 이들의 시신을 수습하기 위해서 죽음을 무릅쓰고 여기에 온 것이었다. 관에서도 인정이 있어서일까? 이들 천주교인들이 동료들의 시신을 수습해가는 일만은 눈감아 주었다.

원래 대원군은 천주교도들을 그다지 엄하게 다스리려 하지 않았다. 부인 민씨가 천주교 신자인 줄을 진작부터 알아왔던 터이요, 또 천주교의 교리가 그다지 나쁜 것만도 아니었기 때문이었다. 물론 부모의 제사를 거부하고 우리 모두가 하느님의 아들딸입네 하는 것 등등은 허황돼 보이기도 하였지만, 원수를 사랑으로 갚아야 한다는 가르침은 어쩌면 참 진리일지도 모른다는 생각도 해 보았다.

그러나 그의 이런 우호적인 생각은 바로 20여 일 전부터 퍼지기 시작한 소문에 의하여 어쩔 수 없이 바뀌게 되었다. 그 소문이란 다름 아닌 천주교 지도자들과의 면담 이후에 도성 안팎에서 급속도로 퍼져 나가기 시작한 허무맹랑한 유언비어였다.

병인년 정초에 남종삼과 홍봉주가 찾아왔다. 그날은 너무나도 방문객들이 많아서 대원군은 그들을 돌려보내면서 한 사나흘 후에 다시 한 번 오라고 했다. 남종삼으로 말하면 철종 말년에 승지를 한 사람이고, 또 대원군도 그의 부친 남상교와는 젊었을 때부터 왕래가 있었던 터였다. 홍봉주의 부인 박씨는 10여 년 가까이를 운현궁에서 유모로 어린 재황이를 돌보면서 키워준 착실한 사람이었다. 그런 그녀를 부대부인 민씨가 홍봉주와 짝을 맺어준 인연이 있었다.

두 번째의 방문에서 대원군은 그들과 격의없이 한식경 가량을 즐겁게 이야기했다. 천주교의 교리에 관하여도 꽤 소상히 묻고 또 저들로부터 듣기도 했다.

이 때 남종삼이 무언가 준비한 봉서를 꺼내어 대원군 앞에 내밀었다. 그들의 설명을 빌자면, 현재 남방진출을 꾀하고 있는 아라사를 물리칠 수 있는 나라는 영길리와 법국밖에는 없다는 주장이었다. 그러니 천주교 사제들의 힘을 이용하여 법국을 움직이면 능히 아라사를 꽁꽁 묶어 놓을 수 있다는, 이른바 천주교 입장에서 쓴 건의서였다.

대원군은 그 내용에 그다지 큰 관심을 기울이지 않았다. 우선 첫째로는 외국세력을 물리치기 위하여 또 다른 외국 세력을 끌어들인다는 이이제이(以夷制夷)의 전략이 마음에 걸린 것이요, 둘째로는 그들의 건의서 내용대로 과연 법국이 움직여줄지도 미지수였기 때문이었다.

　그러나 한편으로는 그들의 우국충정이 가상하기까지 했다. 그들 역시도 군수도 했고 승지도 했던 관료들이 아닌가. 서학을 믿는다고 어찌 나라를 위한 충성심이 없겠는가.

　그래서 대원군은 그들에게 베르노 주교와 다불뤼 주교를 한 번 만나고 싶은 의향이 있으니 면담을 주선해 보라고 했다. 그것이 전부였다. 그러나 그 일이 있고 나서 불과 며칠 사이에 이상한 소문은 걷잡을 수 없이 퍼져 나갔다.

　"대원위 대감도 천주교 신자가 됐다더라."

　"이제 머지않아 임금님도 신도가 된다더라."

　"천주교가 조선의 국교가 된다더라."

　"곧 법국의 군대가 와서 아라사 놈들을 꼼짝 못하게 만든다더라."

　이런 뜬소문들은 대원군을 궁지에 몰아넣기에 충분했다.

　이때는 1866년 정월로, 올해는 중전도 간택해야 하고 기왕에 벌여 놓은 경복궁 중건사업도 박차를 가해야만 하는 중요한 때였다. 아직도 조정의 신료들 중에는 안동 김문에 줄을 대고 있는 자들이 많았다. 대왕대비 조씨의 견제도 만만치 않다. 이런 와중에 이처럼 허무맹랑한 소문이 끝을 모르고 퍼져 나가고 있으니 대원군으로서는 기가 찰 노릇이었다.

　대원군은 서둘러 조정 중신들을 창덕궁 희정당으로 모이게 했다. 더 이상 우물쭈물하다가는 낭패를 볼 것이 불을 보듯 뻔했다. 영의정 조두순, 원임대신 홍순목, 좌의정 김병학, 판돈령부사 이경재, 포도대장 이경하 등, 요직들이 두루 참석했다. 먼저 대원군이 회의의 취지를 말하자 좌의정 김병학이 입을 열었다.

"이 자리에 계신 국태공저하께는 몹시도 무례한 말씀이옵니다마는, 요즘 한양 도성 내에서 떠돌아다니는 유언비어를 들어보면, 아라사 제국의 남침을 법국의 힘을 빌어서 막아내기로 천주교도들과 저하 사이에 밀약이 맺어졌다는 겁니다. 분명 이는 말도 되지 않는 허무맹랑한 헛소문임에 분명하지만, 문제는 이런 유언비어가 끝을 모르고 한양 도성은 물론이요 지방에까지도 퍼져 나가고 있다는 사실입니다. 그리고⋯."

김병학은 눈을 힐끔 들어 대원군의 눈치를 살폈다. 대원군은 눈을 지그시 감고 그의 말을 듣고만 있었다.

"운현궁에는 서학쟁이들이 무시로 출입한다는 소문도 파다하게 퍼져 있소이다. 대왕대비 마마께오서도 그런 소문을 듣고 몹시 심기가 불편해하신다고 들었소이다."

김병학의 발언은 대원군의 심기를 건드리기에 충분한 것이었다. 희정당에는 간간히 겨울바람 소리만이 들리고 있었다. 이때 영의정 조두순이 말을 받았다.

"서학의 병폐는 비단 어제 오늘의 일이 아니올시다. 멀리 갈 것도 없어요. 순조대왕 때의 일을 상기해 보십시다. 그때 주문모란 자는 얼마나 세상 사람들이 성인(聖人)이라고 칭송이 자자했소이까. 그런 그자가 체포된 곳이 바로 계동의 사대부의 과부집이었다 하오이다. 이는 실로 성자의 탈을 쓴 늑대가 아니고 무엇이오이까."

조두순의 발언에 용기를 얻은 원임대신 정원용도 한마디 거들고 나섰다.

"근자에 듣자하니 이제 청국에서도 뒤늦게 서학의 폐해를 깨닫고 천주교도들을 색출해 내기 시작했다 하오. 또한 왜국에서도 십자가를 땅에 그려 놓고 그것을 밟고 지나가는 자는 살려주고, 피하는 자는 참살하였다는 후문입니다. 이제 우리 조선도 이유여하를 막론하고 천주교도들을 뿌리뽑아서 모조리 참형에 처해야만 할 것이라 사료되오이다."

표현은 비록 완곡하게 하였으나 부대부인 민씨가 천주교도라는 사실을 다 알고 있는 마당에 참형 운운 하는 것은 대원군을 깔아뭉개겠다는 뜻이 숨어 있음이 아니고 무엇이랴. 아하, 이 늙은이도 아직은 완전한 내 편이 아니구나. 대원군은 속으로 탄식을 했다.

사실 따지고 보면 이 자리에 앉아있는 사람들 모두가 유학(儒學)과 공맹사상(孔孟思想)으로 잔뼈가 굵은 사람들이니 서학을 탄압하는 건 당연한 일이었다. 모두가 이구동성으로 천주교를 박멸해야만 한다는 주장들이었다. 이제 이 대세를 거슬러 올라갈 사람은 아무도 없었다.

그는 자신이 소집한 중신회의가 오히려 자신이 공개적으로 비난받는 자리임을 은연중 느낄 수 있었다. 그는 또 대왕대비 조씨가 서학을 철저히 싫어하고 있음도 알고 있었다.

비록 근거가 없는 이야기라고 해도, 왕궁에까지도 서학이 침투했다는 소리가 들리면 대왕대비 조씨가 자기를 불신임할지도 모를 것이라 생각했다. 그러면 대왕대비를 중심으로 대신들이 뭉칠 것이고, 그 다음은? 자신이 외톨이가 되고 퇴출되는 것은 시간문제일 것이다.

아직은 신왕에게 힘이 없다. 김병학과 김병국 형제도 아직은 완전한 자기편이 아니다. 정원용과 조두순은 늙은 구렁이들이다. 저들은 언제라도 유리한 쪽에 붙으려 할 것이다.

대원군은 오늘 중신회의를 소집할 때만 하더라도 남종삼을 비롯한 몇 명을 본보기로 제거할 생각이었다. 그것도 목숨을 빼앗을 생각까지는 하지 않았었다. 그저 먼 섬으로 한 일년 정도 유배를 보낼 작정이었다. 부대부인 민씨를 생각해서였다.

그러나 이제는 그런 식의 처방으로는 이번 사태가 해결될 것 같아 보이지 않았다. 아, 아직도 조정에서 내 입지가 단단하지 못함이야. 뭔가 아주 비장한 각오를 해야만 할 모양이로세. 비록 인간적인 연민이 없는 것은 아니지만 하는 수 없이 모두 제거해야만 하겠군.

대원군은 번쩍 눈을 떴다. 그리고 카랑카랑한 목소리로 중신들을 노려보면서 일갈했다.

"여(余)도 이 나라에 서교는 백해무익한 것이라고 보고 있소이다. 여러 중신들은 주저말고 서학을 금압하는 교령을 반포하여 사교(邪敎)를 뿌리뽑도록 하시오."

병인년 정월, 드디어 피바람을 몰고 올 대원위대감의 분부가 내려지는 순간이었다. 이 대원위대감의 분부는 '국왕의 교명'이라는 이름으로 전국 방방곡곡에 나붙었다.

우리 조선은 자고로 동방예의지국(東方禮義之國)이라고 일컬어져 왔다. 그러나 근래에 들어 서교(西敎)라는 해괴망측한 종교가 들어와 순박한 백성들을 유혹하고 있어 심히 우려되는 바이다. 저들은 소위

천주라는 것을 군왕보다도 더 위에 받들어 모시고 있다하니 이는 실로 나라에 불충함이요, 아비보다도 더 귀히 여긴다하니 이는 유교의 근간을 그르침이라. 이것만 가지고도 무군무부(無君無父)의 불경죄를 범한다 할 것이며 실로 용납지 못할 행위이다. 이에 마땅히 그 근원을 뽑아 왕을 존경하고 선조를 받드는 사상을 회복시켜야만 위국위충(爲國爲忠)의 사상이 진작되리라. 이에 짐은 널리 영을 내리노니 조정의 모든 관원들은 내외국인을 불문하고 사교도들을 발본색원하여 엄벌에 처하도록 하라.

곧바로 대대적인 천주교도 소탕작전이 전개되었다. 굴비두름처럼 묶여서 포도청이나 지방 관아에 끌려오는 사람들 중에는, 아는 사람의 집에 놀러 갔다가 서학쟁이들과 함께 있었다는 이유로 잡혀온 사람들도 있었고, 심지어는 그들의 식솔들까지도 있었다. 그러나 억울한들 어쩌겠는가? 이미 전국 방방곡곡에 사교도(邪敎徒)들을 뿌리채 뽑으라는 지엄한 명령이 떨어졌음에야. 1월에 1차 처형이 있었다.

2월에도 전국에서 수천 명이 추가로 체포되었다. 외국인 신부들과 천주교의 우두머리들은 한양의 의금부로 압송되었다.

지체 없이 재판이 진행되었다. 재판장에는 영의정 조두순, 영돈령 김좌근, 판돈령 이경재, 좌의정 김병학, 우의정 유후조가 임명되었다. 이렇게 조정의 원로 중신들이 모두 재판장에 임명된 일은 조선이라는 나라가 생긴 이래로 처음 있는 일이었다. 그만큼 이 사건을 비중있게 다루고 있었던 것이다. 2월 20일이 되자 벌써 재판은 최종심에 접어들었다.

대원군도 추국장에 큰 아들 재면과 함께 직접 왕림하였다. 간밤에도 부대부인 민씨가 밤을 새워가며 남편에게 부탁하였다. 억울한 사람들 없게 해 달라고, 제발 죽이지만은 말아달라고.

좌우에 다섯 명의 재판장을 거느린 대원군이 베르노 주교를 직접 심문하였다.

"그대가 장정일인가?"

"예, 조선 사람들은 그렇게 부르고 있소이다. 원래 이름은 베르노 올시다."

"우리나라에 와 있는 신부들은 모두 몇 명인가?"

"잘 모릅니다."

그가 조선말을 제대로 알아듣지 못했나 싶어서 옆에 있던 역관이 다시 프랑스 말로 더듬더듬 물어 보았다.

"우리나라에 와서 활동하고 있는 신부들의 수효를 묻는 것이다."

"모릅니다."

역시 똑같은 대답이 나왔다. 이 때 잡혀있던 조선인 천주교도 중에 한 명이 입을 열었다.

"열두 명이라고 들었습니다."

"모두 어느 곳에서 기거하고 있는가?"

"잘 모릅니다. 이곳저곳 뿔뿔이 흩어져서 포교하며 다닙니다."

"그러면 나머지 다섯 명의 소재는 알고 있는가?"

"그것도 잘 모릅니다. 경상도, 전라도, 충청도, 황해도, 평안도 각 처마다 흩어져 다닐 때도 있고, 한두 명이 모여서 다닐 때도 있습니다."

말을 하기도 힘든지 베르노는 말을 하는 도중 자세를 똑바로 하려고 몸을 이리저리로 움직였다. 그럴 때마다 고통으로 얼굴을 찡그려 댔다.

대원군은 얼굴이 시뻘겋게 변해서 분노를 참고 있음이 역력했다. 그의 작은 눈이 더욱 무섭게 빛났다. 그도 그럴 것이, 여기가 어디인가? 조정의 중신들이 모두 눈을 부릅뜨고 지켜보고 있는 자리가 아닌가? 행여 추국이 조금이라도 느슨해지는 기미만 보여도 저들은 당장 부대부인 민씨까지도 잡아넣으라고 소리치며 돌아다닐 위인들이다. 그들은 지금 잠시 섭정 대원군이라는 시퍼런 서슬에 머리를 숙이고 있을 뿐이다.

대원군은 앞에서 추국을 받고 있는 베르노가 답답했다. 고분고분하면 어떻게든 법국으로 돌려보내려고 했는데. 그 길만이 법국과의 마찰도 피하고 부대부인의 체면도 살려주는 길일 터인데, 묻는 말에 계속 어깃장을 놓고 있으니 어찌 해볼 도리가 없는 것이었다. 대원군은 주위를 둘러 본 후 위엄을 갖추고 다시 한 번 관용을 베풀어 보려고 시도했다.

"그대는 실제로 있지도 않은 천주를 섬기라고 권하며 이 나라의 군왕을 능멸하는 사악한 교를 퍼트렸으니 죽고 살아남지 못할 것이다. 허나, 내 그대가 외국인이라는 점을 다시 한 번 참작하려고 한다. 그대의 의사를 다시 한 번 묻겠다. 내 그대를 출국케 하면 그대는 이 땅을 떠나겠는가?"

모두가 침을 꼴깍 삼키며 베르노의 입에서 튀어나올 대답을 기다렸다. 베르노는 사람들의 이러한 기대에 찬물을 끼얹기로 작정했는지 아까보다도 더욱 꼿꼿한 자세로 허리를 바르게 펴더니 천천히 입을 열었다.

"말씀은 감사합니다. 그러나 나는 천주님의 복음을 전하려고 이 땅을 찾은 것입니다. 강제출국이라면 어쩔 수 없겠지만, 나 스스로 이 땅에서 고생하고 있는 교인들을 모른다하고 조선 땅을 떠나는 일은 없을 것입니다."

아아, 끝났구나! 모두들 그렇게 생각했다. 천하의 대원군 앞에서 죽기를 자청했으니 목숨이 백 개인들 붙어날까.

이번에는 일부러 베르노 주교 대신 다블뤼 주교에게 똑같은 질문을 했다. 만약에 그라도 이 제의를 받아들인다면 그들 일곱 명 모두를 방면하리라. 이것이 그때까지 대원군의 생각이었다.

그러나 다블뤼 주교 역시도 베르노 주교와 똑 같은 말을 했다.

순간 부대부인 민씨의 눈물 흘리는 모습이 머릿속을 스쳐갔다. 주위를 슬쩍 돌아보았다. 모두가 자기의 얼굴만 뚫어지게 바라보고 있을 뿐이었다. 그래, 내 체면이고 뭐고 다 버리고 다시 한 번만 관용을 베풀어보자. 그래도 나와 평생을 살아온 부인의 눈물어린 부탁이 아니던가. 이번에는 그 옆의 신부에게 다시 한 번 물었다.

"어떤가? 그대는 이 조선 땅을 떠나겠는가?"

고문으로 만신창이가 된 그 역시도 또렷한 조선말로 대답했다.

"이미 여러 해를 조선 땅에서 주님의 복음을 전했습니다. 이 나라의 말과 풍습을 익히며 살았습니다. 이제 내가 이 나라에서 죽는 것도 천주님의 뜻이라 생각합니다. 어서 빨리 나를 죽여주시어 이 고통에서 벗어나게 해 주십시오."

대원군은 칵! 하고 가래침을 뱉고 벌떡 일어나면서 잠시 휘청했다. 그런 아버지를 아들 재면이 부축했다. 아무도 나를 원망하지 못하리라. 나는 마지막 순간까지 저들을 살려보려고 노력했다. 아, 저들이 믿는 서학이란 대체 어떤 종교이기에 저렇게 목숨까지도 초개같이 내버려가면서 믿음을 지키려 하는가? 천주님은 과연 어떤 존재인가?

대원군은 휘적휘적 걸어서 추국장을 빠져 나갔다.

남종삼 일행이 형장의 이슬로 사라지고 그 피가 채 마르기도 전인 병인년 삼월 팔일, 양화진의 절두산 밑에서 천주교 신부들 일곱 명이 참형되었다. 그들은 죽는 순간에도 담담하게 최후를 맞이하였다.

그날은 더 많은 사람들이 모였다. 양이들의 피는 무슨 색일까? 그들도 우리처럼 칼 한 방이면 목이 떨어질까? 마지막 순간에는 무슨 비명을 지를까? 사람들은 이런 저런 호기심을 가지고 절두산 밑으로 꾸역꾸역 모여 들었다.

일곱 명의 신부들은 서로 서로 얼굴을 보면서 미소를 지었다. 그리고 하늘을 우러러 보았다.

그날의 하늘은 맑고 쾌청했다. 햇볕도 따뜻했다. 조선에서의 마지막 날을 하늘이 축복해주고 있었다.

다시 두 명의 신부가 잡혔다. 한명은 황해도에서 또 다른 한 명은 경상도 지방에서 잡혔다. 이제 남은 신부는 모두 세명이 되었다.

그 중에 한 명, 리델 신부. 그는 용케도 충청도의 태안반도 근처에 있는 심순녀라는 과부의 집에 숨어 있었다. 이곳은 태안현 저자거리에서도 30여리나 떨어져 있는 산골 속의 외지였다. 다행히도 여기까지 관헌의 기찰이 미치지는 않았다.

심순녀는 원래가 태안이 고향이었다. 어부인 남편과 태안의 안흥항에서 고기를 잡으며 살았다. 아들을 하나 얻었으나 박복하였던지 불과 두 돌을 넘기지 못하고 열병에 걸려 죽었다.

밤에 몸이 불덩이처럼 뜨거워진 아기를 들쳐 업고 태안현의 의원 집을 향하여 뛰었다. 8월의 비바람은 온 세상을 다 쓸어가 버릴 듯이 휘몰아쳤다. 아들은 의원이 지어준 약을 먹고 나서도 별다른 차도가 없더니 시름시름 앓다가 죽었다.

남편의 배는 아들이 죽고 나서 사흘이나 지나서 돌아왔다. 만선의 기쁨을 맞이하지도 못하고 남편은 아기의 죽음에 마주쳐야 했다. 그 날 밤에 남편과 둘이 밤을 새워가며 얼마나 울었는지 모른다.

그로부터 3년이 지나서 이번에는 남편을 풍랑으로 잃었다. 실신한 그녀를 이웃들이 먹이고 재워주면서 극진히 간호해 주었다. 몸을 추스르고 나서부터는 모든 것이 싫어졌다. 태안현이 싫어졌다. 어디 아주 외진 산속에 들어와서 밭을 일구며 조용히 살고 싶었다.

서학을 접한 건 남편이 풍랑으로 죽고 난 이후부터였다. 몸과 마음을 의지할 곳 없던 그녀는 두 번이나 자살을 기도했다. 한 번은 청포대 선녀바위 위에서 바다로 뛰어내렸는데 때마침 포구로 돌아오던 어부가 물에 빠져 허우적대는 그녀를 건져내어 살려 주었다. 또 한 번은 태화산에 올라가서 소나무에 목을 매달았는데 그 때도 역시 산에 나무를 베러 온 사람들에게 구조되었다.

그녀는 죽는 것을 포기했다. 바로 그 때에 만난 사람이 전주댁이었다. 전주댁은 태안 포구에서 건어물상을 크게 하고 있던 최씨라는 사람의 부인으로, 이미 몇 년 전부터 남편과 함께 서학을 접하고 있었다.

서학의 가르침은 심순녀에게 한 줄기의 희망이었다. 그녀는 주위 사람들의 눈을 피해가며 열심히 천주를 배워 나갔다. 최씨네가 산 속에 있는 꽤 너른 밭도 거저 빌려 주었다. 거기에 초라하긴 하지만 오두막도 한 채 지어 주었다. 2년이 지나자 마리아라는 세례명도 받았다.

그러던 중 2월 초에 법국의 선교사가 태안을 찾아온다는 소문이 천주교도들 사이에 돌았다. 그녀는 신부님을 만날 날만을 학수고대했다. 그건 분명 가슴 설레는 기쁜 소식이었다. 그러나 곧바로 나쁜 소식도 전해져 왔다. 서학교도들을 가차 없이 잡아들인다는 소문이었다. 특히 관에서는 서양인 신부 한 명이 태안 쪽으로 잠입하였다는 소문을 듣고 그를 잡기에 혈안이 되어 있었다.

이월이 막 시작되고 요귀의 실눈썹 같은 초승달이 쓸쓸히 비추고 있던 밤, 배를 두 척 갖고 있는 윤복수의 집에서 그 신부를 만났다. 키가 크고 눈이 파란 이양인(異洋人)을 처음 볼 때는 두려운 마음도 있었다. 그러나 잠시 지내보니 오히려 조선 사람들보다 더욱 자상하고 친절했다. 특히 그가 서툰 조선말로 천주교의 교리나 복음서를 설명해 줄 때 만큼은 세상의 모든 근심걱정을 잊을 수가 있었다.

성모님의 아들인 예수 그리스도가 세상 죄를 지고 십자가에 돌아가셨다는 말은 이해하기가 어려웠다. 왜 죄 없이 알지도 못하는 사람들을 위해서 죽어야만 했을까? 그러나 그런 의구심도 잠시, 어느 덧 그녀의 믿음이 쑥쑥 자라나자 그냥 모든 교리를 있는 그대로 받아들이기 시작했다.

리델 신부도 심마리아의 믿음을 칭찬해 주었다. 리델 신부가 법국의 풍경이나 사람들의 사진을 보여 줄 때면 세상에 저런 나라도 있는가 싶었다. 거기에는 젊은 여자들이 곱게 차려 입고 마차에서 내리는 사진도 있었다. 어떤 사진에는 여러 명이 손을 붙잡고 춤을 추고 있었다. 건물도 조선의 초가집과는 비교가 되지 않았다. 훨씬 더 크고 몇 층씩이나 되었다.

심마리아는 그렇게 잘 사는 나라의 사람들이 믿는 종교라면 그것에 미쳐도 손해 날 일이 없을 것이라고 생각했다.

집회를 한 서너 번 했을까? 이제는 관원들의 추포를 피해 어디론가 멀리 달아나야만 했다.

태안현 내에서는 더 이상 발붙이고 지낼 곳이 없게 되었다. 그래서 밤새 모의 한 결과, 심마리아의 집으로 피신케 하자는데 의견의 일치를 보았다. 그곳은 산속으로만 30리를 들어가는 곳이다. 다른 데로 통하는 길이 있는 것도 아니고, 나무하러 오는 사람들 아니면 그곳을 찾을 일이 없으니 피신처로는 안성맞춤이었다.

건어물 상을 하는 최선일이라는 사람은 마태오라는 세례명을 받고 있었다. 그가 이틀에 한 번꼴로 밤에 몰래 이곳을 찾았다. 한 번 찾을 때마다 이러 저런 의논들을 하고 갔다.

태안에 있는 사람들과 의논이 되기로는, 청국의 배가 안흥항에 도착하면 그 배를 타고 청국으로 가는 방법과, 왜국의 배가 도착하면 일단 왜로 피신하였다가 그곳에서 천진이나 산동반도 쪽으로 가는 방법을 알아보고 있다는 것이었다.

태안현 내에 살고 있는 천주교 신자들이 이런 저런 것들을 마태오 편에 보내 주어서 먹고 지내는 것은 별 문제가 없었다.

리델 신부가 심마리아의 집에 온 지도 벌써 한 달이 넘었다. 청국의 배도 오지 않고 왜선도 오지 않았다. 그래도 그녀는 좋기만 했다. 차라리 그 배가 아예 오지 않고 이렇게 신부님을 모시고 함께 살면 좋을 것 같았다. 하루 종일 나란히 붙어 있는 작은 방에서 서로 함께 지내다 보니 이젠 정도 많이 들었다. 천주교의 교리도 웬만큼 이해할 것 같았다.

달이 휘영청 밝았다. 3월 보름이 된 듯싶었다. 낮에 최마태오와 교인 세 명이 다녀갔다. 내일 모레 청도(靑島)로 떠나는 배가 있다는 것이었다. 청나라 사람들과 이미 돈을 주고 흥정을 해 두었다고 했다.

올해는 3월에 유난히 눈이 많이 내렸다. 오늘도 눈이 내려서 신부님의 방에 불을 아주 뜨겁게 지폈다. 잠이 좀체 오지를 않았다. 아, 이제 그동안 정들었던 신부님과 이별인가? 솔가지들을 스치고 지나가는 바람소리만이 들릴 뿐이었다.

남편이 죽은 지 벌써 3년, 이제 한창의 몸, 20대 중반의 꽃다운 나이였다. 그녀는 자기의 몸을 꼬집었다. 안 돼. 내가 신부님을 욕되게 해선 안 되지. 그러나 몸은 그런 그녀의 의지와는 정반대로 움직였다.

"신부님, 주무세요?"

옆방에 대고 조용히 물었다.

"아닙네다. 기도하고 있습네다."

리델 신부의 목소리가 차분하게 들려왔다. 심순녀는 용기를 내었다.

"저, 그 방에 건너가면 안 될까요?"

옆방에선 아무 소리도 들리지 않았다. 조용히 문을 열고 들어갔다. 문이랄 것도 없었다. 어설픈 나무 격자에 창호지가 붙어 있을 뿐. 그것도 군데군데 구멍이 뚫어져 있었다. 방에는 달빛이 들어와서 리델 신부의 얼굴도 푸르스름했다. 그는 조선식 가부좌를 하고 앉아 있었다.

"신부님!"

마리아는 리델 신부의 품에 안겼다. 리델 신부도 그녀를 품에 꼭 안았다. 뜨거운 입김이 마리아의 입에서 뿜어져 나오고 있었다. 아직 40대 후반의 리델 신부도 역시 남자였다. 그러나 그는 마리아를 살며시 밀어냈다.

"마리아, 천주님이 우리 마리아를 지켜 주실 겁니다. 그동안 마리아와 함께 있으면서 얼마나 행복했는지 몰라요. 조선 사람들이 참으로 따뜻한 사람들이구나 하는 생각도 했지요. 그래서 더욱 더 조선을 위해 목숨을 바쳐야 하겠다고 다짐했어요."

마리아는 더욱 더 세차게 리델 신부의 품을 파고들면서 흐느껴 울었다.

"싫어요, 싫어. 헤어지기 싫어요."

다시 한 번 마리아를 밀쳐 내면서 리델 신부는 등잔에 불을 켰다. 초롱불에 불이 들어오자 방안이 좀 밝아졌다. 마리아는 얼굴을 들 수 없었다. 그런 마리아의 턱을 손으로 치켜 올린 리델 신부는 그녀의 눈물을 손등으로 닦아 주었다.

"마리아, 아까 내가 기도하는 중에 성령님의 음성을 들었어요. 마리아와 함께 천진으로 가도록 하지요. 마리아도 이번 기회에 더 넓은 세상을 보고 오는 것도 좋을 겁니다. 이번 경험이 무지한 조선 백성들에게 바깥세상을 알려주는 계기가 될 수도 있겠지요. 앞으로 조선은 여성들이 큰일을 해야 합니다."

다음 날 밤이 이슥해서 심마리아와 리델 신부는 집을 떠났다. 최선일과 최인서 형제들이 리델 신부만 혼자 보낼 수 없다며 생업도 포기하고 천진행을 결심하여 함께 나섰다. 태안 가까운 곳까지 와서 미리 준비해 온 여자의 장옷을 신부에게 덮어 씌워 주었다. 한 시간 가까이를 걸어서 포구에 당도하니 작은 어선 한 척이 이들을 기다리고 있었다.

다행히도 도중에 기찰에 걸리지 않았다. 쪽배에 올라타서 한 참을 나가자 바다 한 복판에 시꺼먼 물체가 나타났다. 중국의 천진까지 갈 흑룡2호라는 상선이었다. 중국인 선원 두 명이 이들을 맞았다.

갑판 위에 서서 조선 땅을 바라보고 있는 리델 신부의 눈에는 이슬이 맺혔다. 모두 열 두 명의 신부들이 함께 활동했다. 그들 중 일곱 명은 얼마 전에 처형됐다. 또 다시 두 명이 체포되어 불과 며칠 전에 목이 잘렸다는 소식을 최마태오가 알려 왔다. 나머지 세 명중 칼레 신부와 앙리페 신부는 소식조차도 모른다. 그들 두 명은 이제 겨우 이십대 후반이었다. 조선 땅에 온 지도 일 년 정도밖에는 되지 않는다. 조선 물정에 아직도 어두울 텐데 과연 지금까지 어디서 어떻게 지내고 있는지.

이미 목숨이 끊긴 아홉 명의 신부들, 그리고 수천 명의 조선 신자들. 과연 이렇게 죽어가는 것이 하느님을 위한 순교인가? 아니면 나처럼 도망을 가는 것이 올바른 행동인가?

그는 속으로 조용히 생각했다. 이런 참상을 분명 누군가는 본국 정부에 알려야 해. 그래서 다시는 믿음으로 인해서 무고한 사람들이 죽지 않도록 해야만 해. 죽는 것만이 순교는 아니야. 그건 어쩌면 하느님을 기쁘시게 해 드리지 못할지도 몰라.

그는 자신의 행동을 합리화 하면서 조용히 기도를 올렸다. 기도가 끝나자 품속에 있던 나무 십자가를 꺼내어 가만히 들여다보았다. 조선에서 지내던 7년 동안 언제나 자신을 보호해 주었던 십자가였다.

마리아가 조용히 다가왔다. 그녀는 주위를 둘러보고 아무도 없음을 확인하고는 리델 신부의 어깨에 머리를 기대었다. 이제 정들었던 조선 땅을 떠난다. 과연 내가 다시 조선의 흙냄새를 맡을 수 있을까? 쓸쓸하게 아무도 찾지 않을 남편의 무덤이 생각났다. 싸락눈이 오기 시작했다. 마리아의 머리카락이 금세 하얗게 뒤덮였다. 파도소리가 요란하게 귓전을 때렸다.

6. 민 처녀 중전되다

1865년도 한 달 남짓 남은 동짓달 스무날, 대원군은 잠을 자지 못하고 몸을 뒤척이고 있었다.

"부인, 주무시오?"

"아닙니다. 잠이 오지를 않는군요."

밤이 깊었는데도 대원군의 머리는 이런 저런 생각으로 여간 복잡한 게 아니었다. 부대부인 민씨도 요즘 세상 돌아가는 모양이 하도 흉흉하여 이리저리 뒤척이면서 잠을 설치고 있는 중이었다. 밖은 달도 없이 칠흑같이 어두운 밤이었다.

오늘 대원군은 대비전에서 대왕대비 조씨를 만났다. 한 해가 다 가니 와서 한담이나 하자고 조대비가 마련한 자리였다. 그 자리에서 조대비는 두 가지를 얘기했다. 새해부터는 일체 정사에 관여를 하지 않겠다는 것이 그 하나였고, 또 다른 하나는 중전을 서둘러 맞이해야만 하겠다는 것이었다.

첫 번째 결단은, 지난 2년간 수렴청정을 하여 보니, 정사란 것이 구중궁궐 속에 파묻혀 있는 늙은 아녀자의 힘으로 할 수 있는 게 아니란 판단이 들어서 내린 결정이었다. 특히 아녀자로서 매번 이런 저런 중대한 결정을 내려야만 하는 건 정말 큰 고통이었다. 그러다 보니 결국은 대원군이 모든 일을 다 처리하는 꼴이 되고 자신은 그냥 추인만 해주는 허수아비 신세가 되어 버린 것이다. 그럴 바에야 대원군에게 인심이나 쓰는 척하면서 모든 권한을 물려주는 게 오히려 더 속 편하고 실속도 있을 것 같았다.

달포 전에는 김문에서 무려 100만 냥이나 되는 어마어마한 돈을 대비전으로 가져 왔으니 구태여 정사에 관여치 않더라도 대궐의 최고 어른으로서 처신하기는 어려움이 없을 터였다.

그 일도 대원군이 김문을 용의주도하게 닦달하여 만들어 낸 것이라는 후문이고 보면, 조대비로서도 무언가 대원군에게 큰 선물을 주어야만 하는 처지였던 참이다.

두 번째 결단은, 이제 선왕 철종의 대상(大祥)이 며칠 전에 끝났으니 서둘러 중전을 간택해야만 하는 절박함이 있었다. 신왕이 등극한 지 벌써 햇수로 3년이요, 보령이 자그마치 십사 세였다.

이 자리에서 조대비는 서둘러서 고종의 비를 맞이하자는 이야기와 함께, 그 일을 부대부인과 잘 의논해 보라고 귀띔하였다. 실상인즉, 이번 중전의 간택 문제도 대원군에게 모두 일임한다는 뜻이나 다름없었다.

"재황이에게 좋은 규수감이 없을까?"

대원군은 아직도 신왕을 집안에서는 재황이라고 불렀다.

"얼마 전에 보신 자영이는 어떠세요?"

"자영이?"

대원군은 얼른 생각이 나질 않았다. 내가 누굴 만났던가?

"왜 저 건너 감고당에 사는 저의 12촌 동생뻘 되는 아이 말입니다. 작년 여름에 오지 않았나요?"

아! 그 아이. 달걀같이 동그란 얼굴에 눈에 총기가 있어 보이는 아이였다. 코에 약간 얽은 자국이 있었던가?

"부인은 그 아이를 생각하고 있었소?"

"네, 어쩐지 측은한 생각이 들어서요. 사고무친이니까."

대원군은 사고무친(四顧無親)이라는 말에 번쩍 정신이 들었다. 그는 불을 밝히고 이불 위에 그대로 앉았다. 민씨도 누워 있기가 무엇하여 따라 일어나 앉았다. 오늘따라 목에 걸려 있는 십자가가 더욱 눈에 띄었다.

"그 아이가 부모가 없다고 했던가?"

"예, 자손이 귀하여 딸만 하나 달랑 남겨놓고 몇 년 전에 떠났지요. 그래서 승호를 그 집의 양자로 보냈잖아요. 지금 있는 부인도 후처로 들어온 지 아마 몇 년 되지요?"

부인이 머리 모양새를 만지면서 하는 말이었다. 팔을 머리 위로 올리자 겨드랑이가 그대로 드러났다. 그 사이로 거뭇한 털이 보이는 그녀는 아직도 싱싱한 몸매 그대로였다.

"똑똑해 보이기는 하던데…."

대원군이 관심을 보이자 민씨는 바짝 앞으로 다가 앉으며 목소리를 더욱 낮추었다.

"여자 아이가 서책을 좋아하여 날마다 책만 읽고 지낸답니다."

"그래요? 그렇다면 일간 다시 한 번 만나 봅시다."

밤이 이경은 훨씬 넘었을 것 같은데 어디선가 개 짖는 소리가 요란하게 들렸다. 그러자 이곳저곳에서 덩달아 개들이 합창을 해 댔다. 아마도 순라꾼들이 돌고 있는 모양이었다.

그로부터 며칠 후 섣달 초순쯤, 운현궁의 박가라는 종복이 어깨에 봇짐을 가득지고 감고당을 찾아왔다. 부대부인이 보내는 옷감 일습이었다. 대원군이 직접 보겠다고 하고, 또 대왕대비 조씨도 조만간 행차를 하겠다고 하셨으니 아이가 추하게 보여서는 안 될 일이었다.

이미 세간에는 신왕의 배필로는 사영대감의 규수가 점지되었다는 소문이 파다하게 퍼져 있었다. 대원군이 파락호 시절, 김병학에게 자기와 사돈을 맺으면 어떻겠느냐고 농을 한 적이 있었다. 그 말이 어떻게 입소문을 탔는지 백성들 사이에서는 마치 들불 번지듯 퍼져 있었다.

부대부인이 보낸 물품은 송화색과 분홍색의 저고리 감이 둘, 붉은 색과 남색의 치마감이 둘, 여기에다가 속곳 감, 버선 감, 금박댕기와 비단 신까지 새색시 단장을 위한 일습이었다. 게다가 돈냥도 적지 아니 보내주었다.

"이 비단과 호박단들 곱기도 하구나. 아마도 누님께서 네 혼처를 알아보아 주실 모양이다. 하긴 네가 잘 차려 입으면 천하의 양귀비보다 못할 게 무어냐. 미모 뛰어나겠다 거기다가 글 솜씨에 학문도 상당한 지경에 있겠다. 중전의 자리라도 하고 남지, 암 그렇고말고."

때마침 어디를 쏘다니다 집이라고 들려 본 민승호가 오라버니 역할을 한답시고 주절주절 지껄이는 소리였다.

"이제는 상감마마의 양친이 되셨으니 이런 물건들이 지천으로 쌓일 테지."

계모 이씨도 거들었다.

자영은 곰곰이 생각해 보았다. 운현궁에서 옷감 일습을 보내왔다. 상감의 보령도 이제 하루 이틀이 지나면 15세가 되어간다. 운현궁에서 언제 우리에게 눈길 한 번 준 적이 있었던가? 그런데 갑작스레 비단을 보내오고 돈도 보내왔다. 옷을 잘 해 놓고 있으면 조만간 부를 일이 있다고 했다. 혹시?

자영은 흰 눈을 쓰고 서 있는 인왕산을 우두커니 바라보면서 깊은 생각에 잠겼다. 섣달그믐의 초겨울 바람이 차가웠다.

보름쯤 지나서 감고당으로 가마 두 채가 당도하였다. 하인들은 가마를 안마당에 대 놓고는 다 쓰러져서 위태위태한 담장과 가마 두 대를 연신 바라보았다. 그들은 서로 의미 있는 눈치를 교환하면서 담배를 꺼내어 부시를 당겼다. 뭔가가 서로 잘 어울리지 않는다는 뜻이었다.

가마는 날이 어둑해져서 운현궁의 후원에 당도했다. 오는 도중에 눈발이 제법 내려서 가마 위가 하얗게 눈에 덮였다. 마당에도 발자국이 남을 만큼 포실하게 쌓였다.

안으로 인도되어 온 민 처녀를 보고 부대부인은 속으로 안도의 한숨을 돌렸다. 혹여 너무 초라하게 보이면 어쩔까하여 노심초사하고 있던 중이었다. 그런데 막상 당도하여 보니 이건 기대했던 것 이상으로 훨씬 잘 차려입고 온 것이었다. 정신이 번쩍 나는 색시감이 아니고 무엇이랴.

마치 달걀처럼 갸름한 얼굴에 살며시 내리 깔은 눈썹은 선녀의 모습이 저러할까? 송화색 회장저고리와 붉은색 치마, 거기에다가 금박 댕기까지 하고보니, 가히 어느 양반집 규수와 견주어도 손색이 없을 만한 자태였다. 게다가 이제 겨우 열 다섯 살, 한창 피어나는 꽃이니 어찌 아니 그러하랴.

잠시 후 대원군이 있는 사랑으로 안내 되었다. 그도 시아버지 이전에 한 사람의 남자였다. 꽃처럼 아름다운 규수를 앞에 두고 보니 고개를 들기가 민망한 듯 연신 헛기침만을 해 댈 뿐이었다.

이튿날 대원군은 등청하기 전에 부대부인에게 넌지시 한마디 했다.

"시골구석에서만 자랐다고 하더니, 여흥 민씨 가문에 그런 참한 처자가 있을 줄이야. 하여튼 일을 잘 만들어 봅시다. 그 아이를 앞으로도 잘 가꾸어 놓아야 할 게요. 내 갔다 와서 다시 얘기 하리다."

말을 마치고 나서는 모양새가 여간 당당한 게 아니었다. 부대부인 민씨도 덩달아 기분이 좋아졌다. 행여나 하면서 얼마나 마음을 졸였는지 몰랐다. 그러나 어제 밤, 아이가 대감 앞에 다소곳이 절을 올리는 모양을 보니 그만하면 됐다 싶었다.

섣달 28일이 되었다. 다시 운현궁으로 불려 왔다. 이번에는 대원군의 사랑채로 인도되었다. 아랫목에는 발을 사이에 두고 노 부인 한 분이 앉아 있었다. 대원군은 그 옆으로 부대부인과 함께 앉고 어린 자영은 계모 이씨와 함께 대원군과 마주보고 않았다.

대원군은 그 자리에서 자랑스레 자영의 학문을 추켜세웠다. 그는 녹색과 연보라색의 옷을 잘 차려입은 그 귀부인에게 존대 말을 썼다.

"마마, 이 어린 것이 벌써 춘추(春秋)를 탐독한다 하옵니다."

노 부인이 고개를 끄덕이는 모습이 발에 비쳤다.

"이 아이의 아비가 여식이라 생각지 않고 아들로 키운 모양입니다 그려."

아, 저 할머니가 말로만 듣던 대왕대비라는 분이로구나. 자영은 아버지가 살아 계셨을 때 가끔씩 해 주셨던 대궐 속의 이야기들을 떠올렸다. 지금 생각하면 참 신기한 일이었다. 여주 산골에 계시면서도 어떻게 궁궐 안의 동정을 알고 계셨을까?

초간택이 있던 날 창덕궁 앞은 그야말로 꽃가마의 바다였다. 창덕궁 중희당 대청에는 마흔 여섯 개의 꽃방석이 스물 세 개씩 두 줄로 질서도 정연하게 놓여 있고 방석 앞에는 규수들 아버지의 성명이 적혀 있었다.

처녀들은 제 자리를 찾아가 앉았다. 마흔 여섯 명의 노랑 저고리와 옥색 비단 치마 차림 후보들 앞을 대왕대비 조씨, 대비 김씨, 대비 홍씨, 그리고 부대부인 민씨가 한 바퀴 돌았다.

그들은 처녀들에게 고개를 들라거나, 아버님의 함자가 어떻게 되시느냐, 또는 어디에서 왔느냐 하는 등등의 질문을 하면서 처녀들의 이목구비나 말솜씨를 살피곤 했다. 여기서 뽑힌 열 명의 재간택 후보를 제외하고 나머지 서른여섯 명에게는 그날로 허혼령(許婚令)이 내려졌다.

정월 여드레에 다시 재간택이 이루어졌다. 여기에서 일곱 명이 탈락하고 이제 세 명만이 남게 되었다. 민치록의 딸 민규수, 영의정 조두순의 손녀 조규수, 그리고 좌의정 김병학의 딸 김규수, 이들 중에서 중전이 탄생되는 것이다. 이제 여기서 떨어지는 두 명의 처녀는 길고도 긴 지난 보름 동안의 간택 절차에서 해방되어 집으로 돌아가게 될 것이었다.

삼간택은 3월 6일 대조전 서온돌에서 있었다. 이 자리에는 대원군도 시아버지의 자격으로 참석했다. 드디어 조선 26대 왕 고종의 정비가 탄생하는 순간이었다.

마지막 경합에서도 대왕대비 조씨는 김병학의 딸이 제일 마음에 들었다. 자색도 뛰어났으며 성정도 온순할 듯싶었다. 또 양반 가정에서 부덕을 배우면서 곱게 자라난지라 별다른 흠을 찾으려 해도 찾을 수가 없었다.

두 번째로는 영의정 조두순의 손녀였다. 다소곳한 모양새며 기품도 기품이려니와, 비록 풍양 조(曹)씨는 아닐지라도, 같은 조(趙)씨라는 사실이 우선 마음을 끌었다. 팔도 안으로 굽는다지 않던가.

여기에 비하면 민규수는 대원군의 간청이 있긴 했지만 제일 탐탁치가 않았다. 우선 굴곡이 많은 세월을 살았음인지 얼굴에 우수가 서려 있었다. 대왕대비 조씨는 비록 짧은 순간의 대면이었지만 그것을 놓치지 않았다. 조대비는 대원군에게 한 마디 했다.

"저 아이는 총명하기는 할 것 같으나 어딘지 모르게 냉정한 성품일 것 같소."

대원군은 짐짓 웃으면서 받아 넘겼다.

"만백성의 어머니일진대 너무 정이 많으면 오히려 곤란하지 않겠습니까?"

그 말은 내 며느리 내가 고르니 간섭하지 말라는 뜻으로도 비쳤다. 하긴, 뭐. 크게 흠이 있는 건 아니니 홍선이 잘 알아보았겠지. 조대비도 더 이상 이 문제에 대하여 왈가왈부 하지 않기로 했다.

한 이삼년 대원군을 가까이에서 겪어보니 이건 고집도 보통 쇠고집이 아닌데다가, 한 번 한다면 끝까지 밀어붙이는 뚝심 또한 대단하였다. 또한 조정을 장악하고 민심을 파악하는 재주가 보통이 넘었다. 자신은 도저히 대원군의 적수가 될 수 없다는 사실을 뼈저리게 느꼈다.

어쨌거나 지금 이 나라는 대원군이 이끌어가고 있는 게야. 그렇게 짧은 시간 안에 대신들을 꽉 움켜 쥔 솜씨하며. 신왕이 친정을 하려면 아직도 5년은 족히 있어야 하겠지? 곰곰이 생각에 잠겨있던 조대비는 크게 인심이나 쓰는 척하면서 한 발 물러설 수밖에 없었다.

"사사로이는 대원군의 며느리인데 홍선이 잘 알아서 하시구려. 나야 뭐."

사실인즉, 이 일을 위하여 대원군은 조선시대의 국가운영 기본지침서랄 수 있는 경국대전(經國大典)조차도 무시한 채 밀어붙인 터였다.

세조 대에 집필된 경국대전의 예(禮)편을 보면, 왕실에서 왕비를 책봉할 때는 편모나 편부의 딸은 왕비가 될 수 없다는 규정이 있었다. 그리고 대원군의 부인인 부대부인 민씨와 자영은 사실 따지고보면 12촌 자매가 된다. 그러므로 대원군은 처제를 며느리로 맞는 꼴이 되는 셈이다.

그러나 당대의 모든 권력을 한 손에 거머쥐고 있으니 누가 감히 대원군에게 이의를 제기하랴? 그건 결국 목숨을 내놓고 해야 하는 행위였다. 그러나 이 일은 목숨을 걸만큼 당사자들에게 이익이 돌아가는 일도 아니었다.

백성들로서야 누가 왕비가 되건 본인들과는 크게 상관이 없었던 것이었다. 한 가지 바람이 있다면 왕실의 척족들이 세도정치입네 하고 다시 모든 권세를 움켜쥐고 가렴주구(苛斂誅求)만 하지 않으면 그것으로 족할 뿐이었다.

김문으로서도 이런 트집을 잡아 민씨 집안의 규수가 간택되지 않는다 해서, 중전자리가 반드시 자신들에게 돌아온다는 보장이 있는 것도 아니었다. 만약에 일이 그렇게 틀어진다면 대원군은 기를 쓰고 김문의 처자가 아닌 다른 후보를 선택하고도 남을 위인이었다.

모두가 이렇듯 남의 집 잔치보듯 하는 사이에 어물어물 민씨 집안의 무남독녀 외동딸이 중전의 자리에 오르게 된 것이다. 어떤 면에서 보면 대원군의 이번 결정은 다분히 백성들을 의식한 행동이었다. 당장 소문이 구름처럼 퍼져 나갔다.

"뉘 집 딸이 됐다던가?"

"민씨 집안에서 경사 났다오."

"죽은 민치록의 딸이라 하더구먼."

"일가친척이 없다고 하던데?"

"김씨 떨거지들이 그동안 얼마나 해 먹었는데… 그러니 대원위 대감께서 잘 하신 처사이시지."

"그럼, 우리 백성들이야 대원위 대감께서나 생각해 주시지, 그분 말고야 누가 있나?"

"살짝 곰보라고 하던데 그려?"

"아 그게 어려서 앓은 마마 자국이 살짝 남아 있다는 거요. 별로 표도 안 난다던데, 뭐."

어찌 소문이 이리도 빠를 수 있을까? 간택이 끝난 후 사흘째가 되자 이런 소문은 전국에 짜르르 하게 깔려버렸다.

1866년 병인년 3월 21일, 임금님이 색시를 맞아들이신단다. 이른 아침부터 벌써 반나절을 기다렸다. 평생 볼까말까한 나라님의 행차를 보려고 사람들은 구름처럼 몰려들었다. 안국방의 감고당에서부터 창덕궁 돈화문에 이르는 길은 그야말로 인산인해였다.

"쉿, 임금님이다."

"오, 용안이다."

"과연 잘 생기셨네, 그려."

오색이 영롱한 주렴으로 장식된 연(輦)을 탄 임금이 안국방의 감고당 앞에 닿았다. 그 뒤로는 오방기를 펄럭이며 기치창검을 든 군사들이 가득 에워쌌다. 문무백관 160명이 그 뒤를 따랐다. 승정원의 승지들과 선전관들이 앞뒤에 서고 시종무관인 별운검(別雲劍) 36명이 보련의 전후좌우를 호위했다. 한성판윤을 선두로 육조의 판서들이 지나갔고, 그 뒤로는 파초선을 앞세운 영의정, 좌의정, 우의정의 삼공(三公)이 평교자를 타고 뒤를 따랐다.

한성판윤, 훈련대장, 금위대장, 포도대장은 모두 군복차림을 했다. 백마를 탄 훈련대장의 뒤로는 자그마치 천오백 명이 넘는 훈련원의 군사들이 창검을 번쩍이며 행진하고 있었다.

행렬의 끝은 이제 막 돈화문을 빠져 나왔다. 그러나 선두에 선 임금은 벌써 감고당 앞마당에 도착하시었다 한다. 남녀노소 할 것 없이 모두 목을 길게 빼고 임금의 행차를 구경하고 있는 중이다.

"어허, 도깨비 궁에 경사가 났네그려."

"이제야 감고당이 빛을 보게 되었구먀."

사람들은 감고당을 도깨비 집이라고 불렀다. 그도 그럴 것이다. 숙종의 정비였던 중전이 장희빈과 서인들의 모함으로 폐서인이 되어 지내던 곳이 바로 이곳이었다. 이곳에서 쓸쓸히 칩거하던 인현왕후가 다시 대궐로 들어간 후 이 집은 거의 150년 이상을 빈집처럼 버려졌었다.

그러던 것을 여주에서 살던 민씨 집안의 외동딸, 유모, 그리고 여종 하나 이렇게 달랑 셋이서 이사 와서 집수리도 하지 못하고 썰렁하게 큰 집의 한쪽만 겨우겨우 치우고 지내 온 지 어언 5년이었다.

감고당 안뜰에는 초례상이 차려졌다. 왕과 왕비가 마주 섰다. 왕은 이제 이 나라 조선의 지존(至尊), 어느 누구에게도 절을 해서는 안된다. 신부가 보모상궁의 부축을 받아 네 번 절을 했다. 옆으로는 십장생 그림이 화려하게 펼쳐져 있는 병풍이 있었다. 모든 형식적인 절차가 끝이 나자 왕과 왕비는 서둘러 가마를 타고 궁으로 향했다.

자영은 가마에 올라 집을 떠나기 전 살짝 눈을 들어 밖을 내다보았다. 구름처럼 모여 있는 인파 속으로 멀리 봄기운을 받아 싱그럽게 자태를 드러낸 인왕산이 보였다. 아, 날마다 우울할 때면 뒤꼍에 서서 인왕산을 바라보곤 했었지. 아버지, 소녀가 만백성의 어머니가 되었습니다. 기뻐해 주세요. 자영은 흘러내리는 눈물을 주체할 수가 없었다.

　중전이 된 자영은 그날부터 왕비수업에 들어갔다. 여염집의 규수
가 왕비로 간택되어 궁에 들어갈 때는 집에서 부리던 하녀를 서너
명 정도 데리고 들어가는 것이 관례였다. 그러나 몰락한 양반집인 자
영의 집에는 여러 명의 하녀를 둘 형편이 되지 못했다. 간신히 굶기
만을 면하는 형편이었으니 간난이 하나만으로도 족할 따름이었다.

　"걸음걸이는 천천히 하옵소서."

　"아침에는 제일 먼저 대비 전에 문후를 드셔야 하옵니다."

　"말씀은 나직나직하게 하셔야 합니다."

　궁금한 것이 있어서 물어 볼라치면 들려오는 대답은 똑같았다.

　"궁궐의 법도가 다 그러하옵니다."

　본시 여주 산하를 쏘다니며 남자아이처럼 지내던 자영에게는 그
법도대로라는 것이 여간 어려운 게 아니었다. 그러나 그것도 어차피
몸에 익혀야 할 일이라면 어찌 피할 수 있으랴.

　두 개의 와룡촛대가 붉을 밝히는 밤, 상감이 서온돌을 찾았다. 몇
년 전, 운현궁에서 두어 차례 먼발치에서 본 적이 있던 어린 아이가
아니었다. 생부인 대원군을 닮아 키가 크지는 않았지만, 이제는 훤칠
한 대장부로 손색이 없었다.

　그러나 잔뜩 기대를 하고 초야를 맞이하였건만 상감은 자영의 화
관을 벗기고 옷고름을 끌러 주는 것까지만 하였다. 그러더니 옆에 누
워서는 코를 드릉드릉 골면서 자는 것이었다. 옆방에서는 지밀상궁
들의 숨소리와 기침소리만이 들려왔다. 어린 나이에 너무 국사 다망

하시어 그러 하신가?

그 첫날밤은 친정어머니인 계모 이씨나 부대부인 마님한테서 들은 것과는 너무나도 딴판이었다. 또 늙은 상궁들이 이래라 저래라 하면서 가르쳐 주던 것과도 맞아 떨어지지를 않았다.

자영은 그럴 수도 있겠다 싶었다. 그러나 며칠이 지나서 여기저기서 궁녀들이 숙덕거리는 소리들을 꿰어 맞추어보니 실상인즉 그런 게 아니었다. 궁궐 내의 소문은 상감이 다섯 살 위인 이상궁에게 푹 빠져서 중전은 거들떠보지도 않는다는 이야기였다.

이제 자영은 일의 우선순위를 확실하게 깨달을 수 있었다. 법도를 배우는 것은 시일이 지나면 자연스레 몸에 익숙해지리라. 우선 시급한 일은 궁궐 내의 돌아가는 사정을 소상히 알려줄 사람이 필요하고, 두 번째로는 궐 밖의 동정을 파악하여 알려줄 사람이 필요하다. 결국 이 두 가지를 꿰어차고 있지 않으면 나는 한갓 궁중에서 전각이나 지키고 있는 아녀자에 지나지 않으리라.

"마마, 중전마마 문후 들었사옵니다."

"오, 들라 해라."

"마마, 밤새 강녕하셨사옵니까?"

대왕대비 조씨는 은회색 저고리에 짙은 고동색 치마를 입고 있었다. 치마 밑단에 박은 금박이 무척이나 아름다웠다. 그 앉은 자세에는 조금의 빈틈도 없었다. 아, 나도 늙으면 결국은 저런 모습이 되는 것일까? 자영은 지금 조대비의 모습이 40년 후의 자신의 모습일 것이라고 짐작해 보았다.

화려한 병풍을 뒤로하고 그 앞에 보료를 깔아 놓고 그 위에 단정히 앉아 있는 모습. 얼굴에는 온화한 웃음기를 머금고 여간해서는 희로애락의 감정을 나타내지 않는 무언(無言)에서 나오는 권위, 말보다는 눈빛으로 내명부 오백여 궁녀들을 휘어잡는 위엄, 이런 것들이 결국은 국모가 갖추어야 할 덕목인가? 아니다. 그녀는 속으로 도리질을 해 보았다. 아니야, 왕을 도와서 백성들을 편안하게 해 주는 게 진정 국모의 도리이리라.

"자리에 앉으세요, 중전."

자영은 조대비의 목소리에 퍼뜩 정신이 들었다.

"그래, 대궐은 지내실만한가요?"

"네, 모두가 다 대왕대비 마마의 보살핌 덕분이옵니다."

"이 늙은이가 무얼 해 준 게 있다고. 그나저나 이제 중전께서 후사를 생산하시어 종실을 튼튼히 해 주셔야 만백성이 편안해 질 터인데."

조대비는 장죽에 불을 붙이더니 담배를 한 모금 빨았다.

"저, 대비마마… 한 가지 소청이 있사옵니다."

조대비가 바투 앉으며 중전의 얼굴을 빤히 쳐다보았다.

"궐내에서 오래되고 믿을 만한 상궁 하나를 대비마마께서 천거해 주시오면 저의 왕비수업에 도움이 될 것이옵니다."

"오호라, 지금 있는 상궁들이 좀 답답한 모양인 게로구나. 그렇다면 내가 데리고 있던 김상궁을 중궁에 보내줄까? 나와는 40년을 함께 지내온 피붙이나 다름없는 사람이라네. 그 사람이라면 중전께서 궐내의 사정을 소상히 꿰어 차는 데 부족함이 없을 것이야."

그날 대왕대비 조씨와 이런 저런 한담을 나누고 온 자영은 김상궁을 불러 나직한 목소리로 당부하였다.

"앞으로 나를 많이 도와주오. 내가 아직 궁궐 내의 사정에 익숙하지 못하니 김상궁이 내게 큰 힘이 되어 주어야 할 것일세."

"마마, 말씀을 낮추시옵소서. 듣잡기에 민망하옵니다. 소인은 한낱 상궁에 불과할 뿐이옵니다."

"무엇보다도 궐내의 동정을 자세히 수소문하여 내게 전해주는 것이 김상궁의 일일세. 김상궁의 하기에 따라서 내 입지가 탄탄해질 수도 있고 내가 어려워질 수도 있음이야."

"이르실 말씀이시옵니까. 쇤네 이제 중전마마를 위하여 이 몸을 바치겠나이다."

첫 눈에도 김상궁은 줏대가 있어 보였다. 대비마마의 말씀에 의하면 올해 마흔여섯이라고 했지만 얼굴에는 잔주름 하나 없었다. 그녀의 몸에는 산전수전 다 겪은 궁궐 여인네의 기품이 서려 있었다.

김상궁이 중궁전에 오고 나서 한 달 쯤 지난 어느 날 이른 아침에, 간난이가 새파랗게 질린 채로 울먹거리는 모습이 보였다. 자영은 곧 범상치 않은 일이 발생했음을 깨닫고 김상궁을 불렀다.

김상궁은 별일 아니니 심려하실 것 없다는 말로 얼버무렸다. 궁녀들을 앞세우고 그 현장으로 가 보았다. 세수간 앞에는 십여 명의 궁녀들이 저마다 손으로 얼굴을 가린 채로 울고 있었다. 그 가운데에는 이제 열 두셋밖에 되지 않은 어린 아기나인이 치마에 피가 범벅인 채로 바닥에 쓰러져서 부들부들 떨고 있었다.

"이 어찌된 일이냐?"

자영의 날카로운 추궁에 김상궁이 고개를 숙이며 아뢰었다.

"마마, 물을 길어오다가 넘어져서 그리된 것이옵니다. 괘념치 마옵소서."

그러나 어느 누가 보아도 그런 상황은 아닌 게 분명했다. 어린 나인은 계속해서 하혈을 하고 있었다. 그 눈초리가 너무나도 간절히 도움을 청하고 있었다. 자영은 몸을 구부리고 그녀의 가슴을 꽉 조이고 있는 치마끈을 풀어 보았다.

"마마… 아니되어요."

어린 시녀는 힘없이 손사래를 쳤다. 치마를 걷어 올리자 끔찍한 광경이 나타났다. 아직 앳된 그녀의 음문에서 피가 줄줄 흘러나오고 있었다.

"조환관 나리. 조환관…."

자영은 대궐에 온지 얼마 되지 않았지만 그가 누구인지 알 것 같았다. 항상 긴 소매가 있는 검은 옷으로 입가를 가리고 있기 때문에 나이는 짐작할 수 없지만 덩치가 큰 환관이었다. 언제나 굽실거리며 꾀꼬리 같은 목소리로 나긋나긋하게 분부를 받들던 자였다.

새벽길을 혼자서 간 것이 화근이었다. 그는 이 가여운 아기나인이 물을 길러 가는 길목에서 기다리다가 덮쳤다고 했다. 놈은 자신의 양물이 없음에 대한 분풀이로 어린 무수리의 음문에 곡괭이 자루를 쑤셔 넣으며 그 아이가 고통스러워하는 모습을 즐겼다고 한다.

자영은 어린 궁녀의 이마에서 흐르는 땀을 닦아주었다. 그녀는 피묻은 손으로 자영의 손목을 꼭 움켜잡았다. 그 눈빛에 고마워하는 마음이 담겨 있었다. 그 손이 서서히 풀리더니 잠시 후 가엾은 아기나인의 몸은 스르르 옆으로 쓰러졌다.

"내 이 짐승만도 못한 놈을….."

자영이 이를 갈고 일어서자 주위에 시립해 있던 궁녀들이 그 서슬에 모두 옆으로 흩어졌다. 김상궁이 그런 자영의 뒤를 따라오며 나직한 목소리로 아뢰었다.

"마마, 궐내에서 가끔씩 일어나는 일이옵니다. 마마께오서 그 자를 처단하실 수도 있겠사오나, 그리하시면 환관들을 모두 적으로 돌리게 되시옵니다. 그냥 모른 체 하소서."

자영은 얼굴을 붉히면서 소리쳤다.

"아니, 궐내에서 나의 시녀들이 죽어나가도 모른 체 해야 한단 말이냐?"

"알고 보면 그들도 불쌍한 인생들이옵니다. 또한 그들의 세력도 만만치 않사옵니다. 아직 중전마마의 입지가 탄탄치 못한 마당에 궐내에 한 사람이라도 적을 만드시는 것은 현명한 처사가 아니옵니다. 통촉하시옵소서. 궁녀들도 이런 일이 처음은 아닌지라 곧 잊어버릴 것이옵니다."

그래, 김상궁의 말이 맞구나. 내가 그 자를 장형으로 때려죽여 궐내의 기강을 바로잡을 수도 있겠으나 그러면 환관들이 나를 멀리할 테지? 아직은 모든 것을 참고 지낼 수밖에. 아, 불쌍한 어린 것이 무슨 죄로 그렇게 비참하게 죽어가야 한단 말인가.

화창한 봄이 되자 기다렸다는 듯이 온갖 기화요초들이 만발하기 시작하였다. 중전이 된 자영은 부용지(芙蓉池)를 자주 찾았다. 동궁을 지나 부용지로 가는 길은 철쭉꽃과 개나리 진달래로 정신이 혼미

할 지경이었다. 벌과 나비가 꽃을 찾아 이리 저리 분주히 돌아다니고 있었다. 부용지의 정자에 올라서서 잔잔한 호수를 바라보면 마음이 차분해지곤 했다.

그러나 지금 중전의 마음은 편치가 않았다. 지금껏 한 달이 지나도록 상감이 중궁전을 찾은 것은 겨우 두 번 뿐이었다. 그것도 그냥 모양새만 갖춘 행차였다. 아직 제대로 된 합궁(合宮)도 못했다.

"상감마마 납시오."

길고도 청아한 내관의 목소리가 울려왔다. 아직 한 낮의 해가 남아 있는데 어인 행차신가?

중궁전의 상궁나인들은 황급히 허리를 숙이며 상감을 맞이하였다.

"중전은 아니 계시냐?"

이제는 어느 모로 보나 제법 의젓해지신 상감께서 김상궁에게 묻는 말이었다.

"네, 마마. 잠시 전에 부용지를 거닐겠다고 하셨사옵니다. 제가 곧 가서 모셔 오겠나이다."

"부용지라면 동궁전을 지나 고개를 넘어야 하는 곳이 아니냐? 그 먼 곳까지 가셨단 말이냐?"

자상하게 물으시는 것으로 보아 과히 심기가 불편하지는 않으신 모양이었다.

"서두를 것 없느니라. 천천히 모셔오시도록 해라. 나도 여기서 꽃 구경이나 해야겠다."

김상궁은 덩달아 기분이 좋았다. 밤마다 독수공방 하시는 중전을 뵈올 때마다 마치 자신이 죄를 짓는 기분이었다. 어서 빨리 가서 이 기쁜 소식을 전해 올려야지.

반식경이 지나서 중전의 가마와 중궁전의 상궁나인들이 치맛자락을 바람에 날리면서 상큼상큼 달려왔다. 중전의 이마에도 땀방울이 송송 맺혀 있었다.

"이 시각에 어인 행차시오니까?"

자영이 고개를 살짝 숙이며 물었다.

"어허, 중전을 보고 싶어서 오지 않았소."

자영은 임금을 서온돌로 모시었다. 아아, 꿈에도 그리던 낭군이 오시었다. 그리도 매정하게 발길을 끊으시던 전하께서 오늘은 어인 일이실까?

사영은 서둘러 세수간으로 가서 목욕을 했다. 세수간 상궁들이 정성들여 자영의 몸을 어루만졌다. 세수간과 서온돌은 지척이다.

초여름인지라 모시 속치마에 모시 적삼을 입었다. 그 위에 분홍저고리와 남치마를 입었다. 옷고름에는 노리개도 달았다.

"전하, 중전마마 드셨사옵니다."

그러나 임금은 이미 금침 위에서 코를 골면서 잠이 들어 있었다.

이 어찌된 일인가? 자영은 물끄러미 잠들어 있는 임금을 내려다보았다. 벌써 두 번째이다. 지난번에도 이렇게 무안을 주시더니 이번에도…. 피가 거꾸로 흐르는 느낌이었다. 어쩌면 이러실 수가 있을까? 그렇다고 흔들어 깨울 수도 없는 일. 자영은 그 옆에 앉아 하릴없이 서책을 들여다보았다. 그러나 글이 눈에 들어 올 리가 없었다.

그때서야 자영은 깨달았다. 자신이 가장 시급히 해야 할 일이 무엇인지를. 그래 바로 그것이야. 궁궐이 어찌 돌아가는지를 아는 것도 중요하고, 바깥세상이 어찌 돌아가는지를 꿰차고 있는 것도 중요하지만, 그런 일들은 모두 그 다음이다. 상감의 총애를 받지 못하면 나의 존재 의미가 없어진다. 아하, 내가 왜 지금껏 그런 사실을 모르고 지냈을까.

그렇게 두 식경 가까이를 앉아 있었다. 이제 밤이 되어 오봉 촛대에서는 촛불이 불꽃을 내며 활활 타오르고 있었다. 어린아이 팔뚝만한 초가 그것도 다섯 개씩이나 타오르니 방 안은 대낮이나 진배없었다. 어찌하여야 상감을 내 품에서 빠져 나가지 못하게 할 수 있을까? 밤마다 여기 서온돌로 모실 수는 없을까?

이런 저런 생각을 하다가 살짝 잠이 들었나보다. 가슴이 답답하여 보니 임금이 어느 사이에 위에 올라와 있었다. 두 사람 모두 알몸이 되어 있었다. 내가 잠이 들었었나?

임금은 이제 자영의 옥문 속으로 용신을 깊이 틀어박고 거친 숨을 쉬고 있었다. 자영도 다리를 벌리고 임금을 끌어안았다. 그러자마자 임금은 끙~ 하는 소리를 내더니 자영의 몸 위에 푹 엎드렸다. 거친 숨을 대여섯 차례 내쉬었다. 그런 후에는 미동도 하지 않았다.

이게 끝인가? 자영은 사람들이 운우지정(雲雨之情)에 몸을 부르르 떨었다느니 하는 말들을 들었었는데, 지금은 그런 이야기들과는 거리가 멀었다. 그래도 상감이니 어찌하랴. 지내다 보면 차츰 좋아지겠지. 수건으로 조심스레 상감의 몸을 닦았다. 상감은 옆으로 몸을 뉘이더니 자영의 배 위에 발을 걸친 채로 말했다. 마치 천진스러운 아이 같은 행동이었다.

"중전, 지금 기분이 어떠하시오?"

"날아갈듯 하옵니다. 전하."

자영은 속으로 웃었다. 날아갈듯하다니? 오히려 오물에 발이 빠진 듯 찜찜할 뿐이었다.

어렸을 때 여주 섬락리에서 동네 사내아이들과 들판을 정신없이 뛰어다니다 거름 밭에 빠진 적이 있었다. 밭에 뿌려 주려고 밭의 한쪽 편에 땅을 파고 똥오줌을 모아 둔 곳을 모르고 밟아 버렸다. 사내아이들은 재미있어 죽겠다고 배꼽을 잡고 웃어댔다. 자영은 한쪽 발에 무릎까지 똥을 묻힌 채 울면서 집으로 돌아왔다. 그래, 바로 그 기분이야.

"중전이 그래도 나를 투정 없이 받아주니 고마울 따름이오."

"신첩은 전하의 아낙이옵니다. 언제고 전하께서 찾아 주시면 지극 정성으로 모실 것이옵니다."

그건 진정 마음에서 우러나와 한 말이었다. 그러나 임금의 그 다음 말은 기어코 자영의 가슴에 못을 박아버렸다.

"내 이런 말하기가 여간 쑥스럽지 않소이다만… 실은 내가 총애하고 있는 이상궁 말이오. 내가 총애한 지 벌써 일 년이 지났건만 아직도 아무런 직첩을 받지 못하였으니 내가 참으로 민망할 따름이오. 그러니 중전이 나를 생각해서 대왕대비 전에 품신을 좀 하여주오. 소의나 귀인의 첩지를 내려주십사고…."

내심 쑥스러운지 임금은 얼굴이 빨개져서 말을 끝맺지 못하였다.

"전하, 지금 총애라 하시었사옵니까?"

자영은 손을 내리며 왕에게 되물었다. 손이 부들부들 떨리는 것을 임금도 느낀 모양이었다.

"아니, 내가 이상궁을 좋아하는 것은 중전도 이미 다 알고 있는 사실 아니오… 그래서… 중전에게 좀 부탁을 하려는 것뿐이오."

자신을 다스려야 한다. 모처럼 품안에 찾아 온 새를 그냥 날려 보내서는 아니 된다. 자영은 어금니를 꼭 깨물었다. 그리고 다시 상감의 손을 잡고 조용히 말하였다.

"전하께오서 부탁을 하시는데 신첩이 어찌 마다하오리까. 내일 날이 밝는 대로 대비 전에 문후하여 이상궁의 일을 고할 것이옵니다. 마땅히 그리해야지요."

"호오! 과연 중전은 도량이 넓으시오. 내 오늘 중전을 다시 보았소."

임금은 기쁜 표정을 감추지 못했다. 활활 타오르는 촛불에 비친 임금의 용안에는 미소가 가득 담겨 있었다.

자영은 그래도 오늘 임금과 이 정도까지 온 것만 해도 꽤 많은 소득이라고 생각했다. 두 달 만에 처음으로 임금과 합궁을 하지 않았는가? 그래, 모든 일은 마음먹기에 달려 있어. 내 머지않아 상감을 꼼짝달싹 못 하시도록 휘어잡으리라.

7. 대동강의 불꽃놀이

　북쪽으로는 낭림산맥의 봉우리들이 첩첩이 펼쳐져 있는 평안남도 황주 인근의 시골마을. 50여 호가 해월산이라는 야트막한 산 밑에 옹기종기 모여 있는 이 동네를 사람들은 배다리 골이라고 불렀다. 여기서 80리 길의 황주 바닷가에서 폐선의 널빤지를 떼어가지고 와서 그것으로 다리를 놓았다고 해서 붙여진 이름이었다.

　저 멀리 희미하게 보이는 산은 흰 구름에 덮여 있어 그 높이를 가늠하기조차도 쉽지 않아 보였다. 이제 저녁 해는 봉우리 위에까지 바투 다가앉았다. 곧 넘어갈 모양이다.

　석양을 등지고 시골길을 느릿느릿 걸어가는 8척 거구의 서양인이 있었다.

　"야, 양코배기다, 양코배기!."

　그의 긴 그림자를 재미있다는 듯이 밟으며 예닐곱 명의 아이들이 졸졸 따라 다니면서 놀려대는 소리였다. 얼굴에 버짐이 허옇게 피어 있는 놈에, 머리통이 군데군데 동그랗게 빠져있는 놈에, 그 꼬락서니도 가지각색이다. 그 중에는 고뿔이 들었는지 코를 질질 흘리며 따라오는 놈도 있었다.

"오, 우리 예쁜 천사님들이 오셨구나."

그 사람은 제법 서툴지 않은 조선말로 어린아이들을 달래면서 배낭을 뒤지더니 무언가를 꺼내서 아이들에게 나누어 주었다.

"자, 여기 있다. 눈깔사탕 하나씩이다."

아이들은 잔뜩 의심스런 눈초리로 가까이까지 와서는 잽싸게 그의 손에서 사탕을 빼앗아 가지고 달아났다. 마치 독수리가 먹이를 낚아챌 때의 민첩함이었다. 양인은 껄껄 웃어대더니 마을 한가운데 제법 포실하게 자리를 잡은 기와집 쪽으로 다가갔다.

"주인이른, 주인어른."

"주인어른~ 주인어른~."

아이들이 어느 새 뒤따라 와서 양코배기의 흉내를 내며 놀려댔다. 안에서 사람의 소리가 나자 아이들은 부리나케 담장 뒤쪽으로 달아나서 숨었다. 하인이 나와서 과객의 위아래를 훑어보더니 좀체 보기 힘든 양귀자(洋鬼子)라는 걸 알고는 얼른 문을 닫고 들어가 버렸다.

양인은 서쪽 하늘을 바라보았다. 이제 해는 서산마루에 절반쯤 걸려 있었다. 잠시 후면 어둠이 찾아 올 것이었다. 3월의 매서운 봄바람이 한바탕 휘몰아치고 지나갔다. 그는 더 세차게 문을 두드려 댔다. 잠시 후 안에서 두런두런 목소리가 들리더니 이 집의 주인인 듯한 사람이 정자관을 단정히 쓴 채로 문을 열고 그를 맞았다.

"하루 밤 신세를 좀…."

주인은 이미 하인을 통해 저간의 사정을 알아차린 모양이었다. 순순히 문안으로 그를 들어오게 했다. 주인은 손님을 우물가로 안내하더니 놋대야에 따뜻한 물과 수건까지도 주었다.

잠시 후 주인과 서양인은 사랑채에서 저녁상을 마주하고 앉았다. 주인도 꽤나 학식이 있는 모양으로 그의 사랑에는 서책들이 그득하였다.

"마침 저녁을 먹으려고 하던 참이었습니다. 시골 밥이라 변변치 않습니다. 괜찮으시다면 많이 드십시오."

주인은 손으로 상을 가리키면서 많이 먹으라는 말을 했고, 서양인은 연신 감사하다는 말을 조선말과 영어로 바꾸어가면서 대여섯 번도 더 했다.

그도 그럴 것이, 이 동네에서 재워주지 않으면 영락없이 길거리에서 노숙을 해야 할 판이었다. 춘삼월이라고는 하지만 노숙을 하기란 여간 어려운 일이 아니었다. 지난 석 달 동안 잠자리를 얻지 못해 산모퉁이의 상여 집에서도 자 보았고, 헛간 옆에서도 잔 적이 있었다. 조선의 겨울 추위는 혹독했다.

그는 차려 준 저녁을 아주 맛나게 먹었다. 특별히 내 놓은 것인지 조기도 두 마리나 놓여 있었다. 숭늉까지 다 먹고 난 양인은, 자기 이름은 토마스이며, 영길리(英吉利) 사람이고 런던선교회에서 파송된 선교사라고 자신을 소개했다.

진생원은 오늘 그동안 말로만 듣던 이양인(異洋人)을 처음 보았다. 직접 얼굴을 맞대고 보니 그들 역시도 사람이었다. 키가 크고, 얼굴색이 붉고, 머리칼이 노랗고, 눈이 파란 것 말고는 우리네와 별반 다르지 않았다.

토마스는 요를 깔고 누웠다. 방은 뜨끈뜨끈했다. 재작년에는 해주 지방을 주로 다녔고, 작년에는 서해의 백령도라는 섬에서 여섯 달을 지내며 주민들 50여 명을 전도하였다. 여러 집을 다녀보았지만 이렇게 융숭한 대접을 받아보기는 처음이었다. 대개가 어렵게 살기는 해도 일반 백성들의 인심이 더 후한 법이었다. 양반들은 이양인들을 여간해서는 집안에 들이려하지 않았다.

아이들이 아직도 놀고 있는 모양이었다. 떠드는 소리와 개 짖는 소리가 요란했다.

토마스는 잠이 오지를 않았다. 집에서 기도하고 계실 부모님 생각이 났다. 80을 바라보는 나이임에도 불구하고 아버지는 언제나 아들을 위해서 하루 한 시간씩 기도해 주셨다. 그래서 토마스는 언제 어느 곳에 있어도 두렵지 않았다.

하지만 아버지의 뜻대로 따라주지 못한 자신이 늘 죄송스러웠다. 아버지는 아들이 의사가 되어 주기를 바랐다. 그러나 토마스는 선교사가 되겠다고 결심했다.

그게 아마도 여덟 살 때쯤이었을 것이다. 어느 날 교회에 선교사 한 분이 선교보고를 와서, 아프리카 노예들의 비참한 생활을 이야기해 주셨다. 그날 밤의 집회를 통하여 토마스는 앞으로 자기의 삶을 주님께 헌신하겠다고 다짐했다.

몇 년 동안 고향인 런던에서 목회를 하면서도 자기의 꿈은 해외선교라고 계속 기도해 왔다.

드디어 작년에 북경교구로 선교지를 배정받게 되었는데 거기서 또다시 아무도 가지 않는 위험지대인 조선을 선택했던 것이다.

1866년, 병인년 칠월 칠일의 한 여름, 이른 아침 안개를 뚫고 대동 강을 거슬러 올라오는 시커먼 괴물체가 있었다.

"이양선이 나타났다. 이양선(異樣船)이다."

"저 큰 게 움직인다, 움직여."

이른 아침에 황주목의 남포와 송산리 일대의 부민들이 그 소식을 듣고 새하얗게 대동강 변에 운집하였다. 황주라면 바로 서해바다에 서 대동강으로 접어드는 길목이요, 여기서부터 평양까지는 뱃길로 100여 리도 채 안 되는 평양의 초입인 셈이다.

생전 처음 들어보는 엄청난 뱃고동소리에 황주의 군민들은 모두 귀를 막고 뒷걸음질을 쳤다. 서해바다에서 황주목에 들어온 시커먼 산 같은 물체, 바로 미국 국적의 상선 제네럴 셔먼호였다.

이 배에는 서양인이 10명, 말래인과 청국인이 13명 등, 모두 23명 이 타고 있었다. 그 중에는 영길리 선교사 토마스도 끼어 있었다. 이 배는 상선은 상선이었으되, 대형 함포를 2문이나 장착하여 화력 면 에서 보면 웬만한 군함이나 별반 다름없었다.

황주목사 정대식은 이양선의 출현에 아연 긴장하지 않을 수 없었 다. 그 거대한 산 같은 물체가 배인 것은 확실하였으나, 도대체 어느 나라의 배인지, 상선인지 군함인지, 또는 무슨 목적으로 온 것인지를 모르니 대책 또한 있을 리 없었다.

정대식은 죽기를 각오하고 우선 배의 정체를 알아보리라 작정하 였다. 연안을 순찰하는 작은 목선에 군관 두 명을 대동하고 나섰다.

배가 이양선에 가까이 접군하자 배 위에서 이양인들이 모자를 벗어서 흔들며 반가워하였다.

"웰컴, 웰컴!"

무슨 소리인지 알아들을 수는 없었지만 그들의 표정으로 보아서는 접근을 반기는 눈치였다.

정대식은 까마득히 높아 보이는 배위에 대고 소리쳤다.

"어느 나라의 배인가?"

"배의 국적은 미리견이고 배의 주인도 미리견(米利堅) 사람이오. 영길리인과 정말인, 그리고 청나라 사람들이 타고 있소."

더듬거리기는 했지만 분명 조선말이었다.

"이 배는 무슨 배인가?"

"장사를 목적으로 하는 상선이오. 전함이 아니오."

"어디서 와서 어디로 가는 배인가?"

"상해를 떠나서 귀국의 평양으로 가고 있는 중이오."

"무슨 목적으로 왔는가?"

"장사를 하고자 하오. 이 배에는 옷감과 그릇들이 가득 쌓여 있소."

"조선 조정에서는 이양인들과의 통상을 허락하지 않는다. 물러가라."

정대식은 장졸들에게 배를 돌리라고 명한 후 강기슭으로 나왔다. 배는 여전히 그곳에 그대로 정박한 채 꿈쩍도 하지 않고 있었다. 정대식은 걱정에 잠겼다. 저놈들과 싸워야 하나? 조금 전에 평양 감영으로 보낸 장계의 답을 받으려면 빨라도 저녁 무렵에나 받을 수 있을 것이었다.

하얗게 몰려 든 군민들은 사또인 자기를 보면서 웅성거리고 있었다. 어허, 이대로 계속 가만히 지켜보고만 있기도 체통이 서지 않으니 이 일을 어찌하면 좋단 말인가….

군민들은 이양선을 보고 고함을 쳐 대는가하면 꼬마 녀석들은 돌팔매를 던지기도 했다. 돌멩이는 배가 있는 곳까지는 턱없이 못 미치고 바로 코앞에 퐁당거리며 떨어질 뿐이었다. 이윽고 해가 이글거리고 중천에 떠 있을 즈음해서 배는 서서히 움직이기 시작했다.

"와, 이양선이 물러간다."

"저 큰 배가 움직인다."

황주목사의 장계를 받은 평양감사 박규수는 휘하 문무관들을 긴급히 소집했다. 그는 일찍부터 실학파의 거두인 할아버지 연암(燕巖) 박지원의 영향을 받아 외국 문물에 눈을 뜬 사람이다. 2년 전에도 사절단을 이끌고 연경에 정사(正使)로 가서 몇 달간 머물면서, 청나라가 서구 열강의 힘에 의해 무너지는 광경을 가장 가까이서 지켜본 중신이다.

"우리들이 비록 황주목사의 장계로 저자들의 항행 목적이 통상에 있다는 정도는 알고 있사오나, 아직 소상하게 그 내막을 모르오니 우선 문정(問情)을 해 보심이 첫째일 줄로 아뢰오."

서윤 신태정의 말이 끝나기가 무섭게 병사(兵使)를 맡고 있는 정수근이 결기를 세우면서 말했다.

"소직의 생각으로는 대원위 대감의 확고한 뜻에 따라 당장 저들을 무력으로 물리치는 것이 상책일 줄로 아옵니다. 어물어물하다가는 오히려 대원위의 진노만 사지 않을까 심려되옵니다."

이어서 여러 가지 갑론을박이 나왔다. 시간이 중함을 알고 있는 박규수가 신태정과 병사 옆에 좌정하고 있는 중군 이현익을 지목하며 명령을 내렸다.

"그대들 둘이서 우선 문정을 시도해 보라. 즉시 이양선에 접근하되 되도록 자세하게 저들의 장비, 배의 규모, 무장상태나 인원 등을 정탐하여 보고토록 하라. 양이들의 배는 상선이라도 무장을 하고 있음이로다. 병사 정수근은 인근 고을의 수령들과 합세하여 장졸들을 최대한 동원하여 백성들이 경거망동하지 못하도록 철저히 감시하라. 오히려 저들의 도발보다도 우리 측에서 먼저 문제를 일으킬 수도 있음이야. 첫째는 저들의 목적을 소상하게 파악하는 일이요, 둘째는 조정에서 답신이 오기를 기다리는 게 순서일 것이니라. 각자 맡은 바 위치로 돌아가고 오늘부터 저 이양선이 떠나갈 때까지는 모두들 집에 돌아갈 생각들을 하지 말라. 박규수는 휘하들을 보며 큰 소리로 오금을 박았다. 모두들 알아 듣겠는가?"

"네이~"

해가 미시(未時)를 지나 한낮의 태양은 그야말로 물이라도 끓일 듯한 기세로 내리 쬐고 있었다. 신태정, 이현익, 그리고 병졸 두 명을 태운 군선이 검은 색의 이양선에 접근하자 강변에서 구경을 하려고 하얗게 몰려든 백성들이 일제히 환호성을 질러댔다.

그러나 조선의 배는 마치 고목나무에 달라붙은 매미처럼 초라

하기 짝이 없었다. 말이 좋아 군선이지, 강변에서 쓰는 나룻배에 수(水)자를 쓴 푸른색 기를 배의 꼬리에 덩그러니 꽂은 게 고작이었다.

양이(洋夷)의 배에 가까이 가자 높다란 배 위에서 사다리가 주르르 흘러 내려왔다. 분명 사다리를 타고 올라오라는 뜻이었다. 둘은 멀뚱히 쳐다보았다. 배에 올랐다가 만약에 잘못되기라도 한다면 어찌될 것인가? 그래도 이현익은 역시 무골이었다. 그가 우물쭈물하는 신태정을 돌아보며 앞장섰다.

"좋은 기회올시다. 올라가서 자세히 살펴보시지요. 제가 먼저 올라가리다. 내려다보지 말고 오로지 위만 쳐다보고 따라서 오십시오."

말을 마치기가 무섭게 이현익은 벌써 출렁이는 사다리를 타고 성큼성큼 서너 계단을 올라갔다. 뒤에 처진 신태정도 마냥 있을 수만은 없어서 뒤에 따라 올라가는데, 다리가 후들후들 떨리고 밧줄로 된 사다리는 더욱 출렁거렸다. 먼저 올라간 중군 이현익이 손을 잡아서 그를 바짝 끌어 올려 주었다.

"환영합니다."

배에 오르자 제일 먼저 악수를 청하며 반기는 사람은 청나라 복장을 한 30대의 얼굴빛이 검붉은 사람이었다.

"본인은 통역을 맡은 이팔행이오. 광동성 출신이지요."

"먼저 인사하시지요. 이쪽은 선주인 프레스턴입니다."

푸른색의 나뭇잎 무늬가 얼룩얼룩한 옷을 입고 있는 서양인이 웃음을 지으면서 손을 내 밀었다. 노란 곱슬머리에 얼굴 전체가 흰 수염으로 가득했다. 허리에는 작은 총과 환도를 차고 있었다. 그 옆에는 십자가를 목에 걸고 있는 사람이 서 있었다. 흰색 두루마기 같은 옷을 걸치고 목에는 십자가를 걸고 있는 그의 얼굴은 환하게 빛나고 있었다.

이현익은 사방을 둘러보며 배의 무장상태를 꼼꼼히 눈여겨 두었다. 사다리를 타고 올라오면서 보니 배는 무쇠로 된 것이 아니었고 철갑을 누덕누덕 붙인 철갑선이었다. 그리고 배의 위에 올라와 보니 바닥은 모두 나무 바닥이었다. 화공을 하면 충분히 승산이 있으리라는 생각이 들었다.

그들은 선장실로 안내됐다. 육중한 철문을 열고 들어가니 거기는 또 다른 별천지였다. 탁자는 무슨 옻칠을 한 것인지 반짝반짝 빛나고 있었고, 그 위에는 은제 주전자와 유리로 만든 잔이 여러 개 있었고, 또 둥그런 공 위에 어지러이 그림과 글자가 뒤섞여 있었다.

다른 벽에는 옷걸이에 검푸른 색 제복이 걸려 있었는데 양 소매에는 금빛 찬란한 줄이 세 개씩이나 둘러져 있었다. 그 왼쪽에는 장총이, 오른 쪽에는 도금을 한 장검이 걸려 있었다.

벽에는 책장에 책이 그득히 꽂혀 있었다. 조선에서 보던 서책들과는 달리 색칠도 아름다운 책들이 빼곡히 정리되어 있었다.

신태정의 눈에도 마치 딴 세상인양 신기하게만 보였다. 지금껏 야만인이라고만 생각했더니 일개 배의 도사공(都沙工) 놈의 방이 이렇게도 호사스럽다니. 오히려 이놈들이 더 개화된 민족이 아닐런가.

"왜 조선국의 연안을 침범하였는가?"

"우리는 교역을 하기 원한다. 그뿐이다."

"상선에 어찌하여 병장기들이 가득한가? 대포도 있지 아니한가?"

"상선도 무장을 해야만 스스로를 보호할 수 있다. 해적들이 도처에 출몰하고 있기 때문이다."

"우리 조선은 교역을 허락하지 않는다. 당장 물러가거라. 그렇지 않으면 모두 죽음을 당할 수도 있다."

신태정의 으름장에 그들은 빙그레 웃을 뿐이었다. 이번에는 선교사란 자가 끼어들었다. 놀랍게도 그는 조선말을 청국인 통역 못지않게 능숙하게 하고 있었다.

"나는 영길리의 선교사 토마스다. 조선에서 천주교 신부와 신도들을 모두 죽였다는데 그게 사실인가?"

"그렇다. 그들이 조선의 미풍양속을 해쳤기 때문이다. 우리 조선은 서교를 인정하지 않는다. 앞으로도 그런 놈들은 계속 처단할 것이다."

이때 선장 페이지가 앞에 놓여있는 장식장에서 무엇인가를 꺼내더니 이현익의 앞에 내 놓았다. 그것을 들고 선장실 유리창 밖을 내다보라고 하였다.

아, 이게 웬일인가? 건너편에 깨알만하게 보이던 평양 백성들이 저희들끼리 이야기 하는 모습, 손을 흔들어 빨리 오라는 시늉을 하는 모습, 등등이 바로 코앞에서 하는 행동인 양 지척으로 보였다. 아하, 이것이 바로 천리경(千里鏡)이라는 것이로구나.

그들이 나가려고 하자 선주 프레스턴은 이것저것을 꺼내어 보여주었다. 온갖 색칠을 한 유리그릇이며 가죽신, 자명종이라하여 시간이 되면 스스로 종을 치는 시계, 상아로 만든 담배 물뿌리, 양털로 짠 방석 등등, 그들이 잠시 동안 보여준 품목들만 해도 10여 가지가 넘었다.

선주는 그래도 교역할 의사가 없느냐는 듯이 그들의 기색을 살폈다. 중군 이현익이 으름장을 놓으며 한마디 했다.

"내일까지 말미를 주겠다. 만약 내일 날이 밝아서도 퇴선하지 않으면 그 땐 모두들 죽음을 각오해야 할 것이니라."

그들이 막 선장실을 떠나려 하자 선주 프레스턴은 그들을 잠시만 더 자리에 앉아 있으라고 했다. 서랍에서 종이를 꺼내더니 그 위에 글을 써내려가기 시작했다.

두 명의 조선 문정객들은 다시 한 번 놀랐다. 닭털 같은 것에 유리병 속에 있는 먹물을 찍어 글자를 쓰는데, 그 정교함이 붓으로 쓰는 것보다 오히려 더 깔끔하지 않은가? 글쓰기를 마치자 프레스턴이 종이를 신태정 앞으로 밀어주며 간곡한 어조로 당부를 하였다.

"우리가 지금 급히 필요한 물품들이오. 이것들을 내일까지 우리 배에 전달해 주시오."

이팔행이 하나하나 설명해 주면서 그 각각 품목의 옆에 한문으로도 적어 주었다.

"물 스무 통, 쌀 한 섬, 우육(牛肉) 100근, 닭 50마리, 계란 200개, 장작 50단…."

품목들은 자그마치 20여 가지나 되었다. 설명을 다 듣고 난 신태정이 어이없다는 표정을 지으며 이현익을 쳐다보았다.

"일단 접수하시지요."

그들은 서둘러서 하선했다. 배에서 내려와 운집하고 있던 군중 속을 뚫고 감사 박규수 앞에 부복한 신태정과 이현익은 적정을 소상히 보고하였다.

"그들이 원하는 것을 모두 다 준비해서 공급해 주거라."

"아니, 그 많은 물자를 거저 주란 말씀이오이까?"

백성들이 초근목피로 연명하는 판이다. 쌀 한 섬에 소고기 백 근이면 얼마나 많은 백성들이 호궤할 수 있는 양식인가? 그 많은 물자를 군소리 없이 양이들에게 갖다 주라는 감사의 말에 어안이 벙벙해질 수밖에.

"무론 국가 간에는 지켜야 할 관례가 있다. 타국의 배가 항해 중에 피치 못할 사정에 따라 어느 나라의 지경(地境)에 이르렀을 때는, 그 나라에서 물자를 주어 먹여주고 배를 고쳐주어 돌려보내는 것이 국제관례라 한다. 이것은 우리가 지나가던 과객이 날이 저물어 하룻밤 유숙을 청하면 먹여주고 재워주는 풍습과 똑 같다."

그 다음 날, 물과 곡식과 부식을 모두 공급받은 제네럴셔먼호는 오히려 대동강을 거슬러 올라가기 시작했다.

"부~웅!"

커다란 굴뚝에서 검은 연기가 솟아오르면서 뱃고동소리가 나자 구경하고 있던 백성들은 넋이 빠질 지경이었다. 생전 그렇게 큰 소리를 들어본 것은 처음이었다.

당연히 퇴선할 줄로 믿었던 평양 감영 측에게는 실로 배신과도 같은 행위였다. 셔먼호는 계속 연기를 뿜어대며 곤유섬을 거슬러 올라가서 만경대까지 올라갔다.

이제는 부족했던 물과 쌀과 고기와 야채도 잔뜩 받았겠다, 선주인 프레스턴으로서는 거칠 것이 없었다. 평양군민들이 새하얗게 강둑에 모여 있다 한들 그들의 나룻배로서는 이 배에 접근조차 하지 못하는 형편이었고, 그들이 가지고 있는 병장기라고 해 봐야 고작 창이나 화살뿐이라는 사실을 이미 눈치 챘던 것이었다. 장마로 강물도 범람하여 큰 배가 다니기에 부족함이 없었다.

평양에 당도하고 나서 무려 8일간이나 셔먼호의 선원들은 수시로 땅에 내려서 만경대와 왕연지(王硯池), 한사정(閑似亭) 등 명승고적지를 두루 구경하며 돌아다녔다. 또 패거리 중 몇몇은 보트를 타고 배 밑으로 줄을 늘어뜨리면서 수심을 측정하는 행위를 그치지 않았다.

평양감사 박규수의 인내심도 이제는 한계점에 이르렀다. 이미 한양으로부터도 어서 빨리 그들을 물리치라는 영을 받은 터였다. 그래도 그는 저들이 조용히 물러나기만을 기다렸던 것이다. 그러나 이제 수하 참모들의 채근에 더 이상 기다릴 수만도 없었고, 더더욱 평양 군민들이 감사의 이런 행동을 의심에 찬 눈초리로 보고 있음에야 어쩌겠는가.

모선에서 나와 이곳저곳을 마구 헤집고 다니면서 돌아다니는 작은 배를 가리키며 박규수가 마침내 영을 내렸다.

"저놈들을 모두 잡아들여라."

중군 이현익과 병사들 여섯 명을 태운 작은 군선 하나가 영을 기다리기라도 했다는 듯이 그들의 보트로 접근했다. 그러나 그들을 너무 만만히 보았음일까? 보트에 가까이 가자마자 검은 얼굴의 오귀자(烏鬼子) 한 명이 허리춤에서 권총을 빼어 들더니 허공에 대고 총을 발사했다.

"땅!"

엄청난 소리에 군졸들이 모두 어리둥절해 있는데 잽싸게 두 명이 군선으로 올라타더니 이현익을 낚아챘다. 그들은 이쪽에서 미처 손 쓸 사이도 없이 급히 보트를 몰아서 셔먼호의 밑으로 갔다.

비록 작은 보트라고는 하나 그들의 배는 네 명이 노를 저어서 간다. 혼자 노를 젓는 우리 나룻배의 속력으로는 도저히 그 배를 따라 잡을 수가 없었던 것이었다. 구경하고 있던 평양 백성들은 고래고래 소리쳤다.

"이놈들아, 우리 중군(中軍)을 어서 풀어주어라~."

그러나 그들의 함성은 메아리가 쳐서 되돌아 올 뿐, 그 사이에 벌써 보트는 기중기에 매달려서 셔먼호의 갑판 안으로 끌어올려지는 것이었다.

강둑에서 이 광경을 지켜보던 박규수는 난감했다. 믿던 수하 장교 하나가 백성들이 지켜보고 있는 가운데 저들에게 포로가 되었으니 낭패도 이런 낭패가 있을 수 없었다.

한편 조선군의 장교를 납치한 셔먼호에서는 평양 측에서 분명 협상을 하자고 나올 줄 알았다. 그러나 하루, 이틀이 지나도 아무런 반응이 없자 점점 초조해지기 시작하였다.

배가 대동강 입구에 도착한 이후로 벌써 열흘이 지났다. 그간 네 번이나 조선 사람들을 만났지만 하나같이 배의 항해 목적이나 무장 여부에만 관심이 있어서 오직 그런 것들만을 꼬치꼬치 캐물을 뿐이었다. 더욱 분통이 터질 노릇은 이쪽 물건들은 아예 거들떠보려고도 하지 않는다는 사실이었다. 게다가 망원경으로 관측해 보니 이제는 하얀 옷을 입은 민간인보다 시커멓고 퍼런색 옷을 입은 군졸들의 숫자가 점점 더 많아지고 있었다. 분명 인근 병영에서 원군이 도착한 것이리라.

셔먼호의 배 위에서는 일대 입씨름이 벌어졌다. 선주 프레스턴이 토마스 선교사를 몰아세우고 있는 것이었다.

"토마스, 네가 뭐라고 했지? 조선 땅에만 가면 물건을 그냥 풀어놓고 올 수 있다고 하지 않았나? 이게 도대체 무슨 꼴이야. 교역은커녕 땅에 발도 붙이지 못하게 하지를 않느냔 말이야. 너 토마스, 하나님을 믿는다면서 내게 감히 거짓말을 해? 이건 사기야, 사기라고! 교역을 못할 바에야 어차피 망한 것, 내 이놈들 땅을 쑥대밭으로 만들어 버릴 작정이다. 저 미개한 놈들이 교역을 안 하고 배기나 보자. 이봐, 엘리엇, 어서 포 쏠 준비해. 아주 박살을 내 버리라고."

선장 페이지와 토마스 선교사가 결사적으로 매달리고 있었다.

"이봐, 프레스턴, 그렇다고 무엇이 달라지겠나? 차라리 이번은 조용히 돌아가자. 여기서 나카사키까지 삼사일이면 가니까 일본으로 돌아가자. 거기라면 우리 물건들 다 팔아 치울 수 있어. 작년에 거래했던 친구들도 있지 않아? 잠시 진정하라고, 진정해."

"그래요, 선주님. 제가 여러 가지 잘못 생각한 게 있습니다. 그렇지만 선주님을 속이려고 한 것은 아닙니다. 조선 사람들이 순박해서 모든 게 잘 될 줄로 알았지요. 이렇게까지 관원들이 꽉 막힌 사람들인지 몰랐다니까요. 이번엔 일본으로 회항 하시지요. 그게 좋을 듯싶습니다."

"여기서 일본까지 어떻게 가나? 기름은 어디 있고 또 그 돈은 어디서 나와? 누가 그 손해를 책임질 거냐고. 너 토마스 하나님께 기도 좀 해 봐. 서북풍을 불게 해달라고 기도하란 말이야! 엘리엇, 뭐하고 있나? 어서 발포하란 말이다!"

엘리엇이라고 불린 선원이 동료 포수 두 명과 함께 느릿느릿 포탄을 넣으며 계속해서 페이지 선장의 눈치를 보고 있었다.

이현익은 사흘간을 선창 밑의 한 허름한 창고에 감금되어 지냈다. 끼니를 아홉 번 준 것으로 보아 사흘이 지났을 것이라고 짐작할 뿐이었다. 갇혀 지내는 내내 방안에는 불이 밝혀져 있었다. 아하, 저것이 왜놈들이 사용한다는 전기불이라는 것이로구나.

밥은 먹을 만했다. 기름에 튀긴 밥에 계란을 풀은 국이 나왔다. 언제나 똑 같았다.

어느 날 문이 열리면서 청국인 한 명이 창고 안에 들어왔다. 그는 이현익에게 오늘 중으로 나가게 될 거라고 말과 손짓으로 알려주었다. 회색빛이 들어간 푸른색의 상의를 입은 그는 매우 친절하게 대해 주었다. 나가면서 문을 잠그지도 않은 것 같았다. 자물쇠를 잠글 때 들리던 철컥! 소리를 듣지 못했다. 마치 이현익에게 도망가라고 하는 것만 같았다.

그가 나가고 나서 얼마쯤 지나 쇠창살 밖으로 손을 내밀어보니 자물쇠가 손에 잡혔다. 짐작대로 그냥 걸쳐만 놓고 간 것이었다. 그가 그렇게 고마울 수가 없었다.

문을 열고 밖으로 나왔다. 감시하는 놈들은 하나도 없었다. 갑판 위에서는 무슨 소란이 났는지 연신 쿵쾅거리는 소리가 요란했다. 구불구불한 여러 개의 계단을 지나 마침내 갑판 위로 나오는 순간, 시원한 강바람이 그의 코끝에 밀어닥쳤다. 아, 얼마 만에 쏘여보는 강바람인가.

주위는 어둑어둑해져 있었다. 갑자기 저쪽 편에 몰려있던 양이들이 웅성거리며 소란이 벌어졌다. 양이들이 강쪽을 향해서 손가락질을 하면서 뭐라고 떠들어대기 시작했다.

이현익은 이때다 싶어서 배의 난간을 넘어 밑으로 뛰어내렸다. 무조건 강 밑으로 뛰어 내려서 배와는 반대편으로만 헤엄쳐 가면 될 것이란 계산이었다. 그러면 이쪽이든 저쪽이든 강변에 닿으리라.

대동강 기슭의 능라도(綾羅島)에서 어부의 자식으로 태어나 어려서부터 강가에서 잔뼈가 굵은 그였다. 여름 장마철이면 흙탕물 속을 뛰어들어가서 강 한가운데 떠내려 오는 돼지며 수박이며 참외를 건져내오곤 했다. 인근 동네 아이들로부터도 '대동강 수달'이라는 별명을 얻고 자랐다. 조금 헤엄쳐 오자 거룻배 한척이 다가오고 있었다.

가까이 접근하던 배는 퇴역군관 박춘권의 나룻배였다. 그는 이현익을 구하겠다고 자청하여 죽기를 각오한 결사대원 여섯 명을 데리고 이양선에 접근하던 참이었다.

갑자기 첨벙! 하는 물소리가 나서 급히 배를 몰아가 보았더니, 천만뜻밖에도 자신들이 구하려고 하는 중군 이현익이 헤엄쳐 오고 있는 것이 아닌가.

평양감사 박규수는 실로 진퇴양난의 위기에 처해 있었다. 수하 장졸 중 가장 믿음직하다던 중군은 적에게 포박되어서 생사조차도 모르는 형편이 되었고, 양이 놈들은 먹을 물을 주고 쌀을 주고 고기를 주었건만 오히려 민가에서 분탕질을 하여 자신을 더욱 궁지에 몰아넣었다. 은혜를 원수로 갚는다더니 바로 이런 경우를 두고 하는 말이로구나. 내 이놈들을 결단코 그냥 보내지 않으리라.

이때 동헌이 와자지껄하면서 소란스러워졌다.

"무슨 일이냐?"

"네, 대감. 지금 중군이 돌아왔사옵니다."

"뭐? 중군이 살아서 돌아왔다고?"

밤늦게 동헌에 무릎을 꿇고 죄를 자청하는 이현익에게 박규수는 물러가서 쉬도록 명하였다. 무사히 탈출하였다니 그만하기를 천만다행이 아닌가? 내 내일은 이놈들을 그냥 두지 않으리라. 다짐을 하면서 박규수는 잠을 청했다.

이튿날이 되자 부근에서 지원군도 합세하였다. 철산부사 백낙연이 포수 20여 명을 이끌고 현장에 당도한 것이었다. 숨차게 달려와서 예를 올리는 백낙연을 보면서 박규수가 말했다.

"철산부사, 부사가 우리 군사들까지도 지휘해 주시오."

셔면호에서는 조선군 장교가 도망쳐 나가고 나자 사기가 땅에 떨어졌다. 아침 해가 꽤 높이 오른 시각에 난간에 서서 평양 군민들의 동태를 지켜보던 선원 한 명이 갑자기 머리에서 피를 쏟으며 옆으로 쓰러졌다.

모두들 순식간에 갑판에 납작 엎드렸다. 배를 타고 강 중간까지

나온 조선 포수 한 명이 쏜 총에 머리를 맞은 것이었다. 그는 그 자리에서 허연 골을 쏟더니 몸을 부르르 두세 번 떨고는 곧바로 죽어 버렸다.

"호가스! 호가스가 당했다. 에이, 이젠 더 이상 볼 것 없다. 어서 빨리 발포하라니까!"

선주 프레스턴이 고래고래 고함을 지르고 있었다. 배의 핵심 운영자인 1등 항해사 호가스가 조선군의 총탄에 즉사한 것이었다. 곧바로 포에 불을 붙였다.

"펑! 펑!"

연거푸 두 발이 발사되었다. 대동강변에서 구경을 하고 있던 군인들과 흰 옷을 입은 사람들 서너 명이 포탄을 맞고 공중으로 튀어 오르는 광경이 목격됐다. 백인과 흑인 청국인 가릴 것 없이 배 위에 있던 모든 선원들도 이제는 위기상황이라고 파악했는지 모두 난간에 몸을 숨기고 강 쪽을 향하여 총질을 해대기에 여념이 없었다.

"쏘아라!"

철산부사가 총대장이 되어서 사격을 명하자 평양 감영에서 옮겨온 현자총통(玄字銃筒)과 화승총에서 총성과 함께 연기가 오르면서 탄환이 빗발치듯 날아갔다. 그러나 강변에서 쏜 포탄과 탄환은 셔면호에 미치지 못하였다. 셔면호에서도 불꽃이 일고 연기가 나더니 강둑여기 저기에서 포탄이 터졌다.

벌써 10여 명 이상의 사상자가 발생했다. 그러나 이쪽에서 쏜 총포는 단 한 발도 셔면호 가까이에 떨어지지 못하였다. 아아, 화력이 부족함이야. 저깟 이양선 하나 격퇴시키지 못하는 우리 조선의 군사력이라니…. 박규수는 침통한 표정으로 어금니를 깨물었다.

바로 이 때 놀라운 일이 발생했으니, 아래 쪽을 향하여 내려가던 셔먼호가 더 이상 꼼짝 않고 제자리에 정박해 있는 것이었다. 곧 이어서 배 위로 분주하게 뛰어다니는 양이들의 모습이 눈에 보였다. 누군가가 큰 소리로 외쳤다.

"배가 모래톱에 걸렸다."

"저놈들의 배가 꼼짝 못 한다아~."

"우리 백성들을 죽인 놈들을 살려둘 수 없다. 모두 화공으로 배를 불살라라."

여기저기서 고함소리가 들려왔다. 이제 조선 백성들과 군졸들의 사기는 하늘을 찌를 지경으로 치솟았다. 누가 먼저랄 것도 없이 군사와 백성들은 사방으로 흩어졌다. 한식경이 지나지 않아 그들은 상류에 있는 여러 척의 나룻배 위에 짚더미며 장작더미를 가득가득 실었다.

이제 백성들의 행동은 평양감사나 철산부사의 영으로도 통제할 수 없는 지경이 되고 말았다. 날이 저물었는데도 계속하여 셔먼호에서는 포탄과 총알 세례가 어지러이 강둑으로 쏟아졌다.

이때 위에서 불꽃을 가득 담은 배가 서서히 강 밑으로 떠내려 오고 있었다. 한 척, 두 척, 그렇게 내려오던 배들은 어떤 것은 셔먼호를 그냥 지나치고, 어떤 것은 배에 걸려서 불길을 활활 뿜어내고 있었다. 그 위에 다시 뒤따라오는 배가 겹쳐지면서 화염은 순식간에 셔먼호의 선체를 모두 삼켜 버렸다. 백성들의 환호성이 온 강변을 가득 메웠다.

"와! 양이들의 배에 불이 붙었다아~."

"배가 불탄다."

"천세, 천세, 천천세!"

그날 저녁 무렵의 전투는 평양백성들이 벌인 불꽃놀이 축제였다. 그동안 가난에 찌들고 관의 압제에 시달리던 백성들이 자기네들의 생업수단인 나룻배마저도 불사르면서 서양 오랑캐들에게 항거하는 일대 시위였다.

사방은 어두워졌건마는 대동강의 양각도(羊角島) 양안은 치솟는 불길로 대낮같이 밝아졌다.

"와~, 저놈들이 뛰어내린다!"

"저놈들의 거룻배가 이쪽으로 온다. 죽여라."

백성들이 몽둥이며 쇠스랑이며 낫을 들고 하얗게 강 아래쪽으로 뛰어 내려갔다.

거기에는 작은 구명보트 한척에 여섯 명의 선원들이 타고 있었다. 그들은 강기슭에 닿기도 전에 성난 백성들의 돌팔매 세례를 받았다. 가까스로 강둑에 배를 대고 막 발을 디디려는 순간 이번에는 백성들이 몽둥이며 낫을 휘둘러 댔다.

"나는 선교사요. 야소교(耶蘇敎) 선교사요."

토마스 선교사가 큰 팔을 휘둘러 대면서 통사정을 해 보았다. 여기저기서 들려오는 고함소리와 비명소리에 그의 말은 묻혀버렸다. 그를 알아볼 리 없는 백성들은 인정사정도 없이 마구 내리쳐댔다.

토마스는 마지막 눈을 들어 위를 올려다보았다. 어둠 속에서도 횃불을 받아 조선 사람들의 모습이 뚜렷하게 보였다. 몽둥이를 들고 있는 사람, 머리통만한 돌을 들고 내리치려는 사람, 피가 뚝뚝 떨어지는 낫을 들고 있는 사람….

그들은 그가 그토록 주님의 품으로 인도하려고 했던 조선의 백성들이었다.

8. 오라버니, 날 좀 도와주오

궁궐에 들어온 지도 벌써 여섯 달이 지났다. 이제 궁궐 생활에 익숙해진 자영은 모든 면에서 안정을 찾게 되었다. 아침마다 두 대비전을 찾아 홍대비와 김대비에게 문안을 드리는 것도 편안해졌고, 특히 대왕대비 조씨와는 이래저래 이야기가 잘 통했다.

조대비를 만날 때면 할머니와 손녀의 만남같이 친근하게 느껴지기까지 했다. 또 궐내에서 중전의 역할도 이젠 몸에 배어서 제법 의젓해졌다.

가끔씩 운현궁에 들러서 부대부인 민씨에게도 문안을 드린다. 왕비로서가 아니라 며느리로서의 인사이다. 친정어머니인 계모 이씨는 한창부부인이라는 첩지를 받았다. 그 동안 세 차례 궁궐을 다녀가시었다.

그러나 궐내의 동향이나 민심은 여전히 흉흉하였다. 8월 들어서는 대동강에 양이의 배가 출현하였다는 소문이 돌더니, 기어코 양이의 배를 불태워 버리고 스물 몇 명인가를 모두 태워죽이고 때려죽였다는 끔찍한 소식이 들렸다. 곧 양이들의 대대적인 보복이 따를 것이라며 궐내의 궁녀들도 모이기만 하면 수군대었다. 요즘 들어서는 부쩍 무관들의 모임이 잦아졌다고도 한다. 모두가 김상궁의 보고였다.

중전은 그 동안 생각해오던 일을 실천에 옮겼다. 바로 민승호를 궐내로 불러들이는 일이었다. 원래 대궐의 법도상 아무리 중전이라 해도 사가의 외간남자를 함부로 중궁전에 부를 수는 없는 일이다.

"승호 오라버니를 곁에 두었으면 좋겠어요. 원체 궐내의 생활이 외롭고 적적해서지요."

자영이 먼저 말을 꺼내자 부대부인 민씨는 조금 의아한 표정을 지었다.

"그래도 중전이 다 견디어 내시어야지요. 그렇다고 내외가 지엄한 궁궐에서 승호를 가까이 하신다는 게 될 말입니까?"

"왕비수업이라는 게 궁궐내의 법도만 배우고 다소곳이 앉아 있기만 해서 될 일도 아닌 듯 합니다. 더군다나 요즘처럼 나라가 뒤숭숭할 때에야 더욱 그렇겠지요. 세상 돌아가는 것도 알아야만 주상께서 정사를 살피실 때 옆에서 도움이 될 것이 아니옵니까?"

실상인즉, 부대부인 민씨는 남편인 대원군이 독선적으로 일을 처리하는 게 내심 불안해서 견딜 수가 없었다. 특히 천주교도들을 올 초에만 8천 명 가까이나 죽였으니 그 원한을 어찌 감당할까 싶었다. 그래서 어서 빨리 아들 재황이 임금으로서의 위엄을 갖추고 올바른 정치를 해 주기를 바라오던 참이었다.

아들이 제대로 자리를 잡으려면 중전의 도움도 필요하리라. 궁궐

내의 내명부를 다잡는 것도 중요하지만 잠자리에서 이런 저런 이야기를 해 줄 수도 있겠지. 내가 남편에게 해 주듯이 말이야. 남편은 원체 고집불통이 돼놔서 내 말은 들은 척도 하지 않기는 하지만, 재황이는 어려서부터 착한 아이였으니까 옆에서 중전이 이런 저런 이야기를 해 주면 틀림없이 잘 들을 거야. 부대부인 민씨는 이런 생각을 하면서 며느리이자 중전인 자영의 부탁을 일리 있는 처사라고 생각하였다.

"승호 오라버니는 본시 성품이 호탕하시고 또 쏘다니기를 좋아하시니 이곳저곳의 민심도 잘 전할 수 있을 것이옵니다. 제가 벌써 중전이 된 지도 반년이 다 되어 오는데 하나밖에 없는 친정 오라버니가 아직 제대로 된 벼슬자리 하나도 없이 지내니 보기에도 안쓰럽고…."

자영의 말에 부대부인 민씨는 감동하는 눈치였다. 오호라! 그래도 내가 보내 준 승호를 피붙이처럼 따르고 있구나. 참으로 기특하기도 하셔라. 그래, 궐내에서 혼자 지내려면 오죽이나 힘드실까. 내가 중전을 도와주지 않으면 누가 도우랴. 결국은 내 며느리가 아닌가.

"사실 동생이라고 해서 하는 말이 아니라, 본시 그 아이가 호탕하고 친구 사귀기를 좋아하지요. 여기 이 과자도 좀 들어 보세요, 중전."

옻칠을 해서 반짝반짝 윤이 나는 접시에 담겨있는 쌀 과자와 깨엿을 앞으로 내밀면서 하는 말이었다. 운현궁의 내당은 새소리만이 들려올 뿐 사방이 조용했다. 열어 놓은 장지문 사이로 후원의 꽃밭에서는 붉은 색, 노란 색의 꽃들이 진한 향기를 뿜어내고 있었다.

예전에는 담장이 여기저기 허물어지고 지붕의 기와도 내려앉은 곳이 많았는데 어느 사이에 말끔하게 수리되어 있었다. 솟을 대문도 새로 화려하게 지었다. 과연 세도가 좋긴 좋은 모양이로구나. 중전은 속으로 쓴웃음을 지었다.

"대감께 말씀을 두어 번 드려 보았으나 원체 친정붙이의 일이라면 입 밖에도 못 내게 하시는 분이라서…. 사실 승호와 함께 동문수학하던 친구들은 벌써 꽤 높은 자리에까지 올랐다고 하던데, 승호만 아직도 그 타령이니 아이가 더욱 밖으로만 돌고 있지 않습니까."

듣기에 따라서는 중전이 힘을 좀 써 달라는 말로도 들릴 수 있는 말이었다.

"어머니께오서 잘 좀 말씀드려 주세요. 한 달에 한 번 정도씩 제게 찾아와서 이런 저런 학습을 시키는 일입니다. 뭐 큰 벼슬을 달라는 것도 아니니 시아버님께오서도 크게 반대야 하시겠사옵니까?"

자영은 대원군과 민 부인에게 철저히 착하고 얌전한 며느리로 비쳐지길 원했다. 적어도 자신이 탄탄한 입지에 오를 때까지 만이라도 그렇게 돼야 할 일이었다.

자신의 입지가 탄탄해 지려면 네 사람의 도움이 필요하다. 대원군, 부대부인 민씨, 대왕대비 조씨, 그리고 상감이었다. 이제 그 중 대왕대비 조씨와 부대부인 민씨는 거의 자기 사람이라고 보아도 될 지경에까지 이르렀다. 물론 아직 안심하기는 이르지만. 그렇다면 문제는 시아버지인 대원군과 지아비인 임금이다.

9월 들어서자 또 다시 난리가 터졌다. 이번에는 법국의 군함들이 강화도를 침범해 들어왔다고 한다.

자영은 대원군의 동태를 눈여겨보았다. 경복궁을 짓는 어마어마한 대공사를 눈도 깜짝하지 않고 밀어붙이는 그의 뚝심하며, 사람들을 용의주도하게 이용하는 용인술, 또 외국의 최신 무기도 두려워하지 않고 맞서는 담력을 지켜보면서 과연 걸출한 인물이라고 탄복하였다.

그에 비하면 임금은 말로만 임금이었지 이대로 가면 언제나 그 역할을 할지 아득할 뿐이었다. 아니 성년이 되는 스무 살이 된다고 해도 임금에게는 결코 통치권이 넘어올 듯 싶지가 않았다.

혼자서는 힘들겠지만 둘이 힘을 합친다면야… 자영은 임금이 성년이 될 때까지 차근차근 왕비수업을 해 가면서 임금과 합심하여 대원군을 밀어내고 왕권을 되찾으리라고 다짐하였다. 그래서 김상궁을 시켜서 궁내에서 발행되는 조보(朝報)를 날마다 챙겨오도록 하였다. 궐내의 소식지요, 관리들의 인사에 관한 내용들이 가득 들어있는 소중한 정보지이다. 의심스러운 대목이 있으면 주위에 물어보고 승호에게도 물어보았다. 〈춘추좌씨전〉도 더욱 열심히 읽었다.

그러던 어느 날, 달이 무척이나 밝았다. 아마도 추석이 지난 지 한 달 쯤 된 것 같았다. 저녁 무렵에 임금이 다시 중궁전을 찾았다. 지난 번 행차 후 또다시 두 달 만의 일이었다.

임금의 침전인 강녕전과 중전의 침전인 대조전은 한 일자(一) 모양으로 붙어 있는 건물이다.

마음먹기에 따라서는 하루에 열 번도 더 찾아올 수 있는 거리이다. 그것을 또다시 두 달 만에 찾아오신 것이었다.

상감은 별다른 말씀도 없으셨다. 그냥 아무런 감흥도 없는 합궁 (合宮)이었다. 그리고는 두 사람 모두 잠이 들었다. 다음 날 아침, 상감은 해가 중천에 떴을 때야 기침을 하시더니 곧 의관을 정제한 후 달다 쓰다 말도 없이 홀연히 떠나셨다. 내가 과연 중전인가? 새색시가 맞긴 맞나? 자영은 조금 전 찬바람을 일으키면서 떠나는 임금을 보고 다시 한 번 가슴이 무너져 내리는 것을 느꼈다.

간밤에 자신의 처소를 찾으신 건 분명 사모해서가 아니었다. 아마도 대왕대비전이나 부대부인 민씨의 채근이 있었던 게 분명하였다. 그래서 마음에도 없었던 하룻밤을 지내신 것이라 생각하였다. 그러나 그러한들 또 어쩌하리. 그래도 뜨겁진 않았지만 잠자리를 함께 했고, 상감이 중궁전에 발걸음을 하셨으니 아랫것들 보기에도 체면치레는 되지 않았는가?

자영은 이런 저런 생각으로 거의 한식경 가까이를 보냈다. 오후가 되어서야 서둘러 세분의 어른들께 문후를 드렸다. 조대비는 간밤에 임금이 중궁전에 듭시었다는 소식을 듣자 마치 자기의 일인 양 기뻐하였다. 이제야 궐내에 질서가 잡히는 모양이라며 자영의 손을 꼭 잡아주기까지 했다. 어서 빨리 왕자 아기씨를 생산하라는 덕담까지도 해 주셨다.

자영이 중궁전으로 돌아와 보니 김상궁이 수심이 가득 찬 얼굴로 중전을 맞이하였다.

"무슨 일이 있는 게냐?"

"마마, 어제 상감마마께오서 이곳에 납시었을 때 쇤네는 마치 저의 일인 양 기분이 좋아 들떠 있었습지요. 그런데 오늘 여기저기서 들리는 소문에 의하면…."

"속시원히 털어 놓아 보거라. 도대체 무엇이 잘못되었다는 게냐?"

그 때서야 김상궁은 젊은 궁녀들의 입방아를 종합하여 중전에게
보고하였다.

"상감께오서 윗 궁의 이상궁을 총애하시는 것은 이미 어제 오늘의
일이 아니옵니다. 벌써 2년이 되었으니까요. 그런데 고것이 그저께
부터 몸에 신열이 나고 고뿔이 들어서 어제 아침나절에는 내의원에
서도 다녀가고, 오후에는 어의도 다녀갔다는 소문이옵니다."

궁녀들의 진맥은 약방기생들이 한다. 그들은 의료행위에 상당한
교육과 경험이 있는 사람들 중에서 선발한, 이를테면 궐내의 여의사
들인 셈이다. 동인직지경이니 인재침혈침구경 같은 책들을 몇 년씩
연구한다고도 들었다.

그런데 일개 궁녀의 진맥을 위하여 어의가 다녀갔다면 이는 필시
주상의 지시가 있었기에 가능한 일이리라. 어의가 누구인가? 임금의
주치의가 아닌가 말이다.

"아니, 어의 영감까지도 다녀갔다는 말이더냐?"

"네, 그러하옵니다, 중전마마. 그런데 더욱 복창이 터지는 일
은…."

"무슨 일이냐?"

"이상궁의 몸살이 심하여 당분간은 혼자 지내는 게 좋겠다는 어의
영감의 말씀에…."

그 말을 듣는 순간 자영은 피가 거꾸로 솟는 느낌이 들었다. 정수
리 꼭대기가 갑자기 뜨거워졌다. 아하, 그랬었구나. 그래서 임금이

마음에도 없는 중궁전 나들이를 하신 게로구나. 난 또 그런 줄도 모르고.

"됐다. 나가 보거라."

김상궁이 사뿐사뿐 뒷걸음을 치면서 문을 열고 나가자 자영은 서안을 끌어 당겼다. 거기에는 〈육도삼략(六韜三略)〉이 펼쳐져 있었다. 중국의 병서로 군사나 병법에 관한 내용 이외에도 인간의 경영에 관한 비법도 들어있는 책이다. 그러나 지금 책의 글자가 자영의 눈에 들어올 리 만무했다. 내 이년을… 이년을 기필코….

중전은 다음 날 아침 일찍 민승호를 불렀다. 아무래도 혼자의 머리보다는 둘의 지혜가 나으리라 생각한 것이었다. 얼마 전에 부대부인을 통하여 부탁해 놓은 자영의 청이 받아들여져서 민승호는 이제 승문원의 검열이라는 정5품의 품계에서 네 계단이나 훌쩍 뛰어올라 정3품인 이조참의가 되어 있었다.

"마마, 소신 문안이옵니다."

품계가 올라가더니 사람의 이목구비 또한 달라 보였다. 이제 민승호는 의젓한 당상관이었다.

옛날의 시커먼 얼굴도 어느 사이에 귀공자처럼 변해 있었다.

"어세 오세요, 오라버니. 신수가 멀끔하십니다."

"모두가 중전마마의 심려 덕분인 줄 아옵니다."

"오라버니도 여러 일이 있으실 터이니 길게 말씀드리지 않겠어요. 상감의 마음을 휘어잡아야 하겠는데 통 묘수가 떠오르질 않습니다. 오로지 이 상궁인가 무엇인가 하는 요망한 계집에게 빠지셔서 중궁전에는 통 발걸음을 하지 않으십니다. 이런 고민을 누구와 의논할 상대도 없다보니 내 하도 답답하여 오라버니를 불렀습니다."

한 달 만에 보는 자영의 얼굴은 눈에 띄게 푸석푸석해져 있었다. 밤에 제대로 잠을 못 이룬다는 사실은 그녀의 얼굴에 고스란히 나타나 있었다. 민승호는 이러다가 여동생을 잃는 것은 아닌지 하여 가슴이 철렁했다. 어느 사이에 간난이가 따뜻한 모과차를 준비해 왔다.

"간난이도 게 앉거라. 이제는 너도 제법 궁녀 티가 나는구나."

민승호는 짐짓 여유를 부리며 생각할 시간을 벌고 있었다. 오죽 답답하면 자리에 미처 앉기도 전에 본론을 이야기할까. 새삼 생각할수록 자영의 처지가 불쌍해 보이기만 했다.

자영은 빤히 민승호의 얼굴을 쳐다보고 있었다. 가르마를 탄 새까만 머리 위에는 나비 모양의 금첩지가 꽂혀 있었다. 반짝반짝 빛나는 나비는 금방이라도 날아갈듯이 아름다웠다.

"마마, 주상전하께오서 그 아이 이외에 다른 궁녀들을 탐하지는 않사옵니까?"

"그렇다하오. 오직 그 이상궁이라는 계집에게만 빠져 지내신다 합니다."

그렇다면 그건 다행한 일이었다. 왕이 이 궁녀 저 궁녀를 전전하다가 그 중 누구의 몸에서 덜컥 왕자 아기씨라도 태어난다면 그건 정말 큰 일이 될 터였다. 그래도 이상궁을 2년 가까이 총애하셨다고 들었는데 아직까지 회임한 적이 없다는 사실은, 이 상궁 또한 쉽게 포태하는 여인이 아닌 까닭일 것이었다.

"이상궁만 총애하신다는 건 어찌 보면 오히려 다행인지도 모를 일이옵니다."

"다행이라니요?"

"마마, 생각해 보시옵소서. 만약 십 수 명의 궁녀를 탐하고 다니신다면 필경 그 중에 누군가는 포태를 하고 말 것이란 말씀입지요. 그것이 만약 왕자 아기씨라도 된다면 일이 여간 복잡해지는 게 아닙니다. 당장에 중신들도 그쪽의 눈에 들려고 할 것이니까요. 그리고 이런 말씀 드리는 것은 차마 입에 담기가 거북하오이다마는…. "

"오라버니, 우리 사이에 못할 얘기가 무엇입니까?"

"그런 일이 있어서는 아니 되겠지만 이야기가 나온 김에 다 말씀 드리오리다. 만약 궁녀의 몸에서 왕자 아기씨라도 태어난다면, 그리고 주상전하의 발걸음이 계속 중궁전에서 멀어진다면, 최악의 경우에는 미마께오서 폐서인(廢庶人)이 되실 수도 있다는 말씀입니다. 구태여 이조실록을 참고할 필요가 있습니까? 우리들의 먼 할머니이신 인현왕후님의 고사를 떠올리면 쉽게 상상이 가는 걸요."

"나도 그 생각을 해 보았다오. 그건 정말 몸서리쳐지는 일이지요."

자영은 자신이 장희빈과도 같은 궁녀의 모함을 받을지도 모른다는 생각을 하자 몸을 부르르 떨었다.

폐서인이 되어 쫓겨나 5년 동안이나 통한의 눈물을 흘리며 오매불망 대궐을 바라보며 사셨던 집이 감고당이 아니던가. 자신이 얼마 전까지도 살았던 바로 그 집이다. 후대에 와서 효성이 지극하셨던 영조대왕께서 인현왕후님을 기리며 감고당(感古堂)이라는 편액을 하사하셨다고 들었다.

"마마, 그 아이를 만나 보시었습니까?"

내가? 이상궁을? 아하! 그리고 보니 지금껏 그 궁녀를 만나볼 생각조차 못하고 있었네. 민승호의 질문에 자영은 잠시 부끄러움을 느꼈다. 내가 그렇게 아둔하였다니.

"적을 알아야 싸울 것이 아니옵니까? 우선 그 아이를 만나 보시옵소서. 그리고 그 아이가 가진 장점이 무엇인지 또 무슨 약점은 없는지, 그런 것들을 살펴셔야 할 것이옵니다. 그런 연후에 마마께오서 그 아이보다 더 뛰어난 것이 무엇인지를 살펴보소서. 분명 마마께오서만 갖고 계신 유리한 무기가 있을 것이옵니다. 가령 예를 들면, 그 아이가 뛰어난 미모를 가지고 있다하면 마마께오서는 총명한 머리가 있지 않사옵니까? 또 아버님으로부터 받은 엄청난 분량의 서책들로 무장한 지식이 있을 것이옵니다. 그리고 마마는 이 나라의 국모이시옵니다. 상감마마의 지어미이기도 하시고요. 이는 결코 아무나 넘볼 수 없는 엄청난 권위이옵니다.

이상궁을 총애하시는 전하께오서도 한 편으로는 매우 괴로워하고 계실 것이옵니다. 생모이신 부대부인 마마님을 뵈옵기도 송구할 것이고, 또 대왕대비 마마를 문후하기도 쑥스러울 것이옵니다. 어엿한 정비를 곁에 두고 시앗을 품는 격이지 않습니까?"

"오라버니의 말씀을 듣고 보니 내가 얼마나 아둔했는지 이제야 알겠어요. 궐내에 들어온 지 반년이 넘도록 이제껏 그 아이를 미워하고만 있었지 왜 진작 어떤 궁녀인지 알아보려고 하지 못했을까요?"

자영의 얼굴이 조금씩 밝아지고 있었다. 자영이 얼굴을 들자 저고리에 단 자수정 노리개가 따라서 흔들렸다. 누이동생의 밝은 표정에 힘을 얻었는지 민승호는 더욱 대담한 질문을 한다.

"지금껏 몇 번이나 합궁을 하셨습니까?"

열네 살의 간난이는 얼굴이 빨개져서 고개를 옆으로 돌리고 앉아 있었다. 어찌 일개 궁녀의 신분으로 중전마마의 곁에 앉아 있을 수가 있을까. 그러나 자영은 친정에서부터 함께 지내온 동생이나 다름없는 간난이에게만큼은 그런 궐내의 법도를 강요하지 않았다.

"세 번, 그것도 애정은 하나도 없는…."

중전이 고개를 숙이고 힘없이 대답했다.

세 번이라… 민승호는 곰곰이 생각해 보았다. 기회가 전혀 없지는 않다는 말이다. 앞으로도 그런 기회는 종종 올 것이다. 그 기회를 놓치지 말고 꼭 움켜쥐도록 해야만 한다.

"마마, 그렇다면 희망이 있사옵니다. 우선 그 아이를 만나보시고 잘 살펴보시옵소서. 그리고 궁녀들을 동원하여 그 아이에 관한 정보를 많이 수집해 놓으소서. 제가 한 보름쯤 후에 다시 한 번 찾아뵈오리다."

자영은 한결 더 밝아진 표정을 지으며 오라버니를 애정 어린 눈으로 바라보았다.

"이렇게 오라버니와 함께 이야기를 나누니 가슴 속이 후련해지는 군요. 그동안 먹어도 속이 거북해서 여간 답답한 게 아니었는데…."

대궐을 나와 북촌의 집으로 향하는 민승호의 마음은 여간 착잡한 게 아니었다. 천애고아나 다름없는 여동생이다. 비록 대가 끊기는 것을 막기 위해서 양자로 들어간 자신이었지만, 자영이와 5년간을 함께 지내는 동안 오누이의 정이 듬뿍 들어 버렸다.

민승호는 그런 사실을 뒤늦게야 깨달았다. 어느 날 자영이가 중전으로 간택되어 대궐로 들어가 버리자 집안이 순식간에 적막강산이 되어 버린 것이다.

3년 전 겨울에는 자영이와 함께 황해도 지방으로 사냥도 다녀 온 적이 있었다. 눈이 무릎 근처까지 빠지는 산에서 사흘간을 함께 뛰어 다녔다. 노루 한 마리와 까투리 세 마리, 그리고 토끼 두 마리를 잡는 적지 않은 수확도 올렸다.

눈비탈에서 미끄러져 서로 부둥켜 안고 일으켜 세워주던 일, 오라버니의 수염에 고드름이 달렸다면서 깔깔대고 즐거워하던 일, 사냥꾼의 움막 앞에서 잡아온 토끼를 구워먹던 일, 그리고 밤에 서로 나란히 누워서 이런 저런 이야기를 하며 밤을 보냈던 일 하며….

그 때 자영이는 열세 살짜리 어린 소녀였고 민승호는 서른네 살의 중년이었다. 그날 밤에 승호는 결심하였다. 어떤 일이 있더라도 어린 자영이의 앞날을 지켜 주겠노라고. 그런데 이제 중전이 된 자영이는 너무나도 괴로워하고 있다. 지아비의 사랑을 받지 못하는 것이다.

열여섯이면 사실은 아직 어린 아이이다. 그런데 어느 날 갑자기 국모라는 엄청난 신분으로 바뀌었으니 그 중압감을 털어내기란 쉽지 않을 것이었다. 세상에 의지할 사람이라고는 상감, 단 한 사람일 터인데 그는 오로지 이상궁만 총애한다질 않는가? 아, 이 일을 어찌 풀어야 하는가….

문득 사린교가 쿵! 하고 땅에 닿는 것 같은 느낌이 있어 눈을 떠 보니 어느덧 집 앞에 다 왔다.

"어서 오시게나."

먼저 반가이 맞아주는 사람은 계모 이씨였다. 그 뒤로 두 손을 앞으로 모으고 다소곳이 고개를 숙인 부인의 얼굴이 보인다.

이때 문득 민승호의 머리를 스치고 지나가는 이름이 있었다. 아! 내가 왜 그 생각을 진작 하지 못했던가? 바로 그 여자이다. 왕, 왕 무엇이었던가? 그래, 왕취련이라고 했었지!

"어머니, 저 사랑에서 처결해야 할 급한 용무가 있어놔서 이만 좀⋯."

부랴부랴 인사를 마치고 사랑으로 들어갔다. 서안을 끼고 앉아 생각을 다듬기 시작했다. 맞아, 왕취련이야. 그 여자라면 능히 중전을 구해 낼 수 있으리라.

작년 4월에 함경도 회령 땅엘 간 적이 있었다. 대원군이 집권한 지도 벌써 2년이 되어 있었다. 매부는 천하의 권세를 한 손에 움켜잡은 대원군이요, 조카는 임금님이시다. 남들은 이제 자신의 앞날도 탄탄대로라고 입을 모았다.

그러나 처음에는 부러운 눈길로 바라보던 그들의 눈초리도, 2년여가 지나서도 민승호의 신분에 아무런 변화가 없자 점차 경멸하는 눈빛으로 바뀌어져 갔다. 사람이 오죽 못 났으면⋯.

모두들 그런 말을 하는 것만 같았다. 품계는 2년 전이나 변함없는 종5품의 승문관 검열이었다.

대원군은 능력이 있으면 반상의 구분도 없이 파격적으로 인재를 발탁해 쓴다고 소문이 나 있었다. 그런 막강한 배경을 가지고도 출세를 하지 못한다면 결국은 자신이 무능하다는 것이나 마찬가지였다.

동문수학한 친구 중 김복겸이라는 친구가 있었다. 대대로 무관의 집에서 자라온 무골이었다.

아버지는 전라도 무안 첨사, 황해도 황주 병사 등, 지방 곳곳을 다니며 무관생활을 했고 한양에 올라와서는 병조에서 참의까지 하셨다.

그 친구는 3년 전에 무과에 급제를 하더니 병조에서 2년여를 근무하고는 곧 바로 조선 땅의 최북단인 두만강 유역을 지키는 책임자가 되어 나간 것이었다.

그곳 생활이 적적하다며 민승호에게 시간을 내어 한 두어 달 다녀가라고 서찰을 여러 번 보내왔다. 승호가 사냥을 좋아하는 것을 알고는 좋은 사냥터가 지천에 널려있다는 말로도 유혹하였다.

민승호는 홧김에 사냥이나 다녀오자면서 멀고 먼 원행 길을 준비하였다. 승문관에는 궐석계(闕席計)를 냈다. 일종의 업무휴가였다. 보통 사람들 같으면 꿈도 꾸지 못할 일이었지만, 그래도 대원군의 처남이라고 쉽사리 허가가 떨어졌다.

가죽신에 행전을 단단히 동여매고 토끼털 배자에 넓은 가죽 허리띠를 돌려 매었다. 가죽 허리띠 아래는 날카로운 단도도 꿰어 찼다. 전통 속에는 붉은 색과 푸른 색 깃털도 화려한 화살을 하나 가득 담았다. 활은 말안장 바로 뒤에 붙들어 매고 말 위에 봇짐도 두개나 실었다.

안장 위에 늠름히 앉아 호피모자 속에서 번득이는 눈을 빛내고 있는 민승호의 행색은 누가보아도 어느 권세가의 사냥 복장이었다.

당시 열 다섯살이던 자영이도 함께 데려가 달라고 울며불며 떼를 썼다. 그러나 너무나 먼 원행이었기에 함께 갈 수는 없었다.

민승호는 철원, 김화를 지나 금강산을 오른쪽으로 끼고 원산에 당도하였다. 꽃피는 춘삼월을 넘기고 4월의 신록 속에 멀리 구름 속에 보이는 금강산의 기암괴석들은 그야말로 열두 폭의 병풍을 보는 것과도 같았다.

봄비가 오려는 듯 구름이 있다가는 걷히고 사라졌다가는 나타나기를 반복하면서, 그 사이사이에 드러나는 금강산의 일만 이천 봉우리들은 그 봉우리 하나하나가 마치 신의 손으로 빚은 것만 같았다. 김화를 지나서는 한참이나 너른 평지가 계속되었다. 산과 들이, 기암괴석과 구름이 그야말로 절묘하게 조화를 이루고 있는 천하의 절경이었다.

명산답게 도처에 제단을 차려놓고 굿판을 벌리는 무속인들이 눈에 띄었다. 그들의 징과 꽹가리, 장고소리가 저만치 사라졌다 싶으면, 다시 저 앞에서 푸르고 붉은 당의를 입은 무당이 펄쩍펄쩍 춤을 추는 진풍경이 눈에 들어오곤 하였다. 산당 옆의 계곡에서는 겨우내 쌓였던 눈이 녹으면서 맑은 물을 콸콸 쏟아내고 있었다.

원산과 함흥을 거쳐 북청으로 길을 잡았다. 인적이 거의 없는 곳이라서 그런지 가는 길은 어디나 장관이었다. 산비탈에는 뒤틀린 소나무들 사이로 산재한 떡갈나무, 사시나무, 분홍색의 진달래, 벚꽃들이 지천으로 널려 있었다. 여기까지만 꼬박 닷새가 걸렸다.

그곳에서 장백산맥의 줄기들을 따라 다시 갑산으로, 혜산으로, 그리고 회령 땅까지 다시 닷새가 걸렸다. 애마도 힘에 겨운지 연신 입에서 거친 숨을 토해내고 있었다. 3년 전에 청나라를 통하여 들어온

돌궐제국의 종마를 승호가 거금을 들여 구입한 이후로 자기 친자식 이상으로 아껴오는 말이다.

민승호가 지나가는 길목에는 조금이라도 큰 마을이 있다하면 영락없이 현령이나 지방관아의 우두머리들이 머리를 조아리고 기다리며 하룻밤 유숙하고 가기를 간청하였다. 임금의 외삼촌이 이런 궁벽한 산촌을 지나시는데 어찌 가만히 모른 척하고 있겠는가.

그들은 이참에 눈도장을 확실히 찍어두자는 속셈에서 민승호를 지극정성으로 모셨다. 또한 그 고을을 떠나갈 때면 예외 없이 대여섯의 나졸들을 붙여 주어서 길잡이를 하도록 했다. 그건 참 신기한 일이었다. 자기의 사냥원행을 어찌 알았을까? 고을의 수령들 모두가 나름대로 처세의 달인들이었다.

덕분에 민승호는 길을 잃고 산속을 헤매거나 숙박으로 인한 애를 먹지는 않았다. 민승호는 그럴 때마다 쓴 웃음을 지었다. 조카와 매부의 덕을 이런 곳에서 보게 되다니.

회령 땅은 장백산맥의 험산 준령들에 사방이 막혀있는 분지 속에 자리 잡고 있는 산촌이었다. 고개를 넘어서 회령 땅이 눈앞에 펼쳐지자 민승호는 이 세상에서 이보다 더 궁벽한 곳이 있을까 하고 생각했다. 3백 여 호가 모두 다 초가였는데 그것도 사람이 허리를 잔뜩 구부리고서야 들어갈 수 있는 움막이나 다름없었다.

일부러 회령 현을 한 바퀴 돌아보았는데 기와집이라고는 서너 채밖에 보이지 않았다. 현청의 대문은 그래도 회령의 얼굴이랍시고 제법 웅장해 보였으나, 그것도 자세히 들여다보니 허우대만 멀쩡할 뿐이었다. 현청의 문짝이라는 것이 장정 한사람이 힘써서 밀어버리면 곧 떨어져 나갈 듯이 위태위태해 보였다.

한양에서 4월 초 제법 따뜻한 날씨에 떠나서 열흘간을 말을 타고 달려 왔는데도 이곳은 오히려 한양의 3월보다도 더 추웠다. 산봉우리에 쌓인 하얀 눈하며 살을 베일 듯이 몰아치는 북풍은 여기가 두만강가의 변방임을 일깨워 주기에 충분했다.

병마사의 관청은 회령현의 건물을 함께 쓰고 있었다. 그가 왔다는 기별을 받은 김복겸이 버선발로 뛰어나오며 친구를 맞았다. 그의 부인 배씨와 어린 아들 녀석도 곧 뒤따라 나왔다.

김복겸으로서는 이곳 회령의 생활이 너무나 적적하고 외로워서 소일거리 삼아서 서찰을 보내 안부를 전한 것이었는데, 서찰을 보고 2천리 그 먼 길을 죽마고우 민승호가 열흘 길을 말을 달려온 것이다.

이들은 첫날 밤을 꼬박 새웠다. 아내 배씨는 작년에 보았을 때보다 얼굴도 볼품없이 비쩍 마르고 새까맣게 탄 것이 영락없이 시골의 아낙이 되어 버렸다. 그 얼굴 하나만 보아도 이곳 생활이 얼마나 괴로운지 짐작하고도 남을 듯싶었다.

배씨는 연신 닭을 잡아서 탕을 끓여 내 온다, 산나물을 무쳐서 내 온다, 멧돼지 고기를 구워 온다 하면서 정신이 없었다. 민승호와 김복겸은 밤을 새워가면서 이야기꽃을 피웠다.

그 다음 날은 하루 종일 숙취에서 헤어나질 못했고 정작 사냥을 떠난 것은 사흘째 되는 날 이른 아침이었다. 목적지는 북포태산으로 정했다. 북포태산은 백두산 다음으로 높은 산으로, 회령에서는 천천히 가면 사나흘이면 닿을 수 있는 거리에 있었다. 역졸들을 길잡이

겸 몰이꾼으로 붙여 주겠다는 것을 극구 사양하고 민승호는 혼자서 홀가분하게 떠나겠노라고 했다.

그러자 김복겸은 지필묵으로 백지 위에 북포태산까지 올라갈 수 있는 비교적 덜 험한 산길을 자세히 그려 주었다. 그리고 토끼 가죽으로 만든 담요와 닷새 분의 비상식량을 장만해 주었다.

그래도 안심이 되지 않았든지, 김복겸은 문갑에서 군데군데 군졸들의 초소가 표시 돼 있는 군사지도도 건네주었다. 그리고 방어사의 수결과 철인이 박힌 서찰도 들려주었다. 중간에 혹여 급한 일이 있으면 군막에 들러 도움을 청하라는 뜻이었다. 혼자서 사냥을 떠나는 것은 여간 위험한 일이 아니었기 때문이었다.

민승호는 방어사가 만들어 준 지도를 길잡이 삼아 장백산맥의 골짜기 깊이 들어갔다. 사흘 만에 말이 굴러 떨어졌다는 말구리골이라는 데를 들어갔다. 4월의 장백산맥은 아직도 여전히 잔설이 남아 있었는데 군데군데에는 벌써 흰 눈 사이로도 진달래와 철쭉이 간간히 모습을 드러내고 있었다.

한낮인데도 숲속은 어둑어둑했다. 아름드리나무들이 얼마나 빼곡히 들어찼는지 햇볕이 비집고 들어올 틈이 없는 것이다. 정말 김복겸의 말대로 사람은 구경하기 힘들어도, 노루며 멧돼지와 같은 산짐승들은 심심치 않게 만나볼 수 있었다.

배씨 부인이 싸 준 소고기 육포로 허기를 달랜 민승호는 잠시 숲속에 누워서 이런 저런 생각을 했다. 먼 산길에 고단했던 탓일까? 문득 설핏 잠이 들었다는 느낌이 있었다.

무언가 옆에서 부스럭 대는 소리가 나서 소스라쳐 둘러보니 불과 이십여 보 거리에 사슴 두 마리가 이쪽을 쳐다보고 있었다. 아마도 어미와 새끼 사슴인 것 같았다. 전통에서 살을 빼든 민승호는 시위를 바짝 당겼다. 그래도 여전히 그 놈들은 이쪽을 호기심어린 눈으로 바라 보고만 있을 뿐이었다. 인적이 드문 곳이어서 별로 사람을 경계하지 않는 것 같았다. 잠시 후 당겼던 팔에서 힘을 풀었다. 새끼와 함께 있는 어미 사슴을 차마 쏠 수가 없었던 것이다.

한 참을 더 올라가자 이번에는 요란하게 숲이 갈라지는 소리가 나더니 멧돼지 떼가 우르르 달려 나왔다. 모두 다섯 마리였다. 승호는 맨 뒤에 처진 놈을 겨냥해서 시위를 날렸다.

피융! 하고 활이 시위를 떠나는 소리가 나는가 싶더니 멧돼지 한 마리가 앞으로 두세 바퀴 구르면서 나가 떨어졌다. 궁둥이에 화살을 맞은 그놈은 다시 일어나서 달아나기 시작했다.

다시 화살을 날렸다. 이번에는 옆구리를 꿰뚫은 것 같았다. 멧돼지는 몇 걸음을 더 옮기더니 이내 기진했는지 바닥에 웅크리고 누워서 이쪽을 바라보며 씩씩대고 있었다.

가까이서 보니 한 1년 정도 자란 새끼였다. 십여 보 앞에서 다시 한 발을 목덜미에 꽂고도 한참을 기다리고 나서야 놈은 사지를 바들바들 떨더니 방분을 하기 시작했다. 똥냄새가 숲속에 진동했다. 완전히 죽은 것이었다.

승호는 죽은 멧돼지와 말을 벼락 맞아 죽은 고목나무 곁에 두었다. 길이 험하여 이제부터는 말을 더 이상 끌고 갈 수가 없었다. 조금만 더 올라가 볼 심산이었다. 이번 기회에 곰이나 호랑이를 꼭 한 번 잡아보고 싶었다.

올라가면서도 어렵지 않게 토끼를 세 마리나 잡았다. 이때 돌연 앞쪽의 숲 속에서 나무들이 가볍게 쓰러지는 소리가 들려왔다. 쿵! 쿵! 하고 땅을 밟는 소리가 경쾌하게 들려왔다. 엄청나게 빠르다. 순간 승호는 등허리에 식은땀이 주룩 흘러내리는 것을 느낄 수 있었다. 이건 틀림없는 호랑이다!

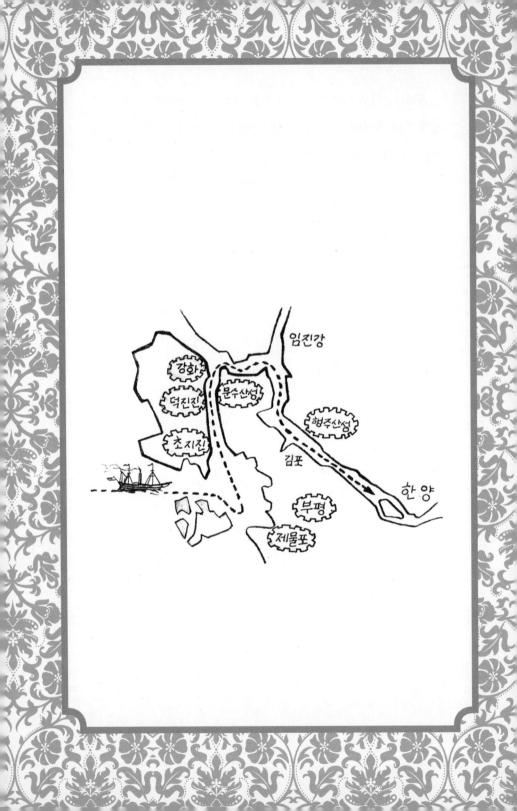

9. 비운의 섬, 강화

　7월 한 달 동안 세간의 이목을 집중시켰던 제네럴 셔먼호 사건이 일단락된 음력 8월 초, 제법 선선한 바람이 불어오는 7일에 박규수는 운현궁으로 흥선대원군을 찾아가서 그간의 사정을 아뢰었다. 이미 여러 차례의 장계를 통하여 소상히 보고하였지만 한양에 와서 직접 보고하라는 대원군의 지시가 있었던 때문이었다.

　대원군은 박규수를 만나자마자 그의 손을 맞잡고 그간의 노고를 치하했다. 대원군은 흡족해서 연신 껄껄대며 웃어 제켰다.

　"하하하, 수고했소. 이번에 공을 세운 철산부사 백낙연과 평양 서윤 신태정, 그리고 중군 이현익 등, 모든 유공자들에게 포상을 베풀도록 하시오."

　그는 이번 전투에 공이 큰 유공자들에게 지위를 높여주고 포상을 하도록 하는 한 편, 셔먼호의 선체를 정밀 조사하여 보고하도록 지시했다.

"제깟 놈들이 감히 배 한척을 가지고 와서 우리 조선 강토를 넘보다니 어디 될 법이나 한 소린가, 아니 그렇소, 환재(桓齋)? 하하하!"

연신 너털웃음을 터트리던 대원군은 장죽을 들어 두어 모금 빨고는 앞에 있는 놋재떨이에 딱! 소리도 요란하게 재를 떨었다. 그런 행동은 담배의 재를 떤다기보다는 자신의 위세를 과시하는 목적이 더 크리라. 옆에 있던 김병학이 몸을 움찔했다.

"그래, 그들의 병장기는 어떠하던가?"

"제가 배에 올랐을 때는 이미 목재로 된 부분은 다 불에 타고 오직 철로 만들어진 기물들만 남아 있었사옵니다. 그러나 문정을 할 당시에 문정관들이 보고 온 내용들을 종합해 보면 대략 이러하옵니다."

박규수는 대원군의 앞에 준비해온 두루마리를 펼쳤다. 거기에는 이번 소요에서 불탄 셔먼호의 모양이며 장비들이 그림과 함께 자세히 소개되어 있었다.

"이것을 보시오면 저들의 무장이 어느 정도인지 짐작이 가시리라 믿사옵니다. 우선 저들은 상선임에도 중무장을 하고 있었사옵니다. 그들의 말로는 해적이나 외국의 병선들로부터 자신들을 자체 방어하기 위함이라 하더이다. 우선 장비를 보면 대포가 2문, 중포가 2문이 있었는데, 이들은 모두 우리의 천자(天字)총통이나 지자(地字)총통보다도 월등히 멀리 나가고 파괴력도 큰 무기였사옵니다. 그뿐이 아니오라 포탄도 수백 발이나 있었사옵니다. 또한 유리그릇, 옷감, 신발, 자명종, 세공품, 그밖에 수십 가지의 물품들이 무려 8천 근이나 있었사옵니다.

더욱 놀라운 것은 그러한 장비와 물품 이외에도 무려 서른 명 가까운 선원들이 먹고 잘 수 있는 음식과 집기를 싣고도 몇 달 씩이나 항해를 계속할 수 있다는 점이옵니다. 그런 거대한 쇳덩이가 물위를 떠다닌다는 게 그저 놀라울 따름이옵니다."

박규수의 말을 들은 대원군은 잠시 눈을 감은채로 생각에 잠겼다. 더 이상 들어보지 않아도 이미 개천, 해주, 황주 등 여러 군데에서 올린 장계만 가지고도 짐작하고도 남음이 있었다.

박규수도 양이들과 교린을 하여 저들의 문물을 배워야 한다고 하는 말일 것이다. 그러나 아직은 아니다. 지금 양이들과 개항을 하여 교역을 한다면 그건 득보다는 해가 될 것이었다.

우선 우리의 미풍양속을 지킬 수가 없을 것이다. 그보다는 이번 평양에서의 대승을 백성들에게 소상히 알게 해 주어서 민초들의 자긍심을 일으켜 세워주는 게 더 급한 일이리라.

좌의정 김병학도 이런 대원군의 의중을 누구보다도 잘 알고 있기에 일체 입을 다물고 대원군의 처사만을 기다리고 있는 것이었다. 좌천이네 실각이네 하고 모든 김문이 풍비박산이 났어도 그만은 꿋꿋하게 버티고 있을 뿐아니라, 오히려 승승장구하고 있었다.

"자, 우리 모처럼 환재 대감도 오셨으니 상감에게 문후를 가십시다."

대원군은 좌의정과 평양감사를 대동하고 창덕궁으로 가서 왕을 배알했다.

왕은 이날 금일봉을 하사하여 셔먼호 사건의 공로자들을 치하하고 사상자들을 위로했다.

저녁에는 운현궁에서 일대 잔치가 벌어졌다. 이제 운현궁은 과거의 그 퇴락한 집이 아니었다. 정원에는 온갖 기화요초가 만발하였고 아담하게 잘 꾸며진 연못도 있었다. 들락거리는 사람들이 끝도 없이 많았다. 가노들도 어깨를 당당히 펴고 다니는 모습이 과연 대세를 한 손에 거머쥐고 있는 대원군의 거처다웠다. 장악원에서 나온 악사들에 의하여 아악이 연주되고 자색이 뛰어난 기생들이 노래를 하고 춤을 추었다.

그러나 박규수의 마음은 착잡하기만 하였다. 아, 사태를 너무 가볍게 보고 있음이야. 양이들의 실력을 너무나도 하찮게 생각하는군. 양이들의 배를 불태우고 무려 23명이나 참살을 하였으니, 이제 양이들이 분명 진상을 밝히라고 달려들 것인데. 이를 어쩐다?

이런 박규수의 우려는 그로부터 불과 닷새 만인 8월 12일에 현실로 나타났다. 그러나 먼저 강화도를 쳐들어온 외국 함대는 법국의 극동함대였다. 얼마전 천주교 신부들을 학살한 책임을 묻겠다는 것이었다.

"어디서 온 파발인가?"

"영종첨사가 보내는 장계요. 양이들의 배가 나타났소."

숨을 몰아쉬며 흙먼지에 뒤범벅이 된 군복과 벙거지를 손으로 털어내는 나졸에게 운현궁의 수직 군졸들이 문을 열어 주었다.

이 소문이 퍼져나가자 도성의 민심은 수습할 수 없을 정도로 순식간에 흉흉해졌다.

"양이들이 또 온다더라."

"평양에서는 수백 명이 죽었다더라."

"저놈들의 대포는 백 리도 더 나간다더라."

"어서 피난을 가야 산다."

조정 역시도 발칵 뒤집혔다. 대원군은 창덕궁 중회당에 대소신료들을 소집했다. 우선 통진부사 이공렴에게 인근의 수령들을 대동하고 부평 앞바다에 가서 저들의 사정을 탐문케 했다.

속속들이 장계가 도성에 도착하였다.

탐문에 의하면 이양선 세 척은 법국(法國)의 군함 데를레드호와 프리모게호, 그리고 타르디프호로 밝혀졌으며, 영종첨사 심영구를 물치도 앞바다에 정박 중인 데를레드호에 상선(上船)시켜 문정하여 보고자 하였으나 저들이 접근을 거부하여 실패 하였음.

물치도는 다른 이름으로 작약도이다. 작약도 앞에까지 와서 부평을 위협하고 있다면 저들의 목적은 조선 도성을 침범하는 데 있다고 보아야 할 것이리라.

삼남(三南)의 물자를 실은 선박이 한강을 이용하여 들어오지 못하니 도성 내의 물가가 폭등하고 곡식을 구하기가 힘들어졌다.

조정은 허둥거리고 있는데 프랑스의 군함 데를레드호와 타르디프호는 다시 동진하여 김포 지경에까지 이르렀다. 김포군수 정기화는 당황하지 않을 수 없었다. 그는 위험을 무릅쓰고 이양선에 접근하여 문정을 시도하였다.

그 결과 알아낸 정보로는 자신이 올라간 배는 법국의 군함으로 리델이라는 신부가 동승하여 있다는 사실 정도였다.

이 배에 신부가 타고 있다는 말에 정기화는 부랴부랴 조정으로 장계를 올렸다. 이미 세간에는 법국의 신부들을 학살한 사건에 대하여 조만간 그들의 응징이 있을 것이란 소문이 파다하게 퍼져 있었다.

흥선 대원군 이하응은 18일 오후 늦은 시간에 대신들을 중회당으로 다시 불러 모았다.

"경들은 어찌하여 적선이 서강에 이르기까지 방치하여 두었는가? 경들의 귀에는 백성들의 아우성소리도 들리지 않는단 말인가? 병판은 고개를 들라. 그리고 대책을 말해보라!"

흥선군의 작은 체구에서 나오는 우렁찬 목소리가 대신들을 압도하고 있었다. 대신들은 초가을의 한기보다도 대원군의 서릿발 같은 호통이 더 무서워 몸서리를 쳤다.

"저하, 우리 조신의 전선으로는 양이들의 배에 대적할 수 없사옵니다. 지금 우리들이 할 수 있는 일은 저들의 상륙을 저지하는 일 뿐이옵니다. 유념하여 주소서."

사실 틀린 말은 아니었다. 나무로 만든 작은 나룻배를 가지고 어떻게 쇠로 만든 거대한 전선에 맞설 수가 있는가. 그러나 지금 대원군에게는 강하게 밀고 나가는 것 말고는 다른 대안이 없었다. 여기에서 조금이라도 주춤거리는 시늉을 한다면, 지금 한창 공사 중인 경복궁 중건 작업도 모두 물거품이 될 터이요, 자신의 집권기반도 송두리채 흔들릴 것이었다. 그는 머리를 조아리고 있는 대소 신료들을 보고 거침없는 명령을 하달했다.

"여(余)의 판단으로 보건대는, 이번 법국의 침범은 서학을 탄압한데 대한 보복의 성격이 짙을 것이다. 저들의 함선이 지금 도성 근처까지 진입하여 무엄하게도 왕성을 위협하고 있다. 더구나 저들은 엄청난 위력을 가진 대포를 장비하고 있다하니 더더욱 위험한 지경이 아니고 무엇이랴. 이제 여는 제장들에게 명하노라. 지금부터 비상시국을 선포한다. 민심을 바로 잡는 것이 최우선 과제일 것이니라. 유언비어를 퍼트리고 다니는 자들이나 매점매석을 하는 자들을 가차없이 처단하라. 이 일은 좌우포청에서 해야 할 일이니라."

"예이, 신 이경하 복명하겠나이다."

포도대장 이경하가 거구를 굽히며 복창했다.

"병판은 즉시로 사대문에 방을 붙여 의용군을 모집하라. 그들을 훈련시키고 무기를 정돈하라. 저들은 비록 소수이나 절대로 만만하게 보아서는 아니 될 것이니라. 이미 청국을 무너뜨린 자들이니라."

이때 왕의 임어를 알리는 내관의 목소리가 들려왔다.

"상감마마 납시오~."

고종이 용상에 좌정했다. 모든 대신들이 부복하자 병조판서 김병왕이 그간의 경위를 보고했다.

"서학교도 중에서 세 명의 선교사가 체포되지 않았사옵니다. 그중 리델이라는 자가 서학을 광신하는 백성 열 한명과 함께 충청도의 용당포에서 배를 훔쳐 타고 탈출하여 청국의 산동 땅에 도착하였습니다. 그것이 다섯 달 전의 일이었사옵니다."

이미 이 나라 조정에서는 프랑스 함대의 침입 가능성을 여러 경로를 통하여 전해 듣고 있었지만 여기에 대한 대비책은 실상 별로 세운 것이 없이 허송세월만 한 셈이었다. 15세 소년 왕은 얼굴이 하얗게 질린 채로 생부인 대원군을 쳐다보면서 물었다.

"우리 쪽의 방비는 어찌되고 있소?"

대원군은 아들인 왕에게 허리를 굽히면서 대답했다.

"전하, 너무 심려 마옵소서. 강화도의 포대에 진지를 새로이 구축했을 뿐 아니라 한강 연안의 방비를 굳건하게 해놓았사옵니다."

한편, 프랑스군의 로즈 제독은 한강변의 서강 앞바다에서 망원경을 꺼내어 적진을 유심히 살폈다. 수백의 기마병 외에도 무장한 군사들이 도열해 있는 모습이 만만해 보이지가 않았다. 게다가 흰 옷을 입은 군사 수천 명이 그들의 등 뒤에 있는 모습도 들어왔다.

그는 속으로 생각했다. 우리 세 척에 있는 무장으로 저들 수천 명의 군사들과 싸움을 벌인다. 이는 분명 무모한 짓이다. 배에는 물과 식량도 불과 10여일 분밖에는 없다. 아무래도 세 척을 가지고는 무리이다. 일단 돌아가서 신중을 기하자. 그리고 우리 함대를 일시에 몰아서 저놈들에게 따끔한 맛을 보여주어야지.

그는 군사들 뒤에서 하얗게 몰려 구경을 하고 있는 백성들을 군대로 오인한 것이었다. 마포의 서강(西江)까지 정탐한 로즈는 일단 강화도 앞바다까지 철수했다.

"서양 오랑캐 놈들이 물러간다!"

"우리가 이겼다."

한강을 거슬러 올라와 남산의 턱밑에까지 왔던 법국의 군함들은 뱃머리를 돌리더니 19일에는 행주산성을 지나서 서서히 퇴각하기 시작하였다. 도성의 백성들은 기뻐 날뛰었고 조정의 대소신료들도 얼굴에 희색이 만면하였다.

"그러면 그렇지, 제깟 놈들이 감히 우리 조선을 넘보다니. 내가 살아 있는 한은 어림도 없을 것이니라."

대원군은 기고만장하여 수염을 쓰다듬으며 머리를 숙이고 엎드려 있는 대소신료들을 바라보았다. 뒤의 용상에 앉아있는 고종의 용안에도 모처럼 밝은 웃음이 피어났다.

그러나 이런 판단은 대원군의 착오였다. 저들이 물러간 것은 애당초 세 척만을 가지고 전투를 하겠다고 한강을 거슬러 온 것이 아니었기 때문이었다. 그들의 목적은 수로와 지형을 정찰하는 것이었을 뿐이었다.

이들은 9월 4일에는 수원 앞바다까지 물러가더니 6일에는 함대를 재정비하여 다시 강화도의 갑곶진(甲串鎭) 앞바다까지 북상했다. 그리고 해병대와 수병의 일부 병력을 상륙시켰다.

새벽이 되자 프랑스군 해병대는 해안가에 있는 민가를 습격하여 가축과 양곡을 약탈했다.

고도로 훈련된 병사들의 도발에 조선군은 응전은 고사하고 저항의 기미마저 보이지 않았다.

그러자 프랑스군은 성 안과 밖을 마음 놓고 유린했다.

조정에서는 연일 대책을 위해 중신회의가 열렸으나 그들의 진의가 무엇인지를 파악할 때까지 좀더 기다려보기로 했다. 이러는 사이 강화와 통진의 피란민들이 김포가도를 가득 메우며 쏟아져 나오고 민심은 더욱 흉흉해져 갔다.

9월 7일, 프랑스군 함대사령관 로즈 제독은 해군중령 도스리를 불러 조선군의 방어태세를 물었다.

"강화도의 수비 병력은 어느 정도인가?"

"수비라고 말할 것도 없습니다. 대부분 활과 창으로 무장하고 있고 총을 가진 자들이 몇 명 있으나 그다지 큰 위협은 아닙니다."

로즈 제독은 입가에 미소를 지으면서 작전명령을 내렸다. 검은 색의 해군 정장에 훈장이 주렁주렁 달린 그의 모습은 부하들을 위압하기에 충분했다.

"정찰대로 하여금 공격을 개시하도록 하라. 그리고 일단 교두보가 확보된 연후에 본대를 상륙시키기로 하자."

"알겠습니다."

함포사격의 지원을 받으면서 도스리 중령의 해병대가 강화섬에 상륙했다. 중무장하고 신식 소총을 쏘아대는 프랑스군에게 조선군은 변변한 대항 한 번 해 보지 못하고 도망가기에 급급했다. 프랑스군 해병대는 강화성을 점령했다. 동성의 누각 위에서는 성안을 자세히 들여다 볼 수가 있었다.

강화유수 이인기는 부하 장졸들을 앞세우고 달려가서 선왕들의 어진(御眞)을 먼저 옮겼다. 전쟁이 났다면 무엇보다도 선왕들의 초상화를 잘 옮겨놓는 것이 지방 관리의 첫째 임무였기 때문이었다.

강화섬이 점령되었다는 장계를 받은 조정에서는 대원군을 비롯한 모든 문무관들이 모여서 어전회의를 했다. 뒤로는 임금이 옥좌에 앉아 있었고 그보다 낮은 곳에는 대원군이 좌정해 있었다. 영의정 조두순, 병조판서 김병왕, 훈련대장 겸 포도대장 이경하, 금위대장 이주철, 어영대장 이현직, 총융사 신관호 등 무관들이 모두 참석했다.

먼저 왕이 입을 열었다.

"과인이 듣건대 법국의 군세는 강화에 상륙하여 경강을 위협한다 하니 매우 불안하다. 제신들은 이 나라 종묘사직과 금수강산을 지키는 일에 최선을 다하라."

"소신이 보고 받기로는 적의 실제 병력은 일천을 넘지 못한다 하였사오니 우리의 힘으로 능히 무찌를 수 있을 것이라 사료되옵니다. 과히 심려 마옵소서."

병조판서 김병왕의 적정에 대한 보고였다. 유교가 숭상되는 나라, 사흘을 굶어도 트림을 하고 다녀야만 체통이 서는 나라였다. 당장 코앞에 위기가 닥쳤어도 여기서 죽는 소리를 한대서야 병조판서로서의 체면이 서질 않는다.

다른 대신들도 마찬가지였다. 적정에 대하여 자세히 모르니 모두가 장님 문고리 잡는 이야기들뿐이요, 책임을 지지 않으려니 구렁이 담 넘어가는 말만 해야 했다. 그저 임금이나 대원군 앞에서 죽은 척만 하고 있으면 모든 일은 다 대원군이 알아서 처리할 것이었다.

아니나 다를까. 이 때까지 대신들의 이야기를 듣고만 있던 대원군이 착 가라앉은 음성으로 일사천리 명령을 내리기 시작했다. 실은 간밤에 밤을 새워가며 이경하를 위시한 무장들과 의논한 결과였다.

"훈련대장 이경하를 순무사로 임명한다. 순무사 이경하는 각 영의 장병들로 하여금 왕성을 호위토록 하라."

"순무중군에 이용희를 임명한다. 양헌수를 천총에 임명하여 강화도를 수비하게 하라."

"총융사 신관호를 기호지구 초모사(招募使)에 임명한다. 전 승지 이관연을 호남지구 초모사에, 정헌윤을 영남지구 초모사에 임명한다. 즉시 현지로 떠나서 장정 징집에 최선을 다하라."

　제주도에서 제주목사 겸 방어사로 있던 양헌수가 승정원의 전교를 받은 것은 9월 15일이었다. 임금의 교지와 함께 순무사 이경하의 명령서도 당도하였다.

　사태의 급박함을 알아챈 양헌수는 당일로 제주목사직의 인계를 마치고 제주도를 떠나 배편으로 목포 앞바다를 거쳐 남양만에 내렸다. 거기서부터는 육로로 시흥과 소래를 거쳐 순무군(巡撫軍)의 지휘부가 있는 부평에 나가 순무중군 이용희 앞에 부복했다.

　"오, 양헌수 장군, 어서오시오. 원로에 얼마나 노고가 많으시었소?"

　반가이 맞아주는 이용희로부터 우선 적정을 전해 들었다.

　"대감, 그간 별고 없으셨사옵니까?"

　"저들을 격퇴하여야 하겠는데 우리 조선군의 장수들 중에는 실전을 치러본 무관들이 별로 없는 형편이라 이렇게 부랴부랴 양 방어사를 불러 올렸다네. 대원위 대감께서도 방어사에게 기대를 많이 하고 있으니 부디 이 난국을 타개해 주시게."

　"적선은 어디에 머물러 있사옵니까?"

　"큰 배 네 척은 초지진과 영종진 사이에 정박하고 있네. 아마도 사령선 역할을 하는 배가 한 척이고 나머지 세 척은 물자를 싣고 온 배라고 판단되네. 그리고 무장한 병력이 타고 있는 배 세 척은 수시로 초지진과 월곶진 사이를 오락가락하며 분탕질을 하고 있다네."

　나이 50이 되도록 무관으로만 살아왔다. 싸움에서 진다는 것은 생각해 본 적이 없다. 양헌수는 이용희를 바라보며 입술을 지그시 깨물었다. 타들어가는 촛불이 잠시 가을바람에 흔들렸다.

"나라를 위하고 종묘사직을 보존하는 일에 어찌 이 한 몸 아끼리이까. 내일 날이 밝는 대로 지세를 살피고 정탐을 할 것이옵니다."

"그렇게 하시게나. 내가 장군 휘하에 특별히 편성된 서북포수 300명을 배치해 주겠네. 그들은 모두 명사수라네. 그리고 지금도 초모사(招募使)들이 계속 지방을 돌며 모병을 하고 있으니 병졸들이 당도하는 대로 더 많은 병력을 약속하이."

"그것보다도 대감, 우선 제게 강화출신 패장들 서너 명만 수배해 주시옵소서. 반드시 강화출신의 무관들이어야 하옵니다."

"오, 그렇다면 마침 좋은 사람이 있네. 강화부에서 경력을 지내던 김재헌이란 자가 지금 내 수하에 와 있네. 그 사람을 데려다 쓰게나. 그리고 내 오늘 밤 안으로 각 부대에 기별을 보내어 믿을 만한 장졸들을 대여섯 명 더 알아봄세."

양헌수는 이용희가 마련해 준 막사에서 밤을 맞았다. 그는 생각에 생각을 거듭했다.

이번 강화 탈환작전에 우리 전체 조선군의 사기가 달려 있음이야. 무엇보다도 침착하게 작전을 구상해야 하리라. 먼저 적의 동태를 살피는 것이 첫째요, 지세를 파악하는 것이 둘째리라. 병서에도 이르기를 적을 알고 나를 알면 백번 싸워도 위태하지 않다(知彼知己 百戰不殆)고 하지 않았던가.

이튿날 날이 밝았다. 그는 수하 패장들에게 우선 강화도에서 피란해 오는 백성들을 붙잡고 그들로부터 적의 동태를 알아보도록 지시했다. 그리고 아침을 먹자마자 강화출신 경력 김재헌과 두 명의 비장을 데리고 문수산성을 올랐다. 문수산성에는 차초군 한성근이 이천 명 가까운 병력을 이끌고 주둔하고 있었다.

문수산의 정상에 올라서 사방을 둘러보니 그야말로 천하의 절경이었다. 북은 한강이 지척에 보이며 멀리는 개성까지도 보이는 듯 했다. 서쪽으로는 바로 앞에 갑곶진이 보이고 그 너머로 강화도와 서해 바다까지도 내려다 보였다. 남쪽으로 눈을 돌려보니 제물포가 한 눈에 들어왔다.

일행은 홍예문에 도착하여 잠시 다리쉼을 할 겸 쉬면서 작전을 논의하였다. 눈을 들어 산을 보니, 산은 온통 신록에 초가을의 단풍까지 더해져서 그야말로 신선이 내려와서 놀만하였다. 이렇게 아름다운 금수강산을 이놈들이 유린하다니… .

양헌수는 김재헌을 둘러보며 물었다.

"경력은 강화도에서 얼마나 근무했는가?"

"저는 통진이 고향이옵니다. 강화와 통진에서만 지금껏 살아 왔습지요. 과거에 급제한 이후로도 줄곧 이곳에서만 벼슬길에 올라 있었사옵니다."

그는 기골이 장대한 이외에도 눈초리가 매서운 게 매우 믿음직스러워 보였다. 경력이라면 종4품의 무관이니 상당한 경험도 있을 터였다. 이번 전투에 크게 쓰일 재목임에 틀림없어 보였다.

"그래, 우리들이 강화도에 들어가서 농성을 한다면 어느 곳이 적당하겠는가? 삼백의 병력으로 적들을 맞아 싸우면서 장기간 버틸 수 있는 곳이어야 하네."

이 때 강화출신 군관 유성호가 입을 열었다.

"지금 현재 적은 저 앞에 내려다보이는 강화 행궁을 점령하고 있습니다. 저곳이 제일 가는 요충지라면, 분명 두 번째의 요충지는 정족산성일 것입니다. 정족산성을 점령하지 못한다면 결코 강화도를 점령했다고 할 수가 없으니까요. 정족산성은 험준한 지역에 굽이굽이 성의 둘레만도 사천 보에 이르는 큰 성이옵니다. 게다가 동문과 남문 두 군데를 빼고는 안으로의 진입이 용이하지가 않사옵니다. 능히 혼자서 열을 지킬 수 있는 천험의 요새입니다."

이 무렵 강화산성을 점거하고 살인 방화 약탈 겁탈을 자행하고 있던 프랑스군은 외규장각과 강화행궁에 있던 많은 보물들과 서적들을 탈취해 갔다. 그들은 또 강화 건너편에 있는 문수산성을 넘나들면서 덕포진과 광성진에도 자주 침입하였다.

문수산성의 남문에는 순무군 초관 한성근이 50명의 포수들을 잠복시켜 놓고 기다리고 있었다. 진격해 오는 프랑스군은 연전연승했음으로 사기가 충천해 있었다. 반면에 조선군은 실전을 해 본 경험이 없는 포수들로 구성되어 있었다. 지휘관인 한성근조차도 초조함을 감출 길이 없었다. 그는 너무나 조급했던 나머지 겨우 척후병들이 사정권에 들어오자마자 사격을 명했다.

"방포!"

화승총의 심지가 타들어 가면서 조선군의 총에서 일제히 불꽃이 튀었다.

아무런 저항도 없을 것이라 방심하고 놀이삼아 유유작작하게 올라오던 프랑스군은 앞서가던 척후들이 피를 뿜고 쓰러지자 혼비백산하여 사방으로 몸을 숨겼다.

그러나 조선군의 화승총은 다시 심지에 불을 붙이기까지 시간이 적지 않게 걸린다. 이런 사실을 잘 알고 있는 프랑스 군은 전열을 재정비하여 일제 사격을 개시하였다. 프랑스군의 반격이 있자 조선군은 겨우 두 세 번의 방포를 한 후 재빨리 퇴각을 서둘렀다.

이 전투로 조선군 세 명이 전사하고 두 명이 부상하였지만 프랑스 군도 열 명이 넘는 부상자를 남겼다. 비록 이 전투에서 큰 성과를 거두지는 못했으나 프랑스군에게 조선군이 결코 만만치 않다는 경고의 의미는 충분히 전달한 것이었다.

문수산성에서 법국의 군사들이 패배했다는 소식은 삽시간에 전국으로 퍼져 나갔다.

"법국 놈들이 우리 군사들에게 호되게 당했다는군."

"조선군의 군복만 봐도 줄행랑을 친다는 게야."

실제로 그 싸움은 이긴 싸움도 아니었다. 그러나 그때까지 겁에 질려 있기만 하던 이 나라의 젊은이들을 불러 모으기에는 충분했다. 백성들이 들고 일어났다. 하루에도 수백 명의 지원병들이 쇄도하기 시작했다.

프랑스 군이 강화도를 점령하고 조선군은 계속 우왕좌왕하는 사이에 어느덧 달이 바뀌어 10월 1일이 되었다. 로즈 제독은 기함인 프리모게호 함상으로 도스리 중령을 불렀다. 그로 하여금 60명의 정찰대를 이끌고 정족산성을 정찰토록 했다.

그들은 전등사 경내를 다니면서 문화재와 불상, 불화(佛畵)등을 닥치는 대로 들고 왔다. 다음 날, 날이 밝자 그들은 며칠 전 강화성에서 약탈한 수집품들과 어제 가져온 불상과 불화들을 프리모게호 함상의 갑판에 펼쳐 놓았다. 그것들을 점검하는 자리에서 로즈제독의 입이 딱 벌어졌다.

"아니, 이것들이 과연 조선 사람들이 만든 것이란 말인가?"

은괴가 1톤가량 되었지만 그건 별로 놀랄 일도 아니었다. 정작 놀라운 것은 온갖 색깔로 채색된 서책들이었다. 거기에는 왕인 듯한 사람이 들것을 타고 가는 광경과, 그의 수행원들 수백 명의 모습이 마치 살아 움직이는 듯이 그려져 있었다. 또 다른 그림에는 장례식의 광경인 듯, 조금 전에 본 그림과는 등장인물들의 복장이 사뭇 달랐다. 그런 책자만도 300여 권이나 되었다.

산더미처럼 쌓여있는 서화며 책자, 도자기들을 바라보고 있는 프랑스 군인들의 표정에도 경이감이 여실히 드러났다. 그들이 이런 문화민족이었다니… 조선 백성들을 함부로 죽이고 건물에 불을 지른 것이 후회가 될 지경이었다.

로즈 제독은 서둘러 약탈품들을 창고에 보관하고 보초병을 세워 철저히 감시하게 했다. 됐어! 내가 조선에 출병한 것은 이걸로 족해. 이건 정말 엄청난 행운이야. 이 미개한 나라에서 이런 보물들을 획득할 줄이야.

해병들은 전등사에서 두 명의 여승들을 납치하여 데를레드호로 끌고 왔다. 여승들은 배 밑바닥으로 끌려가지 않으려고 결사적으로 몸부림치며 버둥대고 있었다.

리델 신부는 착잡한 심정으로 그들을 바라볼 뿐이었다. 여자들의 눈은 간절히 도움을 요청하고 있었다. 옷은 다 찢어져서 허벅지며 젖가슴이 그대로 드러났다. 머리카락을 모두 밀어버린 것으로 보아 분명 여승들이리라.

이들의 공포에 질린 눈망울이 리델 신부의 눈과 마주치는 순간, 리델 신부는 눈을 감아 버렸다. 아, 전쟁이란 이렇게 잔인한 것인가? 리델 신부는 하늘을 우러러보며 기도했다. 천주님이시여, 저에게 무엇을 원하십니까?

다음 날 아침, 날이 밝자 리델신부는 데룰레드호를 떠나서 기함인 프리모게호로 향했다. 제독실 앞에서 30분을 기다리고 있어도 계속 회의 중이라고 하여 초병이 들여 보내주지를 않았다.

리델 신부는 데룰레드호에서 함께 있던 지휘관들이 이 배로 옮겨왔다는 이야기도 못 들었다. 무례한 행동이긴 했지만 그는 초병을 제키고 문을 두드렸다. 잠시 후 안에서 문이 열리며 로즈 제독의 모습이 보이더니 리델 신부를 반갑게 맞아주었다.

그의 눈은 충혈되어 있었다. 회의는커녕 그의 방에는 아무도 없었다. 넓은 회의 테이블 위에는 조선에서 약탈해온 서책 두 권이 펼쳐져 있었고, 그 밑에는 다른 서책들이 수십 권 쌓여 있었다. 그림도 여기 저기 눈에 띄었다. 모두 다 조선에서 노획해 온 것들이었다.

"리델 신부님, 밤을 꼬박 새워 가면서 이것들을 구경하고 있었습니다. 정말 엄청난 솜씨더군요. 조선이란 나라가 이렇게까지 문화가 발달한 나라인 줄 미처 몰랐습니다."

로즈 제독은 양팔을 벌리며 놀랍다는 시늉을 했다. 그는 리델 신부에게 의자를 가리키며 자리를 권했다.

"제독, 우리 프랑스군의 기강이 형편없어요. 어제 밤에 우리 배에 조선 여자 두 명을 납치해 왔어요. 그것도 그냥 보통 여자들이 아니고 수도하고 있는 여승들입니다. 아무리 작전 중이라 해도 정말 이래도 되는 겁니까?"

큰 키의 리델 신부가 선 채로 얼굴에 핏대를 잔뜩 세우고 로즈 제독을 몰아치고 있었다.

"그들이 선실로 끌려가서 몇 명의 군인들에게 농락을 당했을지 모릅니다. 아무리 남의 나라 여자라고 해도 그런 행동은 우리 프랑스 국민 전체를 욕 먹이는 행동이에요. 그런 야만적인 행동이 세상에 어디 있습니까? 당장 그들을 돌려보내 주세요."

로즈 제독은 근엄한 표정으로 신부를 타일렀다.

"신부님, 그들은 지난 두 달 동안 여자 구경을 하지 못했어요. 그리고 지금은 죽느냐 죽이느냐 하는 전쟁 중입니다. 전쟁에서 약탈과 방화, 강간 같은 것은 늘 있는 일입니다. 지휘관으로서도 그런 행동을 찍어 누를 수만도 없어요. 전쟁에서 그런 욕망을 풀어주지 않으면 폭동으로 이어집니다. 그렇지만 신성한 대 프랑스제국의 함선 위에까지 여자들을 납치해 온 것은 분명 잘못된 행동입니다. 즉시 진상조사를 해서 그들을 문책하겠어요."

로즈 제독은 리델 신부의 옷소매를 잡고 의자에 앉도록 했다.

"자, 신부님, 여기서 저와 차나 한잔 하시면서 이 조선의 그림들을 감상하시지요. 아마도 본국에 가지고 가면 황제폐하께서도 극찬을 하실 겁니다."

리델 신부는 로즈 제독의 권유를 뿌리치고 급히 데룰레드호로 돌아왔다. 그러나 이미 조선의 여승들은 간밤에 프랑스군 해병들로부터 윤간을 당한 후 수치심을 이기지 못해 스스로 혀를 깨물고 죽었다고 했다.

그 후 닷새간 군사들의 조련을 마친 양헌수는 야음을 틈타 297명의 포수들과 500여 명의 병사들을 이끌고 무사히 광성진의 손돌목을 건너 마니산 줄기의 정족산성에 숨어들었다.

조선군의 이러한 움직임은 천주교 신자들에 의해서 낱낱이 프랑스 진영의 조선인 신자들에게 알려졌다. 조선의 천주교 신자들로서는 조선 조정이 적일 수밖에 없었다. 단지 서학을 믿는다는 이유 하나만으로 온 가족이 몰살을 당하거나, 그 친척이라는 이유로 참살을 당하는 형편이었다.

그러니 그들로서는 어서 빨리 이 나라의 왕권이 바뀌고 새로운 지도층이 들어서서 자기네들의 삶과 믿음을 지켜주길 바라고 있었던 것이었다.

리델 신부로부터 조선군 팔백 명이 정족산성에 들어와 농성중이라는 보고를 받은 로즈 제독은 속으로 은근히 기뻐했다. 아직까지 전투다운 전투 한 번도 못해 보았는데 낡은 산성 안에 팔백이나 되는 적병들이 있다니, 그야말로 독안에 든 쥐가 아니고 무엇이랴. 활과 구식 총으로 무장한 조선군쯤은 만 명이라고 해도 겁날 것이 없었다. 그는 해병대의 올리비에 대령을 불렀다.

"제독, 부르셨습니까?"

"오, 올리비에, 조선군들이 저 앞 산성에 들어와 농성하고 있다는 보고가 들어왔다. 즉시 공격부대를 이끌고 올라가서 저들을 섬멸시켜라."

올리비에 대령은 해병대 정병 160명을 선발했다. 이제는 완연한 가을의 날씨였다. 하늘은 쾌청했고 바다에는 파도도 일지 않았다. 프랑스군은 초지진 앞에 네 척의 배를 집결시켰다. 그러나 그들은 함포의 지원도 없이 해병대를 초지진에 상륙시켰다.

군마 몇 필에 먹을 식량과 탄환을 싣고 정족산성으로 오르고 있는 160명의 해병대원들은 전쟁을 하러 온 병사들이 아니라 소풍 나온 학생들처럼 보였다. 그도 그럴 것이, 지금껏 적들과 싸워 보았지만 그들은 기껏해야 화승총이라는 구식 총으로 간간히 상대할 뿐이었다. 더군다나 요즘에는 프랑스군의 깃발만 보아도 다투어 도망치고 있음에야 더 할 말이 무엇이 있겠는가.

그러나 양헌수의 치밀한 작전 계획 하에 정족산성의 동문과 서문에 배치된 조선군은 이번 싸움에서 기필코 이겨 강화도를 다시 탈환하겠다는 비장한 결의가 있었다. 또한 서북 포수 중에서도 가장 용감하다는 강계포수 300여 명의 명예까지도 걸려 있는 것이었다.

나머지 병사 오백 명도 사기가 충천했다. 조선 최고의 명장을 제주도로부터 불러 왔다는 소문이 퍼지면서 지휘관에 대한 믿음이 있었다. 또 서북지방에서 호랑이와 곰을 잡던 삼백 여 포수들이 자신들과 함께 하고 있다는 데 겁날 것이 무엇이랴.

"절대로 방포하지 마라. 아주 코앞에 올 때까지는 참고 기다려야 하느니라. 내 명령 없이 방포하는 자는 즉시로 목을 벨 것이니라."

양헌수는 바위 뒤에 납작 엎드렸다. 머리 위는 울창한 나무들로 뒤덮여 있었다.

온다. 법국의 군사들이 마치 소풍을 오듯이 옆의 동료들과 히히덕거리는 모습이 확연히 보인다.

이제 선두 척후와는 겨우 50보 정도 남았다.

쏠까? 아니다. 좀 더 기다려야 한다. 척후 10여 보 뒤로는 대여섯이 보이고, 그 뒤로 본대가 올라오고 있었다. 지금 쏘면 척후 두 놈은 죽이겠지만 나머지들은 이곳저곳으로 달아나리라.

땅냄새가 싱그럽다. 내가 죽어서 묻힐 땅, 내 자식들이 살아갈 조선의 땅이다. 참나무 잎사귀 하나가 살랑살랑 바위 위에 떨어졌다. 10월 초순이던가?

부하들은 훈련시킨 대로 숨소리조차 없이 앞만 노려보고 있었다. 이제 선두는 불과 30보 이내로 들어왔다. 놈들이 두런두런 이야기하는 소리가 여기까지 들린다. 이때 척후가 무슨 낌새를 차렸는지 갑자기 몸을 낮추고 뒤에 대고 무어라 손짓을 하는 게 눈에 들어왔다.

지금이다.

양현수가 오른쪽 손을 번쩍 들었다. 화승총의 심지가 타들어 가는 것도 잠시, 곧이어 온 산을 뒤흔드는 총소리가 터져나왔다. 앞에 있던 몇 놈이 쓰러졌다.

"제2대 방포!"

양헌수의 손이 다시 올라갔다. 앞 열의 포수들이 몸을 숙이면서 심지에 다시 불을 붙이는 사이, 뒤에 대기하고 있던 포수들이 총을 쏘아댔다.

이렇게 삼백 명의 포수들이 2대로 번갈아가며 총을 쏘아대고 장약하기를 반복하니, 비록 구식 화승총이라 하나 백오십 명이 연속으로 쏘는 것과 다를 바가 없었다. 더군다나 그들은 뛰어다니던 호랑이와 멧돼지를 잡던 실력들이 아닌가.

프랑스군 병사들이 피투성이가 되면서 몇 명이 쓰러지는 게 보였다. 성위에 있던 병사들이 일제히 함성을 질러댔다.

"퇴각, 퇴각!"

올리비에 대령의 다급한 목소리는 조선군의 함성과 총소리에 덮여서 잘 들리지 않았고, 프랑스군은 다투어 총과 군기를 내버려둔 채산 밑으로 도망하기 시작했다.

"와~ 와!"

조선군의 함성 소리는 온 산을 뒤덮었다. 프랑스군은 사망자와 부상자를 내고 패주하였다. 조선군이 산성에서 뛰어나와 도망가는 적병들을 향해 총격을 가하였다.

"천세, 천세!"

조선군들의 승리의 함성소리가 온 산에 메아리쳤다. 프랑스군은 서둘러 보트를 타고 그들의 모선으로 귀환하였다.

다음 날, 프리모게호 함상에서는 작전회의가 열렸다. 일곱 척의 함장들이 좌우로 앉았다. 해병대의 책임자인 올리비에 대령과 도스리 중령과 참모들이 맞은 편으로 앉았다. 리델 신부도 그 옆으로 앉았다. 로즈 제독의 왼쪽에는 프랑스 국기가, 오른쪽에는 나폴레옹 3세의 문장이 놓여 있었다. 그는 침통한 표정을 지으며 입을 열었다.

"벌써 우리 함대가 천진을 떠난 지가 두 달이 다 되어오고 있어.

이제는 그만하면 우리들의 의지를 충분히 보여 주었으니 돌아가도 좋을 것 같네."

올리비에 대령은 고개를 푹 숙이고 말이 없었다. 올리비에의 옆에 있던 리델 신부가 얼굴을 붉히면서 목소리를 높였다.

"아니, 제독. 이곳에 와서 우리가 한 게 무엇이 있습니까? 성직자들을 한 명이라도 구했습니까? 저들 조선의 폭정 앞에 죽어가고 있는 성직자들의 이야기라도 들어 보았습니까? 기껏해야 이 작은 섬에 상륙하여 문화재 몇 점 탈취한 것밖에 더 있습니까?"

그의 목에 실린 나무 십자가가 소리를 칠 때마다 출렁거렸다.

"아아, 나도 알아요. 그러나 벌써 우리들의 사랑하는 병사 일곱 명이 죽었어요. 부상병도 50명이 넘어요. 그리고 식량과 물도 없어요. 빌써 육지를 떠나 바다에만 떠돈 지가 두 달입니다. 이번 함대의 출동 목적이 조선을 정벌하자는 것이 아니지 않습니까? 그리고 여기 책임자는 나, 프랑스군 극동함대 사령관 로즈 제독입니다."

"흥, 좋을 대로 해 보시오. 나도 가자마자 북경 교구에 보고해서 교황청에 편지를 띄우겠어요. 이런 식으로 우리 종교를 보호하지 않는 관원이 있다면 그건 우리 프랑스 황제 폐하의 권위를 실추시키는 행위입니다."

로즈 제독도 리델 신부를 무시할 수만도 없는 형편이었다. 정말로 리델 신부가 교황청에 투서라도 하는 날이면 자기의 목이 열 개라도 배겨나지 못할 것이었다. 그래, 리델 신부도 달랠 겸 조금만 더 있다 가자. 이렇게 마음먹은 로즈 제독은 철수일자를 하루 이틀 미루기로 했다.

10월 4일, 프랑스군은 강화부의 강녕진 일대와 남문 안의 여러 민가를 기습하여 불을 지르고 기물을 마구 약탈해 갔다. 이날 오후에는 덕포진 앞으로 나아가서 해안에 여러 발의 함포를 발사하였다.

덕포진에서도 별군관 이기조를 비롯하여 여러 명의 병사들이 법국 함대에 대고 포탄을 날렸으나 사정거리가 짧아 함선에까지는 미치지 못하였다.

그 다음 날, 드디어 프랑스 남지나함대 소속 일곱 척의 배는 조선 앞 바다를 철수하여 청나라의 산동 반도로 향하였다. 조선에서 후일 병인양요(丙寅洋擾)라고 하는 2개월 간의 전투가 드디어 막을 내린 것이었다.

10. 명기(名器) 왕취련

앞을 노려보고 있기를 얼마나 했을까? 돌연 숲 속의 바위 위에 짐
승의 눈빛으로 보이는 불빛 두개가 나타났다. 해가 뉘엿뉘엿 넘어가
는 저녁 무렵, 여기는 백두산 자락에서 험하기로 소문난 북포태산의
중턱이다. 어두컴컴한 속에서도 녀석의 안광은 더욱 또렷하게 보였
다.

거리는 불과 10보? 화살을 날릴 거리는 되지 않았다. 민승호는 장
창을 꼬나 잡았다. 이때 돌연 녀석이 포효를 했다.

"어흥!"

과연 백두산을 주름잡을 만한 기품이 있는 녀석이다. 웬만한 산짐
승들은 그 울음소리에 그대로 주저앉아 버릴 것만 같았다. 아니나 다
를까? 저 밑에 세워 두었던 애마가 콧바람 소리를 요란하게 일으키
더니 숲속으로 도망쳐 들어가는 소리가 들린다. 호랑이의 울부짖는
소리는 온 산을 굽이굽이 돌며 메아리쳐 나갔다.

승호는 기가 막혔다. 이제 아무 것도 남지 않았다. 있다면 오직 허리에 찬 환도와 손에 든 장창이 있을 뿐이다. 어차피 죽는 것은 마찬가지이다. 그래, 네가 죽나 내가 죽나 해 보자.

민승호도 사냥이라면 남에게 뒤지지 않는 사람이다. 그동안 수없이 다닌 사냥에서 잡은 노루가 수십 마리요, 멧돼지도 이번에 잡은 놈까지 치면 여섯 마리째다.

호랑이를 노려보고 있는 민승호의 온몸은 땀으로 흠뻑 젖었다. 이제 호랑이의 어슴푸레한 몸체가 눈에 들어오기 시작했다. 어미 황소가 저 정도로 클까? 오른 손의 땀을 바지에 문질러 닦은 후 다시 창을 힘 있게 꼬나 잡았다. 한양에서부터 무려 이천리 길을 손에 들고 온 장창이다. 떠나기 전에 숫돌에다 얼마나 정성들여 갈았는지 모른다.

호랑이가 몸을 낮춘 모습을 보았다고 느낀 순간 민승호도 장창을 뒤로 힘껏 뺐다. 앞에 있는 나뭇가지를 부러뜨리며 머리 위로 놈이 날아오는 것과 동시에 있는 힘껏 장창을 앞으로 내던졌다. 머리 위로 호랑이의 가슴 털을 보았다고 생각했다. 장창이 바로 자신의 몸 앞에서 우지끈! 소리를 내며 부러졌다. 민승호는 장창의 부러진 동강이를 잡고는 중심을 잃고 뒤로 넘어졌다.

곧 이어 하얀 창호지와도 같은 세상이 펼쳐졌다. 겨울 설산의 풍경과도 같았다. 먼 꿈속으로 깊이 빨려 들어가는 느낌도 들었다. 몸이 아주 편안했다. 아! 나는 이대로 죽는가? 이 민승호가 꿈도 펴지 못한 채 이대로 백두산 자락에서 죽는가보다. 점차 의식이 가물가물하며 사라져갔다.

눈을 떠보니 천정에서 무언가가 어지럽게 돌아가고 있었다. 정신을 집중하여 보니 그건 천정에 매달아 놓은 메주덩어리였다. 그놈들은 자신을 향해 가까이 오기도 하고 멀어지기도 했으며, 이쪽에서 보이기도 했고 저쪽에서 보이기도 했다. 고개를 돌려보니 옆에 어떤 사람의 얼굴이 보였다.

"아버지! 사냥꾼 양반 깨어났어요!"

내가 살아 있는 것일까? 민승호는 고개를 반대편으로 조금 돌려보았다. 작은 창문만한 출입문에 하얗게 아침인 듯 밝은 빛이 비치고 있었다.

문이 열리면서 머리가 허연 노인이 들어온다 싶었다. 무어라고 말을 하는 것 같았다. 그리고는 다시 정신이 가물가물해져오기 시작했다. 옆에 앉은 건 여자인가? 무어라고 손짓을 해 가면서 열심히 설명을 하는 것 같았다. 다시 잠이 쏟아졌다.

"삼일 동안을 계속 정신을 잃고 있었어요."

옆에는 얼굴이 넓적하게 생긴, 어딘지 조선사람 같아 보이지 않는 여자가 앉아 있었다.

"어제 아침나절에 잠시 정신이 돌아오는 듯했지만 그대로 다시 주무시더이다."

이때 작은 문이 열리며 꿈속에서 보았던 것 같은 그 하얀 노인이 손에 무언가를 들고 나타났다.

"자, 이 약을 드시게나."

노인의 모습은 마치 사람들이 흔히 말하는 산신령 같았다. 머리가 온통 백발인데, 그 눈빛만은 말할 수 없이 밝고 맑았다. 마치 세 살

먹은 어린아이의 눈동자 같았다.

약사발을 놓고 노인과 여인네 둘이서 승호의 목을 일으켜 세워 주었다. 승호도 따라서 움직여 보려고 하자 이내 온 몸이 찢어져 나가는 것 같은 심한 통증에 비명을 질렀다.

"아, 아, 그대로 누워서 고개만 약간 드시오. 아직 몸을 움직일 수는 없다오."

승호는 여인네가 입속에 넣어주는 쓴 약을 조금씩 받아마셨다. 자신의 몸을 살펴보니 오른 쪽 어깨며 가슴이 무명천으로 숨도 못 쉴 정도로 바싹 동여 매여져 있었다.

"동네 사람들이 산삼을 캐러 간다고 아침 일찍 올라갔다가 다 죽어가고 있는 댁네를 구해 온 거요. 댁네가 쓰러져 있는 그 밑으로는 황소만한 호랑이도 한 마리 숙어 나자빠져 있었다 하오. 가슴팍에 창이 아주 깊이 꽂혀 있었답디다. 나는 여기서 십 년 가까이를 살았어도, 이 깊은 산 속까지 혼자 사냥 온 사람은 처음이오. 그래 동무들은 없었소?"

노인의 물음에 무어라고 대답을 하고 싶어도 말이 되어 나오지를 않았다. 하는 수 없이 눈으로 대답했다. 또 다시 깊은 잠 속으로 빠져 들어갔다.

호랑이에게 긁혀서 죽다 살아난 승호가 드디어 제 정신을 차리고 겨우 일어나 앉을 수 있게 된 것은 쓰러진 지 무려 닷새만이었다.

옆에서는 처음에 보았던 그 여인이 지극 정성으로 승호를 보살피고 있었다. 승호는 몸을 움직일 수 있게 되자 제일 먼저 노인에게 인사를 했다. 노인의 방은 작은 부엌을 사이에 두고 있었다. 부엌이랄 것도 없이 단지 솥단지 두 개와 몇 개의 그릇이 있을 뿐이었다.

승호는 여인의 부축을 받아 노인의 방으로 갔다. 겨우 기어들어갈 수 있는 작은 방문을 열고 방안에 들어 선 승호는 깜짝 놀랐다. 방바닥에는 표범 가죽이 깔려 있었다. 그러나 그보다도 먼저 승호의 눈길을 끈 물건들은 부담 농 위에 쌓여있는 여러 권의 서책이었다.

책의 모양새로 보아서는 굉장히 진귀한 것들임에 틀림이 없어 보였다. 한양에서도 여간해서는 볼 수 없는 진귀한 서책들이 왜 이런 첩첩 산중에? 잠시 몸을 숙여 절을 한 승호는 노인에게 이런 저런 질문을 해 보았으나 노인은 그저 빙그레 웃기만 할 뿐이었다. 노인에 대하여 궁금한 것이 많았으나 대답을 하지 않으니 별 도리가 없었다. 아쉬움을 뒤로 한 채 여인의 방으로 돌아왔다.

승호가 깨어났다는 소문이 나자 동네 사람들이 찾아왔다. 대여섯 명이 하얀 바지저고리에 짐승가죽으로 된 배자를 걸치고 사립문을 열고 들어섰다. 승호는 여인의 부축을 받아 쪽문 가까이에 일어나 앉았다. 그들이 들어서자 작은 마당은 사람들로 꽉 찼다. 그 중 제일 연장으로 보이는 사람이 입을 열었다.

"한양 양반, 깨어나셨다니 다행이오다."

어찌 나를 보고 한양양반이라고 부를까? 의아했다.

"내가 한양에서 온 것을 어찌 아시오?"

"얼굴이 허여멀겋고 입성이 좋은 것을 보고 평양이나 한양 양반이라 짐작했소. 게다가 이런 깊은 산 속을 오면서 활과 창을 가지고 온 것을 보면 이곳 사냥꾼은 아닌 듯했소. 여기 사냥꾼들은 모두 화승총을 들고 다닌다오. 활과 화살은 경기 이남지방에서나 사냥할 때 쓰지 않소?"

"댁네들이 나를 살려 주셨구려. 어찌 인사를 해야 할지 모르겠소. 나는 한양에서 온 민승호라 하오."

"아무튼 댁네 때문에 우리들은 큰 호랑이 한 마리와 멧돼지 한 마리가 생겨서 횡재를 했단 말이외다. 그 놈들을 장정 여섯 명이서 끌고 내려 왔다 아이하오. 엊그제 가죽을 모두 벗겨내서 가죽과 뼈는 내일 회령 장에 가서 내다 팔 작정이오. 내일이 마침 스무닷새 장날이라오."

말을 마친 50내쯤 되어 보이는 사람이 옆의 사람을 가리켰다. 스무 닷새라? 승호는 손가락을 꼽아 보았다. 그렇다면 벌써 내가 회령을 떠난 지가 열흘이나 지났다는 말인가?

산골 사람들의 말에 의하면 호랑이 가죽은 아주 비싼 값에 팔린다고 한다. 또 그 뼈와 쓸개는 한약방에서 서로 앞다투어 사려고 한다는 것이었다. 그들은 과연 승호 덕분에 횡재를 한 것이나 다름없었다.

"한양 양반, 여기 좀 보시기요. 이게 바로 그 호랑이의 이빨이 아이오?"

마을 사람 하나가 엄지손가락보다도 더 굵은 이빨을 양손에 들어서 보여 주었다. 정말 하얀 빛이 반짝반짝 빛나는 것이 손 한 뼘 정도는 되게 길었다. 그 옆에 있던 젊은이는 자랑스레 양 손에 발톱 하나씩을 들고 빙글거리고 있었다. 저 발톱에 긁히고서도 이렇게 살아남을 수 있었다니….

"여기 또 한양 양반님이 쓰던 물품들도 모두 챙겨 왔소."

눈을 돌려 보니 찌그러진 전통이며 화살촉 몇 개가 마당에 나뒹굴고 있었다. 말안장과 토끼털로 만든 담요 같은 것들은 모두 갈기갈기 찢어져 있었다.

"한참 밑으로 보니 말 한 마리가 뼈다귀만 남은 채 널브러져 있었소. 필경 다른 호랑이에게 물려서 그런 변을 당한 것일 게요"

민승호는 자기가 살아난 것이 천운이라고 생각했다. 이들이 없었다면 어찌 되었을까 생각하니 끔찍하기만 했다. 찬찬히 눈을 들어 그들을 바라보았다. 때가 꼬지지 한 입성들이었지만 얼굴표정만큼은 더할 나위 없이 천진스러워 보였다. 다시금 이들이 여간 고맙지가 않았다.

다음 날 지팡이에 의지해서 동네를 한 바퀴 돌아보았다. 한 이십여 호나 될까? 산이 병풍처럼 둘러쳐 있는 아늑한 분지에 작은 집들이 옹기종기 모여 있었다. 승호가 묵은 집은 그 중에서도 제일 높은 쪽에 위치해 있었다.

집들을 찬찬히 살펴보니 모두가 다 귀틀집들이었다. 산에서 구하기 쉬운 나무를 잘라서 가로, 세로로 엮어 쌓아 올렸고, 그 틈 사이는 바람이 들어오지 못하게 진흙으로 이겨 발랐다.

그리고 지붕 꼭대기에는 나무껍질을 벗겨서 너와를 만들어 얹었다. 담은 모두 수숫대로 엮어서 막았다. 백두산 근처의 산악지대에서도 수수농사는 잘 되는지 수수깡을 이어 만든 담은 어른 한 길만큼이나 높고 튼튼해 보였다.

저녁나절이 되자 노인과 여인은 승호의 가슴과 어깨에 묶은 무명천을 벗겨 내었다. 아직도 피가 나오는지 천은 승호의 몸에 딱 달라

붙어 있었다. 마치 생살을 잡아 째듯이 고통스러웠다.

"내가 조제한 연고요. 이런 상처에 아주 특효라오."

상처에 정성스레 고약을 바른 노인은 다시 새로운 무명천으로 어깨와 가슴을 묶어 주었다.

그 묶는 솜씨만 보아도 보통 의원이 아니었다. 승호는 노인을 보면 볼수록 더 큰 궁금증을 품게 되었다.

북포태산의 밤은 일찍 찾아왔다. 저녁 해가 넘어갔다는 생각을 하자 곧바로 깜깜한 어둠이 사방을 감쌌다. 바로 옆의 부엌에서는 여인네가 저녁을 차린다고 부산을 떨었다. 고기가 지글거리는 소리와 함께 고소한 기름 냄새가 났다. 잠시 후, 제법 그럴 듯한 저녁상이 들어왔다.

"아버지, 저녁이오!"

여인네가 건넌방에 대고 소리쳤다. 노인이 불편한 다리를 질질 끌며 이쪽 방으로 건너왔다.

작은 상 위에는 산돼지 고기와 감자부침, 겨우내 묵은 김장김치가 식욕을 자극했다. 생각해보니 몸이 회복된 후로 처음 먹어보는 제대로 된 음식인 듯했다. 지금까지는 의식도 없는 상태에서 여인네가 떠넣어주는 약물과 음식을 받아먹었던 것이다.

상 옆에는 작은 호리병에 술도 들어 있었다. 여인이 아버지에게 먼저 따른 후 승호의 잔에도 한 잔 가득 따라주며 살짝 눈웃음을 지었다. 웃을 때 보니 양 볼에 보조개가 움푹 들어갔다.

"한잔 하오. 조(粗)로 만든 술이오."

함께 술을 하면서 노인은 비로소 입을 열기 시작했다. 자신이 10여 년 전까지만 해도 중국 청나라의 황후를 보살피는 내의원의 책임자로 있었다는 것, 황후를 독살하려는 음모가 있어 거기에 피치 못하게 연루가 되어 야반도주를 하게 됐다는 것, 그리고 조선 땅으로 스며들어 단동에서 2년, 여기 백두산 자락에서 8년을 살았다는 것, 3년 전에는 황후를 시해하려던 범인들이 모두 잡히고 자신의 무고함이 밝혀졌다는 것, 그러나 이곳에 정이 들다보니 다시 북경으로 가고 싶은 마음이 없어져서 눌러 앉게 되었다는 것 등등. 노인이 한 번 입을 열자 그 얘기는 마치 거미가 줄을 뽑아내듯 끝이 없었다.

노인은 이곳에 정착하고 나서부터 한 사람, 두 사람, 사냥에서 부상당한 사람들을 고쳐 주었다고 한다. 그러자 그 소문이 바람처럼 퍼져 나가서 이제는 멀리 회령, 경흥 등 조선 땅은 물론, 두만강 건너에서도 사람들이 찾아온다는 것이었다.

진료비를 받지 않겠다고 극구 사양해도 사람들이 쌀도 가져오고, 돈도 가져오고 하여, 첩첩산중에 살면서도 생활의 궁핍함을 모르면서 살아간다는 설명이었다.

노인은 특히 부인병으로 고생하는 여인들을 잘 치료하는 명의로 소문이 자자하다고 했다. 그는 황제의 부름을 받기 전에 상해에서 첫째 손가락 안에 드는 부인병의 전문가였다는 것이었다.

상처 때문에 자제한다고 했지만 노인과 즐겁게 이야기를 하다 보니 다섯, 여섯 잔은 족히 마신 것 같았다. 여인은 저녁상을 들고 물러갔다. 승호는 혼자 누워서 이런 저런 생각을 했다. 벌써 한양을 떠나온 지도 한 달이 다 되어 온다. 한양의 부인과 아이는 잘 있을까?

중전은 또 어찌 지내고 계시는지 궁금했다.

오늘 회령 장에 가는 사람들 편에 여기 안부를 전해 놓았으니, 한 닷새쯤 지나면 김복겸의 하인과 마필이 당도하겠지. 그때까지는 몸도 얼추 회복되리라.

밤이 되자 산속에서 불어오는 바람이 더욱 거세게 몰아쳤다. 마치 귀신의 울부짖는 소리와도 같은 바람소리에 간간히 집이 흔들거렸다. 거친 바람소리에 섞여서 산짐승들의 울부짖는 소리도 들려왔다. 어떤 놈들은 아주 가까이에 있는 모양이었다. 금시라도 이집으로 짓쳐들어올 것만 같았다.

민승호는 상처가 욱신거려서 제대로 잠을 이룰 수가 없었다. 게다가 심한 바람소리와 집이 덜컥대는 소리는 더욱 잠을 설치게 만들었다. 어쩌면 초서녁에 먹은 술 때문에 잠을 쉽게 이루지 못하는지도 모를 일이었다.

어렴풋하게 잠이 들었나보다. 자신이 알몸인 채로 곰과 맞닥뜨려 있었다. 어려서 동네 아이들과 놀던 모습이었다. 손에는 작은 나뭇가지 하나만이 들려 있을 뿐이었다. 승호는 그 나뭇가지로 곰과 싸우고 있었다. 싸우면서 몸을 내려다보니, 아니 이게 웬일인가? 사타구니에 어른의 것보다도 훨씬 더 큰 물건이 달려 있는게 아닌가.

막대기로 곰의 눈을 제대로 쑤셨다고 느낀 순간, 녀석이 풀썩 앞으로 뛰어 나왔다. 곰은 그 큰 앞발을 들어 민승호의 아랫도리를 사정없이 후려쳤다. 팔뚝만큼이나 커다랗던 음경과 고환이 송두리째 떨어져 나가는 광경이 어린 승호의 눈에 또렷하게 보였다. 아랫도리가 찢어지는 것 같은 심한 통증이 온몸을 엄습했다. 고함을 질렀으나 말이 밖으로 나오지를 않았다.

손을 허우적대다가 잠에서 깨어났다. 눈을 떠 보니 자신의 배 위에 그 여인이 올라가서 거친 숨을 토해내고 있었다.

"손님, 나 좀 살려주오. 헉! 헉!"

연신 가쁜 숨을 내쉬는 모양이 이제 막 절정에 다달은 모양이었다. 순간 여인의 입에서 비명소리가 흘러 나왔다. 기쁨을 주체하지 못해서 내지르는 소리임이 분명했다. 동시에 승호의 음경이 무엇인가에 의해 꽉 조여지는 느낌이 들었다. 속에서 뱀 같은 것이 혀를 날름거리며 핥아대고 있었다.

승호도 더 이상 참지 못하고 소리를 질렀다. 한 쌍의 암수가 질러대는 교성은 산짐승들의 울부짖음보다도 더 크게 퍼져 나갔다.

여인은 승호의 몸 위에 한참을 그대로 걸터앉아 있었다. 혀로 음경을 핥아대는 쾌감이 얼마간 계속됐다. 잠시 후 여인은 그대로 승호의 가슴께로 쓰러졌다. 상처의 아픔으로 인해 승호는 다시 한 번 온 동네가 다 떠나갈듯이 비명을 질렀다.

"아, 미안하오. 가슴께의 상처를 몰랐소."

여인이 말을 하면서 몸을 옆으로 돌려 누웠다. 여인의 온 몸은 땀으로 목욕을 한 것처럼 흠뻑 젖어 있었다. 여인은 한참이나 계속 가쁜 숨을 토해 내었다. 밖이 희뿌옇게 밝아오고 있었다. 밤새 불어대던 산바람도 이젠 잔잔해졌다. 새소리들이 들리기 시작했다.

날이 밝자 동네 사람들이 여인을 찾아왔다. 산삼을 캐러 일찍 떠난다는 것이었다. 산삼은 영물이 아니던가? 어찌 남정네와 교접한 불결한 몸으로 산신령을 본단 말인가. 여인은 몸이 불편하여 함께 갈 수 없노라고 말하고는 다시 승호의 품을 파고들었다. 밤새 펄펄 끓던 방은 아침나절이 되어서는 약간 식어 있었다.

대신 두 남녀가 내뿜는 뜨거운 열기로 방안은 오히려 초저녁보다 더 뜨거워졌다. 한번 교접을 한 여인은 이제 거칠 것이 없었다. 동네 사람들도 모두 산으로 떠나고 조용한 아침, 오직 옆방에 아버지만이 있었지만 여인은 전혀 개의치 않는 눈치였다.

교접을 마친 후 여인은 대충 치마를 두르더니 부엌으로 가서 아버지의 상을 보아 건넌방에 들여 밀어주고는 다시 승호의 품에서 깊은 잠에 곯아 떨어졌다.

잠에서 깨어보니 오시(午時) 경이나 되었나보다. 음력 오월 초의 따가운 햇살이 너무 싱그러웠다. 여인이 감자부침과 더덕구이를 해서 맛있는 점심을 차려 내왔다. 여인이 반찬을 승호의 숟가락에 얹어주며 눈웃음을 살살 쳐댔다.

"집 뒤에 가면 아주 좋은 계곡이 있소. 우리 거기 가서 목욕해요."

둘은 밥을 먹기가 무섭게 노루가죽 깔개 두 장과 약간의 먹을 것을 챙겨서 떠났다. 집 뒤로 나 있는 오솔길을 따라서 한참을 올라가니 어디선가 물소리가 들려오기 시작했다. 꽤 가파른 고개를 하나 넘었다 싶었는데, 돌연 눈앞에 천하의 절경이 펼쳐졌다.

삼면이 절벽으로 둘러 쌓여있는 계곡 한 복판에서는 시원한 폭포수가 쏟아져 내려오고 있었다. 폭포는 어른 열 길 이상은 되는 듯 까마득했다. 여인은 폭포 밑 토끼풀이 소복하게 나 있는 곳에 깔개를 깔았다. 바로 앞에는 얼마쯤 고운 모래가 있고, 그 앞으로는 폭포에서 떨어진 물이 하얗게 물보라를 일으키면서 튀고 있었다.

승호는 노루가죽 위에 누워서 폭포를 등진 채로 앞을 바라보았다. 저 멀리로는 험산 준령들이 끝없이 펼쳐져 있었다. 하나, 둘, 셋, 산은 여덟, 아홉까지도 이어졌다. 앞의 것은 푸르른 신록이 그대로 보였고 맨 뒤의 산은 하늘과 맞닿아 있어서 하늘색인지, 산색인지 구별이 되지 않았다. 머리 위에서는 새들이 한가로이 날아다니며 짖어대고 있었다. 옆으로 눈을 돌리자 사방에 흐드러지게 핀 철쭉이며 진달래가 온갖 나비들을 불러 모으고 있었다.

백두산 자락의 5월 초는 한양의 4월 초순쯤에 해당하는 듯했다. 잠시 모든 것을 다 잊고 싶었다. 집의 일도, 중전의 일도….

이때 여인이 슬그머니 승호를 이끌었다. 어느 새 여인은 알몸이 되어 있었다. 둘은 폭포 밑으로 걸어 들어갔다. 발에 밟히는 조약돌 사이로 물고기가 빠져 나가는 감촉이 간지러웠다.

온갖 형형색색의 물고기들이 날아다니는 새보다도 더 빨리 헤엄치고 있었다.

여인은 정성스레 승호의 몸을 닦아 주었다. 어깨와 가슴에 묶었던 천도 풀어 버렸다. 그래도 상처 부위에 물이 닿을 때는 쓰리고 아팠다. 아직은 물이 너무 차가웠다. 승호도 여인의 몸에 물을 뿌리며 온몸 구석구석을 정성들여 닦아 주었다.

아직 이름도 모른다. 노인으로부터 어찌어찌하여 이곳에서 살게 되었다는 이야기를 들은 것이 전부이다. 여인은 눈을 감고 있었다. 이번에는 승호가 여인의 손을 잡고 물 밖으로 나왔다. 수건으로 여인의 물기를 닦아주면서 보니 보통 조선여인들보다 약간은 몸이 더 큰 듯 했다. 특히 가슴과 둔부가 많이 발달했다.

여인의 사타구니를 쓰다듬었다. 둘은 누가 먼저랄 것도 없이 서로의 입술을 훔쳤다. 여인의 가슴께에 손이 닿자 여인이 가볍게 신음을 한다. 승호의 음경이 여인의 가운데를 비집고 들어가자 여인은 허공에 손을 뻗어 승호의 목덜미를 죽어라고 끌어안았다. 여인의 둔부가 좌우로, 위 아래로 심하게 요동을 쳤다.

여인의 몸속에서 손으로 주물럭거리는 느낌과 혀로 핥아대는 것과도 같은 느낌은 더 격렬하여졌다. 승호는 여인의 몸이 부서지도록 짓눌렀다. 잠시 후 승호의 몸이 뻣뻣해졌다. 이제 모든 것이 끝났다. 여인의 입에서 나온 신음 소리는 계곡의 폭포소리에 파묻혀서 더 이상 울려 나가지 않았다.

둘은 가장 편안한 자세가 되어서 하늘을 보고 누웠다. 새들이 한가로이 하늘을 맴돌고 있었다. 여인이 승호의 팔에 머리를 얹었다. 승호는 무릉도원(武陵桃源)이 있으면 아마도 여기일 것이라고 생각했다.

"취련이오. 왕취련."

여인이 입을 열었다. 상해에서 유명한 부인과 의원으로서 명성을 떨치며 요족하게 살던 이야기, 황실에 내의원으로 발탁되어 북경으로 가게 된 이야기, 자금성에 들어간 후로는 주로 황후와 높은 궁녀들을 돌보았다는 이야기도 들려주었다.

그러던 어느 날 밤, 아버지와 어머니, 그리고 자신이 밤중에 황급히 성내를 탈출하여 도망쳐 나온 이야기도 자세히 들려주었다. 자신들의 고향은 상해였기 때문에 추포하는 군사들을 피하여 무작정 고향과는 반대쪽으로만 방향을 잡았다는 것이었다.

"여기에 와서 한 3년인가 살았을 때 어머니가 돌아가셨소. 북경에서의 호사스런 생활을 잊지 못하고 울화병이 나서 세상을 뜨셨지요. 나는 참 박복한 년인가 보오."

여인은 제풀에 겨워서 눈물을 줄줄 흘리며 이야기를 계속해 나갔다. 승호는 여인의 어깨를 조용히 감싸 안아 주었다.

중천에 떠 있던 해가 서쪽으로 많이 기울었다. 서서히 바람이 일기 시작했다. 하늘의 뭉게구름이 빠른 속도로 움직였다. 둘은 옷을 주섬주섬 챙겨 입고 마을로 내려왔다.

집에 도착하여 조금 있으려니 동네사람 하나가 사슴 고기를 들고 왔다. 덫을 놓았는데 큰 사슴 한 마리가 걸렸다는 것이었다.

취련이 사슴고기에 감자와 양파와 갖은 양념을 다 하여 맛을 냈다. 온 집안이 고기냄새로 진동을 하였다.

노인이 이번에는 하얀 병에 든 백주를 가져왔다. 노인이 중국 출신인 것을 알게 된 사람들이 중국 땅에서 구해 온 술이라고 했다. 노인과 셋이서 한상에 앉아 권커니 자커니 하면서 술을 들이켰다. 승호는 이전부터 궁금했던 이야기를 꺼냈다.

"저 방에 있는 서책들 말입니다."

노인은 빙그레 웃으면서 말을 받았다.

"황실의 내의원에서 있을 때 주로 보던 책들이오. 도망 나올 때 다른 것들은 챙길 겨를이 없었고 서책들만 한 삼십여 권을 싸서 가지고 나왔는데, 여기 저기 옮겨 다니면서 모두 없어지고 겨우 여섯 권만 남았다오. 황제내경과 소녀경을 원전 그대로 갖고 있소. 그리고 멀리 인도에서 구해 온 카마수트라도 있소. 모두가 남녀의 교접에 관한 책들이오."

노인이 술을 비우기가 무섭게 승호가 공손히 잔을 채웠다. 노인은 기분이 아주 흡족한 모양이었다.

"주로 황제와 접촉하는 후궁들을 훈련시키는 일을 하였소. 황제에게 어찌하면 최대의 기쁨을 줄 수 있는가 하는 것만 연구하였지. 내가 집에 그 서책들을 쌓아 놓고 있는 통에 우리 취련이가 어느 사이에 그 방면의 고수가 되었다오."

노인이 흐흐하고 웃음을 흘리자 옆에 있던 취련이 얼굴이 새빨개지면서 고개를 돌렸다. 승호도 이제는 식욕이 살아나서 모처럼만에 포식을 했다. 취련이 정성을 다해 요리한 사슴고기는 그 맛이 일품이었다.

방안에는 작은 호롱불 하나가 겨우겨우 어둠과 싸우고 있었다. 이제 밖에서는 간간히 빗방울이 떨어지는 소리가 들린다. 한낮에 구름이 둥둥 떠다니더니 기어코 비를 몰고 온 것이었다.

노인은 이곳 생활이 너무 편안하다고 했다. 세상과 등져서 살면서도 이런 저런 인연으로 해서 사람들을 치료하여 주니 이게 결국은 인술(仁術)이 아니겠느냐는 주장이었다.

취련은 눈을 반짝이며 두 사람의 이야기를 듣기만 했다. 불빛 아래 자세히 보니 취련의 얼굴 구석구석에도 때묻지 않은 아름다움이 배어 있었다. 비록 미인이랄 수는 없었지만 그런대로 이목구비가 뚜렷한 얼굴이었다.

저녁을 마치자 노인은 옆방으로 건너갔다. 승호는 자리에 누워서 곰곰이 생각을 했다. 언제쯤 여기를 떠나 한양으로 돌아갈까? 벌써 한양을 떠나 온 지가 한 달이 다 되었으니 이제 가긴 가야 할 터인데….

자기의 목숨을 건져 준 이들 부녀에게는 어찌 보답을 할 것이며, 이제 막 정이 들기 시작한 취련을 여기에 두고 또 어떻게 떠나야 할지….

그릇이 달그락거리는 소리가 나는 것을 보니 취련이 개울가에서 설거지를 하고 돌아 온 모양이었다.

승호가 이런 저런 생각을 하고 있을 때 취련이 희미한 등잔 불빛 속으로 들어섰다. 승호와 여러 차례 몸을 섞고 난 취련은 이제 거칠 것이 없는 양, 아버지의 눈치도 살피는 기색이 없었다. 저녁을 하면서 양쪽 방에 불을 지폈던지라 방은 절절 끓고 있었다.

승호는 짐짓 모른 체하며 취련의 하는 양을 지켜보고 있었다. 취련은 윗목에 개여 있던 이부자리를 깔았다. 윗목의 궤짝 옆에는 고구마 가마니가 하나, 또 무슨 곡식인지가 담겨 있는 자루 두 개가 덩그러니 있을 뿐이었다. 천정에 매달려 있는 메주 덩어리는 바람이 심하게 불면 따라서 이리저리로 흔들렸다.

바람이 이제 제법 거세진 모양이다. 호롱불이 곧 꺼질 듯 위태롭다. 취련은 이불 위로 기어가더니 뒤를 돌아보았다. 허리에 걸친 검정 무명치마가 둔부 위에서 스르르 갈라져 내렸다.

뜻밖에도 치마 속에는 아무 것도 입지 않았다. 하얀 둔부가 마치 둥그런 박처럼 빛나고 있었다.

승호는 침을 꿀꺽 삼키며 취련의 뒤로 갔다. 승호의 손이 검은 계곡에 닿자 취련의 입에서 가는 신음소리가 새어 나왔다. 이미 성이 날대로 난 음경을 계곡 속으로 끝까지 집어넣었다.

번개가 번쩍였다. 푸른 빛 속에서 하얗게 빛나는 둔부와 출렁이는 젖가슴은 하나의 그림이었다. 빗방울이 창문을 때리기 시작했다. 이윽고 취련의 입에서 신음소리가 터져 나오기 시작했다.

"아아~, 나 죽소!"

취련의 젖무덤 두 개를 양손으로 움켜쥐고 필사적으로 몸을 밀착시켰다. 그리고는 얼굴을 취련의 등 위에 묻었다. 승호의 몸에서 나온 물은 폭포수가 되어 취련의 계곡 깊숙한 곳으로 쏟아져 들어갔다.

"어찌하여 이렇게도 절묘한 몸을 지녔소?"

승호가 만족한 교접 끝에 여인의 머리칼을 쓰다듬으며 물었다. 여인은 한참이나 숨을 할딱이더니 단내가 풍기는 입을 승호의 뺨에 비벼댔다. 취련이 한 팔을 승호의 가슴께로 얹으며 콧소리가 반쯤은 섞인 목소리로 말했다.

"본시부터 그랬던 것은 아니라오. 아마도 열다섯 살 때쯤이라고 기억되오. 아버지가 내의원으로 들어가고부터는 이상한 책들과 기구들을 많이 가져오셔서 밤마다 연구하셨소. 나도 어린 호기심에 몰래몰래 훔쳐보곤 하였다오. 그 중에서 인도에서 온 책들은 그림이 많아 무척 재미있었지요. 그 책에 있는 그림대로 한 4, 5년간을 따라 하다 보니 나도 모르게 이런 몸이 만들어지지 않았겠소? 지금 생각해보니 그 책들이 남자들을 즐겁게 하기 위해 여자들의 몸을 단련시키는 비법을 적어놓았던 책이었소. 남자를 즐겁게 하는 요령이란 게, 결국은 음문을 자기 마음먹은 대로 조이고 풀고 하는 기술과, 둔부를 마치 잉어처럼 또는 뱀처럼 자유자재로 돌릴 수 있는 기술이더이다."

승호의 가슴 위에 난 털을 쓰다듬으며 여인의 넋두리가 다시 시작되었다.

"결국은 이 몹쓸 년의 몸 때문에 남편 두 명의 목숨을 저 세상으로 보내고 말았다오. 북경에서는 아버지가 태의(太醫)로 계시니 부러울 게 없었소. 북경에서 제일 크게 약방을 하는 사람의 외동아들에게로 시집을 갔소. 아들을 하나 낳았지요. 한 삼년 정말 재미있게 살았다오. 문제라면 남편이 너무나도 내 몸을 탐하는 게 문제였소. 몸이 별로 튼튼하지 못했던 사람이었는데, 낮이건 밤이건 내 몸에서 떨어지려 하지 않았소. 그러던 어느 날 아침, 남편이 돌연 숨을 거두었소. 시집에서는 내 몸 속에 요귀가 들어 앉아 있어서 자식을 일찍 죽게 했다고 야단이었소. 그런데 비극은 거기서 끝나지 않더이다."

여인은 승호의 젖꼭지를 장난삼아 만지작거리며 이야기를 계속했다.

"남편이 죽고 꼭 석 달 만에 아들이 죽었소. 집이 무척이나 넓어서 꽃사슴을 여러 마리 키웠소. 사육사가 잠시 실수로 문을 열어 둔 모양이오. 마침 두 돌이 지난 아이가 아장아장 거기로 걸어 들어갔는데 사슴의 발길에 채여서 그만…"

여인은 더 이상 말을 잊지 못하고 울음을 터트렸다. 승호는 연신 여인의 눈물을 닦아 주었다. 승호가 이야기를 들어주자 여인은 제 풀에 서러움이 복받쳤는지 기어이 엉엉 통곡을 해 댔다.

승호가 목이 마르다고 하자 취련은 벗은 알몸 그대로 부엌으로 가더니 시원한 물을 한 대접 들고 들어왔다. 둘은 벗은 채로 앉아서 이야기를 계속 했다. 이제 비바람은 더욱 거세졌다.

마치 집을 송두리째 날려 버릴 듯이 세차게 몰아치는 비바람 소리에 취련이 몸을 움츠리면서 승호의 품에 바짝 안겨왔다.

"두 번째 남편이 여기서 산삼을 캐던 박씨라는 사람이었소. 서른 살이 훌쩍 넘도록 장가를 가지 못하고 있던 숫총각이었는데, 참으로 착한 사람이었소. 나보다는 여덟 살이나 많았지만 얼마나 내게 잘해 주었는지 온 동네 사람들이 다 부러워했다오. 마치 다정한 오누이를 보는 것 같다며…. 그 사람도 겨우 삼년을 채우고 죽었소. 혼인하고 그 다음 해에 딸아이가 하나 태어났는데, 이상하게도 딸아이가 태어 나고 나서부터는 더욱 더 내 몸을 탐하는 것이었소. 원래 삼을 캐는 심마니들은 산에 오르기 보름 전부터 부부관계를 하지 않는다고 들 었소. 그러나 그이는 낮이고 밤이고 둘이만 있을 때면 한시도 내 몸 에서 떨어지려 하지 않았소.

그 날도 다음 날 새벽 산에 올라가기로 되어 있었는데, 밤에 나와 교접을 세 차례나 하였다오. 그리고 잠을 자는 둥 마는 둥 하고 산에 올랐다가 그만 낭떠러지에서 굴러 떨어져 죽은 것이오. 남편이 죽은 지 꼭 한 달 만에 또다시 딸아이가 홍역으로 죽고 말았소. 동네 사람 들은 산신령이 노해서 그런 일이 생겨났다고도 하고, 동네에 요부가 들어와서 그런 일이 일어났다고도 수군거립디다. 그러나 아버지에게 원체 신세를 많이 지고 있는 사람들이다 보니 뭐라 대놓고 욕은 하 지 않더이다. 나도 이제 이 지긋지긋한 산골을 벗어나고 싶소."

취련은 어깨를 들먹이며 결사적으로 승호에게 매달렸다.

"한양 서방님, 이 첩첩산중에서 날 좀 구해주오. 응?"

희미한 호롱불빛 속에서도 취련의 눈가에 맺힌 이슬만큼은 뚜렷 이 구분할 수가 있었다. 갑자기 그녀가 측은한 생각이 들었다.

이제 스물아홉 살의 나이에 벌써 두 명의 남편과 아들 하나, 딸 하나를 잃었으니 어찌 복 있는 여자라 할 수 있으랴. 승호는 속으로 이 여인을 거두어 주어야 하겠다고 생각했다.

비록 벼슬은 낮지만 풍족한 생활이다. 첩을 하나 거느린다고 누가 무어라 할 사람도 없다. 또 왕 노인과 같이 훌륭한 의술을 가진 사람이 한양으로 옮겨간다면 분명 요긴하게 쓰임을 받을 일이 있을지도 모른다. 그렇지 않아도 승호는 왕 노인과 취련에게 진 신세를 어찌 갚아야 하나 하고 고민하던 중이었다.

그러나 무엇보다도 승호의 마음을 사로잡는 것은 취련이의 뜨거운 몸이었다. 온 조선 천지를 다 뒤진다 해도 이런 명기(名器)를 다시 찾을 수는 없을 것만 같았다. 이런 여인과 산다면 단 몇 년을 살다가 죽는다 한들 무엇이 아까울까?

그러나 이런 승호의 방정맞은 생각은 그대로 현실이 되어 나타나게 된다. 그로부터 정확히 5년 후, 민승호에게는 비명횡사를 하여 이 세상을 떠나게 되는 운명이 그의 앞에서 기다리고 있었으니….

11. 임금의 마음을 사로잡아라

노란 은행잎이 가을비가 되어 떨어져 내리고 있었다. 어제 이상궁이라는 궁녀를 불렀다. 그러나 하루가 지난 오늘 아침나절까지도 이상궁은 중궁전 근처에는 얼씬도 하지 않는다.

중전은 자신이 심히 모욕을 받고 있다는 생각에 치를 떨었다. 이럴 수가, 일국의 국모인 내가 부르는 데 제가 감히 묵살을 해?

중전은 대조전의 앞뜰을 거닐면서 마음을 달랬다. 그래, 상감의 총애를 받고 있으니 세상에 두려운 게 없는 모양이지. 흥! 두고 보라지. 누가 이기나.

오늘 아침에도 세 분 대비마마께 인사를 다녀왔다. 어떻게 해서라도 윗분들께만은 공손하고 얌전하게 보여야만 한다. 궐내에서 어려운 일이 있을 때, 상감을 제외하고 내게 힘이 되어 줄 사람들은 오직 그분들밖에 없다. 어차피 상감을 내 편으로 돌려놓는 데는 시간이 걸릴 터였다. 그때까지는 참고 또 참아야지.

자영은 먼 할머니뻘이 되시는 인현왕후님의 고사를 지금껏 몇 번이나 읽고 또 읽었는지 모른다. 노란 단풍잎을 밟으며 한참을 걷다보니 어느 덧 집상전(集詳殿)까지 와 있었다. 저만치에 옥천(玉泉)에서 물 흐르는 소리가 졸졸졸 들려 왔다. 한참을 걷다보니 조금은 마음이 안정되는 느낌이었다.

"마마, 가을바람이 옥체에 좋지 않사옵니다. 이제 그만 들어가시지요."

김상궁이다. 오십 가까이 되도록 궐에서만 지내 와서 그런지 옆에 있는지 없는지 소리도 없는 사람이다.

어제 영보당을 부르러 간 사람도 김상궁이다. 오늘 아침 나절에도 또 한 차례 다녀왔다. 속이 뒤집어 지는 것으로 치면 오히려 김상궁이 더할 것이다.

어디서 근본도 없는 무수리가 하루아침에 성은을 입었단다. 며칠 후 덜렁 영보당이라는 호칭이 주어지더니 일약 상궁으로 품계가 올라갔다. 스무 살에 정5품 상궁의 자리를 차지하다니… 하고 궁녀들의 수군거리는 소리가 여기저기서 들린다. 그러나 어찌하랴. 이미 그년은 상감의 성은을 입었음에야. 더군다나 요즘 상감은 아예 영보당과만 침수를 하시지 않는가.

중전마마께서 두 차례나 호출을 하였는데도 얼굴조차 디밀지 않고 있다. 과연 성은이 좋긴 좋군. 김상궁은 잠시 눈을 들어 멀리 보이는 북산을 바라보았다. 산에도 이미 가을색이 완연했다.

"김상궁."

중전이 돌연 김상궁을 불렀다.

"김상궁은 어찌하여 그 흔한 성은 한 번 입지 못하였나?"

중전이 마치 김상궁의 생각을 읽기라도 했다는 듯이 불쑥 그런 질문을 던졌다. 그녀는 아무 말도 하지 못했다.

"……"

흔한 성은(聖恩)이라굽쇼? 궐내의 수백 궁녀들 중에서 오직 대여섯 명만 성은을 입는다는 걸 모르십니까? 김상궁은 그런 말이 목구멍까지 올라왔으나 참았다. 궐에 들어오신지 벌써 일 년반이 넘은 중전마마께오서 어찌 그런 사정을 모르실까. 단지 내 처지가 불쌍해 보여서 하시는 말씀이겠지.

11월 오후의 햇살은 제법 따가웠다. 중전은 김상궁과 다른 궁녀들을 대동하고 돌아왔다. 영보당 이씨가 중궁전을 찾아온 것은 해가 거의 넘어갈 무렵이었다.

"마마, 영보당 듭셔 계시옵니다."

김상궁의 목소리가 들려왔다.

"들라 해라."

중전은 마음을 다잡았다. 괘씸한 것 같으니. 감히 몇 번씩이나 부르게 해? 그것도 마지못해 하루가 지난 다음 날 해질 무렵에나 나타난단 말이지? 생각 같아서는 그냥 갈아 마시고 싶었다. 그러나 인자하고 온후한 왕비로서의 품위를 잃는대서야 말이 되는가. 중전은 침착하리라 마음먹었다.

"네가 이상궁이냐?"

하늘색 저고리에 남색 치마를 입고 있는 이상궁은 고개를 들지 못하고 넙죽 엎드려 있었다.

"네, 마마."

"그런데 네 처소에 부르러 간 것은 어제일 터인데?"

이상궁을 내려다보며 중전은 말꼬리를 올렸다. 생각할수록 괘씸했다. 감히 중전의 기별에 꿈쩍도 하지 않다니. 그러나 이상궁은 대답 대신 울음부터 터뜨렸다.

"소녀, 진작에 찾아뵈려고 하였으나 고뿔이 여간 심하지 않았던지라, 행여 마마에게 옮기라도 할 양이면 큰 죄를 짓는 것 같아서…."

어린 나이에 엄마의 손을 떨어져서 궁중으로 팔려온 지난 날이 서러워서 울었다. 상감의 성은을 입고 포태하였다는 소식까지 들어서 마치 이제는 내 세상이 된 줄 알았는데, 천만 뜻밖에도 감모와 고뿔로 인한 체기에 불과하다는 어의의 진맥을 들었다. 바로 엊그제의 일이었다. 그게 서러워서 또 울었다. 한번 울음보가 터지자 걷잡을 수 없이 서러워져서 자꾸만 울음이 나왔다.

"요망한 것, 감히 여기가 어디라고 울음을 터뜨려서 나의 심기를 어지럽히느냐? 당장 그치지 못할까?"

중전의 불호령이 떨어졌다. 이윽고 부드러운 중전의 목소리가 울려 나왔다.

"이상궁은 고개를 들라. 그리고 일어나 앉으라."

눈을 들어보니 일월(日月)과 쌍학(雙鶴)과 암수의 사슴이 수놓아진 여덟 폭 병풍을 뒤로하고 앉은 중전의 자태는 감히 범접하기 어려운 위엄이 있었다.

아아, 국모란 따로 있구나.

이상궁은 잠시나마 자기가 왕자만 생산해 내면 이 나라의 국모자리도 넘볼 수 있겠다는 생각을 한 것이 얼마나 어리석은지를 깨달았다. 그건 덜컥 하루아침에 아기를 낳는다고 될 일이 아닌 성 싶었다. 앞에 있는 중전이 그랬다. 듣기로는 자기보다 네 살이나 아래라고 했다. 그렇다면 이제 겨우 열일곱 살일 것이었다. 그런데도 그 기품이란….

중전도 잠시 정신이 아득해짐을 느꼈다. 과연 절색이다. 백옥같이 하얀 피부는 여인인 자기가 보기에도 탐스러워 만지고 싶을 정도가 아닌가. 게다가 이상궁의 나긋나긋한 몸매는 남성이라면 누구나 보호본능을 느낄 만도 했다.

단정히 왼편 무릎을 세우고 치맛자락을 감싸고 앉아있는 자태는 중전 자신을 진정 윗사람으로 떠받든다는 태도가 아니고 무엇이랴. 상감도 여인 보는 눈은 있으시군. 중전의 마음도 어느 사이에 봄눈 녹듯 풀려 버렸다. 이마를 다소곳이 아래쪽으로 수그리고 있는 이상궁을 향해 아까보다 한결 부드러워진 목소리로 말했다.

"그래, 듣기로는 네가 밤마다 상감을 모신다고 하더구나."

이상궁이 듣기에는 네가 왜 남의 지아비를 빼앗아 갔느냐는 질책으로만 들렸다.

"어찌 감히 소첩의 마음대로 상감을 모실 수가 있겠사옵니까? 소첩 중전마마께 죄를 짓는 것만 같아서 하루에도 몇 번씩 죽고만 싶을 때가 있었사옵니다."

흥, 요것이 너불너불 말은 잘도 해 대는군. 그런 생각을 하면서도 중전의 마음은 한결 더 풀려졌다. 하긴 그렇지. 임금이 찾지 않는데야 어찌 궁녀가 임금과 잠자리를 할 수 있겠는가.

"그래 서책은 가까이 하고 지내느냐?"

"이것이 원체 까막눈이라서….'

말을 흐리며 다시 눈물을 흘리는 이상궁을 보며 중전은 안심을 했다. 학문은 없단다.

"그래 네 친정붙이들은 무엇을 하고 있느냐? 쓸 만한 일가붙이가 있으면 어디 벼슬자리라도 주선해 보랴?"

넌지시 사정을 알아보았다. 친정붙이들이 많다면 그것 또한 큰일 아니겠는가. 그것들이 이리저리 들어앉아서 세를 이룬다면. 그러나 거기에 대한 대답도 내한가시였다.

"소녀, 다섯 살인가 여섯 살에 궐로 팔려 왔사옵니다. 친척이건 동기간이건 아무도 모르옵니다."

다시 한 번 가슴을 쓸어내렸다. 됐다. 이제 그만하면 너와 상감만 떼어 놓으면 되겠구나.

"앞으로 상감을 모실 때는 지극정성으로 모셔야 할 것이니라. 행여 옥체에 손상이라도 가는 날이면 네 한 몸 죽고 살아남지 못할 것이니라. 내말 알아듣겠느냐?"

"네, 마마. 명심하겠나이다."

한껏 호통을 쳐 놓았으나 중전인 자신이 생각하기에도 우스운 말이었다. 지극정성으로 모시라는 것은 또 무엇이며, 옥체에 손상이 간다는 것은 또 무슨 말인가?

이상궁을 돌려보내고 난 자영은 조금은 마음이 놓였다. 일자무식에 일가붙이가 없다는 것만 해도 얼마나 다행인가. 그래도 마음이 아주 편안한 것만은 아니었다. 이상궁의 하얀 얼굴과 나긋나긋한 몸매가 계속 머리를 어지럽혔다. 저것이 행여 포태라도 한다면….

이틀 후, 두 분 대비전과 대왕대비전에 문후를 가려고 막 중궁전을 나서려는데 내시의 간드러진 목소리가 임금의 행차를 알렸다.

"주상 전하 납시오~."

어인 일인가 싶었다. 임금은 곤룡포 자락을 휘적휘적 날리며 서온돌로 들어섰다. 병풍 앞에 좌정한 임금은 중전이 미처 뒤따라와서 자리에 앉기도 전에 노기가 가득한 음성으로 중전을 올려다보며 질책하기 시작했다.

"중전이 어제 이상궁을 불렀소?"

"네, 전하. 그러하옵니다."

"어찌하여 불렀소?"

"전하, 내명부의 기강을 바로잡는 것은 신첩의 소관이옵니다."

"그렇다면 이상궁이 내명부의 기강을 흩트리기라도 했단 말이오?"

"전하, 그런 것이 아니오라…."

중전은 기가 막혔다. 아무리 상감이라도 중전인 나에게 이렇게 마구 대할 수 있는 것인가 싶었다.

"중전이 그런 말 하지 않아도 스스로 잘 하고 있는 사람에게 무엇 때문에 여기까지 불러서 혼찌검을 낸단 말이오?"

혼찌검이라? 내가 그랬나? 중전은 뜨악했다.

"소첩은 단지…."

"듣기 싫소. 홀몸도 아닌 사람을 어찌 그렇게 초주검을 만들 수 있단 말이오?"

"전하, 홀몸이 아니라 하시면…."

열여섯 살 소년왕은 비웃음이 가득한 얼굴을 하고 중전을 노려보았다. 그리고는 기어이 중전의 가슴에 소금을 뿌리고야 말았다.

"아니 중전의 자리에 계시면서 그것도 모르고 계셨단 말이오? 그러니 앞으로는 그 사람을 함부로 다루지 말아주시오!"

임금은 그 말을 마치고 찬바람을 일으키면서 방을 나가버렸다. 중전은 한동안 멍하니 그 자리에 앉아 있었다. 이럴 수가 없다. 임금께서 내게 이러실 수가 없어. 중전은 보료 위로 무너져 내렸다. 눈물이 걷잡을 수 없이 쏟아졌다. 내가 이런 꼴을 보려고 왕비가 되어서 들어왔단 말인가?

한참을 울고 난 중전은 마음을 가다듬어 조용히 엊그제의 일을 되씹어 보았다. 고것이 내게 거짓말을 한 것이던가? 내게는 분명 감기가 심하여 오지 못했다고 하지 않았던가? 생각할수록 괘씸했다. 그 요망한 것이 상감의 앞에서는 죽어가는 시늉을 한 것이리라. 내 이년을 기필코 살려두지 않으리라. 중전은 입술을 깨물었다.

이런 중전의 아픈 가슴에 더 비수를 꽂는 일이 발생하였으니 그것은 그 해가 다 저물어가는 섣달 초순께의 일이었다. 어느 날 김상궁이 얼굴이 벌겋게 상기되어서 들어섰다.

"중전마마…."

선뜻 말을 하지 않고 서 있는 품이 자못 이상했다. 중전이 다그쳤다.

"어서 고하여라."

"저어… 이상궁이 포태하였다는 소문이 사실인 듯하옵니다."

"무엇이라?"

"얼마 전에는 어의 영감이 회임한 것이 아니라 단지 체기가 있는 것뿐이라고 하였다 들었는데, 엊그제 약방기생이 진맥을 해 보고나서는 왕자군을 포태한 것이 확실하다고 하였사옵고 출산일은… 4월 중순이라 하옵니다."

아하, 그럴 수도 있을 것이다. 실로 손목을 묶어서 그 진동으로 병세를 알아낸다는 것이 가당치도 않은 일이 아니더냐. 그러니 확실하게 손목을 잡아보고 진맥한 약방기생의 말이 맞을 것이다. 그것은 그렇다 쳐도 행여 이상궁의 몸에서 태어난 왕자가 세자의 자리에라도 앉게 되는 날이면? 아, 장차 나의 운명은 어찌될 것인가?

중전이 이런 비참한 심정에 처해 있을 때 돌연 민승호가 찾아왔다. 그는 자리에 앉기가 무섭게 본론을 이야기했다. 중전의 얼굴색으로 보아 그간의 사정은 이야기를 듣지 않아도 다 알만 했다. 아, 얼마나 마음고생이 심하였으면… 승호는 가슴이 아려왔다.

"마마, 제가 일전에 말씀드렸던 그 아이를 데려 왔사옵니다. 그 아이라면 능히 마마를 이 어려운 지경에서 건져낼 수 있을 것이라 사료되옵니다."

"오, 그 먼 길을 왔다는 처자 말이오?"

중전도 반기는 눈치였다.

"그러하옵니다, 마마. 제가 떠난 후에 직접 불러서 가르침을 받아 보소서. 필시 마마에게 큰 도움이 될 것이옵니다. 남녀의 교접에 관하여는 모르는 게 없으니…."

이 말을 마치고 옆에 앉아 있는 간난이를 슬쩍 돌아보았다. 간난이의 얼굴이 사과처럼 빨갛게 달아 있었다.

승호가 떠나자 중전은 서둘러 취련이를 데려오라고 했다. 잠시 후, 간난이와 함께 들어 온 취련을 보고 중전은 실망했다. 남자를 사로잡는 기술을 가졌다면 얼굴이나 몸매 또한 뛰어날 것인데, 이 여인에게서는 도대체 그런 구석이라고는 보이지 않았다. 골격도 다부져 보였고 얼굴은 조금 크고 넓적한 편이었다. 허리도 나긋나긋한 쪽과는 거리가 멀었다. 여인은 대궐의 풍속을 잘 모르는지 엉거주춤한 자세로 중전에게 인사를 올렸다.

"게 앉게나. 그래 자네에게 남자를 휘어잡을 수 있는 비결이 있다 하여 이렇게 불렀네."

여인은 방안을 휘둘러보더니 조금 멋쩍은 듯 주저주저했다. 중전은 그녀의 노랑 저고리가 큰 몸과 잘 어울리지 않는다고 생각했다. 여인은 옆에 있는 어린 아기나인이 눈에 걸리는지 연신 간난이 쪽을 바라보면서 망설이고 있었다.

중전이 얼른 눈치를 채고 간난이에게 눈짓을 했다. 간난이가 나가자 여인이 가지고 온 보퉁이에서 주섬주섬 기물들을 꺼냈다. 거기에는 꽤 두꺼운 책자가 한 권, 하얀 구슬들이 몇 개, 그리고 남성의 성기와 똑같이 생긴 물건이 있었다. 그것은 하얀 뼈로 되어 있었다.

마침내 여인이 입을 열었다.

"무릇 남녀 간의 교접에 있어서 남성에게 기쁨을 주자면 음양의 이치를 제대로 알아야만 합니다. 이 책은 그런 비결을 기록하고 그려

놓은 아주 진귀한 책자랍니다. 멀리 인도라는 나라에서 들어 온 것이지요."

과연 책자를 펼쳐보니 거기에는 남녀가 뒤엉켜 있는 모습이 온갖 색깔로 호화롭게 그려져 있었다. 그 밑에는 무슨 뱀이 기어가는 듯한 글자가 씌어 있었는데, 아마도 인도라는 나라의 글자인 모양이었다.

"그래서 남성의 몸이 피곤할 때는 어떤 자세가 좋으며, 남성에게 성욕을 자극하려면 어떤 자세를 취해야 하는지, 또 아기를 갖고 싶을 땐 어떤 모양새로 교접을 하면 더 쉽게 잉태가 되는지 등등, 무려 72가지의 교접 자세들이 여기에 있사옵니다."

그런 책이라면 볼 만하다고 생각했다. 일국의 왕비가 읽고 보기에는 조금 쑥스럽다 할 것이나, 밤마다 몰래 곁에 두고 본다면 무슨 큰 일이랴 싶었다. 취련의 다음 이야기가 계속됐다.

"소녀는 일찍이 중국 황실에서 궁녀들을 조련시키는 아버님을 모시고 있으면서 많은 연습을 해 볼 기회가 있었나이다. 그리고 지금껏 여러 명의 남자들을 상대도 해 보았고요. 저의 경험에 의하면, 교접 시 남자들이 가장 즐거워하는 것은 바로 꼭꼭 조이는 음문이요."

취련은 손가락을 동그랗게 말아서 그 모양새를 설명했다. 중전은 듣기만 해도 가슴이 두근두근했다.

"또 남성이 더 큰 쾌감을 얻도록 해 주기 위해서 밑에서 둔부를 돌리는 기술이요, 마지막으로는 음문의 속에서 남성의 성기를 자유자재로 쓰다듬어 주는 기술이란 말이외다. 누구라도 일 년 정도 부지런히 연습하면 될 수 있다오. 그러나 보통의 여인들은 이런 방사의 비결을 알지 못하고 교접 시에 그냥 반듯하게 누워만 있다오. 그러니 남성들이 쾌감을 느낄 수가 없을 수 밖에요"

이상궁도 그런 짓을 할까? 그 요망한 것도 그런 기술로 상감을 꾀어냈을까? 그러나 궐내에만 있는 여인이 어찌 그런 비술을 배울 수 있단 말인가. 아닐 것이다. 그래도 중전은 호기심이 동했다.

"내가 한 가지 기술을 보여 드리겠소. 바로 음문 속에서 남자의 성기를 꼭꼭 깨물어 씹는 그런 기술 말이오."

취련은 거칠 것도 없이 속곳을 벗었다. 그 속에서 시꺼먼 음부가 나타났다. 보통 여인들보다 털이 엄청나게 많았다. 마치 울창한 숲을 보는 느낌이었다. 여인은 그곳에 바닥에 놓여 있는 구슬들을 여러 개 집어넣었다.

"자, 이제 이것들을 하나하나 자유롭게 내보내 보이겠소."

여인이 다리를 엉거주춤 벌리고 쟁반 위에 섰다. 정말 여인의 말대로 구슬이 하나! 하면 한 개가 떨어지고, 둘! 하면 두 개가 떨어졌다. 이번에는 셋! 하자 세 개의 구슬이 쟁반에 똑! 똑! 똑! 소리도 요란하게 떨어져 내렸다.

이번에는 손을 뻗어서 성기 모양의 물건을 가랑이 사이로 집어넣었다. 그것이 신기하게도 여인의 생각대로 중전의 바로 코앞에서 들어갔다 나왔다 하기를 반복했다.

갑자기 중전은 역겨운 생각이 들기 시작했다. 감히 일국의 왕비인 나에게 이런 추잡한 여인을 보내주다니, 오라버니가 도대체 정신이 제대로 박혀 있는 사람인지 한심해 보이기까지 했다.

"이제 그만 되었네. 돌아가 보게."

한참을 신명나서 설명하고 실제로 보여주던 취련은 머쓱해지지 않을 수 없었다. 새파랗게 어린 여자 앞에서 당하는 무안이라니….
취련이 잠시 멍하니 있자 중전의 호통소리가 귓전을 때렸다.

"어서 치우라는데도! 여봐라, 게 아무도 없느냐?"

취련이 미처 속곳을 걸칠 사이도 없이 간난이가 들어왔다.

"간난이 너 이 여인을 오라버니 댁에까지 데려다 주고, 오라버니
에게 궐에 듭시란다고 여쭈어라."

취련은 주섬주섬 보따리를 싸들고 떠날 수밖에 없었다. 잘은 몰라
도 보통 일이 아닌 듯 했다. 왕비란 여인이 저렇듯 화가 났으니 이를
어찌하나.

새 서방님의 얼굴이 떠올랐다. 자신이 누이동생에게 큰 도움을 줄
수 있다며 기뻐서 함께 궐내에 들어올 때 싱글벙글하던 모습이.

다음 날 아침, 날이 밝기가 무섭게 승호는 채비를 마치고 대궐로
향했다. 어제 취련을 통하여 대략 들어서 일이 잘 되지 않았음을 알
고 있었다. 과연 예상대로 승호가 당도하자마자 중전의 날카로운 목
소리가 울려 퍼졌다.

"오라버니, 도대체 나를 어찌 보고 그런 여인을 들여보내시는 겁
니까? 일국의 왕비입니다. 왕비. 아시겠어요?"

민승호는 미처 자리에 앉지도 못했다. 그래도 중전을 달래야만 한
다. 자신의 진심을 알려 주어야만 한다. 이대로 물러나서는 안 될 일
이었다.

"마마, 고정하옵소서. 그런 게 아니라…."

"듣기 싫어요. 이런 분을 내가 오라비라고 믿고 있었으니 참으로
한심하군, 한심해."

고개를 옆으로 꼬고 앉아 있는 중전에게 어찌 위로를 해야 하나하고 난감한 표정을 짓고 있는 민승호에게 중전이 또다시 소리를 버럭 질렀다.

"어서 가 보세요. 가서 그 여인과 실컷 재미나 보시라니까요!"

중전은 아예 뒤로 돌아앉아 버렸다. 이제는 어찌할 도리가 없다. 일단 돌아가는 수밖에.

궐을 나와 집으로 향하는 승호의 입에서 허연 입김이 새어 나왔다. 몇달 간을 벼르고 벼르면서 준비한 일이 이렇게 허무하게 틀어질 줄이야 누가 알았으랴. 이제 내일 모레면 정월 초하루인데 새해를 앞두고 이런 좋지 않은 일이 있으니 내년 신수는 어찌 되려나….

마른 나무 가지에 앉았던 까치가 요란한 소리를 내며 날아갔다. 멀리서 아이들이 날리는 꼬리 연이 하늘 높이 솟구치고 있었다.

내가 잘못했나? 하긴 어린 중전에게 방사(房事)의 비법을 가르친다고 했으니 너무 생각이 짧기도 했지. 그래도 중전이 그 비법을 배운다면 임금을 사로잡기가 훨씬 더 수월할 터인데 어찌해야 하나….

한편, 민승호를 개 쫓듯이 내치고 난 중전의 마음은 여간 쓰린 게 아니었다. 오직 하나, 의지할 곳이라고는 오라버니 한 분 뿐인데, 그 오라버니를 마치 다시는 보지 않을 사람처럼 쫓아버렸으니 이건 문제도 보통 문제가 아닌 것이다.

곰곰이 생각해보니 나쁜 일도 아니었다. 외간 남자를 끌어 들여서 방사를 즐기자는 것도 아니고, 임금에게 좀 더 기쁨을 줄 수 있는 비결이라는데, 내가 왜 그것을 받아들이지 못했을까? 그러나 중전은 머리를 세차게 흔들었다. 아니야. 그런 게 아니야. 나는 지식으로써, 덕으로써, 넓은 도량으로써, 사랑으로써 임금을 휘어잡으리라.

해가 바뀌어서 1868년이 되었다. 저 건너 경복궁에서는 막바지 공사가 한창이었다. 그간 몇 년간을 정말 열심히도 했다.

중전이 보기에도 정말 대원군의 용인술은 찬사를 보낼 만했다. 전국 방방곡곡에서 백성들이 자진하여 몰려왔다. 서로서로 자기네 동네를 알리는 깃발과 서민자래(庶民自來)라는 깃발을 들고 풍악패들을 앞세우고 왔다. 공사장 곳곳에서는 징과 꽹가리 소리가 요란했다.

그들은 고장의 특성대로 가장 적당한 일터에 배치되었다. 경상도 안동 사람들은 한옥을 많이 지어보았다 하여 궐의 전각들을 짓는데 배치되었다. 전라도 남원 고을에서 온 백성들은 경회루 연못을 파는 데 동원되었다. 남원에 있는 광한루와 흡사한 경회루를 만드니 그들이 적임이라고 판단하고 내린 조처였다.

백성들은 풍찬노숙(風餐露宿)도 마다하지 않으며 열심히 했다. 그런 그들의 사이사이를 돌며 무동들과 광대들이 시름을 덜어주었다. 어느 사이에 경복궁타령이라는 노래도 지어져서 노동판 여기저기서 불려졌다.

남문을 열고 파루를 치니
계명산천이 밝아온다.
을축사월 갑자일에
경복궁을 이룩하세.

에헤이야 얼럴럴거리고
방아로다, 방아로다.
도편수의 거동을 봐라.
먹 통 들고 갈팡질팡
에헤이야 얼럴럴거리고
방아로다, 방아로다.
단산봉황은 죽 실을 물고
벽오동 속으로 넘나든다.
에헤이야 얼럴럴거리고
방아로다, 방아로다.
남산하고 십이 봉에
오작 한 쌍이 날아든다.
에헤이야 얼럴럴거리고
방아로다, 방아로다.
철쭉 진달래 노간죽하니
봉선화가 영산홍이로다.
에헤이야 얼럴럴거리고
방아로다, 방아로다.

　일꾼들을 고을 단위로 나누어서 일을 시키는 것은 서로서로 경쟁
심을 유발하기 위함이요, 광대패들과 무동들을 시기적절하게 동원하
며 때때로 술과 음식으로 호궤하는 것은 그들의 사기를 북돋을 요량
이리라. 이런 대원군의 주도면밀한 용인술에 부응하기라도 하듯 백

성들은 그야말로 죽기 살기로 일했다.

이제 대궐 내에서는 물론이요, 조정의 중신들 중에서도 이상궁이 왕자 아기씨를 잉태하였다는 소문을 모르는 사람은 없었다. 모두들 앞으로의 권력이 어느 방향으로 흘러갈까 하고 촉각을 곤두세우고 있었다. 게다가 대원군이 이상궁을 며느리 이상으로 총애한다는 소문이 퍼지면서 대신들도 이상궁의 처소에 연을 대려고 한다는 소문이었다.

춘삼월이 되자 산수유가 맨 먼저 꽃망울을 터트리더니 이어서 백목련, 진달래, 개나리, 철쭉, 등등의 꽃들이 정신을 못 차리게 앞다투어가며 피었다.

그러던 어느 날 저녁, 온갖 꽃들이 만발한 대조전에 벌, 나비보다도 더 반가운 손님이 들었다. 임금이 행차하신 것이었다.

"이것이 무엇이오?"

임금이 보료 위에 앉자 먼저 서안 옆으로 치워놓은 아기의 옷을 보고 하는 말이었다. 서안 위에는 요즘 중전이 즐겨 읽던 〈해국도지〉가 펼쳐져 있었다.

"이번에 왕자가 태어나면 입혀 주려고 소첩이 만들고 있는 옷이옵니다. 앙증스럽지요?"

손바닥만 한 무명옷을 펼쳐 보이며 중전이 활짝 웃었다.

"어허, 내 우리 중전께서 이렇게도 마음 씀씀이가 자상하신 줄은 미처 몰랐소이다."

임금은 흡족한 듯 껄껄 웃었다. 이제 열일곱, 제법 임금으로서의 권위가 묻어나고 있었다.

임금은 손을 뻗어 중전의 손목을 잡았다. 두 손을 포개어 중전의 손을 쓰다듬은 임금은 다정한 목소리로 물었다.

"중전은 질투를 느끼지 않으시오?"

"전하, 아녀자의 질투는 칠거지악(七去之惡)이옵니다. 그리고 왕자가 궁녀의 몸을 통하여 나온다 해도 결국은 내 아이요, 이 나라의 왕자이온데 어찌 질투를 하겠사옵니까. 마땅히 감축할 일이지요."

"과연 일국의 국모다우신 말씀이시오. 그런데 지금 읽고 계시던 책은 무엇이오?"

"네, 전하. 이 책은 해국도지(海國圖誌)라는 책으로 세계 모든 나라들의 사정을 알기 쉽게 풀어 놓은 책이옵니다. 40년 전에 청나라의 위원(魏源)이라는 사람이 저술한 서책이온데, 무려 100권이나 된다고 하옵니다. 소첩은 지금까지 겨우 열여섯 권을 읽었을 뿐이옵니다."

"어디서 구해 오시었소?"

"환재 대감을 통하여 빌렸사옵니다."

"오호, 중전이 박규수 대감과도 연이 닿는 모양이구려."

"모두가 다 상감께오서 장차 친정을 하실 때를 대비하기 위함이옵니다. 소첩, 비록 아녀자이기는 하오나, 주상 전하께서 정사를 하실 제 조금이라도 보탬이 된다면 더할 나위 없이 기쁜 일이지요."

임금은 생각할수록 기특했다. 자신은 아버지를 제쳐놓고 나라를 이끌어 가야겠다는 생각을 언감생심 꿈도 꾸어보지 못하고 지내왔건만, 중전은 이미 한 발 앞서 나가고 있는 것이 아닌가.

"짐이 그동안 중전에게 너무 무관심하였구려."

임금은 중전에게 좀 더 가까이 다가가더니 살포시 어깨를 감싸 안아 주었다. 두 개의 와룡촛대에서는 어린 아이의 팔뚝만큼이나 큰 초가 활활 타오르고 있었다.

지금 이상궁은 만삭의 몸이다. 앞으로 20여 일 후면 아기를 생산한단다. 그러니 임금도 이상궁의 처소에 갈 수는 없었다. 그렇다고 새로운 궁녀와 함께 하기도 멋쩍은 일이다. 궁녀의 몸을 통해서건 어떻건 간에 내일모레, 내일모레 하는 판에 다른 궁녀와 잠자리를 한대서야 어찌 말이 되는가. 그렇게 된다면 대왕대비전이나 운현궁의 어머니를 무슨 면목으로 대할 것인가. 그래서 찾아온 곳이 바로 중궁전의 서온돌이다.

갸름한 얼굴의 중전은 몇 달 전보다 약간 더 수척해진 듯 했다. 그녀의 그런 모습을 보자 임금은 불현듯 아랫도리가 뻐근해짐을 느꼈다. 오늘 따라 얼굴에서 풍기는 차가운 느낌도 들지 않았다. 오히려 일렁이는 촛불이 더욱 중전의 자태를 요염하게 비추어주고 있었다.

임금은 촛대로 다가가서 손바람을 일으켜 촛불을 껐다. 아마도 삼월 보름인 모양이었다. 환한 달빛이 방안을 비추어주었다. 푸르스름한 달빛이 성욕을 한결 더 자극하였다.

임금이 의관을 모두 벗고 자리에 눕자 중전은 잠자리의 주도권을 쥐고 임금을 이끌었다. 임금은 숨이 막혔다. 지금껏 이상궁과 서너 명의 궁녀들을 상대해 보았지만 그들은 모두가 한결같았다.

죽은 듯이 반듯하게 누워있는 게 고작이었다. 그들은 임금과 궁녀의 교접, 주인과 종의 육체놀음 이상으로 생각할 엄두조차 내지 못하였다. 함부로 몸을 놀렸다가는 어떤 결과를 초래할지 누가 알겠는가. 신분의 차이 때문이었다.

그러나 오늘 밤 중전은 달랐다. 임금의 배 위에 올라가기도 하고, 임금에게 둔부를 돌려대며 짐승과도 같은 체위를 요구하기도 했다. 부부간의 대등한 관계에서 오는 자신감도 작용했으리라.

사실 중전은 취련이가 두고 간 책자를 보고 혼자서 연습했다. 그날 취련에게 호통을 치자 겁에 질린 취련이 부랴부랴 보따리를 챙긴다는 것이 책자 한권은 그대로 놓고 간 것이었다.

그것을 며칠 간 그냥 숨겨 두었다가 호기심이 동할 때면 은밀히 꺼내어 들여다보곤 하였다. 그림이 많아서 그대로 따라해 보는 것은 그다지 어렵지 않았다. 그뿐이 아니었다. 중전은 내친 김에 여러 차례 취련을 불러들여 그녀로부디 방중술의 비법을 배워나갔다. 처음에는 전혀 불가능할 것 같았던 기술도 취련이 하는 대로 따라 하다 보니 점점 익숙하게 할 수 있는 지경에까지 이르렀다.

오늘 주상 전하의 심기가 불편해 보이지 않기에 그동안 배워왔던 방중술을 과감히 시험해 보기로 마음먹은 것이었다. 결과는 대성공이었다. 임금은 흡족한 모양이었다. 연신 신음 소리를 냈다.

임금은 중전의 침소를 찾으면서 혹 싫은 표정을 지으면 어찌할까 하고 편치 않은 마음으로 왔다. 그런데 중전은 아직 태어나지도 않은 아기를 위해서 손수 옷을 짓고 있지 않던가. 게다가 장차 자신의 친정(親政)을 염두에 두고 지식을 쌓고 있다니. 아아, 내가 내 손안에 있는 보물을 지금껏 모르고 지나쳤음이야. 게다가 어느 사이 이런 방중술까지도 터득하고 있었다니.

임금은 그동안 자신의 쌀쌀맞은 행동이 갑자기 후회스러워졌다. 그래서 팔베개를 한 중전을 더욱 힘 있게 끌어안았다. 불현듯 자신감이 솟아남을 느꼈다. 그래, 나도 다음 달이면 한 아이의 아버지요, 삼 년 후면 스무 살이 된다. 정말 중전과 함께라면 아버지를 물리치고도 정사를 이끌어 갈 수 있을지도 모르겠다는 생각까지도 했다.

중전은 기쁨의 눈물을 흘렸다. 중전은 궐에 들어온 후 처음으로 편안하게 잠이 들었다. 그것도 지아비의 품에 안겨서. 음력 3월 보름, 벌써 봄인가 보다. 대궐의 뒤편에서 접동새가 울다니.

12. 수(帥)자 기(旗)는 나부끼는데

　　1868년 기사(己巳)년의 새해가 밝자마자 또다시 어수선한 일들이 터졌다. 그 중에 하나, 독일계 유태인인 오페르트라는 자가 충청도 덕산 근처의 구만포라는 포구에 상륙하여 남연군의 묘를 파헤친 사건이 있었다.

　　오페르트는 독일에서 동양의 역사, 특히 조선의 역사, 언어, 풍습에 대하여 연구하던 자였다. 그는 중국에 와서 상해와 천진을 어슬렁거리며 호시탐탐 조선과 통상할 수 있는 길이 있는지를 알아보고 있었다. 그는 이미 두 차례나 배를 빌려 조선 연안을 탐험하기도 하였다.

　　그러던 그에게 드디어 귀가 번쩍 뜨이는 소식이 들려왔다. 바로 프랑스 함대가 조선의 강화도라는 섬에서 조선군과 싸우다 돌아오면서, 그 잠깐 사이에 엄청난 금은보화를 가득 싣고 왔다는 소문이었다. 프랑스 함대의 귀환은 얼토당토않은 유언비어를 만들어 낸 것이다.

"조선이란 나라에는 발길에 차이는 곳마다 금은보화가 넘친다더라."

"조선 사람들의 무덤 속에는 금으로 만든 사람들이 가족 숫자만큼이나 누워 있다더라."

그가 이리저리 알아보니 무려 20만 프랑에 해당하는 은괴도 가져왔단다. 그 외에도 찬란한 보석으로 장식된 보검이며 금덩이로 만든 옥새 등, 떠도는 소문은 그의 구미를 당기기에 충분했다.

이때 마침 상해에는 병인년의 사옥 때 조선을 탈출한 페론 신부와 서너 명의 조선인 친주교도들이 있었다. 먼저 그들을 접촉했다. 페론 신부도 오페르트와 이야기를 해 보니 자신의 이해와 딱 맞아떨어졌다.

조선에서 포교생활 10년을 한 페론 신부이다. 그동안 천주님의 나라를 만들려고 죽음을 무릅쓰며 위험한 고비도 여러 번 넘겼다.

비록 대원군의 박해로 인하여 할 수 없이 조선을 탈출하기는 했지만 기회만 있다면 언제라도 다시 조선 땅을 밟고 싶다. 죽더라도 조선에서 순교하고 싶은 그였다.

이런 그에게 오페르트가 조선까지 가는 모든 비용을 대겠다며 접근한 것이다. 조선인들도 고국에 돌아가고 싶어 몸살이 날 지경에 있었다. 더군다나 오페르트는 조선인들을 길잡이로 활용하는 것이 좋겠다고 하지 않는가.

오페르트는 유태인 특유의 꼼꼼하고 치밀한 성격으로 출발 전에 조선의 사정에 대하여 자세한 정보를 수집하였다. 그는 조선인 천주교 신자인 송운오, 장치운 등과 함께 연일 조선의 사정에 대하여 토론하고 정보를 수집하였다.

조선인들은 생각해 보았다. 조선을 떠나온 지 몇 년이던가? 병인 년에 탈출하였으니 벌써 2년이 지났다. 그리던 고국 땅에 갈 수만 있 다면 무슨 일이든 못할까 싶었다.

천주교인들에게는 천하에 둘도 없이 악독한 대원군이다. 대원군 의 묘를 파헤치건 부장품을 꺼내건 자신들은 알 바 없는 일이었다. 그래도 마음 한구석에는 여전히 조상의 묘를 파헤친다는 게 께름칙 하긴 하였다. 조상에 대한 예를 숭상하는 나라가 아닌가. 그러나 양 심보다는 조선에 가고 싶은 욕심이 더 앞섰다.

후일 세상에 '오페르트 도굴사건'이라고 알려진 이 사건은 결국 오페르트의 망상과 탐욕, 페론 신부와 같은 천주교 신부들의 선교에 대한 욕심과 열정, 그리고 청국 땅에서 조선에 갈 날만을 손꼽아 기 다리던 조선인들의 끈끈한 애향심이 하나로 결집되어 나타난 사건 이었다.

오페르트는 애당초 조선의 왕릉을 파헤쳐서 거기서 나오는 부장 품들을 싣고 올 작정이었다.

조상을 섬기는 일이라면 조선인들이 이 지구상에서 가장 으뜸가 는 민족이라는 데서 착안한 것이었다. 그러나 이야기를 하다 보니 대 원군이야말로 조상을 모시는데 천하에 둘째가라면 서러워 할 인물 이라는 얘기가 나왔다. 그가 아버지의 무덤을 이장할 때 수십만 냥의 돈을 아끼지 않고 무덤을 새로 만들었다는 정보도 얻어 내었다.

대원군이 누구인가? 벌써 6년 동안 조선천지를 쥐락펴락하는 인 물이 아니던가? 그렇다면 필시 그의 아버지 묘에는 다른 어떤 역대왕들의 무덤보다도 더 많은 금은보화가 묻혀 있으리라. 오페르트는 눈이 뒤집혔다.

오페르트는 이번 출항의 목적을 대원군의 아버지 묘를 도굴하는 데 초점을 맞추기로 작정하였다. 게다가 더 좋은 일은, 함께 갈 조선인들 대부분이 그 지방출신 사람들이란다. 이야말로 돌 하나로 세 마리의 새를 잡는 격이 아니고 무엇이랴.

오페르트는 무덤에서 부장품을 꺼내어 올 수 있어서 좋고, 신부들은 천주교 포교에 결정적인 장애가 되는 대원군에게 보복을 하는 일이어서 좋고, 조선인들은 고국에 공짜로 돌아갈 수 있어서 좋으니 말이다.

혹 누가 알겠는가? 대원군이 아버지의 무덤에 묻혀있는 부장품들을 놀려받기 위해서 자신들에게 협상을 요구해 올지도. 오페르트는 그렇게만 된다면 거금을 요구할 작정이었다. 신부들도 그런 기회를 이용하여 조선을 천주교의 나라로 만들어보고 싶은 꿈에 부풀어 있었다.

4월 중순, 오페르트 일행을 태운 일천톤급의 차이나 호는 상해를 떠나 일본의 나카사키에 들러서 도굴에 필요한 장비를 마련했다. 드디어 18일에 홍주의 행담도라는 곳에 당도하였다.

한국인 천주교도들을 앞세운 이들은 모선에서 내려 그레타 호라는 작은 배에 옮겨 타고 내륙 깊숙이 덕산을 지나 구만포로 향했다.

구만포에 상륙한 이들은 두 패로 나누어서, 그 중 한 패는 덕산관아부터 처부수어 우선 관의 기를 꺾어버리기로 하였다. 그래야만 자기들의 도굴을 방해하지 못하리란 계산에서였다.

　이상한 옷을 입은 자들 수십 명이 총을 둘러메고 관아로 향하자 동네 백성들이 줄줄이 따라왔다. 그들은 다짜고짜로 관아를 들이쳐서 청사를 파괴하고 무기고를 탈취하였다. 덕산군수는 용감히 항거하는 한 편, 공주감영으로 급히 파발을 띄워 증원군을 요청하였다.

　또 다른 패거리 수십 명은 남연군의 묘소를 향해 산을 올라갔다. 묘에 다다르자 서둘러서 봉분을 파헤치기 시작하였다. 이들의 행패에 놀란 묘지기가 이들에게 항거해 보았으나 총소리 한 방에 혼비백산하여 도망가 버렸다. 그는 동네에 내려가서 동네 사람들을 끌어 모았다. 동네 사람들은 먼발치에서 이들을 향해 마치 새를 쫓듯이 고함을 치며 위협을 해 댈 뿐이었다.

　오페르트의 하수인 젠킨스는 서둘러가며 부하들을 다그쳤다. 조선인들의 말에 의하면 대여섯 시간 후면 물때가 되어서 물이 빠져나간다고 했다. 그러면 배가 모선까지 갈 수 없다는 것이었다.

　이들이 죽을 고생을 해가며 땅을 파헤치는 데도, 땅은 돌처럼 단단해서 곡괭이가 좀체 들어가지를 않았다. 벌써 두 시간을 파헤쳤는데도 겨우 반길 정도밖에는 진척이 없는 것이다.

　낙척왕손 시절, 흥선군 이하응은 꿈을 꾸었다. 하얀 산신령이 서 있었다. 그가 말하기를 덕산의 가야사라는 절터에 묘를 쓰라 했다. 그렇게 하면 반드시 왕손이 이 집안에서 나올 것이란 이야기를 들려주고는 홀연히 사라졌다.

　대원군은 꿈을 형들에게 이야기했다. 반신반의하는 형들을 닦달하여 집안의 돈이란 돈은 모두 긁어모았다. 그때만 하더라도 낙척왕손이라고는 하지만 아직도 가세가 그다지 기울지는 않았을 때였다.

그 돈을 나귀에 싣고 가야사를 찾아가 주지를 만났다. 가야사라는 절은 승려가 불과 십여 명도 되지 않는 작은 절이었다. 그는 가야사의 주지를 일면 매수하고, 일면 윽박질러서 그 절을 다른 곳으로 옮겨가게 했다. 그 자리에 산신령이 이야기해 준 대로 아버지의 묘를 이장하여 왔다. 그러자 그 이듬해에 둘째아들 재황이가 태어난 것이었다.

이장을 다 마치고 아버지의 새 묘소에 절을 할 때 흥선군은 감개가 무량했다. 아버지 남연군은 인조대왕의 셋째 아드님이신 인평대군의 6대손이다. 남연군이 어릴 때 사도세자의 아들인 은신군의 양자로 입적되었으니 그렇게 따진다면 자신은 영조대왕의 고손자가 되는 셈이다. 우리 집안에서 임금이 나오지 못할 이유가 무엇이겠는가?

후일에 와서 과연 산신령의 예언대로 아들은 임금이 되고 자신은 대원군이 되었으니 그의 꿈은 길몽이었음에 틀림없었다.

몇 시간을 파도 별다른 진척이 없었다. 그럴 수밖에 없는 것이, 대원군은 묘를 이곳으로 이장하면서 무려 300포의 석회를 사서 석관 위에다 때려 부은 것이다. 산신령이 신신당부하였다고 했다. 절대로 무덤을 파헤치지 못하게 하라고. 일행은 초조했다. 이제 한 시간 정도가 남았을 뿐이다.

날이 어두워졌다. 횃불을 밝히고 작업을 하기를 한참 만에 겨우 석관의 윤곽이 드러나기 시작했다. 급한 대로 도끼로 석관을 부수어 버렸다. 그 안에서 다시 큰 관이 나왔다. 그러면 그렇지. 임금이나 황제의 무덤은 이렇듯 견고하기 마련이지. 이제 이 관 속에 온갖 금은보화가 가득 들어 있으리라. 오페르트와 젠킨스는 한껏 꿈에 부풀었다.

그러나 나머지 관의 뚜껑이 열렸을 때, 그들은 그 자리에 주저앉고 말았다. 거기에는 비단 헝겊에 싸인 다 썩은 송장밖에는 아무 것도 없었던 것이다!

그들이 그레타 호를 타고 모선으로 돌아갔을 때, 공주감영의 군사들이 들이닥쳤다. 그러나 거기에는 파헤쳐진 봉분과 썩은 시체, 그리고 그들이 쓰다가 남기고 간 삽과 곡괭이 등의 연장들이 어지럽게 널려 있을 뿐이었다. 공주감영에서는 이 사실을 서둘러 조정에 알렸다.

대원군은 길길이 뛰면서 분노했다.

"세상에, 세상에 조상의 묘를 파헤치는 놈들도 있다더냐? 내 이놈들을 기필코 씹어 먹으리라."

중신들도 한마디씩 했다.

"서양 오랑캐들은 과연 금수만도 못한 놈들이옵니다. 그들과 화친을 주장하는 자들은 모조리 발본색원하여 처단해야 할 것이옵니다."

애꿎은 천주교도들이 또다시 수난을 당했다.

오페르트와 젠킨스는 거금을 투자한 계획이 실패로 돌아가자 화풀이나 해야 하겠다면서 영종도에서 분탕질을 해댔다. 그들은 군영이건 민가건 가리지 않고 닥치는 대로 노략질을 일삼았다.

그러나 영종첨사 신효철은 타고난 무관이었다. 그는 이들의 기습에 대비하여 병력을 두 패로 나누어 잠복시켰다. 비록 무기에서는 절대 열세이지만 지형과 군졸들의 숫자를 잘 활용한다면 저깟 100여 명의 해적 놈들 쯤이야 못 물리치겠는가. 두 번째의 침입에서 그들은 두 명의 시체를 남기고 도주했다.

4월 28일, 그들은 조선 바다에서 사라졌다.

오페르트는 상해로 도주한 후 어디론가 잠적해 버렸다. 그 후 12년이 지난 1880년에 그는 독일에서 〈금단의 나라 조선〉이라는 책자를 발간하였다. 그에게 조선은 정말 금단(禁斷)의 나라였다.

미국인 젠킨스는 본국으로 소환돼서 파렴치범으로 몰려 형을 받았다. 페론 신부도 프랑스 본국으로 소환됐다. 천주교의 명예를 더럽힌 혐의로 근신을 명받았다. 그렇지만 훗날 페론 신부는 인도에 파견되어서 그곳에서 30년간을 선교한 후 천주님의 곁으로 갔다.

해가 또 세 번 바뀌어 1871년 신미(辛未)년이 되었다. 이 해의 시작과 함께 북경에 주재하고 있던 로우(Fredrick Low) 미국 공사로부터 한통의 편지가 조정에 당도하였다. 청나라 예부(禮部)를 거쳐서 온 일종의 협조 공문이었다.

1866년 8월에 본국의 상선 한 척이 귀국의 서해 연안에서 행방불명되었다. 이에 본 공사는 그간 두 차례에 걸쳐서 그 진상을 알아보았으나 아직도 확인이 되지 않고 있으므로, 이번에 본 공사가 직접 해군 군함 편에 승선하여 귀국으로 가서 그 전후사정을 알아보려 한다. 우리 군선이 당도하면 놀라거나 미리 발포하는 일이 없도록 잘 협조하여 주기를 바란다.

이 편지를 받아든 조선 조정은 아연 긴장했다. 당시 조정의 분위기는 대원군을 위시한 모든 세력들이 오로지 서양 오랑캐는 단호히 물리쳐야 한다는 생각뿐이었으므로 다른 소수의견은 나올 수가 없었다.

이미 1866년 병인년에 법국 군함들의 침입으로 큰 피해를 본 바 있는 조정이다. 이를 무조건 묵살해 버릴 수만도 없었다. 마침내 며칠간 궁리에 궁리를 거듭한 끝에 애매모호한 답장을 써서 보내기로 했다.

우리나라는 삼면이 바다로 둘러 싸여있어서 무릇 풍랑의 피해를 본 선박이 있으면 어느 나라의 배건 그냥 되돌려 보낸 적이 없다. 우리는 지금껏 국적에 불문하고 그들에게 먹을 것을 주고, 다친 자들이 있으면 치료하여 주고, 깨어진 선박은 고쳐서 보내주었다. 단지 우리에게 무리한 통상이나 개항을 요구하는 목적만 아니라면 언제든지 모든 선박들은 우리의 호의를 입고 돌아가게 될 것이다.

누가 읽어도 구렁이가 담 넘어가듯 은근슬쩍 넘어가려는 내용이다. 미국 측에서는 벌써 여러 차례 제네럴셔먼호 사건에 대하여 공동으로 진상조사를 하자고 조선 측에 제의한 바 있었다. 그럴 때마다 조선 측에서는 모르는 일이라고 딱 잡아떼었다.

그렇다고 그대로 주저 앉을 로우 공사가 아니었다. 그는 이미 여러 경로를 통하여 제네럴셔먼호 사건의 내용을 거의 파악하고 있었다. 그에게는 청국을 통한 정보망도 있었고, 조선과 청국을 왕래하는 무역상들이나 선교사들을 통한 정보도 있었다. 이미 군함을 동원하여 조선원정을 해도 좋다는 국무성의 허락도 받아 놓은 상태였다.

미국이 조선 원정을 결행하게 된 것은 비단 제네럴셔먼호 때문만은 아니었다.

미국의 동부지방인 코네티컷 주와 메사추세츠 주에서는 인삼이 대량으로 생산되었다. 미국은 중국인들이 인삼을 좋아한다는 사실을 알고 중국시장을 독점하려고 공을 들였다.

그러나 막상 중국시장에 진출해 보니 조선이라는 나라에서 나는 개성인삼이 훨씬 더 높은 가격에 팔리고 있었다. 여기에서 미국은 중국에서의 조선인삼 판매권을 독점적으로 확보하려는 욕심이 생겼다. 그래서 수차례 통상을 요구하였으나 그때마다 여지없이 거절당했다.

이러한 상황에서 미국상선 한 척이 대동강 연안에서 조선군의 공격을 받고 침몰하여 승선하고 있던 22명의 인명이 모두 살상당한 사건이 발생한 것이었다. 물론 그 사람들 모두가 다 미국인들은 아니었으나 어찌 되었건, 미국 국적의 상선이 조선의 내륙에서 침몰하였다는 사실만 가지고도 전쟁을 벌이기에는 충분한 구실이 되지 않겠는가.

미국은 청에 주둔하고 있던 극동함대를 동원하여 조선 원정에 나섰다. 극동함대의 로저스 제독은 기함 콜로라도 호를 주축으로 하여 포함 네 척과 무려 1,230명의 병력으로 원정대를 꾸몄다.

3월 말 천진을 떠난 이들은 일본의 나카사키를 거쳐서 물자와 탄약을 보급받고 드디어 4월 3일 조선의 아산만에 당도하였다. 여기에는 프랑스인 신부 리델이 길잡이로 나섰다. 참으로 무서운 집념이요,

조선과는 끈질긴 악연이다.

상륙한 다음 날, 로저스 제독은 작은 배 네 척으로 강화섬 부근의 물치도를 정찰하게 하였다. 한편 로우 공사는 섬에 상륙하여 주민들에게 유리병과 옷감들을 선물하며 주민들의 동태를 살폈다.

얼마 후 조선 조정에서 사신이 당도하였다. 로우 공사와 로저스 제독은 이들이 조선국의 전권대신인 줄 알고 극진하게 대접하였다. 그런데 알고 보니 대원군이 보낸 인천읍의 읍사(邑使) 김진성이라는 하찮은 말단 관리라는 것이었다. 이들은 김진성에게 다시 한 번 자신들이 미국 대통령의 전권을 위임받은 통상 사절이라고 강조하여 서찰을 들려 보냈다.

조선 조정의 회답이 있기만 기다리기를 하루, 이틀, 사흘… 아무리 기다려도 조선 측으로부터 회신이 없자 로우 공사는 함대사령관에게 작전을 명했다.

"저들에게 우리 미국 극동함대의 매운 맛을 보여주시오."

로저스 제독은 그 말이 떨어지기가 무섭게 작전에 들어갔다.

"팔로스 호와 모노카시 호 두 척의 전함은 해안을 따라 항해하면서 저들의 포대를 공격하라. 또 소형 함정 여러 척을 동원하여 연안의 수심을 측량하라."

소함정 20척에 분승한 미국 육전대원들은 이번 기회에 이 무지한 나라에 서양의 화력을 제대로 보여주리라 작정했다.

강화도와 내륙 사이의 좁은 해역이 손돌목이다. 물살이 거세고 해협의 폭이 좁아 배들의 운항에 매우 힘이 드는 곳이다. 병인년의 싸움 이후 조선에서는 이 해역이 해안 방어에 요충임을 인식하고 새로 진지를 구축하고 포대를 강화하였다. 그 손돌목을 지금 미국함대가 유유히 침입하여 들어오고 있는 것이었다.

4월 23일, 초지진, 덕진진, 덕포진의 3개 해안 요새에서 먼저 발포하였다. 그러나 그들이 쏜 포탄은 미군의 함정에 도달하지 못했다. 이들의 발포만을 기다리고 있던 미 해군은 즉각 반격에 나섰다.

팔로스 호와 모노카시 호에서 8인치와 9인치의 대형 함포가 일제히 포문을 열었다. 미 함대의 막강한 함포의 위력 앞에 초지진은 순식간에 초토화되었다. 초지 첨사 이염은 변변하게 대항 한 번 해 보지 못한 채 서둘러 퇴각했다.

킴벌리 중령은 육전대를 이끌고 강화도 상륙에 나섰다. 상륙정에서 내린 육전대는 뜻밖의 장애물을 만났다. 바로 끝없이 펼쳐져 있는 갯벌이었다. 미 육전대는 허리까지 빠지는 갯벌 속을 몇 시간이나 죽음을 무릅써가며 전진해야만 했다. 갯벌을 통과해보니 군화를 잃은 장병이 절반이나 됐다. 악전고투 끝에 미군은 초지진을 점령했다.

그들의 다음 목표는 광성진이었다. 그러나 광성진에는 조선의 명장 어재연이 거느린 조선 수비군의 핵심병력들이 포진하고 있었다. 또한 광성진은 천혜의 요새이다. 손돌목을 내려다보고 있는 야산 위에 자리한 광성진에는 어재연 장군의 지휘 하에 전국에서 모여든 정예 포수들이 일전에 대비하고 있었다.

진무중군 어재연은 광성진으로 오는 길목에 병력을 매복시켜 놓았다가 적군들에게 일제 공격을 퍼부었다. 이들의 대항이 만만치 않자 미군은 더 이상 무모한 공격을 멈추고 본선으로 돌아가기 위해 철수하였다. 그러나 본선으로 돌아가는 길조차도 평탄치 않았다. 손돌목의 거센 파도에 배를 돌려야만 하는데 좁은 해역에서 배를 돌리기가 여간 어려운 게 아니었다.

조선군들이 쏘아대는 포탄이 그들의 배 바로 꽁무니에서 물기둥을 일으키고 있었다. 그들은 천신만고 끝에 강화해협 밖으로 멀찌감치 철수하였다. 훗날 조선군과의 이 첫날 전투에 참전한 바 있는 불레이크 중령은 다음과 같이 회고하였다.

미국에서 있었던 남북전쟁 때도 그처럼 좁은 지역에서 그토록 맹렬한 포탄 세례를 집중적으로 받아 본 적은 없었다.

그러나 이대로 물러난대서야 미국의 체면이 말이 되는가? 다음 날 로저스 제독은 400여 명의 더욱 증강된 병력으로 공격부대를 편성했다.

미국 육전대는 광성보에 휘날리는 황색의 수(帥)자 기를 목표로 진격해 나갔다. 음력으로는 4월 24일이다. 미국의 달력으로는 6월 초순에 해당하는 날이다. 나무 하나 없는 갯벌 위에서 작열하는 태양은 미군들을 속속 쓰러지게 만들었다.

드디어 앞으로 깎아지른 듯한 절벽 위에 조선군의 진지가 나타났다. 이들에게 조선군은 괴상한 소리를 지르면서 벌떼처럼 달려들었다. 미군의 휠터 소령 예하의 박격포 부대가 조선군 위에 박격포를 무차별 발사하였다. 수십 명의 조선군들이 순식간에 죽어 나자빠졌다. 비록 더위에 지쳤다고는 하나 미군들은 최신 무기로 무장한 정예 병사들이었다. 더군다나 미군의 육전대는 상륙작전만을 전문으로 훈련된 병사들이었다.

"모두 물러나라!"

어재연 장군의 퇴각 명령에 따라 조선군은 모두 광성진의 보루 안으로 들어갔다.

이제 손돌목 해협을 장악한 미군은 거침없이 광성진의 보루를 향해 함포를 쏘아대고 있었다. 불기둥에 흙이 튀고 나무가 부러져 나갔다. 여기저기서 불이 붙어 조선군의 진지는 그야말로 아비규환이었다. 게다가 보루 바로 밑에까지 진격한 미군 육전대는 연신 소총을 쏘아 대었다. 조선군들은 고개를 들지도 못할 지경이었다.

포격이 끝나자 미 육전대는 광성진 성으로 기어 올라갔다. 조선군도 결사적으로 항전했다.

미 육전대의 머리 위로 총탄이 비 오듯 쏟아지자 그들은 신속하게 성벽으로 몸을 숨기며 응사했다.

조선군의 총은 솜 심지에 불을 붙여서 불이 타들어가야만 총알이 튀어나간다. 자연 시간이 오래 걸릴 수밖에 없다. 한 방을 쏘고 도화선이 타들어가는 사이에 미군들은 또 몇 걸음 앞으로 전진해 왔다.

어재연 장군은 칼을 뽑아들고 터지는 포탄 사이를 뚫고 다니면서 부하들을 격려했다.

"어찌 이 땅을 양이들의 발아래 더럽힐 수가 있다더냐? 모두들 죽음을 각오하고 싸우라. 죽음을 무릅써야만 살길이 열리느니라."

어재연 장군은 생각했다. 지난 병인년의 법국 군함들이 몰려왔을 때도 광성진에서 저들을 물리쳤다. 그 후 오늘과 같은 또 다른 외적의 내침이 있을 것에 대비하여 광성진에 새로 보(堡)를 구축하고 성벽을 튼튼히 세웠다. 그래, 여기 강화 광성진은 내가 뼈를 묻을 곳이야. 나의 이름을 더럽히지 말자.

어재연은 대장군을 표시하는 수자기(帥字旗)를 쳐다보며 주먹을 불끈 쥐었다.

조선군들은 정말 죽기를 각오하고 잘 싸워 주었다. 그러나 하늘은 조선군의 편이 아니었다.

부장인 동생 어재순이 곁으로 와서 소리쳤다.

"장군, 화약이 다 떨어졌소이다."

"칼과 창을 잡으라. 우리의 땅을 한 치도 적에게 넘겨주어서는 아니 된다."

장군의 결기에 부하들이 모두 일어섰다. 조선군들은 소름끼치는 고함을 지르면서 미군을 향해 내달렸다. 제일 앞에서 지휘하던 미군 장교 한 명이 조선군의 칼을 맞고 쓰러졌다. 맥키 해군 중위였다. 뒤이어 쉴리 해군 소령도 왼쪽 팔에 부상을 입었다. 쉴리 소령은 권총을 꺼내어 달려드는 조선군을 사살했다.

어재연은 장군 기(旗) 밑에서 결연히 외쳤다.

"이제 물러설 곳도 없다. 우리 모두 죽음으로써 이 나라 종묘사직에 충성을 다하자!"

햇볕에 장군도가 번쩍이자 마치 마술과도 같이 병사들이 들고 일어섰다. 그들은 죽은 동료들의 칼과 창을 집어들고 미군들을 향해 짓쳐 나갔다. 미군들도 그들의 기세에 눌려 뒤로 주춤주춤 물러나기 시작했다.

"고맙다. 나도 또한 너희들과 함께 여기 광성진에서 죽으리라."

조선군들의 광기가 잠시 이들 미국 해병대를 물리쳤다.

육전대의 지휘관 킴벌리 중령은 매키 대위와 부하 장교들을 불러 모았다.

"어떤가? 저들의 상황이?"

"창과 칼로만 덤비는 것으로 보아 탄약이 거의 바닥난 모양입니다."

"그렇지? 나도 저들의 총소리가 잠잠해진 것을 느꼈다네."

"이제 최후의 결전을 준비해야 할 때가 아닌가 싶군요."

"때가 되었네. 결사대 백 명을 선발하게."

매키 대위는 미국 극동함대의 육전대 중에서도 최정예 일백 명을 선발하였다.

해가 중천을 넘어갔다. 오늘도 또 하루를 넘기려나? 조선군들이 이런 생각에 잠겨 있을 때였다. 돌연 미군 병사들이 고함소리도 요란하게 달려오고 있었다. 저들의 전함에서 다시 포탄이 작렬하기 시작했다. 이제 저들의 최후 결전이 시작되는 모양이었다.

이 때 병사들 사이에서는 누구에서부터 시작된 것인지 모를 부채가 돌기 시작했다. 후일 일심선(一心扇)이라고 이름 지어진 부채이다.

부채살마다 각자 이름을 쓰기 시작했다. 한 사람, 두 사람, 드디어 동생 어재순의 이름을 거쳐 자신에게 그 부채가 전해졌다. 어재연도 이름을 적었다. 군데군데 이름이 흐려진 것으로 보아서는 필경 울면서 썼으리라. 대장군의 눈물도 부채 위로 떨어졌다.

시간이 흘러가자 조선군의 패색이 짙어졌다. 마침내 어재연 장군이 동생을 불렀다.

"너만은 살아남아서 조상의 묘에 제사라도 지내야 하지 않겠느냐? 어서 도망가거라."

"병인양요 때도 이시원 형제분은 죽음으로 충절을 보였습니다. 형님, 이 못난 동생도 그분들의 충절을 본받고 싶습니다."

"장하구나, 동생아."

오십 줄을 바라보는 형제는 서로를 부둥켜안고 울었다. 옆에서 지켜보던 부하들도 모두 주먹으로 눈물을 훔쳐 내었다. 해주, 풍천, 원주, 대구에서 높은 벼슬에도 계셨던 분들이다. 이런 어른들과 우리가 함께 죽을 수 있다니 이 얼마나 큰 영광인가.

과연 두 형제 장수들의 결기에 보답이라도 하려는 듯 조선군들은 끈질기게 저항했다. 그들은 항복 같은 건 아예 몰랐다.

마침내 매키 대위가 거느린 100여 명의 결사대가 성벽을 타고 넘어 들어왔다. 장총에 대검을 꽂은 미군들은 창과 칼을 들고 달려드는 조선군들을 무참하게 찔러 죽였다.

어재연은 피투성이가 된 몸으로 맨 앞에서 달려드는 미군을 향해 칼을 내 질렀다. 복장으로 보아 그가 미군의 지휘관인 것 같았다. 그가 휘청하는 바로 그 순간에 총탄이 어재연의 가슴팍을 꿰뚫었다. 어재연이 중심을 잃고 쓰러지자 동생 어재순이 달려왔다.

"형님!"

쓰러진 형을 부둥켜안고 있는 동생을 향해 세발의 총성이 울렸다. 매키의 부하들이 소총을 난사한 것이었다. 자신의 가슴 위로 동생이 무너져 내렸다.

그들의 머리 위에서는 수자기(帥字旗) 만이 무심하게 바람에 나부낄 뿐이었다. 이 전투에 참가한 미 해군 중령 블레이크는 훗날 회상기에 다음과 같이 적어 놓았다.

조선군은 비장한 용기로 도전해 왔다. 창과 검을 들고 미군을 향해 돌진했으며 탄약과 병장기가 없는 병사들은 성벽에 올라가 돌을 던지며 저항했다. 돌도 없는 병사들은 우리들의 눈에 흙을 뿌리기도 했다. 부상자들은 스스로 목숨을 끊었다. 불더미 속으로 뛰어들기도 했다.

그들 중 자발적으로 항복한 병사는 단 한 명도 없었다. 포로라고 기록된 20여 명도 온 몸에 상처를 입어 더 이상 움직일 수 없는 군사들이었다.

미군측이 집계한 조선군의 전사자는 모두 243명이었다. 물에 빠져 죽은 자가 100명 정도 있었다. 미군 측 전사자는 10명, 부상자도 10명으로 기록되었다.

1871년 4월 24일, 오후 3시 경, 미 해군 육전대 소속의 브라운 하사와 퍼비스 일병이 수자기(帥字旗)를 끌어 내리고 그 자리에 성조기를 게양함으로써 짧게는 어제와 오늘의 48시간 전투요, 길게 보면 3월 말부터 시작된 40일 간의 전쟁은 그 막을 내렸다.

이것이 조선 측에서는 신미양요(辛未洋擾)라고 기록된 전쟁이요, 미국 측에서는 작은 전쟁(A Little War)이라고 기록된 한미 간 최초의 전쟁이다.

그러나 광성진을 비롯한 다섯 개의 보루를 점령한 미군도 별로 신바람이 나지 않았다. 그들은 이번 전투를 문명국 대 야만국의 대결로 규정하고 손쉽게 이길 것으로 알았다. 그런데 천만뜻밖에도 조선군의 필사적인 저항으로 상상을 초월한 피해를 입었으니 신바람이 날 일도 아니었다.

킴벌리 중령은 전사자의 시체를 수습하고 초지진으로 퇴각하였다. 그러나 초지진조차도 그들의 안전한 은신처가 되지는 못하였다. 초지첨사 이염이 패잔병들을 모아 야습을 감행하였다. 킴벌리 중령은 결국 부하들을 이끌고 모선으로 퇴각하였다.

양쪽 모두가 패한 전투였다. 미국 해군사(海軍史)에는 이 한미전쟁을 '작은 전쟁'이라고 명명하고는 이렇게 평가해 놓고 있다.

참으로 이상한 전투였다. 이겼으면서도 이겼다고도 할 수 없는, 승전의 기쁨도 없고, 모든 장병들이 패잔병처럼 귀환한, 아무도 기억하고 싶지 않은 작은 전쟁(A Little War)이었다.

강화 앞바다까지 물러 간 로우 공사는 무엇인가 체면치레를 해야만 한다고 생각했다. 그는 초지첨사에게 부상병 20여 명을 보호하고 있으며 그들을 돌려보내고 싶다고 했다. 이 사실은 즉각 대원군에게 전해졌다. 그러나 대원군의 대답은 철벽같았다.

우리는 죽지 않고 적에게 사로잡힐 만한 군대를 가진 기억이 없노라. 포로를 인수할 의향도 없노라. 귀국의 마음대로 처단하라.

로우 공사와 로저스 제독은 또다시 기가 막혔다. 이런 나라도 있는가? 이렇게 전혀 말이 통하지 않는 나라도 이 지구상에 있을 수 있구나!

이제는 더 이상 어찌해 볼 도리가 없다. 생각 같아서는 부평 앞바다를 거쳐 한양 도성까지 치고 들어가고 싶지만 전면전은 대통령으로부터 위임받은 권한도 아니었다. 그리고 해군 장병들도 이 지긋지긋한 전쟁에서 어서 빨리 벗어나고 싶어 했다. 마침내 그들은 5월 16일 아침을 기해서 모든 함대가 강화 앞바다를 떠났다.

미국은 과연 대국다웠다. 미국 군인들은 지난번의 병인년 프랑스 군대와 같은 분탕질도 하지 않았다. 부녀자를 겁간하는 일은 더더욱 없었다. 그들에게 소득이 있었다면 사람 두길 정도는 되는 거대한 장군기를 노획한 깃과 일심선(一心扇)이라는 작은 부채 하나를 주운 것, 그리고 약간의 문화재뿐이었다.

경복궁의 초여름은 신록으로 무성하였다. 근정전의 앞마당에는 검은 돌로 된 석자 남짓의 비석이 서 있었다.

이날 아침, 고위 신료들에게는 근정전 앞으로 모이라는 지시가 떨어졌다. 모두들 무슨 일일까 하여 궁금해 하며 서성이고 있던 차에, 이윽고 대원군의 인도를 받아 고종이 천천히 그들 앞으로 발걸음을 옮기고 있었다. 임금과 대원군의 뒤로는 삼정승과 육판서가 따르고 있었다.

"오, 이것이 그 척화비(斥和碑)라는 말씀이오?"

"그러하옵니다. 우리 조선 강토를 만세토록 지켜 줄 비석이옵니

다."

흥선 대원군은 병조판서 이경하에게 읽으라고 지시했다. 이경하가 큰 몸을 하고 휘적휘적 비석 앞으로 가더니 모든 대신들의 간담이 서늘하도록 힘차게 읽어 내려갔다.

"서양 오랑캐가 침범해 오니 싸우지 않으면 화해가 있을 뿐인데, 화해를 주장하는 것은 곧 나라를 팔아먹는 행위이다 - 洋夷侵犯 非戰則和 主和賣國."

모두들 숨을 죽였다. 저렇듯 대원위 대감의 의지가 강하니 우리가 살길도 오직 척화뿐이로세. 대신들의 머릿속에는 모두가 그런 생각들뿐이었다. 단지 박규수 대감만이 뒤로 보이는 인왕산을 보며 한숨을 짓고 있었다.

이번에는 대원군이 비석 뒤로 돌아가더니 자신이 직접 읽어 내려갔다.

"길이 후세의 자손에게까지 경계하노라. 병인년에 만들기 시작하여 신미년에 세운다 - 戒我萬年子孫 丙寅作 辛未立."

이렇게 대원군이 기고만장해 있을 때, 돌연 도승지 정기화가 주상께 아뢸 일이 있다면서 가까이 왔다. 삼십여 명의 고관들의 눈이 일제히 정기화에게 쏠렸다.

"무슨 일인가?"

대원군이 날카롭게 쏘아보며 물었다.

"예, 아뢰옵기 황송하오나 초지진을 비롯한 다섯 곳의 보루가 모두 적병들에게 무참히 유린되었다 하옵니다."

"……"

일순간 모든 대소신료들의 숨이 멎었다.

"도대체 진무중군 어재연은 무엇을 하고 있었단 말이더냐?"

대원군이 카랑카랑한 목소리로 정기화를 질타하였다.

"강화에서 빠져 나온 병졸들의 말에 의하면 어재연 장군은 순직하였다 하옵니다."

척화비를 곳곳에 세워서 백성들의 전의를 불태우려고 했던 대원군에게는 청천벽력이 아닐 수 없었다. 조선에서 제일 총질을 잘 한다는 포수들을 골라 뽑아서 배치했고, 조선 제일의 무장이라는 어재연을 보냈다. 그런데도 패하였다면 저들의 선력이 어느 정도인지 짐작할 만 했다.

아, 지난 5년간 또 얼마나 공을 들여 강화도의 요새들을 다시 쌓았던가. 대원군과 모든 대신들이 침통해 하고 있을 때 종종걸음으로 동부승지가 다가왔다. 그의 손에는 장계가 들려 있었다.

"진무사의 장계 이옵니다."

미리견 군대가 광성보를 비롯한 다섯 군데의 보루를 모두 점령하였사오나 그들도 우리와의 전투에서 수많은 사상자를 내고 모선으로 도주하였나이다. 이에 조선 장졸들이 용기백배하여 다시 싸움에 임하여 잃었던 강화의 모든 보루를 되찾았나이다.

오, 그러면 그렇지. 모두들 쾌재를 불렀다. 임금의 표정이 살아나는 것을 눈치 챈 흥선대원군은 대소신료들을 돌아보면서 일장 훈시를 하였다.

"보시오. 어재연 장군 이하 이땅의 병사들이 죽음으로써 나라를 지켜내었소. 여기 이 척화비를 전국 방방곡곡에 세워서 우리들의 힘으로 양이들을 물리칠 수 있다는 사실을 만천하에 알려야 할 것이오."

13. 시아버지와 며느리의 한 판 승부

1871년 여름, 드디어 중전의 몸에 태기가 있다는 소식이 궐내에 돌기 시작했다. 그것도 왕자아기씨 같다는 진맥 결과였다.

이것을 미신이라고 해야 하나? 이상하게도 서양 오랑캐들이 나라를 한바탕 휘젓고 떠나가면 곧바로 궐에서 왕자아기씨가 태어나곤 하는 것이었다.

지난 병인년인 1866년에도 프랑스 군대가 강화도를 쑥대밭으로 만들고 온 나라를 두어 달간 공포의 도가니에 몰아넣었었다. 그들이 떠나자 그 다음 해에 마치 기다렸다는 듯이 이상궁이 아들을 낳았다. 아들은 곧 완화군에 봉해졌다.

완화군이 벌써 다섯 살이다. 그런데 이번에는 미국 군함들이 철수하자마자 중전마마께서 왕자아기씨를 잉태하였다는 소문이 돌기 시작한 것이었다. 가장 기뻐한 사람은 대왕대비 조씨였다. 그녀는 마치 자신의 일인 양 중전의 회임을 축하했다.

"경사예요, 경사. 이제야 대궐에 질서가 잡힐 모양입니다."

대왕대비 조씨가 중전의 손을 잡으며 하는 말이었다. 63세의 노대비는 야윈 손으로 민 중전의 손을 한참이나 꼭 잡고 있었다.

주름진 대비마마의 얼굴을 올려다보고 있던 중전의 눈에 기어이 이슬이 맺혔다. 한번 눈물샘이 터지자 흘러내리는 눈물을 주체할 수가 없었다. 이렇듯 따뜻할 수가. 대왕대비가 아니 계셨다면 자신이 어찌 오늘까지 버틸 수 있었을까.

"이제 앞으로는 나한테 문안하러 오실 필요가 없어요. 몸조리를 잘 하셔야지요."

"그래도…."

중전은 창덕궁 교태전 앞 꽃밭을 거닐면서 용마루가 없는 지붕을 하염없이 올려다보고 있었다. 용마루가 있으면 후손이 귀하다 하여 대궐 내에서는 오로지 교태전 한 곳에만 용마루가 없다. 그동안 얼마나 기다렸던 아기인가. 참으로 수모도 많이 당했다.

이상궁이 아기를 낳자마자 대원군과 부대부인이 얼씨구나 하고 찾아왔다. 대원군은 평소 이상궁을 귀여워하였으니 그렇다 치자. 그러나 시어머니인 부대부인조차 이상궁에게 넙죽 엎어질 줄은 정말 몰랐다. 들리는 말에 의하면 아기의 옷이며 이상궁에게 줄 선물보따리를 산더미처럼 싸들고 왔다는 것이었다.

그런 이상궁이 이제는 귀인(貴人)으로 올라섰다. 종1품의 품계이다. 이제 내명부에서는 정1품의 빈(嬪) 이외에는 더 이상 올라갈 품계도 없다.

그래도 자신은 일국의 국모로서의 위엄을 잃지 않고 처신했다. 속으로는 마음이 쓰리고 아프지만 새로 낳은 아기를 보기 위해 이틀에 한 번 꼴로 이 귀인의 처소에 가곤했다.

그때마다 완화군은 아버지인 임금의 품안에 있지 않으면, 할아버지인 대원군의 무릎에 앉혀있었다. 아기를 안고 얼러대는 그들 부자를 볼 때면 속이 뒤집어지는 충동을 느꼈다. 그래, 나도 어서 빨리 왕자를 낳아야지. 보란 듯이 왕자를 낳아서 대통을 잇게 해야지. 중전은 피눈물을 삼키며 그런 각오로 하루하루를 버티며 살아왔다.

3년 전 완화군이 첫 돌이 되었을 때의 일이다. 대원군이 완화군을 애지중지하니 조정의 백관들도 이귀인의 처소를 문턱이 닳아라하고 드나들었다. 이때에 대원군이 또다시 벼락같은 발표를 했다. 완화군을 세자에 책봉하겠다는 말이었다.

중전은 속이 탔다. 세자책봉이 무엇을 의미하는지를 모르는 조정의 신료들이 어디 있으랴.

바로 다음 대의 임금이 된다는 말이 아닌가. 완화군이 세자가 되고 그 다음에는 왕이 되고나면 나는 어떻게 되는가?

아니될 일이다. 중전은 임금을 움직였다. 그러나 역시 예상대로 임금은 별 말이 없었다. 아버지가 하시는 일을 어찌 나서서 가타부타 하느냐는 게 그 이유였다. 아, 나는 결국 이대로 여기서 주저앉아야 하는가?

이런 중전의 애끓는 심정을 이해하는 이들이 있었으니 바로 대왕대비 조씨와 김대비와 홍대비였다. 대왕대비 조씨가 결사적으로 반대했다. 아직 중전의 나이가 스무 살도 되지 않았는데 어찌 후궁의 몸에서 난 서자를 서둘러 세자에 책봉하느냐는 것이었다.

김대비도 여기에 가세했다. 자신의 집안인 안동김문을 싹쓸이 하여 벼슬길에서 몰아낸 데 대한 반감이 작용했다. 홍대비도 힘을 보탰다. 아무도 거들떠보지 않는 뒷방 늙은이를 날마다 하루도 거르지 않고 찾아와서 이런 저런 이야기도 해 주는 중전이 얼마나 고마운가. 내가 이번 기회에 보답을 해야겠다. 아마도 이런 심정이었으리라.

미리견의 해군 함정들도 두 달 전에 물러갔다. 창덕궁 교태전 앞 꽃밭은 백일홍과 맨드라미, 채송화와 같은 아기자기한 여름 꽃들이 한껏 자태를 뽐내고 있었다.

아주 무더운 한여름 날씨이다. 금방이라도 폭우가 쏟아질 것만 같다. 중전의 갸름한 얼굴에 땀이 송송 맺혔다. 김상궁이 나직한 목소리로 아뢰있다.

"중전마마, 민대감 어른 듭셔 계시옵니다."

"오라버니께서?"

중전이 약간 부른 배를 움켜쥐고 좌정하자 민승호는 호인 같은 얼굴을 싱글벙글하며 중전에게 그간의 세상 돌아가는 사정을 이야기하기 시작했다.

"이제 완화군을 세자로 책봉하는 일은 물 건너 간 모양이옵니다."

"어찌 그리 되었다 하오?"

"대왕대비 마마께서 조카 성하와 영하의 일로 대원위 대감과 아주 틀어졌다고 들었사옵니다. 조성하가 규장각의 대교로 있는 데도 계속 모른 척하고 계시다가 겨우 성균관 대사성으로 올려 주셨으나 그것 역시도 변함이 없는 한직인지라…."

그럴 것이다. 조성하가 정3품 대사성으로 승차된 것은 얼마 전의 일이다. 그렇게 보면 대원군은 여러 해의 세월을 조성하의 공을 모른 체하고 지내온 셈이었다.

조성하가 누구인가? 그 옛날 선왕이 갑자기 승하할때 조대비와 흥선군의 연결고리 역할을 해 주었던 인물이 아니던가. 그가 없었다면 과연 오늘의 대원군이 가능했을까? 과연 오라버니의 입에서 자신이 생각하던 바로 그 말이 튀어나왔다.

"조대비 마마께오서 매우 섭섭한 심기를 드러내셨다 하더이다. 천하의 주정뱅이요, 파락호인 그를 마마께서 알기나 하셨냐는 것이지요. 그런 그를 자신과 연결시켜 준 인물이 바로 조카 성하일진대, 어찌 그리 긴 세월을 모른 체 하고 내버려 둘 수가 있느냐고 하시면서요.

그 뿐만이 아니랍니다. 성하와 동갑인 사촌 영하 역시도 임금께서 보위에 오르실 제 벌써 정3품이었는데, 얼마 전에야 겨우 이조참의로 옮겨 주었다 하더이다. 대사성이나 이조참의나 결국 같은 정3품의 품계이니 그건 승차도 아닌 셈이지요."

임금께서 19세이시다. 내년이면 성년이 되시는 데 이제는 서서히 물밑 작업을 해야만 할 상황이었다. 요즘도 대원군은 모든 국사를 전단하니, 그의 하는 모양새로 보아서는 앞으로 5년이 아니라 10년이 지난다 해도 국왕의 친정(親政)은 요원할 뿐이었다.

그렇다면 임금은 대원군이 돌아가실 때까지는 허울뿐인 임금이요, 자신은 그때까지 대원군과 이귀인의 눈치를 보며 숨을 죽이면서 살아가야만 한다는 이야기가 될 것이었다.

중전은 고개를 들었다. 갸름한 얼굴에 반짝이는 눈빛이 더욱 총기를 자아냈다.

"성하, 영하 조카님들을 자주 만나세요. 내가 늘 감사하고 있노라고 전해주시고요. 머지 않아 기회가 되면 더 높은 품계로 올려 드릴 것이라 넌지시 일러두시고 그들의 생일도 알아보아 주세요. 때마다 선물을 보내어 그들을 확실히 우리 편으로 삼아두어야 하오리다."

민승호는 고개를 들고 중전을 바라보았다. 어쩌면 이리도 영민하실까. 들리는 소문에는 요즘 임금께서 중전을 자주 찾으신다니 이제는 어느 정도 상감의 마음도 돌아서신 모양이로세.

"그리고 규호, 겸호, 태호 오라버니와, 그밖에 모든 민씨 형제들과 조카들을 잘 보살펴야 할 것입니다. 시아버지께서 눈치 채지 못하게 실짝살짝 요직에 박아 두어야만 나중에 힘이 되오리다. 아니 뭐, 대원군의 몸이 열이라도 된답니까? 어찌 조정의 대소사를 혼자서 다 챙길 수가 있겠어요."

민승호는 고개를 끄덕였다. 턱과 볼에도 알맞게 살이 올라 있었다. 이제 마흔 두 살인 그는 풍채가 당당하고 적당히 살이 올라 있어 누가 보더라도 권세가임을 짐작하게 했다. 그렇지. 내게 매형이 신경 써 준 것이 무에 있는가. 그래도 나는 죽으나 사나 누이동생의 편에 붙어야만 하리라.

그는 잠시 머릿속에 대원군의 반대파들이 누구일지를 떠올려 보았다. 그들이 결국은 민씨 세력들과 합쳐서 우리 편이 되어 줄 사람들이기 때문이었다.

민승호가 중궁전을 나서고 조금 지나자 비가 후드득 소리를 내면서 떨어지기 시작했다. 비는 잠시 후 마치 하늘에 구멍이라도 난 듯이 쏟아져 내렸다.

중전은 밖을 내다보며 생각에 잠겼다. 오라버니가 저 빗속을 어찌 가시려는고. 혈혈단신이라고만 느꼈는데도 어찌 어찌하여 중전의 자리에 앉고 보니, 그래도 이래저래 민씨들이 꽤 많이 있었다. 그중에서도 승호 오라버니보다 여덟 살이 어린 민겸호는 상당한 재목이었다.

가을로 접어들어 풀벌레 소리가 제법 요란할 때 중전은 임금과 함께 경회루를 찾았다. 2층 누각에 서서 연못의 물결을 내려다보니 온갖 시름이 절로 사라지는 느낌이었다. 산들산들 가을바람이 불어올 때마다 중전의 치마폭이 바람에 날렸다. 근정전의 기와 너머로는 멀리 목멱산의 푸른 줄기가 보였다. 아, 아름다운 산하. 내가 살다 죽어갈 이 땅. 중전은 심호흡을 하였다. 방지(方池)의 물기를 머금은 공기가 더없이 감미로웠다.

벌써 경복궁으로 이어한지도 4년이 지났다. 과연 시아버지인 대원군은 강인한 사람이었다.

이렇게 엄청난 공사를, 그것도 외적이 끊임없이 침입해 오는데도 눈 하나 깜빡하지 않고 밀어붙여 완공한 그 뚝심 하나만 보더라도 가히 영웅이라 칭해도 손색이 없을 위인이었다.

그에 비하면 지아비인 임금은 나약하기 이를 데 없었다. 어찌 보면 지나친 효성이 그를 더욱 약하게 만드는 것인지도 몰랐다. 아버지 앞에만 서면 아무 말도 하지 못하고 말문이 막혀 버리니.

이때 임금이 기쁨과 감격에 찬 목소리로 중전에게 말을 건넸다.

"어떠시오? 과연 아버님께서 대단하시다는 생각이 들지 않소? 이 엄청난 역사(役事)를 이룩하실 분은 조선 천지에 아버님밖에는 아니 계실 것이오.”

중전이 아무 말이 없자 머쓱해 진 임금은 한 마디를 더했다.

“아버님의 마음속에는 조선의 왕실을 튼튼히 하자는 생각밖에 없을 것이오.”

아니라고 하고 싶었다. 그분의 권력에 대한 욕심이 더 클 것이라고 하고 싶었다. 그래도 중전은 속으로 꾹 눌러 참았다. 내가 어서 빨리 이 나약하신 임금을 보좌 위에 앉혀 드려야 해. 허울뿐인 우리 지아비를….

중전은 한 달 전에 승호 오라버니가 한 말을 되씹으며 마음을 더 굳건히 했다. 아무리 대원군이니 섭정이니 해도 결국은 임금이 마음만 먹는다면 못할 일이 무엇이겠습니까? 그래, 그렇지. 만백성의 아버지가 아니신가. 임금과 내가 한 마음만 된다면야.

임금에게 정치에 관심을 갖게 해야 하겠다는 생각에 화제를 자꾸 그런 쪽으로 돌렸다.

“전하, 민란이 그치지를 않으니 이건 분명 정치가 잘못된 방향으로 흘러가는 것이 아니고 무엇이겠사옵니까?”

“민란이라면 어느 민란을 두고 하시는 말씀이요?”

이제는 임금도 중전의 입에서 정치나 백성들의 살림살이에 관한 이야기가 자주 나오므로 서로 흉허물 없이 편하게 의논하는 상대가 되어 버렸다.

“민회행이 주도한 광양의 민란이 그것이고, 또 근자에 들어서는 진천과 문경 등지에서 발생한 이필제의 난을 두고 드리는 말씀이옵니다."

1869년에는 민회행이라는 인물이 광양 관아를 습격하는 사건이 있었다. 그는 모든 죄수들을 석방하고 창고에 쌓여 있던 양곡을 탈취하여 백성들에게 나누어주기까지 했다. 또 불과 몇 달 전에는 이필제라는 자가 충청좌도 지방을 휩쓸면서 민심을 교란시키며 돌아다녔다.

임금은 보면 볼수록 중전이 영특하게만 보였다. 중궁전 깊은 곳에 앉아 있으면서도 대소신료들의 이동소식을 모르는 것이 없고, 국내나 외국의 정세도 자신보다 더 많이 알고 있질 않은가. 과연 남자로 태어났다면 한 시대를 풍미할만한 인물임에 틀림없을 사람이었다.

"그 모두 다 진압되고 주모자들은 처형된 일 아니오?"

"그렇긴 하오나 나라가 안정되지 않아서야 어찌 백성들이 편안히 생업에 종사할 수가 있겠사옵니까?"

"그러면 어찌하면 좋겠소?"

"소첩의 생각으로는 암행어사를 파견하시어 민심을 살피심이 옳을까 하옵니다."

"암행어사라면 숙종 연간에 많이 활용했다던, 왕이 직접 파견하는 감찰사를 말하는 모양이구려."

고종은 고개를 끄덕이며 뒤를 돌아다보았다. 인왕산의 이끼 낀 바위가 지척으로 보였다. 산에서도 가을색이 배어나고 있었다.

"어허, 중전이 몸도 무거우신데 너무 오랫동안 나와서 서 계시질 않았소. 어서 안으로 드십시다."

임금은 낮에는 정사를 보고 밤이면 중궁전으로 왔다. 찾아와서는 남산만한 중전의 배를 어루만지며 흐뭇한 너털웃음을 터트리곤 했다.

왜 아니 그렇겠는가. 이 귀인에게서 난 완화군을 세자로 책봉한다는 말에 제일 당황한 사람은 실은 임금 자신이었다. 이제 앞으로 어찌 중전을 대해야 할지 눈앞이 깜깜하기만 했다.

그래도 내가 맞아들인 정부인이 아닌가. 그렇다고 자신이 반대한다고 해 보았자 고집을 꺾으실 아버지도 아니다. 참으로 많은 밤을 망설였다.

천만 다행으로 대왕대비마마께서 그 일을 없던 것으로 해결해 주셔서 얼마나 고마웠는지 모른다. 그런데 이제 다음 달이면 정비인 중전의 몸을 통해서 왕자가 태어난단다.

"왕자 아기씨이옵니다. 중전마마."

중전은 밑이 찢어지는 통증 끝에 어렴풋이 의녀가 기쁨에 겨워서 알리는 소리를 들었다. 의녀가 아기를 옆으로 데리고 왔다. 빨간 핏덩이의 아이가 눈을 꼭 감은 채 줄기차게 울어대고 있었다. 정녕 원자가 태어났단 말인가? 이게 꿈인가 생시인가? 너무 기뻐서 눈물이 그칠 줄 모르고 흘러 내렸다.

그때 산실청 밖에서 동령의 청아한 소리가 들렸다. 임금이 산실청 추녀 끝에 매달린 동령을 치는 소리였다. 궁중에서는 아기가 태어나면 임금이 동령을 친다. 민간에서 금줄을 걸어 놓는 것과 같은 습관이었다. 이 기쁜 소식은 삽시간에 대궐의 안과 밖에 퍼져 나갔다.

중전은 중궁전으로 되돌아와서 누워 있었다. 아기가 보고 싶어 미칠 지경이었다. 아기는 별실에서 의녀와 유모들이 돌보고 있었다. 그런데 궁녀들이 소곤거리는 소리가 자꾸 귀에 거슬렸다. 마침내 중전이 김상궁을 불렀다.

"무슨 일이 있다는 게냐?"

김상궁이 한참을 머뭇거렸다.

"왜 말을 못하고 서로 소근 대기만 한단 말이냐?"

"저어, 그런 것이 아니오라…."

"어허, 답답하구나."

"아기가 도무지 힘차게 울지를 않는다 하여…. "

"그러면 아직 젖을 물리지 않았던가?"

"네, 그러하옵니다. 원래 배 안의 것을 밖으로 다 내보낸 연후에야 젖을 물리는 법이온데, 왕자 아기씨께오서 아직도 변을…."

응? 그렇다면 이게 무엇인가 잘못된 게 아니던가? 벌써 이틀이나 되었는데….

"나를 일으켜 다오. 내가 가서 보련다."

김상궁이 궁녀들에게 지시했다.

"마마를 일으켜 드려라. 내가 가서 아기씨를 이리로 모셔 올 것이니라."

다시 본 아기의 얼굴은 약간 검정색으로 변해 있는 듯 했다. 중전은 가슴이 철렁하고 내려앉았다. 아기면 얼굴색이 빨갛게 되어 있어야 할 터인데? 의녀가 불려왔다. 그녀는 아기씨에게서 항문이 발견되지 않는다는 청천벽력 같은 말을 하는 것이었다. 그로 인한 대변불통이라는 증세란다.

"어서 빨리 상감마마를 모셔오지 않고 무얼 하는 게냐?"

서둘러 궁녀들을 대전으로 보냈다. 잠시 후 임금이 행차하셨다.

"어허, 고약한 지고, 이 무슨 변괴란 말이더냐?"

임금도 당황하기는 마찬가지였다. 옆에서 중전의 통곡소리가 들려왔다.

"어허, 어찌 눈물을 보이고 그러시오. 여기 용한 의원들과 의녀들이 있으니 그리 염려할 것 없소이다."

임금도 말을 그렇게 하기는 했으나 황당하기는 마찬가지였다. 생전 들어보지도 못한 쇄항(鎖肛)이라는 증세라니.

이 소식은 운현궁에도 그대로 전해졌다. 어제 아기를 보고 왔을 때만 해도 아무런 이상이 없었는데 어찌하여 이런 엄청난 소식이 전해지는고? 부대부인 민씨는 이 일을 어찌하랴 싶었다. 대원군도 천정만 쳐다보며 연신 담배만 뻑뻑 피워댈 뿐이었다.

대원군은 잠시 후 자리를 훌훌 털고 나섰다. 아무래도 임금을 만나 보아야만 할 성 싶었다.

부대부인과 함께 대궐에 들어 온 대원군은 임금을 찾았다. 임금은 편전에 혼자 우두커니 앉아 있었다.

"아버님!"

고종이 대원군을 보자 반가워서 소리쳤다. 대원군은 말없이 임금을 쳐다보았다.

"소자가 부족해서…."

말끝을 잇지 못하는 아들을 보자 측은한 마음이 들었다. 그리고 친 손자가 귀엽지 않을 리가 없다. 그나저나 이제 막 태어난 아기가 대변불통이라는 희한한 병에 걸렸다니 이를 어찌한단 말인가.

"어의들은 무어라 하고 있사옵니까?"

"탕제를 써야 한다는 어의도 있고 쇠붙이로 구멍을 내야 한다는 어의도 있사옵니다."

때마침 영의정 김병학과 호조판서 김병국 형제들이 입시했다. 그들은 대왕대비 조씨의 건강이 좋지 않아 대비 전에 문후를 들른 김에 대원군이 편전에 있다는 소식을 듣고 이곳으로 발걸음을 한 것이었다. 그들이 임금에게 예를 갖추자 대원군이 그들을 보면서 말문을 열었다.

"두 분 대감, 이 일을 어찌하면 좋겠소이까?"

그들도 처음 듣는 일이라 답답하기는 매한가지였다.

"이 일은 종묘와 관계된 막중지사입니다. 마땅히 대왕대비전에 아뢰고 하교를 받아야 할 줄로 아옵니다."

대원군과 김병학, 김병국은 서둘러서 대왕대비전으로 향했다. 그러나 조대비도 대책이 있을 리 없다.

"평생을 궐에서만 살아온 늙은이입니다. 내게 무슨 대책이 있겠소."

말을 마치고 땅이 꺼지게 한숨을 쉬는 모양으로 보아 무척 괴로워하고 계심에 틀림없었다.

대원군은 전의를 불렀다. 세 명의 어의가 동시에 달려왔다.

"어찌 방법이 없겠는가?"

"물 건너 왜국에는 항문에 구멍을 내는 서양의사가 여럿 있다고 들었사오나 아직 조선에는…."

"그러면 어찌하면 좋겠소?"

"탕제로 다스리심이 가할 줄로 아뢰나이다."

"운현궁에 100년 된 산삼이 있는데 그것을 끓여 먹이면 효험이 있겠는가?"

어의들은 서로의 얼굴을 쳐다보았다. 김병학과 김병국도 서로를 바라보았다. 항문이 막혔는데 산삼을 달여 먹인다? 모두가 자신이 없었다. 대책이 없으니 결국은 대원군의 의도대로 산삼을 달여 먹이기로 결정이 되었다.

이 소식을 들은 중전은 악을 써가며 반대했다. 항문이 막힌 아기에게 산삼을 달여 먹인들 무슨 소용이 있겠는가? 누가 생각해도 이치에 닿지 않는 일이었다. 그러나 어찌하랴? 어의들이건 의녀들이건 아무도 자신 있게 항문을 뚫을 수 있다고 나서는 사람이 없음에야.

중전은 반대하고 대원군과 어의들은 탕제를 써 보자고 하고, 이렇게 옥신각신 하는 사이에 또다시 이틀이 지나갔다. 벌써 4일간을 변을 보지 못한 아기는 얼굴색이 새까맣게 되어서 울어대기만 했다. 처음에는 울음소리가 제법 힘차게 들리더니 이제는 겨우 귀를 기울여야만 들을 수 있을 정도였다.

이렇게 해서 원자 아기씨에게 산삼을 끓인 탕약이 떠 넣어졌다. 안 먹겠다고 발버둥을 치는 아기의 코를 잡고 숨이 차서 입을 벌리는 사이에 탕약을 입안으로 떠 넣었다.

신기하게도 얼마 지나지 않아 아기의 혈색이 돌아오는 듯했다. 저녁나절이 되자 차가웠던 체온도 점차 따뜻해지기 시작했다. 모두들 100년 묵은 산삼의 효험이 있다고 입을 맞추었다.

중전은 그동안 미워하기만 했던 시아버지가 새삼 다시 보였다. 내일 쯤 입궐하시면 찾아가 인사를 드리리라. 중전이 이런 생각을 하고 얼마나 지났을까? 갑자기 왕자의 병세가 악화되었다. 급격히 신열이 올라 몸이 불덩이처럼 변하더니 그 작은 몸을 비틀대며 괴로워하기 시작했다. 중전은 울부짖었다.

"안 돼, 아기야, 죽으면 안 돼!"

옆에서 간호를 하던 의녀들이 안절부절 못하고 있는데 어린 왕자는 헥! 헥! 하면서 마지막 숨을 쉬는 듯 고통스러워했다.

얼마 지나지 않아 결국 작은 생명은 세상을 등지고 말았다. 해시(亥時)무렵으로 밤이 이미 깊어 있을 때였다. 동짓달의 을씨년스런 삭풍만이 대궐 안을 휘몰고 지나갔다.

섣달의 날씨는 매서웠다. 중전은 중궁전 서온돌에 누워서 산후조리를 하고 있었다. 이제 며칠만 있으면 설날이다. 여염집들은 설 준비로 부산하건만 대궐에서는 찬바람만 불고 있었다.

중전이 그렇게도 간절히 바라던 원자 아기씨를 닷새 만에 저 세상으로 보내었으니 어느 누가 감히 기쁜 낯을 하고 돌아다닐 수가 있겠는가? 모두들 쥐 죽은 듯이 조용히 처신했다.

대원군이야, 대원군. 내 아들을 그렇게 비명에 죽게 만든 장본인은 대원군이야. 내 기필코 이 원수를 갚으리라. 이런 생각에 사로잡혀서 자리에만 누워 있던 중전은 오랜만에 자리를 털고 일어나 앉았다. 정초가 되어서 승호 오라버니와 그 종제 규호 오라버니가 찾아 온 것이었다.

"그래, 우리 쪽 세력을 결집시키라고 한 일은 어찌 진행이 되어가고 있습니까?"

중전의 얼굴에서 웃음기라고는 찾아 볼 수 없었다. 대답도 신중히 해야만 할 것 같았다. 형제들은 서로 얼굴을 쳐다보았다. 민승호가 먼저 입을 열었다.

"흥인군 대감을 지난 섣달 그믐께에 인사차 찾아가서 만나 뵈었습니다. 제가 찾아 갔더니 뜻밖에도 버선발로 뛰어 나오시더이다."

흥인군 이최응, 그는 매우 단순한 사람이었다. 평소 뇌물을 밝혀서 동생인 흥선대원군은 그에게 큰 벼슬을 맡기지 않았다. 단순하니 또한 다루기 쉽지 않겠는가? 이것이 중전의 계산이었다.

"대원군의 형님으로 여태껏 대궐의 금위대장에 머무르고 계심을 중전마마께오서 심히 안타깝게 생각하고 계시더라고 전하였더니, 연신 궐을 향해 절을 하시더이다."

중전은 만족하다는 표시로 다시 고개를 끄덕였다. 민규호는 옆에서 듣고만 있었다.

"또 얼마 전에는 대원군의 장자인 재면 조카와도 한참 동안 이야기를 나누었사옵니다."

민승호의 보고에 의하면 이재면의 집은 운현궁의 담 옆에 붙어서 다 쓰러져가고 있더라는 것이었다. 이재면은 누이의 아들이니 사사로이는 민승호의 조카뻘이 된다. 그는 눈물을 흘리며 아버지가 자신을 얼마나 소홀히 하고 있는지 구구절절이 하소연했다는 것이다. 옆에 앉은 그의 처도 연신 눈물을 닦아내고 있더란다.

이재면은 대원군의 장자이다. 그러나 정실에게서 난 아들이 아니요, 말하자면 서출이다. 그래서 미운 털이 박힌 것일까? 대원군은 재면을 탐탁치 않게 여겼다.

그러다보니 벌써 그와 동문수학한 동무들은 정5품이 수두룩한데 자신은 아직도 정9품, 예문관의 검열이었다. 그래도 남들의 이목이 있어서 작년에 마지못해 올려준 것이 정8품 대교의 보직이었다. 검열(檢閱)이나 대교(待敎)나 한직이요, 미관말직의 벼슬이기는 마찬가지이다.

그들 부부는 중전이 하사한 황금 노리개와 비단을 보고 눈이 휘둥그레졌다. 이렇게 고마우실 수가, 이렇게 우리들을 잊지 않고 생각해 주시다니.

이조참판 민승호가 주축이 되어 알게 모르게 측근들을 요직에 앉히는 작업은 착착 진행되었다.

어떤 때는 대비마마의 간청으로 승차를 시켜 주었다. 어떤 날은 임금의 주청으로 자리를 하나 마련해 주었다. 또 어떤 날은 중전이 며느리인 자기의 입장을 보아달라며 대원군에게 청탁을 해 왔다. 그러니 또 아니 들어 줄 수도 없고….

이렇게 일 년을 지나가다보니 조정의 요직에서는 어느 새 민씨 성을 가진 고위관료들을 심심치 않게 볼 수 있게 되었다.

그러나 이때까지도 대원군은 저들이 감히 무슨 일을 벌이랴 싶었다. 어차피 상감은 나의 말이라면 다 들어 주시는데, 그리고 천하의 권세는 모두 내 손아귀에 있는데.

1873년 춘삼월이 되었다. 온 대궐에 꽃이 만발하고 신록이 파릇파

룻해 지는 시절에 대궐에도 봄기운처럼 따사로운 분위기가 피어나고 있었다. 바로 중전이 두 번째 아기를 잉태한 것이었다.

첫 아기를 잃고 다시 2년, 하늘도 무심치 않았던지 다시 회임의 기쁨을 안겨 주시었다. 중전은 회임이 확실하다는 어의의 진맥 결과에 흡족해하며 궁녀들과 함께 뒤뜰의 아미산을 향했다.

아미산은 야트막한 언덕에 온갖 기화요초를 심어 놓아 아름답기가 이를 데 없었다. 꽃나무 밑에 다다르자 왱왱거리며 벌들이 분주하게 머리 위로 날아다니고 있었다. 수백 수천 마리의 벌들이 내는 날개소리는 귀가 시끄러울 지경이었다. 살랑살랑 불어오는 봄바람은 그지없이 상쾌했다.

중전은 손을 꼽아보며 척족들이 어느 정도나 세를 구축하고 있는지를 따져 보았다. 오라버니인 민승호가 병조참판이다. 민겸호는 도승지이다. 민규호는 경기감사이다. 민영호는 강원감사이다. 민태호는 형조판서이다. 그 외에 조카들까지 따져보니 얼추 20여 명 이상이 병조에서 병권을, 호조에서 재정권을, 이조에서 인사권을 장악하고 있었다.

이쯤 되면 대원군과 한판 승부를 벌여도 승산이 있지 않을까? 임금이 벌써 스물셋의 보령이시다. 요즘 들어 시아버지는 오히려 더욱 조정을 쥐고 흔든다. 그렇다면 친정은 더더욱 요원한 일, 이제는 대원군과의 일전이 피할 수 없는 상황이 되어 버렸다.

중전이 생각하기에 도저히 나라의 문을 걸어 잠그고는 살아갈 수가 없을 것 같은데 시아버지는 요지부동이다. 이제는 뭔가 큰 결심을 하여야만 해. 이 상태로 계속 가다가는 병인년이나 신미년보다 더 큰 외침을 당할 게 틀림없어. 비록 아녀자의 몸이었지만 중전의 눈에도 그런 정도의 미래는 손에 잡힐 듯이 보였다.

그날 저녁, 중전은 임금과 마주 앉은 자리에서 그간 생각했던 바를 허심탄회하게 의논하였다.

"전하, 언제까지 왜국의 국서 수리를 거부하고 계실 작정이시옵니까? 그리되면 장차 큰일을 감당하기 어렵게 될 것이옵니다."

일본은 명치유신을 이루고 나서 근대화된 통일국가로서의 면모를 착착 갖추어가고 있었다.

그들은 또다시 조선을 호시탐탐 노리고 있다 한다. 그런 판국에 그들의 국서에 '천황'이니 하는 표현이 거슬린다고 하여 벌써 일년 반을 일본의 국서를 접수하지 않고 있는 것이다.

일개 섬나라의 미개한 것들이…. 이것이 당시 조선 관리들의 생각이었다. 그야말로 세상 변한 줄 모르는 우물 안의 개구리가 아니고 무엇이랴.

"국태공께서 저리도 완강하시니…."

임금은 말끝을 흐렸다. 중전은 그런 왕의 모습이 보기 딱했다. 어찌 일국의 임금으로서 이리도 나약하실까?

"왜국은 우리와 지척이요, 또한 최신 서양의 무기로 무장하고 있다 들었사옵니다. 임진년에 선조대왕께서 7년 동안이나 저들을 피해 다니시던 과거를 잊으시면 아니 되옵니다. 그들의 조총이 지금은 대포로 바뀌었다는 사실을 직시하셔야만 할 것이옵니다."

"어찌하면 좋겠소?"

"전하께오서 친정을 하셔야만 하오리다. 시아버님의 고집만으로 나라를 끌고 갈 수는 없는 일이옵니다. 이 나라는 상감마마의 나라이옵니다. 이제 상감께오서 친정을 하시겠다고 반포하시고 국태공께는 운현궁에서 편히 쉬시라 이르소서."

"아직도 아버님이 저리 왕성히 일하시는데 어찌 그렇게 할 수가 있겠소."

"전하, 소첩에게 여러 가지 계획이 있사옵니다. 한 번 소첩에게 이 일을 맡겨 보시옵소서."

"그래도 10년간을 이 나라를 이끌어 오셨는데 하루아침에 그분이 은퇴하신다면 나라에 혼란이 오지 않겠소?"

"아니 그럴 것이옵니다. 시아버님께서 지난 10년 동안 무슨 그리 대단한 일을 하셨사옵니까? 오로지 쇄국과 부패밖에는 더 있사옵니까? 양이들을 물리쳤다고는 하지만 그것도 서로 간에 미리 잘 상의하고 왕래하였더라면 다 피할 수 있는 전쟁이었사옵니다. 그리고 말씀드리기 황감합니다만, 그 전쟁들이 실로 우리가 이긴 전쟁이었사옵니까?"

그들이 피곤해서 물러가니 끝난 전쟁이었지요. 중전은 이 말이 목구멍까지 나왔으나 차마 하지 못했다. 행여 상감의 심기를 어지럽히면 모처럼 좋은 분위기를 깨트려 버릴 것 같았기 때문이었다.

그래도 중전은 단호한 표정이 되어 임금에게 바짝 다가서며 쐐기를 박았다.

"전하, 소첩을 믿어 주시옵소서. 저희 쪽에도 승호 오라버니를 비롯하여 많은 인재들이 있사옵니다. 뜻있는 충신들도 감히 대원위 앞이라 하여 말도 못하고 지내지 않사옵니까? 그들에게도 기회를 주어야 할 것이옵니다."

임금은 자신이 없었으나 중전이 집요하게 채근하니 별 방법이 없었다. 한번 맡겨 보자는 생각에 고개를 끄덕였다.

"중전의 생각대로 해 보시구려."

임금과 헤어진 중전은 민승호를 불렀다. 이 일은 임금이 대원군을 내치는 모양새가 되어서는 아니 될 것이었다. 밑으로부터 여론을 형성하여 자연스럽게 대원군이 물러나는 형국이 되어야만 백성들 보기도 편안할 것이란 생각을 했다. 이제 본격적으로 민승호와 이 문제를 의논 할 때가 된 것이다.

"3년 전 상소를 올렸던 최익현이란 자를 기억하시는지요?"

승호의 말이었다. 물론이다. 암, 기억하고말고. 대원군의 실정을 비판하는 상소였다. 그때 최익현의 상소문을 전해 듣고 얼마나 통쾌했는지 몰랐다. 그러나 당시는 이에 동조하는 세력이 없었다. 그 상소는 한바탕 소동을 일으키고는 이내 수면 밑으로 잠잠하게 가라앉아버렸다.

"그 최익현이 지금 고향에 낙향하여서 칩거 중이옵니다."

"그곳이 어디요?"

"경기도 포천 땅이옵니다."

"포천이라면 그리 멀지 않은 곳 아니요?"

"네, 그러하옵니다."

"그러면 최익현에게 사람을 보내세요. 대원군의 실책을 조목조목 지적하는 충분한 정보를 주란 말입니다. 아무래도 우리가 정보 면에서는 그보다는 더 낫지 않겠어요? 한 가지 당부할 일은, 꼭 오라버니께서 믿을 만한 사람을 보내야만 합니다. 자칫 잘못하면 우리가 위태로울 수도 있어요."

그러나 일은 전혀 엉뚱한 데서 터져 버렸다. 성균관 유생 중에 이세우라는 자가 있었다. 그가 동료들과 더불어 연명의 상소를 올렸다.

중전은 쾌재를 불렀다. 이렇게 고마울 수가. 우리 쪽에서 전혀 그들을 움직이지 않았음에도 불구하고 이런 상소가 올라온 것을 보면 필경 많은 백성들이 대원군의 섭정을 못마땅해 하고 있음에 분명하리라. 중전의 자신감은 두 배로 불어났다.

흥선대원군께서는 그간 국왕을 보필하시어 나라를 잘 다스리셨습니다. 특히 천주교를 물리치고 국방을 튼튼히 하여 두 차례 서양 오랑캐들의 침범을 과감하게 물리치셨습니다. 또한 여러 차례의 민란을 잘 진압하셨으니 이는 길이 청사에 남을 치덕이옵니다. 이제 그러한 공로를 기리는 뜻으로 대원위대감을 대로(大老)라고 부르시고, 앞으로는 편안히 쉬시게 하여 드림이 가할 줄로 사료되옵니다.

얼핏 겉으로만 보아서는 대원군을 칭송하는 것 같지만, 정작 핵심은 국정에서 손을 떼고 편히 쉬게 해 드리라는 데에 있는 것이다.

국왕도 기뻐했다. 더군다나 이 상소가 성균관 유생들이 연명으로 올렸다는 데 더 큰 의미가 있었다.

힘은 받았을 때 계속 밀어붙여야 한다. 중전은 이렇게 해서 최익현에게 사람을 보냈다. 한편으로는 임금도 움직여서 최익현에게 동부승지를 임명한다는 교지를 내리도록 했다.

그 교지를 민겸호가 받들고 포천으로 내려갔다. 지난 번 상소로 벼슬길에서 쫓겨난 최익현이 쉽사리 다시 중앙에 나오지 않을 것이란 점을 염두에 두었다.

면암(勉庵) 최익현, 그가 누구인가? 당대의 석학이라 일컫는 유림의 거두 화서 이항로의 수제자이다. 누가 옆에서 꼬드긴다고 함부로 움직일 사람이 아니다. 최익현은 몇 날을 걸려서 문장을 다듬고 다듬기를 반복했다. 스승이신 화서(華西) 선생님도 10여 년 전에 대원군의 만동묘 철폐 사건을 신랄하게 비난하시지 않았던가? 이참에 유생으로서의 기개를 밝히리라.

과연 최익현은 중전의 기대에 걸맞는 내용의 상소를 올렸다. 임금께서 하사하신 벼슬을 사직하는 변이었다.

신 최익현 대궐을 향하여 사배하고 삼가 아뢰나이다. 신이 연전에 소명을 받고 벼슬길에 올랐으나 얼마 되지 않아 견책당하고 파면을 당하였음은 전하께서 모두 아시는 일이옵니다.

신은 이를 다행히 여기고 향리에 쉬면서 고생을 달게 하고 벼슬하는 것은 감히 바라보지 못하였거늘, 왕명을 출납하는 승지 벼슬을 내리신다니 놀랍고 황송할 따름입니다. 근년에는 간신배들이 세를 이루고 곧은 선비가 사라지니 백성들은 가혹한 세금과 학정에서 벗어날 길이 없어 도탄에 빠져 죽지 못해 연명하고 있는 실정이옵니다. 또한…

그러나 조정은 대원군파가 득세하고 있음에야. 좌의정 강노와 우의정 한계원이 최익현의 상소가 부당함을 성토했다. 그러나 어차피 빼어든 칼이다. 임금도 여기에 지지 않았다.

"최익현의 사직상소는 충절에서 우러나온 것이다. 과인은 이를 높이 사서 그에게 호조참판을 제수하노라."

최익현의 상소를 두둔하시다니, 그러면 상소의 내용대로 조정에서 세를 이루고 있는 자기들이 간신배란 말인가? 무언가 일이 이상하다? 임금께서 전에 없이 저리도 직접 나서시는 모양새가….

이런 낌새를 눈치 챈 좌의정 강노와 우의정 한계원이 운현궁을 찾아왔다. 대원군에게 혹여 무슨 묘수라도 있을까 해서였다. 그러나 대원군은 더욱 더 측근들을 닦달할 뿐이었다.

"도대체 세상들이 무엇을 하고 있기에 일개 유생 놈의 상소 하나 제대로 처결하지 못한단 말이냐?"

대원군의 서릿발 같은 호령에 운현궁이 들썩거렸다. 이들은 쥐구멍이라도 찾고 싶은 심정이 되어서 돌아왔다.

강노는 북인 출신이요, 한계원은 남인 출신이었다. 안동 김씨로 대표되는 서인 일색의 조정에서 이들은 변두리 미관말직만을 떠돌았다. 그러던 것을 대원군이 집권하면서 당파를 초월한 인재 중용이라는 명분으로 이들을 요직에 앉혀주었다. 급기야는 정승의 반열에까지 오른 인물들이니 이들로서는 대원군이 죽으라면 죽는 시늉이라도 해야 할 판이다.

강노와 한계원은 사직을 하기로 작정하고 사직서를 올렸다. 도승지 민겸호가 이들의 사직서를 고종에게 바쳤다.

그러나 고종은 이들의 사직을 허락하지 않았다. 사직도 허락하지 않고 최익현을 두둔하시니 이들로서는 실로 진퇴양난의 기로에 놓여 있었다.

아무리 국왕이기로서니 삼사(三司)가 모두 들고일어난다면 임금께서도 어찌 하실 수가 없지 않을까?

사간원과 사헌부에서 사직서가 잇따라 올라왔다. 고종은 눈 하나 깜짝하지 않고 사직서들을 모두 처리했다. 그러자 이번에는 승정원과 홍문관도 가세했다. 그들의 사직서까지도 모두 가납하시었다. 이때서야 대원군은 일이 심상치 않게 돌아가고 있음을 깨달았다. 혹시 나를 겨냥하고?

이렇게 임금이 강경하게 나가자 대신들의 사직서도 주춤했다. 섣불리 사직서를 냈다가는 그날로 벼슬이 날아가 버리는 꼴이니 어찌 아니 그러하랴.

그러나 최익현을 비난하는 상소만 올라오는 것은 아니었다. 사헌부 장령 홍시형이 최익현을 두둔하고 나섰다. 그러자 그를 두둔하고 나서는 상소들이 줄을 이었다.

이럴 때 면암 최익현이 또다시 사직상소를 올렸다. 호조참판을 받을 수 없다는 핑계였으나, 그보다는 대원군이 물러나야 한다는 내용이 주를 이루고 있었다.

현재 나라의 폐단이 없는 곳이 없으나 가장 큰 잘못을 든다면 만동묘를 철거하여 군신간의 윤리가 무너진 것이요, 서원의 철폐로 사제간의 의리가 끊어진 것이요, 학문하는 유림의 사기를 크게 떨어뜨려

학문이 퇴보한 것입니다. 특히 토목공사를 위해 원납전을 받아 국법을 혼란케 하였으며, 전하의 보령이 어리다는 것을 기화로 하여 정치를 전횡하였으니, 이는 모두 전하께서 하신 일이 아니라 신하들이 성상의 총명을 가리고 저지른 잘못이옵니다.

이에 지금이라도 전하께서 친정을 반포하시고 모든 국사를 친히 결재하시며, 대원군은 다만 종친의 한 분으로서 지위를 높여주고 국록을 후하게 하면 족할 것으로 사료 되옵니다. 이제 앞으로는 더 이상 국정이 간신배들에 의하여 농락당하지 않도록 만사를 친히 재가하시옵소서.

만동묘(萬東廟)가 무엇인가? 임진란 때 조선에 구원병을 보내 준 명나라 신종과 마지막 황제인 의종을 제사지내기 위해 화양서원에 만든 사당이다. 만동묘를 없앴으니 조선이 중국을 상국으로 떠받들던 의리도 사라졌다는 말이다. 만동묘의 철폐건, 서원의 철폐건, 대규모 토목공사건, 원납전이건 모두가 다 대원군이 한 일이다.

지금 최익현은 이 일들이 다 잘못되었다고 성토하는 것이다. 아직도 대원군의 서슬이 시퍼런데 어찌 보면 목숨까지도 내놓은 무모한 도전이기도 했다.

대원군의 성정이나 대신들의 들끓는 여론으로 보아 최익현을 이대로 두면 무사하지 못할 것 같았다. 임금은 서둘러 최익현을 제주도로 유배 보내었다. 죄목은 상소문에 너무 과격한 문구를 쓴 것과, 부자간의 정리를 떼어버리려고 획책을 했다는 것이었다. 최익현은 의금부의 금부도사로부터 매우 융숭한 대접을 받으면서 제주도로 유배되었다.

11월 4일, 임금은 대신들을 사정전(思政殿)으로 불렀다. 모두들 무슨 일일까 궁금해 하며 삼삼오오 모여 들었다. 문무백관들이 모두 모인 자리에서 국왕은 폭탄선언을 해 버렸다.

　"과인이 용상에 오른 지 벌써 십여 년, 그간 과인이 여러 모로 부족하여 국태공께서 정사를 협찬해 온 것은 모든 백성들이 이미 알고 있는 일이라. 이제 과인이 성년에 이른 지도 수년이 지났으니 더 이상 친정을 미루는 것은 종묘사직에 대한 불충일 뿐 아니라, 국가의 백년대계를 위해서도 백해무익한 일이로다. 이에 과인은 감히 대왕대비 마마의 전교를 받들어 친정을 선포하는 바이다. 금일 이후로 모든 국사는 과인이 친히 결재할 것이니라. 국태공께서는 그간 국사로 심신이 피곤하실 터인 바, 이에 국태공을 대로에 봉하고 여생을 편히 쉬시게 할 것이라."

　국왕의 친정이 시작되는 순간이었다. 영돈녕 부사 겸 영의정 홍순목, 좌의정 강노, 우의정 한계원 이하 만조백관들은 모두 어안이 벙벙했다. 그들도 언젠가는 이런 날이 오려니 하고 생각했었지만 설마 이렇게까지 빨리 올 줄은 미처 예상하지 못했다. 정신이 빠져있는 신료들의 머리 위로 다시 고종의 왕명이 우렁차게 하달되었다.

　"도승지는 오늘의 왕명을 내일 아침 조보에 실어 널리 알리도록 하라."

　그들은 새로운 임금을 보는 것만 같았다. 그들의 앞에서 지엄한 명령을 내리고 있는 분은 옛날의 그 나약해빠진 임금이 아니었다.

　이틀이 지났다. 대원군의 처소인 운현궁에는 들락날락하는 발걸음이 눈에 띄게 줄어들었다. 전에는 인산인해를 이루던 앞마당도 한산했다.

대원군은 그간의 사태를 추적해 보았다. 조정의 대신들로부터 들은 이야기도 있고 내시 이민화로부터도 보고를 받았다. 지금까지의 정보를 종합해 보니 이번 일의 윤곽을 대략 짐작할 것 같았다.

민씨 척족들이 중전과 힘을 합했다는 것은 하나도 이상할 것이 없다. 당연한 일이었다. 단지 자신이 그런 눈치를 차리지 못한 것이 불찰이라면 불찰일 뿐이었다. 조성하, 영하 형제도 이해할 만했다. 별로 해준 게 없었으니까. 김병기까지도 좋았다. 안동 김문은 자신으로부터 가장 많은 피해를 본 쪽이니까.

그러나 형인 흥인군과 아들인 재면이조차도 중전과 한편이 되었다는 내목에서는 뒤통수를 얻어맞은 기분이었다. 아차! 싶었다. 형은 뇌물을 좋아하는 사람이니까 중전 쪽에서 조금만 공을 들였다면 쉽게 넘어갔으리라. 그래도 아들 재면이만은 영 믿는 도끼에 발등을 찍힌 기분이었다. 평소 '황소같이 미련한 놈'이라고 구박만 했던 것이 후회가 되기도 했다.

다음 날 아침, 날이 밝자마자 입궐을 하기로 하고 잠자리에 들었다. 밤새 잠이 오지 않아 뒤척였다.

아침에 부인이 조복을 꺼내 주면서 애처로운 눈초리로 바라보는 것이 자꾸만 마음에 걸렸다. '제발 이젠 그만 쉬세요.' 하는 것만 같았다. 거울을 들여다보았다. 거울에는 폭삭 늙은 노인이 자기를 쳐다보고 있었다. 이게 자신의 얼굴인가 싶었다.

내 나이가 몇이더라? 40인가? 50인가? 곰곰이 꼽아보니 54세이다. 어느 사이 내가 그렇게 되었나? 참으로 세월이 빠르기만 하구나. 10년이 넘는 세월을 앞만 보고 달려 왔으니 어찌 아니 그러하랴. 그래도 이렇게 주저앉을 수는 없나니. 무언가 매듭을 확실히 지어야지. 이것은 슬며시 밀려난 꼴이 아닌가.

대원군은 서둘러 대궐로 향했다. 밖은 비가 오려고 하는지 잔뜩 흐려 있었다. 간간히 빗방울이 떨어졌다. 동짓달에 웬 비? 그러나 날씨가 문제가 아니었다. 상감을 만나야만 할 일이었다. 필경 중전의 꼬임에 눈이 멀어 그렇게 하였으리라. 그러나 나를 만나면 다시 손바닥 뒤집듯 뒤집혀지고 말 것을. 이때까지만 해도 대원군은 어린 아들이 무엇을 할 수 있으랴 싶었다. 자기의 앞에만 오면 제대로 눈도 뜨지 못하는 임금이.

"웬 행차요?"

"이놈아 보면 모르느냐? 대원위 대감의 행차시다."

"아니 이놈들이 어디다 대고 놈 자야, 놈 자가?"

"아니, 이놈은 생판 처음 보는 놈일세?"

낯모를 수문장과 천하장안이 벌이는 수작이었다. 대원군은 수문장을 내려다보았다. 처음 보는 놈이다. 자기와 눈이 마주쳤는데도 그저 고개만 까딱할 뿐이었다. 수문장이 고개를 돌려 천하장안을 쳐다보면서 퉁명스럽게 한 마디 했다.

"왕명이오. 국태공께서는 앞으로 이 문을 쓰실 수 없다 하였소. 그런 줄 알고 돌아가시오."

천하장안도 난감해서 뒤를 돌아보았다. 옛날 같으면 '대원위 대감의 행차시오.' 하면 뛰어나와서 문을 열고 널브러지던 놈들이다.

"돌아가자."

대원군이 칵! 소리도 요란하게 침을 뱉었다. 틀린 일이다. 이렇듯 자신의 전용 출입문마저 봉쇄한 것을 보면 단단히 준비를 하고 벌인 일이리라. 돌아가서 기다려보자. 며칠 사이에 사람을 보내겠지. 설마 이 애비를 그대로 내버려두기야 하겠는가. 내 그때 가서는 저놈을….

대원군은 고개를 돌려 수문장을 다시 한 번 뚫어지게 쳐다보았다. 그 위세에 놈이 움찔하고 고개를 숙였다.

하루가 지나도 소식이 없었다. 그러기를 또 사흘, 대원군은 이참에 덕산의 선영에 성묘나 다녀오자며 길을 재촉했다. 어찌 알았는지 백성들이 연도에 나와서 눈물을 흘리며 반겨 주었다.

"대감마님!"

"대원위 내감마님!"

조금은 위안이 되었다. 그래도 백성들은 나를 버리지 않았군.

묘소의 봉분은 다시 잘 정비가 되었다. 몇 년 전에 독일인 오페르트라는 놈이 와서 무덤을 파헤치지 않았던가. 그 앞에 무릎을 꿇으니 오만가지 생각과 함께 눈물이 걷잡을 수 없이 흘러 내렸다. 대원군은 소리 없이 흐느껴 울었다.

내가 자식을 임금의 자리에 올려놓느라고 얼마나 고생을 하였던가. 때로는 술주정뱅이로, 때로는 노름꾼으로, 때로는 타락한 양반처럼…. 내가 지나갈 때면 상민들조차도 손가락질을 해대지 않았던가. 내가 그렇게 고생고생해가면서 왕위에 올려놓은 아들 재황이가 나를 배신할 리가 없을 것이다. 암, 그렇고 말고.

운현궁에 되돌아 왔는데도 사태는 아무 것도 달라진 게 없었다.

앞마당은 텅 비어 있었다.

오히려 대궐에서 나왔다는 낯선 군사들이 잡인들의 출입을 막는다며 번을 서고 있는 게 아닌가? 이놈들이 나를 아예 산송장을 만들려고 작심한 게로군. 대원군은 어금니를 앙다물었다.

14. 대원군의 반격

숨 가쁜 암투가 끝이 났다. 대원군이 패하고 물러난 것이다. 임금의 직접 정치가 시작되었다. 1863년에 왕위에 올랐으니 꼭 10년 만에 왕권을 되찾은 셈이다. 이제는 그 누구의 간섭도 받지 않고 당당히 국사를 처단할 수 있게 된 것이다.

고종은 아버지를 내친 게 마음에 걸리긴 하였으나, 다른 한편으로는 새로운 힘이 용솟음치는 것을 느꼈다. 서둘러 삼정승을 새로 임명했다.

영의정에는 이유원을, 좌의정에는 큰아버지인 이최응을, 그리고 우의정에는 개화파의 거두인 박규수를 임명하였다. 대원군을 몰아내는 데 힘을 보탠 대왕대비 마마의 기대에 보답하기 위해 조카인 조성하를 평안감사로 내보냈다. 이제 서른 살이니 엄청난 출세였다.

어제는 광화문 앞에 있는 좌포청의 감옥과 전옥서도 방문하였다. 전옥서는 형조의 죄인들을 가두어두는 곳이다. 좌포청과 담을 하나 사이에 두고 있다.

대궐로 돌아오자마자 왕의 친정(親政)을 축하하는 의미에서 사면령을 내렸다. 강화도의 국방도 더 튼튼히 하라 하였고 경상도와 함경도 지방의 변방도 방비를 더욱 강화토록 지시하였다.

좋은 일이건 나쁜 일이건 연속으로 생기는 습성이 있는 모양이다. 이 무렵 중전은 산달을 얼마 남겨두지 않고 있었다. 한번 아기를 낳기 시작하자 계속하여 아기가 들어서는 것이었다.

아무리 기다려도 대궐에서는 감감소식이었다. 대원군은 또 차비를 했다. 이번에는 양주의 직곡(直谷) 산장으로 향했다. 곧은 골이라는 동네이다. 몇 년 전에 마련해 둔 별장이다.

그를 반기는 것은 초겨울의 을씨년스런 바람과 맑은 시냇물뿐이었다. 대원군은 눈을 들어 멀리 남녘을 응시하였다. 커다란 세 개의 바위 봉우리가 보인다. 북한산이다. 그 밑으로 임금이 계신 대궐이 있을 것이다. 무엇이 잘못되었을까? 곰곰이 생각해도 도저히 모를 일이었다. 그렇게도 고분고분하기만 했던 임금인데….

난(蘭)을 치기 시작했다. 그는 난 그림에 일가견이 있었다. 낙척왕손 시절 난을 그려서 권문세가(權門勢家)를 기웃거리며 한두 점 팔아가며 살아가던 시절이 있었다.

다시 그 시절로 돌아온 느낌이었다. 먹의 향기가 코끝을 스쳤다. 화선지 위에 한 획을 그었다. 줄기가 되었다. 옆으로 그었다. 바위가 되었다. 위로 들어 올렸다. 난초의 잎이었다. 이렇게 하기를 얼마간, 한 폭의 아름다운 석파란(石波蘭)이 완성되었다.

여기까지 따라온 사람이라야 천하장안 네 명의 건달들과 충복 박가, 여기에 신철균이 가세했다. 여자라고는 단 한 명, 낙척왕손시절부터 가까이 했던 해월이가 와서 시중을 들고 있을 뿐이었다.

그 일이 벌써 5년 전인가 보다. 오페르트라는 독일 놈이 와서 아버지 남연군의 묘를 파헤치던 사건이 있었던 일이. 신철균은 그 때 영종첨사를 했던 무관이다. 영종도를 침범해서 분탕질을 해 대던 해적 놈들을 물리치고 그 중 두 명이나 사살하여 그 수급을 대원군에게 보냈다. 그때의 기상이 하도 늠름하여 대원군이 곧바로 진주 병사(兵使)로 승차시켜 내려 보냈다.

그런 그가 대원군이 권좌에서 물러나기가 무섭게 그 자리에서 쫓겨난 것이다. 대원군은 감개가 무량했다. 비록 떼거지로 온 것은 아니지만 중전 측의 감시가 심할 터인데, 어찌 그런 감시망을 무서워하지 않고 이곳까지 왔을까. 그래, 너는 과연 무관이로구나.

신철균은 대원군 앞에 꿇어 엎드려 눈물만을 흘릴 뿐이었다.

"국태공 저하!"

"울 것 없느니라."

이놈이 어찌하여 나의 심기를 울적하게 만드는가. 대원군은 고개를 돌렸다.

신철균은 인사를 마치자마자 사랑으로 건너가더니 천희연, 하정일, 장순규, 안필주의 네 명 패거리들과 밤새 술추렴을 해댔다. 다음날도 마찬가지였다. 그러더니 사흘 째 되는 날 새벽녘에는 모두가 어디로 온다간다 말도 없이 사라졌다. 그리고 또 사흘이 지나자 다시 모였다.

저놈들이 도대체 무슨 일을 꾸미고 있갔는가? 대원군조차도 의심이
들었다.

중전은 회임 8개월째로 접어들고 있었다. 이 무렵 대왕대비 전에
서는 저녁마다 중전을 위한 태교 강연이 있었다. 나이 많은 의녀들이
회임 시에 지켜야 할 마음가짐에 대하여 강론하는 행사다. 지난 번에
태어난 공주도 불과 여덟 달 만에 죽었으니, 이번에만은 튼튼하고 영
리한 왕자 아기씨를 생산하라는 대왕대비 마마의 염원이 담겨 있는
강의였다.

한참 강연이 진행되고 있을 무렵, 돌연 천지를 뒤흔드는 폭음소리
가 바로 지척에서 들렸다.

"불이야, 불이 났다!"

"중궁전이다. 중궁전에 불이 났다."

대왕대비와 중전도 궁녀들의 부축을 받으며 밖으로 뛰쳐나왔다.
저 아래로 보이는 불길은 밤하늘을 붉게 물들이고 있었다.

순희당에서 시작된 불은 삽시간에 교태전으로 옮겨 붙었다. 군사
들과 내시들과 궁녀들이 하나가 되어 물동이로 연신 불길 속에 물을
뿌려 대지만 불길은 여간해서 잡힐 줄을 몰랐다.

"중전마마, 자기유황이 폭발하였다 하옵니다."

자기유황이라면 폭탄을 만들 때 쓰는 물질이 아닌가? 다행히도 임
금은 무사하시단다. 다른 인명피해도 없었다. 불은 밤새 타올랐다.

다음 날 화재에 대한 진상조사에 들어갔다. 중전의 침전인 교태전
을 비롯한 행궁만도 자그마치 188칸이 소실되었다. 여기에 딸린 부

속건물까지 합치니 무려 400칸의 전각이 하룻밤 사이에 잿더미가 되어 버린 것이었다. 자기황은 중전의 침소인 교태전과 바로 옆 건물인 순희당 아궁이에 매설되었다는 것이었다. 분명 중전의 목숨을 노리고 벌인 치밀한 거사였다.

곧바로 좌우 포도청에 범인을 색출하라는 지시가 떨어졌다. 포도대장 이하 모든 관원들이 눈에 불을 켜고 장안을 이 잡듯 뒤졌으나 범인은 어디에 숨었는지 나오지 않았다.

"궐내에 분명 외부인과 내통한 자가 있을 것이다. 궐의 사정을 모르는 자가 어찌하여 내 침전에 자기황을 묻을 수 있다더냐?"

중전의 호통소리에 애꿎은 궁녀들과 내시들이 불려가서 혹독한 문초를 받았다. 그래도 아무런 단서를 잡지 못했다. 정말로 치밀하게 준비된 사건이었다.

절반 가까이나 타버린 경복궁에서 어찌 정사를 볼 것인가. 왕실은 12월 20일 다시 창덕궁으로 이어하였다.

1874년 갑술(甲戌)년의 새해가 밝았다. 지난해의 악몽을 떨쳐 버리라는 듯 왕자 아기씨가 탄생하였다. 경사가 난 날은 2월 초 여드레이다. 그 이름을 척(拓)이라고 지었으니 후일의 순종황제이시다. 임금은 원자의 탄생을 경축하기 위하여 과거시험을 치르도록 하였다. 북산너머 춘당대에서 증광시가 실시되었다. 김윤식이 장원을 하였다.

양주 곧은 골의 대원군이 칩거하는 산장에는 별다른 변화가 없었다. 변하는 게 있다면 계절 따라 옷을 갈아입는 나뭇잎이요, 날마다 피고 지는 꽃잎뿐이었다. 별로 찾아오는 사람도 없다, 가끔씩 신철균과 전 승지였던 안기영만이 들락거릴 뿐이었다.

신철균과 안기영은 모든 면에서 극명한 대조를 이루었다. 신철균은 우락부락한 얼굴에 키도 구척장신인데 얼굴에는 수염이 절반을 덮었다. 안기영은 작달막한 키에 얼굴도 새하얗고 전형적인 샌님의 상이다. 그래도 대원군은 이들의 출입이 싫지 않았다.

몇 달 전에는 천하장안이 한참 만에 돌아오더니 입이 함지박만 하게 벌어져서 주절주절 이야기보따리를 풀어 놓았다.

"중궁전이 폭삭 했습니다요."

"경복궁이 400여 간이나 잿더미가 됐습니다요."

어떻게 지은 경복궁인가? 당연히 대원군의 마음은 쓰라려야 했다. 그런데 묘하게도 그렇질 않았다. 오히려 무언가 꽉 막혔던 체증이 내려가는 기분이있다.

단풍이 붉게 물들자 기다렸다는 듯 서리가 내렸다. 직곡 산장은 더욱 을씨년스러웠다.

그래도 북적이던 천하장안과 신철균이 있을 때는 몰랐는데, 그들이 갑자기 온다간다 말도 없이 종적을 감추자 더욱 황량했다. 그저 충복 박가만이 부지런히 장작을 마련한다, 불을 지핀다하며 수선을 떨 뿐이었다. 그렇게 적막하게 지내기를 또 얼마나 했을까? 대원군은 또다시 엄청난 소식을 들었다.

민승호는 그 무렵 상중이라 벼슬길에서 잠시 비켜서서 상을 치르고 있는 중이었다. 그래도 모든 일이 민승호와 중전을 거치고서야 처결되게끔 되어있으니, 승호의 집은 문턱이 닳아 떨어져 나갈 지경이었다.

그는 얼마 전부터 열 살 된 아들의 건강이 좋지 않아 산사의 스님들로 하여금 백일치성을 올리도록 해 놓고 있었다.

막 저녁상을 물리친 즈음이었다. 청지기가 붉은 보자기에 싸인 함을 들고 왔다. 조금 전 어떤 스님이 들고 와서 전해 주더라는 것이었다.

"스님은 어디 계신가?"

"이것만 전해주고 급히 가셔야 한다면서 떠나셨습니다요. 서찰도 들어 있으니 꼭 읽어 보시라고 하던뎁쇼?"

붉은 보자기를 끌러보니 과연 그 안에 흰 봉투가 들어 있었다. 선물은 다시 한 번 노란 비단으로 쌓여 있었다.

"어허. 무엇인고?"

민승호가 서찰을 개봉하자 거기에는 단정한 글씨로 다음과 같이 적혀 있었다.

이 함 속에는 영험한 물건이 들어 있사오니 반드시 대감께서 혼자만 보셔야 부정을 면하오리다.   — 일해(溢海)

일해? 일해가 누구일까? 아무리 생각해도 아는 스님 같지가 않았다. 이때 아들과 이씨가 기웃거리면서 그 함을 들여다보았다. 계모 이씨는 자영이 중전으로 간택될 때까지 함께 어려운 생활을 해 온 여인이다. 지금은 한창부부인이라는 첩지를 받아 그야말로 호강을 누리고 있었다. 아들도 호기심이 가득한 눈으로 아버지를 채근해 댔다. 함에는 열쇠 구멍이 있고 그 옆에는 붉은 색실이 달린 금빛 찬란한 열쇠가 매달려 있었다.

기어이 아들이 호기심을 억누르지 못하고 함을 열었다. 그 순간 엄청난 폭음과 함께 온 방안이 풍비박산이 나 버렸다. 벽과 천정이 와르르 무너져 내렸다. 불길과 함께 화약 냄새가 온 방안에 진동했다. 하인들이 우르르 물려왔다. 취련이도 서둘러 별채에서 뛰쳐나왔다.

"대감마님!"

"도련님!"

모두들 아우성인데 연기가 조금 가시고 나자 방안의 참혹한 광경이 눈에 들어왔다. 민승호의 한쪽 팔은 저만큼 벽 쪽에 날아가서 꿈틀대고 있었다. 아이는 새까맣게 그슬린 채 가슴에서 피를 울컥울컥 쏟아내고 있었다. 한창부부인 이씨는 치마가 모두 찢긴 채 하초를 드러내고 있었다. 내당에서 있다말고 뛰쳐나온 민승호의 부인은 그 자리에서 졸도해 버렸다.

한 세상을 주름잡던 병조판서 민승호가 그렇게 허무하게 간 것이었다. 이제 한창 나이 45세였다.

이 소식을 들은 중전은 치를 떨었다. 대원군, 그 늙은이가 죽기로 작정을 하였구나. 그 즉시로 왕명이 떨어졌다. 의금부는 물론 좌우포청과 가용할 수 있는 인원이 모두 동원되었다. 자기황을 수입한 적이 있는 장사치들이 모조리 잡혀 들어왔다. 인근 사찰의 중들도 덤터기를 썼다. 그러나 아무리 뒤져도 범인은 또다시 어디로 숨었는지 나오지 않았다. 이 사건 역시도 미궁에 빠져 버렸다.

그로부터 두 달 후, 이번에는 우의정 이최응의 집에서 화재가 발생했다. 돈만 밝히는 흥인군 이최응은 제일 먼저 열쇠꾸러미를 챙겨 들고 집 밖으로 뛰쳐나왔다.

중궁전에서 자기황이 폭발하였고, 뒤이어 민승호가 폭사하였고, 이번에는 흥선군의 형인 이최응의 집에 방화라. 이젠 삼척동자도 그 범인이 누구라는 걸 알아차리게끔 되어 버렸다. 그러나 심증만 있지 물증이 없음에야….

그러던 중, 자기황을 잘 다루는 자가 있다는 고변이 들어왔다. 그 자를 잡아서 죽도록 때리며 문초를 하였더니 자기가 신철균의 문객 이라는 사실을 자백했다.

그럼 그렇지. 신철균이 누구인가? 바로 대원군의 심복이 아니더 냐. 아연 수사는 활기를 띠기 시작했다. 신철균이 의금부에 잡혀 왔 다. 반죽음 상태에까지 국문을 하였으나 끝내 입을 다물었다. 이제 조금만 더 고문을 하면 아마도 절명하리라.

누가 매에는 장사가 없다고 했던가? 정신이 가물가물할 무렵 신철 균은 고문을 이기지 못하고 세 건 모두가 다 자기의 소행이라고 자 백해 버렸다. 그는 많은 구경꾼들이 보는 앞에서 효수(梟首)되었다. 저녁 무렵 새남터에는 까치 떼가 몰려들어 신철균의 떨어져 나간 목 과 시체를 쪼아 먹었다.

이보다 조금 앞선 1873년 4월, 일본 어부 몇 명이 청나라의 섬 대 만에 표류한 일이 있었다. 그들은 그곳에서 대만 원주민들에게 살해 당했다.

이 사실을 기화로 삼아 일본은 대만에 출병하여 어렵지 않게 대만의 섬 전체를 석권하였다.

그러나 서구 열강의 이목도 있는지라 아예 점령해버리지는 못하였고 적당한 선에서 배상금을 받고 물러나기로 합의했다.

그런데 이 배상금이란 게 실로 엄청난 거금이었다. 일본은 국내에 남아돌아가는 게 군인이요, 근년 들어 해군력을 강화하여 새로운 군함들에 대한 성능시험도 해 보고 싶어 몸이 근질거리는 판이었다. 그런데 단 한 번 출병으로 이런 엄청난 액수의 보상금을 받았으니 장사도 이렇게 수지맞는 장사가 있을 수 없었다. 그들은 눈에 불을 켜고 그 다음 대상지를 찾고 있던 중이었다. 그게 바로 조선이었다.

부산에 이사관으로 파견 나와 있던 일본인 모리야마 시게루라는 자가 있었다. 그는 일본 외무성에서 외무대승이라는 높은 지위에 있던 자였다. 그는 당시 조선의 정세를 자세히 일본에 전했다.

지금 조선은 대원군과 왕비와의 반목이 심하여 다른 일에는 전혀 신경을 쓸 수 없는 형편입니다. 따라서 이런 때에 약간의 함선과 병력을 동원하여 무력시위를 벌이면 후일 큰 노력 없이도 조선을 굴복시킬 수 있을 것입니다.

일본은 이 건의를 받아들여 그해 4월에 운양호, 춘일호, 제2정묘호 등 세척의 군함을 부산 앞바다로 내보냈다. 그들은 부산훈도 현석훈을 위시한 조선 측 관료 17명을 제2정묘호 선상으로 초대하였다.

의자를 내어 놓는다, 마실 것을 내온다하여 조선 사신들 모두가 어리둥절해 있는데 그들은 느닷없이 훈련을 하니 잠시 참관해 달란다. 제2정묘호는 저만치 까마득하게 떨어져 있는 운양호를 향해 맹렬한 포사격을 해댔다. 천지를 뒤흔드는 포성이 울리고 화약 냄새가 진동하니 이들 조선 관원들은 그야말로 혼비백산하였다.

일본은 얼마 뒤에 맹춘호와 고웅호 등 두 척의 함선을 추가로 파견하여 이들이 돌아가며 부산 앞바다를 휘젓고 다니니, 그야말로 부산 백성들은 공포에 질려 벌벌 떨게 되었다.

대원군이 축출된 지 어언 2년, 전국에서 대원군을 다시 모셔 들이라는 상소가 그칠 날이 없었다. 대원군이라면 이런 왜의 횡포에 능히 대처했을 것이란 생각에서였다. 임금이 나약하여 이런 수모를 당하는 것이라고 불만을 터뜨렸다.

어느 날 중전은 민규호와 머리를 맞대고 묘안을 짜냈다. 다음 날 중전은 선물을 바리바리 싸들고 대왕대비 조씨를 찾았다.

"마마께오서 대원위 대감을 곧은 골에서 내려오시도록 하여주셔야 하겠나이다."

평소에도 중전의 말이라면 거절하지 않던 대왕대비이다. 그녀는 즉시로 언문 교지를 써서 인편에 양주의 직곡 산장으로 보내었다.

그곳에도 소문이 닿았을 것으로 아오. 요즘 국사가 하도 다난하여 심히 우려스럽소. 이런 때에 대감의 지혜와 경륜을 어찌 썩혀 둔단 말이오. 이제 꽤 오랜 세월 휴양을 하셨으니 내려 오셔서 여러 가지로 지도하여 주셔야 하겠소. 부디 이 늙은이의 청을 뿌리치지 말아주오.

임금의 전교는 아니지만 그래도 이만하면 체면은 서지 않았는가? 그러면 그렇지. 제깟 것들이 하긴 무얼 해. 이제 2년여가 다 되어오니까 드디어 바닥이 드러난 모양이로구먼. 대원군은 양주의 직곡 산장을 떠나 한양으로 돌아왔다.

이 소식을 어찌 알았는지 연도에 백성들이 하얗게 나와서 대원위 대감의 귀경을 반기고 있었다. 대원군은 해가 저물 무렵에 운현궁에 당도하였고 그 다음 날에는 국왕도 알현하였다.

비록 짧은 대면이었지만 그래도 그럭저럭 체면유지는 한 셈이다. 그리고 다시 운현궁으로 돌아왔다.

그러나 하루, 또 이틀이 지나도 궁으로부터는 아무런 기별이 없었다. 분명 무슨 일을 어찌어찌 해 달라고 부탁이 있어야 할 터인데…. 그 의문은 3일째가 되는 날 풀렸다. 운현궁의 밖을 보니 무장한 군사들이 벌떼처럼 달라붙어 궁을 에워싸고 있는 게 아닌가.

"웬 군사들이냐?"

"궁을 경비하러 나왔다 하옵니다."

그때가 되어서야 대원군은 자기가 또 꼼짝없이 잡힌 신세가 되었음을 깨달았다. 아하, 이놈들이 나를 모셔오라는 상소가 그치지 않으니 일단 데려다가 감금시키는 모양이로구나.

그해 여름, 엄청난 장마 비가 쏟아졌다. 경기 일원에서만 수백여 호의 가옥이 침수하고 무려 쉰 네 명이 홍수로 인해 목숨을 잃었다. 이런 흔치 않은 천재지변의 상처가 채 가시기도 전에 이번에는 일본의 배가 강화도 앞바다에 모습을 드러내었다.

국서를 받으라고 해도 차일피일 미루기만 하는 조선에게 아주 따끔한 맛을 보여주자는 속셈이었다. 그들은 함경도 앞 영흥만 일대 동해안을 어슬렁거리며 기회를 엿보다가 일본으로 귀국하여 함대를 재정비한 후 본격적인 도발을 하려고 서해안에 들이닥친 것이었다.

운양호는 인천 앞바다에 정박해 있고 양무함은 수로를 측정한답시고 강화도 앞에까지 이르렀다. 여차하면 한강을 거슬러 올라올 기세였다. 운양호의 함장인 이노우에 료우케이(井上良馨) 해군소좌는 대담하게도 부하 수병 몇 명만을 데리고 작은 배에 옮겨 탄 후 초지진 바로 코앞까지 접근했다. 조선 측의 사격을 유도해 낼 심산이었다.

초지진 포대에서 지체 없이 대포를 쏘아대자 일본군은 서둘러 모선으로 귀환하였다. 그리고 이를 핑계 삼아 이번에는 영종도로 함수를 돌리더니 영종도에 맹포격을 하기 시작했다.

애당초 싸움이 되지 않는 전쟁이었다. 저들의 군함 운양호는 불과 2년 전에 영국으로부터 수입한 최신예 군함으로 대포의 구경도 한 뼘이 넘는데다가, 사정거리만도 5천여 보에 달했다. 반면 조선 측의 대포는 불과 반 뼘 정도의 구경을 가진 포로 사정거리가 일천여 보에도 미치지 못하는 구식 대포였다. 그저 터질 때 소리만이 요란할 뿐이었다.

마침내 150여 명의 일본군 육전대가 해안에 상륙하였다. 그들은 성문을 열고 들어와 병사들이란 병사들은 보이기만 하면 닥치는 대로 살육하였다.

이 싸움 같지도 않은 싸움에서 진(鎭)의 수비병 450명 중에 무려 35명이 전사하고 나머지는 패주하여 도망하니 영종도는 단 하루 만에 완전히 일본군의 수중에 떨어졌다. 일본군은 단 두 명이 가벼운 부상을 입었을 뿐이었다. 일본은 조선군의 대포 38문을 노획하고 모항인 나카사키로 돌아갔다.

임금은 중전을 대동하고 이유원, 박규수, 그리고 이최응과 더불어 대책을 논의했다. 임금이 먼저 물었다.

"영상은 이일을 어찌 보시는가?"

"지난 번 세자책봉 문제로 청나라에 갔더니 중당(中堂) 이홍장이 일본과 되도록 다투지 말라고 하더이다. 일본의 야심이 만만치 않아 그들과 대적하는 것은 오히려 화만 자초할 뿐이니 부디 자중하라는 당부이더이다."

그는 연초에 세자책봉 건으로 청국을 다녀와서 세상 보는 눈이 달라져 있었다. 중전이 낳은 아들, 척을 세자 자리에 앉히는 일이었다. 그 거대한 청 제국도 서양의 군함 몇 척에 꼼짝을 못하는 판이니 공연한 척왜, 척양 정책만으로는 나라를 보전할 것 같지가 않았다.

이번에는 박규수의 의견을 물었다. 박규수는 이미 중국에도 두 차례나 다녀왔고 조선의 중신 중에서는 가장 진취적인 사상을 갖고 있는 사람이니 당연히 개국을 지지하는 입장이었다. 할아버지인 연암 박지원의 핏줄을 이어받은 사람이다.

"일인들이 서양 나라들을 본받은 지 어언 20여 년, 그들은 급속도로 발달한 문명국이 되었나이다. 이제 중국만을 상국으로 모시고 지내던 시절은 지나간 줄로 아뢰옵니다. 우리에게 무력이 없으니 좋든 싫든 저들과 잘 타협해 나갈 수밖에는 도리가 없을 것이옵니다. 우리의 군사력이란 것이 도대체 저들의 군함과 대포 앞에는 무용지물인지라…."

중전은 발 뒤에서 고개를 끄덕였다. 그럴 것이다. 듣기로는 불과 일백여 명의 왜병들에게 오백여 조선 수군이 변변한 대항도 해 보지 못하고 참패했다고 한다. 아군은 삼십오 명이 전사했으나 왜군은 불과 두 명이 부상당했다는 결과가 극명하게 그 차이를 말해주고 있지 않은가. 이제는 일본 측의 요구대로 조약을 체결해 주고 항구를 개방하는 수밖에는 도리가 없을 성 싶었다.

그러나 이런 낌새를 눈치 챈 조정의 수구파 중신들과 유림들은 떼를 지어 임금과 중전을 성토하고 나섰다. 무지몽매한 백성들도 이들의 편을 들고 일어났다.

백성들이야 무엇을 알겠는가. 그러나 그들도 왜국과 수교를 한다는 것만은 싫었다. 법국이건 미리견이건 꼼짝없이 물리친 국태공께서 아니 계시니 이런 일이 발생한 것이리라. 이게 조선 백성들의 단순한 생각이었다.

그러나 임금과 중전을 비롯한 개화파의 고집도 만만치 않았다. 그들도 여기서 밀리면 또다시 정권을 대원군에게 넘겨주어야 한다는 위기감이 작용했다. 임금은 서둘러 영의정 이유원에게 책임을 전가하여 그를 파직했다. 이유원은 희생양이 된 것이다.

1876년 병자년의 새해가 밝기 무섭게 일본 측에서는 전년에 발생한 일본군함 운양호에 대한 포격사건의 책임을 묻겠다며 무려 800여 명의 병사들을 군함에 태우고 왔다.

그들이 전권대신과 부사를 보내와 회담을 하자고 하니, 회담이 무엇인지는 잘 모르지만 우리 쪽에서도 마땅한 사람들을 보내야 할 것이었다. 무관 중에서도 풍채도 좋고 나이도 지긋한 신헌과 문관 윤자승이 정사와 부사로 임명되어 이들을 맞았다.

양측의 대표가 우여곡절 끝에 강화도의 연무당에서 마주 앉았다. 그들이 자리에 앉자마자 곧바로 천지를 뒤흔드는 폭음소리가 들렸다. 70을 바라보는 신헌의 팔다리가 부들부들 떨렸다. 알고 보니 오늘이 저놈들의 국가 탄생일인 기원절(紀元節)이라는 것이었다. 조금 전의 대포소리는 그것을 축하하는 포성이란다.

다시 자리를 정돈하고 마주 앉았다. 곧바로 운양호 사건부터 들먹였다.

"우리 군함 운양호가 작년에 중국으로 가는 도중에 마실 물이 떨어져 귀국에 들러 도움을 받으려고 했는데, 귀국에서 다짜고짜 포격을 가해 우리 측에 막대한 피해를 입혔소. 이에 대한 해명을 해 주시오."

"애당초 국적도 밝히지 않고 남의 나라 국경을 침범한 귀측이 잘못한 것 아니오?"

신헌도 지지 않으려 노력했다.

"말도 안 되는 소리요. 우리 선박은 분명 국기를 게양하였소."

이건 거짓말이었다. 훗날 운양호의 함장 이노우에 료우케이는 운양호에 깃발을 단 것은 포격을 당하고 난 다음 날이라고 실토하였기 때문이다.

"글쎄… 우리는 그 국기라는 것에 대하여 별로 아는 바가 없소."

당시 조선은 벌써 서양으로부터 병인년과 신미년에 두 차례나 침범을 당하였음에도 불구하고 국기가 의미하는 바나 그 중요성을 제대로 이해하지 못하고 있었다.

일본의 특명전권대신 구로다 기요다카(黑田清隆)는 육군중장 출신이지만 해외 정세에 상당한 식견이 있는 사람이었다. 부사인 이노우에 가오루(井上馨)는 명치유신의 주역이었다. 그는 일찍이 서양 여러 나라를 직접 다녀 보았고, 그 이후로 이런 외교와 통상업무에 계속하여 경험을 쌓은 전문가였다.

신헌은 무관으로 뼈가 굵은 사람이었다. 전라도 병마절도사, 도총부부총관, 삼도수군통제사 등을 역임했다. 대원군이 집권하던 시절에는 형조판서, 공조판서, 병조판서까지도 한 인물이다.

그러나 외국의 문물에 대하여는 그저 먼 귀동냥으로 들은 것이 전부였다. 문관인 윤자승만이 2년 전 청나라에 사은사(謝恩使)의 부사로 단 한차례 다녀온 경험이 있을 뿐이었다.

패기에서도 밀렸다. 구로다나 이노우에 모두가 이제 40이 갓 넘은 팔팔한 사람들이었다. 이들을 상대하는 신헌이 67세요, 윤자승이 62세다. 애당초부터 싸움이 되지 않는 외교전이었다.

그 결과 보름간 계속된 회담에서 일본 측은 자신들이 제시한 원안대로 조약을 체결하였다.

"통상에 관하여 의논합시다."

이노우에가 말을 꺼내자 윤자승은 손사래를 쳤다.

"통상이라면 장사를 말하는 것 아닌가. 우리 조선에서는 그런 것들은 상민들이나 논하는 것이오. 우리는 그런 것에 관심이 없소."

"그러면 이번에는 물품에 세금을 부과하는 문제를 의논해 봅시

다."

"어허! 그런 것은 사대부가 입에 담을 일이 아니래도!"

윤자승이 허연 수염발을 쓰다듬으며 하는 말이었다. 그는 조선의 양반들은 그런 천한 일을 하지 않는다며 손을 내밀었다. 자신도 험한 일을 해 본 적이 없어 이렇게 손톱이 길다고 하면서, 길게 자란 손톱을 자랑스레 내밀었다.

일본측 대신들은 기가 막혔다. 그래도 교활한 이노우에는 계속 상대방을 추켜 세워주는 전술을 썼다.

"과연 대단하시군요. 그렇다면 관세는 무관세로 합시다."

"알아서 하시오."

이노우에는 쾌재를 불렀다. 이거야말로 호박이 넝쿨 채 굴러 들어오는 격이 아닌가. 애당초 조선측과 협의하기 위해서 품목별 관세율표까지 만들어 온 일본이었다. 그러나 조선 측에서 그냥 넘어가자는 데야….

보름간의 협상 끝에 마침내 조약이 체결되었다. 실상은 시간만 끌었을 뿐 얻은 것은 하나도 없는 회담이었다. 저들이 조약에 '대일본 제국'이란 말을 넣는단다. 그러면 우리도 조선이 아니라 '대조선국'이라고 해야 하지 않을까? 이것을 다시 조정에 보고하고 비답을 받는데 사흘… 이런 식으로 보름이 지나갔을 뿐이었다.

이 회담이 진행되는 내내 이노우에 가오루를 보좌하고 다니는 군인이 있었다. 그는 일본 육군 포병 대위 오카모도 류노스케(岡本柳之助), 바로 20여 년 후, 조선의 궁중에 들어 와 민비를 살해하는 작전의 실제적인 지휘자이다.

회담이 한창 진행되고 있을 때 돌연 최익현이 도끼를 들고 광화문 앞에 나타났다. 소위 지부상소(持斧上訴)라는 행위이다.

"전하, 일본 놈들은 서양 오랑캐의 탈을 쓴 가짜 양이옵니다. 그런 놈들과 교린을 하시려거든 신의 목부터 쳐 주시옵소서."

이 소식을 들은 임금은 분노했다.

"어허, 그놈이 간에 붙었다 쓸개에 붙었다 하는 놈이 아니더냐."

몇 년 전에는 대원군을 몰아내야 한다고 해서 임금 편에 서는 체 하더니, 지금은 대원군이 주장하는 대로 일본과 조약을 추진하지 말라고 하니, 이 어찌 괘씸하지 않을까. 국왕은 면암 최익현을 흑산도로 유배 보내 버렸다.

어찌 되었건 우여곡절 끝에 일본과의 조약은 체결되었다. 병자수호조약, 혹은 강화도에서 체결되었다 하여 강화도조약이라고 부르는 조약이다.

그 후 세 차례의 연속되는 합의를 거쳐서 부산, 인천, 원산의 세 항구를 개방키로 했다. 조약 10조에서는 조선에서 일본인들이 저지른 범죄는 일본 본국에서 처벌하기로 하였으니, 이것이 훗날 민 중전을 시해한 일본인들이 일본으로 소환되어서 일본법에 의해 재판을 받는 근거가 된 것이다. 또 영사관을 설치하고 모든 물품은 무관세로 통과시키기로 합의하였다.

그 해 동짓달, 경복궁에서는 또다시 큰 불이 일어났다. 전각 8백30여 칸을 태운 엄청난 대화재였다. 한성부 내에는 온갖 유언비어가 난무했다.

"대원위 대감께 충성하는 무리들이 몰래 방화하였다더라."

"아무렴, 국태공께서 직접 지으신 경복궁을 그렇게 불질러버리실 리가 있나…"

"왜놈들이 이 나라를 자주 들락거리니 북한산 산신령님께서 노하셔서 불을 확 싸질러 버렸단다."

그로부터 2년 후, 민승호의 뒤를 이어 실질적으로 민문을 통솔하던 민규호가 43세의 젊은 나이로 병사하였다.

중전의 슬픔은 이만저만한 것이 아니었다. 민승호가 우직한 반면 민규호는 영악했다. 친형 민태호의 아들인 민영익을 승호의 양자로 입적시켜 대를 잇게 한 것도 그요, 대원군을 산 속에서부터 운현궁으로 끌어내려 군사를 풀어 연금시킨 것도 그의 수완이었다. 이제 그런 그가 죽었으니 중전은 더더욱 암담했다. 누가 나서서 민씨 가문을 지휘할것인가.

또 그로부터 2년 후, 이번에는 궁궐 내에서 변고가 일어났다. 임금의 첫째 아들인 완화군이 세상을 뜬 것이다. 열두 살이던가?

영보당 이씨의 소생인 완화군은 몸도 튼튼하고 총명하였다. 비록 세자의 자리에 앉지는 못했으나 학문은 하루가 다르게 발전하고 있었다. 그런 그가 하룻밤 사이에 갑작스레 죽은 것이었다. 또 다시 입방아를 좋아하는 백성들 사이에서는 입소문이 돌기 시작했다.

"중전이 슬쩍 했다는구먼."

"어찌 그럴 수가…."

"아, 대원군이 그 손자만 귀여워한다지 않는가? 그러니까 샘이 나서 독약을 먹여 버렸대요."

"에이, 난 못 들은 걸로 하겠네."

중전은 완화군의 비보에 다시 한 번 가슴이 철렁하였다. 그렇지 않아도 나라 안과 밖이 왜와의 수교로 인해 정신이 없는 때이다. 궁궐 내에서만이라도 조용해 주기를 바랐는데, 얼마 전에는 대궐이 홀딱 타더니 이번에는 또 이런 큰 일이 터진 것이었다.

중전은 개인적으로 이 귀인에 대하여 측은한 마음을 품고 지냈다. 옛날에 자신이 낳은 왕자가 없을 때에는 그들 모자를 죽이고 싶기까지 하였다. 완화군을 세자에 책봉한다고 시아버지가 완화군만 싸고 돌며 자기의 가슴에 대못을 박았기 때문이었다. 그러나 지금은 아들 척이 세자로 책봉되고 임금과의 관계도 전에 없이 좋다. 경쟁은 이미 끝났다. 그러니 궐의 한 모퉁이에서 조용히 아들이나 키우고 있는 이 귀인에게 더 이상 질투를 느낄 이유도 없는 것이다.

궐내의 왕권 다툼에서 형제들을 무참히 죽인 고사를 수도 없이 읽으며 살아 온 중전이다. 이제 내 아들 대에서만은 그런 일이 없게 하리라 생각하여 왔는데 돌연 이런 일이 생기고 보니 참으로 가슴을 칠 일이었다. 그러자 더욱 측은한 마음이 일었다.

중전은 그 바쁜 중에서도 가끔씩 짬을 내어 이 귀인의 처소에 들러 보곤 했다. 그럴 때마다 이 귀인은 황송하여 어쩔 줄을 몰라 했다. 그 옛날의 도도했던 자태는 어디 가고 이제는 한낱 가련한 늙은 궁녀로 전락한 것이었다. 궐에서 여자나이 삼십이니 할머니 아닌가? 십대의 꽃다운 궁녀들이 바글대는 데야.

오직 아들 하나 무럭무럭 자라나는 재미로 살아오던 이 귀인은 완화군이 죽자 실어증에 걸렸다. 하루 종일 말도 하지 않고 먼 산만 바라볼 뿐이었다. 모든 궁녀들이 다 그렇지만 참으로 박복한 여자이다. 그녀는 아들이 죽고 나서도 장장 30년간을 그렇게 반 미친 여자처럼 궐내에서 말 한 마디 없이 지내다 죽었다고 전해진다.

1880년 경진년, 바로 대원군이 회갑을 맞이하는 해이다. 이 해 여름, 도성 장안에는 이상한 소문이 파다하게 퍼져 있었다. 바로 대원군이 아들 재선을 왕으로 옹립하고 현 왕을 폐위시키려 한다는 소문이었다.

이재선은 대원군이 젊은 시절 기생첩인 계섬월을 통하여 난 서자였다. 그는 신분상의 한계로 인하여 동생이 국왕인데도 별군직이라는 한직에 물러나 있었다.

그러나 역모를 하던 자들 중에서 모반자가 생겨 포도청에 밀고를 해왔다. 의금부에서는 즉각 나장들과 갑사들을 풀어 모의에 가담한 자들을 일망타진하였다. 잡고 보니 그 주모자는 전 승지였던 안기영이었다. 안기영은 최익현이 대원군 탄핵상소를 올렸을 때 그 부당함을 알리는 상소를 올렸다가 체포되어 유배를 갔던 인물이다.

그들은 원래 이재선을 왕으로까지 추대하려고 하지는 않았다. 단지 대원군의 재집권만을 의논하였으나 이야기를 하다 보니 자꾸만 배포가 커졌던 것이다.

안기영과 채동술은 자신들의 재산을 팔아 거사자금을 충당키로 했다. 왜별기군의 영관인 윤웅렬과 한성근은 왜적을 토벌한다는 명목으로 군사를 모집할 계획도 세웠다. 거사일은 8월 20일로 잡았다.

"그날은 초시(初試)가 있는 날이니 우리들이 과장에 슬며시 끼어

들었다가 왜놈들을 물리치자고 고함만 쳐도 과객들이 벌떼처럼 호응할 거요."

"왜놈들을 물리치자는 게 아니잖소?"

별기군의 영관인 윤웅렬이 의아한 표정을 하고 물었다. 지난 번 김홍집 수신사를 모시고 일본에도 다녀온 무관이다. 그에게는 윤치호라는 18세 된 아들이 있었다.

"아 그거야 선동하기 나름이지. 이렇게 설득을 하잔 말이지. 지금 중전 민씨와 임금이 왜놈들과 밀통을 하고 있다. 나라를 송두리째 팔아먹으려 한다고 말이지. 그러니 잠시도 지체말고 그런 매국노들을 먼저 잡아 죽이자. 이렇게 말이오."

모두들 원래 이게 아니었는데… 하면서 겁먹은 표정들이 되어 버렸다. 그러나 듣고 보니 또한 그럴 법도 했다. 왜놈들이라면 치를 떠는 조선 백성들이 아니던가.

"그날 과거시험장에는 우리들이 나가서 바람을 잡겠소."

이종학과 강달선이 나섰다. 그들은 영남 유생들의 지도자로서 유생들 사이에서는 꽤 많이 알려진 인물들이었다.

"종루에서도 바람을 일으켜야 하오. 선비들만 가지고야 되겠소? 선비들은 겁이 많아서 미덥지가 못해요. 내가 종루 거리에서 무뢰배들을 잔뜩 끌어 모으리라."

중군을 지낸 바 있는 조중호란 인물이 그렇게 말하자 분위기가 한껏 올라갔다. 사관을 지낸 채동술이 자신은 광주 남한산성의 이풍래와 막역한 사이라며 그를 설득해 보겠다고 했다.

며칠 후 다시 모이자 이풍래가 초시일인 20일 저녁 무렵까지 휘하

군졸들을 이끌고 창덕궁으로 들이치기로 했다는 것이었다.

이렇게 해서 거사 계획이 확정되었다. 안기영이 이끄는 제1대는 과거 시험장에서 유생들을 몰고 간다. 여기에 종루와 저자 거리에서 선동한 건달패거리들을 합세시켜 이재선을 앞세우고 대궐로 침입한다. 광주 남한산성 별감 이풍래가 이끄는 제2대는 민씨 척족들과 조정의 대신들과 궐의 수비군들을 척살한다. 제3대는 석빙고 별감 이병식이 이끌고 서대문 밖에 있는 일본 공사관인 청수관과 평창 교련장을 습격하여 일본인들을 살해하고 무기를 탈취한다.

그런데 갑자기 문제가 생겨버렸다. 과거일이 연기된 것이었다. 이들은 갑작스런 사태에 우왕좌왕했다. 그러는 사이 거사계획이 퍼져 나가 버렸다.

"이제 다음 달에는 이재선이 새 임금으로 등극한다던데?"

"대원위께서 다시 섭정에 오르신다는군."

대원군은 이런 소문을 듣고도 모른 체했다. 실상은 안기영과 아들 재선으로부터 어느 정도 귀띔을 받고 있었다. 그러나 이를 적극적으로 말리지도 않았다.

소문이 퍼지자 겁을 집어먹고 배신하는 자가 나왔다. 바로 광주 산성별감 이풍래가 고변을 해 온 것이었다.

중전 측에서는 모처럼 대원군의 뿌리를 뽑을 수 있는 절호의 기회로 생각하고 역모자들을 문초했다. 그러나 대원군이 모의에 가담했다는 자백은 누구로부터도 나오지 않았다. 하는 수 없이 모의에 가담한 10여 명을 대역무도죄(大逆無道罪)로 참형에 처하고 이재선은 국왕의 형이라 하여 제주도로 귀양 보냈다.

그로부터 얼마 후, 대신들의 상소가 잇따르자 결국 사약을 내려 이재선을 죽이고 말았다. 대원군에게는 가장 잔인한 회갑 년이었다. 형의 죽음에 마음이 상한 국왕은 이틀 동안 수라상을 받지 않았다고 전해진다. 후일 사관(史官)들은 이 사건을 '이재선 역모사건'이라고 기록했다.

나라의 일은 잠시도 쉴 틈이 없었다. 연일 일본 측이 조약에서 항의한 대로 인천항을 개방하라며 요구해 왔다. 벌써 부산과 원산으로는 왜의 물품이 쉬지 않고 쏟아져 들어왔다. 반대로 조선의 쌀과 콩이 산더미처럼 실려 나갔다. 조선에서는 쌀값이 폭등하고 물가가 뛰었다.

임금과 함께 조정을 실질적으로 이끌어 가고 있던 중전은 서둘러 해외에 인재들을 파견하여 외국의 발전된 모습을 배우고 오게 해야 되겠다고 결심했다.

"전하, 우리가 너무 외국 정세에 깜깜하여 일본과의 조약에서 손해를 많이 보았나이다. 지금이라도 해외에 많은 인재들을 내보내서 배우고 오게 하심이 가할 줄로 아옵니다."

"그러려면 어찌하면 좋겠소?"

"지난 병자년에 김기수와 그 일행을 일본에 잠시 보냈사온데 그때 보고 듣고 온 것만도 적지 아니하였사옵니다. 다시 한번 사신들을 일본에 보내어 잘못된 조약도 바로잡고 여러 가지 정세도 알아오게 하심이 좋을 듯합니다."

이렇게 하여 김홍집을 수신사로 하여 58명의 견학단이 일본을 향해 떠나게 되었다. 1880년의 일이다.

외교의 경험이 전혀 없던 조선인지라 일본에 김홍집을 파견하며 국왕의 신임장을 들려 보내지 않았다. 일본 측에서는 이를 핑계로 삼아 김홍집을 냉대하고 상대하려 들지 않았다.

70일 만에 돌아왔으나 원래의 목적은 달성하지를 못하고 빈손으로 돌아왔다. 그러나 전혀 빈손만은 아니었다.

당시 일본에 나와 있던 청국공사의 부관인 참찬관 황준헌이라는 자가 있었다. 그는 조선의 이 늠름한 젊은 외교관의 인품에 매료되었다. 그리하여 김홍집과 교분을 두텁게 하였는데 그가 귀국할 때에 조선의 외교에 참고하여 보라고 자신이 집필한 사의조선책략(私擬朝鮮策略)이라는 책자를 선물하였다. 그 내용은 외국 물정에 어둡던 조선 조성의 대신들에게 눈과 귀가 번쩍 열리게 하는 묘책이었다.

아라사는 땅이 넓고 군병이 강대하니 남침을 꾀할 것이다. 아라사의 남침을 막으려면 조선은 필경 중국과 친하게 지내고(親中國), 일본과는 결속을 단단히 해야 하며(結日本), 미국과는 연합해야(聯美國) 할 것이다. 미국으로 말하자면 그 나라는 원체 땅덩어리가 크고 비옥하다. 또한 백성들이 순하여 약한 나라를 탐하지 않는 민주적인 나라이다.

이 무렵 함경도의 두만강 일대에서는 러시아의 비적들이 수시로 출몰하여 동포들을 괴롭혔다.

1850년대부터 10여 년 이상을 끌어온 청의 태평천국 난에 간섭한 러시아는 1860년에는 흑룡강과 우수리강 일대의 중국 땅을 넘겨받게 되었다.

1870년대에 들어와서는 일본과도 영토협상을 하여 쿠릴열도의 몇 개의 섬을 내주는 대신, 사할린 전체를 러시아의 영토에 편입시켰다. 이렇게 해서 중국과 일본으로부터 돌려받은 땅은 자그마치 조선 전체면적의 다섯 배나 되는 광활한 땅이었다.

그들은 여기서 만족하지 않고 조선 땅을 호시탐탐 넘겨다보고 있었다. 그러니 황준헌이 청의 입장에서 쓴 책에서도 러시아를 경계하라는 권유가 나온 것이다.

김홍집이 들고 온 〈조선책략〉의 내용이 임금을 모신 어전회의에서 발표되자 조정의 중신들은 마치 새로운 세상이 열리는 느낌이었다. 외국의 문물에 대하여 일가를 이루고 있던 박규수가 3년 전에 세상을 떴으니 조선의 대신들 중에는 해외의 사정에 대하여 정통한 사람이라고는 씨가 말랐다.

15. 왕비의 첫 번째 죽음

일본과의 조약에 따라 초대 일본공사로 부임한 하나부사 요시타다(花房義質)가 본국에서 휴가를 마치고 돌아왔다. 사실인즉 휴가가 아니라 본국 정부에 그간 조선의 정세를 보고하고 앞으로의 대책을 의논하고 온 것이다.

먼저 귀임 인사차 임금과 중전을 알현하였다. 그는 조선에서 일을 추진하려면 왕비의 신임이 절대적이라는 사실을 이미 알아차리고 있었다. 임금의 옥좌 뒤로 왕비가 발을 쳐 놓고 있음을 간파한 하나부사는 듣기 좋은 말만을 골라서 하기 시작했다.

"소신이 알기로는 조선국의 대궐 경비가 너무 허술한가 하옵니다. 이에 주제넘는 말씀이오나 새로운 왕실 경호대를 발족하심이 좋을 듯하옵니다."

이 문제는 일전에도 중전과 상의한 바가 있었다. 임금은 고개를 끄덕여 긍정의 뜻을 표했다.

"공사의 조언에 감사한다고 전하라."

역관이 임금의 말을 통역하자, 하나부사 공사는 더욱 교활한 눈초리로 상감을 힐끗 일별하더니 계속하여 머리를 조아리며 다시 한 번 쐐기를 박는다.

"저의 의견을 가납해 주시니 감사할 따름입니다. 우리 일본국은 선한 이웃의 징표로 언제든지 조선국의 요청이 있을 때는 필요한 소총과 훈련교관을 보내드릴 것입니다, 폐하."

그날 밤, 중전과 임금은 마주 앉아 하나부사가 선물하고 간 소총을 만지면서 의논했다. 소총은 반짝반짝 윤이 났다.

"전하, 이렇듯 훌륭한 무기를 자체의 기술로 생산한다 하니 일본은 참으로 짧은 시간 안에 많은 발전을 이룩하였는가 보옵니다."

"지난번에 돌아온 수신사들의 이야기를 들어보니 이런 총을 하루에도 백여 자루씩 만들어 내고 있다질 않소? 이제는 더 이상 왜놈이라 부를 수도 없겠구려."

"그러한가 보옵니다. 그 옛날 백제로부터 문물을 수입하여갔다 하여 열등한 나라로 치부하여 왔사오나 이제는 다른 눈으로 보아야만 하겠나이다."

"중전은 하나부사가 이야기하고 간 별기군의 창설을 어찌 생각하시오?"

"아무래도 그래야만 할 것 같사옵니다."

구식 소총과 구식 군대 가지고는 대궐의 경비가 되지 않을 듯했다. 경비가 제대로 된다면 어찌 대궐에서 화재가 두 번씩이나 날 수 있단 말인가. 두 번 다 치밀한 계획에 의한 방화가 아니었던가.

이렇게 해서 별기군이 창설되었다. 이들은 5영(伍營)에서 80명의 지원자를 뽑았다. 남산 밑의 교련장에서 일본인 교관 호리모토 소위의 지휘 하에 훈련이 시작되었다. 별기군의 총 책임자인 당상관은 민승호의 양자로 입적한 민영익이 맡았다.

훈련생들은 겉으로는 검은 군복을 입고 군모를 썼으나, 머리는 상투를 튼 그대로였고 서양식 군복 안에는 바지저고리를 입은, 한 마디로 괴이한 차림새였다. 평상시에는 훈련장 안에서 훈련을 받았지만, 구보 훈련 때는 총을 메고 훈련장 밖에까지 뛰어갔다 왔다.

이들 별기군들의 봉록은 구식군대 병졸들의 다섯 배나 되었고, 더군다나 단 한 차례도 밀리지 않고 꼬박꼬박 지급되었다. 이것이 구식군인들의 불만이었다. 이들이 시가행진이라도 할라치면 구식군인들은 뛰어가는 별기군의 뒤통수에 대고 야유하기 일쑤였다.

"야, 이 왜별기(倭別技) 놈들아. 너희 놈들 때문에 이달에도 녹봉을 받지 못했다."

"왜놈의 뒷꽁무니나 졸졸 따라다니는 더러운 놈들!"

이들이 이렇게도 별기군에 대하여 적대감을 갖는 것은 바로 얼마 전 구식군대인 5군영이 2영으로 통폐합됐기 때문이었다.

조정은 군제를 개편하여 종래의 용호영, 금위영, 어영청, 총융청, 훈련도감을 무위영(武衛營)과 장어영(壯禦營)으로 합쳐 버렸다. 그러자 여기에서 실직당한 군인들과 그 가족들이 조정에 불만세력이 되어 버린 것이다.

별기군은 처음에는 줄도 맞지 않고 엉망진창이었으나 몇 달이 지나자 제법 질서정연한 군대가 되었다. 별써 20여 명은 훈련이 너무

고되다고 중간에 줄행랑을 쳤다.

일본 교관의 기쓰오게(차렷), 가께아시(뛰어 가) 등의 구령에 따라 일사분란하게 움직이는 이들 별기군의 시가행진은 도성 안 백성들의 구경거리였다.

1882년 임오(壬吾)년이 시작되자마자 또 세상이 숨 가쁘게 돌아 갔다. 먼저 정월에는 조 대왕대비의 환갑잔치가 있었다. 이월에는 아홉 살 된 세자 척의 세자빈을 맞아들이는 간택 절차가 있었다. 삼간 택을 거쳐 좌찬성 민태호의 열한 살짜리 여식이 뽑혔다.

궁궐에서 잇따라 큰 행사가 열리니 그 자금을 대는 문제도 여간 어려운 게 아니었다. 정부에서 거두어들이는 세곡만 가지고는 어림 도 없었다. 홍수에, 가뭄에, 게다가 일본인들이 곡식을 매집하여 저 의 나라로 실어가는 판이니 더더욱 어려워졌다.

이렇게 궁궐에서 어려움을 겪고 있을 때 궐의 경비에 쓰라고 하면 서 적지 않은 돈을 꼬박꼬박 보내오는 한 젊은이가 있었다. 그는 함 경도에서 사금을 채취하여 막대한 부를 쌓은 이용익이라는 청년이 었다.

소농의 집안에서 자라고 별로 학문을 한 것도 없으나 입신출세의 욕심만은 누구에게도 뒤지지 않았다. 어려서부터 달음질 잘하기로 인근 고을에 소문이 났다. 하루에도 오백리 길을 달린다나?

빠른 발을 이용하여 물장수를 했다. 돈을 조금 모았다. 그 돈으로 누군가 파헤치다가 덮어버린 폐광 하나를 인수하였다. 주변에 하 릴없는 친구들에 인부들을 몇 명 더 고용하여 그 광을 파들어 내려갔다. 친구들이 이구동성으로 그만하자고 했다. 그래도 그는 계속 고집을 부리며 조금만 더 파내려 가보자고 했다. 전에 여기를 팠던 사람도 뭔가 있으니까 팠던 게 아니냐며 고집을 부렸다.

그러자 정말 그 속에서 사금(砂金)이 쏟아져 나왔다. 그 돈을 입신출세에 쓰리라 작정하고 당시 세도가인 민영익에게 줄을 댔다. 그를 통해 대궐로 돈을 들이밀었다. 돈이 부지기수로 들어가는 때였으니 대궐에서도 좋아했다. 마침내 임금까지도 알현하였다. 그리하여 감역이라는 종9품의 말직을 얻게 되었다.

여기서 그치지 않았다. 정부로부터 더 큰 광산의 개발권을 따낸 것이다. 거기서는 엄청난 금이 쏟아져 나왔다. 그야말로 노다지다. 이번에는 십만 금을 헌납하였다. 이것이 후일 보성학교를 세운 이용익의 젊은 시절 출세 길이 열리는 이야기이다.

2월이 다 지나갈 즈음, 대궐에서 그 큰 행사들이 끝나기 무섭게 청국에서 이홍장의 서신이 당도하였다.

아라사(俄羅斯)의 남침야욕을 꺾기 위해서라도 미국과의 조약을 조속히 체결하기 바란다. 미국 측의 대표는 모든 준비를 마치고 이곳 천진에 와서 대기하고 있다.

조정에서는 연일 미국과 조약을 체결하면 유림들의 반발을 어떻게 잠재울 것이냐, 해야한다, 말아야 한다, 하면서 끝없는 설왕설래가 이어졌다.

기다리다 못한 청국에서는 미국의 전권대신 슈펠트와 주청대사 호르콤을 조선에 보내기로 결정하였다. 이들을 호위하고 보좌하기 위하여 수사(水師)제독 정여창과 국제통인 마건충을 딸려 보내기로 하였다.

조선 측에서는 구관이 명관이라고 강화도조약의 경험이 있는 신헌을 정사로 임명하였다. 부사 김홍집과 종사관 서상우도 함께 인천으로 보내어 이들을 영접하게 했다. 조미수호통상조약은 서로를 많이 배려하는 선에서 체결되었다.

그러자 기다리기라도 하였다는 듯이 영국이 달려들었다. 그리하여 5월에는 영국과, 또 며칠 후에는 독일과도 통상조약을 체결하였다.

자연히 백성들의 시선이 고울 리가 없다. 살기만 편하다면야 조약을 체결하면 어떻고 양이들이 오면 어떻겠는가? 그러나 작년과 올해로 들어서면서 쌀이 모자라서 쌀값이 무려 두 배나 폭등했다.

1876년에 일본과 조약을 체결한 이후 매년 100만 섬 이상의 쌀이 일본으로 유출되었다는 소문도 돌았다. 게다가 작년에는 경상도 지방에 수해까지 나서 무려 500여 채의 민가가 떠내려갔다. 정반대로 올해는 6월이 되었는데도 아직 비 한 방울 구경하지 못했다.

음력 6월 5일의 날씨는 잔뜩 찌푸려 있었다. 땅이 바짝바짝 타들어 갔다. 백성들은 하늘만 쳐다보며 한탄했다. 올해 농사는 다 틀린 겨. 하늘도 무심하시지. 이제 뭘 먹고 살아야 하나.

이른 아침부터 선혜청 앞 도봉소(都捧所)에는 줄이 길게 늘어섰다. 군인들의 봉급을 곡식으로 주던 때였다. 전날인 6월 4일, 선혜청 앞에 한 장의 포고문이 나붙었다.

명일 무위영과 장어영 소속 군사들에게 우선 한 달 분 급료를 지급한다.

이 소식은 방을 읽은 사람들의 입소문을 통하여 순식간에 이태원과 왕십리 일대의 군인가족들에게 전해졌다. 무위영은 이태원에 있고 장위영은 왕십리에 있다.

일 년이 넘게 집에 쌀 한 톨 갖고 들어가지 못하였으니 마누라와 자식새끼 보기가 영 면목이 없던 가장들이다. 그래서 이들은 이른 아침 날이 밝기가 무섭게 도봉소에 와서 차례를 기다리고 있는 중이었다.

"왜별기 놈들은 꼬박꼬박 준다던데 왜 우린 일 년이 넘게 있다가 주는 거여?"

"아, 별기군 놈들이야 궐에 직속된 놈들이니 임금과 중전이 어련히 챙겨줄까. 우린 내버려 진 자식들이니 그렇지, 뭐."

"우리들 다섯 달 치가 그놈들 단 한 달 치 녹봉이라니 참!"

"그나저나 오늘 제대로 나오긴 나올라나? 선혜청 곳간이 텅 비었다던데…."

"맞어. 김보현이와 민겸호가 몽땅 빼돌려 먹었다는 소문이여."

"아, 그래서 부랴부랴 전라도에서 미곡선을 띄웠대요. 우리들 급료 줄라구. 그게 엊그제 도착했다는 거여."

드디어 도봉소 문이 열리고 차례가 되어서 자루를 들이밀었다. 아,

얼마 만에 받아보는 쌀이냐. 그들의 눈에는 집에서 쌀이 도착하기만을 눈이 빠져라 기다릴 자식새끼들과 노부모들의 모습이 아른 거렸다.

쌀을 받아서 옆으로 물러나 자루를 열어 보았다. 그런데 시큼한 냄새가 났다.

"응? 뭐가 이래?"

대여섯이 옆에서 함께 자루를 열어보더니 비슷한 말을 했다. 쌀의 고소한 냄새가 아니라 무언가 쉰 듯한 시큼털털한 냄새가 코에 확 풍겨왔기 때문이었다. 손바닥에 올려놓고 들여다보자 모래와 쌀겨가 반쯤은 섞여 있었다. 그것도 물에 젖어서 다 썩어가고 있었다.

"이걸 사람 먹으라고 주는 거여?"

"잔소리 말구 어여 갖고 가. 먼 뱃길을 오느라고 물기가 있어서 그려."

"여기 봐라. 젖은 쌀에 절반은 모래다."

"아 갖고 가서 말리면 된다잖아. 어여 갖고 가."

"너나 먹어라, 이놈아. 다른 걸로 바꾸어 주기 전엔 못 가져간다."

기어코 군사 하나가 창고지기의 면상에 대고 쌀을 홱 뿌렸다. 그러자 고지기가 발끈하며 한마디 내뱉었다.

"아니, 이놈이 어디서 행패여 행패가. 갖고 가기 싫으면 그만 둬, 이놈아. 누군 쌀이 남아 돌아서 주는 줄 아냐?"

"아니, 이놈아. 쌀을 주면 네 쌀을 주냐?"

근처에서 쭈그리고 앉아 쌀자루를 열어보고 사실을 확인한 다른 병사들이 가세해서 고지기들을 두들겨 팼다. 고지기는 그래도 기는 꺾일 수 없다는 식으로 계속 대들었다.

"아니, 왜 때리고 지랄들이여? 우린 선혜청 대감의 명대로 나누어 주는 죄밖에 없다구."

훗날 임오군란(壬午軍亂)이라고 불리는 엄청난 사건은 이렇게 사소한 말다툼에서부터 시작되었다. 선혜청 당상은 군무 일체를 담당하고 있는 민겸호다. 형 승호도 폭사하고, 아우 규호도 병으로 죽고 난 지금 그가 민씨 가문의 총수 격이다.

"이놈들아, 너희들 대감이 썩은 쌀을 주라대?"

이제 군졸들의 분노는 걷잡을 수 없이 폭발해 버렸다. 그 자리에서 쌀 되박을 들고 쌀을 나누어 주던 고지기 두 명이 산송장이 되도록 두들겨 맞았다. 세 명은 머리가 터지고 코피를 흘리며 황급히 줄행랑을 쳤다. 그들은 도봉소의 일도 보았지만 실은 민겸호 집의 하인들이었다. 집사에게 사실을 고했다.

"곳간도 다 부서졌고 동무들 두 명이 반죽음을 당했습니다요."

이 소식은 곧바로 대궐에서 임금과 함께 기우제(祈雨祭)를 드리고 있던 민겸호에게 보고됐다. 민겸호는 노발대발하여 포도청에 관련자 전원을 잡아들이라는 명을 내렸다.

"듣거라. 선혜청은 나라의 곳간이다. 즉각 현장으로 출동하여 난동을 부린 놈들을 모조리 잡아 들여라."

"예! 명 받들겠습니다요."

도봉소는 난장판을 방불케 했다. 포졸들은 곧 바로 무위영으로 달려가 난동을 부린 포수 김영춘, 유복만, 정의길, 강명준 등 10여 명을 잡아갔다.

하루가 지나자 이들 잡혀간 군졸들이 모진 고문을 당하고 있다는 소문과 어제 난동에 가담했던 자들도 모조리 색출해서 중벌을 내린 다는 소문도 퍼졌다. 그러면 우리들도 잡혀 가야 하나? 군졸들은 흥분했다. 힘이 없는 그들은 자기들의 직속상관인 무위대장 이경하를 찾아가서 사정하는 수밖에 없었다.

"대감마님, 우리들을 불쌍히 여겨 주십시오. 우리들이 욱! 하는 결기를 참지 못해 저지른 죄입니다. 고의가 아니었습니다요."

"내가 무위대장이긴 하다만 선혜청 일에 관여할 수는 없는 형편이다. 내 편지를 한통 써 줄터이니 선혜청 당상 대감을 찾아가 사정해 보아라."

대원군 시절에는 훈련대장, 포도대장, 금위대장, 병조판서를 역임하면서 온 천하가 벌벌 떨 정도로 위세를 떨치던 이경하였다. '낙동 대감이 떴다.' 하면 울던 아이도 그친다고 했다.

낙원동이 그의 집이었기 때문에 붙여진 별명이었다. 그러나 대원 군이 밀려난 지금 그 역시도 겨우 벼슬자리나 지키고 있는 별 볼일 없는 신세가 되어 버린 지 오래였다.

군졸들은 안국방 민겸호의 집으로 몰려갔다. 그러나 거대한 솟을 대문은 굳게 잠겨 있고 하인들은 아예 상대도 하려 들지 않았다. 이경하 대감의 서찰을 가지고 선처를 부탁해 보리라던 꿈은 여지없이 깨져 버렸다. 거기다가 대문 안에서 민겸호의 하인들이 깐죽대며 바짝바짝 약을 올려댔다. 하인들 중에 도봉소에서 쌀을 담아주던 고지기 세 놈이 끼어 있었다.

"이놈들아, 떼를 지어오면 무슨 수가 난다더냐?"

"포도청에 끌려가서 치도곤 맛이나 봐라, 이놈들."

치도곤(治盜棍)이 무엇인가? 도둑들을 징치한다고 때리는 가장 큰 곤장이다. 사람 한길도 넘는다. 그것 열 대면 누구라도 까무러치는 엄청난 형구이다. 군졸들은 더욱 흥분했다.

"저놈들이 아직도 주둥이는 살아 있구나. 저놈들을 때려 죽여라!"

군졸들이 일시에 대문짝을 밀어대니 대문이 우직끈! 소리를 내면서 뒤로 벌렁 나자빠졌다.

그 기세에 하인들이 줄행랑을 치고 몇 놈은 피한다는 것이 지붕 위로 올라갔다. 이제 이성을 잃은 군졸들은 닥치는 대로 하인들을 잡아서 초죽음이 되도록 때려 눕혔다.

그래도 지붕 위에 있는 놈들은 아직도 기왓장을 내던지며 계속 저항했다. 몇 명이 지붕 위에까지 올라가 하인들을 끌어 내렸다. 닥치는 대로 밟고 때리고 했더니 두 놈이 죽어 나자빠졌다.

한 번 피를 본 수 백의 군졸들은 눈이 뒤집혔다. 민겸호의 집을 닥치는 대로 때려 부수고 집안에 있는 집기들을 모조리 끌어 내렸다. 곳간에 쌓인 피륙이며 곡식도 모조리 끌어 내왔다. 거기에 불을 질렀다.

"와! 잘도 탄다."

"우리들의 피땀을 빨아서 챙긴 재물이다."

불길과 연기가 하늘로 치솟자 난동은 최고조에 이르렀다. 그러나 그런 들뜬 기분도 잠시, 이들은 곧바로 냉정을 되찾았다. 생각해보니 엄청난 일을 벌인 것이었다. 두 명이 죽었다. 최고의 권세가라는 집이 불에 타 버렸다. 이제 자기들이 잡히면 죽음 이외에는 다른 길이 없을 것 같았다. 이때 누군가의 입에서 '대원위'라는 말이 나왔다. 그러자 여기저기서 같은 말이 나왔다.

"대원위 대감께로 갑시다. 그분이라면 우리들을 구할 방책이 있을 것이요."

"그래요. 대원위 밖에는 우리가 기댈 언덕이 없겠소."

"운현궁으로 갑시다."

이렇게 하여 수 백의 폭도들은 운현궁으로 몰려갔다. 잔뜩 찌푸리기만 했던 하늘에서 시원한 빗줄기가 쏟아져 내려왔다. 반 년 만에 구경하는 비다. 군졸들은 소리쳤다.

"봐라. 하늘도 우리 편이다!"

대원군은 이들의 대표자 겸인 김장손과 유춘만, 두 명만을 들이게 했다. 한 사람은 잡혀간 김영춘의 아버지요, 또 한 사람은 유복만의 형이었다.

그들로부터 전후사정을 다 들은 대원군은 그들을 물러가게 했다. 그리고는 심복인 허욱과 김태희를 불렀다. 허욱은 얼마 전까지만 해도 무위영에서 중군으로 있던 자였다. 종3품, 결코 낮지 않은 벼슬이다. 그들에게 소곤소곤 귀속 말로 행동 요령을 알려 주었다.

허욱과 김태희가 구군복으로 갈아입고 나서자 마당에서 행여나 하고 기다리던 오백여 명의 군졸들은 힘이 났다. 허욱은 앞에 서서 일장 훈시를 했다.

"나는 무위영 중군 허욱이다. 이제 너희들을 이끌고 이 삐뚤어진 세상을 바로 잡고자 한다. 먼저 일대는 나를 따라 동별영에 가서 무기고를 탈취한다. 다른 일대는 김태희 별감의 지시를 받아 포도청을 때려 부수고 너희들의 동료들을 구해낸다."

"와! 와!"

어찌할 바를 몰라 방황하던 난동패의 무리들이 질서 정연한 군대로 변하는 순간이었다. 동별영은 운현궁과 바로 지척이었다. 동별영을 급습한 군졸들은 번을 서고 있던 수비병들을 죽여 버리고 무기를 탈취하여 총과 칼로 무장하였다. 또 다른 패는 서린방의 포도청으로 향하다가 마침 왕명을 받고 달려오는 무위대장 이경하의 기마대와 마주쳤다.

"이 무슨 짓들인가? 즉시 난동을 멈추어라!"

그러나 이제 이들에게는 눈에 보이는 게 없었다. 대원위 대감이 뒤에서 밀어주신단다.

"당신이 무위대장이면 제대로 부하들을 돌봐야 하는 것 아냐?"

이경하의 바로 앞에 있던 폭도 하나가 말고삐를 낚아채더니 홱 잡아 당겼다. 그러자 말이 죽는다고 앞발을 들고 날뛰었다. 말 위에서 허둥대던 이경하를 보고 모두들 깔깔대며 허리를 잡고 웃었다. 이경하는 불과 10여 기의 군마와 20여 명의 군졸들을 데리고 왔다가는 수 백의 폭도들의 기세에 눌려 제대로 대항도 못해보고 도망쳤다.

포도청을 때려 부수고 갇혀 있던 동료들뿐만 아니라 죄인 40여 명도 모두 방면해 주었다. 그러자 그들 중에 또 절반이 죽기 살기로 이 폭동에 가담했다. 이제 이쪽 대열만 해도 7, 8백은 될 것 같았다. 그들은 기세가 등등하여 이번에는 형조의 감옥을 깨어 부수었다.

이제는 일반 백성들도 많이 가세하였다. 그들은 호군(護軍) 민창식의 집을 습격했다. 민창식이 끌려나와 가족들이 보는 앞에서 무참히 타살되었다. 다음에는 세자빈의 아버지인 민태호의 집을 급습했다. 바로 민영익의 친아버지이다. 그러나 민태호는 강화유수로 나가 있어 변을 모면했다. 다른 일대는 경기감사 김보현의 집을 때려 부쉈다. 김보현도 대궐로 도망친 뒤였다.

"별기군을 훈련시키는 왜놈들을 쳐 죽여라!"

다른 일대가 서대문 밖 청수관 쪽으로 몰려갔다. 남산 밑에 있던 별기군의 훈련장은 서대문 밖으로 이전해 있었다. 그러나 일본군관 호리모도는 부하들과 함께 도망가고 없었다.

그래도 그는 죽을 팔자였던 모양이다. 군중들이 일본인 순사 두 명과 함께 도망치던 호리모도를 아현 고개 마루턱에서 잡았다. 그들 세 명은 군중들에게 몰매를 맞고 처참하게 죽어갔다. 폭도들은 일본 공사관 건물을 열 겹, 스무 겹으로 둘러쌌다. 안에다 돌을 던지자 유리창이 깨지는 소리가 들렸다.

안에서는 일본공사 하나부사가 공사관 관원들을 모아 놓고 일장 훈시를 하고 있었다. 심약한 자들은 훌쩍훌쩍 울고, 사무라이 출신들은 모두 할복하자고 했다.

"우리는 지금 죽느냐 사느냐의 기로에 서 있다. 내가 앞장을 설 것이다. 대문을 박차고 나서면서 허공에 대고 공포를 발사한다. 그러면 무조건 마포 쪽으로 뛰어 달려라. 일차 집결지는 마포 나루터이다. 만약 실패하면 각자 알아서 제물포 미곡상 앞으로 모인다. 여기까지다. 자, 행동개시!"

그의 명령대로 일본인들은 일사불란하게 움직였다. 먼저 공사관

내부에 서류들과 집기들을 모아 놓고 불을 질렀다. 동시에 공사를 비롯한 총 28명의 일본인들이 일제히 총을 쏘며 나오자 수 백의 군중들은 그 기세에 밀려 잠시 길을 터 주었다. 앞장 선 미즈노 대위가 계속 총을 쏘아대며 길을 열자 주춤거리던 일본인들도 자신감을 갖고 따라가기 시작했다.

흠뻑 비에 젖은 그들은 마치 물에 빠진 생쥐 꼴이 되어 겨우겨우 인천까지 도망했다. 하늘이 그래도 그들을 도우셨나보다. 때마침 인천 앞바다에는 영국의 측량선 한 척이 떠 있었다.

일본 공사와 관원들을 놓친 패거리들은 세를 몰아 대궐로 향했다. 이번 사태의 진원지인 민겸호를 잡아 죽여야만 직성이 풀릴 것 같았다. 또 탐관오리로 소문난 김보현도 죽여야만 할 것 같았다. 그런데 그들은 대궐로 피신해 있다고 한다.

창덕궁 담장 밑에까지 왔다. 이미 수 천의 군중이 먼저 와서 웅성거리고 있었다. 대궐을 쳐들어가? 그래도 대궐이 어디인가. 임금이 계신 곳이 아닌가. 모두들 그것만은 자신이 없었다.

그때 누군가가 이최응의 집으로 가자고 소리쳤다. 이미 자시를 넘어 새벽으로 접어들고 있었다. 난동이 난 지 사흘째가 되는 날이다. 한 패가 이최응의 집으로 우르르 몰려갔다. 중간에 또다시 많은 백성들이 가세하였다. 이최응의 집은 몇 년 전에 불에 타버렸다. 그런 것을 전보다 더 으리으리하게 지었다.

이최응은 저놈들이 그래도 감히 임금의 큰아버지인 나에게 어찌하랴 싶었다. 들리는 소문에 의하면 난군들은 동생 대원군의 사주를 받는다고 했다. 그래도 형인 자기에게까지야…. 이런저런 생각에 잠을 이루지 못하다가 새벽에 깜빡 잠이 든 모양이다.

갑자기 고함소리와 대문이 흔들리는 소리에 잠이 깼다. 드디어 올 것이 왔구나. 서둘러 열쇠꾸러미를 챙겨서 뒷담 쪽으로 갔다. 담장이 너무 높다. 때마침 하인이 뒤에까지 따라왔다.

그를 엎드리게 해 놓고 넘어가려는데 온몸을 칭칭 감고 있는 열쇠꾸러미 때문에 몸이 걸려 넘어갈 수가 없었다. 바로 그때 난군들이 대문을 깨부수고 뒤꼍까지 치고 들었다.

"저놈이다. 저놈이 도망간다."

"이놈, 가긴 어딜 가!"

영의정 이최응은 드디어 난군폭도들에게 발을 잡혀 끌어 내려졌다. 난군들은 닥치는 대로 그를 밟고 두들겨 팼다. 그는 그 자리에서 처참하게 숙어갔다. 당시 68세였다.

임금과 중전도 이 사태를 처음부터 보고 받아서 알고 있었다. 급료가 열세 달 분이 밀렸다니, 임금도 중전도 기가 막힐 따름이었다. 그때까지 대신들은 무엇을 했단 말인가. 사태를 수습하기 위해서 임금은 서둘러 선혜청 당상 민겸호를 파직하였다. 도봉소 당상 심순택도 파직하였다. 무위대장 이경하도 파직하였다. 중징계를 한 것이다.

그러나 백성들은 그런 정도의 미봉책에 만족하지 않았다. 임금과 중전은 대신들을 불러 묘책을 강구했다. 그러나 사태는 너무나도 악화되어 있었다. 폭도들이 대원군을 옹립하기 전에는 물러가지 않는다고 한다는 것이었다. 여차하면 대궐까지 치고 들어 올 기세라고 한다. 어찌해야 하나….

마침내 임금은 결단을 내렸다. 실은 중전의 주장이었다. 내가 이번 싸움에서 졌다. 그러나 지난 번 이재선의 역모사건 때도 시아버지를 살려 주었으니 설마 나를 어찌 하지야 않겠지.

중전은 임금을 다그쳤다.

"중전의 말대로 하리다. 그리고 난군 폭도들의 동태가 심상찮으니 내 무예별감을 보내어 중전을 호위케 하리다."

중전이 편전을 서둘러 빠져 나갔다. 임금은 곧바로 무예별감 홍계훈을 불렀다.

"홍 별감은 이 시각부터 중궁전에 가서 중전마마를 호위하라. 중전의 뒤를 그림자처럼 따라 다녀야 할 것이니라."

"존명!"

홍계훈이 복창 소리도 요란하게 예를 갖추고 부하 두 명을 인솔하고 떠났다.

대궐에 도착한 부대부인 민씨는 무엇보다도 중전의 안위가 걱정되어 서둘러 중궁전으로 향했다. 한참을 수소문한 끝에 다행히도 마침 중궁전 소주방에서 궁녀의 복장으로 갈아입고 있던 중전을 발견하였다. 소주방은 여염집으로 말하면 부엌이다.

중전은 부대부인 민씨를 보자 반가움에 울음을 터트렸다. 민씨는 재빨리 자기가 타고 온 가마를 가리켰다. 중전이 그 가마에 오르자 가마꾼들이 서둘러 일어섰다. 궁녀들은 멀어져가고 있는 중전을 안타까운 시선으로 배웅할 뿐이었다. 함께 간다면 그건 중전마마를 더욱 위태하게 만드는 결과이리라. 모두가 그런 심정이었다.

중전은 북산 쪽으로 방향을 잡았다. 아무래도 남쪽의 돈화문은 난군들의 눈을 피하기가 어려우리라는 계산에서였다. 생각대로 난군들과 마주치지 않고 한참을 왔다. 그때 돌연 앞에서 한 무리의 패거리가 동궁전 숲 언덕길을 따라서 내려오고 있었다.

"멈추어라. 이 가마에는 누가 타고 있느냐?"

미처 무엇이라고 말할 틈도 없이 벌써 서너 명이 달려들어 가마꾼들을 발로 걷어찼다. 가마꾼들이 나 죽는다고 소리치며 뿔뿔이 흩어졌다. 가마가 부서졌다. 억센 팔이 안으로 들어오더니 중전의 옷소매를 잡고 끌어 내렸다. 호위하는 군사도 없다. 아, 이제 내가 난군 폭도들의 손에 죽어야 하나?

흙바닥에 내동댕이쳐진 중전을 서너 놈이 지켜보면서 으름장을 놓았다. 중전이 눈을 들어보니 저 멀리 나무 뒤에 숨어서 김상궁과 간난이가 입에 손을 가리고 안타까운 시선으로 이쪽을 바라보고 있었다.

"이년이 중전에 틀림없다."

"죽여 버리자."

이때 누군가가 바람같이 달려들어서 중전의 옷소매를 잡아 일으켰다.

"아니, 네가 여기 있었구나."

중전이 눈을 들어보니 임금을 항상 호종하는 호위무사 홍 별감이었다.

"넌 누구냐?"

"이보게들. 이 아이는 내 누이일세. 보면 모르시겠는가?"

허름한 궁녀의 복색을 했으니 옷차림새만 가지고는 중전이라고 단정할 수가 없다.

"병들어 아픈 아이일세. 궐에서 20년 간 궁녀 생활로 고생고생 했는데 여기서 이대로 죽게 할 수는 없네. 그래서 고향으로 데려가려던 참일세. 나를 보아서라도 눈감아 주시게나."

정말 그런가? 폭도들은 잠시 서로를 쳐다보았다. 나이가 있는 여자를 보고 애야, 어쩌구, 하는 것을 보니 정말로 친동기간은 친동기간인 모양이네. 게다가 꽤 높은 차림새의 무관이 자기들을 보고 사정을 좀 보아 달라고 부탁을 하니 잠시 마음이 풀어지기도 했다.

"중전마마는 조금 전에 상궁나인들에 둘러싸여서 금호문 쪽으로 피신하는 것을 이 내 두 눈으로 똑똑히 보았다네."

그들이 주춤하는 사이 홍계훈은 중전을 훌쩍 들쳐 업더니 뒤도 돌아보지 않고 냅다 북산 쪽으로 뛰어 달렸다. 중전은 새털처럼 아주 가벼웠다.

임금의 명을 받은 홍계훈은 중궁전으로 뛰어 갔었다. 그러나 거기에 중전마마는 계시지 않았다. 부하들에게 서둘러 중전마마를 찾아보도록 지시하는 한편, 홍계훈도 중궁전 주위를 뛰어다니면서 중전마마를 찾았다.

그때 마침 상궁 하나가 중전마마는 조금 전에 북산 쪽으로 피신하셨다고 알려주었다. 그래서 숨이 턱에 닿도록 뛰어서 마침내 가마를 발견한 것이었다. 실로 아슬아슬한 순간이었다.

다음 날, 대궐에서 운현궁으로 사람이 찾아 왔다. 벌써 큰 아들 이 재면은 무위대장에 임명되어 있었다. 대원군은 꼼짝을 하지 않았다. 그러자 다시 사람을 보내 왔다. 이번에는 내시 이민화였다.

"국태공 저하, 사태가 급하옵니다. 어서 서두르소서."

그제야 대원군은 옆에 있는 부대부인 민씨에게도 입궐할 차비를 하라 일렀다. 궐에 들어와 보니 군데군데 난군 폭도들이 진을 치고 있었다. 대원군이 들어가는 중에도 궁녀를 끌고 숲속으로 들어가는 폭도도 보였다. 이미 관의 힘으로는 궐을 평정할 수가 없는 지경이었다. 난군들의 고함소리가 어지럽게 울려 퍼졌다.

"중전을 찾아라."

"그년이 살아 있으면 우리가 죽는다."

대원군은 임금을 찾았다. 임금은 희정당에서 신료들과 함께 있었다. 어제 난군을 피해 궁으로 오던 민겸호와 김보현이 도중에 난군들에 의해 척살당했다는 소식을 접한 임금과 대신들은 공포에 질려 벌벌 떨었다.

그들을 죽이고 나서도 분이 풀리지 않아 난도질을 해서 궐의 개천에다 버렸다고 했다. 민씨 척족들의 집은 온통 쑥대밭이 되었다는 것이었다. 세도 민영익은 중의 복장으로 변장해서 겨우 도망쳤단다. 양주로 갔다고도 하고 포천으로 갔다고도 한다.

대원군은 임금에게 가벼운 눈인사만을 하였다. 대신들은 말없이 부복해 있을 뿐이었다. 잠시 침묵이 흘렀다. 폭도들의 외침소리가 여기저기서 들려오고 있었다. 임금이 드디어 결단을 내렸다.

"오늘의 사태에 대해 짐이 무슨 말을 하겠소. 다 과인의 부덕의 소치요."

한참을 망설이던 임금은 다시 대원군을 바라보며 입을 열었다.

"아버님이 이 난국을 수습해 주셔야 하겠습니다."

임금이 떨리는 손으로 붓을 잡아 '국가대소사 국태공일임(國家大小事 國太公一任)'라는 열 자를 써 내려 갔다.

"이제 이 시간 이후로는 모든 국사를 국태공에게 일임하겠소. 대신들은 그리 알고 처신하시오."

대원군은 이재면과 허욱과 김태희를 불렀다.

"난군들을 모두 해산시켜라."

"저하. 이제는 소인들의 힘으로도 어찌할 수가 없나이다."

"저들이 중전을 찾기 전엔 돌아가지 않겠다고 하옵니다."

김태희와 허욱이 연신 머리를 조아리며 하는 대답이었다.

"재면이 너는 좌우포청의 포졸들을 풀어 중전을 찾아라. 아직 도성 어디엔가 숨어 있을 것이니 나루터마다 철저히 봉쇄하고, 중전과 평소 친교가 있는 관리들의 집을 중점적으로 수색하라."

"네, 아버님."

"허욱과 김태희는 듣거라. 지금 당장 해산이 되지 않는다면 하루 더 말미를 줄 것이니 대궐을 샅샅이 뒤지도록 해라. 단 더 이상의 무고한 인명 살상은 절대로 용납되지 않는다고 엄중히 경고하여라."

중전은 윤태준의 집으로 방향을 잡았다. 올해 마흔 네 살인 윤태준은 세자의 스승으로도 있었다. 가끔씩 중전이 책을 읽다가도 막히는 때가 있으면 그를 불렀던 적이 있었다.

졸지에 중전마마를 맞이하게 된 윤태준은 서둘러 내당에 모시고 부인으로 하여금 중전을 돌보게 했다. 중전의 몰골은 말이 아니었다. 그래도 목욕을 하고 새 옷으로 갈아입자 여염집 아낙 같은 모양새가 났다. 중전마마의 앞에 윤태준과 부인은 꿇어 엎드려 통곡을 했다.

중전은 저녁상을 거의 수저를 대지 않고 물리쳤다. 그도 그럴 것이리라. 중전마마께서 지금 음식이 입으로 넘어가시겠는가. 내외는 이렇게 생각했다.

홍계훈이 대궐로 달려가 기웃거려서 이런 저런 소식을 얻어 왔다. 민검호와 김보현이 폭도들에 의해 무참히 살해되었다고 했다. 민씨 척족들의 집은 모조리 불에 탔다고 한다. 민창식과 흥인군이 죽었다는 소식은 이미 알고 있었다. 임금께서 대원군에게 모든 정무를 위임하셨다고 했다. 그건 자기와 이미 의논한 일이었다.

폭도들은 지금도 중전만을 찾아 헤매고 있다고 한다. 포졸들이 온 도성 안을 샅샅이 뒤지고 있다 한다. 그렇다면 여기도 안전하지 않을 것이리라.

중전의 예측은 정확했다. 중전이 서둘러 민응식의 집으로 피신하고 나서 불과 한 식경 쯤 지났을 때 포졸들이 윤태준의 집에 들이닥쳤다. 그때는 이미 집안 정리도 다 끝난 상태였기에 윤태준의 집에 중전의 흔적은 남아 있지 않았다.

민응식의 집에는 홍계훈, 민영위, 민영기, 민긍식이 모였다. 이들은 중전의 피신처에 대하여 밤새 의논했다. 그 결과 충주에 있는 민응식의 본가가 제일 안전하리라는 결론에 도달했다.

문제는 거기까지 어떻게 모셔 가느냐 하는 것이었다. 우선 한강을 건너기가 쉽지 않을 것 같았다.

　다음 날, 홍계훈은 민응식의 하인 하나와 함께 광나루를 살펴보았다. 하인이 가져온 정보에 의하면 나루터에는 송파 관아에서 포졸들이 나와서 하루 종일 지킨다는 것이었다. 저녁에 해가 넘어가야만 돌아간다고 했다. 이번에는 도성 안으로 들어가서 다시 사정을 살펴 보았다. 포졸들과 난군들이 조를 짜서 눈에 불을 켜고 중전을 찾아다니고 있었다.

　한편 이재면은 무위대장에 임명되었으면서도 중전을 추포하는 일에 그다지 힘을 기울이지 않았다. 그는 마지못해 아버지의 명에 따르기는 했으나, 오히려 마음 속 한구석에는 중전이 어디 안전한 곳으로 피신했으면 하는 바람이 간절했다.

　아버지에게 무시당하면서 살아갈 때에도 큰 위로가 되어 주셨던 중전이었다. 명절이 되면 운현궁이 발 디딜 틈조차 없이 터져 나갔다. 자신들이 운현궁 안에 살고 있다는 사실을 기억하는 사람이 하나라도 있었던가? 아내와 함께 서러움에 눈물을 흘릴 때마다 중전마마는 잊지 않으시고 선물을 보내주시었다. 부디 중전마마께서 무사하셔야 할 터인데….

　다음 날, 중전은 홍계훈과 단 둘이서만 피란길을 떠나기로 했다. 지금까지의 정보를 종합해 보면, 포도청에서는 여인 하나를 여러 명의 종자들이 호위하고 가는 행렬을 특히 집중하여 조사한다는 것이었다. 왕비가 살아서 도망친다면 필경 혼자서 가지는 않을 것이란 판단에서다.

그렇다면 달랑 혼자서 가는 것이 제일 안전할 터였다. 그러나 충주, 그 먼 길을 어찌 여자 혼자의 몸으로 간다는 것인가? 그 또한 말이 안 되는 일이다. 그래서 나온 결론이 홍계훈 하나만을 동행으로 삼아 떠나기로 한 것이었다. 광나루까지는 민응식의 집 하녀 하나가 따라가기로 했다.

중화참이 지나서 중전은 측근들의 전송을 받으며 집을 나섰다. 홍계훈은 지게 위에 옷 보따리를 깔고 그 위에 중전을 태웠다. 흰 저고리에 남색 무명치마, 발에는 짚신을 신고 얼굴에는 약간의 흙 검댕도 칠했다. 쪽 지은 머리에는 나무 비녀를 꽂았다. 누가 보아도 여염집 아낙 차림새다. 서너 걸음 뒤로는 민응식의 집 하녀 삼월이가 보퉁이를 하나 끼고 따라오고 있었다.

광나루에 도착하니 어느 덧 땅거미가 지려하고 있었다. 포졸들은 보이지 않았다. 철수했음이 분명해 보였다.

사공을 찾았다. 사공은 이들을 보자마자 손사래를 쳤다. 포졸 놈들이 하루 종일 진을 치고 있다가 바로 조금 전에 떠났다고 했다. 떠나면서 여인네는 절대로 강을 건네주지 말라고 엄히 지시했단다. 부득이하여 여인네가 강을 건널 일이 있으면 먼저 관아에 알려서 지시를 받으라고 했다는 것이었다.

홍계훈은 사정사정했다. 아내가 병에 걸려 오늘 내일 하는데, 죽더라도 고향인 이천에 가서 어머니 곁에서 죽겠다고 하니 어쩌겠느냐는 것이었다. 홍계훈이 사정을 하고 있는 사이에 지게 위에서는 가느다란 신음소리가 들려왔다.

"아이고, 나 죽소~."

뒤에서 종년은 훌쩍훌쩍 잘도 울어댄다. 그래도 사공은 손사래를 치면서 완강히 거절했다.

"정히 그러시면 내가 강 건너 송파 관아에 기별하고 오리다."

"이보시오, 사공. 강을 건너는 김에 데려다 주면 되지, 무엇 때문에 우리를 여기에 세워 놓고 강을 건너갔다 온단 말이오."

홍계훈이 말을 마치고 슬쩍 사공의 손에 금반지를 쥐어 주었다. 어둠 속에서도 오십 줄 사공의 흰 이가 드러났다.

그는 자신의 움막에 가서 불빛에 비추어 보고 이로 깨물어보기도 했다. 틀림없는 금 쌍가락지였다. 꽤 묵직한 것이 보통 여염집에서 흔히 볼 수 있는 패물이 아니었다. 그래, 내가 눈 한 번 질끈 감아주자. 나만 입 다물고 있으면 쥐도 새도 모르겠지.

사공은 움막 가까이에 가서 숨겨 두었던 노를 가지고 왔다. 중전은 삐걱대는 노 소리를 들으면서 이런 저런 생각에 잠겼다. 아, 세자 저하는 어찌 되셨을까? 항상 병치레에 골골하는 세자의 얼굴이 어른거렸다. 이제 가면 내가 언제나 다시 이 강을 건널 수 있으려나. 어찌하여 그렇게도 깨끗한 관리들은 없는 것일까. 만약에 다시 한 번 기회가 주어진다면 젊고 때 묻지 않은 인재들을 기용하리라. 그래서 백성들을 편안케 하리라.

"다 왔수."

금반지 덕인지 퍽이나 친절하게 건네주었다. 홍계훈은 서둘러 중전을 다시 지게 위에 태우고 길을 재촉했다. 비가 그친 하늘에는 별들이 총총했다.

돌아가는 배 위에서 사공은 멀어져가는 발등거리의 불빛을 보면서 중얼거렸다. 분명 부부 사이가 아니야. 아무렴. 내 눈을 속이지는 못하지. 뱃사공 생활 삼십 년 아닌가. 사공은 홍계훈이 지게 위에서 부인을 안아 내릴 때 어려워하던 모습을 떠올렸다. 자기 부인이라면 그럴 리가 없지. 그렇다면 저 여인이 정말 포졸들이 찾고 있는 왕비란 말인가? 사공은 고개를 흔들었다. 그것도 아닌 것 같았다. 왕비라면 어찌하여 저렇게 달랑 한 명만이 호종한단 말인가. 에라, 모르겠다. 난 횡재했으니 그걸로 족하지. 제발 잡히지만 말아다오. 사공은 노를 잡은 손에 힘을 주었다.

난리가 난 지 벌써 6일째, 대원군은 궐안이건 궐 밖이건 도대체 수습이 되지 않아서 머리를 싸매고 있었다. 이미 세상은 9년 전과 너무나도 달라져 있었다. 이제 쇄국(鎖國)은 불가능하였다. 대신들도 대원군의 재등장을 달가워하지 않고 있었다. 그의 밑에서는 목소리 한 번 제대로 내지 못하고 죽어지내야만 하기 때문이었다.

어찌하면 이 난국을 수습할 수 있을까? 그래도 힘을 내야지. 먼저 조직을 개편했다. 종전대로 5영을 부활시키고 무위영도 훈련도감이라고 부르게 하였다. 개화정책의 상징처럼 되어 있던 통리기무아문이라는 것도 없애버리고 다시 삼군부(三軍府)를 부활했다.

인사개편을 단행했다. 아들 이재면에게 훈련대장, 호조판서 겸 선혜청 당상까지도 겸임토록 했다. 그래도 남보다야 내 아들이 낫지 않겠는가. 영의정엔 홍순목을 다시 앉혔다. 그밖에도 유배를 당하고 있던 척화론자들과 민씨 정권에서 냉대받고 지내던 사람들을 다시 불러 들여 중용하였다.

그래도 민심은 수습되지 않았다. 그 근본 원인은 중전이 아직 살아 있을 것이란 소문 때문이었다. 아무도 죽은 모습을 보지 못하였으니 살아 있을 것 아닌가? 중전이 다시 집권하게 되면 이번 난동에 가담했던 자들을 하나도 남김없이 죽일 것이란 소문도 퍼져나갔다.

이 문제를 두고 며칠을 고민하던 대원군은 드디어 결단을 내렸다. 중전의 국상을 반포하기로 한 것이다. 중신들이 반대하였다. 어찌 시체도 없는 장사를 치를 수 있겠느냐고. 그러나 대원군은 완강했다.

"의대(衣帶)를 대신 넣으시오."

"옷으로야 어찌…."

영의정 홍순목이 주저했다.

"아, 시해당할 때 입었던 옷이라면 될 것 아니오!"

그의 서슬에 노 대신이 주춤하며 물러났다. 다른 대신들도 대원군과 맞닥뜨려 보았자 이로울 게 없다는 판단에 순순히 지시에 따르기로 했다.

곧 국장도감이 설치되었다. 장례 전반을 주관하는 부서다. 산릉도감도 설치되었다. 묘 자리를 만드는 일이다. 이렇게 되자 문무백관들도 한편으론 의아해하면서도 어쩔 수 없이 상복을 입었다. 백성들도 따라서 백립(白笠)을 쓰고 다니기 시작했다.

제깟 것이 살아 있다 해도 어찌 얼굴을 들고 나타날 수 있단 말이냐. 이만하면 됐다. 대원군은 길게 기지개를 켰다. 난군들도 제풀에 지쳐서 하나 둘 사라졌다.

16. 바다위에서 뿌린 눈물

한참을 가는데 중전이 돌연 걷고 싶다고 했다. 홍계훈이 발등거리를 밝혀든 채로 앞장서고, 그 뒤를 중전이 사박사박 발걸음 소리도 가볍게 따라갔다.

비가 그친 뒤라 길이 질퍽거렸다. 벌써 짚신은 물론 치맛자락까지 다 젖었다. 다시 중전을 지게 위에 태우고 또 한참을 왔다. 둘은 한마디도 하지 않았다. 홍계훈의 몸에서 나는 땀 냄새가 중전의 코를 찔렀다. 홍계훈도 이젠 발이 부르터서 더 이상 걷기도 힘들 지경이었다.

중전은 연전에 김홍집이 일본에서 귀국하며 선물로 가져온 시계를 꺼내어 보았다. 밤 10시 가까이 되어 있었다. 무려 세 시간을 쉬지 않고 온 것이었다. 홍계훈이 측은했다. 아마도 땀으로 목욕을 했을 것이다. 다행히도 저 멀리로 불빛이 깜빡거린다. 마을인 모양이다.

"저기서 하루 밤 묵어가요."

아무도 없다. 이 세상에 단 둘뿐이다. 왠지 궁궐에서처럼 명령을 내리기가 쑥스러웠다.

"네, 마마."

불빛이 깜빡이는 집이 서너 채 보였다.

동네에 가까이 접근하자 개들이 요란하게 짖어 댔다. 개들은 서로 합창이라도 하듯이 악을 쓰며 더 시끄럽게 짖어댔다. 파란 달빛과 별빛에 어렴풋하게나마 마을의 윤곽이 보였다. 대략 30호쯤 될까? 중전과 홍계훈은 가장 가까이에 있는 집을 찾았다.

"주인장 계시오?"

안에서 두런두런 하는 소리가 나더니 신을 끄는 소리와 함께 등을 들고 노인이 나왔다.

"누구신가?"

목소리에 경계하는 분위기가 역력했다. 그럴 것이다. 이렇게 밤이 깊은 시각에 낯선 사람들이라니. 곧 이어서 여인네도 방문을 열고 얼굴을 내밀었다.

"하룻밤 신세 좀 지려고 합니다."

"어디서 오시는 길이신가?"

"예, 처가가 이천인데 장모님이 오늘 내일 하신다 하오. 돌아가시기 전에 꼭 집사람을 보고 싶어 하신다기에 이렇게 밤에 떠났습니다."

"댁은 어디신데?"

삽짝 문을 사이에 두고 말을 건네는 것으로 보아 아직도 의심이 걷히지 않은 모양이다.

"네, 왕십리에서 왔습니다. 무위영의 군졸입죠."

등불을 들고 찬찬히 이들의 행색을 살핀 노인은 그 제서야 겨우 안심이 되는지 문을 열어 주었다. 중전도 보퉁이를 들고 따라 들어왔다. 자식들은 모두 대처로 떠나고 60이 갓 넘은 두 노인만 살고 있었다.

이야기를 들어보니 여기는 쌍령(雙鈴)이라는 동네란다. 생각보다 훨씬 커서 저 밑에 있는 아랫말까지 합치면 80호가 조금 넘는다고 했다. 할머니는 저녁을 짓는다며 부산을 떨고 할아버지는 건너 방을 치우고 있었다.

"집 뒤로 돌아가면 개울물이 아주 시원하다오. 저녁을 준비할 동안 가서 목욕이나 하고 오시구려."

그러고 보니 온 몸이 땀으로 흠뻑 젖었는지라 이대로는 잠을 잘 수도 없었다. 홍계훈이 앞서가자 중전이 주섬주섬 옷가지를 챙겨서 뒤따라 왔다. 노인네가 가르쳐 준대로 집 뒤편으로 가자 제법 큰 도랑이 졸졸 소리를 내면서 흐르고 있었다. 도랑 건너의 논에서는 개구리들이 죽어라고 울어댔다.

달빛을 받아 온 천지가 다 파르스름했다. 중전은 옷을 벗고 물속에 들어갔다. 잠시 물속에 있으니 오늘 하루의 피로가 싹 가시는 듯했다. 홍계훈은 주춤주춤 아래쪽으로 갔다. 조금 밑에서 목욕을 할 모양이었다. 중전은 벗은 채로 홍계훈의 옆으로 바짝 다가갔다.

"마마!"

"우린 부부가 아니어요?"

홍계훈의 온 몸에 비누를 칠해서 구석구석을 닦아 주었다. 비누의

향내가 코끝을 스쳤다.

"마마, 이러시면 아니 되옵니다."

"오늘 하루 먼 길에 많은 고생을 하였소."

황급히 몸을 움츠리던 홍계훈도 이제는 어쩔 수 없는 양, 중전이 하는 대로 몸을 내 맡겨두고 있었다. 중전은 홍계훈을 일으켜 세우고는 그의 앞가슴과 허벅지며 사타구니까지도 정성들여 닦아 주었다. 홍별감, 이것이 내가 별감에게 줄 수 있는 가장 큰 선물이오. 나도 지 아비를 모시고 있는 몸, 어찌 이부종사를 하겠소. 그러나 내 홍별감의 은혜만은 결코 잊지 않으리다.

"마마, 이것이 무엇이옵니까?"

"비누라고 하지요. 팥가루로 씻을 때보다 얼마나 때가 잘 벗어지는지 몰라요. 향기도 좋고요. 얼마 전 미리견(美利堅)의 관리 부인이 가져 온 거랍니다."

돌연 중전이 물소리를 내면서 벌떡 일어서더니 홍계훈 쪽으로 몸을 돌렸다. 둥그런 젖가슴과 아래의 검은 숲이 달빛에도 뚜렷하게 보였다. 홍계훈은 숨이 막혔다. 거기에는 서른두 살, 매혹적인 여인의 몸이 푸른 달빛을 받아 떨고 있었다.

집으로 돌아 와 보니 주인 내외가 밥상을 아주 정성스레 차려 놓았다. 호박과 감자가 들어간 찌개와 보리밥이 얼마나 맛이 좋던지 중전은 한 그릇을 후딱 비웠다. 이런 꿀맛 같은 밥은 난생 처음이었다. 홍계훈도 밥을 두 그릇이나 먹어 치웠다. 방도 따뜻하게 데워져 있었다. 방바닥에서는 콩기름 냄새가 고소하게 났다. 상을 물리기가 무섭게 잠이 쏟아졌다.

홍계훈과 나란히 누웠다. 아, 농사꾼의 아내로 시집갔다면 이렇게 살 것인데. 일하고 밥 먹고 아들 낳고, 딸 낳고…. 그런 생각을 하는 사이 옆에서는 벌써 홍계훈의 코고는 소리가 요란하게 들린다. 잠시 후, 중전의 코에서도 가늘게 코고는 소리가 새어 나왔다.

단교를 세내어 여주 민영위의 집에 도착하여보니 이용익이 궐의 소식을 갖고 와서 기다리고 있었다. 중전을 죽은 것으로 하고 국상을 발표했단다. 아하, 그랬었구나. 중전은 그 제서야 쌍령에서 여주까지 오는 길에 흰 갓을 쓴 사람들이 자주 보이던 것을 이해하게 되었다. 늙은이가 교활하기도 하군. 필경은 나를 아주 죽은 사람으로 만들어 버리려는 속셈이겠지.

어느 덧 6월 보름, 난리가 난지도 벌써 열흘이 지났다. 그곳에서 중전은 국왕에게 자신이 살아 있음을 알려야 하겠다고 생각했다. 자신의 생사를 몰라 하시면서 하루하루를 지내실 상감을 생각하니 가슴이 미어졌다.

틈을 내어 두통의 편지를 썼다. 하나는 상감에게 보내는 아주 간략한 서신이었다. 또 하나는 대담하게도 청나라에 구원병을 요청하는 서찰이었다. 중전은 이 서찰을 모두 조성하에게 전하도록 했다. 민씨 척족들은 대원군의 감시가 심할 게 뻔했기 때문이다.

상감은 대전 앞뜰을 서성이고 있었다. 잠이 오지를 않았다. 보름달이 아주 밝은 것을 보니 오늘이 보름인가? 가만히 생각해보니 하루가 지났다. 그렇다면 16일? 벌써 난리가 난지도 열하루가 지났구나. 중전이 떠난 날은 손꼽아 보니 여드레가 지났다. 어디에 계실까? 정말로 죽으셨나? 임금은 흐르는 눈물을 닦았다.

축 늘어진 어깨로 침전에 돌아왔다. 중전이 계시다면 이런 저런 이야기로 밤 이경, 삼경까지도 지낼 수 있으련만…. 밤마다 불면증에 시달리는 임금은 오늘 밤을 또 어찌 보내야 하나 난감한 생각이 들었다. 이런 심정을 아는지 모르는지 쌍 와룡촛대는 활활 타올라 방안을 대낮처럼 밝게 비추고 있었다.

"마마."

지밀 상궁이 원앙금침을 다 깔았는데도 돌아가지 않고 미적거린다. 60이 훨씬 넘은 늙은 상궁이다. 임금은 부쩍 의심이 들었다. 무엇 때문에 그럴까? 노 상궁은 임금의 곁으로 가까이 오더니 옷소매에서 무엇인가를 꺼내어 임금에게 전하고는 부랴부랴 방을 빠져 나갔다. 서찰이있다. 임금은 재빨리 펴 보았다.

전하, 옥체 강령하시옵니까? 소첩은 잘 있사옵니다. 부디 심지를 굳게 하소서. 머지않아 뵈오리다.

오호, 중전께서 살아계시었구려. 임금은 얼른 서찰을 금침 밑으로 넣고 손을 들어 촛불을 껐다. 밖은 조용했다.

공사관 직원들과 겨우 겨우 피신하여 영국의 측량선을 타고 탈출한 일본공사 일행은 6월 16일에 나카사키 항에 도착했다. 즉시 조선에서 일어난 군란의 내용을 도쿄의 외무성으로 타전했다.

조선에서 군란이 발생하여 육군소위 오카모도 레이조를 포함하여 총 13명이 살해 되었슴. 공사관 건물과 집기는 모두 불에 탔으며 본 공사 일행은 영국 측량선의 도움을 받아 나카사키 항에 피신해 있는 상태임. 조선의 부산, 원산 등지에 살고 있는 거류민단을 보호하기 위하여 병력의 파견이 시급히 요청 됨.

부산과 인천에서도 비슷한 전문이 입수되었다. 이번 전문은 조선 주재 일본공사의 공식적인 보고였다. 외무경인 이노우에 가오루는 즉각 조정에 이 사실을 보고하였다.

다음 날, 천황 주재로 긴급 각료회의가 열렸다. 높은 곳에는 무쓰히토 천황이 근엄한 자세로 앉아 있고 좌우에는 20여 명의 내각들이 탁자를 사이에 두고 줄지어 앉았다. 외무경 이노우에 가오루가 말문을 열었다.

"하나부사 공사가 보고한 그대로입니다. 지금 조선에 있는 우리 거류민단을 보호하기 위하여 긴급하게 군대를 파견해야 합니다."

모든 대신들이 만장일치로 이노우에의 의견을 지지하였다. 일단 조선에 출병할 구실을 찾았으므로 군대로 조선을 장악한 뒤에 이번 피해의 배상문제를 내 놓기로 하였다. 선 무력(先 武力), 후 협상(後 協商)이었다.

"이노우에 경의 의견대로 하시오."

32세의 무쓰히토 천황이 무겁게 한마디 했다. 1867년 즉위하자마자 곧바로 다음 해에 명치(明治)라고 연호를 바꾸었다. 메이지 천황으로 더 많이 알려진 인물이다. 이로써 어전회의는 간단히 끝났다.

참의(參議) 겸 궁내경(宮內卿)으로 궁중개혁을 담당하고 있던 실질적 제1인자인 이토 히로부미는 당시 유럽의 국회제도와 헌법제도를 연구하기 위하여 수행원들을 데리고 외유 중에 있었다. 군부는 즉각 행동에 나섰다.

일본에 주재하고 있던 청국공사 여서창은 이 사실을 긴급으로 본국 정부에 타전했다.

일본이 여러 척의 군함에 해군과 육군 1,500명을 싣고 조선으로 출동한다 함. 총지휘자 이노우에 가오루 외무경, 협상 전권대신 하나부사 조선 공사. 청국도 속히 조선에 군대를 파견하기 바람.

일본 군함들이 시모노세키 항을 출발한 것은 6월 27일이었다. 군란이 나고 22일이 지났다.

이에 질세라 청국도 서둘렀다. 조선 국왕의 국서가 없는 게 찜찜하긴 했으나 지금은 그런 것을 문제 삼을 때가 아니었다. 그래도 왕비의 친필이라는 게 있으니 어느 정도 체면은 선 셈이다. 광동수사제독 오장경이 4천 병력을 인솔하여 7월 5일 천진을 출발했다. 군란 꼭 한 달만이다.

7월 7일 정오, 하나부사는 창덕궁에 와서 국왕을 알현했다. 다카시마 육군소장과 진레이 해군 소장이 1천 5백의 병사들과 대포를 이끌고 창덕궁 앞에 진을 치고 있으니 알현을 거부할 방법도 없는 형편이다. 국왕 알현을 끝낸 하나부사는 이번에는 대원군을 찾아갔다. 그는 준비하여 온 서류를 대원군 앞에 내 놓았다.

첫째, 국서를 갖춘 사과사절단을 일본에 보낼 것.

둘째, 15일 내에 범인들을 색출하여 처단할 것.

셋째, 피해를 당한 일본인들에게는 일인당 5만원씩을 배상하고, 피해를 입은 일본국에는 50만원을 배상할 것.

넷째, 이번에 출동한 일본군의 출동비용과 체재비용 일체를 배상할 것.

다섯째, 원산, 인천 부산의 개항지를 넓히고 대구와 함흥에서도 통상을 허용할 것.

여섯째, 일본인들의 자유로운 여행을 보장할 것.

일곱째, 일본군 1개 대대가 주둔할 수 있는 병영을 짓고 영사관을 보호하게 할 것.

이들이 놓고 간 문서를 들여다보고 있던 대신들도 분노가 폭발했다. 어느 것 하나 쉽게 들어줄 수 있는 형편이 아니었다. 특히 배상금 문제는 열악한 조선의 국고 사정으로 볼 때 거의 불가능한 액수였다. 그렇다고 일본과 전쟁을 할 수도 없는 형편이었다.

이럴 때 청국군이 남양만을 거쳐서 서울로 들어왔다. 청군은 본부를 동묘(東廟)에 두고 4개의 부대로 편성하여 서울의 요소요소에 주둔했다.

1,500 대 4,000의 싸움이다. 여기에 기세가 꺾인 일본공사 하나부사는 청국군의 진지에 찾아가 마건충을 만나서 협상을 할 수밖에 없었다.

"이번 군란으로 우리 일본인이 많이 죽고 다쳤습니다. 우리는 적절한 배상을 요구할 뿐입니다. 조선 측이 우리의 요구사항을 들어주면 곧바로 철수하여 일본으로 돌아가겠습니다. 대인의 협조를 부탁드립니다."

마건충은 군인이 아니라 외교관이었다. 그도 일본군대와 전쟁을 벌이는 것을 원하지 않았다. 어서 빨리 일본군대를 몰아내고 조선 내에서 예전과 같이 청국의 지위를 다시 확보하고 싶을 뿐이었다.

"알겠습니다. 제가 중간에서 잘 주선하여 조선 측이 귀국의 요구사항들을 들어주도록 노력해 보겠습니다."

마건충은 휘하 장수들인 오장경, 황사림, 정여창, 원세개를 대동하고 운현궁으로 대원군을 예방했다.

"어서 빨리 일본 측과 교섭을 하시기 바랍니다."

"우리는 일본과 교섭을 하지 않을 것이오. 그들의 억지 주장을 무엇 때문에 들어주어야 한단 말이오?"

예상대로 대원군은 완강했다.

"그렇다면 어쩌실 작정이오?"

"일본과 외교관계를 끊을 것이오."

대원군은 추호도 물러날 기색이 없었다.

"일본은 그냥 철수하지 않을 것입니다. 어쩌면 더 많은 군대를 보내올지도 모릅니다."

"아, 그렇게 된다면 귀국의 군대가 있질 않소?"

"우리는 일본과 전쟁을 하자고 여기에 온 것이 아닙니다."

"그렇다면 무엇 때문에 조선에 오시었소?"

마건충은 기가 막혔다. 더 이상 이 늙은이와 이야기를 한다는 것은 의미가 없다고 생각했다.

떠나기 전 이홍장 북양대신으로부터 절대로 전쟁으로 확대시키지는 말라는 엄명을 받고 떠난 마건충이었다. 이 늙은이를 그냥 두고는 조선을 통치하기가 어렵겠어. 아무래도 대원군 보다야 왕비가 낫지. 사모관대를 단정히 쓰고 꼿꼿한 자세로 자기를 쏘아보며 앉아 있는 대원군 앞에서 마건충은 이런 저런 궁리를 해 보았다.

이 무렵 중전은 충주목사 민응식의 집에서 보름 쯤 거처하다가 다시 은신처를 옮겼다. 벌써 난리가 난지 한 달여, 비록 죽은 것으로 치부하고 장례를 치르고 있었지만 아직도 관에서는 중전의 행방을 계속 수소문하고 있었다.

그렇게 해서 옮겨 온 곳이 바로 홍계훈의 누이 집이었다. 여기는 충주에서도 30리를 더 들어가는 깊은 산 속이었다. 석정리(石井里)라고 했다. 돌우물이 있다는 동네이다. 불과 10여 호나 될까? 거의가 담배 농사를 짓고 있었다.

홍계훈의 누이 집은 흙벽돌로 지은 방 두 개짜리의 단출한 구조였다. 왕비 일행이 옮겨 가던 날은 비가 주룩주룩 내리고 있었다. 일행이라야 중전과 홍계훈, 그리고 발 빠른 이용익과 민응식의 집 몸종 하나가 전부였다.

미리 준비를 시켜 놓았던지 중전이 묵을 방은 종이로 도배까지 되어 있었다. 방바닥에는 화문석 돗자리도 깔아 놓았다. 누우면 발끝이 벽에 닿을 정도로 비좁은 방이었지만 중전은 여기에 와서야 비로소 두 다리를 쭉 뻗고 잠을 잘 수가 있었다.

참으로 한 달 만에 느껴보는 편안함이었다. 꽤 높은 산들로 삼면
이 폭 싸여있는 마을의 분위기가 그런 안도감을 주었는지도 모르겠
다. 아니면 이런 산골 외진 동네에까지 설마 기찰이 돌겠느냐는 생각
때문이었을까?

방 뒤쪽 작은 창문을 통해서 내다보면 담배 밭이 산 끝 밑자락에
까지 닿아 있었다. 그 위로 뻗어있는 산봉우리 위에는 짙은 구름이
걸려서 계속 비를 뿌려대고 있었다. 아침에 일어나면 집 뒤로 갔다.
거기에는 진분홍의 담배 꽃이 마지막 아름다움을 뿜내고 있었다.

홍계훈의 누이는 동생처럼 기골이 장대한 여성이었다. 남편과는
몇 년 전에 사별하고 아들만 둘을 두고 있었다. 대 여섯 살 쯤 되어
보이는 아이들 두 명이 코를 훌쩍이며 신기한 듯 외지에서 온 손님
들을 바라보고 있었다. 얼굴에는 잔뜩 부황이 들어 있었다.

홍계훈과 이용익은 번갈아 가며 하루, 때론 이틀간 쏘다니다가 오
곤 했다. 그들은 올 때마다 이런 저런 소식을 가져왔다. 석정리로 옮
겨 온지 한 열흘 쯤 지났을까. 일본군이 왔다는 소리를 들었고, 또 며
칠 있으니 청국도 군대를 끌고 들어왔다는 소식이 들려왔다. 그리고
또 며칠이나 지났을까. 이번에는 대원군이 청국으로 납치되었다는
엄청난 소식을 듣게 되었다.

마건충은 얼굴에 비굴한 웃음을 띠며 태도를 바꾸었다.

"국태공께서 연일 수고가 많으시니 저희 병영에서 조촐하나마 위
로도 할 겸 해서 주연을 준비하면 어떨까 싶습니다."

갑자기 그런 제안을 받은 대원군은 일순간 당황했으나 한 편으로

는 우쭐한 생각도 들었다.

그러면 그렇지. 제깟 놈이, 기껏해야 청군의 장수밖에 더 되겠는가? 감히 조선의 국태공을 설득하려 들다니…. 대원군은 주위 사람들이 미처 만류할 겨를도 없이 그 제안을 승낙해 버렸다.

마건충의 초대를 받자마자 대원군의 머리에 번쩍 떠 오른 것은 일본공사 하나부사의 오만 방자한 얼굴이었다. 며칠 전에 일본공사 하나부사가 창덕궁 앞에까지 군대와 대포를 이끌고 와서 국왕을 면담하겠다고 횡포를 부렸다. 대원군이 국왕과 함께 중희당에서 그를 만났다.

일본 공사는 그 자리에서 일곱 가지의 요구사항을 내 놓고 눈을 부라리며 돌아갔다.

굴욕만이라면 그런대로 참을 수도 있다. 문제는 그들의 엄청난 배상요구를 어찌 해결해야 하는가 하는 것이다. 그래서 청국 군대의 힘을 빌려서라도 일본군을 격퇴하였으면 좋겠다는 생각을 하게 된 것이다.

"그러면 소장들은 먼저 가서 연회를 준비하고 있겠습니다. 오늘 저녁 무렵에 남별영에서 뵙지요."

마건충이 예를 갖추자 휘하 장수들도 서둘러 인사를 하고는 황급히 자리를 떴다. 이들이 바람을 일으키며 사라지자 그 자리에 함께 있던 이재면, 정현덕, 이용숙, 이조연이 일제히 대원군을 만류했다.

"아버님, 가지 마시옵소서. 필시 무슨 흉계가 있는가 하옵니다. 만약 그렇지 않다면 그들을 영접하러 과천에 갔을 때는 제게 일언반구도 없었는데, 어찌하여 지금 갑자기 아버님을 청군 진지에 오라 하는 것이옵니까?"

이재면은 훈련대장 겸 호조판서다. 그가 어제 청군의 입성을 환영하기 위해 500의 군사를 이끌고 과천에 갔을 때는 아무런 말도 없던 저들이었다. 누가 생각해도 이상하지 않은가?

"필시 저하를 음해하려는 의도가 숨어 있는 것 같사옵니다. 가시지 마시옵소서."

"뭐, 별일이야 있겠느냐? 이번 기회에 청군의 병영이 어떤지 한 번 살펴보지."

이런 대원군의 자만심이 큰 재앙을 불러 일으켰다. 대원군은 통역으로 이용숙을, 그리고 호위무사로 이조연을 대동했다. 거리에는 사람의 그림자도 별로 없는 초저녁 무렵이었다. 하늘은 잔뜩 찌푸린 것이 금시라도 폭우가 쏟아질 것만 같았다. 대원군을 초대한 곳은 남대문 밖 남묘(南廟)에 주둔하고 있는 황사림 부대였다.

아직 막사도 제대로 갖추지 못한 병영은 어수선했다. 게다가 그들 청국군의 군대라는 것이 애초부터 군율은 없는 듯 했다. 해가 뉘엿뉘엿 넘어갈 무렵인데도 벌렁 누워서 이를 잡는 놈, 마작을 하는 패거리, 마작 하는 놈들 뒤에서 기웃 거리는 놈들…. 한마디로 군대가 아니라 어디 난장판을 온 것 같은 생각이 들었다. 어허, 이런 놈들을 내가 믿어야 한단 말인가?

대원군 일행이 제2영문 앞에 이르자 돌연 번을 서고 있던 군사 하나가 앞을 가로 막았다.

영문의 장교인 모양이다. 이용숙이 몇 마디 주고받더니 대원군에게 난처한 얼굴을 하고 돌아왔다.

"대원위 대감만 통과시키라는 명령을 받았답니다."

그 말이 끝나기가 무섭게 갑옷소리를 철그럭 거리며 황사림이 뛰어나왔다. 그는 성급히 주먹을 맞잡고 허리를 연신 굽혀대면서 너스레를 떨었다.

"국태공 저하를 기다리게 하여 너무나 송구하옵니다. 어서 안으로 드시지요."

또 다시 대원군의 경계심이 풀어졌다. 그는 호위하고 온 50명의 병사들과 호위대장인 이조연까지도 모두 제2영문 밖에 두고 본진 안으로 들어갔다. 그들은 점점 멀어져가는 대원군의 뒷모습을 불안한 눈으로 바라볼 수밖에 없었다.

조금 들어가니 제법 큰 막사가 나타났다. 주변에는 수많은 깃발이 바람에 펄럭이고 있는 것이 한눈에도 대장군의 군막임이 분명해 보였다. 황사림이 안으로 그를 인도해 들어갔다. 덜렁 큰 탁자에 마건충과 오장경이 머리를 맞대고 무언가 소곤거리고 있다가 당황하며 일어섰다.

뭔가 좀 이상했다. 분명 연회를 준비한다고 했었는데 어느 구석을 보아도 잔치 분위기는 찾아볼 수가 없었다. 잔치는 다른 곳에서 준비를 하고 있는 모양이지?

마건충이 붓을 들었다.

"국태공께서는 일본군을 겁내지 마십시오. 저희들이 깨끗하게 몰아내겠습니다."

"그렇게 말씀해 주시니 고마울 따름이오."

필담은 계속됐다.

"국왕의 신변보호도 저희들이 책임질 것입니다. 이 점도 염려 놓으십시오."

"그 또한 감사하오."

마건충과 황사림, 오장경은 연신 눈짓을 교환하고 있었다. 잠시 후 황사림과 오장경이 자리를 뜨면서 예를 갖추었다.

응? 잔치를 준비하러 가나? 이때 갑자기 마건충의 붓을 잡은 손이 떨리기 시작했다. 그러더니 얼굴도 험악하게 굳어졌다. 다시 필담이 이어졌다.

"이번 병란을 국태공께서 직접 지휘했다는 소문이 사실이오?"

아니, 이놈이 갑자기 무슨 수작을 부리는 걸까? 대원군은 잠시 멈칫했다.

"다시 묻겠다. 이번 병란을 당신이 직접 모의했는가?"

완전히 죄인을 심문하는 자세였다. 순간 대원군은 정수리 꼭대기가 갑자기 뜨거워짐을 느꼈다. 내가 속았나?

"그 무슨 망측한 소리인가?"

"하지만 그 결과 당신이 정권을 잡지 않았는가?"

"그게 아니다. 국왕이 나라의 소란을 진정시켜 달라고 부탁해서 대신 일을 보고 있을 뿐이다."

대답을 적고 있는 대원군의 붓 끝이 파르르 떨렸다. 지금으로서는 어찌 해 볼 도리가 없다. 내가 어느 막사에 있는지 찾아 낼 수도 없을 뿐더러, 데리고 온 군사 50명 가지고야 어찌 이들을 대적한단 말인가. 우선은 고분고분한 태도로 이 위기를 모면하여야만 하리라.

"그렇지 않다는 정보를 갖고 있다."

"누가 그런 소리를 하던가?"

"어찌 되었건 우리 황제께서 책봉하신 조선국의 국왕을 함부로 유폐시키고 정권을 탈취한다는 것은 있을 수 없는 일이다."

마건충의 변발에서도 땀이 흥건히 배어났다. 그도 어지간히 힘든 모양이었다.

"오늘 중으로 배를 타고 가서 천진에 가서 우리 황제께 직접 해명하시오. 나는 본국 정부의 명에 따라 움직일 뿐이오."

속았다! 대원군은 사지가 부들부들 떨려왔다. 마건충이 손뼉을 두 번 치자 밖에서 대기하던 호위병들이 들이 닥쳤다. 그들은 대원군의 양 팔을 하나씩 끼고 장막 밖으로 끌어냈다. 키가 큰 장정 둘이서 겨드랑이를 끼자 대원군은 달랑 들려서 장막 밖으로 이끌려져 나왔다.

비가 쏟아졌다.

밖에는 작은 가마가 하나 있었다. 어허! 내가 저것을 타고 가는가? 대원군을 강제로 쑤셔 넣은 청군들은 발걸음도 가볍게 내달리기 시작했다. 가마 위에 빗방울 소리만이 들려 올 뿐이었다. 가마 안에는 요강과 담배, 재떨이가 준비되어 있었다. 아, 천하의 흥선이 어찌 이렇게도 엄청난 실수를 저질렀단 말인가. 아들이 말렸을 때 들었어야 했는데….

얼마나 내 달렸는지 모른다. 군사들도 힘이 드는지 거친 숨소리가 가마 안에까지도 들렸다.

가마가 쿵! 소리와 함께 땅에 내려졌다. 함께 따라 온 청군 장수 한 놈이 휘장을 들추고 허연 이를 드러내며 뭐라 했다. 밖으로 나오라는 시늉이었다.

여기가 어디 쯤 될까? 대원군은 목적지에 다 온 줄 알았다. 그러나 그게 아니었다. 잠시 쉬는 사이 새로운 병사들이 가마를 들쳐 맸다. 다시 뛰기를 또 얼마쯤 했을까? 멀리서 바닷물이 철썩거리는 소리가 들려왔다.

대원군이 초주검 상태가 되어서 끌려 나온 곳은 수원에서도 한참을 지난 남양만이었다. 비가 그친 하늘에선 별이 총총했다. 그들은 대원군을 어느 주막으로 안내했다. 거기에도 청국 군이 삼엄하게 경비를 서고 있었다. 방안에는 보리밥 한 그릇에 열무김치와 두부가 한 모 놓여 있는 개다리소반 하나만이 넹그러니 대원군을 맞았다.

주인 내외는 아마도 감금되어 있으리라. 어찌 되었건 여기서 흐트러진 모습을 보여서는 안 된다. 대원군은 이를 앙다물었다. 그러나 밥술을 떠 넣으려 해도 눈물이 앞을 가려서 잘 넘어가지를 않았다.

작은 쪽배를 타고 한 참을 오자 시커먼 배가 모습을 드러냈다. 큰 배는 마치 기다렸다는 듯이 대원군이 배 위에 오르자마자 소리도 없이 출발했다. 다시 비가 내리기 시작했다. 비를 맞으며 마음을 가다듬었다. 시 한 수를 남기고 싶었다.

정든 산천 고국에 남겨두고(有意山川依故國)
끝없는 바다가 내 집이 되었구나(無邊江海是吾家).

시를 읊조리고 난 대원군의 뺨으로는 눈물이 하염없이 흘러 내렸다. 거센 바닷바람이 그의 온 몸에 사정없이 몰아쳤다. 눈물과 빗물이 범벅이 되어 얼마나 오열했는지 모른다. 나라가 걱정되어 울었다.

약소국의 백성으로 태어난 것이 또한 서러워서 울었다. 육십을 살아온 자기가 왜 이리도 허무하게 당했는지 그게 서러워서 또 울었다.

대원군은 그 이후 청국의 천진과 하북성의 보정부라는 곳에 유폐되어서 무려 3년이라는 통한의 세월을 보내게 된다.

이제 대궐로 돌아갈 날이 임박했음을 직감한 중전은 홍계훈을 불렀다. 멀리 앞으로는 담배 밭이 국망산 밑자락까지 펼쳐져 있고 산봉우리에는 흰구름이 두어 조각 걸려 있었다. 매미와 쓰르라미 소리가 요란했다.

"홍장군, 이제 궐에 들어가면 이렇게 사사로이 만나기도 어렵겠구려."

"……."

"이것 받으시오. 내가 홍장군을 생각하며 만든것이오."

"이게 무엇이옵니까?"

"내가 급하게 만들은 허리띠요. 앞으로 항상 몸에 두르고 다니도록 하오."

중전이 따사로운 손으로 전해 준 것은 붉은 비단 옷고름 두 개를 연결한 긴 허리띠였다. 중전마마의 선물을 홍계훈은 떨리는 손으로 받았다.

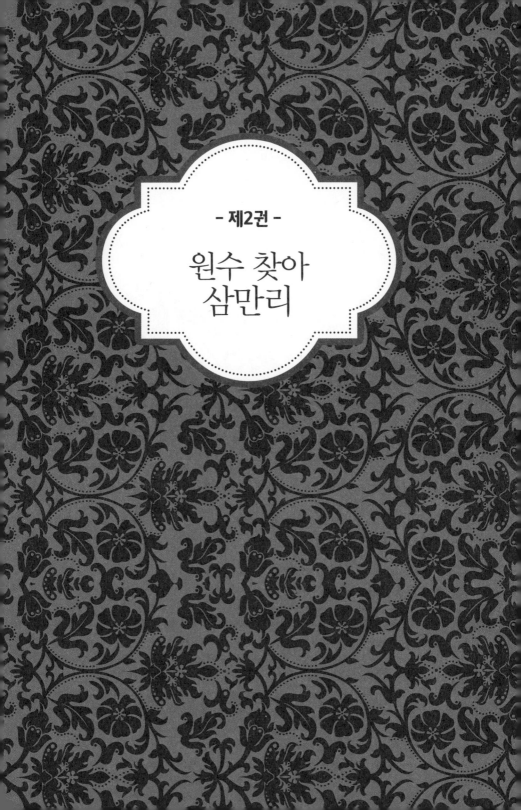

- 제2권 -

원수 찾아
삼만리

17. 그들은 너무 젊었다

그해 음력 8월 1일, 중전은 충주를 떠나 대궐로 향하였다. 난리가 난 지 51일만의 귀환 길이다. 영의정 홍순목이 그 먼 곳까지 대신들과 궁인들을 이끌고 내려왔다.

왕비의 환궁 행렬은 원세개가 거느린 청군 병사 100여 명이 창검과 기치를 나부끼면서 전후좌우에서 왕비의 보련을 호위하고, 그 뒤를 대신들과 궁녀들, 그리고 얼마 남지 않은 조선군들이 따르는 긴 꼬리를 만들면서 굽이굽이 이어졌다.

중전은 주렴(珠簾)을 제키고 길옆의 백성들을 내려다보았다. 그래도 여인네들은 중전의 편이었다. 모두가 눈물을 흘리며 왕비의 환궁을 축하해 주었다.

"아이고, 중전마마, 불쌍하신 우리 중전마마."

"석정리라는 산골에서 숨어 지내셨대요."

"귀하신 왕비마마께서 그렇게도 깊은 산속에서 어찌 지내셨을까

…"

중전도 가마 안에서 하염없이 울었다. 백성들을 보살피지 못한 죄가 크다. 백성들의 아픔을 모른대서야 어찌 일국의 왕비랄 수가 있겠는가. 병사들의 요식이 일 년 치가 넘게 밀린 것도 모르고 있었으니 참으로 자신이 한심하기만 했다.

이번 사태를 해결한답시고 청군의 장수 원세개가 왕십리와 이태원을 쑥대밭으로 만들어 버렸다고 했다. 무려 삼백 명의 무고한 백성들이 군란에 가담하였다 하여 또 다시 희생되었다니 이 한을 어떻게 풀어야 할꼬.

왕비가 귀환한 그 다음 날, 돈화문 앞에는 커다란 방이 붙었다.

외부아문에서 공포하노라. 흥선군이 고종을 폐위하고 중전을 시해했다는 소문이 청나라 황제의 귀에까지 들어가 청 황제께서 그 진위를 파악해 보시고자 대원군을 청나라로 소환하였다. 백성들은 그리 알고 생업에 전력을 다하라.

임금은 이번 군란에서 중전을 보호하는데 결정적인 기여를 한 홍계훈에게는 포천의 수령직을 하사하고, 중전과 임금 사이의 연락책을 맡은 이용익은 단천 부사로 임명하여 포상하였다.

홍계훈은 임지로 떠나기 전, 임금을 배알하고 나서 중궁전을 찾았다. 중전마마의 지시가 계셨다고 했다.

"홍 별감, 피란지에서는 정말 수고가 많았소. 이제 외지로 떠나면 당분간은 보지 못하겠구려."

발도 드리우지 않고 지방으로 떠나는 수령을 왕비가 직접 접견한다는 것은 파격 중에서도 파격이었다. 그만큼 중전은 홍계훈에게 감사를 표하고 싶었다.

"그래, 별감에게 여식이 하나 있었다고 했던가?"

"네, 그러하옵니다. 이제 겨우 세 살입지요."

홍계훈의 눈에서는 눈물이 줄줄 흘러내렸다. 일개 하찮은 무관 나부랭이를 이토록 끔찍하게 아껴주시니 마마를 위해서라면 어찌 목숨인들 바치지 못할까. 그런 홍계훈의 머리 위로 다시 중전의 따사로운 음성이 밀려왔다.

"언제 입궐할 때에 한번 데리고 들어오시게나. 내 그 아이에게 이름을 지어주려네."

"소신 오로지 중전마마의 은혜에 감읍할 따름이옵니다."

"임지에 나가시거든 백성들을 어진 마음으로 아껴 주시게나. 아비가 자식을 아끼는 마음이 되어야 할 것일세."

"명심하겠나이다."

"그래. 그러면 이제 가 보시게나."

"네, 마마. 부디 평안하시옵소서."

홍계훈은 노란 비단 보자기에 쌓여있는 선물을 들고 뒷걸음질을 쳐서 물러나왔다. 나와서 보니 거기에는 종이 상자 속에 향내가 가득한 비누가 네 개 들어 있었다. 아아, 마마께서 쌍령에서의 일을 잊지 않고 계심이야. 홍계훈의 가슴은 이유 없이 울렁거렸다. 구름 한 점 없는 초가을 날씨는 더 없이 쾌청했다.

고종과 중전은 일대 쇄신을 단행했다. 대원군의 측근들을 정부의 요직에서 모두 몰아냈다.

대원군이 전국에 세워 놓았던 척화비도 모조리 철거했다. 이제는 외국과 소통을 해야만 살아남을 수 있으리라. 일본도 그 예외가 아니다. 일본에 사과 사절단을 보내기로 하였다. 힘이 없으니 어쩌겠는가. 우선은 참고 지내며 내실을 튼튼히 하는 수밖에 없으리라.

박영효를 전권대신으로, 김만식, 서광범, 서재필, 민영익 등을 수행원으로 하는 수신사를 파견했다. 김옥균이 그들의 고문 자격으로 동행하였으며 일본에서 유학 중인 윤치호가 통역을 맡기로 했다.

거의 같은 시기에 청나라에도 사절단을 보냈다. 어윤중, 조영하, 김홍집 등이 사절단을 이끌고 갔다. 임오군란을 진압해 준데 대한 감사 사절단의 성격이었지만, 보내는 조선 측의 입장은 억울할 수밖에 없었다.

나라에 힘이 없으니 난리를 자체의 힘으로 진압하지 못하고 외국 군대의 힘을 빌려 진압해야만 했다. 적극 가담자들 10여 명 뿐만이 아니라 단순히 무위영과 장위영에 소속되어 있다는 이유만으로 왕십리, 이태원 일대에서 수백 명의 조선 백성들이 청군의 칼날아래 죽어 나갔다.

1883년 계미년 4월에 미국은 퇴역장군 루시어스 푸트를 조선의 초대 공사로 임명했다. 푸트 공사 내외는 궁궐에 자주 출입하면서 국왕과 왕비에게 서양의 사정을 이야기해 주었다. 올 때마다 이런 저런 진귀한 선물들을 가지고 왔다. 중전은 그 중에 여자아이 인형 하나를 소중하게 간직했다.

푸트 공사는 국왕에게 미국 대통령의 친서를 전달하고 빠른 시일 내에 사절단을 파견하여 줄 것을 요청하였다. 청국과 일본의 간섭에서 벗어나고 싶어 하던 국왕 부처는 푸트 공사 부부를 만나면 만날수록 그들의 매력에 푹 빠져들었다.

미국은 조약을 체결할 당시부터 그다지 까다롭게 굴지 않았다고 보고 받았다. 게다가 지난 신미년의 전쟁 때도 조선군의 인명 피해는 있었지만, 민간인들을 학살하거나 문화재를 약탈해가는 만행은 없었다는 보고도 받은 바 있었다. 고종과 중전은 그래서 더욱 미국이라는 나라에 큰 기대를 걸게 되었다.

미국에 갈 보빙사(報聘使)의 전권대신으로는 민영익을 임명했다. 부사로는 홍영식, 그리고 수행원으로는 서광범, 유길준, 변수, 현홍택, 최경석 등이 따라 붙었다. 여기에 중국인 오례당, 미국인 퍼시벌 로웰, 일본인 미야오카 등도 동행했다.

총 11명으로 구성된 보빙사 일행은 미국 아시아 함대 소속의 군함 모노카시호를 타고 제물포를 떠나 일본으로 향했다. 바로 신미양요 때 강화도를 공격했던 군함이다. 요코하마에서 기선으로 갈아타고 그 해 9월에 샌프란시스코에 당도했다.

샌프란시스코에 당도한 이들 보빙사 일행은 미국인들의 관심을 끌기에 충분했다. 검정 갓이 그들의 관심대상 제1호였다.

미국에서는 사람이 죽어야만 검정색 모자를 쓴다. 그러나 이들은 길거리를 걸어갈 때는 물론이고, 공식적인 만찬장에서조차도 그 모자를 벗지 않고 있으니 참으로 신기할 수밖에 없었다.

일행은 샌프란시스코에서 기차를 타고 제노, 솔트레이크시티, 덴

버, 오마하를 거쳐서 시카고에서 일박을 했다. 여행 내내 그들은 벌어진 입을 다물 수가 없었다. 그들의 눈에는 그야말로 개명천지가 열린 것이었다.

끝없는 평원이 이어졌다. 그것이 다 곡식을 심는 밭이란다. 이제는 하늘 끝까지 치솟은 건물들이 빽빽이 들어서 있는 곳에 왔다. 현기증이 날 듯 까마득한 건물 속에서 사람들이 일을 보며 산다고 한다. 기차를 타고 불과 사흘 만에 조선의 북쪽 끝에서 남쪽 끝보다도 더 먼 길을 왔다니, 어떻게 이런 엄청난 일이 있을 수 있을까?

그들은 미시시피 강위를 다니는 커다란 배들을 보고는 더 이상 할 말을 잊었다. 충격도 이런 충격이 없었다. 조선에서 배라면 그저 한강에서 뱃놀이나 하는 그런 배만을 보아 왔다. 기껏해야 미곡을 실어 나르는 미곡선 정도였다. 그것도 돛단배가 아닌가. 그러나 시커먼 연기를 내뿜고 산더미보다도 더 많은 짐을 싣고 강 위를 오가는 배들을 보고 그들은 국력의 차이를 실감했다.

그러나 그것이 끝이 아니었다. 또다시 이틀 길을 기차로 달려와서 이 나라에서 제일 번화하다는 뉴욕이라는 도시에 도착했다. 뉴욕은 며칠 전에 본 시카고와는 비교할 수 없는 웅대함이 있었다. 아하, 중국만이 천하의 중심이라고 믿고 살았던 우리들이 얼마나 어리석었던가. 우리들이야말로 우물 안의 개구리였구나.

한편, 일본에 건너갔던 박영효 일행은 일본의 발전한 문물을 견학하고 돌아 왔으나 김옥균은 혼자 남아서 후쿠자와 유기치의 지도를 받고 귀국하게 된다.

후쿠자와 유기치는 일본의 개화사상과 대륙진출 사상을 이끌고 있는 일본 정치계의 거물이었다. 그의 사상은 탈아입구론(脫亞入歐論)이라는 두 가지 핵심으로 요약된다. 탈아론이란 일본을 맹주로 하여 아시아에서 서구 열강을 물리치자는 내용이고, 입구론이란 서구 여러 나라들을 본받아 일본을 문명화하고 열강들의 방식대로 아시아 여러 나라들을 침략하여 합병하자는 내용이다.

그는 이미 25년 전에 게이오의숙(慶應義塾)을 설립하여 일본의 인재를 양성하고 있었다. 이 학원은 후일 게이오 대학이라는 큰 교육기관으로 발전하게 된다. 후쿠자와 유기치(福澤有吉)는 일본의 정신사상에 미친 영향이 지대하다는 국민들의 평가를 받아 후일 일만 엔권의 화폐에 자신의 초상화가 들어가는 영광을 누리게 된다.

일본은 개화당 인사들의 일본 체재비용 일체를 부담해 주었으며, 임오군란의 배상금 상환기간도 당초의 5년에서 10년으로 연장해 주었다. 그뿐만이 아니었다. 어떻게든 조선에 지일(知日) 세력을 심어두자는 의도로 요코하마 은행을 통하여 무려 17만 원의 거금을 선뜻 차관 형식으로 제공해 주기도 했다.

임금이 밀어주니 김옥균은 더욱 사기충천하여 개혁에 고삐를 당겼다. 곧바로 61명의 젊은이들을 선발하여 일본에 파견하였는데, 그 중 절반은 도야마 육군학교에서 군사훈련을 받고 나머지는 경찰, 우편, 관세 등 국가 운영에 필수적인 공부를 하고 돌아오게 했다.

일본에서 돌아오자 박영효는 한성판윤에 임명되고, 김옥균은 외무아문에서 참의라는 직책에 올랐다. 김옥균, 박영효, 어윤중 등 급진개혁파들은 조선이 발전할 수 있는 방법은 일본식의 개혁을 본받는 길 뿐이라고 굳게 믿고, 거침없이 개혁정책을 밀고 나갔다.

임금의 10촌 이외는 종경부에서 삭제해 버렸다. 70세 이상은 당상
관에서 제외시켰다. 관직도 문관과 무관으로 나누던 것을 없애 버리
고 대폭적으로 줄여 버렸다. 문반(文班)은 동쪽, 무반(武班)은 서쪽
이라는 이른바 양반(兩班)제도는 벌써 수백 년간을 내려 온 제도였
다.

게다가 박영효는 치도국(治道局)을 설치해서 종로 일대의 점포들
을 정비하고 종로에서 동대문까지 도로를 넓혔다. 새로이 순검부를
설치해서 함부로 오물을 버리는 자들에게는 사정없이 벌금을 매겼
다.

그들의 개혁은 여기서 그치지 않았다. 소매가 짧은 두루마기를 입
으라고 했고, 흰옷 보다는 색깔 있는 옷을 입도록 권장했다.

그러자 여기저기서 거센 반발이 튀어 나왔다. 특히 양반들과 왕족
들의 반발이 거셌다.

"이건 개혁이 아니라 모두를 죽이려는 행위이다."

"복장조차도 오랑캐처럼 하라니 도저히 따를 수 없다."

"이러다가는 임금조차도 폐위시킬 자들이로세."

이렇게 여기저기서 예상 밖의 거센 반발이 일자 고종은 그 책임을
물어 박영효를 광주유수로 좌천시켰다. 한성판윤에 제수된 지 불과
석 달 만의 일이었다. 그러나 광주유수로 내려갔다고 하여 좌절만 하
고 있을 수는 없었다. 박영효와 김옥균의 머릿속은 온통 일본의 발전
된 모습으로 가득 차 있었기 때문이었다.

어느 날 박영효는 왕을 배알한 자리에서 군대 양성의 필요성을 역

설하였다. 박영효는 선왕인 철종대왕의 사위이다. 현 임금이나 중전도 그런 박영효의 입지를 인정해 주고 있었다. 더군다나 중전이 적극 주선하여 맺어준 혼인이었건만, 영혜옹주는 박영효와 불과 넉 달을 함께 살다가 죽고 말았다. 그런 연유로 국왕 부처는 그를 볼 때마다 더욱 측은한 마음이 들었던 것이었다.

"우리나라도 하루 빨리 신식군대를 양성해야만 외세의 압제에서 벗어 날 수가 있을 것이옵니다."

"그래, 그럴 것이다."

고종도 그런 현실을 통감하고 있었다. 이미 조선은 원세개라는 젊은 청나라의 장수에 의하여 모든 국정이 농단 당하고 있었다. 이제 불과 스물다섯 살인 그는 1,500명의 청군을 거느리고 임금 부럽지 않은 권세를 누리고 있었다.

조선에 나와 있는 각 나라의 외교관들도 그의 위세에 눌려 제대로 말을 하지 못하며 지내고 있는 형편이었다. 그나마 조선에 남아있던 군인들도 임오군란을 겪으면서 모두 해체되고, 지금은 왕궁의 수비조차도 청나라 군대가 도맡아 하고 있지 아니한가.

박영효는 고종의 승낙을 받자 광주와 남한산성에 일천 명에 가까운 청년들을 끌어 모아 별군영이라 이름 붙이고 조련을 시작했다. 그들은 주로 해산당한 군인들이거나 인근 경기지방에서 끌어 모은 청년들이었다.

별군영은 소대, 중대, 대대 식의 근대적인 조직체계를 갖추었다. 일본 도야마 학교에서 군사유학을 마치고 돌아 온 서재필, 신복모 등이 대장을 맡아 그들을 조련하였다.

이들이 어느 정도 군대다운 면모를 갖추게 되자 박영효는 그들 중 500명을 선발하여 서울로 인솔하여 왔다. 왕의 사열은 동별영에서 있었다. 그들의 늠름한 모습을 직접 보게 되자 임금도 모처럼만에 흐뭇한 웃음을 지으며 즐거워했다.

"허허허, 이제 우리 조선도 저렇게 잘 훈련된 군대를 갖게 되었소이다."

"과연 훌륭한 군대이옵니다."

옆에 앉아서 관람하던 대신들도 이구동성으로 칭찬했다.

미국을 다녀온 후 어느 여름날에, 민영익은 모처럼 김옥균의 동대문 밖 별장을 찾았다. 예전에는 두 사람이 자주 어울렸으나, 요즘은 민영익이 조정의 여러 직책을 맡아 원체 바쁘게 지내온 터라 김옥균과 이렇게 자리를 마련한 것도 근 일 년만의 일이었다.

"고균 형님, 요즘 지내시기가 적적하지는 않으십니까?"

"허허허, 무슨 그런 말을. 그럭저럭 잘 지내고 있다네."

평상에 앉아서 합죽선을 흔들고 있는 김옥균의 모습은 여유작작했다. 전부터 민영익은 아홉 살 위인 김옥균을 형님이라고 부르며 따르고 있었다. 둘은 임오군란의 사신사로 일본을 함께 다녀오면서 급격하게 친해졌다. 그들에게는 조선을 어서 빨리 개화된 나라로 만들어야 하겠다는 동료의식이 있었던 터였다.

이 무렵 김옥균은 동남개척사와 포경사라는 한직으로 밀려나 있었다. 동남개척사라는 자리는 뚜렷하게 일상의 업무가 있는 게 아닌, 이를테면 외교에 관한 연구를 하는 한직이었다.

그래도 포경사(捕鯨使)라는 직책은 조선 연안의 포경권을 총괄하는 자리였기에 그다지 한직이랄 수는 없었다. 일본에서는 고래잡이에 열을 올리고 있던 터인지라 그것을 잘만 활용한다면 막강한 권한이 될 수도 있었기 때문이었다.

"그래, 미국을 다녀 온 이야기나 들어볼까?"

"넓고 크기가 끝이 없는 나라더군요."

이렇게 시작한 민영익의 이야기는 밤이 깊어갈 때까지도 끝이 없었다. 벌써 민영익은 스물네 살의 나이에 청나라는 물론이요, 일본, 미국까지도 다녀 보았으니 가히 조선 천지에서는 외국 문물을 가장 많이 접한 인재라 할만 했다.

반면에 김옥균은 박규수의 문하에 있으면서 오경석과 유홍기로부터 많은 신지식을 배웠다고는 하나, 실제로 보고 들은 것은 일본에 두 차례 다녀 온 것이 전부였다. 김옥균은 일본을 그대로 모방하는 길이 가장 빠른 개화의 첩경이라고 믿는 사람이고, 민영익은 청나라, 일본, 미국의 좋은 점들을 고루 도입해야 한다는 주의였다.

그들은 독하다는 송엽주를 벌써 10여 잔 씩이나 권커니 자커니 하면서 마셨다. 이제 어지간히 취기가 올랐다. 김옥균이 취기에 자기 속내를 털어놓기 시작했다.

"나는 이 나라가 나아갈 길은 일본을 본받는 길밖에는 없다고 믿는 사람이네. 물론 청나라의 좋은 점도 있고 미국의 좋은 점도 있지. 그러나 그런 것들을 서로 조합하다가는 그야말로 밥도 아니요, 죽도 아닌 격이 되고 말 것이란 말일세."

다시 한 잔을 권했다. 평상 위의 등불에 김옥균의 불콰해진 얼굴이 일렁거렸다. 그 등불을 보고 나방이며 풍뎅이가 계속 날아들었다.

"개화를 하고 학교를 세우고 공장을 짓자면 돈이 있어야 하겠지. 그래서 내가 일본에 건너가서 다시 한 번 차관을 교섭해 볼 생각이네. 한 300만 원 정도를 생각하고 있지. 주상 전하께는 연통을 넣어놓았다네."

"그러나 고균 형님. 제가 지난 번 미국에 보빙사로 가기 전에 일본에 들러서 통역을 구하려고 했더니 이들의 태도가 싹 바뀌더이다. 우리가 미국과 접근하는 것을 탐탁지 않게 여기고 있더란 말씀입니다. 그렇게 태도를 손바닥 뒤집듯 손쉽게 바꾸는 자들과 과연 선린의 교류가 가능하겠습니까?"

민영익도 젊은 나이라고는 하지만 이미 과거에도 급제하고 이조참판이다, 별기군 당상이다 하는 고위직을 역임하여보니 나라경영에 일가견이 생긴 터였다. 그는 도대체 일본이란 나라가 미덥지 못했다. 더군다나 일본이라면 치를 떠는 백성들이 있지 아니한가.

"그래서 일본만을 본받는 것은 바람직하지 못하다는 소견입니다. 사실은 백성들이 일본에 대한 감정이 좋지 않다는 것이 더 큰 문제이지요."

"이보게, 죽미(竹楣) 아우. 나도 알고 있다네. 그렇지만 저들을 보게나. 명치유신을 일으킨 지가 언제던가? 그 때를 1868년이라고 본다면 불과 16년 전이 아닌가 말일세. 그토록 짧은 기간 안에 저런 엄청난 비약을 하였으니 저들을 본받지 아니하면 도대체 누구를 본받는다는 말인가?"

민영익은 술이 한껏 오른 몸을 이리저리 흔들며 김옥균의 이야기를 듣고 있었다. 송엽주를 담은 백자의 대나무 그림이 눈에 들어왔다. 형님, 그렇지가 않습니다. 일본이 전정 믿을 만한 이웃이라면 왜 우리 백성들이 그토록 일본을 미워하고 있겠습니까. 벌써 두 차례나 일본 공사관이 불타지 않았습니까. 민영익은 이런 말을 입 속에서만 되뇌이며 김옥균의 이야기를 듣고 있을 수밖에 없었다.

김옥균은 사람을 사귀는데 능한 기술을 가지고 있었다. 그래서 항상 그의 옆에는 온갖 사람들이 들끓었다. 꼭 지체가 높은 사람들만이 아니었다. 위로는 정승 판서에서부터 아래로는 시정의 잡배들까지도, 그와 한두 차례 만나 본 사람이라면 모두 그의 친구가 되었다.

원체 달변일 뿐만 아니라, 시, 글씨, 그림, 가무, 음주, 도박에까지도 탁월한지라, 그와 상종해 본 사람이라면 누구든지 그에게 넘어가지 않고는 배길 도리가 없었다.

김옥균과 힘을 합쳐 점진적인 개화 정책을 펼쳐보려고 했던 민영익은 결국 김옥균의 불같은 의지만을 확인한 채 쓸쓸히 돌아오고 말았다.

그러던 중 이들 두 사람이 결정적으로 갈라서게 되는 일이 발생했다. 김옥균이 일본으로 차관을 얻으러 떠난다는 것이었다. 거액의 차관을 들여온다면 그것은 일본에 예속된다는 말과 다름이 없었다. 빚진 죄인이라는 말도 있지 아니한가?

민영익은 이 일을 중전과 의논했다. 중전으로서도 동갑내기인 김옥균이 너무 자기의 실력만을 믿고 날뛰는 것이 여간 불안하지가 않았다. 그래서 국왕을 설득하여 김옥균에게 주었던 별입시(別入侍)의 특권도 빼앗아 버리고 외무아문의 참의라는 직책도 빼앗은 터였다.

아무래도 무언가 큰일을 저지를 사람만 같아 보였다.

중전은 민영익에게 묄렌도르프와 이 문제를 상의해 보라고 권했다. 임오군란이 평정되자 청의 이홍장은 조선의 외교권과 재정권을 장악하려는 의도로 마건충과 독일인 묄렌도르프를 고문으로 파견했다. 마건충(馬建忠)은 조선에 파견되었던 장수 마건창의 형이요, 뛰어난 외교관이었다.

묄렌도르프는 독일에서 대학을 마친 후 청나라에 와서 상해 등지의 세관에서 서구식 관세업무를 정착시킨 바 있는 인물이었다. 그러나 어찌된 일인지 묄렌노르프는 이홍장의 의도와는 정반대로 조선에 상주하고 나서부터는 오히려 고종의 측근이 되어 버렸다.

그가 조선에 와서 보니 사람들이 순박하고 도대체 욕심이 없었다. 이곳저곳에 치이기만 하며 실권은 없는 조선의 국왕이 그의 눈에는 측은하게 비치기까지 했다. 그래서 이런 저런 권고도 하면서 조선의 내정이 착실히 기반을 다져지기만을 바라며 열심히 제도를 정비하고 있었다. 그는 당면한 조선의 경제난을 타개하려면 당오전(當伍錢)을 발행해야 한다고 주장했다. 화폐 가치를 다섯 배로 올리는 정책이었다.

그러자 김옥균이 거세게 반발하고 나섰다. 당시는 왕의 총애를 받고 있을 때였기 때문에 조정에서 김옥균의 발언은 무시할 수 없었다. 어떤 날은 임금과 밤새워가며 이야기를 주고 받기도 했다. 이 무렵 고종 임금은 불면증에 시달리고 있었다.

그의 주장은 이미 대원군 시절에 당백전(當百錢)의 폐해를 보지 않았느냐는 것이었다. 그래서 당오전은 시행되는 둥 마는 둥, 제대로 유통되어 보지도 못하고 폐기되는 신세가 되어 버렸다. 그러자 묄렌도르프는 김옥균에게 앙심을 품게 되었다.

민영익과 묄렌도르프는 김옥균의 차관을 저지하기로 의견의 일치를 보았다.

묄렌도르프는 조선에 주둔하고 있던 다케조에 공사에게 김옥균이 가지고 간 왕의 신임장은 가짜라고 슬쩍 귀띔하였다. 그러자 다케조에 신이치로(竹添進一郎)일본공사는 그 사실을 확인도 해 보지 않고 즉각 본국 정부에 전보를 보냈다. 이 전보 한 장은 김옥균의 꿈을 산산이 부수어 버렸다.

300만 원의 차관만 성공한다면 조선을 일본처럼 개명천지로 이끌어 낼 수 있으리라는 꿈에 부풀어서 일본으로 건너간 김옥균은 외무성 건물을 찾았다. 외무성의 최고위 인사인 외무경은 그 유명한 이노우에 가오루였다.

김옥균은 이미 작년에 일본에서 반 년 이상을 있으면서 후쿠자와 유기치 선생으로부터 이노우에 가오루를 소개받고 그와 여러 차례 만난 적이 있었다. 이노우에도 이 조선의 젊은 인재의 탁월한 식견에 놀랐다. 그를 잘 활용한다면 조선에 진출하려는 조국 일본의 야망을 달성할 수도 있겠다는 생각을 했다. 그래서 그와 긴밀한 관계를 유지하고 있는 중이었다.

그러나 이번에는 그의 태도가 일변했다. 붉은 융단이 깔려 있는 접견실에서 이노우에는 의자를 빙빙 돌려가며 통상적인 인사치레만 하는 것이었다. 김옥균은 언성을 높였다.

"아니 분명 작년은 왕의 신임장만 가지고 오면 얼마든지 돈을 빌려 줄 수가 있다고 하지 않았소이까?"

"아하, 그때는 분명 그랬지만 지금은 일본의 사정도 매우 어려워
졌어요. 그리 아시고 여기서 여행이나 즐기시다가 천천히 돌아가도
록 하시오."

다급해진 그는 후쿠자와 선생을 찾아갔다. 그러나 그 역시도 현직
에 있지 않으니 어쩔 수 없다며 그의 부탁을 우회적으로 거절했다.
미국공사와 독일공사를 만나보라는 권유를 받고 소개장을 두 장 들
고 나온 것이 소득이라면 소득이었다. 그러나 미국과 독일 공사들도
한결 같이 김옥균을 밀어 내었다. 그들도 조선의 공사관으로부터 이
미 연락을 받은 터였다.

결국 김옥균은 두 달을 있으면서 백방으로 뛰어 다녔지만 빈손으
로 돌아올 수밖에 없었다.

나중에야 민영익과 묄렌도르프가 합작한 음모에 의해 이번 차관
교섭 건이 좌절되었다는 사실을 알게 된 김옥균은 치를 떨며 분개했
다. 그렇다면 뒤집어엎는 수밖에는 없겠다. 혁명을 하는 것이야, 혁
명을 ….

김옥균은 동지들을 적극적으로 끌어 모았다. 박영효, 홍영식, 서광
범, 서재필 등이 동대문 밖 김옥균의 거처와 압구정 박영효의 별장을
돌아가면서 자주 모였다.

거사에는 서재필이 주축이 된 일본 군사학교 출신들이 선봉을 서
기로 했고, 박영효가 조련한 전영과 후영의 군사들이 함께하기로 했
다. 비록 박영효가 광주에서 정성을 들여 양성했던 군사들도 민영익
측의 견제로 모두 왕실 근위대로 흡수되긴 하였지만, 아직도 그들 중

상당수는 박영효와 서재필을 존경하며 따르고 있었다.

1884년 갑신년 가을로 접어들자 시중에는 왜당(倭黨)이 모반을 할 것이란 소문이 파다하게 퍼졌다.

하루는 홍영식이 저녁 늦게 들어가자 부인 한씨가 아버님께서 찾으신다는 말을 했다. 홍영식은 서둘러 아버지의 사랑으로 갔다. 밤이 이미 열시 가까이나 되어 있었는데도 홍순목은 의관을 정제한 채 서안을 앞에 두고 눈을 감고 있었다. 홍영식은 절을 한 후 무릎을 꿇었다.

"그래 요즘 어디를 그렇게 쏘다니고 있는 게냐?"

"네, 이런 저런 일로 바빠서 ⋯."

홍영식은 대궐에서 동부승지의 벼슬을 맡아 하고 있었다. 2년 전에는 미국 보빙사의 부사(副使)로 민영익과 함께 미국과 서구 여러 나라를 살펴보고 귀국하였다. 미국을 방문하고 나서는 우정국을 만들어서 전보와 우편업무를 시작하였다. 그는 우정총국을 지휘하고 있었다. 게다가 요즘은 김옥균이 주상전하를 만나게 해 달라는 청탁을 넣고 있어서 그 일로도 바빴다.

"너희들이 혁명을 하려고 한다는 게 사실이냐?"

아버지는 눈을 번쩍 떴다. 하얀 눈썹 밑으로 형형한 눈이 빛났다. 홍영식은 아버지의 눈이 두려워서 고개를 숙였다.

"네가 옥균 패거리들과 자주 만난다는 말이 사실이냐고 묻고 있느니라."

"네, 그러하옵니다. 박영효, 김옥균 등 동지들과 벌써 여러 차례 회합을 가졌습니다."

이제 이틀 후면 거사 날이다. 만약에 잘못되면 그 화를 아버지께서 고스란히 뒤집어 쓰셔야 할 터인데, 이제는 아버지께만큼은 사실대로 말씀을 드려야 할 것 같았다.

"어느 정도까지이냐?"

"저희들은 일본을 본받아 개화된 나라를 만들어보고 싶은 욕심뿐이옵니다, 아버님."

한참을 눈을 감고 있던 노 대신은 천천히 입을 열었다.

"아들아 …."

그의 목소리에는 사랑이 듬뿍 담겨져 있었다.

"나는 너희들의 이번 거사가 실패로 돌아갈 것이라 믿는다. 그 이유는 …."

홍순목의 눈은 허공을 바라보고 있었다.

"첫째로 이번 거사가 왜국 세력을 등에 업고 벌이는 것이란 점이 마음에 걸린다. 그들은 믿을 수 없는 자들이니라."

"하오나, 아버님. 일본공사도 이미 군대를 동원하여 협조해 주기로 약조를 했다 하옵니다."

"그게 겨우 150명이 아니냐? 그들을 가지고 어찌 1,500명이나 되는 청군에 맞설 수 있다더냐? 그리고 2,000명 가까운 조선군은 또 어찌할 것이냐?"

"그들 중 상당수는 우리들에게 협조하기로 내통이 되어 있사옵니다."

홍영목은 아들을 측은한 듯 바라보았다. 그의 하얀 수염발이 가늘게 떨리고 있었다.

"그리고 둘째로는, 백성들이 그런 급격한 개화를 원치 않는다. 그건 마치 걷지도 못하는 어린아이에게 뛰라고 강요하는 것과 다를 바가 없느니라. 그래, 어느 정도까지 진척이 되었더냐?"

홍영식은 그날이 아주 임박했다는 말로 대신했다. 노 대신은 다시 눈을 들어 아들을 보며 조용히 말했다. 마치 유언을 하는 것만 같았다.

"아들아."

"네, 아버님."

"이렇게 되는 것도 또한 운명인가 보구나. 네가 지금에 와서 동지들을 배신할 수도 없을 것이고 …. 부디 너희들의 거사가 성공하기를 빌 뿐이다. 이리 가까이 오너라."

홍순목은 아들의 손을 가만히 잡았다. 그런 아버지가 비쩍 마른 손을 내밀어 자신의 손을 잡는 순간 홍영식은 그만 엉엉 소리 내어 울고 말았다. 내년이 70이시던가?

홍영식은 아니라고 하고 싶었다. 걱정하실 것 없다고, 틀림없이 혁명은 성사될 것이라고, 제 말씀을 들으시라고 …. 그러나 그는 너무나도 엄숙한 아버지의 표정에 말문이 막혀 버렸다.

그것이 홍영식이 마지막으로 만져 본 아버지의 손이었다.

18. 삼일천하

1884년 갑신년 10월 17일 저녁, 안국방의 우정국 건물에서는 낙성식이 거행되고 있었다.

민영익, 홍영식 등이 미국을 시찰하고 온 후 곧바로 우편제도를 시행하였다. 아직은 전보도 인천과 서울, 부산과 서울 사이에서만 제한적으로 실시되고 있었고, 우편제도도 초보단계에 지나지 않았지만, 종래의 파발이나 봉화에 의하던 것을 전보와 편지라는 최신기법으로 대체하였다는 것만도 엄청난 발전이었다.

오늘의 낙성식은 그 업무를 총괄하는 우정국 본부건물의 준공 축하연인 셈이다.

저녁 7시가 되자 우정총국장 홍영식의 이름으로 초대되어 온 인사들이 속속 도착하였다. 외무독판 김홍집, 외교아문 당상관 민영익, 좌영사 한규직, 우영사 이조연 등의 얼굴이 보였다.

국내 인사들뿐 아니라 미국 공사 푸트와 서기관 스커터, 영국영사

애스턴, 외무협판 묄렌도르프, 청국영사 진수당, 일본서기관 스기무라 등이 참석하였다. 일본공사 다케조에와 독일영사 젬브시 만이 신병을 이유로 불참하였다.

모두 18명이 참석하였으니 총 21명을 초대했는데 3명만이 불참한 셈이다. 이들 혁명군의 목표는 이곳에 초청된 수구파 대신들 10여 명을 척살한 후, 곧바로 임금을 인질로 삼고 개혁정부를 만드는 데 있었다.

이윽고 삼현육각(三絃六角)의 소리에 맞추어서 기생들이 춤을 추며 돌아가자 분위기는 한껏 무르익어 갔다. 술을 마시며 웃고 떠드는 소리, 악기 소리, 춤사위 소리, 잔을 부딪치는 소리가 어지럽게 실내를 가득 채웠다.

이때 시종이 들어오더니 김옥균에게 쪽지를 건네주고 나갔다. 김옥균이 서둘러 밖으로 나오자 행동대원 하나가 급히 귓속말로 별궁에 방화가 실패하였음을 알렸다. 오늘의 거사는 별궁에 불이 나는 것을 신호로 각처에서 조직원들이 맡은 대로 움직이도록 되어 있었던 것이다.

"옆집 초가에 불을 질러라. 불길이 올라야 행동을 옮길 것이 아니냐?"

김옥균은 서둘러 지시를 하고 자리에 와서 앉았다. 민영익은 김옥균이 벌써 두 차례나 들락날락하며 무언가 불안한 표정을 짓는 것이 마음에 걸렸다. 그는 옆에 있던 묄렌도르프와 이야기를 나누는 척하며 사태의 추이를 지켜보고 있었다. 이미 식사는 다 끝나고 다과가 나오고 있었다.

김옥균이 연신 초조해하며 옆에 있던 서기관 스기무라에게 말을 걸고 있을 때였다. 돌연 밖이 환하게 빛나더니 소란이 일기 시작했다.

"불이야, 불이 났다!"

우정국 바로 옆의 집에서 불길이 활활 솟아오르고 있었다. 음악소리가 뚝 그치고 기생들이 사방으로 뿔뿔이 흩어졌다. 자리에 있던 하객들이 급하게 몸을 일으키자 여기저기에서 접시들과 집기들이 나뒹굴었다.

김옥균을 예의 주시하던 민영익이 제일 먼저 밖으로 뛰쳐나가자마자, 문 밖에서 대기하고 있던 충의계(忠義契) 계원들이 쇠몽치로 내려치고 칼을 들어 닥치는 대로 난자했다. 민영익은 피투성이가 되어서 연회장 안으로 뛰어 들어왔다.

묄렌도르프가 급히 그를 들쳐 업고 밖으로 나갔다. 그러자 그때까지 우왕좌왕하던 인사들이 서둘러 창문을 타고 밖으로 도망쳤다.

묄렌도르프는 얼마 전에 입국한 알렌 의사를 생각해 냈다. 그와는 몇 차례 만난 적이 있었다. 대충 흐르는 피만 지혈을 시켜 놓은 상태에서 알렌에게 급히 와 달라고 사람을 보냈다.

알렌의 거처는 정동에 있었다. 그가 급하게 왕진 가방을 챙기고 조선인 조수 한명을 데리고 묄렌도르프의 집으로 달려 왔다.

민영익은 얼굴에 손가락 하나가 들어갈 만큼이나 깊은 상처를 입었고 척추와 어깨뼈 사이에도 예리한 칼에 엄청난 자상을 당했건만, 다행히도 동맥이나 정맥에까지 칼이 닿지는 않았다.

알렌은 서둘러 소독을 하고 명주실로 이곳저곳을 꿰매기 시작했다. 정수리에도 커다란 혹이 돋아 있었는데 아마도 둔기로 맞은 것 같았다. 만약에 조금만 더 타격을 가했더라면 두개골이 으깨져서 그 자리에서 절명하였을 것이었다.

민영익은 사흘 동안을 의식을 찾지 못하고 쓰러져 있었다. 그래도 알렌 같은 서양의사의 도움을 받을 수 있었던 것은 천운이었다.

김옥균이 우정국 앞으로 나오자 한 무리의 장사들이 그를 에워쌌다. 이번 거사에 무력동원의 핵심을 맡은 서재필과 일본에 가서 훈련을 받고 온 생도들이었다.

일본 도야마 학교에서 모진 군사훈련을 마치고 돌아 온 생도들은 조선에서 자신들의 기량을 마음껏 펼칠 줄 알고 꿈에 부풀어 있었다. 그러나 막상 돌아와 보니 자신들을 알아주지도 않을 뿐더러, 전후좌우 영에 뿔뿔이 배속시켜서 장교도 아니고 졸병도 아닌 어정쩡한 대우를 받게 하는 것이었다. 그들 모두는 이럴 수가 없다고 분개했다. 그래서 이번 거사에 더더욱 필사적으로 참여하였다.

김옥균은 서재필이 거느린 일대를 경우궁에 잠복케 하고, 자신은 신복모가 거느린 40여 명을 데리고 경복궁으로 향했다. 금호문 앞에서 문을 열라느니 못 연다느니 하면서 일대 설전이 벌어졌다. 그러나 안에서도 김옥균과 내통하는 자들이 있었다. 그들이 수문장을 윽박지르자 마침내 금호문이 열렸다.

금천교를 지나서 숙장문으로 들어가자 순찰을 돌던 별감의 군사들과 마주쳤다. 김옥균의 앞길이 막혀 있을 때 또 다른 장사들 50여 명이 밀어닥쳤다. 그들은 윤경완이 거느린 일본 군사학교 출신들이었다. 그들의 기세에 무감이 길을 비키자 김옥균은 지체 없이 임금이 거처하는 대조전 앞에까지 이르렀다.

내시감 유재현이 김옥균 앞을 가로막고 섰다.

"김 협판, 어찌 야심한 시각에 주상 전하를 깨우라 하시오?"

"우정국에서 변사가 있었소. 어서 빨리 주상 전하를 뵈어야 하겠소."

"평복 차림으로야 어찌 주상 전하를 배알한단 말이오. 아니 되오."

기어이 김옥균의 분통이 터지고야 말았다. 그는 자기보다 스무 살이나 많은 내시감 유재현을 거친 말로 몰아세웠다.

"아니, 이놈이. 감히 지금이 어느 때라고 주둥이를 놀리는 것이냐?"

"대감, 신하라면 궁중의 법도를 따라야 할 것이외다."

유재현도 지지 않고 맞받아쳤다. 내시로서 국왕을 모시고 잔뼈가 굵은 사람이었다. 하찮은 벼슬아치 앞에서 주눅이 든대서야 말이 되는가? 밖에서 옥신각신 하는 소리를 듣고 있던 고종과 중전은 의관을 정제하고 김옥균을 들게 했다.

"아니, 도대체 무슨 일이기에 이리 소란이냐?"

"전하, 우정국에서 큰 난리가 일어났사옵니다. 어서 서둘러서 경우궁으로 피신하셔야 하겠나이다."

이때 옆에서 눈을 가늘게 뜨고 있던 중전이 김옥균을 향해 호통을 쳤다. 평소부터 김옥균이 미덥지 못해서 항상 임금에게 옥균을 주의하라 당부했던 중전이었다.

"김 협판, 무슨 변고란 말인가?"

"그것이 …."

갑작스런 질문에 당황해 하는 김옥균의 빈틈을 놓치지 않고 중전의 날카로운 질문이 계속되었다.

"어서 속시원히 말해 보시오. 누가 난리를 일으켰다는 말이오. 청군이오? 조선군이오? 일본군이오? 이도 저도 아니면 백성들이오?"

김옥균이 쩔쩔매고 있을 바로 그 찰나에 통명전 쪽에서 천지를 뒤흔드는 폭음소리가 들려왔다. 대조전의 기둥과 마루가 진동을 했다. 미리 매수해 놓은 궁녀가 파묻은 폭약이 아주 기막힌 시각에 터진 것이었다.

"서둘러 전하와 중전마마를 모시지 않고 무엇들을 하고 있느냐?"

김옥균의 호통에 장사들이 임금과 왕비의 가까이로 접근하려 했다. 그러자 궁녀들과 내시들이 더욱 밀착해서 왕과 왕비를 보호했다.

"전하, 사태가 매우 심각한 지경에 처했사오니 서둘러서 일본군에게 보호를 요청하여야 하오리다."

"일본군을?"

임금이 멈칫했다. 그러자 옆에서 중전이 한마디 거들었다.

"그러면 청국군도 불러야 마땅하지 않겠소?"

"그리할 것이옵니다. 상선 영감은 어서 빨리 일본공사에게 가서 전하를 호위하라 이르시오."

내시 유재현이 무언가 영 마땅치 않은 표정으로 물러났다. 비록 경황 중이었지만 그도 사태가 어찌 돌아가는지를 파악하려고 열심히 머리를 굴리고 있는 중이었다.

김옥균은 자기의 심복 유혁로를 불러 청군의 진영에 가서 이 사실을 고하도록 했다. 혁명 처음부터 참여한 유혁로는 물론 청군에게 구원을 요청하러 가지 않을 것이다.

잠시 후 떠난 줄 알았던 유재현이 다시 돌아왔다. 그는 시간을 최대한 끌어보리라 작정하고 있었다.

"전하, 일본 공사를 부르려면 전하의 칙서가 있어야만 하겠나이다."

"누가 지필묵을 대령하라."

"소신에게 연필이 있사옵니다."

김옥균이 서둘러 연필을 꺼내자 왕이 종이에 몇 자 적어서 유재현에게 건네 주었다.

일본공사는 와서 짐을 호위하라(日本公使來護朕).

어가는 서둘러 경우궁으로 향했다. 경우궁은 창덕궁 바로 옆에 있는 궁궐로 후일에 휘문학교가 들어서는 자리이다.

원래 대궐의 법도는 임금의 생모라도 정실부인이 아니면 그 위패를 종묘에 모실 수가 없게 되어 있다. 경우궁은 조선 제23대 임금인 순조의 어머니 수빈(綏嬪) 박씨의 위패를 모신 일종의 사당인 셈이다.

김옥균 일행이 국왕과 왕비를 서둘러서 경우궁으로 모신 이유는 경호상의 이점이 있기 때문이었다. 창덕궁은 그 넓이만도 수십만 평에 달한다. 따라서 일본군 150여 명과 혁명군 500여 명을 가지고는 그곳을 수비할 수가 없는 것이다.

그러나 막상 경우궁에 당도하여 보니 문은 자물쇠로 다섯 겹이나 채워져 있었다. 도끼로 문을 열고 들어가니 사방에 거미줄이 쳐져 있고, 왕과 왕비는 고사하고 도저히 사람이 살 수 있는 집이 아니었다. 그래도 혁명군은 궁녀들과 내시들을 닦달하여 거미줄을 걷어내고 걸레질을 하게 하였다.

음력 10월의 새벽 날씨는 턱이 덜덜 떨릴 정도로 추웠다. 서둘러 아궁이에 불을 지펴보니 사람이 살지 않았던 건물인지라 사방에서 연기가 쏟아져 나오는 것이었다. 모두들 기침을 해대고 난리법석이 일어났다.

이런 소란이 일고 있을 때 내시 유재현이 일본 공사관을 다녀왔다. 그는 임금에게 대궐 밖의 사정을 소상히 아뢰었다. 아무런 이상도 없고 온 서울 장안이 평안하게 잠들어 있다는 것이었다. 중전은 고개를 갸우뚱했다. 분명 큰 난리가 났다고 하지 않았는가?

중전은 사태의 진위를 추궁하려고 김옥균을 불렀다. 김옥균은 한참이 지나도 오지 않았다.

그때에 일본공사 다케조에가 일본 군사들을 데리고 경우궁에 나타났다.

일본 공사가 거느리고 온 일본군 100여 명이 경우궁 밖을 에워싸고, 임금 일행이 기거하는 정전 안 뜰은 서재필이 거느린 장사들 50여 명이 호위했다. 생도대장 윤경완을 비롯한 장사들은 외문(外門)의 여기저기에 매복하여 있다가 왕을 배알하러 들어오는 신하들을 척살해 죽이라는 지시를 받아 놓고 있었다. 이때 이미 윤태준, 이조연, 한규직 등 세 명의 영사(營使)들은 경우궁에 들어 와 있었다.

박영효는 내시 유재현과 수군거리고 있는 세 명의 영사들을 향해서 뚜벅뚜벅 걸어갔다. 사실상 이들이 조선의 얼마 되지 않는 군권을 움켜쥐고 있는 대신들이었다. 그들은 유재현으로부터 그간의 상황을 들으며 사태의 본질을 파악해 보려고 궁리하고 있던 중이었다.

"영사들께서는 지금 변란이 닥쳐 있는 이때에 무슨 일을 하고 계시는 것이오? 어서 빨리 군사들을 이끌고 들어와서 주상 전하를 호위하시오."

그들은 영 마뜩지 않았으나 철종 대왕의 사위인 금릉위의 분부인지라 서로 얼굴을 쳐다보며 주춤주춤하면서 밖으로 나갔다.

"후영사 윤태준 대감께서 나가신다. 어서 뫼시어라."

그것이 신호라도 되는 양, 장사들이 좌우에서 윤태준을 호위하며 밖으로 사라졌다. 그가 막 소중문(小中門)을 빠져 나오려 할 때 대기하고 있던 다른 장사들이 칼을 휘둘렀다. 잠시 후 피가 뚝뚝 떨어지는 칼을 들고 돌아 온 장사들을 보면서 서재필은 고개를 돌렸다. 윤태준은 서재필의 이모부였던 것이다. 그러나 지금은 대를 위해 소를 희생해야 할 때였다.

이어서 이조연과 한규직이 당했다. 새벽녘에는 민영목이 당했다. 이렇게 하여 그날 차례차례로 임금을 배알하러 왔던 수구파 대신들은 혁명군의 칼날 아래 목숨을 잃었다.

이 때 홍영식은 밤을 새워가며 새로운 조각과 강령을 준비하느라 여념이 없었다.

어느덧 새벽이 되었다. 어둠의 공포가 사라지고 밝은 아침이 오자 그동안 무서움에만 떨고 있던 내시들과 궁녀들도 힘이 났다. 그들 수

백 명이 좁은 공간에 모여서 웅성대니 혁명군으로서는 그들을 통제하기조차도 힘겨워졌다. 게다가 중전은 어서 빨리 경복궁으로 환궁하자고 보채고 있었다.

김옥균은 극약처방이 필요하다고 판단했다. 궁녀들의 불만을 잠재우기 위해서는 누구 하나를 본보기로 처단할 필요가 있었다. 마침내 유재현이 중전의 거처에서 나오고 있었다. 그는 유재현을 불러세웠다.

"어찌하여 중전마마의 분부를 받드는 사람을 잡는 것이오?"

"이놈을 포박하라!"

김옥균의 호령소리는 바로 그 앞 방 안에 있는 임금과 중전의 귀에도 생생하게 다 들렸다.

서재필과 윤경수가 유재현을 꽁꽁 묶어서 마당에 꿇어앉혔다.

"이토록 절박한 순간에 중전마마에게 환궁하여야 한다는 감언이설로 마마의 심기를 괴롭게 하고 있으니 너 같은 놈은 죽어 마땅할 것이니라. 여봐라. 당장 이놈을 처단하라!"

옆에 있던 윤경수가 시퍼런 칼을 뽑아 들었다. 그러자 유재현이 악을 쓰며 이들에게 저항했다.

"이놈들, 하늘이 무섭지 않은가? 이미 중전마마께서는 네놈들이 일본군을 끌어 들여서 모반을 꾀한다는 사실을 다 알고 계시다."

윤경수의 칼날이 번쩍이는가 싶었는데 유재현의 목이 저만치 나뒹굴었다. 목이 떨어져 나간 몸에서는 피가 꾸역꾸역 솟아 나왔다. 이 광경을 지켜보고 있던 궁녀들은 소매를 들어 눈을 가렸다.

새로운 영의정에는 이재원이 임명되었다. 군사권과 경찰권은 박영효와 서광범이 움켜쥐었다.

서재필은 병조참판을 맡고, 김옥균은 호조를 맡았다. 국왕에게 우격다짐으로 내각 명단과 강령을 재가받아 발표하고 나자 비로소 김옥균과 박영효는 국왕 앞에 부복했다. 이번 사태로 민영목, 민태호, 조영하, 이조연, 한규직, 윤태준, 유재현이 목숨을 잃었다는 보고를 올렸다.

보고를 받은 중전은 작은 주먹을 꼭 움켜쥐었다. 민태호가 세자의 장인이라는 사실을 알고 있었을 터인데도, 태연히 일을 벌인 것을 보면 이들도 죽기 아니면 살기 식으로 결행한 짓이리라. 임금도 마음이 착잡하기는 마찬가지였다. 왕이 총애하는 내시를 왕의 바로 지척에서 척살한 그들이다. 무슨 일인들 못 벌이겠는가.

"이번 거사의 목적이 무엇인가?"

임금이 김옥균을 쳐다보며 물었다. 중전이 김옥균을 조심하라고 했을 때에 진작부터 주의를 기울였어야 했는데…. 임금은 이제 와서 후회막급일 뿐이었다.

"청의 세력을 조정에서 몰아내고 나라를 바로 잡고자 함이옵니다."

"그래서 고작 왜의 세력을 끌어들이는 것이란 말이오?"

옆에 앉아 있던 중전이 눈꼬리를 살짝 치켜 올리며 비웃는 투로 던진 말이었다. 중전은 이제 김옥균의 속셈을 정확히 꿰뚫어 보고 있었다. 바로 친청파들을 조정에서 모두 몰아내고 친일파들로 혁명을 하자는 것이었다.

중전은 끈질기게 창덕궁으로 이어할 것을 요구했다. 아무래도 이들의 힘을 분산시키기에는 창덕궁이 더 없이 좋을 것이란 판단을 했기 때문이었다. 여기에서 인질로 잡혀 있는 동안은 꼼짝없이 이들의 뜻대로 나라가 움직여질 것이다.

김옥균 등 개화파들도 이런 중전의 요구를 묵살하자니 아무런 명분이 없었다. 더군다나 유재현을 척살하였음에도 불구하고 궁녀들과 내시들이 경우궁은 추워서 견디기가 힘들다고 아우성들이었다.

이들은 모여서 의논 끝에 계동궁으로 옮겨 가기로 하였다. 계동궁은 이제 막 영의정에 오른 이재원의 집이었다. 이재원은 대원군의 조카였다. 일반 사가이니 그 규모가 그리 크지 않고, 또 지금껏 살고 있던 집이니 춥거나 하는 문제도 없을 것이라는 생각이 들었다.

이들이 계동궁으로 옮겨와서 막 자리를 잡고 나자, 외국 공사들이 접견을 하러 들이닥쳤다.

미국공사 푸트와 영국공사 애스턴이 국왕을 알현하고 물러났다. 뒤를 이어 일본공사 다케조에가 머리를 조아렸다.

때는 이때다 싶어서 중전이 창덕궁으로 환궁할 뜻을 비쳤다.

"공사, 대왕대비 마마께서 이곳은 춥고 좁아서 더 이상 견디기가 힘들다 하시는구려. 어서 빨리 창덕궁으로 이어하게 해 주시오."

"분부 받들어 모시겠나이다."

다케조에 공사가 너무나도 선선하게 대답하자 왕비는 오히려 자기의 귀를 의심할 정도였다.

그는 즉시로 무라카미 중대장을 불러서 창덕궁으로 이어해도 별 문제가 없는지를 알아보고 오라고 지시했다. 이 소식을 들은 김옥균과 혁명군들은 대경실색했다.

"공사, 지금 제 정신으로 하시는 말씀이오? 창덕궁에서 어찌 국왕을 경호한단 말이오? 청국군대가 밀려오기라도 한다면 그들을 어찌 감당하시려 하오?"

그러나 다케조에는 너털웃음을 터트리며 김옥균의 말을 별로 대수롭지 않게 받아 들이는 것이 아닌가.

"하하하, 고균 사마, 걱정 마시오. 이제 대신들도 모두 바뀌고 정강 정책도 반포가 되었으니 혁명은 성사된 것이나 마찬가지 아니오? 그리고 우리 대일본제국의 군대로 말하자면, 한 명이 능히 청국군 백 명을 상대할 수 있는 강군이오. 알아들으시겠소?"

한참이 지나자 무라카미(村神) 중대장이 다케조에 앞에 와서 부동자세로 선 채 보고했다. 곧바로 옮겨도 아무런 문제가 없다는 것이었다. 그 소리를 듣자마자 임금의 호령이 떨어졌다.

"무엇들 하고 있는가? 어서 빨리 움직이지 않고."

혁명군들은 발을 동동 굴렀지만 이제는 어찌해 볼 도리가 없었다.

창덕궁으로 돌아온 지 얼마 지나지 않아 경기감사 심상훈이 임금을 알현하러 왔다. 그 위험한 곳을 자진하여 들어온 것을 보면 그의 담력도 어지간했다.

심상훈은 이미 사태의 내막을 모두 파악하고 있었다. 그는 임금을 만나기 전에 청국군의 진영에 가서 원세개도 만나고 온 터였다. 원세개는 청국군에게 비상 대기명령을 내려놓는 한 편, 심상훈에게는 왕의 밀지가 있어야만 군대를 움직일 수 있노라고 넌지시 일러주었다.

창덕궁에 온 심상훈은 왕으로부터 밀지를 받아내기가 어렵다는 사실을 한 눈에 알아차렸다.

왕은 김옥균의 수하들에게 철저히 감시당하고 있었던 것이다. 옆 방의 중전을 보니 그쪽은 상대적으로 감시가 덜했다. 그래서 중전에게 문안 인사를 올리는 척하며 언문교지를 받아 내었다.

저녁 무렵, 창덕궁의 선인문을 닫으려 할 때 청국군대가 드디어 궁궐에 모습을 드러냈다. 서재필과 김옥균은 일본군에게 선제공격을 하자고 주장했다. 기선을 잡으면 충분히 승산이 있으리라는 판단에서였다. 그러나 일본군은 대결을 피하는지 계속 관망하기만 했다. 그 날은 큰 충돌 없이 그럭저럭 지나갔다.

정작 큰일은 그 다음 날 터졌다. 한낮이 된 시각이었다. 다케조에 공사가 갑자기 폭탄선언을 하는 것이 아닌가.

"우리가 청국을 상대로 전쟁을 벌인다는 것은 현명한 처사가 아니라고 판단하오. 지금의 형세로는 일본군이 대궐에 오래 있어보아야 이득이 될 것이 없으니 우리 일본군은 즉시 철병할 것이오."

"아니, 공사. 지금 무슨 말을 하고 있는 것이오? 그럼 우리보고 여기서 이대로 앉아 죽으란 말이오?"

김옥균과 박영효가 강력하게 항의했지만 다케조에는 요지부동이었다. 실상인즉, 그는 이번 사태가 발생하자마자 본국 정부에 이 사실을 알렸다. 본국 정부에서는 청국과의 대결을 피하라는 회답이 왔다.

얼마 전에 청국과 프랑스가 인도차이나에서 휴전에 합의하자 앞으로 청국의 정책이 어떻게 변할지 모르기 때문에 취한 조치였다.

1883년 말부터 청나라와 프랑스는 인도차이나에서 전쟁을 벌이고 있었다. 누가 운남(雲南)의 주인인지를 가리자는 전쟁이었다. 후일의 베트남이다. 그래서 청국은 조선에 주둔하고 있던 군대 중 절반인 1,500명을 그쪽으로 빼돌렸다.

원래 일본의 속셈은 청국이 프랑스와 전쟁을 할 때를 틈타서 조선에서 청국군을 밀어내고 조선을 장악하려고 작정했었다. 그러나 두 나라는 불과 일 년도 싸우지 않고 싱겁게 휴전에 합의해 버렸다.

이러한 예기치 않은 사태의 변화에 일본의 조선정책이 급선회 한 것이었다. 다케조에 공사는 일개 외교관에 불과했다. 그런 그가 본국 정부의 훈령을 어겨가면서까지 김옥균을 도와야 할 이유는 없었다.

이들이 옥신각신 하는 사이에 청국 진영에서 사신이 당도했다. 원세개와 오조유가 보낸 사신이었다. 다케조에 공사는 편지를 뜯어 읽었다.

일본과 청국이 조선에 군대를 주둔하고 있는 이유는 조선 국왕을 보호하기 위함이다. 그리고 양국이 체결한 조약상에는, 언제든 어느 일방의 군대가 출동하면 그 상대방에게 알리게끔 명시되어 있는 것으로 알고 있다.

그러나 엊그제 폭도들이 대궐에서 조선 대신 여덟 명을 살해한 사건이 발생하였고, 일본군이 오히려 그들을 보호한다는 소문이 돌고 있다. 이에 우리들은 국왕을 안전하게 보호하는 본래의 임무에 충실코자 대궐로 들어갈 것이니 귀측은 그리 알라.

어떻게 해야 하나? 본국 정부에서는 청국 군대와 정면충돌을 피하라고 했지만, 벌써 청국군 진영에서는 총 쏘는 소리가 콩 볶아대듯 요란하게 터져 나오고 있었다.

그대로 군대를 거두어 퇴각하자니 나라의 체면이 말이 아니요, 또한 서울 장안에 있는 수많은 일본 상인들의 보호문제가 걸렸던 것이다. 혁명군이건 일본군이건 모두가 다케조에의 입만을 쳐다보고 있었다. 이윽고 다케조에의 비장한 명령이 떨어졌다.

"전투 준비!"

마침내 일본군과 조선군 중 일부가 청국군에 대항하며 일전을 벌이는 창덕궁의 청일전쟁이 시작되었다. 그러나 사태는 시간이 지날수록 혁명군 쪽에 불리했다. 우선 일본군은 숫자적으로 절대 열세였고, 조선군은 총기와 탄약이 턱없이 부족했다.

김옥균은 정신없이 부하들을 독려하다가 문득 임금이 생각나서 급히 관물헌으로 되돌아 왔다. 그러나 거기에 국왕은 없었다. 국왕은 이미 별감들과 내시들의 호위를 받으며 북산 쪽으로 피신하고 있는 중이었다.

김옥균은 수하 10여 명을 대동하고 부지런히 국왕을 뒤쫓았다. 왕을 놓치면 만사가 허사이다. 자신들은 대역죄를 범하는 것이다. 어찌되었건 국왕을 인질로 모셔야만 한다. 숨이 턱에 닿도록 뛰어가는 김옥균의 머리에는 그 생각밖에는 없었다.

한참을 뛰어가자 마침내 무감의 등에 업혀서 가고 있는 임금의 행차를 발견하였다. 김옥균은 그 앞을 가로막으며 무릎을 꿇었다.

"전하, 어디로 가시나이까?"

"저희들을 버리지 마시옵소서."

10여 명이 동시에 울음을 터트리며 호소하자 왕은 일그러진 용안을 들어 처연하게 그들을 내려다보았다. 여전히 등에 업힌 채였다. 그러나 임금도 지금 이 자리에서 어찌할 수가 없었다.

이쪽은 20여 명이라고는 하나 무장한 별감이 두 명이요, 나머지는 모두 내시들과 궁녀들뿐이었다. 여기서 저들의 말을 듣지 아니하였다가는 즉시로 저들의 칼날에 목숨을 잃게 될 것이 뻔하지 않겠는가. 임금의 뇌리에는 어제 내시 유재현의 목을 단칼에 날려 보내던 광경이 떠올랐다.

"돌아가자."

고종은 내키지 않는 표정으로 발걸음을 돌리게 할 수밖에 없었다. 국왕이 되돌아오자 이들의 사기가 올라가는 듯 해보였으나 그것도 잠시, 곧바로 서재필이 숨을 헐떡이며 뛰어들어왔다.

"고균 형님, 아무래도 아니 되겠습니다. 일본군들이 자꾸 밀리고 있어요."

이제 청군의 진영에는 혁명에 가담하지 않은 조선군뿐만이 아니라 일반 백성들까지도 가세하여, 그 숫자가 2천인지 3천인지 분간조차도 할 수 없었다.

"이렇게 된 이상 전하를 모시고 인천으로 가서 후일을 도모하는 것이 어떨까요?"

박영효가 김옥균에게 하는 말이었다. 그들이 의논하는 소리를 듣고 있던 국왕이 버럭 소리를 질렀다.

"지금 무슨 말들을 하고 있는 게냐. 짐은 죽어도 종묘사직이 있는 이곳에서 죽을 것이니라."

총탄이 여기저기에 와서 박혔다. 김옥균은 변수에게 다케조에 공
사를 불러오라 지시했다. 변수는 총알이 빗발치듯 날아오는 가운데
밖으로 뛰어나가더니 일본공사를 불러왔다. 다케조에 공사는 땀을
뻘뻘 흘리며 김옥균에게로 오더니 도저히 안 되겠다는 표정으로 고
개를 저었다.

"청군이 너무 많아요. 거기다가 조선군까지도 가세하기 시작했
소."

"우선 전하를 모시고 옥류천 쪽으로 피신하기로 합시다."

김옥균의 제안에 다케조에도 그게 좋겠다는 표시를 했다. 옥류천
으로 옮겨서 다시 방어선을 구축하고 있을 때 무감 하나가 도포자락
을 휘날리며 이쪽으로 뛰어오고 있는 게 아닌가. 임금이 그를 알아보
고 반색을 했다.

"그대는 대왕대비전의 무감이 아니던가?"

"네, 그러하옵니다, 전하."

"대왕대비 마마는 어디에 계시느냐?"

"네, 대비마마는 지금 중전마마와 함께 북묘에 피신해 계시옵니
다."

"오호, 모두들 무사하시다는 말이렸다?"

임금의 용안에 비로소 안도의 빛이 나타났다.

"어서 나를 업어라. 나도 대왕대비 마마가 계시는 곳으로 가야 할
것이니라."

무감이 등을 내밀자 임금이 선뜻 그 위에 업혔다. 이를 본 김옥균

과 서재필이 황망히 만류했다.

"전하, 신들을 버리고 어디를 가신다고 하시옵니까?"

"어허, 짐은 죽더라도 대왕대비 마마가 계신 곳으로 갈 것이니라."

"가시지 마시옵소서. 거기에는 청군들이 우글거리고 있사옵니다."

옆에서는 무라카미 중대장이 부하들을 독려하다 말고 이 희한한 광경을 물끄러미 지켜보고 있었다.

어느덧 해가 서산으로 넘어갔다. 벌써 무감은 임금을 등에 업고 저만큼 성큼성큼 앞서가고 그 뒤를 20여 명의 궁녀들과 내시들이 따라가는 중이었다.

마지막 순간이다. 여기서 임금을 놓치면 우리들은 모두가 죽은 목숨이다. 김옥균, 서재필, 홍영식, 박영효, 그의 형 박영교도 모두 임금의 행차 앞을 가로 막았다. 그들은 모두 무릎을 꿇고 머리를 땅에 찧으며 눈물로 호소했다. 그런 그들의 주변으로 간간히 총탄이 떨어졌다.

"전하, 아니 되옵니다."

"전하, 저희들을 불쌍히 여겨 주시옵소서."

"경들은 더 이상 내 앞을 가로막지 말라!"

고종의 표정은 단호했다. 벌써 사흘 동안 이리저리 끌려 다닌 수모를 생각한다면 이들을 모두 단칼에 베어죽이고 싶은 심정이었다.

"무엇을 하고 있느냐? 어서 빨리 가자!"

이때 북산 쪽에서 맹렬한 총포소리와 함께 총탄이 우박처럼 날아왔다. 북산은 방금 전에 빠져 나왔던 뒤쪽에 있는 산이다. 지금 임금 일행은 사면으로 포위돼 있는 것이다.

"총을 쏘지 마라. 여기에 임금께서 계신다.!"

"총을 쏘면 안 된다!"

이들이 소리 지르자 그때서야 총소리가 주춤했다. 한참을 이들의 실랑이를 지켜보고 있던 다케조에 공사가 무라카미 중대장과 의미 있는 눈짓을 교환하더니 마침내 입을 열었다.

"우리들이 조선 국왕을 호위한다는 것이 오히려 더 해를 끼치고 있소이다. 우리 일본군은 여기서 철병하여 돌아갈 것이오. 모두 후일에 다시 만납시다."

"아니 공사, 무슨 말을 하고 있는 것이오?"

김옥균은 사색이 되었다. 그의 입술에 허연 침이 말라 있었다.

"지금 사태로 보아서는 철병하는 것이 최선의 방책이오. 우리 병력은 이제 50여 명 밖에 남지 않았소. 이 병력을 가지고 수천의 청군과 조선군을 맞서 싸울 수도 없는 노릇이오. 더군다나 우리들이 있기 때문에 청군이 계속 발포를 하고 있질 않소? 어서 우리가 여기를 떠나야만 전하의 옥체도 안전하리라는 판단이오."

"일본군이 우리들을 도와준다고 하지 않았소. 어찌 이럴 수가 있단 말이오?"

김옥균도 지지 않았다. 여기서 전하도 놓아 보내고 일본군마저도 놓친다면 더 이상 기댈 언덕이 없게 된다. 또다시 요란한 총소리가 들려왔다. 잠시 주춤하던 청군이 다시 공격을 하는 모양이었다.

"사태가 이렇게 되었으니 어쩔 수 없지 않소?"

"결국 배신이오?"

"배신이 아니오. 사태에 따를 뿐이오."

김옥균은 동료들을 돌아다보았다. 이젠 모두들 어쩔 수가 없다는 표정들이었다. 벌써 국왕은 무감의 등에 업혀서 저만큼 앞으로 내달리기 시작했다. 이젠 더이상 왕의 앞을 가로 막을 수도 없었다. 홍영식과 박영교가 서둘러 임금의 뒤를 따라가면서 김옥균 일행에게 손을 들어 작별을 고했다.

"우리들은 주상 전하를 호위하고 가겠소."

신복모를 비롯한 일본 군사학교 출신들 일곱 명도 눈물을 뿌리며 임금의 뒤를 따랐다.

"소인들도 전하를 모시고 가겠습니다. 협판 어른, 부디 강령하십시오."

"금릉위 대감, 후일에 다시 뵈올 것이옵니다."

김옥균, 서재필, 박영효, 서광범은 달려가서 그들의 손을 꼭 잡고 작별을 아쉬워했다. 그리고 모두 그 자리에서 엎드려 멀어져가는 국왕의 행렬을 향해 머리를 조아렸다.

"상감마마께서 나가신다. 총을 쏘지 마라!"

"주상 전하시다. 총을 쏘면 안 된다!"

이들의 소리를 듣고 저쪽에서 조선군 병사들이 나타났다. 그들은 어가를 호위하여 청군의 본진이 있는 곳까지 모시고 갔다. 홍영식과 신복모 등 10여 명은 그 뒤를 엉거주춤하게 따라갈 수밖에 없었다. 그때 조선군 장교 하나가 소리쳤다.

"이놈들은 왜놈의 앞잡이들이다. 당장 때려 죽여라."

그러자 그 말이 떨어지기를 기다렸다는 듯이 군데군데 횃불을 밝히고 있는 조선군들과 청군들 사이에서 칼과 창이 무수히 날아들었다. 홍영식을 위시한 이들 10여 명은 그야말로 어육(魚肉)이 되어서 처참하게 최후를 마쳤다.

일본공사 다케조에를 비롯한 패잔병 50여 명과 김옥균을 따르는 혁명지사들이 일본공사관 근처에 다다른 때는 깜깜한 한밤중이 되어서였다.

다케조에 일행이 공사관에 접근하려 하였으나 공사관 안의 일본군들은 어둠 속에서 피아를 구분할 수가 없었다. 경비병들의 총질에 이쪽 일본군들이 세 명이나 목숨을 잃었다. 천신만고 끝에 겨우겨우 그들과 연락이 되어 공사관 안으로 피신하고 보니 밤 10시가 넘어 있었다.

그 다음날 아침이 되자 성난 백성들이 또 다시 몰려왔다. 그들은 공사관 근처의 집들을 모두 불태우고 공사관을 향해 돌멩이를 던져 댔다. 일부 백성들은 이번 거사에 참여한 김옥균, 박영효, 홍영식의 집을 찾아가 집을 모조리 불태워 버렸다.

일본 공사관에서는 가용할 수 있는 병력을 총 동원하여 겨우겨우 포위망을 뚫고 인천으로 탈출하였다.

다케조에 일본공사는 2년 전 임오군란 당시 하나부사 공사가 처했던 상황과 똑같은 상황에서 똑같은 길로 피난을 가게 되는 것이었다. 단지 다른 점이 있다면 이번에는 김옥균, 박영효 등 몇 명의 조선인들이 함께 도망하고 있다는 정도였다.

21일 아침에야 겨우 인천에 도착하여 인원 점검을 하여보니 대략 죽은 사람이 40명 쯤 되는 것으로 파악되었다. 그중에는 공사관 무관 이소바야시 포병대위도 포함되어 있었다.

이렇게 하여 김옥균과 조선의 젊은 열혈청년들이 일으킨 갑신정변(甲申政變)은 3일 만에 무위로 끝나 버렸다.

왕은 창덕궁에 환궁하자 내각을 새로 임명하고 이번 모반에 주동 인물인 김옥균, 박영효, 홍영식, 서재필, 서광범을 5적(伍賊)으로 규정하고 사신들을 인천에 파견하여 다케조에 공사에게 그들의 신병을 인도할 것을 강력히 요청했다.

일본선박 치도세마루에 승선하여 피신해 있는 다케조에는 실로 난감한 지경에 처했다. 외무독판 조병호, 외무협판 묄렌도르프, 인천감사 홍순학 등 비중 있는 인물들이 왕의 친필서한을 가지고 온 것만 보아도 국왕의 분노가 어느 정도인지 짐작하고도 남음이 있었다.

그러나 막상 김옥균 등 혁명 주체세력을 그들에게 내주었다가는 국제사회로부터 일본이 신의가 없는 나라라는 비난을 들을 것이 뻔했다. 한참을 고민하던 끝에 그는 결국 김옥균 일행에게 투항할 것을 권고했다.

"아니, 우리더러 배에서 내려 죽으라는 말씀이오?"

"말도 안 되는 소리요. 당신들이 이렇게까지 배신에 능수능란한 민족인지 정말 몰랐소이다."

이들의 설전을 옆에서 듣고 있던 치도세마루의 쓰지 선장이 마침내 보다 못해 입을 열었다.

그는 같은 일본인인 다케조에 공사의 처신이 의리 없는 행동이라고 판단한 것이었다.

"지금 보아하니 공사께서 저들에게 하선을 하라고 하시는 것 같은데, 그건 저들보고 죽으라고 하는 것이나 마찬가지입니다. 이 배의 책임자는 바로 나요. 나는 선장의 직권으로 저들을 하선시키지 않을 것이오."

쓰지 선장은 독단적으로 결정을 내리고 배를 출항시켰다. 그의 과감한 결정 덕택에 이들 조선의 풍운아들은 목숨을 건질 수가 있었다.

혁명이 실패로 돌아간 후 혁명 주체세력들의 가족들은 어찌되었을까?

김옥균의 동생 김각균은 벼슬길에 있다가 형의 모반 사건으로 도망하는 신세가 되었다. 그는 경상도 칠곡에서 암행어사에 체포되어 대구 감영에서 죽었다.

생부인 김병태는 천안 감옥에 감금되어 10년 동안을 눈이 먼 채로 살다가, 아들 김옥균이 홍종우에게 살해되어 돌아오던 1894년 4월에야 교수형을 당해 그 비참한 생을 마감하였다.

김옥균의 부인 유씨와 딸은 10년 동안 유리걸식하며 지내다가, 10년 후인 1894년에 박영효가 내무대신이 되어 돌아오자 그 해에 복권이 되었다.

박영효의 아버지 참판 박원양은 음독 자살했다.

홍영식의 아버지 홍순목은 10살짜리 아들에게 독약을 먹이고 본인도 음독자살했다. 조선에서 순조, 철종, 고종의 3대에 걸쳐서 영의정을 했던 인물이다. 처 한씨도 독약을 먹고 자살했다.

서광범의 아버지 서상익은 7년 동안이나 감옥살이를 하다가 죽었다.

서재필의 아버지 서광언과 어머니 이씨, 부인 김씨는 모두 음독자
살했다. 두 살 된 아들은 아무도 돌보는 사람이 없어 며칠 동안을 굶
주리다가 결국은 굶어 죽었다.

이 모두가 혁명에 실패하면 온 집안이 뿌리 채 뽑힌다는 말이 사
실임을 입증한 비참한 이야기이다.

19. 동학란과 청일 전쟁

　순조 말년에 경주 땅에 최복술이란 아이가 있었다. 서력으로 치면 1824년이다. 그의 7대 할아버지 최진립은 임진왜란과 정유재란 때에 큰 공을 세운 인물이다. 복술의 아버지는 여러 차례 과거를 보았으나 모두 실패한 후, 두 번이나 상처(喪妻)를 하고 세 번째 맞이한 부인 한씨에게서 늦둥이를 보았다.

　복술은 여덟 살 때부터 서당에서 한학을 공부했는데 하나를 가르쳐주면 열을 알 정도로 총명한 아이였다고 한다. 나이 열 살 때는 이미 세상의 어지러움을 한탄할 정도로 학문이 발전했다고 하였다.

　최복술은 매우 형편이 곤궁하였으나 그래도 학문이 있었던지라 서당을 열어 아이들을 가르치며 그럭저럭 삶을 영위할 수가 있었다.

　그는 어떻게 하면 세상 사람들에게 삶의 이치를 제대로 가르칠 수 있을까를 고민하기 시작했다. 그래서 유교에 심취하였다. 답을 얻지 못했다. 다음에는 불교에도 빠져 보았다. 그러나 거기에도 길이 보이지 않았다. 그는 탄식했다. 아하, 유(儒)도 불(佛)도 누천년의 세월이 흐르는 동안 기운이 쇠하였도다. 이번에는 당시에 유행하던 서학을 접해 보았다. 몇 년간 서학에 정진한 후 그는 이렇게 탄식하였다 한다.

"서학에도 몸에 거하는 도(道)가 없으니 이 또한 개인의 이익만을 위하는 사교(邪敎)라, 내 어찌 이것을 참 도로 믿고 따를까 보냐."

그는 대도(大道)를 얻기로 작정하고 천하를 주유하며 음양복술, 풍수지리 등을 연구하고 다녔다. 그렇게 집안 살림도 다 팽개치고 세상을 떠돌다가 10년이 지난 후에 집으로 돌아왔다. 처자를 거느리고 울산으로 이사하여 끝도 없고 소득도 없는 학업을 계속 하였다.

그러던 어느 봄 날, 깜빡 잠이 들었다 눈을 떠 보니 방문 앞에 웬 스님이 찾아와서 합장을 하고 있는 것이 아닌가. 스님은 자신을 금강산 유점사로부터 왔다고 소개하며 그간의 사정을 이야기하기 시작했다.

어느 날 아침, 대웅전 문을 열고 들어가 보니 서책 한권이 빛을 발하며 놓여 있더라는 것이었다. 그러나 그 내용은 난해하기가 이루 말할 수가 없어서, 유점사는 물론이고 근처의 유명한 절의 고승들이 아무리 들여다보아도 도무지 해득할 수가 없더란다.

그래서 그 책을 들고 이곳저곳을 돌아다니기를 벌써 반 년, 마침 이 동네를 지나다보니 자기도 모르게 이 집으로 이끌려 왔다면서 그 책을 앞에 놓고는 홀연히 사라지는 것이 아닌가. 이렇게 하여 최복술이 얻은 책이 바로 을묘천서(乙卯天書)라는 책이다.

그 책을 읽으며 49일간 토굴 속에서 기도하기를 여러 번, 마침내 을묘천서를 얻은 지 7년만에 최복술에게 놀라운 일이 발생하였다.

그날도 여느 날과 다름없이 목욕재개하고 초당에서 마음을 집중하여 글을 읽고 있는데, 갑자기 몸이 떨리고 형용하기 어려운 두려움이 엄습하기 시작하였다. 바로 그때 어느 곳에서인지 모를 음성이 들려 왔다.

"두려워 말라. 나는 상제(上帝)니라. 네가 나의 영을 받아 사람들을 치료하고 나의 주문대로 가르치면 후일 덕이 온 천하에 떨치리라."

그 말과 함께 홀연히 방안을 가득 덮은 광채도 사라졌다. 이 일이 있은 후 그토록 어려웠던 천서의 내용이 눈에 들어오기 시작하였다. 상제님과의 대화는 그 후 일 년 간이나 계속 되었는데 최복술은 이것을 정리하여 드디어 세상 사람들에게 포교를 하기에 이른다.

서학과 다른 가르침이라 하여 동학이라 이름지었다. 이때에 와서 이름도 '어리석은 사람들을 구한다.'라는 뜻의 제우(濟愚)로 바꾸고 호를 수운(水雲)이라 했다.

적서차별(嫡庶差別) 철폐니 제세구민(濟世救民)이니 하는 동학의 사상들은 당시 폭정에 시달리던 백성들에게는 가장 솔깃한 말이었다. 동학도들은 주문을 외우며 칼춤을 추고 부적을 태운 물을 마시면 병에서 해방되고 억압에서 풀려난다고 믿었다. 마치 무속 신앙과도 같은 이러한 가르침은 그야말로 조선백성들의 입맛에 딱 맞는 것이 아니고 무엇이랴.

동학의 소문은 백성들의 입에서 입으로 급속히 퍼져 나갔다.

동학을 믿는 숫자가 너무나도 급격하게 늘어나자 나라에서는 마침내 최제우를 처형해 버렸다. 1864년 그의 나이 40세, 고종이 임금으로 등극한지 1년이 지난 때의 일이다.

최제우의 처형으로 큰 타격을 받은 동학은 재기가 불가능해 보였으나, 제2대 교주 최시형에 의해 다시 기반을 굳혀 나갔다. 최시형은 최제우의 일가였다. 그는 일찍 부모를 여의어 제대로 된 교육을 받지 못했다. 그러나 근면하고 의지가 강하여 오히려 당시와 같은 난세에는 더 적합한 지도자였다.

동학의 창시자 최제우의 '사람은 누구든 몸에 천주를 모시고 산다.'라는 시천주(侍天主) 사상에, 제2대 교주 최시형은 '사람이 곧 하늘이다.'라는 인내천(人乃天) 사상을 더했다.

이렇게 동학은 차츰차츰 종교적인 체계를 갖추어 나갔다.

교세가 확장됨에 따라 경전의 편찬과 조직을 갖출 필요성이 절실해졌다. 그리하여 강원도 인제에 간행소를 설치하여 〈동경대전〉과 〈용담유사〉를 간행했다.

동경대전(東經大全)은 포덕문, 논학문, 수덕문, 불연기연 등 4편의 글인데, 보국안민의 정신과 수운이 천제로부터 도를 전수받는 과정이 나타나 있다.

용담유사(龍潭遺詞)는 용담가, 안심가, 교훈가 등 8편의 노래를 담고 있다. 이렇듯 동학의 교리나 경전은 민담이나 토속적인 노래처럼 손쉽게 접근할 수가 있어서 특히 삼남지방의 농민층 사이에서 인기가 높았다.

동학은 교도의 1단을 포(包)라 하고 그 통솔자를 접주라고 불렀으며, 여러 포의 통솔자를 도접주(都接主)라고 불렀다.

1892년 동학은 대대적인 교조신원운동을 전개했다. 억울하게 죽은 제1대 교주 최제우의 누명을 벗겨주고 그의 명예를 회복시켜 달라는 것이다.

최시형은 접주들에게 통문을 보내 전라도 삼례에 모이도록 했다. 수천 명의 교도들이 모여들어 교조의 신원회복과 동학교도들에 대한 박해를 금지해 달라고 소장을 제출했다.

이들의 기세에 놀란 충청도 관찰사 김문현과 전라도 관찰사 이병직은, 교조신원 운동은 지방관의 권한 밖이라 명확한 답을 줄 수가 없지만, 동학에 대한 탄압만은 즉각 중지하겠노라고 약속했다.

이처럼 집단 시위가 소기의 목적을 달성하자 이들은 더욱 대담하게 중앙으로 진출하여 고종에게 직접 상소를 올리기로 작정하였다.

"교주 최제우의 억울한 죄명을 벗겨주고 그의 사당을 짓게 해 달라. 이 땅에서 왜놈들과 양놈들을 쫓아내라."

그들은 이러한 주장을 하며 3일 동안을 호소했다. 여러 명이 상소를 올렸다 하여 이를 복합 상소라 한다. 조선 조정은 잔뜩 긴장했다. 동학교도들 수천이 머지않아 서울로 잠입할 것이라는 소문과 함께, 척왜양(斥倭洋)이란 글귀가 곳곳에 나붙어 외국인들을 두려움에 떨게 했기 때문이다.

외국 공사들은 원세개에게 병력을 배치해 줄 것을 요청했다. 임오군란과 갑신정변에 혼이 난 일본공사는 거류민들에게 제물포로 피신할 준비를 해 놓고 있으라고 할 정도였다.

1894년 2월 17일, 전라도 고부에서 농민들이 고부군수 조병갑의

탐학에 대항하여 들고 일어났다. 조병갑은 전형적인 탐관오리였다. 그가 부임한 해인 1893년, 그는 군민들에게 보(堡)를 쌓게 한 후, 그 해 농사가 끝나자 물을 사용한 세금의 명목으로 무려 700석의 곡식을 거두어 들였다. 게다가 아직 임기도 다 채우지 않은 자신의 송덕비까지 건립하도록 했다.

고부의 농민들은 11월과 12월, 두 차례에 걸쳐서 조병갑을 찾아가 어려움을 호소했지만 막무가내였다. 조병갑은 이렇게 항의하는 농민 대표인 전창혁, 김도삼, 정일서에게 곤장을 쳐서 가두었다가 전주감영으로 보냈다.

전라감사 김문현은 그들에게 또 다시 장형을 하여 고부군으로 돌려보냈다.

세 명 중 전창혁은 장독이 올라 며칠을 앓다가 죽고 나머지도 시름시름 앓다가 결국은 모두 죽고 말았다.

전창혁은 전봉준의 아버지였다. 그는 상민이었으나 일찍부터 한학을 배워 한문에 조예가 깊었다. 글을 알고 있기 때문에 마을의 대표로 나섰고, 결국은 글을 안다는 것이 그를 죽음으로 내몬 결과가 되었다. 전봉준은 며칠 동안이나 식음을 전폐하면서 통곡했다. 아버지로부터 한학을 배운 그는 그 무렵 마을에서 아이들을 가르치며 지내고 있었다.

전봉준은 아버지의 죽음에 더 이상 참을 수가 없었다. 그는 고부 각 리의 접주들에게 사발통문을 돌렸다. 수백의 동학도들이 고부관아를 쳐들어갔다. 그러나 조병갑은 이미 도망친 뒤였다.

비슷한 시기에 전주와 익산에서도 큰 소요가 일어났다. 민중봉기가 전라도 전역에서 들불처럼 번지자 겁을 집어먹은 전라감사는 급히 의정부에 장계를 올려 사태의 긴박성을 알렸다.

봉기소식에 깜짝 놀란 조정에서는 조병갑을 서둘러 체포하라는 영을 내렸다. 민원의 대상인 조병갑을 처벌하여 사태를 진정시키기 위함이었다. 그와 함께 장흥부사 이용태를 안핵사로 파견하여 사태를 진압하도록 명했다.

2월말 새로 부임한 고부군수 박원명은 소를 잡고 술을 내어 백성들을 달랬다. 감읍한 백성들은 순순히 흩어졌다. 그런데 안핵사로 내려 온 이용태가 민란의 주동자들을 잡는다며 풀어 놓은 포졸들이 고부, 무안, 고창을 돌면서 부녀자들을 강간하고 재물을 약탈하는 일이 벌어졌다. 가라앉았던 불씨가 다시 살아났다.

그때부터 농민들은 포졸들을 만나면 죽창을 꼬나 잡고 대항했다. 사태가 이 지경에 이르자 조정에서는 다시 이용태를 체포해 귀양 보내는 한편, 조병갑과 그 부하들을 모조리 잡아 들였다.

그 사이 전봉준은 무장 지역의 접주로 있는 손화중과 연합하여 4천 명의 농민군을 소집한 다음, 농민전쟁의 서막을 알리는 창의문을 선포했다. 여기에 김개남 포(包)의 2천 명이 가세했다.

… 세상에서 사람이 귀하다 함은 인륜이 있기 때문이다. 우리 임금은 인효자애 하시어 신하들이 잘만 보필할 것 같으면 능히 요순시대처럼 나라를 이끌어 가실 군주이시다. 그러나 신하된 자들이 성상의 총명을 흐리게 하고, 자신들의 사리사욕만을 채우기 때문에 나라는 도탄에 빠지고 백성들은 유리걸식하는 자들이 지천에 넘쳐나는 것이

작금의 현실이다.

우리들은 비록 초야에 묻혀서 사는 신민들이나 어찌 망해가는 나라를 보고만 있을쏘냐. 이에 조선팔도의 백성들이 마음을 같이하여 보국안민의 기치를 높이 들고자 하니, 우리 모두 분연히 일어나서 이 땅에서 왜이들과 양이들을 물리치고 이 삐뚤어진 세상을 바로잡아야 할 것이다.

- 전봉준, 김개남, 손화중

그러자 여기저기서 호응하는 백성들이 늘어났다. 이들의 창의문은 호남일대를 뒤흔들었다. 그때까지 동학을 잘 몰랐던 농민들이 꾸역꾸역 동학으로 몰려들었다. 이제 전라도 지방은 가히 동학의 천지라고 할 정도가 되어 버렸다.

"서학을 하는 놈들은 제사도 못 지내게 하고 임금에게 절을 해도 안 된다고 하는데, 동학은 임금을 하늘처럼 모셔야 한다니, 동학이야 말로 우리들이 기다리던 참 도가 아닌가."

"우리 모두 동학으로 들어가세."

조정에서는 동학도들이 전주성을 점령하려 든다는 소식을 접하자 곧바로 홍계훈을 불렀다.

전라좌도와 우도의 양호(兩湖) 초토사로 임명된 홍계훈은 장위영 병사 800을 이끌고 현지로 떠났다.

청국의 배를 타고 인천을 떠난 홍계훈은 3일 만인 4월 7일에 군산을 거쳐 전주성에 입성했다. 그러나 홍계훈이 백산에 도착해 보니 벌써 한판의 싸움은 끝이 난 직후였다.

김문현으로부터 전황을 보고 받은 홍계훈은 관군의 무질서와 백성들에 대한 횡포가 결정적인 패인이라고 분석했다. 홍계훈은 상황을 반전시키려면 먼저 군대의 군기를 엄정히 해야 하겠다고 마음먹었다. 동학군과 내통한 전주영장 김시풍을 전군이 보는 앞에서 공개 처형했다.

그 사이에도 동학농민군은 파죽지세로 이곳저곳을 함락시키며 기세를 올리고 있었다. 7일에는 정읍을 친 뒤 흥덕을 지나 무장을 함락시켰다. 이들의 기세가 오르는 것과는 정반대로 관군의 사기는 땅에 떨어졌다. 이곳저곳에서 들리느니 패했다는 이야기뿐이었다. 그러자 밤만 지나면 병사들이 쑥쑥 줄어들었다. 이제는 800의 군사가 400으로 줄어버렸다.

농민들의 지지가 절대적이었기 때문에 홍계훈의 관군은 가는 곳마다 고전을 면할 수가 없었다. 마침내 농민들은 전주의 턱 밑인 금구에 도착하여 전력을 강화한 후, 전주성을 점령하기로 작전을 세웠다. 전주성은 신임 감사조차 없는 상태에서 전 감사 김문현이 동서남북 성문을 모두 걸어 잠그고 싸웠으나 동학군의 공격에 더 이상 버티지 못하고 결국 성을 내주고 말았다.

"농민군 만세!"

"동학세상 만세!"

전봉준은 농민들의 환호 속에 당당하게 입성하여 전주 감영의 선화당(宣化堂)에 좌정했다.

동학도들은 흰 갓을 쓰고 염주를 굴리며 21자의 주문을 외어댔다.

지기금지원위대강(至氣今至願爲大降) ~

시천주조화정(侍天主造化定) ~

영세불망만사지(永世不忘萬事知) ~

전주부(全州附)가 동학 농민군에 함락되었다는 소식을 접한 조정에서는 청나라에 출병을 요청하기에 이르렀다. 원세개는 파병요청서를 받자마자 급히 본국의 이홍장에게 전보를 쳤다.

그러자 이 정보를 입수한 일본도 즉각 출병을 하겠다고 고집을 부리는 게 아닌가.

원세개와 스기무라 대리공사 사이에 설전이 벌어졌다.

"귀국이 출병하면 우리 일본도 출병을 하지 않을 수 없다."

"왜 일본군이 와야 하는가?"

"우리 거류민들을 보호하기 위함이다."

"청국군은 난리를 진압하는 과정에서 조선 내에 주재하고 있는 외국인들에게 피해가 가지 않도록 할 것이니 걱정할 필요가 없다."

"우리 국민은 우리의 힘으로 지키는 것이 마땅하다."

"그런 논리라면 다른 외국들도 모두 군대를 몰고 오려 할 것이다."

당시 일본의 상황은 전쟁과 같은 외부상황이 있어야만 내각이 유지될 수 있는 아주 절박한 지경에 있었다. 초대 내각의 총리대신으로 취임한 이토 히로부미(伊藤博文)는 마침 국회의 반정부파로부터 외교정책의 실패를 추궁받아 곤경에 처해 있었다. 중의원 야당은 이토 내각의 탄핵안을 가결시켜 놓고 있었다.

이런 위기상황에서 이토는 파병을 요청하는 전보를 받자 쾌재를 불렀다. 그는 국가비상사태라는 이유로 즉시 중의원을 해산시켜버리고 조선 파병을 결정함으로써 탄핵의 위기에서 벗어나게 된다.

5월 5일, 청국의 직례총독 섭지초가 2천4백 명의 병력을 이끌고 아산에 도착했다. 청국군은 조선에서 원세개가 이끌고 있던 병력을 포함하여 4천 명으로 늘어났다. 이에 질세라 바로 그 다음 날, 일본군도 3천 명이라는 대병력을 인천에 상륙시켰다.

동학 농민군은 청국군과 일본군이 조선에서 전쟁을 할 것이란 소문을 듣자 큰 충격을 받았다. 자기들의 봉기로 자칫하면 조선 전체가 쑥대밭으로 변할지도 모른다는 불안감이 팽배했다.

때 마침 홍계훈도 조정으로부터 동학군과 협상을 한 후 서울로 돌아오라는 명령을 받았다.

동학으로서도 자기들 때문에 나라가 풍비박산이 나는 것을 원치 않았고, 홍계훈의 토포군도 모두 지쳐 있을 때에 강화를 맺고 돌아오라니 양측 모두 반가운 일이 아닐 수 없었다.

그들은 5월 7일 전주에서 화해하고 모두 돌아가기로 하였다. 이른바 전주화약(全州和約)이다.

이즈음 동학도들에게는 이런 저런 잡인들이 많이 모여 들었다. 그들 중엔 현실에 불만을 품은 자들, 세상이 뒤집어지면 한 번 출세를 하리라 기회를 노리는 자들, 범법자들 등이 섞여 있었다. 양반가를 털어서 재물을 갈취하거나 부녀자들을 강간하는 자들도 속출했다. 그래서 초기의 순수했던 농민군의 집단이 이제는 비도(匪徒) 또는 동도(東盜)라고 불리게 되었다.

전라감사 김학진은 경군(京軍)이 철수하자 동학군과 공동으로 도

내의 치안을 유지하기로 합의했다. 그리하여 전라도 53주에는 집강소(執綱所)라는 민간주도의 행정과 치안 조직이 생겨났고 전봉준이 이를 총괄하는 위치가 되었다.

그러나 전라도 지역이 점차 평온을 찾아가는 것과는 정반대로 일본군과 청국군은 일전불사의 자세로 계속하여 군대를 끌어 모으고 있었다. 일본 육해군 혼성여단 3천 명이 인천에 상륙했다. 이제 일본군은 모두 6천 명으로 불어났고, 이에 대항하는 청국군은 4천5백 명이 되었다.

조선이 외무독판 조병직을 보내와서 공식석으로 양국 군대의 철병을 요청해오자 청군은 이에 따를 움직임을 보였다. 그래도 일본군은 완강하게 거부했다.

본국의 성화에 조선 주둔 일본군 수뇌부는 더 이상 머뭇거릴 수가 없었다. 그들은 경복궁을 무단으로 점령하고 왕과 왕비를 포로로 만들기로 작정하였다.

원세개가 계속하여 동시철병을 주장하자 마침내 일본은 청국에 국교를 단절한다는 최후통첩을 보냈다.

6월 21일 새벽, 드디어 일본군은 야음을 틈타 경복궁 점령에 나섰다. 일본군은 그 동안 남산과 북악에 포대를 설치하였다.

사태가 급박하게 돌아가자 중전은 홍계훈을 불렀다. 호남에서 돌아온 지 며칠 지나지 않았다.

"홍 장군, 원로에 고생이 많았소. 내 이번에 또 다시 홍 장군의 도움을 받아야만 하겠소."

"마마, 무슨 말씀을 그리 하시옵니까? 소신의 존재 이유가 오로지 국왕 전하와 왕비마마를 보호하기 위함이옵니다."

중전은 눈물이 그렁그렁한 눈을 들어 홍계훈을 바라보았다. 이미 홍계훈과의 사이에 주렴이 없어진 지는 오래 되었다.

"나도 평범한 아낙으로 살 수 있다면 얼마나 좋겠소. 그러나 이 시대가 나를 그리 놓아주질 않는구려."

홍계훈은 말없이 눈물만 흘릴 뿐이었다. 지난 12년 동안을 그림자처럼 중전마마의 뒤만을 따라 다녔던 홍계훈이었다. 임오년에는 마마를 등에 업고 멀리 충주까지 가서 함께 지내지 않았던가. 또 포천 부사로 있던 중에 궐에 인사차 들었을 때, 함께 데리고 들어온 여식에게 이름을 지어 주시었던 중전마마이시다.

홍여진(洪女眞), 벌써 열다섯 살이다. 딸은 그때에 중전마마께서 하사하신 여자아이 인형을 지금껏 품에 껴안고 잔다. 미국 공사 부인이 중전마마께 선물한 예쁜 여자아이 인형으로, 갈아입히는 옷도 두 벌이나 딸려 있었다.

조금 늦긴 하였지만 내년, 을미년 10월에는 이경직 대감의 자제와 혼인을 맺기로 하였다. 중전마마의 강권에 의하여 맺어지는 혼인이다.

전라도 관찰사까지 역임한 이경직 대감과는 연배도 비슷하고 몇 차례 만나본 적도 있어서 그다지 흉허물이 있는 사이는 아니다. 그러나 그의 집안은 명문가인 한산 이씨의 집안이다.

이름도 없는 무반의 집안과 하는 혼인이라며 종친에서 반대도 많았다고 들었다. 그래도 중매를 서신 분이 중전마마인지라 드러내놓고 반발은 하지 못했다.

중궁전을 나오며 홍계훈은 옷소매를 들어서 흐르는 눈물을 닦았다. 눈을 들어 멀리 북악을 바라보았다. 한여름의 햇빛을 받아 북악의 신록이 더욱 아름다웠다. 사이사이의 하얀 바위들을 보며 더욱 결기를 굳혔다. 그래, 내가 몸 바쳐 싸운다면 어찌 중전마마와 주상전하를 보호하지 못할쏘냐. 이 흉악한 일본 놈들 ….

홍계훈은 곧바로 시위대 병사들을 소집했다. 그들 중 상당수는 평양에서 온 최정예 포수들이었다.

"조선의 국운이 우리들 500여 명의 어깨 위에 달려 있다. 우리 모두는 죽음을 각오하고 국왕 전하와 왕비 마마를 보필해야 할 것이니라. 모두들 나와 함께 죽을 각오가 되어 있느냐?"

"예, 그러하오이다."

"한 치도 물러서지 않겠소이다."

드디어 결전의 날이 왔다. 일본군은 6월 21일 새벽 네 시에 용산의 본진을 떠나 경복궁을 향해 진격했다. 제11연대는 서대문으로 진입하여 경복궁을 둘러쌌다. 제21연대는 서소문을 통하여 경복궁의 동쪽에 매복했다. 총 지휘는 제21연대장 다케다 히데노부 중좌가 맡았다.

그들은 영추문을 대포 한방으로 간단히 부수고 경복궁 안으로 쳐들어 왔다. 그러자 조선의 시위대 병사들이 치열한 사격을 가해 왔다. 그때 조선군 시위대의 대다수는 일본군의 주력이 있는 광화문에서 이들과 맞서 일대 격전을 벌이고 있었다. 영추문에는 소수의 병력만이 있었다.

영추문을 가볍게 통과한 일본군은 순식간에 왕의 처소인 건청궁까지 내달렸다. 그곳에서 다시 50여 명의 조선군 시위대가 이들을 맞이하여 싸웠으나 역부족이었다.

마침내 제21연대 제1대대장인 모리 소좌가 국왕과 왕비를 포로로 잡고 위협했다.

"즉각 조선군에게 투항하라 이르십시오."

모리 소좌의 시퍼런 일본도가 임금의 앞에서 번쩍이고 있었다. 옆에 있던 궁녀들과 환관들은 모두 밖으로 쫓겨나가고 임금의 곁에는 왕비 뿐이었다. 중전은 옆에서 입술을 깨물고 있었다.

"전투를 중지하라 이르시오."

고종이 누구에게 하는 말인지 모를 힘없는 말로 전투중지 명령을 내렸다.

"어명이다. 모든 시위대는 즉각 전투를 중지하라!"

국왕의 명령은 곧바로 현장에 전달되었다. 광화문에서 끝까지 저항하던 조선군들은 총칼을 내던지며 분개했다. 그러나 국왕의 명령을 거스를 수는 없었다. 그들은 총기를 버리고 군복을 찢으면서 물러날 수밖에 없었다. 홍계훈은 부하들의 무장이 해제되는 광경을 망연자실 바라 볼 뿐이었다. 홍계훈도 무장이 해제되고 일본군의 포로가 되었다.

6월 21일, 일본군은 마침내 조선군의 무장해제를 완료하고 경복궁 내에 있던 수많은 문화재를 닥치는 대로 약탈해 갔다. 무려 300명의 일본군이 이틀 동안에 걸쳐서 운반하였다니 그 규모를 가히 짐작할 수 있지 않을까?

조선에 친일정권을 세우려고 혈안이 되어 있는 일본은 즉각 행동에 옮겼다. 바로 대원군을 허수아비 통치자로 내세우는 일이었다. 사사건건 트집잡는 왕비보다는 늙은 대원군이 다루기 용이하리라는 판단에서 취한 행동이었다.

대원군을 모시러 간 사람은 오카모도 류노스케(岡本柳之助)로 그는 강화도 조약에서 전권대신 구로다(黑田)을 수행했던 인물이다. 당시 포병 대위였던 오카모도는 그 후에 외상 무쓰 무네미쓰의 전폭적인 지원을 받아 지금은 일본의 극우 비밀조직인 겐요샤(玄洋社)라는 결사단체를 이끄는 인물이 되어 있었다.

몇 달 전 김옥균이 상해에서 조선인 자객 홍종우에게 살해되자 일본정부는 오카모도를 상해에 파견하여 김옥균의 시신을 인수해 오도록 시도하기도 했다.

비록 조선 측의 완강한 반대에 부딪쳐서 시신을 인수하는 데는 실패했지만, 일본 정부에서는 김옥균의 시신을 일본 내 극우세력들의 힘을 결집하는데 이용하려고 획책했던 것이다.

"국태공 저하께서 이 난국을 수습해 주셔야 하겠습니다."

"나는 경복궁에 들어가지 않을 것이오."

노 정객 대원군도 이미 이들의 속셈을 훤히 알고 있었다.

"수락 여부는 저하의 자유이지만, 만약 잘못되면 조선은 최악의 사태를 맞이할 각오를 하셔야만 할 것입니다."

거듭되는 오카모도의 협박에 대원군도 어찌할 수가 없었다. 설령 반항한다 한들 이대로 물러날 일본인들이 아니었다.

마침내 이들은 대원군을 앞세우고 경복궁에 입성했다. 일본은 이미 10년 전에 김옥균 등 개화파 청년들을 내세워 조선을 지배하려 하였으나 청국군의 개입으로 실패한 바 있었다. 이제야 그 꿈을 실현한 것이었다.

고종은 일본 측의 요구대로 아버지 대원군에게 정권을 넘겨주었다. 곧바로 군국기무처라는 정무를 총괄하는 부서가 설치되고 종래의 6조가 폐지되었다.

그대신, 내무, 외무, 탁지, 법무, 학무, 공무, 군무, 농상의 8개 아문(衙門)이 설치되었다. 영의정은 총리대신, 각 아문의 장은 대신이라 부르게 했다. 일본식의 정부형태를 따른 것이었다.

총리에는 김홍집이 임명되고 민씨 척족들은 모두 귀양 가거나 정계에서 물러났다. 그렇다고 대원군이 실권을 휘두르는 것도 아니었다. 군국기무처를 중심으로 한 친일파 대신들이 일본공사의 자문을 받아 국정을 농단했다.

경복궁 점령을 마친 일본군은 즉각 청국과 전쟁에 돌입했다. 첫 전투는 바다에서 벌어졌다.

6월 22일, 일본 해군은 아산만 앞바다의 풍도 인근에서 청국 해군 함정들과 조우했다. 제원호와 광을호였다. 제원호는 12년 전에 대원군을 납치하여 청국으로 싣고 간 바로 그 배다.

일본 군함들은 소리없이 청국 함정으로 접근하더니 다짜고짜로 함포사격을 시작했다. 아무런 대비도 하지 않고 있던 청국 함정들은 일본군의 기습에 제대로 저항다운 저항도 못해보고 모조리 침몰당해 버렸다.

바로 그때 또 다른 청군 수송선 고승호가 8백 명의 증원군을 싣고 막 풍도 쪽으로 들어오고 있었다. 일본군은 이 배도 사정없이 포격했다. 고승호도 순식간에 물속으로 가라앉고 여기에 타고 있던 8백 명 대다수가 물귀신이 되었다. 불과 수십 명만이 헤엄쳐서 탈출하여 겨우 목숨을 건졌다.

해전에서 서전을 승리로 장식한 일본군은 기세가 드높아졌다. 육지에서는 충청도 성환에서 양군이 격돌하였다. 6월 26일 밤, 일본군은 다시 기습공격을 감행하였다. 불과 두 시간도 되지 않는 짧은 전투에서 섭지초가 이끄는 청군은 제대로 된 싸움도 해 보지 못하고 수많은 전사자를 남긴 채 패주하고 말았다.

만만치 않을 것이란 청군과 막상 맞닥뜨려 바다에서건 육지에서건 모두 싱겁게 승리해 버리자 일본은 더욱 기고만장했다. 이제 그들은 조선에서 겁날 것이 없었다. 경복궁의 국왕이 연금되어 있는 바로 건청궁 근처 녹원에서까지 사격 연습을 한답시고 총을 쏘아대기 일쑤였다.

그러나 청나라도 이대로 주저앉을 수만은 없었다. 압록강을 건너서 1만 5천의 후속부대가 들어왔다. 성환에서 패주한 군사들도 속속 평양으로 모여 들었다. 일본도 여기에 맞서서 기존의 제5사단 외에 제3사단을 인천으로 상륙시켜 평양으로 올려 보냈다.

8월 15일, 마침내 일본군의 본대가 대동강을 건너서 청군 진지를 공격하기 시작했다. 일본군은 3면에서 평양을 포위하며 공격해 들어간 것이었다. 청군의 총사령관 섭지초는 성환 전투에서 이미 일본군에 혼이 났던지라 전투가 시작되자마자 도망가기에 급급했다. 평양 전투에서만 청군 6천 명이 또다시 전사했다.

다시 바다에서 일대 접전이 벌어졌다. 압록강 하구에서 일본 연합함대와 청국군의 북양함대가 맞붙은 것이었다. 청국 해군은 총 14척의 대 함대를 이끌고 일본군과 맞서 싸웠지만 제대로 훈련된 군대가 아니었다. 또한 그들의 화력은 일본 해군의 화력에 비해 열세였다. 불과 교전 시작 여섯 시간만에 북양함대는 궤멸하고 말았다. 전함 네 척은 침몰되고 일곱 척은 대파되었다.

이렇게 청국군이 무기력하게 일본군에게 패하리라고는 아무도 예상하지 못했다. 당시 청나라는 서태후의 사치가 극에 달해 있을 때였다. 해군제독도 서태후에게 잘못 보이면 자리를 보전할 수가 없었다. 그래서 그들은 함대에 쓸 탄약이건 총기를 구입할 예산조차도 서태후의 생일잔치 비용으로 들이밀었다. 이런 판국이니 제대로 된 군대를 갖출 수가 없었던 것이다.

이유는 또 있었다. 조선에 들어 온 청나라 군대는 닥치는 대로 분탕질을 했다. 치마를 두른 여자라면 어린아이건 할머니건 가리지 않고 겁탈했다. 곡식이나 가축도 닥치는 대로 징발했다.

반면 일본군은 일체 그런 행위가 없었다. 그들은 식량 한 톨도 민가에서 탈취하지 않았다. 심지어 잠도 자기들의 막사에서 자거나 막사가 구비되지 않으면 야전에서 그냥 자기도 했다.

그러니 조선 백성들은 청국군이 숨어 있으면 그 정보를 즉각 일본군에게 알려 주었다. 비록 왜놈들이라 무시했건만 그들의 엄정한 군기에 조선 백성들 스스로가 감화된 것이었다.

당시 황해도와 평안도 지방에는 외국인 선교사들이 조선에 복음을 전하려고 돌아다니고 있었다. 그들 중 한 명인 그레이엄 리 목사가 후일 전투지역을 둘러보고 그때 느낀 소감을 기록하여 두었다. 그는 몇 년 전부터 평양에서 병원을 열고 의료선교 사업을 하고 있는 닥터 홀(Hall) 부부를 위로하기 위해 평양을 방문하는 길이었다.

우리는 며칠간 전쟁터를 둘러보았다. 평양은 성으로 둘러싸인 도시로 방어하기에는 좋은 지리적 조건을 갖추고 있다. 도시의 정면에는 대동강이 흐른다. 이 강은 넓고 깊어서 성을 지키는 병사가 있는 한 적병은 강을 건널 수 없다.

전쟁터를 둘러 본 우리들은 청국군이 훨씬 더 많은 병력을 갖고 있었음에도 불구하고 왜 일본군에게 무기력하게 질 수밖에 없었나하는 이유를 마침내 알게 되었다. 청국군이 버리고 간 물건들 중에는 부채와 종이로 만든 양산이 많이 있었다. 우리들은 비록 선교사지만, 세계 어느 나라에서도 전쟁터에서 부채로 바람을 내고 양산으로 해를 가리는 군인들이 있다는 말은 들어보지 못했다. 결국은 정신력의 패배라고 밖에는 달리 할 말이 없었다.

미국 의료선교사 닥터 윌리엄 홀은 청일전쟁에서 부상당한 사람들을 국적불문하고 병원으로 옮겨와 치료해 주다 몸이 약해져서 그해 11월 24일에 조선 땅에서 죽고 말았다. 그 후, 그의 부인과 아들과 며느리도 조선에서 평생을 바치며 의료봉사와 결핵퇴치에 힘쓰다가 모두 죽어서 양화진 외국인 묘지에 묻혔다.

전주화약을 맺고 해산했던 동학농민군들도 경복궁이 왜놈들에게 점령당했다는 소식과 국왕과 왕비가 그들에게 인질로 잡혀 있다는 소식에 치를 떨었다. 그들은 호시탐탐 다시 일어설 날만을 기다리고 있었다.

8월 들어서자 충청도 천안에서는 일본인 여섯 명을 살해하고 '동학도들은 모두 일어서라.'는 방이 나붙기까지 했다.

이때를 기다리기라도 했다는 듯이 전라도 전역에서 농민들이 일제히 들고 일어났다. 모두 11만 명이나 되는 동학도들과 농민들이 삼례역 앞에 모였다. 전봉준은 북접에도 파발을 띄워 함께 호응해 줄 것을 요청하였다. 비록 교주 최시형의 지지를 받지는 못했지만 손병희의 적극적인 호응을 얻어서 이들은 남북연합으로 공주를 공격하기로 작전을 세웠다.

북접 농민군은 보국안민(輔國安民)의 깃발아래 속속 공주로 집결했다. 오는 도중 보은과 청주에서 관군을 격파하였다. 전봉준은 총대장이 되어 전주를 출발하였다. 일본군과 관군도 서둘러 공주성 방어 태세에 돌입했다. 총지휘관은 일본군 제19대대장 미나미 소좌였다.

음력 11월 19일, 동학 농민군과 일본, 조선 연합군의 우금치 전투가 막 시작되려 하고 있었다. 아침 10시, 주먹밥으로 허기를 때운 농민들은 우금치를 삼면에서 압박해 들어갔다. 우금치는 공주 감영으로 들어오는 요충지였다.

먼저 일본군이 맹렬한 포격으로 농민군의 기선을 제압했다. 이에 맞서는 농민군은 일부만이 화승총으로 무장하였을 뿐, 나머지 대다수는 죽창과 곡괭이 같은 농기구를 든 그야말로 농민들의 집단이었다. 그래도 농민군들은 잘 싸웠다. 그들에게는 왜이(倭夷)들을 물리치고 세상을 바로잡아야 한다는 대의명분이 있었다.

일본군은 사거리가 3백 보나 되는 장총으로 무장하고 있었다. 우금치만 넘어가면 곧바로 공주다. 공주를 점령하기 위해서 동학농민군들은 필사적으로 공격했다. 그러나 벌써 50여 차례나 공격을 하였음에도 불구하고 번번이 실패하고 말았다. 화력의 열세는 어떻게 해볼 도리가 없었다.

손병희 부대는 우금치 옆의 웅치에서 관군에게 패했다. 관군들은 농민군으로 위장하여 그들이 방심한 틈을 타서 일제히 공격하여 농민군들을 혼란에 빠트리고 승리를 거두었다.

김개남 부대도 청주성 싸움에서 일본군에게 패했다.

전봉준 부대는 강경에서 여러 곳에서 패하여 흩어져 있던 농민군을 모아서 다시 한 번 반격에 나섰으나, 이미 전세가 역전된 뒤라 더 이상 싸움이 되지 않았다.

음력 11월 20일, 눈발까지 휘날리며 추위가 엄습해 오자 농민들은 추위와 굶주림에 시달리다가 각기 이리 저리로 도망치는 신세가 되고 말았다.

제2차 농민전쟁으로 궐기한 지 두 달 만의 일이었다.

전봉준은 부대를 해산한 뒤 부하 세 명과 순창으로 내려갔다가 옛 부하의 밀고로 관군에게 붙잡혀 서울로 압송되었다. 김개남도 친구의 밀고로 태인에서 체포되어 전주 감영에서 효수되었다. 손병희의 농민군도 대부분 해산하여 충청도의 고향으로 돌아갔다.

전봉준은 1895년 을미년 3월 29일, 21명의 동지들과 함께 참수형에 처해졌다. 전봉준의 사형 집행을 맡았던 집행관은 후일 그의 늠름한 기개에 감복했다고 술회했다.

　다음은 전봉준과 사형 집행관 사이의 대화이다.

　"마지막으로 남길 말은 없는가?"

　"없소이다. 나의 피를 종로 네거리에 뿌려주시오. 죽더라도 우리 땅을 지키고 싶소."

　작은 키에 다부진 체격, 녹두알처럼 단단하다하여 녹두장군이라 별명이 붙여진 전봉준. 그는 불과 41세의 한창 나이에 불귀의 객이 되고 말았다.

　사람들은 후일 이런 노래를 지어 불렀다.

　　새야, 새야, 팔왕새야

　　녹두밭에 앉지 마라

　　녹두 꽃이 떨어지면

　　청포장수 울고 간다.

　전(全)자를 둘로 가르면 팔(八)자와 왕(王)자가 된다. 녹두는 전봉준의 작은 키를 빗대어 부른 말이다. 후일로 오면서 팔왕새는 파랑새로 바뀌게 된다.

20. 전 일본 검도대회

"청색 도복, 경심명지류(鏡心明智流) 외무부 부주사 호리구치 구마이치(堀口九萬一) ~ ."

"백색 도복, 북진일도류(北辰一刀流) 육사 생도 미야모토 지로(宮本次郎) ~ ."

두 명의 결선 진출자들은 본부석을 향하여 고개를 숙였다. 모두가 짧은 머리였다. 호리구치라는 검사는 도복 가슴께에 명(明)자를 새겨 넣었다. 큰 키에 날씬한 체격이다. 미야모토의 흰 도복에는 붉은 색의 국화 문양이 새겨져 있었다. 작은 키에 매서운 눈초리다.

본부석에는 훈장이 주렁주렁 달린 대례복 차림의 대신들 세 명이 근엄한 자세로 이 결선과정을 지켜보며 앉아 있었다. 그들 좌우로는 어깨에 별을 번쩍이며 여러 명의 장군들이 자리 잡았다.

도쿄 외곽에 위치한 일본육군사관학교 연무관은 온통 노란 은행나무들로 둘러싸여 있었다. 오늘은 일본 최초로 전국적인 검도대회가 열리는 날이다.

8월부터 시작된 전국 예선을 거쳐서 올라온 청년들 중에서 결선에 올라 온 검사(劍士)들 128명이 선발된 것이 바로 지난 주의 일이다. 오늘은 그 중에서 이기고 이겨서 올라온 32명이 결선을 벌이는 날이다.

본부석에서 이들의 경기를 주의 깊게 지켜보고 있는 귀빈들. 그들이 누구인가? 바로 명치유신의 주역이며 실제적으로 이 나라를 이끌어가고 있는 내각의 총리대신인 이토 히로부미(伊藤博文), 내무상인 이노우에 가오루(井上馨), 육군상인 오타카 주베에(大高忠兵衛)이다.

이노우에로 말하자면 얼마 전까지 외무상을 하다가 지금은 내무의 총 책임자로 있는 사람이다. 귀빈석 뒷줄에는 각 유파의 대표들이 조용히 이 경기를 지켜보고 있었다. 오늘 이 대회에서 어느 유파에 속한 선수가 우승을 하느냐에 따라 앞으로 일본 검도계의 향방도 바뀔 것이기에, 자연 그들의 관심도 이 경기에 집중될 수밖에 없었다.

결선은 오후 2시부터 시작되었다. 총리대신의 일정에 맞추어서 시간을 조절하다보니 오후부터 하기로 한 것이라 했다. 오늘의 이 경기를 위해서 사관학교에서는 120여 명의 결선 진출자들 전원을 위한 숙소를 준비했다.

일행은 모두 도시락으로 간단히 점심을 때웠다. 두 시부터 본선 32강, 16강, 8강, 4강의 경기를 마치고나자 시간은 벌써 네 시가 넘어 있었다.

최종 결선까지 올라온 두 명의 검사들은 그야말로 혼신의 힘을 다

하고 있는 중이다. 오후에만 벌써 다섯 번째 시합이다. 두 명 모두 손에 물집이 생겼다.

대결은 죽도(竹刀)로 한다. 물론 호면과 같은 보호구도 모두 착용한다. 최종 결승의 승부는 각 경기 당 5분씩 해서 먼저 두 판을 이긴 사람이 승자가 되는 방식이다. 지금까지의 본선 경기는 5분 단판경기였다.

심판이 두 사람을 호명하자 그들은 연무관의 한가운데로 나왔다. 심판의 소개가 끝나자 곧바로 대결에 임했다. 호리구치는 중단 세를, 미야모토는 상단 세를 취했다.

죽도를 맞댄 후 두 사람의 거리가 잠시 멀어지는가 싶었다. 먼저 공격한 쪽은 호리구치였다.

그는 중단 세에서 갑자기 죽도를 낮춤과 동시에 몸을 돌리면서 원을 그렸다.

미야모토도 호리구치의 대결 모습을 오후 내내 유심히 지켜보아 왔다. 분명 시합이 시작됨과 동시에 자신의 아래쪽을 목표로 공격해 올 것이 뻔했다. 그것이 바로 경심명지류파의 특색이기도 했다. 그래서 그는 일합만 잘 막으면 충분히 이길 수 있다고 생각하고 상대의 선공을 기다리던 참이었다.

그러나 호리구치의 죽도는 너무나도 빨랐다. 그야말로 전광석화(電光石火)란 말로 밖에는 달리 표현할 방법이 없었다. 진검승부였다면 필경 자신은 두 발목이 잘렸을 것이다.

"그만!"

심판의 호령소리와 함께 두 사람이 물러났다.

"청색 도복 경심명지류 발목 승!"

호리구치가 상대의 발목을 공격하여 먼저 한판을 땄다. 두 사람의 검객들은 뒤로 물러나와 호구를 벗고 이마에 흐르는 땀을 닦았다.

미야모토는 상대가 생각보다 훨씬 빠른 것에 놀랐다. 지금까지 자신이 관전한 바에 의하면, 충분히 호리구치의 첫 공격을 막아 내고 상대의 머리를 공격할 수 있을 것만 같았다. 그러나 막상 상대해 보니 그게 아니었다. 그는 잠시 고민에 빠졌다. 상단 세로는 막을 수가 없군. 그렇다면 칼을 더 낮게 잡을 수 밖에.

"준비이~."

심판의 구령 소리가 길게 울려 퍼졌다. 이제 두 번째의 대결이다. 여기서 지면 전 일본 검도대회의 우승자는 호리구치에게 넘어간다. 질 수는 없다. 나는 단순히 사관생도 중 한 명이 아니다. 일본의 육군과 해군을 대표하는 선수다. 미야모토는 얼굴을 가리면서 어금니를 질끔 깨물었다.

"시작!"

미야모도는 이번에는 중단 세를 취했다. 상대가 지금까지 결선에 올라오며 이긴 기술은 모두 다 발 공격뿐이었다. 이번에만은 번개같이 막고 치는 북진일도류 기술의 진수를 보여주리라.

"얍!"

기합소리도 요란하게 또다시 호리구치의 선공이 시작되었다. 모두들 이번에도 호리구치의 선공에 미야모토가 당했다고 생각했다. 그의 죽도가 상대의 발목을 자르는가 싶을 바로 그 찰나에, 미야모토가 죽도를 아래로 내리더니 그의 공격을 가로막았다. 방어와 거의 동시에 미야모토는 번개같이 죽도를 머리 위로 올렸다. 미처 호리구치가 죽도를 들어 막을 여유도 주지 않은 것이다.

"탁!"

미야모토의 죽도가 호리구치의 이마에 작렬하는 소리가 연무관의 정적을 깨트렸다. 호리구치가 순간 휘청거리면서 두어 발 뒤로 물러났다. 아찔한 정신을 겨우겨우 차리고 자세를 바로잡고 나니 심판의 구령이 떨어졌다.

"그만!"

심판이 손을 들었다. 심판의 얼굴에서 흘러내린 땀이 다다미에 똑똑 떨어졌다. 실내는 150여 명이 내뿜는 열기로 가득 찼다.

"백색 도복 북진일도류 머리 승!"

좌우에서 두 줄로 나란히 앉아서 이 세기의 대결을 지켜보고 있는 120명 검사들도 모두들 이마에 흐르는 땀을 닦았다. 여기저기서 기침소리가 났다. 열어 놓은 창문으로는 새소리들이 요란하게 들려왔다.

호리구치는 호면의 아래로 땀이 흘러내리는 것을 느낄 수 있었다. 땀이 스치고 지나 간 자국에서 시원한 느낌이 들었다.

미야모토. 젊은 아이지만 보통이 아니다. 미야모토 무사시의 가문인가? 적어도 15년 이상은 수련했으리라. 지금껏 자기의 첫 번째 공격을 막아낸 사람은 한두 명에 불과했다. 그래서 검도계에서는 자신을 경심명지류 유파의 수제자요, 거합술의 달인이라고들 했었다. 무사의 가문에서 자랐고 본격적인 무술 수련만도 24년째이다. 그런데 지금 새파란 애송이에게 당한 것이었다.

이번에는 아래쪽 공격이 안 통하겠지? 호리구치는 어떻게 적을 쓰러트릴까를 열심히 궁리했다.

이제 1:1, 마지막 한 판 승부가 남아 있을 뿐이다. 여기서 이겨야만 일본 제일의 무사라는 영예를 얻을 것이 아닌가.

작은 키의 미야모토는 다부진 체격이다. 호면을 벗자 눈썹 위로 손가락 한 마디 정도의 찢어진 상처가 보인다. 분명 어려서부터 동네의 골목대장을 했을 것이다. 여기에 맞서는 호리구치는 큰 키에 나이도 약간 있음인지 어딘지 선하게 생겼다. 마치 학교의 선생님을 연상시키는 분위기다.

마지막 대결에는 호리구치가 상단 세, 미야모토가 하단 세를 취했다. 드디어 일본을 통 틀어서 제일 칼을 잘 쓰는 무사가 탄생하는 순간이다. 관중들은 모두 숨을 죽였다. 이제는 새소리조차도 들리지 않는다. 사관학교 연무관은 일순간 정적에 빠져들었다.

이번에는 미야모토의 선공이 빨랐다. 기합소리와 함께 그가 죽도를 들어 호리구치의 머리를 가격하자, 어느 사이에 그의 공격을 막아낸 호리구치의 죽도는 미야모토의 명치끝까지 파고 들었다. 거의 동시에 미야모토의 몸이 몇 걸음 뒤로 소리도 없이 물러났다.

아~ 모두들 입이 벌어졌다. 저런 족법도 있는가? 미야모토의 족법은 가히 신기에 가까웠다. 발을 전혀 움직이지 않는 것 같았는데, 어느 사이 명치 근처에 다달았던 호리구치의 죽도 끝이 서너 걸음이나 떨어져 있었다.

이번에는 호리구치가 평청안(平晴安) 자세로 바꾸었다. 상단 자세를 취한 상태에서 상대의 왼쪽 손목으로 칼끝을 향하는 자세이다. 그 자세에서 칼끝을 약간 내려 오른 쪽으로 기울인다. 그 상태로 밀고 나아가 상대의 칼이 닿으면 전광석화처럼 빠르게 쓸어 올려 상대를 베는 경심명지류만의 독특한 공격법이다.

미야모토의 호흡이 거칠어지고 있었다. 비록 스물두 살의 약관이지만 어언 검술 수련 17년 차의 검객이다.

지금까지 안 상대해 본 유파가 없었다. 사람을 무 베듯 한다는 신도무념류(神道無念流)의 고수와도 상대해 보았고, 오로지 속도만을 중시한다는 시현류(示現流)의 도장에서도 세 명을 연달아 격파한 적도 있었다. 기세(氣勢)로 상대를 격파한다는 천연이심류(天然二心流)의 수제자들과도 대결해 보았다. 심지어는 역진류의 봉술 고수와도 맞대결해서 승리한 그였다.

그가 만난 상대 중 가장 껄끄러운 상대는 언제든 경심명지류의 기술을 가진 검사들이었다.

몇 차례 그들과 대결을 해 보았지만 그들은 항상 하단 세를 취하기 때문에 공격해 들어가기가 여간 어렵지 않았다. 게다가 족법도 두 다리를 교차하지 않고 진퇴를 하기 때문에 매번 상대할 때마다 혼란스러움을 느꼈다. 주류나 정통이 아닌, 한마디로 이단(異端) 검법의 소유자들이었다.

미야모토는 정신을 집중하려 해도 잘 되지 않았다. 앞의 상대가 점점 더 커 보이기 시작했다. 내가 진 것인가? 스스로에게 물어보고 있을 때, 돌연 기합소리도 요란하게 호리구치의 공격이 시작됐다.

"핫!"

순간 허리가 뜨끔했다. 호구 위에 죽도가 닿았는데도 마치 몽둥이로 때리는 것 같은 엄청난 충격이 느껴졌다.

"그만!"

심판이 손을 들었다. 심판의 거친 숨소리가 두 사람의 귀에도 또렷이 들렸다.

"경심명지류 호리구치 승!"

이로써 두 달간 일본을 떠들썩하게 했던 전 일본 검도대회는 호리구치라는 일본 제일의 검사를 탄생시키고 그 막을 내렸다.

먼저 자리에서 일어난 사람은 내무상 이노우에 가오루였다. 그가 일어나서 박수를 치기 시작하자 옆에 앉아 있던 이토 히로부미, 그리고 장성들과 노 검사(劍士)들이 모두 따라서 박수를 치며 일어났다. 관객들이 치는 우렁찬 박수를 받으며, 이들 두 명의 검사들은 호면을 옆에 끼고 허리를 숙이며 인사했다.

두 사람의 검사들은 자리로 가서 앉았다. 풀 냄새가 향긋하다. 바닥의 다다미에서 풍겨 나오는 냄새이다. 사관학교 측은 오늘의 이 행사를 위하여 다다미 200장을 모두 교체하였다.

오늘의 행사에는 이들 세 사람의 최고위 관료들 외에도 많은 군 장성들이 참석하였다. 그 중에서도 눈에 띄는 사람이 육군사관학교 교장인 미우라 고로(三浦悟樓) 중장이다.

잠시 후 시상식이 있었다. 이토 히로부미 수상은 우승자와 준 우승자에게 상패와 부상을 주었다. 검정 상패에는 진주 자개를 넣어서 새긴 무사혼(武士魂)이란 글자가 선명했다.

부상으로 호리구치에게는 석 자 다섯 푼의 대도가 주어졌다. 손잡이에 황금 칠이 된 화려한 검이었다. 미야모토에게는 한 자 세 푼 짜리 소도 한 자루가 주어졌다.

곧 이어 기념사진 촬영이 이어졌다. 일본 내에 있는 10여 개 신문사의 사진기자들이 모두 모여 사진 촬영에 정신이 없었다. 이토 히로부미를 정 가운데 두고 그 좌우에 이노우에 내무상, 오타카 육군상, 그리고 그 뒤로 십여 명의 군 인사들이 섰다. 그 앞뒤로 120명의 검사들이 모두 검은 도복을 입은 채로 앉고서고 하였다. 검도의 최고수들은 이들의 군데군데에 섞였다. 이토 히로부미의 뒤로는 붉은 빛 태양을 그린 일본국기가 연무관의 높은 벽 위에서 이들을 압도하고 있었다.

오늘 전(全) 일본 검도대회가 열리고 있는 육군사관학교는 원래 교토에 있던 병학교(兵學校)가 그 전신이다. 병학교가 1860년대 후반 도쿄로 이전해 와서 1874년에 정식으로 일본육군사관학교가 되었다. 3년제였다. 올해는 4년제로 바뀌면서 처음으로 신입생을 받는 해이다. 그러니까 오늘의 이 행사는 4년제 대학 승격을 기념해서 열리는 기념행사인 셈이다.

주최는 육군사관학교측에서 했지만, 일본 정부에서도 적극적으로 지원하였다. 일본정부는 이번 행사를 통하여 무사들의 사기를 고취시키고 검도인구의 저변을 늘리겠다는 계획이 있었다. 그래서 이토 총리대신이 그 바쁜 일정을 조율해가며 오늘의 최종결선을 지켜보고 있는 중이었다.

일본정부의 수뇌부는 앞으로 무사도 정신에 투철한 젊은이들이 기하급수적으로 필요할 것으로 판단했다. 조선정벌은 말할 것도 없거니와, 대륙진출에도 그들처럼 투철한 민족정신을 가진 젊은이들이 있어야만 하기 때문이었다.

이토 총리대신은 오타카 육군상(陸軍相)을 불렀다. 그에게 귓속말로 예선을 통과한 일백이십 명과 각 유파의 사범들에게 저녁을 잘 대접하라고 지시했다. 다른 장성들 두 명은 검사들과의 회식자리로 갔고, 나머지 몇 명은 각자 자기 소속으로 귀환했다.

그러자 이토 총리대신이 이노우에와 미우라를 돌아보며 제안했다.

"우리 이렇게 만나기도 어려운데 모처럼 만났으니 저녁식사를 하면서 천천히 이야기나 할까?"

일행이 자리를 옮긴 곳은 나카노(中野)에 있는 홋카이도(北海島)라는 일본식당이었다. 정계와 군 쪽의 거물들이 자주 찾는다는 유명한 식당이다.

식당 주변은 온통 은행나무 숲이었다. 음력 9월 초순이다. 벌써 나무에서 떨어져 내린 노란 은행잎이 식당의 앞마당에 가득했다.

이토 일행이 식당에 도착하자 과연 총리대신의 격에 맞게 차량 두 대에 탑승한 경호군인들이 먼저 와서 이토 일행이 내리기를 기다리고 있었다.

이토 총리가 앞서고 이노우에 그리고 미우라가 뒤를 따랐다. 이토는 무슨 생각을 하는지 은행잎을 꼭꼭 밟으며 천천히 걸음을 옮기고 있었다.

이들이 안내된 곳은 2층의 다다미 여섯 장 짜리 방이었다. 게이샤들이 무릎을 꿇었다가 일어나더니 먼저 세 사람의 대례복을 받아서 옷걸이에 걸었다. 다시 무릎을 꿇고는 세 사람의 잔에 술을 따랐다. 짙은 분 냄새가 코를 찔렀다.

제일 막내인 미우라 중장이 입을 열었다.

"오늘 검도대회는 그야말로 대성황이었습니다. 총리대신 각하."

"음, 그렇지. 이노우에는 어찌 보았나?"

"지난달에 예선만도 200여 회나 치렀다고 하지 않던가? 일단 전국적으로 검도열풍에 불을 붙이는 데는 성공한 셈일세."

그 옛날 쇼카손주쿠(松下村塾)에 있을 때는 이노우에가 행동 대장이었다. 30년도 더 지난 옛날의 일이다. 그때에 이토는 이름조차도 갖지 못한 말단 행동 대원이었다. 그런 그를 이끌어 준 사람이 바로 이노우에였다. 그는 이토보다 다섯 살이 위였다. 영국 유학을 갈 때만도 이노우에가 위에 있었다. 그러나 혁명을 일으키고 천황을 추대하는 과정에서 이토가 결정적으로 중요한 역할을 하자 그의 입지가 갑자기 탄탄해지기 시작했다.

이토 히로부미는 이제 일본 정부에서 제1인자 자리에 올라 초대 내각의 총리대신을 역임했다. 일본의 법과 제도를 정비하기 위하여 추밀원 의장으로 있는 5년 동안 총리대신의 자리를 내놓았다.

그동안 밤을 낮처럼 지내며 법을 만들고 좋은 제도를 도입했다. 심지어는 화폐법과 사관학교 설치법 같은 것도 다 그의 손을 거쳐서 태어났다. 지금과 같은 정부체계나 국회제도를 만든 것도 그의 공로였다.

이노우에 역시도 승승장구하여 지금까지 이토 내각에서 내상을 맡고 있는 것이다. 얼마 전까지는 오랫동안 외상을 역임하였다.

그래도 이들은 과거 쇼하손주쿠에서 함께 공부하던 시절이 있었고, 또 과격 행동단체인 미다테구미(御楯組)의 행동대원으로 활약할 때의 의리가 있었다. 이런 이유로 남의 이목이 없으면 사석에서는 서로 편하게 반말을 썼다.

"미우라는 누가 제일 마음에 들던가?"

"최종심까지 올라 온 열 여섯 명은 거의 실력이 엇비슷했습니다. 그래도 제가 보기에는 역시 1등과 2등을 차지한 두 명이 제일 뛰어난 듯했고, 8강선에서 탈락한 시현류(示現流)의 창잡이가 제법 쓸 만 하더군요."

"나도 보았네. 그 아이가 봉을 휘둘러 댈 때는 정말 손에 잡은 봉이 보이지를 않더군."

"경기 규칙이 검도 위주로 되어 있지 않았다면 오늘의 우승자는 그 창잡이였을 겁니다."

이토는 손을 들어 게이샤들을 밖으로 나가게 했다. 그런 후에 미우라를 보면서 다시 말을 이었다.

"미우라가 그 아이들을 계속 잘 챙겨두어야 할 것이네. 나중에 긴히 써먹을 때가 분명 있을 테니까."

"알겠습니다. 각하."

미우라 중장은 여전히 이토와 이노우에게 깍듯한 존댓말을 썼다. 그의 둥글둥글한 얼굴에서는 여간해서 희로애락의 감정을 찾아 볼 수가 없었다. 미우라 고로를 처음 보는 사람이라면 아무도 그를 군인이라고 생각하지 않을 것이었다. 오히려 그의 외모나 풍기는 분위기는 수도승에 가까워 보였다.

이번에는 이토가 이노우에의 술잔을 채워 주면서 말을 던졌다. 이토와 이노우에가 이렇게도 가까운 이유는 또 있었다.

이토는 두 번 결혼하였으나 아들이 없었다. 첫 번째 부인인 스미코(燈子)는 아기를 낳지 못했다. 이혼하고 두 번째 부인을 맞았다. 우메코(梅子)라는 여인이다. 그러나 딸만 내리 셋을 낳았다. 첫째가 사다코(貞子)요, 둘째가 이쿠코(生子)요, 셋째가 아사코(朝子)였다. 그래서 양자를 들이기로 결심했다. 그 양자가 바로 이노우에 가오루의 형의 아들이다.

그러니 이토와 이노우에는 쇼하손주쿠(松下村塾)의 동문이요, 천황을 추대한 혁명 동지요, 그리고 혈연으로도 뭉친 끈끈한 사이였다.

"오토리 조선 공사를 불러 들여야 하겠어. 하는 일마다 영 신통치가 않아."

이노우에도 이토의 말에 동의한다는 듯이 고개를 끄덕거렸다.

이 무렵 일본은 조선의 궁궐을 강제로 점령하였음에도 불구하고 아직도 조선 조정을 완전히 장악하지 못하고 있었다.

대원군을 허수아비로 내세우면 좀 나을까 싶어 왕과 왕비를 연금 상태에 놓아두고 그를 내세웠건만, 그것 역시도 헛수고였다. 고집불통 대원군이 사사건건 시비였다. 도대체 매끄럽게 돌아가는 일이 없었다.

일본은 대원군이 이제는 더 이상 이용가치가 없다고 판단하고 그를 실각시켰다. 그러자 또다시 왕비가 서서히 힘을 쓰는 것이 아닌가? 요즘은 알렌 미국공사와 웨베르 러시아 공사를 수시로 만난다는 정보였다.

"왕비가 자꾸 러시아 쪽을 기웃거리고 있어. 어떻게든 막아야 해."

"참 영리한 여자로군. 역시 오토리 게이스케(大鳥圭介)로서는 힘이 부치는 게 당연해. 그렇다면 누구를 보내야 할까?"

이노우에의 걱정스런 말에 이토가 공감을 표시하며 묻는 말이었다. 옆방에서는 기생들의 사미센(三味線) 소리가 은은히 들려오고 있었다. 전등불이 잠시 깜빡거린다. 아마도 정전이 되려고 하는 모양이다. 다행히도 전기불은 나가지 않았다.

"마땅치가 않아 …."

이토 히로부미가 술을 조금 입에 대더니 혼잣말처럼 중얼거리는 것이었다. 미우라가 재빨리 이토와 이노우에의 잔에 첨잔(添盞)을 해 주었다.

이때 갑자기 이토 히로부미가 고개를 번쩍 들더니 이노우에를 뚫어져라 쳐다보며 한마디 던졌다.

"자네가 가면 어떨까?"

"응? 내가?"

이노우에는 짐짓 당황하는 척 했지만 그건 그의 속마음이 아니었다. 실상인즉, 그는 자신이 조선에 가야만 돌파구가 보일 것이라고 혼자 생각했었다. 그래서 이토를 만나면 그 이야기를 해 보려고 마음 먹고 있었다. 그런데 이토의 입에서 그 이야기가 먼저 나오자 잠시 당황한 것뿐이었다.

이노우에는 미우라의 잔에 술을 채워 주었다. 이제 어느덧 깜깜한 밤이 되었다. 가을 바람 소리가 제법 스산했다.

게이샤 두 명이 새로운 접시를 들고 들어오더니 각자의 앞에 두 개씩 놓고 갔다. 접시 하나에는 얇게 저민 전어가 몇 점 놓여 있었고, 또 다른 접시에는 방금 잡아 온 듯 통통하게 살이 오른 새우가 세 마리씩 담겨져 있었다.

"이토, 사실은 나도 그 생각을 해 보았다네. 그러나 원체 조선은 우리 일본을 싫어하고 있어. 과연 내가 간다고 그 난마처럼 꼬인 일들을 제대로 풀 수 있을지 자신이 서지 않아서 말 꺼내길 망설이고 있던 참이었네."

"그래, 내 말대로 그렇게 해. 우리 일본에서 조선 통이라면 자네 말고 누가 또 있겠나? 자네는 조정에서 외상에 내상, 재무국장, 화폐국장 등 여러 요직을 섭렵해 보지 않았나. 또 조선에도 벌써 몇 차례 다니면서 그들과 담판도 해 보지 않았느냐는 말일세. 이제 마지막으로 큰일을 한 번 해 주어야 하겠네. 조선을 통과해야만 만주고 중국이고 뻗어 나갈 것이 아닌가."

전등 불빛에 비친 이토의 얼굴에서는 위엄과 비장함이 잔뜩 묻어났다. 미우라는 자기의 시선이 부지불식간에 자꾸 이토 총리대신의 코 오른 쪽에 붙어 있는 사마귀로 향하는 것을 느끼면서 송구한 마음이 들었다.

"그리고 미우라 ···."

"넷, 각하!"

미우라가 자기의 마음이 들킨 것 같아 잔뜩 긴장하며 대답했다. 그가 부동자세로 허리를 꼿꼿이 세우자 이토가 한마디 했다.

"자네 이젠 군복을 벗는 것이 좋겠어."

"네?"

미우라가 긴장하며 당황하는 기색이 역력하자 이토가 얼굴에 미소를 지으면서 그의 잔에 술을 더 채워 주었다. 이토는 불과 다섯 살 아래인 미우라를 한 번도 장군이라 부르지 않았다.

언제나 그냥 '미우라'일 뿐이었다.

"하하하, 미우라. 무얼 그리 놀라나? 우리들은 벌써 30년 지기가 아닌가 말일세. 옛날에 영국공사관 습격한 것 기억나지? 그땐 여기 있는 이노우에가 정말 우리들의 큰 형님이었는데 말일세."

"원 별 이상한 말을 다 하는군 …"

이노우에가 갑작스런 추켜세움에 쑥스러운지 입에 술을 털어 넣으면서 하는 대꾸였다.

참으로 뜨거운 피를 품었던 시절이었다. 마다테구미의 행동대장을 맡았던 그 때가 언제였던가? 이노우에는 허공을 응시하며 잠시 회상에 젖었다.

"제대를 하고 나서 정부에 들어와서 할 일이 훨씬 더 많다는 말이야. 군인이란 아무래도 역할이 제한되어 있게 마련이거든."

"분부만 내려 주십시오."

"미우라, 자넨 조선 문제를 어떻게 보고 있나?"

"저는 군대일 밖에는 모릅니다."

"무슨 소릴 하고 있나? 자네가 조선 문제에 관심이 많다는 걸 나나 이노우에도 진작부터 알고 있었다네. 어떤가? 한번 자네 속마음을 이야기해 보지 않겠나?"

미우라는 잠시 동안 아무 말도 없었다. 다시 앞에 놓인 술잔을 들어 한 모금 들이켰다. 그런 그가 이윽고 눈을 들었다.

"아무래도 여우가 없어져야 하겠지요."

"그렇다면 자네는 조선의 왕비를 제거해야만 한다는 말인가?"

"다른 대안이 없다고 보여집니다."

"방법까지도 생각해 보았나?"

"군인이 총칼 말고 아는 게 무엇이 있겠습니까?"

이번에는 이토가 말없이 술만 마셨다. 그는 연거푸 두 잔을 비웠다. 감히 조선의 왕비를 시해하려는 생각을 하다니. 그 후유증을 어찌 감당하려고 …. 역시 미우라는 과격파로군.

분위기가 어색해지자 미우라가 마치 자기 책임이라도 되는 듯 송구스러워 하면서 화제를 돌렸다. 이노우에는 그냥 묵묵히 앉아만 있을 뿐이었다.

"그런데 총리대신 각하. 중국의 이홍장은 어떤 인물입니까?"

이토도 갑자기 딱딱해진 분위기에 내심 당황해 있던 차에 미우라가 엉뚱한 질문을 해 오자 얼른 응수했다.

"응? 아, 이홍장. 그 청나라의 늙은이 말이지? 지금은 그 노인도 많이 늙었겠군. 아마 70쯤 되었을 거야. 벌써 9년 전이군. 내가 천진에서 그 노인과 만나서 담판을 지은 것이 말일세.

그때는 우리 일본이 청국과 전쟁을 할 형편이 아니었지. 베트남에서 프랑스하고 청국이 싸움을 하는 것 같더니 곧바로 휴전을 해 버리더란 말이지. 바로 그때에 조선에서 젊은이들이 혁명을 일으켰지. 올 봄에 죽은 김옥균이 그 혁명의 주동자였어. 물론 자네도 잘 알고 있겠지. 그래도 지금 생각하면 그 젊은이를 더 많이 도와주지 못한 것이 미안해."

그 말을 듣자 이노우에가 손을 비비며 이토의 말을 받았다. 사실 이노우에로서는 양심에 걸리는 행동을 했던 것이었다. 김옥균을 배신하여 죽음으로 몰고 간 것도 따지고 들자면 자기 자신이 아니었던가. 이노우에는 그 일이 못내 마음에 걸렸다.

"아, 그 말이라면 내가 해야겠어. 그 전 해에 김옥균이 나를 찾아왔었지. 내가 외무경(外務卿)으로 있을 때였지. 300만 원을 차관해 달라고 간절하게 호소하는데 참 답답하더군. 다케조에(竹添) 공사가 전보를 보내 왔었지. 김옥균이 가지고 온 국왕의 신임장이 가짜라고 말이야. 그래서 천황폐하를 모시고 어전회의를 했어. 거기서 조선에 돈을 빌려주지 않기로 결정이 났으니 난들 어떻게 할 수가 있었겠나. 자넨 아마도 외국에 나가 있을 때였지?"

"응, 그래. 난 외국의 법과 의회 제도를 연구하면서 다닐 때였어."

"지금도 김옥균이란 청년이 그때 실망하던 모습이 눈에 선하다네. 참으로 훌륭한 인재였는데 …."

"하늘이 그를 원치 않았던 거야."

이토 역시도 그에 동의한다는 뜻으로 이노우에의 말을 받아 주었다. 그리고 생각났다는 듯이 이야기를 계속해 나갔다.

"응, 하던 말을 계속 해야겠군. 그래서 휴전을 모색하려고 이홍장을 만났었지. 그때 청나라에서 안 된다고 우겼더라면 우리 쪽에서 더 좋은 조건을 제시해 주었을 터인데, 노인네가 노망이 났는지, 아무런 조건도 붙이지 않고 그냥 그렇게 하자고 하더란 말이지. 사실 급한 건 우리였거든. 그래도 그 이홍장이란 노인, 한 마디로 대단해. 그러니까 그 망해가는 청나라를 그렇게 꾸려나갈 수 있었겠지."

미우라 고로가 이번에는 이노우에를 바라보면서 물었다.

"내무대신께서는 조선의 왕비를 직접 보셨습니까? 들리는 소문으로는 아주 영특하고 아름다운 여걸이라던데요."

이노우에는 술을 한 잔 마시더니 천천히 입을 열었다. 60의 나이에도 그의 얼굴에선 전혀 늙은이다운 모습이 보이지 않았다. 오히려 나이를 먹어감에 따라 그 기품이 더해지는 느낌이었다. 흰 머리카락이 늘어가는 것이 그의 늙어감에 대한 유일한 증거일까?

"아주 영리해. 그리고 벌써 왕비의 자리에 앉은 지 30년이야. 한마디로 늙은 여우라고 해야겠지. 유감스럽게도 우리 일본에서는 아직 아무도 조선의 왕비를 본 사람이 없지. 나도 그 앞에는 몇 번 가보았지만 언제나 발을 쳐 놓고 있어서 실제 얼굴을 보지는 못했다네. 그래도 김옥균이 두 번 만났다더군. 그것도 발을 치지 않은 채로 직접 말일세.

김옥균의 말에 의하면 눈이 반짝반짝 빛나는 것이 여간 총명하지가 않다고 하더군. 힘없는 나라가 살아남으려면 어떻게 해야 하는지를 동물적인 감각으로 터득하고 있는 여자라고나 할까? 그렇지만 내가 생각하기에 그 여자의 명이 그리 길지는 못할 거야. 그건 조선이라는 나라의 명이 길지 못하다는 뜻도 되지. 조선으로서는 불행한 이야기지만 …."

술이 떨어지자 미우라가 옆방에 대고 손뼉을 쳤다. 곧 이어서 게이샤 두 명이 장지문을 열더니 무릎을 꿇고 고개를 숙였다.

"오잇! 여기 술이 떨어졌다."

게이샤들이 백자 병을 들고 들어오더니 세 사람의 잔에 가득 가득 채워 주었다. 이젠 일본에서도 백자나 청자가 오히려 조선보다 더 흔한 물건이 되었다.

사흘 후 열린 내각회의에서는 이노우에 가오루를 전권 공사로 조선에 파견하는 안이 확정되었다. 천황을 대리하여 조선에 대한 모든 결정권한을 주는 특명전권대신의 역할이다. 외무부의 일개 국장급이 맡을 조선국의 공사를 전임 외상에 현 내상인 이노우에에게 맡긴 것을 보면 당시 조선 문제가 일본에게 얼마나 중요한지를 짐작하고도 남을 대목이다.

천황을 알현하는 자리에서 명치천황은 그에게 비장한 선언을 했다.

"가서 조선을 평정하시오."

이토 히로부미 총리대신을 포함하여 20여 명의 대신들이 엄숙한 분위기로 서 있었다.

천황은 어좌에서 내려오더니 천천히 손을 뻗었다. 이제 40대 초반의 천황은 모든 면에서 황제다운 품위가 풍겨났다. 그는 손을 내밀어 이노우에 가오루(井上馨)에게 특명전권공사의 신임장을 주었다.

부임 날자는 9월 22일로 결정되었다. 불과 열흘 후면 임지로 떠나야 한다. 일본에게는 그만큼 조선 문제가 발등의 불처럼 절박했던 것이다. 이노우에는 업무인계를 서둘렀다. 한편으로는 조선에 대한 자료들을 꼼꼼히 챙겼다. 그리고 떠나기 이틀 전, 미우라 고로를 다시 불렀다. 자신의 집무실에서였다.

"자네 제대 문제는 어떻게 되었나?"

"넷! 다음 달에 군복을 벗기로 했습니다."

"음, 잘 되었군. 자네 지난 번 검도대회에서 챙길 아이들 있다고 했지? 거기서 쓸 만한 아이들을 잘 보살피게나. 반드시 후일에 요긴하게 쓰일 날이 올 터이니까 말일세. 그리고 나 없는 동안에 조선에 대한 공부를 열심히 하면서 지내게나. 나도 이번에 가면 무척 바빠질 거야. 조선의 형세가 아주 심각하단 말일세."

내무상(內務相)의 집무실에는 노란 국화가 가득한 화분이 세 개 놓여있었다. 책상 위에 하나, 양 옆에 두 개.

두 사람은 국화의 향내에 취해서 잠시 생각에 빠졌다. 이노우에 가오루는 앞으로 조선에 도착하면 그 얽히고설킨 문제들을 어떻게 풀어야 할까하는 생각으로, 그리고 미우라 고로는 이제 군문을 떠나는 자기의 앞날에 어떤 일들이 기다리고 있을까 하는 설렘으로 ….

21. 조선이 살아남으려면

역사에는 언제나 모순이 존재하기 마련이다. 일본의 힘에 의하여 반 강제적으로 최고 통치자의 자리에 오른 대원군이 개혁의 최일선에 서게 되는 것도 그런 모순의 한 단면이다. 대원군이 누구인가? 바로 쇄국(鎖國)의 대명사로 알려진 인물이 아닌가 말이다.

1894년 갑오년 6월, 대원군은 비상시국의 첫 번째 회의를 주도하면서 그 회의 기구의 이름을 군국기무처(軍國機務處)라고 붙였다. 그는 첫날 회의석상에서 대신들에게 이렇게 말했다.

"세상 사람들은 나를 완고한 고집불통의 노인네라고 합디다. 그렇지만 나도 이제는 이 나라에 개화가 필요하다는 사실을 충분히 알고 있소."

군국기무처에서는 그로부터 사흘만에 여러 가지 개혁안을 발표하기에 이른다. 제1차 갑오개혁이다.

거기에는 중국에 대한 조공폐지, 양반과 상인 등 신분제도의 폐지,

문벌제도의 폐지, 귀천에 구애받지 않는 인재등용, 서얼차별 폐지, 노비제도 폐지, 과부 재가금지제도 폐지, 조혼제도 폐지, 평민의 정치의견 제출 허용, 관제의 일본화 등과 같은 개혁들이 포함되었다.

당시 실권을 쥐고 있던 측은 일본이었기에 이 개혁은 다분히 친일적인 내용을 포함할 수밖에 없었다. 그 대표적인 조항이 청국에 대한 조공폐지와 관제의 일본화 같은 것들이다.

이 중에서도 과부의 재가금지를 철폐한 것은 당시 수많은 과부들이 평생을 수절하며 지내야 하는 고통에서 해방시켜 준 획기적인 일이었다. 그 전 해에도 동학농민군은 폐정개혁안 12개 조 중에서 '청춘과부의 재가를 허용해야 한다.'는 조항을 들고 나왔다. 그러나 혁명은 실패로 끝났고 그들의 주장은 빛을 보지 못했다.

군국기무처의 결정사항은 대원군을 통해 국왕의 재가를 받아서 공표되었지만, 초안의 거의 대부분을 유길준이라는 청년재사가 작성하였다. 갑오경장 당시 유길준은 열일곱 명으로 구성된 군국기무처 의원 중 한명이었다.

유길준은 일찍이 신식학문에 매력을 느끼고 박규수의 문하로 들어가서 김옥균, 박영효, 서광범과 같은 개화파 선배들과 어울렸다. 1881년 신사유람단이 일본으로 떠날 때 유길준은 윤치호의 수행원으로 일본에 함께 건너가서 유학생으로 남게 되었다.

이때 후쿠자와 유기치가 설립한 게이오의숙(慶應義塾)에서 1년간을 수학했다. 바로 이 시점에서 만난 사람이 도쿄제국대학에서 생물학을 가르치고 있던 에드워드 모스라는 교수였다.

유길준은 그의 사회진화론이란 사상에 큰 감명을 받았다.

조선으로 돌아와서 지내던 중 임오군란이 일어났다. 조정에서는 임오군란의 사죄 사절단으로 박영효를 단장으로 한 수신사를 일본에 파견하였는데, 이때 유길준이 통역으로 따라갔다.

그 후에 민영익이 미국에 보빙사를 이끌고 떠나는 일이 생겼다. 그때도 유길준이 따라갔다. 그는 민영익의 배려로 그곳에 남아서 계속 공부를 하는 행운을 누릴 수 있었다. 미국 공부를 마치고 유럽 여러 나라를 거쳐서 조선에 들어오면서 자신이 보았던 서구 여러 나라들의 사정을 자세히 기록한 책이 바로 〈서유견문록〉이다.

결국 유길준은 윗사람들의 배려로 조선 최초의 일본 유학생에다가 미국 유학생까지 된 셈이다.

미국에서는 모스 박사의 문하에 있으면서 그의 사회진화론에 심취하였는데, 그 핵심사상은 우월한 인종이 열등한 인종을 지배한다는 것으로 제국주의나 팽창주의를 정당화 하는 이론이었다. 쉽게 말하자면 찰스 다윈의 진화론을 인류학에 접목시킨 학설이었다.

그를 이끌어 주었던 박영효가 1895년 내부대신에 임명되자 그는 그 밑의 차관급인 내부협판에 임명되어 그를 돕다가 박영효가 반역 음모로 조선에서 축출되자 그를 따라 일본으로 망명하게 된다.

1894년 갑오년의 크리스마스이브에, 경복궁의 외딴 별궁 건청궁에서는 사람 한 키 정도는 됨직한 크리스마스트리에서 전구가 깜빡이고 있었다. 그 앞에 작은 탁자를 사이에 두고 왕비가 서양 여자와 조용조용 담소를 나누는 중이었다.

왕비와 찻잔을 마주하고 있는 서양여자는 언더우드의 부인인 릴

리어스 호튼 언더우드 여사이다. 그녀는 조선에서 선교활동을 벌이고 있는 남편과 7년 전 합류하였다. 그간 얼마나 열심히 조선말을 공부했는지 이제는 통역 없이도 웬만한 대화 정도는 막힘이 없었다.

언더우드 여사는 다른 외국인들처럼 그렇게 자기 나라의 이익에 크게 얽매이지도 않았다. 옷도 항상 수수하게 입고 다녔다. 목에는 가느다란 금줄에 매달린 십자가만이 달랑거릴 뿐이었다. 다른 외국 공사의 부인들처럼 올 때마다 무슨 선물을 가지고 오지도 않는다. 그래도 중전은 그런 꾸밈새 없는 모습이 좋았다.

그러나 중전이 언더우드 여사를 좋아하는 더 큰 이유는 바로 동갑내기라는 사실에 있었다. 1851년 내가 이 땅에서 태어났을 때, 저 여자는 지구의 반대편에서 태어났다. 그런데 우리는 지금 찻잔을 마주하고 앉아 있다. 이 얼마나 기묘한 인연인가?

"서양에서는 이 날을 아주 크게 축하한다고 들었소."

"마마. 보통은 두 달 전부터 이렇게 트리를 만들고, 불을 밝히고, 성찬에 쓸 포도주를 준비하고 그런답니다."

"예수라는 사람의 이야기를 더 해 보오."

중전의 눈이 초롱초롱 빛났다. 언더우드 여사는 왕비마마와 함께 있을 때면 참 총명한 눈을 가졌구나 하는 생각을 자주 했다.

왕비의 좋은 점은 여러 가지가 있었다. 무엇보다도 남의 말을 귀담아 들으려고 한다는 점이었다. 특히 서양의 풍속이나 사회생활, 문화에 대하여 이야기 할 때면 귀를 종긋 세우고 흥미로워 했다.

마루 위에서는 백열등이 빛을 내고, 귀퉁이 쪽의 탁자 위에는 알렌 공사가 선물한 갓을 씌운 등에서 노란 색의 불빛이 은은히 퍼져 나왔다.

언더우드 여사는 마루의 한쪽에 말없는 인형처럼 서 있는 세 명의 궁녀들이 마음에 걸렸으나, 그런 모습도 자주 대하다 보니 이제는 큰 거부감 없이 받아들이게 되었다.

"서양 사람들의 절반은 그분의 가르침을 따르고 있답니다, 마마."

"어떤 가르침이오?"

"여러 가지가 있지만 그 중에서도 가장 중요한 가르침은 '서로 사랑하라'라는 말씀이지요. 연약한 어린아이들이나 과부들을 보살피라는 말씀도 성경에 여러 번 나온답니다."

왕비는 고개를 끄덕이며 그녀의 말을 유심히 듣고 있었다. 왕비가 커피를 다 마시자 궁녀가 사뿐히 와서 두 사람의 찻잔에 하나 가득 커피를 따라주고 물러났다. 언더우드 여사는 이렇게 왕비와 함께 하는 시간이 꿈만 같았다.

6년 전인가? 결혼 할 때는 왕비마마께서 100만 냥이라는 거금도 선뜻 하사하셨다. 미국 돈으로 따져도 3천 불 정도 되는 결코 적지 않은 돈이었다. 그 돈은 학교 운영에 큰 보탬이 되었다.

벌써 선교사들이 세운 학교에는 학생들이 넘쳐났다. 남편이 집에서 시작한 경신학교에도, 아펜젤러 선교사가 세운 배재학당에도, 그리고 스크랜턴 여사가 세운 이화학당에도 ….

이화학당이란 학교명은 여기 계신 중전마마께서 직접 하사하신 이름이 아니던가.

"그래요. 우리 조선은 아직도 여인네가 남편과 한 상에서 밥을 먹지 못한답니다. 남자들이 다 먹고 나야만 먹을 수가 있지요. 그것도 부엌에서나."

중전의 말에는 힘이 없었다. 마치 스스로에게 하는 독백 같았다. 언더우드 여사도 저절로 한숨이 나왔다. 백성들은 무지몽매하고 나라는 잠시도 편안할 날이 없으니 어찌 아니 그러하시겠는가.

그녀는 속으로 중얼거렸다. 시간이 다 해결해 줄 것이옵니다. 우리들이 세운 교회에서 하나님의 말씀을 들어서 깨이고, 또 우리들이 세운 학교에서 신식학문을 배우고 …, 머지않아 조선은 분명 개화된 나라가 될 것이옵니다. 그러니 왕비마마, 힘을 내세요.

오후부터 흐려만 있던 하늘에서는 어느 덧 함박눈이 내리고 있었다. 눈을 보자 언더우드 여사는 옛날 일이 생각났다. 내가 처음으로 이 땅에 도착한 해가 7년 전이었던가? 그 해에도 눈이 내렸었지. 오늘은 이 땅에서 두 번째로 맞이하는 화이트 크리스마스로군.

두 사람은 밖을 내다보며 기쁜 얼굴을 숨기지 않았다. 궁녀들의 얼굴도 덩달아 환해졌다. 왕비마마께서 기뻐하시는 모습을 좀체 볼 수가 없었는데 ….

그 다음 날, 언더우드 여사는 정동의 감리교 병원에서 아펜젤러 여사를 만났다.

그로부터 며칠이 지난 을미년 정월 초, 경복궁의 경회루 연못에서는 희한한 광경이 연출되었다. 수십 명의 외국 외교관 부인들과 선교사 부인들이 치맛자락을 날리며 연못에서 스케이트를 타고 그 큰 연못 위를 씽씽 돌아다니는 것이었다.

경회루에서는 왕과 왕비와 세자가 함께 자리를 하고 이 희한한 얼음지치기 놀이를 구경하고 있었다. 수십 개의 전등이 연못을 대낮같이 환하게 비추어주고 있는 가운데 얼음 위를 씽씽 달리던 여인네가 넘어지기라도 하면 스물 두 살의 세자는 마치 어린아이처럼 깔깔대며 손뼉을 치면서 좋아했다.

이날은 모처럼 국왕부부와 세자가 한 자리에 앉아서 누린 마지막 호사였다.

이노우에 공사는 부임하고 얼마 지나지 않아 조정의 개혁안을 들고 들어왔다. 왕과 왕비가 동석한 자리에서다. 먼저 대원군을 퇴진시켰다. 별다른 도움도 되지 않고 오히려 거추장스러울 뿐이었다. 자연히 그를 추종하던 세력들도 물러났다.

그가 대원군을 물러나게 한 작전도 그야말로 용의주도했다. 그는 대원군 앞에 봉서 한 장을 내밀었다. 그것은 대원군이 몇 달 전 평양 감사 민긍호에게 보낸 편지였다. 대원군은 조선 군민들이 일본군에게 되도록이면 협조하지 말 것을 넌지시 권고하였다.

당시 일본군들은 동학 농민군들을 토벌하고 있을 때였으니, 그 편지는 결국 평양감사에게 백성들을 선동하여 일본군을 골탕 먹이라고 한 것이나 다름없었다.

76세의 대원군은 이노우에의 압박에 더 이상 견디지 못하고 순순히 물러나 공덕리의 별장으로 내려갔다.

그로부터 며칠 후에는 내각 개편안을 상주하였다. 그 결과 김윤식, 어윤중, 안경수, 김가진 등이 중용되는 제2차 김홍집 내각이 탄생하였다. 이노우에는 고종을 압박하여 경부철도와 경인철도의 부설권을 일본에 넘겨주도록 했다. 거기서 그치지 않았다. 전신선 관리권, 금광, 은광 개발권과 같은 이권도 일본에 넘겨주도록 끈질기게 졸라댔다.

"이 모두가 조선에서 국왕 폐하의 권위를 높여드리기 위함이옵니다. 하하하!"

자기네들 마음대로 관리를 임명하고 각종 이권사업을 챙겨가는 것이 모두 국왕의 실추된 권위를 회복시키기 위함이란다. 그가 허세를 떨며 너털웃음을 지을 때마다 검은 예복에 달린 황금빛의 훈장들이 출렁거렸다.

국왕과 왕비는 어쩔 수 없이 이노우에가 내놓은 내각개혁안과 철도 부설권, 광산 개발권 등에 서명을 하는 수밖에 없었다.

이노우에가 물러가자 중전이 고종에게 제안했다. 지아비를 측은한 눈으로 바라보는 왕비의 마음도 착잡하기만 했다. 그래도 힘을 내야지. 나까지 쓰러진다면야 ….

"전하, 이번 기회에 이노우에 공사를 시험해 볼 겸, 우리측 인사들을 내각에 넣어보심이 어떠할까요?"

이제 친일파들이 모두 차지하고 난 군국기무처의 협판 자리는 네 자리가 남았다. 고종이 고개를 돌리며 대꾸했다.

"이노우에 공사가 가만있겠소?"

"그의 입으로도 전하의 권위를 회복시켜 드린다고 스스로 공언하였으니, 한번 지켜보심도 그리 나쁘지 않을 듯하옵니다."

"그깟 사람 몇 명 넣으면 무엇 하겠소. 벌써 이 나라 전체가 왜놈들의 수중에 들어가 있는 것을."

"아라사도 있고 미국도 있사옵니다. 아직 실망하실 일이 아니옵니

다."

"그렇게 하시구려."

다음 날 조보에는 한기동, 이건청, 이용희, 고영희를 임명한다는 내용이 올라 있었다. 날이 밝자마자 이노우에는 불같이 화를 내며 경복궁으로 국왕을 찾아 왔다.

"국왕 전하, 어찌 본 공사와 한 마디 상의도 없이 협판들을 임명하실 수 있단 말씀입니까?"

옆에는 김홍집 총리대신과 김윤식 외부대신, 그 밖에 서너 명의 고위 관료들이 있었지만 그들은 그냥 묵묵히 자리만 지키고 있을 뿐이었다.

"아, 그 네 명의 협판을 임명한 것은 그들의 평판이 좋아서 한 일이오. 공사께서 그리도 반대하신다면 내 철회하리라."

일국의 국왕이 일개 외교관에게 이런 모욕을 당하는 건 정말 치욕이 아닐 수 없었다. 그러나 이노우에 가오루는 일본의 백작이요, 이미 외상과 내상, 그리고 대장상(大藏相)까지도 두루 거친 명치유신의 일등공신이다. 더군다나 지금 조선 내에는 청군도 모두 물러가고 그의 군대 밖에 없지를 않는가.

국왕은 어금니를 꼭 깨물었다. 대신들은 황망하여 바닥만 내려다 볼 뿐이었다.

"본 공사가 조선에 부임한 이래 불쾌한 일이 한두 가지가 아니었습니다. 우리가 대신들과 밤새워 고생하며 만들어 놓은 계획도 하룻밤이 지나고 나면 손바닥 뒤집듯 번복되는 일이 이미 여러 차례입니다. 이는 필시 왕비마마께서 정치에 관여하여 그리 된 것으로 알고 있습니다. 우리 일본에는 암탉이 울면 집안이 망한다는 속담이 있는데, 과히 틀리지 않은 말인 듯합니다."

그가 언성을 높이며 얼굴이 붉으락푸르락하면서 국왕을 몰아세울 때 국왕 바로 옆의 주렴이 걷혔다. 뒤에서 중전의 카랑카랑한 목소리가 터져 나왔다.

국왕은 경악했다. 지금껏 중전이 직접 외국사신에게 편전에서 말을 한 적은 없었기 때문이었다. 당황하기는 대신들도 마찬가지였다. 그러나 누구보다도 가장 놀란 사람은 이노우에였다.

"나도 일본에 그런 말이 있다는 것을 알아요. 도요토미 히데요시라는 사람이 한 말이라지요? 흥, 그러나 우리 조선에는 그런 속담이 없소이다. 그 대신, 수탉이 울지 못할 때는 암탉이라도 울어야 한다는 말은 있소이다."

얼핏 그런 이야기를 들은 기억이 났다. 옛날에 도요토미 히데요시가 교토로 다이묘(大名)들의 가족들을 인질로 불러들이자, 다이묘의 아내와 처첩들이 갈 수 없다고 버티었다 한다. 그래서 암탉이 울면 집안이 망한다는 고사가 나왔다는 것이다.

그러나 사실, 조선에 수탉이 울지 못하면 암탉이라도 울어야 한다는 속담은 없었다. 그건 중전이 그냥 임기응변으로 지어낸 소리였다. 이노우에가 아무리 노련한 외교관이라 할지라도 어찌 조선의 속담까지 다 알고 있겠느냐는 배짱으로 중전이 내던진 것이다.

이노우에는 등에서 식은땀이 흐르는 것을 느꼈다. 40대 중반이라고 알고 있었는데 실제로 목소리는 불과 30세 정도로밖에 들리지 않았다. 호통소리에 주늑이 든 이노우에는 감히 고개를 들어 중전을 쳐다볼 수 없었다.

도요토미 히데요시의 고사까지 알고 있는 것을 보니 과연 영특한 인물임에는 틀림이 없구나. 왕비가 버티고 있는 한 무엇 하나 제대로 돌아가는 일이 없겠어.

이노우에는 진작부터 조선 조정에 확실한 친일파를 세워 둘 필요를 느꼈다. 그것도 아주 굵직한 거목이어야만 했다. 그가 평소 염두에 두었던 인물이 바로 박영효였다. 전왕의 사위이니 왕실과 그보다 더 가까운 사람이 누가 있는가. 이제는 더 이상 꾸물거릴 여유가 없었다.

"폐하, 금릉위는 그간 일본과 미국에서 많은 것을 보고 듣고 왔나이다. 이제는 그가 조선의 개화에 견인차 역할을 할 때가 된 줄로 믿습니다."

금릉위 박영효는 갑신정변의 5적으로 지목되어서 일본과 미국에서 10년간 망명생활을 하고 돌아왔다. 그것도 이노우에 가오루 공사가 조선에 입국하기 불과 한 달 전에 들어 와 인천에서 칩거하며 조정에서 불러주기만을 기다리고 있는 중이었다.

"곧 사면하여 조정에서 정사를 보도록 할 것이오."

일본 공사의 강력한 추천이 있는 터에 어찌 거절할 수가 있겠는가.

다음 날 아침, 궁궐에서 발행된 조보(朝報)에는 박영효를 비롯한 모든 갑신정변 연루 죄인들의 죄를 사면한다는 보도가 나갔다. 곧 이어 박영효는 내부대신, 서광범은 법부대신이 되었다.

그런데 이렇듯 이노우에 가오루의 후광을 받고 다시 정계에 복귀한 박영효가 오히려 일본에게는 문제였다.

어느 날 중전은 김홍집 내각의 군부대신 조희연을 슬쩍 파면해 버렸다. 친일색이 너무 두드러진 그가 병권을 오래 장악한다면 중전으로서는 힘쓰기가 곤란하리라는 판단에서 내린 결정이었다. 김홍집 내각이라고는 하지만 실상은 이노우에가 임명한 것이나 마찬가지이다.

그런데 당연히 펄쩍 뛰고 제동을 걸어야 할 박영효가 마치 남의 집 불구경 하듯 가만히 있는 것이 아닌가? 박영효가 침묵을 지키는 가운데 김홍집도, 어윤중도, 김윤식도 모두 수수방관하였다. 이들 세 명은 어찌어찌하다 보니 일본세력에 의해 내각의 수장이 되었을 뿐, 따지고 보면 친일파라기보다는 개화중립파라고 할 인물들이었다.

그 하루 전날 밤에, 중전은 은밀히 박영효를 불러서 현재 나라가 처한 상황을 조목조목 설명했다. 아무래도 권력의 핵심에서 수십 년을 지낸 중전의 시야가 박영효보다는 더 넓었다.

두 사람은 한편으로는 일본세력에 제동을 걸고, 다른 한편으로는 미국과 러시아와 협력의 폭을 넓혀가기로 의견의 일치를 보았다.

며칠 후, 이노우에 공사가 진고개 일대로 제한되어 있는 일본인 거류지역을 동대문과 남대문까지로 확대시켜 달라는 요구를 해 왔다. 이전부터 일본인들이 끈질기게 요구했던 사안이었다. 그 문제가 내각에서 토의되었다. 박영효가 반대 의견을 냈다. 그러자 다른 대신들이 모두 박영효의 의견에 따랐다. 결국 이 안건은 부결되고 말았다.

이노우에는 이 소식을 듣고 노발대발했다. 완전히 믿는 도끼에 발등을 찍힌 결과가 아니고 무엇이랴.

5월에 내각이 또 바뀌었다. 중전의 입김이 상당히 작용한 개각이었다. 중전과 친밀한 관계라고 믿어왔던 차라, 박영효는 필경 자신이 총리대신에 임명될 줄로 알고 있었다. 그러나 뜻밖에도 일인지하 만인지상의 총리 자리는 박정양이 차지하였다.

박정양이 누구인가? 김윤식 등과 함께 신사유람단으로 일본을 시찰하고 오기도 하고, 그 후 주미 공사도 역임했던 인물이다. 굳이 그의 성향을 말하라면 55세라는 나이가 말해주듯, 온건 개화파에 속한다고 할 것이다. 외부대신에는 김윤식이 임명되었고, 정작 박영효 자신은 내부대신 자리에 그치고 말았다.

박영효는 자기를 교묘하게 회유하여 이용하면서도, 뒤에서는 뒤통수를 치는 중전의 행태에 분개했다. 자신이 총리대신이 된다면 일본과도 적당히 선린의 관계를 유지하면서, 미국이나 독일과 같은 나라들을 본받으려고 하였다. 세도정치와 척족정치의 폐해를 직접 느껴보았던지라, 민씨 일파들을 조정에 발도 붙이지 못하게 하리라고 작정하고 있던 차였다.

그러나 중전도 이미 마흔 다섯이요, 궁궐 생활만도 30년째이다. 그야말로 산전수전을 다 겪어 본 여걸이다. 국왕과 중전은 이미 갑신년에 김옥균과 박영효 패거리들에게 혼쭐이 났던 경험이 있었다. 오죽하면 서재필, 서광범과 홍영식을 모아 '갑신5적'이라고 규정하고 누구든지 그들을 보면 즉시 참살하도록 명령을 내려놓았을까.

즉시참살(卽時慘殺)이란 명령은 그들을 죽인 자에게 일체의 책임을 묻지 않겠다는 말이다.

그러니 당시 이들 다섯 명은 사형선고를 받고 떠돌아다니는 죄수들인 셈이었다.

그들 중에 홍영식은 갑신년에 죽었다. 김옥균도 상해에서 홍종우에게 살해되었다. 그게 바로 일 년 전의 일이다. 서재필은 아직도 미국에서 망명 중에 있었고, 박영효와 서광범은 일본 세력을 등에 업고 귀국하여 정부에서 요직을 차지하고 있는 것이다.

그런 박영효를 선뜻 끌어안고 정치를 펼쳐나가기에는 우선 그에 대한 중전의 원한이 너무 컸다. 앞으로 나라를 자신의 의지대로 이끌어 가려면 결국은 민씨 세력들이 전면에 포진을 해 주어야만 편할 것이란 이유도 있었다.

궁궐 시위대를 개편하려던 박영효의 노력도 물거품이 되었다. 당시 왕실의 호위군대로는, 미국인 퇴역장군 다이(William Dye)가 조련하고 있는 근위대 400명이 있었고, 일본교관의 지도를 받고 있는 훈련대 500명이 있었다.

훈련대 병사들의 간부 중 상당수는 과거 갑신정변 때 박영효가 조련시켜 놓은 자들이었다.

일본 도야마 학교에서 군사훈련을 받고 온 병력들을 박영효가 광주유수로 있을 때 그 휘하에 편제하여 군사훈련을 시킨 적이 있었다. 바로 그들이 갑신정변의 핵심 병력이었던 것이다.

박영효는 이들 훈련대와 시위대 병사들을 통합해서 자기 수중에 넣으려고 시도하고 있었다.

그렇게 된다면 자신의 심복들에 의해 도성 내의 모든 군사들이 통제될 것이란 계산에서였다. 이미 고종으로부터는 구두허락까지 받아 놓은 상태였다.

그런데 어느 날 갑자기 고종이 그 문제는 없던 것으로 하라고 하는 것이 아닌가? 그 일도 곰곰이 생각해 보니 결국 중전이 끼어들어서 틀어진 것이라는 결론에 도달하였다.

그런 와중에 박영효가 역모사건에 휘말리는 일이 벌어지게 된다. 사건의 발단은 박영효가 한강에서 일인들과 나룻배를 타며 유람을 즐겼다는 사실에서부터 시작되었다. 그 소문이 확대되어 박영효가 일인들과 모반을 꾸몄다는 이야기로 퍼져 나갔고, 급기야는 고변이 들어 온 것이었다.

심상훈이 역모 고변서를 들고 대궐을 찾았다. 그는 야심한 시각에 내전에 들어서 임금과의 독대를 요청하고 나섰다.

"주상 전하께서는 침수에 드셨는가?"

"아직이오이다."

"그렇다면 빨리 주상 전하를 깨워드리게. 역모일세, 역모."

내관이 그 즉시로 뛰어 들어가 임금에게 고하였다. 심상훈은 갑신정변 때 임금과 중전을 위기에서 구한 인물이다.

"폐하, 역모이옵니다. 박영효가 중전마마를 시해한다 하옵니다."

밤이 늦은 시각까지 잠을 이루지 못하고 중전과 이런저런 이야기를 나누고 있던 임금은 역모라는 소리에 정신이 번쩍 났다.

"박영효가 이규완, 신응희 등과 함께 중전마마를 시해하기로 모의하였다 하옵니다. 이것은 그 배에 함께 타고 있던 일본 낭인이 사사끼라는 자기 친구에게 건네 준 고변서를 제가 유길준으로 부터 받아 온 것이옵니다."

임금과 중전도 그 전부터 이런 소문을 듣고 있었다. 박영효가 군주제를 뒤엎고 미국이나 프랑스와 같은 공화제를 만들 것이란 소문이었다. 이놈이 보자보자 하니 기어코 불충을 저지르는구나. 임금은 대노했다.

"박영효를 당장에 잡아 대령시켜라!"

경무사 이윤용에게 체포명령이 떨어졌다. 그러나 이윤용은 박영효 계의 인물이었다. 그는 슬쩍 박영효에게 이 사실을 귀띔하여 도망갈 시간을 벌어주었다. 그런 연후에 순검들을 데리고 박영효의 집을 습격하였으나 이때 이미 박영효는 일본공사관으로 피신하는 중이었다.

박영효는 일본으로 가는 배 위에서 이를 갈았다. 유길준이 나에게 이럴 수가 있는가 싶었다.

내 밑의 협판으로 있기에 마음을 터놓고 허심탄회하게 그의 의견을 들으려 하였더니 그 사이에 왕에게 밀고를 해? 그를 끌어 준 사람이 누구인데. 박영효는 믿는 도끼에 발등을 찍힌 꼴이 되어 버렸다. 결국 우리 인간들이란 서로 속이고 또 배신하고, 그런 아귀다툼 속에서 살아가는 것인가?

1894년 여름에 동학으로 인하여 시작된 전쟁은 어찌 되었을까? 청일전쟁에서 일본군은 그야말로 파죽지세로 청나라의 영토를 유린했다. 그 다음 해 1월에는 여순(旅順)을 돌파한 뒤 곧바로 북양함대의 제2기지인 위해위(威海衛)를 점령했다.

2월에는 북양함대의 본거지인 유공도(劉公島)마저도 함락시켰다.

살아남은 북양함대 해군들은 일본군에게 투항했고, 북양함대 사령관 정여창은 자결함으로써 패전의 책임을 졌다. 이제 산해관(山海關)을 넘어 청나라의 수도인 북경까지 가는 것도 시간문제일 뿐이었다.

3월에는 북경과 지척인 우장(牛莊)과 영구(營口) 마저도 함락됐다. 북경이 위험하게 되자 북양대신 이홍장이 부랴부랴 일본의 시모노세키로 건너왔다. 이토 히로부미와 마주 앉은 그는 눈물을 삼키며 일본의 요구사항들을 모두 들어줄 수밖에 없었다. 이른바 시모노세키(下關) 조약이다.

1. 청국은 조선이 완전한 자주독립국임을 인정한다.
2. 청국은 일본에 요동반도, 대만, 평후 열도를 할양한다.
3. 청국은 전비 배상금으로 2억 냥을 7년에 걸쳐 분할 지불한다.
4. 청국은 청국이 서구 열강에게 제공한 것과 똑같은 통상 상의 특권을 일본에게도 부여한다.

왜 조약을 체결하는 당사자도 아닌 제3국 조선의 이름이 제일 먼저 거론되었을까?

그 이유는 다름이 아니라, 조선이 자주 독립국이므로 청국은 조선에 대하여 아무런 권리가 없다는 사실을 우회적으로 표현한 것이었다. 이제부터 일본은 청국의 간섭 없이 조선을 마음껏 지배할 수 있게 된 셈이다.

이 소식이 전해지자마자 온 일본열도가 들끓었다. 불과 일 년도 되지 않는 전쟁에서 일본 영토보다도 더 넓은 땅을 차지한 것은 물론이요, 무려 일본 돈 3억 엔을 배상금으로 받게 되다니…. 일본 사람들은 벌어진 입을 다물지 못했다. 수상 이토 히로부미와 무쓰 무네미쓰는 순식간에 국민적인 영웅이 되었고, 이토 내각의 외교가 서툴다며 트집을 잡아대던 정적들은 꼬리를 감추기에 급급했다.

그러나 그런 기쁨도 잠시, 일본과 청의 동태를 유심히 살피고 있던 서구 열강 중에서도 러시아를 주축으로 하는 독일과 프랑스가 여기에 제동을 걸고 나섰다.

당시 청나라의 수도에 모여 있던 열강의 외교관들은 이 문제를 가지고 비밀리에 회동을 가졌다. 이렇게 일본의 세력이 커지는 것을 방관만 하다가는 자칫 자기들이 설 땅을 잃게 될지도 모른다는 우려에서였다.

드디어 러시아, 독일, 그리고 프랑스가 일본의 준동을 막기로 결의하였다. 그들은 본국 정부와 상의한 후, 일본 외무성에 긴급 전문을 보냈다. 일본이 청국과 체결한 조약을 절대로 인정할 수 없다는 내용이었다. 이른바 삼국간섭이다.

그 전문을 놓고 일본은 히로시마에서 긴급 어전회의가 열렸다. 원체 중요한 안건이다 보니 천황까지도 참석한 자리였다.

어떻게 할 것인가? 만약 거부하면 이들 세 나라를 상대로 전쟁을 벌여야 한다. 일본 조정에서 설왕설래가 이어지고 있는 중에, 러시아, 독일, 프랑스는 20척이 넘는 군함을 시모노세키로 출항시키며 무력시위를 벌였다.

결국 일본은, 요동반도는 청나라에 돌려준다는 것과, 배상금도 청일 양국이 서로 원만히 협의하여 해결하겠다는 수정안을 내놓았다.

이 조약으로 대만은 1895년 5월부터 일본의 식민지가 되었다.

이 소식이 전해지자 일본은 또 한 차례 온 나라가 들끓기 시작했다. 불과 며칠 전과는 백팔십도 분위기가 바뀌었다. 신문에서는 연일 삼국간섭에 분개하여 자결하는 청년들의 얼굴과 이름이 실렸다. 이때 자결한 군인들의 숫자만도 무려 40명이나 된다고 했다.

일본과는 정반대로 조선에서는 기뻐 난리였다. 무엇이 무엇인지 잘은 모르지만 어쨌든 떠도는 소문은, 일본이 중국을 얼마쯤 집어삼키려다가 다시 토해 냈다는 것이었다.

임진년 이래로 일본이라면 이를 가는 백성들이다. 바로 작년에는 동학을 진압한답시고 엄청난 조선백성들을 살육하였다. 그러니 어찌 기쁘지 아니하랴. 백성들은 덩실덩실 춤을 추며 돌아다녔다.

1895년 을미년 5월이다. 꽃이 만발한 건청궁 앞마당은 벌과 나비가 분분하게 날아다니고 있었다. 벌들의 왱왱대는 소리가 옥호루 마루까지 들려왔다. 왕비는 찻잔을 들면서 만족한 웃음을 흘리고 있었다. 바람도 살랑살랑 불어오니 일 년 중 이런 날은 아마도 10여 일 정도밖에 되지 않을 듯했다.

"이제는 하루도 커피가 없으면 못 살겠으니 참으로 인간의 입이란 무서운 것이오."

"호호호! 마마, 하루에 서너 잔 정도는 몸에 좋다고 하옵니다."

중전이 조금 식은 커피를 훌훌 숭늉 마시듯 마시면서 하는 말에 맞장구를 쳐 준 사람은 러시아 공사의 부인인 웨베르 여사와 그의 언니 손탁 여사였다. 벌써 이들과 알고 지낸지도 여러 해가 지났다.

"지난 번 부인이 보여 준 사진을 보니 그 뭐라던가? 꼭지발로 서는 춤 말이오."

"아~, 네. 발레라고 하지요."

"내가 들으니 러시아에서는 그것 추는 무희들이 남자들의 품에 안기기도 한다던데, 그것도 많은 사람들이 지켜보고 있는 가운데 말이오. 아무리 보아도 그건 좀 과한 것 아니오?"

"호호호! 중전마마. 서양 여러 나라에서는 모두 다 그러하옵니다. 여자가 마차에서 내릴 때는 남자가 손을 잡아주지요. 또 여자가 외투를 벗을 때면 남자가 그것을 받아 주기도 한답니다."

이때 옥호루에 제비 한 마리가 들어와 밖으로 빠져 나가지 못하고 천장에서 푸드득 대고 있었다. 중전은 얼굴에 하나 가득 웃음을 지으며 손가락으로 새를 가리켰다.

"오호라, 저 새는 제비요. 오늘 무언가 좋은 일이 있을 것만 같구려. 우리나라에서는 제비가 집안에 들어오면 길조라 한다오."

"그러하옵니다. 왕비마마."

옆에서 차를 마시던 손탁(Sontag) 여사는 조선 사람들의 이런 사고방식이 참으로 신기했다.

이른 여름이니 새나 나비나 벌들이 많은 것이고, 아무런 망도 쳐놓지 않았으니 그 중에 한 둘은 집안에도 들어오게 마련일 터인데, 조선 사람들은 그런 일을 볼 때면 꼭 그날의 운수나 그 해의 행, 불행과 연관시켰다.

"손탁 여사가 외국 사람들과 만날 때면 음식이다. 차다 하며 모든 것을 잘 준비하여 주니 우리는 얼마나 편하지 모른다오."

"마마, 너무 과찬의 말씀이십니다."

요즘은 외국 사절들과의 파티가 자주 열렸다. 그럴 때마다 러시아 공사의 처형인 손탁은 마치 자신의 일인 양 그런 행사의 준비를 진두지휘했다.

당시는 외국의 관행을 잘 모를 때였다. 더더욱 파티 같은 것은 조선사람들에게는 생소했다.

그런 때에 노련하게 파티를 주관하고 손님들을 접대하는 손탁의 능력은 단연 돋보였다. 그런 풍속에 익숙하지 않은 궁인들도 모두 손탁 여사의 지시에 잘 따랐다.

그뿐만이 아니었다. 웨베르 부인과 손탁은 왕비에게 이런 저런 서양의 풍속이나 사정을 마치 친구에게 이야기하듯 흉허물 없이 들려주곤 했다.

"나도 여기 이런 옷을 입으면 어찌 보일까?"

중전이 젖가슴이 반쯤은 드러난 손탁의 야회복을 가리키면서 묻는 말이었다.

"왕비마마께서도 입으시면 잘 어울리실 것이옵니다. 저희가 한 벌 지어 볼까요?"

"에구, 그 무슨 당치도 않은 말이오. 내가 일국의 왕비로서 체면이 있지. 그냥 해 본 소리라오."

중전도 서양 사람들과 몇 년간을 사귀어 보니 그들도 우리 조선사람들과 별반 다르지 않은 성품을 가진 인간들이라는 사실을 알게 되었다. 그래도 이 나라 저 나라에 따라서 약간씩 사람들의 성격에서는 차이가 느껴졌다. 그것을 국민성이라고 해야 할까?

이제 한낮이 되어 있었다. 햇볕이 마루 안에까지 들어오자 중전이 자리에서 일어나 뒤를 돌아보았다. 뒤에서 대기하고 있던 김상궁이 얼른 궁녀들에게 눈짓을 하자 궁녀들이 사뿐히 날아와 탁자와 의자를 들어서 그늘 쪽으로 옮겨 놓았다.

"아라사는 정말 큰 나라인 모양이오. 이번에 일본이 저렇듯 황급하게 꼬리를 감추는 것을 보니 말이오."

"그러하옵니다, 왕비마마. 땅의 넓이로만 치자면 미국보다도 두 배는 넓은 나라이옵니다."

웨베르 부인도 뛰어난 외교관이었다. 그녀는 러시아의 땅 절반은 쓸모없는 동토(凍土)라는 이야기는 하지 않았다.

"이 지구상에서 가장 강력한 나라라는 프랑스의 나폴레옹 황제도 수십만에 달하는 군대를 이끌고 러시아에 쳐들어 왔다가 결국 패주하고 말았사옵니다. 군사력으로 말하자면 아마도 러시아를 당할 나라는 없을 것이옵니다. 왕비마마."

중전은 이들과 담소를 나누는 중에도 머릿속으로는 앞으로의 정국이 어찌 될까를 계산하고 있었다. 그렇다면 결국은 아라사 밖에는 없다는 이야기야. 나라가 그토록 크다니 우리 같이 작은 나라를 굳이 집어 삼키려 들지도 않을 것이고 ….

이노우에 가오루 공사는 진퇴양난의 위기에 빠졌다. 일본 제일의 외교통이라고 자처하는 그가 조선에 와서 하는 일마다 실패의 연속이니 영 체면이 말이 아닌 것이다. 자기가 야심차게 심어 놓은 일본통 박영효와 서광범이 제대로 힘을 쓰지 못하는 형편이 되었다. 만주 정벌은 고사하고 당장 눈앞의 조선정벌조차도 요원해 보일 뿐이었다.

게다가 일본 내에서는 이토 히로부미 총리대신, 무쓰 무네미쓰 외무대신, 그리고 자신, 이렇게 세 명을 싸잡아서 외교력이 형편없다며 비난하는 것이 아닌가. 삼국간섭으로 인하여 다 빼앗았던 청나라 땅을 돌려준 데 대한 힐책이었다.

그 해 여름 콜레라가 한창 맹위를 떨칠 때, 이노우에 가오루(井上馨) 일본공사는 귀국길에 올랐다. 조선의 정세보고와 앞으로의 대책을 논의하러 가는 길이다.

조선에는 휴가차 잠시 다녀오겠다고 알려두었다. 그는 안개가 자욱하게 낀 서해바다를 바라보면서 생각에 생각을 거듭했다. 역시 그 여우를 그냥 놔두고는 아무런 일도 못하겠어. 그렇다면 방법은 단 하나밖에 없다는 결론이야.

안개와 바닷물이 범벅이 되어 그의 머리를 흠뻑 적셨다. 얼굴과 콧수염을 타고 찝찔한 바닷물이 흘러내렸다. 그래도 그는 개의치 않고 꼿꼿한 자세로 앞만 노려볼 뿐이었다. 어느덧 내 나이 60. 이젠 조국을 위해 한판 승부수를 던져야 할 순간이 되었음이야. 그는 난간을 잡은 손에 더욱 힘을 주었다.

바로 이즈음에 조선에는 역병이 전국을 휩쓸고 있었다. 조선 사람들은 그 병을 호열자라고 했고, 사양 사람들은 콜레라라고 불렀다. 그 병은 쥐를 매개체로 해서 생기는 병이다. 하루에도 서울 사대문 안에서만 수백 명의 사람들이 죽어서 나갔다.

이미 9년 전에도 한차례 똑같은 전염병을 경험하였건만, 백성들의 대처는 너무 무지하기만 했다. 문밖에 고양이 가죽을 걸어 놓는 것이 그들의 예방법이요, 고양이 가죽으로 환자의 팔다리를 문지르는 것이 그들의 치료법이었다. 조금 여유가 있는 집에서는 무당을 불러 굿판을 벌이는 것이 고작이었다.

이 일에 조선에 나와 있던 외국인들이 발 벗고 나섰다. 조선 정부에서는 캐나다 의료선교사인 애비슨 박사에게 치료와 방역에 관한 일체의 권한을 주었다. 심지어는 병이 물러갈 때까지 비록 한시적이긴 했지만, 경찰의 지휘권까지도 넘겨주었다.

애비슨 박사와 동료 의사, 선교사들은 열심히 뛰었다. 무엇보다도 민중들을 계몽시키는 일이 시급했다. 전단지를 인쇄하여 병의 발생 원인, 예방지식 등을 알렸다.

그러나 백성들은 여전히 무지몽매했다. 경찰권까지 쥐고 있으면 무엇 하는가? 오이나 참외와 같은 날 음식을 팔지 못하도록 단속하라고 내보낸 순검이, 행상이 건네 준 시퍼런 오이를 으적으적 썰어 먹고 있는 데야. 더욱 가관인 것은 그가 서 있는 뒤 성벽에, 물은 반드시 끓여 먹어야 하고 날 음식은 먹으면 안 된다는 내용의 방이 붙어 있다는 사실이었다.

그래도 이들이 열심히 뛴 결과 9년전보다는 사망자 수가 많이 줄어들었다. 비공식적인 집계로는 당시 한성부 내의 인구 30만 명 중, 대략 3만 명 내외가 죽은 것으로 파악되었다. 어떤 마을은 주민의 8할, 즉, 열 명 중 여덟 명이 목숨을 잃은 곳도 있었다.

콜레라의 기세가 거의 다 수그러들었다고 판단되자, 조선 조정에서는 미국공사와 영국공사에게 감사장을 보내왔다.

감사장

본인은 조선국 정부를 대표하여

귀 공사와 의료 선교사들께서

많은 돈과 노력을 아끼지 아니하시고

콜레라의 예방과 퇴치에 헌신하여 주신 데 대하여

진심으로 감사하는 바입니다.

1895년 8월 22일

외부대신 김윤식

22. 작전명은 '여우사냥'

일본 남부의 섬 사쓰마에서도 최남단에 위치한 야마카와(山川)의 한 감귤농장. 이곳은 사시사철 날씨가 따뜻하여 일본사람들에게 최고의 요양지로 알려진 곳이다. 고구마, 소주, 현미 흑초로도 유명한 고장이다.

감귤농사가 한창인 초여름, 지금은 푸른색의 감귤 나무들만이 끝없이 널려 있을 뿐이었다. 그 앞으로는 태평양의 푸른 바다가 넘실대며 장관을 이루고 있었다.

느티나무 그늘 밑 흔들의자에 앉아서 바다를 내려다보고 있는 사람, 일본 외무대신인 무쓰 무네미쓰(陸娛宗光)이다. 창백한 얼굴에 텁수룩한 수염, 퀭하게 들어간 눈은 누가 보더라도 그를 병자로 여기기에 충분했다. 그렇다. 51세의 무쓰는 지금 폐병과 투쟁 중이다.

남국의 따사로운 햇볕을 받아가며 그의 요양지를 찾아 온 두 사람의 고관들이 있었으니 바로 이토 히로부미와 이노우에 가오루였다.

그들의 앞과 뒤로 수행원들이 길을 인도하고 있었다. 중절모 밑으로 드러난 이노우에의 얼굴에는 반백의 수염이 그의 경륜을 말해 주고 있었다.

무쓰가 황급히 자리에서 일어나 허리를 굽히며 정중히 인사했다. 이미 이들의 방문을 연락받아 알고는 있었지만 이렇게까지 이른 시간에 도착할 줄은 미처 몰랐던 것이다.

"총리대신과 조선공사께서 어찌 이리 먼 길까지 걸음을 하셨는지요?"

"이보게, 무쓰. 몸은 좀 어떠신가?"

그가 손을 입으로 가져가더니 기침을 두어 번 했다. 무척 힘들어하는 눈치였다.

"아무래도 얼마 못 살 것 같습니다. 어디 폐병이라는 게 그리 쉽게 치료가 되나요?"

"왜 그런 말을 하는가? 요즘 서양 약이 좋아져서 웬만한 폐병 환자들은 일, 이년만 잘 요양하면 다 치료된다고 하던데. 그래, 요즘 자네가 쓰고 있는 회고록은 어느 정도나 진척이 되고 있는가?"

이토는 마치 자상한 형님 같았다. 이곳 섬의 공기에서는 끈적끈적하고 약간 씁쓰름한 냄새가 나는 것 같았다. 두 사람은 아마도 감귤나무에서 나오는 짙은 향기 때문일 것이라고 생각했다.

당시 무쓰는 켄켄로쿠(蹇蹇錄)라는 자신의 자서전을 집필하고 있었다. 자서전 속에 무쓰는 자신의 외교경험 30년을 모두 집약시키고 싶었다.

외교 지침서 하나 없이 국제무대에 내던져진 자신의 세대는 그야말로 발로 뛰어가며 사태를 헤쳐 온 사람들이었다. 그래서 그는 워싱턴에서의 공사 생활, 농업과 상업의 최고 책임자로서의 국정 경험, 세계를 보는 그의 시각 등을 한권의 책으로 정리하고 있는 중이었다.

아픈 몸으로 밤 새워 막판 작업에 몰두하는 그의 머릿속에는 자신의 경험담이 언젠가는 정치와 외교를 공부하는 후배들에게 좋은 참고가 되리라는 일념뿐이었다.

"다음 달 말 쯤 탈고를 할 예정입니다."

자신에게 이토록 관심을 가져주니 고마울 뿐이었다. 그는 이토와 이노우에에게 연신 고개를 숙이며 감사를 표시했다. 그러나 일국의 총리대신이 그 바쁜 중에 이곳까지 찾아 왔을 때는 사태가 그만큼 급박하다는 뜻이다. 어찌 한가한 이야기만 할 수 있겠는가.

"요즘 조선 사정은 어떻게 돌아가고 있습니까?"

"사실은 그 문제 때문에 자네를 찾은 것이라네."

이토 일행은 이곳까지 자동차로, 배로, 또 자동차로 무려 이틀을 걸려서 온 것이다.

무쓰는 사쓰마 번 출신이고, 이노우에는 조슈 번 출신이다. 과거에 두 번(藩)은 서로 대립하며 싸우던 때도 있었고, 서로 협력하여 동반자 관계에 있었던 시절도 있었다. 출신 배경은 다르지만 이들은 함께 명치유신을 이룩했고, 지금은 무쓰가 외무대신으로, 이노우에는 조선공사로 일본을 위하여 봉직하고 있는 중이다.

시중을 드는 관리가 차를 내 오자 그들은 탁자를 사이에 두고 마주 앉았다. 커다란 느티나무 위에서는 매미소리가 요란하다. 이토가 단도직입적으로 물었다.

"무쓰, 조선 문제를 어찌하면 좋겠는가?"

비록 요양 중이긴 하지만 그는 아직도 외무대신이다. 하루에도 수십 통의 전보가 쏟아져 들어온다. 이곳에서도 조선의 사정을 훤히 꿰뚫고 있는 그였다. 필경 이곳까지 조선공사가 내려 온 것을 보면 사태가 급하긴 어지간히 급한 모양이다.

무쓰가 아무 말이 없자 이토 히로부미가 다시 말을 건넸다.

"사실은 이노우에가 조선의 왕비를 제거하면 어떨까 하는 의견을 내었다네. 물론 우리끼리만 하는 이야기이지만 말일세."

그 말에 무쓰는 별로 놀라는 기색이 아니었다. 한참을 망설이던 그가 마침내 입을 열었다.

먼 바다를 내려다보면서 마치 독백처럼 쓸쓸하게 하는 말이었다.

"저야 조선의 왕비를 직접 상대해 본 적이 없으니 여기 계신 이노우에 공사께서 더 잘 아시겠지요. 결국 조선과 러시아와의 연결고리를 끊으려면 저 역시도 그 방법밖에는 없겠다는 생각입니다. 요즘 여기저기서 조선 왕비를 제거해야 한다는 말들이 많이 나온다는 것도 충분히 이해할만 합니다. 그런데 그 일이라는 것이 ….."

무쓰의 말을 받아 이노우에가 꼭 그 방법만이 있는 것은 아니라는 뜻으로 덧붙였다. 그도 고민으로 밤잠을 제대로 자지 못해 얼굴이 까칠했다.

"그 일을 실행에 옮기기 전에 마지막으로 한 번 더 시도해 볼 일이 있네. 바로 조선에 거액을 기증하여 조선 국왕과 왕비의 환심을 사는 것이라네."

이노우에의 말을 받아 이토가 요즘 정부의 형편을 말해 주었다.

"우선 그 일은 내각에서 논의가 이루어져야 하는데 과연 통과가 될지도 모르는 일이고, 또 지금의 형편으로는 원체 쓸 곳은 많은데 돈은 통 들어오지를 않으니 쉽지가 않을 것 같다는 생각이네."

사실 그랬다. 전쟁 배상금을 1억4천만 엔으로 낮추어 주었는데도 청나라는 겨우 첫 회분 2천만 엔만 보내오고 나머지는 언제 준다는 말도 없었다. 반대로 일본에서는 전쟁 희생자들에 대한 보상금이다, 유공자들에 대한 포상이다, 군함 건조 7개년 계획이 다하여 돈 들어 갈 곳이 지천에 널려 있는 형편이었다.

무쓰는 덥수룩하게 자란 수염을 문지르면서 이토의 질문에 대답도 아닌 대답을 했다.

"글쎄요, 저도 무어라 확신 있게 말씀을 드릴 수가 없군요. 원체 엄청난 일이다보니 …."

인접국의 국모살해. 세계 역사상 그런 일이 있었던가? 그러니 어찌 큰일이 아닐 수가 있을까. 자칫하면 세계 모든 나라로부터 비난을 받아 일본 혼자만 외톨이가 될 수도 있는 중대 사안이었다.

"내가 오죽 답답했으면 그런 극단적인 생각까지 해 보았겠나."

이노우에의 독백에 뒤이어 이토가 다시 대답을 촉구했다. 이토는 무쓰보다 겨우 세 살이 많을 뿐이었지만, 현재의 총리대신이요, 명치유신의 기틀을 잡아 놓은 대 공신이다. 게다가 실제로 일본을 움직이는 7인 원로회의의 좌장이 아닌가. 무쓰 무네미쓰 외무상은 거기에 비하면 까마득한 후배인 셈이다.

"이보게, 무쓰. 자네의 의견이 꼭 필요하네. 자네 소신을 알려 주게나. 이건 국가의 백년대계와도 관련이 있는 아주 중요한 일일세. 내가 여기까지 온 것만 가지고도 대강 눈치는 챘겠지만 말일세."

"저에게 그 답을 요구하신다면 저로서는 반대입니다. 아무리 생각해도 너무 엄청난 일인 것 같군요. 그 방법 보다는 오히려 회유책을 써 보심이 좋을 듯합니다. 아까 말씀하셨던 300만 엔의 기증 건 말씀입니다."

무쓰의 별장을 떠나 나가사키 항까지 오는 자동차 속에서 이노우에는 침통한 모습으로 앉아 있었다. 그런 그를 이토가 부드러운 말로 다독거렸다.

"이봐, 이노우에. 너무 심각하게 받아들일 건 없어. 누구나 죽어갈 때는 다 마음이 약해지는 법 아닌가. 내가 볼 때에도 무쓰는 올해를 넘기기 힘들어. 후임자를 빨리 물색해야 하겠군."

과연 이토의 예상대로 무쓰 무네미쓰 외무대신은 그해 12월에 병마를 이기지 못하고 저 세상으로 갔다.

좀체 자동차를 구경하기 힘든 남쪽 섬에서 총리대신의 차가 달리니 길옆의 농부들은 연신 허리를 굽실대며 절을 해댔다. 누군지 몰라도 아마 높은 분이 타고 있는 모양이라고. 6월의 한 여름에 그들은 훈도시만 걸친 채 일을 하고 있었다. 거의 알몸이나 다름없는 모양새였다.

"이토, 자네는 어떤가? 자네도 무쓰와 같은 생각인가?"

"일단 돈으로 그들의 마음을 움직여 보세나. 그리고도 여의치 않다면, 그 때는 ….'"

이토 히로부미는 한참 동안 창밖만을 내다보았다. 이윽고 비장한 얼굴로 이노우에를 돌아다보며 오늘 일의 결론을 내렸다.

"자네의 생각대로 하는 수밖에 없겠지. 그리고 자네의 후임자 문제도 자네가 추천한 대로 미우라로 하기로 하세."

몇 달 후 조선 궁중을 피바다로 만들게 될 미우라 고로(三浦伍樓) 육군중장이 조선공사로 내정되는 순간이었다.

일본에 돌아갔던 이노우에 공사가 다시 조선 땅을 밟은 것은 음력 7월 초였다. 이노우에는 부인과 함께 국왕 부처를 찾아 알현을 하고 아주 값비싼 진상품을 바쳤다. 일본에 갔다 오더니 태도가 여간 싹싹해 진 게 아니다. 게다가 엄청난 폭탄선언을 하는 것이 아닌가.

"국왕 폐하, 이번에 본 공사가 일본에 가서 힘을 좀 썼사옵니다. 국왕 폐하께서 조선을 통치하시는데 힘을 내시라고 무려 300만 엔을 무상으로 기증토록 내각을 설득하고 왔나이다."

300만 엔이면 엄청난 거금이다. 그것을 그냥 준다니. 이노우에의 태도가 갑자기 바뀐 것만 해도 어리둥절하기만 한데, 거기다 돈까지? 무슨 속셈인지는 모르겠지만 어쨌든 좋은 일 아닌가. 아마도 우리가 러시아와 가깝게 지내려고 하니까 저놈들이 애가 탄 모양이지. 일단 지켜보는 수밖에. 왕과 왕비는 이런 생각이었다.

그러나 아무리 기다려도 300만 엔은 오지 않았다. 정작 애가 타는 쪽은 이노우에였다. 수차례나 본국에 독촉을 해 보았지만 본국에서는 기다리라는 대답뿐이었다.

그러는 와중에 새로운 공사 미우라 고로가 조선에 부임해 왔다. 미우라는 조선에 부임하자마자 국왕 앞에 나아가 신임장을 제출할 때부터 엉뚱한 말로 일관하였다. 이노우에 공사도 함께 동석한 자리에서였다.

"소관은 오로지 지난 30년을 군문에서만 지내온지라 그저 군대의 생리나 조금 알고 있을까 외교는 전혀 초심자이옵니다. 한 가지 재주가 있다면 어릴 때부터 불교에 깊이 심취하여 불경을 달달 외우는 재주밖에 없는 아둔한 자이옵니다. 부디 국왕폐하와 왕비마마께오서 많이 가르쳐 주시옵소서."

불경을 외우는 재주밖에 없다? 검정 대례복 앞가슴에 주렁주렁 달린 훈장과는 너무나도 동떨어진 이야기였다. 국왕과 왕비도 의아해했다. 그래도 임금은 덕담을 건네지 않을 수 없어 넌지시 한마디 했다.

"이 어려운 때에 공사와 같이 불심이 돈독한 분을 보내신 것을 보니 가히 이 나라에도 부처님의 은덕으로 평화가 찾아오려는 모양이오. 앞으로 조선을 위해 많은 힘을 써 주시오."

미우라는 국왕의 옆에서 발을 드리우고 자신을 내려다보고 있을 중전을 의식하여 한마디를 더 했다.

"중전마마께서 원하신다면 제가 관음경을 한 부 필사하여 바치겠나이다. 매일 붓글씨를 쓰면서 이 몸을 닦을 요량이옵니다."

그 말을 마친 후 그는 홀연히 사라졌다. 그러더니 더 이상 궁궐에 얼굴을 디밀지도 않았다.

왜성대 그의 집무실에서는 매일 독경소리가 장시간씩 흘러 나왔다. 그렇게 보름 정도가 지나자 시중에는 그에 대한 소문이 퍼지기 시작했다.

"이번에 부임한 일본공사라는 놈은 반미치광이라더라."

"공사가 아니라 공염불하는 중놈이라던데?"

"의뭉해서 도시 속을 알 수 없는 놈이라는군."

어느 날 임금과 함께 침수에 누워 있는데 임금이 미우라에 대한 풍문을 이야기하며 중전의 의향을 물어 보았다.

"중전은 어찌 생각하시오?"

반듯하게 누워서 천장을 올려다보고 있던 중전은 잠시 대답을 망설였다. 도대체 무슨 속셈이 있는 자일까? 중전은 그와의 첫 대면에서 느꼈던 살벌한 기운이 다시 몸을 감싸는 것 같아 순간 온 몸에 소름이 돋았다.

"소첩의 눈에는 그자가 필시 무슨 꿍꿍이가 있는 모양으로 보였사옵니다. 그렇지 않다면 이 복잡한 때에 어찌 불경이나 외울 자를 조선 땅에 보냈겠사옵니까?"

중전은 그자에게서 살기가 느껴지더란 말을 차마 하지 못했다. 그건 어쩌면 자신만의 생각일지도 모르니까. 어쨌든 좀 더 두고 지켜보아야 할 인물임에는 틀림이 없어 보였다.

일본 세력이 주춤하는 사이에 국왕과 중전은 과감한 개혁을 시도하였다. 지금껏 상투머리에 양복을 착용시켜 불편해 하던 관리들과 군인들의 복장을 다시 옛날로 환원시켰다. 작년에 일본이 주도하여 취했던 여러 가지 개혁조치들을 다시 원상태로 돌려놓은 것이다. 그러자 여기저기서 백성들의 좋아하는 소리들이 들려왔다.

"이제야 살 것 같다."

"상투에 양복 입고 참 희한한 꼴로 살았었는데, 이제야 무언가가 제대로 돌아가는 모양이군."

그동안 내각에서 쥐락펴락하던 관리의 임명권도 다시 왕실로 돌아왔다. 중전은 박정양 대신 김홍집을 총리대신에, 김윤식을 외무대신에, 이경직을 궁내부 대신에, 그리고 이범진을 궁내부 협판에 임명했다. 이범진은 자타가 공인하는 친러파의 제1인자다.

이노우에 가오루 공사가 일본으로 돌아갔다. 미우라 신임공사가 취임한지 꼭 한 달이 지난 후였다.

이때 시중에서는 훈련대가 곧 해산될 것이라는 소문이 나돌았다. 중전의 입장에서는 과거 박영효가 양성해 놓은 간부들이 요직을 차지하고 있는 훈련대 3개 대대가 영 못미더웠다.

그녀는 고의적으로 시위대 소속 병사들과 훈련대 병사들의 충돌을 조장하였다.

훈련대의 연대장은 홍계훈이다. 중전이 훈련대를 장악하라고 보낸 지 불과 두 달 밖에 되지 않았다. 그도 두 부대의 갈등을 알고 있으면서도 그냥 내버려 두었다. 거기서 말썽이 커지면 그것을 빌미로 삼아 훈련대를 해산시키겠다는 중전의 의중을 잘 알고 있기 때문이었다.

왜성대에서는 미우라 공사와 이노우에 전임공사가 21일간을 같은 건물 안에 있었다. 일본인들은 애써 그들이 서로 대면조차 하지 않는다고 소문을 퍼트렸지만, 실상 두 공사는 이미 수차례의 회동을 하였다.

그 동안 이노우에는 '여우사냥'의 큰 틀을 잡아 주었다. 절대로 일본군이 전면에 나서지 말 것을 신신 당부했다. 그리고 홀연히 조선을 떠났다. 이제 공은 미우라에게 넘어온 것이다.

미우라는 이노우에가 떠난 후부터 더욱 더 열심히 독경을 외웠다. 일부러 창문을 활짝 열어 놓고 큰 소리를 내었다. 공사관의 담 옆을 지나던 조선 사람들도 그의 방에서 나오는 독경소리에 모두들 고개를 갸웃거렸다. 그렇게나 열심히 부처님을 믿는 사람인가? 과연 그 소문이 사실인 모양이군.

먼저 공사관 주변을 순찰 도는 조선인 순검들의 입에서부터 미우라를 칭찬하는 소리가 나왔다. 그러자 그 소문이 여기저기로 퍼져 나갔다. 목탁공사가 오늘도 염불에 정신이 없더라고.

미우라는 세부적인 작전계획을 세워나갔다. 그러자 곧 난관에 봉착하였다. 어떻게 경복궁을 쳐들어가느냐 하는 것이었다. 명분을 찾기가 쉽지 않았다. 그가 끙끙거리고 있을 때 조선에서만 10년 이상을 근무한 스기무라 서기관과 오카모도 궁내부 고문의 지혜가 빛났다. 스기무라는 앙숙관계에 있는 대원군과 왕비의 알력을 이용하려고 진작부터 마음먹고 있었다.

그때 마침 훈련대와 시위대 사이의 충돌이 심심치 않게 터져 나왔다. 훈련대는 일본군 장교들이 양성한 도성 경비부대이다. 오카모도는 훈련대 대대장들과는 이미 여러 차례 안면이 있는 터였다. 그들도 훈련대가 해산되고 나면 실업자가 될 판인지라 은근히 일본 측이 이 일에 나서 주기를 바라고 있었다.

결국 왕실에 불만을 품은 훈련대가 대원군을 옹립하고 궁중에 들어가는 과정에서 훈련대와 시위대 간에 교전이 벌어지는 것으로 각본을 짰다. 이런 난리 통에 왕비가 죽었다고 하면 그 범인이 누구인지 어찌 밝혀낼 수 있을 것인가? 정말 교묘한 책략이다. 미우라는 무릎을 쳤다. 그리고 두 사람의 손을 덥석 잡았다.

그러나 정작 큰 문제는 대원군이었다. 이 고집불통의 늙은이가 도대체 말을 들으려 하지 않으니 어찌해야 좋을지 난감하기만 했다. 미우라는 수하들을 대원군 저택으로 파견하였다. 오카모도와 스기무라가 부하들을 끌고 대원군을 찾았다.

대원군은 하얀 바지저고리를 단정히 입고 부채를 부치며 평상에 앉아 있었다. 마포 공덕리에 있는 대원군의 별장은 나무가 너무 우거져서 밖에서 십안이 잘 들여다보이지 않을 정도였다. 저 멀리로는 한강이 내려다보였다.

"국태공 저하, 이제 마지막으로 조선을 위해 나설 차례이십니다."

대원군은 이들 일본인들이 다시 찾아 온 것 자체도 불쾌했다. 그들과는 다시 상종을 하지 않으려 했으나 찾아 온 사람들을 그냥 내치기도 모양새가 좋지 않았다. 더군다나 지금은 이들의 세상이 아닌가. 통역을 통해 스기무라의 말을 전해들은 대원군은 눈만 감은 채아무 말이 없었다.

"이번 기회에 중전을 폐위하고 국태공 저하께서 국왕을 대신하여나라를 이끌어 주셔야 하겠습니다. 뒤에서 저희들이 힘껏 돕겠습니다."

"나는 이제 너무 늙었소이다. 머지않아 죽을 몸이 무엇 때문에 다시 발에 흙을 묻힌단 말이오."

일본인들은 애가 탔다. 미우라 공사가 잡아 놓은 거사일이 이제 며칠 밖에 남지 않았다. 그런데 계획의 가장 핵심인 대원군이 못하겠다고 버티는 것이다.

"이재면 대감을 중용하고 장손인 준용을 일본에 유학시켜 앞으로 이 나라를 이끌어가게 할 계획으로 있습니다."

이 말에 대원군이 눈을 번쩍 떴다. 몇 달 전이었던가? 손자 준용이 역모에 가담하였다는 음모를 해서 손자를 강화도로 유배시키던 때가.

스물여섯 살의 대장부 준용이가 강화도로 떠나는 날, 그는 몸소 서강 나루터까지 나와서 손자의 이름을 부르며 통곡했다. 며느리에게 버림받고 아들인 국왕에게도 버림받고 쓸쓸히 살아가는 그에게 유일한 희망이란 손자뿐이었다.

부대부인 민씨와도 20년 가까운 세월을 냉담하게 지내고 있었다. 그 옛날 천주교도들을 학살한 병인년의 앙금이 남아있기 때문이었다. 이럴 수는 없느니, 이놈들이 내게서 손자마저도 빼앗아 가다니. 대원군은 그야말로 피눈물을 흘렸다.

그 손자가 풀려나서 자기와 함께 여기 공덕리에서 쓸쓸히 지내고 있는 것이다. 얼마 전 고종이 아버지 흥선대원군이 너무 낙담해 있는 것을 보기가 측은하여 사면령을 내려 주었다.

사실 임금의 눈에도 그 역모사건은 애당초부터 어딘지 조작된 것 같이 비쳐졌던 것이다.

다 늙은 자신은 어찌 되어도 관계가 없겠으나, 앞길이 구만리 같은 손자가 너무나 측은했다. 이대로 날개 한 번 펼쳐 보지 못하고 연금 상태로 일생을 끝낸다면 얼마나 애통할 것인가.

결코 있어서는 안 될 일이다. 일본인들을 바라보는 대원군의 표정이 처음보다는 많이 풀려 있었다.

"알았소. 내 협조하리다."

일 년 중 제일 큰 명절이라고 하는 추석이 지났다. 아직도 축제 분위기에 들떠 있는 음력 8월 16일 밤, 대낮처럼 밝은 달이 두둥실 떠 있는데, 일본 공사관 안 깊은 곳에 자리 잡은 비밀 회의실에서는 왕비 시해를 위한 간부회의가 열리고 있는 중이었다.

회의 탁자를 가운데 두고 여덟 명이 빙 둘러 앉았다. '여우사냥' 작전을 최종 점검하는 회의이다. 밖은 추석 보름달이 파랗게 비추고 있건마는 회의실 내의 분위기는 너무 무거웠다. 천장에 매달려 있는 백촉짜리 전구가 더욱 을씨년스런 분위기를 자아내고 있었다. 이윽고 미우라가 천천히 입을 열었다.

"오카모도가 지금까지의 계획을 설명해 보게."

오카모도가 경복궁 지도를 앞에 놓고 대략적인 추진과정을 설명했다. 그는 갑신정변 때부터 조선에서 근무한 무관이다. 벌써 조선에 온 지 10년이 넘었다. 지금은 궁내부의 정치고문으로 있었다. 그는 귀국하여 일본에서 국회의원에 출마할 계획으로 있다. 그가 막 귀국을 서두르고 있는데 돌연 미우라 공사가 부임해 왔다. 미우라 신임공사가 간곡히 부탁해서 지금은 귀국일정을 미루고 이 거사에 참여하고 있는 중이다.

앞에 펼쳐 놓은 지도도 그가 직접 발로 뛰어다니며 만들은 것이다. 거기에는 경복궁의 출입문 여덟 개, 왕과 왕비가 거처하는 궁궐의 표시, 그리고 각 행동대들이 치고 들어가야 할 길이 화살표로 잘 정리되어 있었다.

그의 대략적인 설명이 끝나자 미우라 공사가 책임자들을 일일이 지목하며 세부계획을 점검하기 시작했다.

"쿠스노세 중좌, 병력 동원에는 이상 없나?"

"핫, 그렇습니다. 소관이 거느리고 있는 수비대 1개 대대는 모든 출동준비를 마쳤고, 이두황과 우범선이 지휘하는 훈련대 제1대대와 제2대대도 우리들의 출동과 함께 움직이기로 약속이 되었습니다."

"어느 선까지 이야기 해 주었나?"

"핫! 수비대 대장인 우마야하라 소좌까지만 알려 주었습니다. 중대장 급들은 아직 작전의 내용을 모르고 있습니다."

"잘 했어. 너무 많이 알고 있으면 비밀을 유지하기가 어려워."

"스기무라 서기관, 대원군 쪽은 어찌 되었나?"

"네, 대원군도 우리 일에 순순히 가담하겠다고 약속했습니다."

"좋아! 그렇다면 아타치 사장. 한성신보 쪽에서 동원하는 낭인들은 어찌 되었소?"

올해 1월에 창간된 한성신보는 조선 내에 거류하는 일본인들을 위한 일본어 신문이었다. 아타치 겐조(安達謙藏) 한성신보 사장은 일본 낭인들을 규합하고 있는 중이었다.

이즈음 한성 일본인들 거류지역에서는 조선의 왕비를 죽여 버려야 한다며 일본인들이 공공연히 떠들어대고 있었다. 조선이 자꾸 러시아 측과 가까워지자 그 핵심에 왕비가 있다는 데서 오는 일본인들의 반감이었다.

"하기하라 경부! 경찰의 동원은 어찌 되었나?"

"핫, 이상 없습니다. 24명 전원을 동원하겠습니다. 경복궁 담을 넘어갈 때 쓸 사다리도 지금까지 네 개를 만들었습니다."

"좋아. 좋아. 동원계획은 차질이 없을 것으로 보인다. 이번 거사는 우리 일본의 명운을 거는 중요한 일이다. 거사일은 8월 22일 자정이다. 그러나 한 밤 중에 여우의 얼굴을 식별할 수가 있겠는가?"

" ······ ? "

모두들 의아해 하는 표정이었다. 사실 그건 생각해 보지 못했다. 갑자기 그 말을 들으니 생전 보지도 못한 왕비를 어떻게 구별해 낼지 막연했다.

"왕비는 코에 약간 얽은 자국이 있다고 한다. 그러나 그것만 가지고는 역시 어려울 것이다. 이건 내가 제군들을 도우려고 특별히 생각해 낸 것이다. 왕비의 주변에는 왕비 말고는 아기를 낳은 여자가 없을 것이다. 그러니 젖꼭지를 확인해 봐라. 무슨 말인지 알겠지?"

"핫!"

대답을 마치고 모두들 빙그레 웃었다. 어느 구석에선가는 킥킥! 거리면서 웃음을 참는 소리도 들렸다.

"좋아. 오늘 회의는 이것으로 마친다. 모두 천황폐하를 위하여!"

"덴노 헤이카, 반자이(天皇陛下 萬歲)!"

신문사로 돌아 온 아다치 사장은 부하들을 불러 모았다. 그들은 유서를 쓴다, 칼을 간다 하면서 잔뜩 흥분해 있었다.

"이번 작전에 우리 신문사의 직원들이 모두 참여할 수는 없다. 고바야카와 편집장과 구니토모 주필, 두 사람은 남도록 하게."

그러자 먼저 구니토모는 흰 눈을 부라리며 아다치 사장에게 대들었다.

"아니 이 중대한 작전에서 저를 제외시키다니요? 저는 절대로 따를 수 없습니다. 이건 우리 대일본제국의 흥망과도 관계가 있는, 일생일대의 사업입니다. 정히 그러시다면 제가 그날 새벽에 돌아와서 신문을 찍도록 하겠습니다."

"그러면 고바야카와 군, 자네만 남도록 하게."

아다치가 이번에는 편집장인 고바야카와를 지목하면서 지시했다. 그러나 그도 역시 완강했다.

"이건 제 명예와도 관련된 일입니다. 절대로 그 지시에 따를 수 없습니다."

이들은 단지 신문사의 사장과 부하직원 사이가 아니었다. 아다치를 비롯한 이들 모두는 구마모토(熊本) 지역 출신들이었기 때문에, 이들 사이에는 끈끈한 동향의식이 작용했다.

이렇게 해서 결국은 한성신보를 비워 둔 채로 전 직원이 '여우사냥' 작전에 참가하기로 결정 되었다.

모든 준비를 다 마치고 22일 자정이 되기만을 기다리고 있는데, 예기치 못한 상황이 발생했다. 8월 19일 아침, 조선정부에서 오래 전부터 계획했던 훈련대의 해산을 내일 아침을 기하여 단행할 예정이라는 정보가 입수된 것이었다. 그것도 아주 확실한 정보였다.

그는 곧바로 자리를 박차고 일어나서 비상을 걸었다. 내일이면 훈련대가 무장해제 된단다. 훈련대의 무장해제가 끝나 버리면 경복궁 난입이고 뭐고 다 틀어져 버린다. 총칼도 없는 무용지물들을 이끌고 어떻게 경복궁을 점령하는가. 이제 '훈련대와 시위대가 교전 중에 왕비가 우연히 죽었다.'라고 짜 놓은 각본이 처음부터 뒤틀려 버릴 위기에 놓인 것이다.

사태가 급변했다. 22일을 거사일로 잡았으나 그 일이 이틀이나 당겨졌으며, 그것도 바로 오늘 밤 결행해야 하는 엄청난 일이 발생한 것이었다. 미우라는 부관을 불렀다. 책임자들을 모두 비상소집하라는 명이 떨어졌다.

초저녁 무렵에 조선군 훈련대 제2대대장인 우범선이 미우라 공사를 만나러 왔다. 평소 대대장으로 있으면서도 중인 출신이란 신분상의 제약 때문에 부하들로부터 무시를 당하며 지내오던 우범선은 훈련대 해산 소식에 제일 격분하고 있었다.

미우라는 그를 이 작전의 전면에 내 세우기로 했다. 그와 밀담을 나눈 후 조선주둔군 대장인 우마야하라 소좌를 만나라고 하였다. 당시 조선에는 일본군 제5사단 제18대대가 주둔하고 있었다.

우마야하라 소좌는 각 중대장들을 소집하여 경복궁 진입작전의 구체적인 계획을 확정했다. 이 자리에는 조선인으로 유일하게 우범선이 참석했다.

사태는 급박하게 돌아갔다. 인천에서 귀국을 가장하고 대기 중이던 오카모도와 쿠스노세가 미우라 공사의 전보를 받고 즉시 귀경했다. 한성신보의 아다치 사장에게도 전령을 보냈다.

긴급 연락을 받은 한성신보의 아다치 사장은 미우라의 집무실로 갔다. 미우라는 아다치에게 거사일이 변경되었음을 알려주고 낭인들의 동원계획에 차질이 없는지를 다시 확인했다.

아다치는 낭인패들을 파성관(巴城館)으로 불러 모았다. 진고개에 있는 파성관은 일본인들의 숙소이자 모임장소였다. 저녁 무렵이 되자 30여 명의 사무라이들이 하나 둘 모여들기 시작했다.

"오늘 밤 여우사냥에는 우리들이 앞장선다. 자, 우리 일본 사무라이의 솜씨를 보여주자."

"와! 와!"

술이 여러 잔 들어가자 이들의 사기는 하늘을 찌를 듯 했다. 드디어 오늘 밤 자정, 우리들이 일본 역사에 길이 남을 큰일을 한다. 조선의 여우를 제거하고 러시아 세력을 몰아내서 조선을 다시 차지하는 것이다. 이들 모두는 기대에 들떠 있었다.

후일 일본은 공식적으로 발표하기를, 이 날의 거사는 일부 낭인들과 부랑자들이 벌인 우발적인 일이었다고 했다. 그러나 누구라도 여기에 모인 자들의 면면을 살펴보면 그 말이 얼마나 조작된 허구인지를 금방 알 수 있을 것이다.

이들 중에는 미국 하버드 대학 졸업자, 펜실베니아 대학 졸업자, 일본 동경대학 졸업자, 소설가, 신문사 특파원 등, 모두가 하나같이 쟁쟁한 인사들이 즐비했다. 그들 중에 단 한 사람도 건달패나 부랑자들은 없었다.

미우라는 금년 초부터 조선에 자기 수하들을 심어 두었다. 머지않아 조선에 가서 큰일을 해야 할 것이라는 이노우에의 암시를 받았기 때문이었다. 그 중에 핵심 인물이 바로 아다치 한성신보 사장이다. 미우라는 한성신보의 창간에도 직접적으로 간여하였다. 그는 이 신문사의 실제적인 대주주이기도 했던 것이다.

일본인들이 각자 맡은 역할대로 이리저리 분주하게 뛰어다니고 있을 때, 대궐에서는 조촐한 잔치가 벌어지고 있었다. 민영준의 정계 복귀를 축하하기 위하여 중전이 마련한 연회였다.

그 무렵 중전은 그동안 유배당하고 내쳐져 있던 민씨 척족들을 대거 조정에 끌어 들였다. 민영환, 민영소, 민영달, 민영준, 민응식도 다시 돌아왔다. 그들 중 대표주자라 할 수 있는 민영준도 이때 막 복귀하였다.

그는 작년 갑오년 때 실각하여 전라도 신안 앞바다의 임자도로 귀양 갔다가 그곳을 탈출하여 북경에서 지내고 있는 중에 조정의 부름을 받은 것이다. 민영준은 도승지, 일본공사, 평안감사, 한성판윤 등의 요직을 두루 거친 민씨 척족 세력의 핵심인물이다. 그는 후일 휘문고등학교의 전신인 휘문의숙을 설립한다.

자정 가까이가 되자 30여 명의 낭인들은 술자리를 파하고 두 패로 갈라졌다. 한 패는 구니토모의 인솔 하에 광화문 쪽을 향했다. 다른 한 패는 아다치의 뒤를 따라서 용산으로 떠났다.

일부는 모포 속에 일본도를 숨겨서 가지고 갔다. 어떤 자들은 아예 드러내 놓고 칼을 허리에 꽂은 채로 가기도 했다.

같은 시각 공덕리 대원군의 별장에서는 한바탕 기습작전이 벌어졌다. 이십여 명의 경비병들을 일본 낭인들이 기습한 것이다. 별장의 대문까지 소리 없이 접근한 이들은 순식간에 별장을 지키는 순검들을 덮쳤다.

아소정 별장에는 대궐에서 파견한 시위대 순검들이 교대로 번을 서고 있었다. 갑자기 들이닥친 일본인들의 시퍼런 칼날 앞에 이들은 변변한 저항 한 번 해 보지 못한 채로 끌려가서 창고 속에 감금되었다. 낭인들은 조선인 순검들로부터 옷을 벗겨서 갈아입었다.

그러자 곧바로 오카모도 일행이 본채 쪽으로 걸어 들어갔다. 이들은 인천에서 대기하고 있다가 전문을 받고 급거 상경하여 곧바로 공덕리로 온 것이었다. 오카모도 일행에게 주어진 임무는 대원군을 모셔가는 일이었다. 실상인 즉, 납치인 셈이다.

중문 안채로 들어가서 대원군을 깨웠다. 자정이 넘은 시각이었던지라 막 잠이 든 대원군은 갑자기 들이닥친 일본군 낭인 패거리들로 인하여 잠시 당황했다. 원래는 내일 모레에 오기로 되어 있었는데 이들은 일정이 바뀌었다며 지금 당장 대궐로 가야 한다고 협박하는 것이었다.

며칠 전 저들이 와서 하도 강요를 하는 통에 마지못해 거사에 협조하겠다고 했던 대원군이었지만, 그간 곰곰이 생각해보니 자신이 나선다고 될 일도 아닐 것 같았다. 며느리가 밉긴 했지만 러시아 세력을 등에 업고 일본을 내친다는 것은 현명한 판단이란 생각도 들었다.

일본은 우선 미덥지가 못했다. 자신도 일본에 속아 낭패를 본 적이 있질 않은가? 그게 바로 작년의 일이었다. 게다가 임오군란이며 갑신정변도 사실 따지고 들면 그 밑바닥에는 일본이란 나라가 도사리고 있었다.

임오군란은 일본으로 쌀을 많이 실어 내간 것이 그 근본 원인이요, 일본군 장교들이 양성한 별기군이 화근이 되어 터진 난리였다. 갑신정변도 일본에 가서 보고 듣고 무조건 일본 방식만 최고라는 급진 개화파들의 경거망동에 의해서 일어난 변고였다. 그들의 뒤에서 무력으로 밀어주겠다고 약속했던 측도 일본이었다.

이들에게 약속을 하였다고 해서 무슨 문서를 준 것도 아니니 그냥 없던 것으로 하면 될 것이란 생각을 하고 있던 차였다. 그에게는 그간 살아 온 세월 동안의 경륜이란 것이 있었다. 아무래도 이번 무력 충돌에는 무언가 자신이 모르는 엄청난 음모가 도사리고 있는 것만 같았다. 대원군은 뿌리치지 못할 바에는 최대한 시간이라도 끌어 보리라 작정했다.

벌써 두시가 넘었다. 낭인 패거리들은 초조했다. 대원군의 도착만을 눈이 빠지게 기다릴 다른 부대들이 생각났기 때문이었다. 대원군은 도대체 따라 나설 기미를 보이지 않는다.

그러자 쿠스노세 중좌가 낭인들에게 시간이 없다고 눈짓을 했다. 그것을 신호로 낭인들이 대원군을 양 옆에서 부축하는 모양새로 끌어내어 강제로 가마에 태웠다. 그 뒤를 안타까운 시선을 하며 손자 준용이 따라오고 있었다.

남대문 밖의 일본군 수비대 제1중대는 초조했다. 대원군 일행이 도대체 나타날 기미를 보이지 않는 것이었다. 추석이 지난 새벽인지라 꽤 추웠다. 이들은 근처 농가에서 짚과 나무를 구해서 불을 피우며 대원군의 행렬이 도착하기만을 기다리고 있었다.

한 시간이면 충분히 도착할 수 있는 거리인데도 대원군이 중간에 소피를 본다며 가마를 멈추라고 호통을 치고, 이리 저리 시간을 끌어서 정작 그곳에 도착한 시각은 새벽 네 시가 되어서였다.

오카모도 궁내부 대신, 쿠스노세 중좌, 호리구치 영사보가 말을 타고 앞서고 그 뒤를 일본군들과 낭인들이 대원군의 가마를 에워싼 채 구보를 하여 서대문까지 왔다. 그곳에는 이두황 대대장이 지휘하는 조선 훈련대 제1대대가 대기하고 있었다. 이때부터 조선군 제1대대는 일본군 수비대 제1중대의 지휘 하에 들어갔다.

이때까지도 이두황은 이번 거사가 단순히 대원군의 재집권을 위한 무력동원으로만 알았다.

원래 조정에서 계획한 대로라면 오늘 아침에 자기들은 무장해제가 되고 그날로 각자 집으로 돌아가야 할 형편이다. 그래도 대원군이라면 자기들을 구원해 줄 것이라 믿었다. 옛날에 임오군란 때 구식군대를 구해 주었듯이. 왕비까지 살해하는 끔찍한 범행에 자기네들이 이용당하는 줄은 꿈에도 몰랐다.

23. 왕비의 두 번째 죽음

이들이 용산에서 부랴부랴 서대문까지 뛰어왔으나 다시 문제가 생겼다. 이번에는 일본군 수비대 본대의 도착이 지연되는 것이었다. 원래 그들 상호간에 만나기로 약속되었던 장소와 시간이 예고 없이 중간에 변경되면서 서로 간에 혼란이 생긴 때문이었다.

어느 덧 먼동이 터오기 시작했다. 그러자 조선 사람들이 하나 둘씩 돌아다니는 것이 보였다.

그들은 일본군들과 조선군들이 무장을 한 채 모여 있는 모습에 놀란 표정들이었다. 한참 후에 일본군 본대와 우범선이 지휘하는 훈련대 제2대대가 도착했다. 이들은 대오를 정돈하여 정동 고개를 넘어 광화문으로 향했다.

이들의 총지휘관은 인천에서 돌아온 오카모도였다. 그는 주변에 있는 낭인들과 군인들을 향해 거침없이 소리쳤다.

"여우는 보는 즉시로 가차 없이 베어 버려라!"

막상 광화문에 도착했으나 대궐의 정문은 굳게 닫혀 있었다. 일본 경찰 선발대가 사다리를 담에 걸치고 기어 올라갔다. 그러자 안에서 시위대가 총을 난사하며 이들에게 저항했다. 당시 궁궐을 지키는 시위대는 무장을 제대로 갖추고 있지 못했다. 훗날 시위대의 총지휘관 다이(Dye) 장군이 쓴 회고록을 보면 그때의 상황이 잘 나타나 있는 것을 알 수 있다.

오백여 명의 시위대 중 절반은 무기가 없었고, 무기를 가진 시위대의 총도 대부분 쓸모가 없었다. 시위대의 무기는 작년에 일본군이 모두 빼앗아 갔고, 일부 총기들은 공이를 제거해 버렸다. 이때 조선군 시위대 병사들이 들고 있던 총은 공이가 없는, 따라서 사격을 할 수도 없는 그냥 몽둥이에 지나지 않았다. 실제로 제대로 된 총기를 들고 있는 시위대는 불과 50명 안팎이었다.

"김상궁, 밖에 계시는가?"

"네, 중전마마."

벌써 70을 훌쩍 넘긴 김상궁이다. 다섯 살에 궁에 들어 와 대왕대비 조씨의 시중을 들며 지낸 세월이 40년이요, 또 중전마마와 함께한 세월이 30년이다.

"홍장군은 있는가?"

"네, 마마. 조금 전에 한 바퀴 순라를 돌고 갔사옵니다."

그 소리를 듣고 중전이 자리에 눕자 김상궁이 손을 흔들어 촛불을 껐다. 요즘 중전은 꼭 침수에 들기 전에 홍계훈의 존재를 확인했다.

아마도 임오년에 중전마마를 보호해 준 홍계훈 장군의 존재가 마마를 편히 주무시게 하는 힘이 되는 것 같다고 김상궁은 생각했다.

사실인 즉, 중전은 요즘 극심한 공포에 사로잡혀 지냈다. 잠도 한 방에서 자지를 못하고 날마다 이 방 저 방을 옮겨 다니면서 자야만 했다. 언제 일본인들의 손에 죽임을 당할지 모른다는 두려움 때문이었다. 작년에 일본군들이 경복궁을 점령하고부터 부쩍 심해진 증세였다.

홍계훈이 수하들을 데리고 막 건청궁을 한 바퀴 돌았을 때였다. 시위대 대대장 이학균이 숨이 턱에 차서 뛰어 오더니 급히 홍계훈 앞에 무릎을 꿇었다.

"장군, 지금 대궐이 군사들에게 둘러싸여 있답니다."

"군대라니? 어느 군대란 말이냐?"

"일본군도 있고 조선군도 있답니다."

그러고 보니 아까부터 대궐 밖에서 무슨 소리가 들려오던 것도 같았다. 홍계훈은 급히 이학균을 국왕 전하께 보내는 한편, 군부대신 안경수를 찾았다.

군부대신과 함께 서둘러 광화문으로 달려갔다. 그곳에 도착하여 보니 이미 광화문은 열려 있는 상태였고 조선군, 일본군, 양복을 입은 자들, 일본 옷을 걸친 자들 등, 족히 오백 명은 넘을 것 같은 무리가 모여 있었다.

홍계훈은 사태를 직감했다. 일본군이 조선군 훈련대를 이끌고 쳐들어 온 것이었다. 그때서야 홍계훈은 어제 밤, 야간훈련을 하겠다며 대대장들이 군대를 끌고 나간 것도 다 일본 측의 사전 각본에 의한 흥계였다는 사실을 깨달았다. 홍계훈은 앞에 서 있는 조선군 훈련대 병사들을 향하여 소리쳤다.

"여기 군부대신께서 계시다. 너희들은 일본군들과 함께 행동하지 말라. 함부로 대궐에 난입하는 자는 대역죄로 다스릴 것이니라."

중대장들로부터 지시를 받고 작전에 참가한 조선군 병사들은 순간 어찌해야 좋을 줄 몰랐다. 직속상관들의 명령만을 받고 막상 들어와 보니 군부대신과 연대장이 그와는 정반대의 말을 하고 있는 것이 아닌가.

곧 이어서 웅성웅성 하더니 병사들 중에 일부가 돌아서서 홍계훈 쪽으로 합류했다. 평소 훈련대 병사들 중에 홍계훈을 흠모하는 자들이 많이 있었기 때문이었다.

이 때 일본군 장교 하나가 부하들에게 광화문 안으로 진격하라고 명령하는 모습이 보였다.

홍계훈은 칼을 빼들고 그를 향해 뛰어 나갔다. 그가 급히 허리에서 권총을 빼더니 홍계훈에게 발사하였다. 그러자 여기저기서 총소리가 난무하며 교전이 시작되었다.

홍계훈은 일본군 대위 사이토의 총을 맞고 그대로 주저앉았다. 뒤이어 두 발의 총탄이 날아와 그의 몸에 박혔다.

"장군님!"

눈을 들어 보니 평소 자기를 아버지처럼 따라 다니던 젊은 병사 이석복이었다. 그가 홍계훈의 머리를 들어 올렸다. 그의 입에서는 붉은 피가 콸콸 쏟아져 나오고 있었다.

이석복은 서둘러서 장군의 몸을 광화문 옆으로 끌고 왔다. 옆으로는 조선군인들, 일본군인들, 일본경찰들, 일본낭인들이 어지럽게 뛰어가고 있었다.

"석복아 …. 여기 내 허리에 …."

석복은 홍계훈의 군복을 찢고 상의를 벗겼다. 총알은 가슴과 배를 관통하였다. 어깨에서도 피가 줄줄 흘러 내렸다. 홍계훈의 한 손이 허리에 묶은 붉은 띠를 가리키고 있었다.

평소 아버지처럼 따르던 홍 장군은 가끔씩 석복에게 자랑스럽게 이야기 해 주곤 하였다. 그 옛날에 내가 왕비마마를 모시고 피난 간 적이 있었느니라. 그때에 왕비마마께서 나에게 옷고름을 하사하셨느니라.

시야가 흐려지는 가운데서도 홍계훈은 사린교 하나를 수십 명의 군인들이 에워싸고 대궐 안으로 들어가는 광경을 보았다. 뒤 이어 조선 군인의 고함소리도 들려왔다.

"국태공 저하의 입궐이시다. 누구든 앞을 가로막는 자들은 죽음을 면치 못하리라."

홍계훈은 눈을 감았다. 아아, 국태공 저하께서 또다시 ….

그의 눈앞에는 멀리 국망산 자락이 보였다. 끝없이 펼쳐진 국망산 봉우리들을 바라보면서 중전마마가 앉아계셨다. 그 앞으로는 너른 담배 밭이 펼쳐져 있었다. 그래, 석정리(石井里)인 게야. 중전이 뒤를 돌아다보며 홍계훈에게 손을 내밀고 계셨다. 환한 웃음을 지은 채로였다. 홍계훈은 중전마마의 손을 꼭 잡았다.

장군의 꼭 움켜 쥔 손을 살며시 내려놓고 이석복은 주변을 둘러보았다. 다행히도 세 명의 훈련대 병사들이 석복이 있는 쪽으로 다가오고 있었다. 그들에게 장군의 시신을 수습하여 달라고 부탁하고 광화문을 빠져 나왔다. 울면서 뛰어가는 그의 손에는 피 묻은 옷고름이 들려있었다.

그는 평소에도 홍계훈 장군의 집에 여러 번 찾아 갔었다. 홍계훈의 집은 사직골에 있었다. 장군은 그때마다 자기에게 밥을 덜어주며 이런 저런 이야기를 해 주었다.

시위대 병사들은 열심히 싸웠다. 총이 없는 병사들은 총을 들고 싸우는 병사들 뒤에서 탄약을 재어 주었다. 일본군들과 낭인들이 달려들자 백병전으로도 맞섰다.

조선군 훈련대의 일제 사격이 시작되었다. 백여 명이 넘는 훈련대 병사들은 총을 허공에 대고 발사하였다. 그들도 어쩔 수 없이 이 싸움에 동원되기는 했지만, 애꿎은 조선군 시위대 병사들이 다치는 것을 원치 않았던 것이다.

마침내 궁궐 시위대는 퇴각을 하고 길을 내주었다. 교전한 지 불과 이십여 분 정도 지난 후였다. 조선군 시위대들을 밀치고 폭도들은 근정전을 돌아 경회루의 동쪽을 거쳐 건청궁으로 직행했다.

여기서 또다시 대원군이 고집을 부렸다. 그는 일본인들의 손에 조선군 시위대 여러 명이 죽는 모습을 보았다. 이건 자신이 원했던 게 아니었다. 작년 갑오년의 경복궁 점령 때처럼 이번에도 또다시 이용만 당하고 마는 것은 아닌가 하는 의심도 들었다.

"나는 국왕의 윤허가 있기 전에는 더 이상 나가지 않을 것이니라."

그러자 일본군들과 낭인 패거리들은 대원군의 가마에 일부 병력만을 남겨놓고 건청궁 쪽으로 물밀듯이 쳐들어갔다. 건청궁은 잠겨 있었다. 담장 밑에까지 접근한 일본인들은 도끼로 문을 부수고 궁 안에 난입하였다. 건청궁 내에는 장안당과 옥호루, 그밖에 몇 채의 건물들이 있었다. 당시 왕과 세자는 장안당에 있었다.

대궐에서 당직을 서던 다이 장군은 현흥택 연대장의 보고를 받은 후 급히 시위대를 소집하였다. 그 중에 백 명 정도를 왕비의 침전인 장안당 둘레에 배치하였다. 비록 그들 중 일부만이 제대로 된 총을 갖고 있었지만, 그들은 다이 장군과 현흥택 연대장의 지시에 잘 따랐다.

일본군과 낭인들 중 한 패거리가 임금의 처소인 장안당에 들이닥쳤다. 문짝이 폭도들의 발길질에 반쯤 떨어져 나갔다. 임금은 놀라 벌떡 일어섰다. 눈에 핏발이 가득한 낭인들이 임금의 어깨를 잡아 흔들었다.

"왕비는 어디?"

"빨리 말 해!"

일인들은 더듬거리는 조선말로 임금을 몰아 세웠다. 임금은 어깨가 드러난 모습으로 눈을 부릅떴다.

"이놈들이 감히 … 내가 조선의 임금이니라."

고종은 공포 속에서도 위엄을 갖추어 폭도들을 꾸짖었다. 그 옆에서 겁에 질린 세자가 폭도들을 올려다보고 있었다. 이때 내관들이 임금의 곁으로 달려들었다.

"무엄하다. 주상전하시다!"

그 말이 끝나기가 무섭게 낭인 중 하나가 칼을 들어 그 말을 한 내관의 어깨를 내리쳤다. 푸른색의 내관 의복 사이로 붉은 피가 솟구쳐 나왔다.

왕세자 척에게는 세 명의 일본인들이 달려들었다. 세자는 상투가 잡히고 옷이 찢어졌다. 그들 중에 한 명이 세자의 목덜미를 칼등으로 내리쳤다. 세자는 곧 기절해 버렸다. 옆에 있던 세자빈은 까무러쳤다.

이때 오카모도가 뛰어 들어왔다. 그의 온 몸은 땀으로 흠뻑 젖어 있었다.

"여기가 아니다. 어서 왕비를 찾아라. 분명 궁녀들 틈에 숨어 있을 것이다."

폭도들 중 몇 명이 문을 박차고 밖으로 뛰어나갔다. 이때 중전은 침전인 옥호루에 있었다. 옥호루는 곤녕합의 북쪽에 붙어있는 부속 건물이다.

이즈음에 경복궁 내에는 세 명의 외국인들이 두 명씩 번갈아가며 낭직을 서고 있었다. 그날은 러시아 건축기사 사바틴과 미국인 다이 장군이 근무하는 날이었다.

사바틴은 벌써 조선에 들어온 지 20년이 넘었다. 그는 러시아 공사관, 탑골공원, 독립문, 덕수궁 중명전, 석조전, 손탁 호텔 등, 조선의 건축역사에 길이 남을 건축물들을 설계하는 사람이다.

후일 러시아 정부에 보낸 보고서에서 사바틴은 이렇게 증언하고 있다.

참으로 놀라운 광경이었다. 일본인들은 궁녀들의 머리채를 잡고는 사정없이 난간 밑으로 집어 던졌다. 마치 인형을 집어던지는 것 같았다. 그러나 궁녀들은 아무 소리도 지르지 않았다. 아마도 궁궐 내에서 어떤 상황에서도 침착하게 행동하는 습관이 몸에 배인 것 같았다.

이때 궁내부 대신이 뛰어 들어와 두 팔을 들어 어느 궁녀의 앞을 가로막았다. 그렇지 않아도 왕비가 누구인지를 몰라 우왕좌왕하던 일본인들에게 이것은 좋은 신호가 되어 주었다.

팔을 벌린 채로 앞을 가로막고 서 있는 이경직의 팔 위로 칼이 번득이는가 싶었다. 순간 이경직의 양 팔이 동시에 바닥에 나뒹굴었다.

모두들 입을 벌린 채로 그 무사를 주시했다. 그는 가슴께에 명(明) 자가 새겨진 옷을 걸치고 있었다. 너무나도 유명한 전 일본 검도대회 우승자 호리구치 구마이치(堀口九萬一) 영사보(補)이다. 칼을 단 한 차례 들어 내리친 것 같은데 어느 사이에 두 번을 휘두른 것이었다.

팔에서 빗물처럼 흘러내리는 피에도 아랑곳하지 않고, 궁내부 대신은 달아나는 중전마마를 쳐다보며 소리치고 있었다.

"마마, 어서 피하시옵소서!"

그는 필사의 힘을 다하여 임금이 계신 곳을 찾아 기어가기 시작했다. 그가 기어간 자리마다 피가 흥건히 고였다.

마침내 궁내부대신 이경직은 임금의 바로 앞에서, 반쯤 떨어져 나간 장안당 문짝 위에 엎드러진 채 이 세상을 하직하였다. 그의 나이 57세였다. 동학란 때는 전라도 관찰사를 역임하며 동학도들을 해산시키려 동분서주했던 인물이다.

이때 한성신보 사장 아타치가 칼끝으로 도망치는 궁녀 중 하나를 가리키면서 소리 질렀다.

"저게 왕비다!"

그 뒤를 한성신보의 낭인 패거리들이 우르르 쫓아가기 시작했다.

"여우다!"

"빨리 잡아라!"

왕비는 복도를 따라 필사적으로 도망쳤다. 그 뒤를 세 명의 궁녀들이 뒤따라가고 있었다. 맨 뒤에는 늙은 상궁이 휘적휘적 따라갔다. 그러나 어찌 무장한 일본인들에게 당할 수가 있겠는가.

한성신보의 주필 구니토모가 늙은 상궁의 흰 머리채를 잡고 낭실 아래로 집어 던졌다. 세 명의 궁녀도 가볍게 베어 버렸다. 그들의 흰 속옷이 순식간에 피로 붉게 물들었다.

그 사이 호리구치가 앞섰다. 그가 막 왕비의 머리를 잡아채려고 하는 순간, 무언가 시커먼 물체가 밖에서 낭실 안으로 훌쩍 날아들더니 왕비의 앞을 가로 막았다. 검은 옷의 가슴께에 새겨진 국화 문양. 미야모토 지로(宮本次郎) 육군소위였다.

그는 인정사정없이 왕비의 가슴을 겨누고 있던 칼에 힘을 주었다. 순간 왕비의 가슴에서 피가 뿜어져 나와 미야모토의 얼굴로 튀었다.

피를 뒤집어쓰고 흰 이를 드러낸 채 웃고 있는 검객. 그의 얼굴은 그야말로 악마, 바로 그것이었다.

아침 해를 받아 미야모토의 온 몸이 붉게 물들었다. 그는 주위의 시선에 개의치 않고 쓰러져 있는 왕비를 발로 짓밟으며 다시 한 번 칼을 내리꽂았다. 그 옆으로 젊은 궁녀가 달려와서 그 위에 무너져 내렸다.

"마마, 중전마마!"

"왕세자는 안전하신가?"

겨우 들릴락말락한 목소리에 궁녀가 고개를 끄덕이자 왕비는 만족한 듯 조용히 눈을 감았다.

미야모토의 눈은 호리구치를 바라보며 웃고 있었다.

흐흐흐! 제1회 전 일본검도대회에서는 비록 패했지만, 오늘 이 경기에서는 내가 이겼습니다. 보십시오. 일본 제일의 무사 미야모토의 솜씨를.

그는 왕비의 가슴에 다시 칼을 꽂았다. 이번에는 피가 많이 튀지 않았다. 그 순간 그의 귀에는 간밤에 미우라 공사가 자신을 따로 불러 당부하던 말이 다시 들려오는 듯 했다. 왕비는 반드시 우리 대일본제국의 육군이 죽여야 해. 그래서 내가 자네를 특별히 보내는 거야.

김상궁은 앞서가는 왕비마마를 쫓아가며 뒤를 돌아다보았다. 그때 억센 팔이 그녀의 머리채를 움켜잡았다. 몸이 공중에 붕 뜨는 기분이 들었다. 다섯 살 때였던가? 궁궐에 들어오기 전에 고향에서 그네를 탈 때의 바로 그 느낌이었다.

김상궁은 낭하로 내던져지는 순간 정신이 가물가물해져왔다. 아득한 속에서도 궁녀들의 외침소리가 들려왔다. 궁녀들은 통곡을 하며 중전마마를 불러대고 있었다.

낭인 하나가 늙은 궁녀를 끌고 왔다. 죽은 여인을 확인해 보려는 의도였다. 그녀는 27년 전에 왕비의 첫 아기를 받아내었던 약방기생이었다. 늙은 의녀는 피가 흠뻑 배어 난 왕비의 가슴께로 엎드러지며 통곡을 해댔다.

"중전마마! 중전마마!"

통곡소리를 듣고 일본인들이 순식간에 그 주위에 몰려들었다. 낭인들을 총지휘하고 있던 아다치 겐조(安達謙藏) 한성신보 사장은 그래도 못미더웠는지 구니토모 주필에게 세자를 데려오라고 지시했다.

잠시 후 상투가 풀어지고 의복이 찢어진 채로 낭인들에 의해 세자가 끌려왔다. 그는 처참한 시체를 보자마자 그 위에 엎드려 대성통곡했다. 이제 확인은 끝난 셈이다. 곧 이어서 일본인들의 환호성이 터져 나왔다.

"여우를 죽였다!"

"우리가 해 냈다!"

"반자이!"

이때 술에 취한 낭인 하나가 세자를 거칠게 밀어내고 왕비의 가슴께로 손을 가져갔다. 피묻은 속적삼 사이로 집어넣은 손을 꺼내들더니 미소를 지으며 고개를 끄덕거렸다. 미우라 공사가 가르쳐 준 대로 왕비인지를 확인해 본 것이었다.

늙은 여시의가 왕비의 얼굴 위에 수건을 덮어 주었다. 왕비의 하얀 허벅지가 아침 해를 받아 처연하게 빛나고 있었다.

이때까지도 임금은 일본인 폭도들에게 협박을 당하고 있었다. 두려움에 떨고 있는 국왕 앞에 서기관 스기무라가 종이 한 장을 내밀었다. 왕비를 폐위한다는 조칙이었다.

"빨리 서명하시오. 더 이상 참을 수 없소!"

"아니 된다. 절대로 안 된다."

왕은 끝까지 저항했다. 낭인 하나가 왕의 코앞에 차가운 권총을 들이밀었다. 술 냄새가 풍겨 나왔다. 왕이 고개를 돌렸다.

"나라를 망친 여자요. 어서 빨리 서명하시오."

옆에서 지켜보던 일본인들도 급한지 계속해서 하야쿠! 하야쿠!를 소리쳐 댔다.

"이놈들 무엄하구나. 나는 조선국의 왕이니라!"

겁 많기로 소문난 왕이 이렇게 끝까지 저항해보기는 처음이었다.

잠시 후, 대원군이 들어 왔다. 대원군은 일본인들에게 협박당하고 있는 아들을 보자 측은한 마음이 들었다. 그는 눈물을 줄줄 흘리면서 국왕의 손을 잡았다.

"상감!"

"아버님!"

아직도 칼을 겨누고 있는 일본인들에게 대원군은 벽력같은 고함을 질렀다. 그의 작은 얼굴이 심하게 일그러졌다.

"이놈들, 무엄하구나. 감히 주상전하께 칼을 겨누다니!"

조금 있자 미우라 공사가 들어왔다. 시간은 이미 아침 일곱 시가 되어 있었다. 그의 눈도 붉게 충혈 되어 있었다.

"대군주 폐하. 얼마나 놀라셨습니까? 오늘 새벽 조선군 훈련대와 시위대 사이에 충돌이 있었다고 보고하기에, 소신이 우리 일본군 병사들을 동원하여 이제 막 진압하고 돌아 왔습니다. 이제는 안심하셔도 좋습니다."

오카모도가 잠시 미우라 공사를 밖으로 불러냈다. 오카모도의 입에서는 단내가 술술 풍겼다.

"왕비의 시체를 어떻게 할까요?"

"불에 태워서 없애 버려!"

미우라는 지체하지 않고 즉석에서 대답했다. 그리고 아무 일 없었다는 듯이 다시 임금이 있는 곳으로 들어갔다.

미우라의 지시에 의하여 왕비의 시체는 불에 태워졌다. 바로 근처

녹원(鹿苑)에서였다. 일본인들은 되는 대로 장작더미를 쌓아 놓고 그 위에 왕비의 시신을 눕혔다. 근처 방에서 걷어 내 온 홑이불에 아무렇게나 둘둘 말은 채로였다. 그 위에 석유를 붓고 불을 붙였다. 석유 타는 냄새와 시체 타는 냄새가 코를 찔렀다. 일부는 말없이 그 광경을 지켜보았다. 술에 취한 몇몇은 덩실덩실 춤을 추며 그 주변을 뛰어다녔다.

김상궁은 서늘한 기운에 눈을 떴다. 입에서 찝찔한 피가 계속 흘러 나왔다. 그녀는 비틀거리면서 왕비마마를 찾아 나섰다. 벌써 아침 해가 환히 비추고 있었다. 여기 저기 널려 있는 궁녀들의 시체가 눈에 띄었다.

저쪽 녹원 근처에서 무슨 연기가 솟아나는 것이 보였다. 그리로 발걸음을 옮기는데 무언가 눈에 익은 물체 하나가 땅에 떨어져 있는 게 보였다. 가까이 다가가 보니 중전마마께서 늘 품에 지니시던 향낭이었다.

그녀는 그것을 소중히 집어 들고 소매 속에 감추었다. 멀찍이서 일본 병사 두 명과 조선 병사 여러 명이 번을 서고 있다가 그녀를 발견하였지만, 그들은 그 자리에 그냥 묵묵히 서 있을 뿐이었다. 마치 모든 것이 다 끝났다는 표정들이었다.

그녀는 몸을 낮추고 녹원 근처에서 불에 태워지고 있는 것이 무엇인지 유심히 지켜보았다.

일본인들은 태우는 일에 몰두하고 있어서 근처에 그녀가 가까이 가는 것을 눈치 채지 못했다. 이제 거리는 불과 10여 보? 낭인 두 명이 긴 막대기로 태우는 것을 뒤집었다. 아! 그건 사람의 시체였다.

"노 상궁 마마님, 이제 좀 정신이 드시옵니까?"

김상궁이 눈을 떠 보니 궁녀들이 근심스런 얼굴로 자기를 내려다 보고 있었다. 언제부턴가 중전마마는 자기를 노 상궁이라고 불렀다. 노 상궁은 어디 계시냐? 노 상궁을 오시라 해라. 항상 이런 식으로 불러 주셨다.

"여기가 어디냐? 그리고 중전마마는 어찌 되셨느냐?"

" ...... "

그들은 말없이 눈물만 흘릴 뿐이었다. 중궁전의 궁녀들도 모두 다섯 명이나 목숨을 잃었다고 했다. 아아, 끝났어. 모든 것이 끝났어. 이 한 많은 세상을 더 이상 살아서 무엇을 할꼬….

"시신은?"

"일인들이 불에 태워서 우물 속에 버렸다 하옵니다."

그렇다면 내가 아까 보았던 것은 중전마마의 시체를 태우는 장면이었구나. 그때 퍼뜩 생각나는 것이 있었다. 김상궁은 자기의 옷소매를 뒤져 보았다. 향낭, 향낭이 없다.

"중전마마의 향낭은 여기 이렇게 있사옵니다."

옆에 있던 궁녀가 붉은 색 향낭 주머니를 건네주었다. 그 속을 열어 보았다. 꼬기 꼬기 접은 한지가 나타났다. 두 통의 편지였다. 하나는 중전이 세자저하에게 보내는 편지였고, 또 다른 하나는 상감마마께서 러시아 황제에게 보내는 친필 서신이었다.

며칠 전 임금은 웨베르 공사를 소환하고 신임 공사를 파견하려고 하는 러시아 황제에게 그 결정을 재고하여 줄 것을 간청하는 편지를 썼다. 일본 측의 감시가 워낙 심했던지라 며칠 동안 그 편지를 전하지 못하다가, 밤에 침소에서 왕비에게 몰래 넘겨주었다. 그것을 왕비가 러시아 공사의 부인이나 손탁 여사에게 전할 기회를 노리며 향낭 속에 지니고 있었던 것이다.

이 무렵 중전은 밤마다 불면증에 시달리며 세자에게 유언 비슷한 편지를 써 놓았다.

… 밤이 무수한 이야기들 위로 희미해져 가고 있습니다. 새벽이 곧 밝아 올 것입니다. 나의 아들이여, 이제 작별을 고해야 하겠군요.

나는 죽어서도 곧 돌아올 것입니다. 봄에는 한 마리의 나비가 될 것입니다. 궁궐의 이곳저곳을 날아다니며 저하의 곁을 떠나지 않겠습니다. 여름에는 제비가 되어 저하께 기쁜 소식을 물어다 줄 것입니다. 가을에는 한 마리의 까치가 되어 대궐의 용마루를 날아다니며 저하를 지켜드릴 것입니다. 긴긴 겨울밤, 외로울 때면 밤하늘을 보세요. 밝게 빛나는 별, 그것이 바로 이 어미입니다.

저하 머리 위에서 맴돌며 파닥거리는 나비, 지칠 줄 모르고 노래하는 새가 바로 세자의 어미이자 왕후인 나입니다.

저하, 이제 다 되었습니다. 일본인들의 사악한 눈길이 나를 노리고 있습니다. 나는 오늘 밤을 넘기지 못할 것입니다. 혹 운이 좋다면, 하루 이틀을 더 저하와 함께할 수도 있겠지요.

그러나 죽음을 피하지는 않겠습니다. 조선 국모의 이름을 욕되게 살고 싶지 않습니다.

저하, 내가 없더라도 슬퍼하지 마세요. 일국의 군주란 만백성의 아버지입니다. 결코 눈물을 보여서는 아니 될 것입니다. 국왕 전하를 잘 보필해 드리세요.

오, 천지신명이시여, 아미타불과 그의 제자들이여, 세자 저하와 주상 전하와 우리 만백성을 보호하여 주시옵소서.

을미년 8월 열 아흐레 축시(丑時) 초에, 경복궁에서 세자의 어미가

편지를 읽고 있던 젊은 상궁의 눈에서 눈물이 떨어졌다. 축시 초? 그건 바로 돌아가시기 직전에 쓰신 유서가 아닌가? 중전마마는 항상 몸이 허약한 세자를 걱정하셨다. 어느 어미의 편지가 이보다 더 절절할 수 있을까?

그러자 함께 있던 모든 궁녀들이 통곡했다. 방안은 곧 울음바다가 되었다. 중전마마를 생각하며 울었다. 불쌍하신 국왕 전하와 세자 저하를 생각하며 울었다. 그리고 또 자신들의 신세가 한스러워 울었다.

어찌하여 궁녀가 되어서 이렇게 구중궁궐 속에서 갇혀 지내다가 한 평생을 마쳐야 한단 말인가. 자기들을 낳아 준 부모가 원망스러워서 목을 놓아 울었다.

아침이 되자 궁궐에서 도망쳐 나온 러시아인 건축기사 사바틴이 러시아공사관으로 피신해 왔다. 그로부터 사태의 전말을 보고 받은 웨베르는 급히 알렌을 찾았다. 두 사람은 이 사태를 협의한 후 곧바로 대궐로 향했다.

광화문에는 경비병도 없었다. 그들은 들어오는 도중에 일본인들 무리를 두 차례 만났다. 모두 합해서 40명은 되는 것 같았다. 복장도 어지러웠고 모두가 피곤한 기색들이 역력했다.

임금의 침전 앞에는 미우라 일본 공사가 있었다. 그는 웨베르와 알렌에게 나중에 만나서 이야기하자며 자리를 피했다.

웨베르와 알렌은 국왕을 알현했다. 국왕은 반가움에 그들의 손을 덥석 잡았다. 임금은 두 명의 외국인들에게 항상 곁에 있어 달라고 사정하였다. 그때까지도 국왕은 극심한 공포에 질려 있었다. 그러나 아직도 왕비의 생사는 모르고 있는 상황이었다. 그럴 수밖에 없는 것이, 임금은 새벽부터 지금까지 꼼짝 못하고 일본인들에게 사로잡혀 있었던 것이었다.

곧이어 영국 공사와 프랑스 공사도 들어왔다. 이들이 합세하자 웨베르와 알렌도 힘이 났다. 웨베르 공사가 미우라를 신랄하게 추궁하였다.

"일본인들이 궁녀들을 끌고 나와 여러 명을 죽이는 것을 직접 본 증인이 있소."

"그럴 리가 없소. 그러한 불법은 결코 일어날 수 없소. 우리 일본군의 명예를 걸겠소."

그러나 이 사실은 곧바로 외국의 기자들에게 알려져서 전 세계로 타전되었다. 당시 현장을 목격한 사람들은 여러 명이 있었다. 러시아인 건축기사 사바틴, 미국인 퇴역장군 윌리엄 다이, 조선군 시위대 연대장 현흥택, 대대장 이학균, 궁궐의 여시의 등이 그들이었다.

미우라 일본공사는 사건을 날조하기 위해서 전력을 다했다. 그럼에도 불구하고 일본의 야만행위를 규탄하는 여론은 국내는 물론 전 세계로 퍼져 나갔다.

이틀이 지나자 새로운 내각이 성립되었다. 김홍집 내각은 시위대를 훈련대에 편입시켜 버렸다. 왕비는 빈으로 강등되고 순경빈(純敬嬪)이라는 시호가 내려졌다. 친일내각은 이때까지도 왕비의 죽음을 숨기고 있었다.

일본 정부는 예상 밖의 세계 분노를 감당할 길이 없게되자 서둘러서 미우라 고로 조선공사를 소환하고, 그 후임으로 고무라쥬타로(小村壽太郎) 신임공사를 내정하여 조선으로 파견하였다.

김홍집의 친일 내각은 이 사건이 커지는 것을 막기 위해 서둘러 이주회, 박선, 윤석우를 왕비 시해범으로 처형해 버렸다. 고등재판소에 기소된 지 불과 하루만의 일이었다.

군무협판 이주회에게는 일본인들과 경복궁 침입계획을 사전에 모의하였다는 죄목이 적용되었다. 일본 영사관의 고용인으로 있던 박선은 자신이 왕비의 시신을 불태웠다고 본인 스스로가 자백한 자였다. 정신이 약간 이상하다는 소문이 있던 자였다. 훈련대 참의(參議) 윤석우에게는 소각된 왕비의 시신을 향원지 연못에 던졌다고 해서 불경죄가 적용되었다.

24. 짐(朕)의 원수를 갚아다오

사직골 홍계훈의 집은 성벽과 거의 맞닿아 있는 작은 기와집이었다. 성벽 쪽으로 이어진 흙벽돌담장은 군데군데가 주저앉아 있었다. 숨이 턱에 차도록 뛰어 온 석복은 막상 대문 앞에 다다르자 어찌해야 할 바를 몰라 잠시 망설였다. 이 엄청난 소식을 전해드릴 용기가 나지 않았던 것이다.

그래도 대문을 밀고 들어갔다. 삐~걱 하는 문소리가 오늘따라 유난히 크게 들렸다. 대문을 들어서면서 옆의 사랑을 힐끗 보았다. 김서방 아저씨는 집에 없는 모양이었다. 방안은 텅 비어있었다.

"아주머니, 저 왔세유."

전부터 자주 드나들어 친동기간이나 다름없던 석복이 안채에 들어서면서 외쳐대자, 안에서 장지문이 열리며 홍계훈의 부인 배씨가 버선발로 뛰어나왔다. 배씨도 새벽에 궁궐에서 나는 총소리를 들으며 내심 초조해 있었던 참이었다.

"오냐, 석복이구나. 네가 웬일이냐?"

배씨의 옆에는 초롱초롱한 눈망울을 굴리며 여진이 함께 있었다. 석복은 자기보다 네 살 아래인 여진을 은근히 흠모하여 오던 중이었다.

석복은 이 슬픈 소식을 어찌 전해야 하나 하고 땅을 쳐다보았다. 배씨가 무슨 낌새를 챘는지 섬돌 아래까지 버선발로 내려와서는 석복의 어깨를 잡아 흔들면서 큰 소리로 물었다. 석복의 군복은 여기저기가 찢어져서 너덜댔다. 어깨에는 피가 배어나와 있었다.

"석복아, 네가 어쩐 일이냐? 혹시라도 장군께서 어찌 되시기라도 한 것이냐?"

눈을 들자 겁에 질린 여진의 눈망울과 마주쳤다. 석복은 대답이 나오지를 않았다. 그가 머뭇거리고 있는 사이, 김서방이 대문을 밀치면서 뛰어 들어왔다. 김서방은 이 집에서만 20년이 넘은 종복이었다.

"아씨마님, 서방님이 어찌 되셨는지는 아직 모른다고 ….."

대궐에서 들려오는 총소리를 듣자마자 그는 집을 뛰쳐나갔다. 혹시라도 상전의 소식을 들을까 해서였다. 사직골에서 가까운 궁궐의 서북쪽 추성문께로 뛰어갔다.

그의 눈에 조선군들과 일본군들이 한패가 되어 대궐의 담을 타고 넘어가는 모습이 보였다.

그러자 대궐 안에서도 총소리가 들렸다. 그곳에서 여러 사람을 붙잡고 물어 보았지만 그들도 모두 구경꾼에 불과했다. 홍계훈 장군이 어찌 되었는지를 아는 사람은 아무도 없었다.

그는 황망히 뛰어 들어와서 말을 하다 말고는, 앞에 서 있는 석복을 망연자실 쳐다보았다.

석복의 손에는 붉은 옷고름이 들려 있었다. 군데군데 검붉은 얼룩이 묻어 있었다. 저건 중전마마께서 하사(下賜)하셨다는 옷고름이 아닌가? 그렇다면 장군께서?

"아, 간밤에 꿈자리가 사납더라니 기어코 ….."

배씨가 통곡을 하기 시작했다. 무관의 생활이란 항상 불안했다. 집에 들어오는 날보다는 들어오지 않는 날이 많았다. 더군다나 요즘은 일본군들이 언제 무슨 일을 벌일지 몰라 전전긍긍하며 지내오던 터였다.

여진이도 아버지의 죽음이 실감나지 않았다. 그래도 집에 들어오시면 얼마나 자상하시던 아버지였던가? 아버지는 세상의 다른 아버지들처럼 딸자식이라고 귀찮아하지도 않았다. 궐에서 당직을 마치고 며칠 만에 들어오실 때면 내 딸, 내 딸, 하면서 끌어안고 입을 맞추면서 귀여워 해 주셨다.

한참을 기다려 어느 정도 진정되자 석복은 자신이 목격한 장군의 최후를 자세하게 이야기 했다. 그가 누군지는 모르지만, 대위 계급장을 단 일본군 지휘관이 장군을 저격하는 모습을 똑똑히 보았다는 말도 빼놓지 않았다.

이 시각 대궐에서는 조선에 주재하고 있던 여러 나라의 외교관들이 이 급작스러운 변고 소식을 듣고 속속 대궐로 모여들고 있었다. 음력 8월 하순의 따가운 태양은 이런 일에 아랑곳없이 땅을 달구어 댈 뿐이었다. 이때까지도 미우라 일본공사는 거짓말로 일관했다.

"이번 비극은 대원군의 사주를 받은 훈련대측에서 자행한 일이오. 일본군이 동원된 것은 조선 정부에서 요청을 했기 때문이었소. 그러나 일본군이 궁궐에 도착했을 때는 이미 사태가 끝난 직후였기 때문에 우리들이 할 일은 없었소. 이게 내가 알고 있는 전부요."

미우라가 이렇게 강력히 주장하자, 조선 주재 외교관들도 처음엔 그런가? 하는 심정이 되어서 대원군과 이재면을 의심하는 눈치였다. 그러나 그것도 잠시, 곧이어 여기저기서 미우라의 주장이 거짓임을 알리는 증언들이 튀어 나왔다.

당시 현장에 있던 다이 장군이 알렌에게 자초지종을 보고하여 내막이 어느 정도 밝혀졌다.

이 무렵 알렌 선교사는 주한공사로 영전하여 있었다. 건축기사 사바틴의 생생한 목격담은 여과 없이 그대로 웨베르 공사에게 전달되었다.

이재면과 평소 친분관계가 두터웠던 영국공사 힐리어가 이재면을 옆방으로 불러내어 사실대로 말해 줄 것을 요구했다. 이재면은 기가 막힌다는 표정을 지으면서 오히려 영국공사에게 대들었다. 이재면도 중전마마의 죽음이 믿어지지 않았다. 자기가 얼마나 흠모하던 마마였던가.

"공사는 도대체 지금 무슨 말을 하고 있는 거요? 나나 아버님이 그런 파렴치한 일을 할 것 같소? 아버님은 병환 중이셔서 거동도 불편하셨소. 저놈들이 총칼로 무장하고 와서 강제로 모셔갔단 말이오. 또 내 아들 준용이가 역모를 꾸몄다고 해서 섬으로 유배까지 갔다 오지 않았소. 나도 이제 정치라면 신물이 나는 사람이오. 임금께서 외국 사절들을 대궐에 들어오지 말라고 하셨다고요? 허, 그것도 다 미우라 저놈이 주상 전하를 협박해서 한 말이란 사실을 어찌 모르시 오."

이재면은 손가락질을 하면서 옆방의 미우라를 가리켰다. 낮 열한 시에 미우라 일본공사는 본국 정부에 긴급 전문을 보냈다. 마치 자기 와는 아무런 상관도 없는 일인 양, 태연하게 써 보낸 짤막한 보고문 이었다.

**금일 새벽 6시경; 조선 궁중 내에서 조선군들끼리 무력충돌 발생.
조선 왕비 소재 불명. 아마도 살해된 듯함. 국왕은 무사함.**

임금은 왕비의 폐위만큼은 막아보고자 끝까지 저항했다. 그러나 더 이상 버틸 수 없는 한계상황에 다다르자 마침내 폐위조칙에 수결 을 해 주었다. 수결을 하면서 읽어 본 내용은 다시 한 번 임금의 가슴 을 후벼 팠다. 친일파 대신들이 만들어 올린 서류였다.

**그 옛날 임오년의 난리 때와 마찬가지로 이번에도 왕비는 짐을 버 리고 도주하였다. 또한 친당(親黨)을 좌우에 포진시켜 국왕의 총명을 막고 인민을 착취하면서 매관매직을 일삼았다.
이에 짐은 부덕한 왕비를 폐위하고 모든 작호를 박탈하노라.**

30년을 함께 살아온 부부이다. 그동안 엄청난 사건들은 또 얼마나 많았던가. 임금과 중전은 그런 고난을 서로서로 협력하며 지금까지 견디어 왔다. 그런데 임금 스스로 왕비를 버린다는 이 글을 누가 그대로 믿겠는가.

이 폐위조칙은 국내의 모든 백성들을 분노케 만들었다. 조칙에 서명한 대신은 김홍집, 김윤식, 조희연, 서광범, 정병하 등이었으며 탁지부대신 심상훈은 끝까지 서명을 거부한 채 벼슬을 버리고 낙향하였다. 그는 떠나면서 다른 대신들을 보고 일갈하였다.

"내 기필코 나라의 원수를 갚지 않으면 다시는 벼슬길에 나서지 않겠다."

왕비의 폐위조칙이 발표되고 난 후, 알렌은 〈뉴욕 헤럴드〉의 조선 특파원인 코커릴(John A. Cockerill)을 대동하고 국왕을 면담하러 들어갔다. 다음은 그때 국왕을 면담하고 나온 코커릴이 뉴욕 헤럴드에 기고한 글이다.

대궐 임금의 집무실에는 국왕과 왕세자가 핏기하나 없는 창백한 얼굴을 하고 엉거주춤한 자세로 서 있었다. 그들은 불안한지 연신 눈을 이리저리로 굴리며 그 자리에 있던 러시아 공사, 다이 장군, 그리고 다른 대신들을 바라보았다. 국왕은 우리들에게 궁궐을 떠나지 말고 곁에 있어 달라고 사정사정했다.

사변 다음 날 오전에 궁궐에 들어간 미국 선교사 게일도 국왕의 딱한 처지를 비슷한 논조로 다음과 같이 적어 놓았다.

국왕의 처참한 모습은 우리들이 보기에도 딱하였다. 그는 일본인들이 왕비를 죽인 것 같다며 흐느껴 울었다. 이 비참한 처지에서 누구라서 국왕을 구출할 수 있을까? 국왕은 왕비의 원수를 갚는 사람이 있다면 당신의 머리털을 잘라 신발을 짜서 그에게 바치겠다고 말했다.

이후부터 국왕은 독살의 위협을 느꼈는지 궁궐에서 궁녀들이 지어 온 음식은 일절 입에 대지 않았다. 바로 앞에서 딴 깡통에 들은 우유나 날계란 같은 것들만 들었다. 날계란을 깨지 않고 그 속에 독을 넣을 수는 없을 것이란 판단에서였다.

그 며칠 후부터 임금은 거의 두 달 동안 언더우드, 아펜젤러, 알렌과 같은 선교사들의 부인들이 만든 음식만 드셨다. 그들은 이 음식을 정동의 언더우드 집에서 만들었다. 음식을 담아서 나를 철가방도 하나 급조했다.

그들은 그 속에 음식을 넣고 미국 예일(Yale)사의 자물쇠로 채운 채로 경복궁까지 운반하여 왔다. 언더우드 선교사가 정동에서부터 열쇠를 가지고 경복궁 국왕의 거처까지 따라와서 임금에게 열쇠를 건네주었다.

일본 공사관의 우치다 영사는 이 사건에 가담하지 않았다. 그는 정통 관료로 미우라 고로 공사가 부임할 때부터 무언가 이상한 분위기가 있음을 간파했다.

미우라는 부임하자마자 우치다와 몇 마디 나누어보고 도저히 이 일을 함께 도모할 사람이 아님을 알고는 그를 작전 초기부터 철저히 배제시켰다.

우치다가 보기에는 미우라가 이 사건을 호도하고 있다고 판단되었다. 그는 초조해하고 당황해 하는 미우라 공사를 몰아세웠다. 이토 총리에게 만큼은 사실대로 고백하여서 정부에서 올바른 대처를 할 수 있도록 해야 한다고 권했다.

그러자 미우라도 더 이상 버티지 못하고 이토 총리대신에게 다음 과 같은 보고를 했다.

우리 세력을 유지하고 당초의 목적을 달성하기 위해 부득불 이번 사건이 발생되었음을 이해하여 주시기 바랍니다. 간단히 말씀드리자 면 본관은 지난 20년 간 온갖 화근의 덩어리였던 그 핵심을 제거하여 우리 대일본제국의 기초를 단단히 하였다고 확신합니다.

비록 방법상으로 좀 과격했다 하더라도 잠시 외교상 곤란만 극복한 다면 우리의 대한(對韓) 정략은 탄탄대로에 올라서게 될 것입니다. 폐 하께서 이 사건의 득과 실을 잘 헤아려 주실 줄 믿습니다.

러시아를 비롯한 여러 나라들이 일본군대의 철수와 왕후의 폐위 복원, 관련자 처벌 등을 요구하고 나오자 일본도 더 이상 버틸 수가 없었다. 일본은 그들의 요구에 순순히 따랐으나. 정작 제일 중요한 문제인, 왕비 시해범들의 색출만큼은 후일 시간을 두며 천천히 시행 하겠노라고 약속했다.

국제적으로 일본을 비난하는 여론이 들끓자 일본은 부랴부랴 고 무라 주타로 정무국장을 조선에 파견하여 사건진상을 조사하기에 이르렀다.

이틀 후, 그는 이 사건에 연루되었다고 거명된 미우라 고로 공사를 포함한 48명의 일본인을 전원 소환하여 히로시마 지방법원의 재판에 회부토록 하였다.

곧바로 고무라 주타로(小村壽太郞)가 주한 일본공사에 임명되었다. 그로부터 며칠 후, 이노우에 가오루가 다시 조선을 방문했다. 명분은 왕실을 위로한다는 구실이었다.

그러자 파면되었던 조희연이 다시 군부대신에 기용되는 것이 아닌가. 국왕은 극도로 긴장했다. 조희연은 이미 중전의 암살에도 크게 기여한 인물이다. 저놈들이 또다시 무슨 일을 꾸미려나. 이번에 일을 꾸민다면 그건 분명 나의 차례일 것이리라.

시중에는 또다시 일본이 고종을 살해하고 흥선군의 손자인 이준용을 새로운 국왕으로 추대할 것이란 소문이 파다하게 깔렸다. 국왕은 다급했다. 친러파 대신들을 움직였다. 그러자 러시아 전임공사 웨베르와 신임공사 스페이에르가 국왕의 처지에 동정을 보내왔다. 그들은 본국에 일본군과 같은 수의 군대를 파병해 줄 것을 요구했다. 그러나 당시 러시아는 그럴만한 형편이 아니었다.

해가 바뀌고 1월이 다 지나갈 무렵, 국왕은 이범진에게 자신이 러시아 공사관으로 피신할 수 있는지를 타진해 보도록 했다. 두 공사는 난색을 표했다. 일국의 국왕이 옮겨와 지내기에는 너무 협소할 뿐더러, 그 후 일어나는 일체의 외교적인 문제를 책임져야 하는 부담감 때문이었다.

그러나 국왕은 계속 매달렸다. 마침 러시아 본국에서도 임금의 거처를 옮기는 문제를 승인해 주었다. 때를 맞추어 러시아 수병 100명과 대포 1문도 인천 제물포 항에 도착했다.

2월 11일 아침, 국왕과 세자는 궁녀들이 타는 가마를 타고 경복궁을 빠져 나왔다. 당시 여인네들의 가마는 검문을 하지 않는 것이 관례였다. 임금과 왕세자가 아녀자들이나 타는 가마를 타고 남의 나라 공관으로 피신했으니, 그때의 절박함은 새삼 말할 필요도 없을 것이다.

러시아 공사관에 도착한 고종은 즉시 새로운 내각을 발표했다. 이완용이 외부대신, 이윤용이 군부대신, 이범진은 법부대신, 박정양은 내부대신, 윤치호는 학부협판으로 임명되었다. 고종은 이들 신임대신들에게 '을미5적'을 즉시 잡아 죽이도록 명령하였다. 5적으로 지목된 자들은 김홍집, 유길준, 정병하, 조희연, 그리고 장박이었다.

과연 백성들은 아직도 임금을 하늘같이 떠받들고 있었다. 그날 중으로 총리대신 김홍집과 농상공부대신 정병하가 체포되었다. 대궐로 이송되는 도중 성난 군중들이 그들을 때려 죽였다.

영의정에다 총리대신을 세 번이나 지낸 김홍집의 시체는 종각 대로변에 사흘 동안이나 효수되었다.

어윤중은 그로부터 며칠 후 서울에서 빠져나와 고향인 충청도 보은으로 가던 중, 용인에서 백성들에게 맞아 죽었다.

김윤식은 제주도로 유배되었다. 유길준과 우범선은 다른 친일파들과 함께 일본으로 망명하였다.

1896년 춘삼월이 되었다. 꽃이 피고 새가 울면 마음이 즐거워야 함에도 불구하고, 고종의 마음은 무겁기만 했다. 30년을 함께 해 온 왕비를 잃은 것이 불과 반년 전이요, 이제는 궁궐에서 도망 나와 남의 나라 공사관에 얹혀 지내는 형편이니 어찌 아니 그러하랴.

3월 보름의 밝은 달이 푸른빛을 쏟아내며 정원을 비추고 있었다. 춘삼월이라고는 하지만 아직도 밤공기는 차가웠다. 임금은 느릿느릿 걸음을 옮겼다. 그 뒤를 젊은 청년이 따라오고 있었다.

"내 옆으로 바짝 오너라."

"네, 폐하."

거리가 있으면 목소리를 크게 내야하고, 그러면 다른 사람들에게 들릴 염려가 있어서 하는 말이었다. 열 걸음 정도 뒤에는 내시들과 궁녀들이 말없이 따라오고 있었다.

"내가 알아보라고 한 일은 어찌 되었느냐?"

"폐하, 너무 서두르지 않으셨으면 합니다."

"서두른다고 생각하느냐? 벌써 왕비가 짐의 곁을 떠난 지가 일백 오십일이니라. 짐은 그 동안 단 하루도 왕비의 일을 잊고 지내 본 적이 없느니라."

"소신이라고 어찌 폐하의 심정을 모르리이 까마는, 원체 비밀을 요하는 일인지라 준비에 많은 시일이 걸리옵니다. 더군다나 저들의 하는 작태를 보시옵소서. 48명 전원을 히로시마 감옥에 넣어서 보호를 하더니 좀 잠잠해졌다고 판단되자, 모두 무죄 방면하지 않았사옵니까? 그런 그들과의 싸움이옵니다. 서두르실 일이 아니옵니다. 폐하."

"그래, 나도 들어서 아느니라. 천황까지도 시종을 보내서 미우라의 노고를 치하했다더구나. 이런 천하에 죽일 놈들 같으니라고."

옆에 있는 청년은 민영환이었다. 중전 시해사건 이후 시골 청주에

칩거하여 두문불출하고 있는 그를 임금이 불러 올렸다. 그에게 조선 사절단을 이끌고 러시아 황제의 대관식에 참석하도록 명령하였다. 지금 조선의 입장에서 기댈 언덕이라고는 러시아밖에 없는 형편이었다.

아직 45세 밖에 되지 않은 임금이었지만, 그동안 겪은 고초가 하도 극심하여 몰라보리만큼 노쇠해 있었다. 그런 임금의 용안을 바라보고 있는 민영환의 가슴은 저리도록 아팠다.

아버지인 민겸호를 임오년의 난리 통에 잃었다. 촌수로 치자면 숙모뻘인 중전마마를 바로 작년에 잃었다. 두 사건 모두 다 그 밑바닥에는 일본이라는 나라가 자리하고 있었다.

작년에 민영환은 주미공사로 임명받아 놓고 떠날 날만을 기다리고 있었다. 미국으로 떠나기 불과 이틀 전에 청천벽력과도 같은 왕비 시해사건이 터진 것이다. 그의 발령도 따라서 취소되고 말았다. 이래저래 일본은 그에게 불구대천의 원수인 셈이었다.

"심상훈 대감과 긴밀하게 협의하고 있사옵니다."

민영환은 심상훈과 수차례 만나서 협의한 내용을 소상하게 임금에게 알려드렸다.

심상훈은 왕비가 사망하자 벼슬을 사양하고 제천의 시골로 내려가 있었다. 어느 날 그가 민영환을 찾아왔다. 제천과 충주는 그리 멀지 않은 거리이다. 심상훈이 이미 50줄, 민영환이 불과 25세였지만, 거리가 멀고 가깝고, 나이가 많고 적고, 그런 것들은 문제가 되지 않았다.

그들에게는 왕비시해범에 대한 복수라는 동료의식이 있었기 때문이었다.

"이보게, 계정(桂庭), 요즘 서울 소식은 듣고 지내는가?"

"네, 이런 저런 경로로 ⋯."

"그러면 그 아이들에 대한 소문도 알고 있는가?"

"아이들이라 하시면?"

"어허, 모르는가? 홍계훈 장군의 여식과 이경직 대감의 아들 말일세."

"소인도 어느 정도 듣기는 했사오나 구체적인 내용은 모릅니다. 대감께서 자세히 알려 주소서."

"얼마 전에 안경수 대감이 제천을 내려 왔었네. 나도 낙향하여 쓸쓸해 있던 차에 오랜만에 둘이서 회포를 풀었지. 그가 찾아 온 이유는 바로 그 아이들의 이야기를 내게 들려주려고 했던 걸세."

어느 날 안경수 대감의 집으로 젊은 아이 하나가 찾아 왔더란다. 그 아이는 자기 신분을 밝히지 않으면서 꼭 대감을 만나야만 하겠다고 부득부득 떼를 썼다. 안 대감이 그를 만나본 즉, 다름 아닌 이경직 대감의 자제였다.

이준호라는 15세의 소년은 자기 아버지의 죽음을 소상히 알고 있었다. 왕비마마를 지키려다가 양 팔이 잘려서 비참한 모습으로 돌아가신 것까지도. 그는 안대감에게 자신이 복수할 수 있는 길을 가르쳐 달라고 졸라댔다. 더욱 안타까운 것은 그와 정혼한 사이인 홍계훈의 여식도 아버지와 중전마마의 원수를 갚기 전에는 기필코 결혼을 할 수 없다고 고집을 부린다는 이야기였다.

그보다 더 기가 막힌 일이 있었으니, 그건 바로 그 아이가 찾아와서 조른 사람이 안경수 대감만이 아니라는 사실이었다. 그 아이는 왕실 시위대 대대장으로 있던 이학균도 찾아 갔다는 것이다.

그래서 안대감이 생각하기를, 이 아이들을 이대로 놓아둔다면 복수는 고사하고, 일본인 자객들의 손에 쥐도 새도 모르게 죽겠더라는 생각이 들었다는 것이었다.

"그것뿐이 아닐세. 지난달에는 이경직 대감의 동생이라는 사람이 제천을 내려 왔었네. 아이들이 혼인은 고사하고 밥조차도 제대로 먹으려 들지 않으니 날보고 이 일을 어찌하면 좋겠느냐고 하소연을 하더란 말이지. 특히 홍계훈의 여식이 고집이 보통이 아니라고 하더란 말일세."

그는 말을 마치고 쓸쓸하게 웃었다.

"그들이 제천까지 찾아온 것을 보면, 아마도 내가 중전마마의 생전에 마마께 충성을 하였다고 소문이 났던 모양일세, 허허허."

이런 저런 이야기를 하는 사이 그들 사이에는 술이 여러 순배 돌았다.

"아이들이 그처럼 부모의 죽음을 슬퍼하는 게 과연 가당한 일일까요?"

민영환이 약간은 의심이 들어서 던진 질문이었다.

"나도 그런 이야기를 했었지. 조금 지나면 잊어버리지 않겠느냐고. 그랬더니 그 작은 아버지라는 사람이 손사래를 치더군. 벌써 그 일이 터진지 석 달이 지났는데도, 오히려 날이 가면 갈수록 더욱 더 아이의 눈초리가 이상해진다는 것일세. 그래서 이러다간 아이를 잡겠다 싶어, 이래 죽으나 저래 죽으나 죽기는 마찬가지일 바에야 속시

원하게 복수를 하도록 내버려두자고 했다더군. 집안어른들 모두가
모여서 그렇게 하기로 결정을 보았다네."

"그래 그 아이들은 만났더냐?"

"네, 폐하. 그간 두 차례 만나서 이런 저런 것들을 알아보았사옵니
다."

"과연 그 일을 감당할만한 재목들이더냐?"

"그러하옵니다. 폐하. 그 아이들을 믿으셔도 될 줄로 판단되옵니
다. 그들의 집념이 무섭더이다."

그 말에 임금은 크게 반색을 하는 모양이었다. 정원에 세워 놓은
가스등에서 뿜어대는 밝은 불빛이 임금의 기뻐하는 얼굴을 비추었
다. 민영환의 마음도 모처럼 밝아졌다.

"그래. 나도 홍계훈의 여식이라면 옛날에 한 번 본적이 있느니라.
내가 중궁전에 가니 웬 여자아이가 인형을 끌어안고 있더구나. 중전
이 내게 홍별감의 여식이라고 해서 알았지. 그때는 다섯 살인가, 여
섯 살이었는데 …."

"폐하, 지금은 열여섯이옵니다."

아이들의 결의를 확인하는 작업도 끝났다. 국왕 폐하의 독촉은 재
삼 거론할 필요도 없다. 문제는 어떻게 이 소년소녀를 조선 최고의
자객으로 만드느냐 하는 것이 첫째요. 또 그들이 일본에 가서 복수할
수 있도록 길을 열어주고, 뒤를 돌보아주느냐 하는 것이 둘째일 것이
다.

이제 며칠 있으면 러시아로 떠나야 한다. 민영환은 떠나기 전에

이 일을 추진해 줄 사람들을 규합해야 하겠다고 결심했다. 자신이 국내에 없다고 해서 이 일이 중단되면 무슨 낯으로 국왕 폐하를 뵈올 것인가.

삼월 그믐이 가까운 아주 깜깜한 밤이었다. 전 군부대신 안경수 대감, 전 경기감사 심상훈 대감, 그리고 전 시위대 대대장이던 이학균 장령(將領)이 민영환의 집에 모였다. 그 집은 옛날 임오군란 때 도봉소로 쓰던 건물이었다. 군란에 불타고 없어진 것을 그 후 규모를 축소하여 다시 지었다.

사랑에 제법 먹음직스러운 주안상이 차려져 나왔다. 기름이 지글지글한 소고기산적과 두부부침, 산나물 두어 가지와 냉이국, 그리고 멸치조림도 있었다. 술은 지난 가을에 담아놓은 국화주가 나왔다.

민영환의 인사치레에 이어서 이런저런 이야기들이 오갔다. 민영환이 드디어 본론을 꺼냈다.

"얼마 전에 국왕 폐하를 은밀히 알현하였습니다. 이번 일에 지대한 관심을 갖고 계시더이다. 관심 정도가 아니라 독촉이 성화같으시더이다."

"그러실 것일세."

안경수가 동의하자 나머지 두 사람도 고개를 끄덕이며 동감을 표시했다.

"이제 사흘 후면 저는 러시아 황제의 대관식에 참석하기 위해서 조선 땅을 떠납니다. 그것도 미국, 유럽 여러 나라를 거쳐서 다녀오는 긴 여행입니다. 일 년은 족히 걸릴 것이라 생각됩니다. 제가 없는 중에라도 이 일은 차질 없이 진행되어야 할 것이라 판단되어 여러

분들을 모시게 되었습니다."

"몇 가지 정리를 하여야 할 것인데 저의 짧은 머리로는 부족하여 이렇게 어른들을 뵙고자 모셨습니다. 우선 복수를 어디까지로 정할 것이냐 하는 문제와, 그 아이들을 어떻게 조련할 것이냐 하는 문제가 있습니다. 그리고 마지막으로는, 이들에게 어떤 방법으로 복수할 기회를 만들어 줄 것이냐 하는 문제가 있습지요."

심상훈이 제일 먼저 말을 받았다. 단정한 선비의 차림새로만 보아도 과연 지조가 굳은 인물이라는 믿음이 들고도 남았다.

"옳으신 지적일세. 무턱대고 원수를 갚는다고 일본에 뛰어들 수도 없는 일이고, 또 시해에 가담한 일본 놈들 모두를 상대로 싸울 수도 없지 않는가."

"내 생각에는 우선 이 아이들을 조련시키는 문제가 더 시급하지 않을까 싶으이. 그 아이들이 단 몇 달 사이에 쓸 만한 자객이 되는 것도 아니고 하니, 그 아이들이 조련을 받는 사이에 차근차근 정보를 수집하는 것이 좋을 듯하네. 아직은 시해의 정확한 내막을 모르고 있질 않은가?"

안경수의 지적은 과연 군부대신다웠다. 사실 지금까지 다섯 달이 지났지만 누가 왕비를 어떤 방법으로 죽였는지 정확히 아는 사람은 아무도 없었다. 그냥 소문과 추측만 무성할 뿐이었다.

조선이라고 왜 열혈지사들이 없겠는가? 작년 을미년의 사건 이후 왕비의 복수를 하겠다고 일본으로 건너 간 사람들이 여러 명 있었다. 이래저래 여섯 명이나 되었다.

그러나 그들은 시해범들의 옷자락도 건드리지 못하고 모두 체포되어 감옥에서 지내는 죄인 신세가 되고 말았다. 그중 두 명은 석방되어서 돌아왔고 나머지 네 명은 아직도 옥살이를 하고 있는 중이다. 아무 계획도 없이 무턱대고 달려든 것이 실패의 원인이었다.

지금 민영환 일행은 이런 전철을 밟지 말아야 하겠다고 치밀한 계획을 세우고 있는 중이었다.

"그렇다면 그 아이들에게 훌륭한 무술사범을 천거해 주실 수 있을까요?"

"혹시 국왕폐하께서 보위에 오르실 때 내금위장을 했던 이장렴이란 장수를 아시는지요?"

침묵을 지키고 있던 이학균이 좌중을 둘러보며 묻는 말이었다. 모두들 안다는 뜻으로 고개를 끄덕였다.

"세간에는 흔히 그를 당대 최고의 무사였다고들 하는데, 사실은 그보다 더 뛰어난 무사가 있었지요. 그분의 이름은 김천무(金天武)라고 합니다. 이장렴과 동문수학한 무인인데 당파싸움에 염증을 느끼고 벼슬길을 떠나서 산에서 무예만 연구하며 지낸지 벌써 30년에 이르는 사람입니다."

"오호, 장령은 어찌 그리 소상히 아시는가?"

심상훈이 감탄하는 눈빛으로 이학균을 보며 물었다. 이학균은 술을 한 잔 쭉 들이키고 나서 이야기를 계속해 나갔다.

"실은 소장의 막역한 친구가 그 분의 수하에서 사범으로 있답니다. 그 친구도 검술이라면 조선 천지에서 자기가 제일이라고 뽐내던 친구입지요. 입산한 지 벌써 10년이 넘었습니다. 지금은 그곳에서 수련생들을 가르치는 도(都)사범이 되어 있습니다."

"그가 차린 도장이라는 것이 평양 근처의 묘향산에 있다는 숭문관(崇文館)이라는 곳이 아니던가?"

안경수가 말을 거들었다. 이학균과 안경수의 대화가 계속되었다.

"네, 그렇습니다, 대감. 검술뿐만이 아니라 유술, 격술, 은폐술, 엄폐술까지도 가르칩니다. 가히 그곳 출신이면 조선 최고의 무사라는 칭호를 받아도 될 것입니다."

"사격술은 어찌되오?"

"유감스럽게도 사격술은 가르치지 않더이다. 총소리가 나면 평양에 주둔하고 있는 일본군이 문제를 삼는다 하여 일부러 검술 위주로 가르치고 있다 하더이다."

"그렇다면 총술은 나중에 다이 장군이나 볼드윈 대령에게 별도로 부탁을 해서 배우는 수밖에 없겠소이다. 그려."

안경수가 그들과의 관계를 은근히 과시하며 하는 말이었다. 이때 눈을 빛내고 듣고 있던 민영환이 자신의 의견을 말하였다.

"제 생각으로는 우선 여진이라는 처녀는 일 년 정도만 훈련을 시키고 일본으로 먼저 유학을 보내는 것이 좋을 것 같습니다. 그곳에서 언어와 지리도 익히고 학업을 하다보면 나중에 둘이 힘을 합쳐 놈들을 처치하기가 훨씬 수월할 테니까요."

"오, 그게 좋겠소."

"그렇게 하도록 하지요."

모두가 동감을 표하자 자신감을 얻은 민영환은 계속 구체적인 방법을 제시해 나갔다.

"소신의 친구가 일본 공사관에 무관으로 나가 있으니, 그를 잘 활용하면 많은 도움을 얻을 것이라 생각됩니다. 그 친구에게 여행증명서, 체류허가서, 학교의 입학과 관련된 일 등, 도움을 받을 것이 한두 가지가 아닙지요."

이제껏 듣기만 하던 심상훈이 좌중을 둘러보며 너털웃음을 터트렸다. 그의 얼굴은 여러 잔의 술로 불쾌해져 있었다.

"하하하! 좋소이다, 좋아요. 큰일을 추진하자면 아무래도 활동비가 많이 필요할 것이오. 그러나 그 문제라면 아무 걱정들 하지 마시오. 이 일도 결국은 국권회복 운동이 아니오? 우리 집안이 대대로 제천에서 만석꾼으로 있으니 이번 기회에 나라를 위해서 좋은 일 좀 해 봅시다. 하하하!"

분위기가 이렇게 무르익어가자 술잔이 연실 비어졌다. 하녀는 술과 안주를 내오기에 바빴다. 민영환도 자기의 결의를 밝혔다.

"저도 아버님의 재산을 모으신 과정이 정당치 않았다는 것을 잘 압니다. 이젠 그 잘못을 사죄하는 심정으로 저의 전 재산을 다 털어넣더라도 이 일에 헌신할 작정입니다."

"좋소이다. 이렇게 모두 모여서 머리를 맞대고 의논을 하니 좋은 묘책들이 떠오르는구려. 필경 구천을 떠돌고 계신 중전마마의 혼령이 기뻐하실 것이외다."

3월의 마지막 날, 민영환 일행은 러시아 공사관을 찾았다. 출국 인사차 국왕 폐하를 배알하러 온 것이었다. 러시아에 파견되는 특사 일행은 민영환을 특명전권공사로 하여 윤치호, 김득련, 김도일, 그리고 조선인 한 명과 러시아인 한 명 등, 모두 여섯 명이었다.

국왕은 그에게 특명전권공사의 임명장을 수여하였다. 임명장은 여러 날 전에 만들어 진 것이었다.

조칙(詔勅)

아라사 국 황제의 즉위 대관식이 가까운지라

짐이 궁내부 특진관 종1품 민영환에게 명하여

특명전권공사로 삼아 아라사(我羅私) 국에 가서

축하 의례에 나아가 참석케 하노라.

건양(建陽) 원년 3월 10일

대군주

공식적인 알현을 마치자 민영환은 수행원들과 밖으로 나왔다. 잠시 후 아이들 두 명을 데리고 다시 들어갔다. 국왕 폐하께서 전부터 아이들을 보고 싶어하셨기 때문이었다. 벌써 여러 번 아이들을 데려와 보라고 하셨지만 그동안 아이들의 결심을 확인하는데 시간이 많이 걸렸다. 이제는 자신 있었다.

"폐하, 이 아이들이옵니다."

"오호라. 너희들이로구나. 그래 잘 왔다. 어디 좀 보자."

아이들은 모두 흰 옷차림이었다. 어린 것들이 불쌍하기도 하군. 필시 상중이라 저런 복장일 터이지. 임금은 무너져 내리는 가슴을 잠시 진정시킨 후, 아이들에게 손을 내밀었다. 먼저 사내아이의 손을 잡았다. 소년은 키가 훌쩍 큰 것이 꽤 믿음직 해 보였다.

"네 이름은 무엇이냐?"

"이준호라고 하옵니다."

제법 씩씩해 보였다. 임금은 아이의 머리를 쓰다듬어 주었다. 이마에는 여드름이 서너 개 돋아나 있었다.

"나는 너의 아버지 이경직 대감을 잘 알고 있단다. 참으로 훌륭하신 분이셨지."

이번에는 소녀의 손을 꼭 잡았다. 소녀는 사내아이보다 한 살이 더 많은 열여섯 살이라고 했다. 소녀의 새까만 눈동자를 보는 순간 임금은 흐르는 눈물을 참을 수가 없었다. 어허, 열여섯이라면 그 옛날 중전께서 궁에 들어오던 때의 나이가 아닌가. 이런 아이들을 적지로 내모는 것이 과연 일국의 국왕으로서 할 노릇인가?

그러나 여기서 마음이 약해지면 안 된다. 지금껏 왕비의 복수를 하겠다고 여러 명의 자객들이 자원하여 일본으로 몰려갔지만, 한 사람도 성공하지 못하고 모두 비참하게 실패하지 않았던가. 그들은 조직도, 정보도 없이, 오직 울분만을 품고, 혈기만을 믿고 떠났던 것이다.

그에 비하면 영환이는 얼마나 치밀한가. 자그마치 10년이라는 긴 시간을 목표로 잡지 않던가. 그래. 충신들을 한 번 믿어 보자. 그리고 이 아이들에게 희망을 걸어보자. 10년, 10년이면 된다지 않느냐.

"네가 여진이로구나. 옛날에 볼 때보다 이젠 제법 어엿한 처녀티가 나는구나."

여진은 말없이 손을 내맡긴 채 눈을 내리깔고 있었다. 여진의 기억에도 앞에 계신 임금님을 언젠가 한 번 뵌 적이 있는 것 같았다. 네 살? 아니면 다섯 살 무렵이었던 것 같았다. 그땐 이렇게 늙은 분이 아니셨는데 ….

웬 아이들이지? 뒤에 시립해 있던 궁인들은 영문을 몰라 멍하니 국왕과 아이들을 번갈아가며 쳐다보았다. 오늘 아이들과의 면담은 일정에도 없었던 일이었다.

그들은 고개를 갸웃했다. 임금께서 많은 변고를 겪고 이리저리 휘둘리시더니 마음이 저리도 유약해지셨군. 어린아이들 앞에서도 눈물을 보이시다니.

25. 조선 최고의 자객이 되라

　　민영환이 러시아로 떠나자마자 이학균도 묘향산으로 향했다. 미리 그곳에 가서 사정도 알아보고, 아이들을 받아 줄 수 있는지도 타진해 볼 요량이었다. 막상 아이들을 데리고 갔을 때 일이 틀어지기라도 하면 어쩌겠는가. 친구 박기룡도 지금껏 그곳에 있는지 어쩐지도 알 수 없었다. 그를 만난 것도 벌써 3년 전의 일이었기 때문이었다.

　　숭문관으로 가는 길은 3년 전에 한 번 다녀 온 적이 있었지만, 초행길인 양 낯설기만 했다. 평양에서 아침 일찍 출발하여 희천까지 왔다. 희천은 묘향산 밑에 있는 제법 큰 동네였다.

　　저 멀리 까마득한 거리에 하얀 구름 속으로 묘향산의 정상이 어슴프레 보였다. 장정들의 빠른 걸음으로 네 시간을 넘게 올라가야 하는 거리이다. 짐꾼들까지 있으니 족히 하루는 걸릴 것이다.

　　이학균이 숭문관에 도착한 때는 저녁나절이 되어서였다. 박기룡은 그를 끌어안고 덩실덩실 춤을 추었다. 이렇게 반가울 수가! 이 먼

곳까지 친구가 찾아 주다니.

숭문관이 자리잡은 곳은 묘향산에서도 제일 높은 봉우리인 비로봉의 바로 턱밑이었다. 첩첩산중도 이런 첩첩산중이 없었다. 일 년 삼백 육십 일 동안 사람 구경하기가 힘든 곳이다.

가끔씩 저 아래 있는 보현사에 불공드리러 왔던 사람들이 좀더 높이 가 보자며 한 둘 찾아오기도 한다. 명절 때는 수련생들의 부모들이 오기도 한다. 일 년에 한 두 번은 이곳을 거쳐 간 제자들이 스승님께 인사도 드릴 겸, 후배들을 격려하러 오는 경우도 있었다. 그 밖에는 산삼을 캐러 다니는 심마니들, 그리고 사냥을 나온 엽사들이 있을 뿐이었다. 그러나 그 사람들을 모두 합쳐본댔자 일 년 동안 이곳을 찾아오는 사람들은 고작 백여 명 안팎이었다.

그날 밤, 숭문관에서는 한바탕 큰 잔치가 벌어졌다. 이학균이 짐꾼 네 명에게 지어서 가지고 온 술과 음식, 피륙 등속을 풀었다. 훈련생 여덟 명과 사범 두 명은 마당에서 화톳불을 피워 놓고 계속 마셔댔다. 일 년 중 이런 날은 한두 번 정도에 불과했기에, 총 관장 김천무도, 도(都)사범 박기룡도, 그들을 마음껏 놀도록 풀어주었다. 먹고 싶을 때까지 먹고, 마시고 싶을 때까지 마시도록.

모두에게 얼마나 외롭고 힘든 일인가? 그들이 하는 일이라고는 일 년 내내 피나는 무술수련과 밤과 아침나절의 글공부, 여기저기 산을 갈아서 만든 손바닥만한 밭뙈기 십여 군데에서 농사를 짓는 일, 그것들이 전부였다.

3년만에 다시 본 김천무관장은 어느 사이에 머리가 희끗희끗한 50대 중반의 초로(初老)가 되어있었다.

그들 세 명은 안채로 들어가서 술상을 가운데 두고 이런 저런 세상 이야기를 나누었다. 이학균은 그간 민영환 등과 추진한 일의 진행 과정을 소상히 설명했다. 다음 달에 아이들 두 명을 데리고 올 것이라고.

김천무도 나라 돌아가는 사정을 어느 정도 알고 있었다. 그 역시도 왕비가 일본인들의 손에 시해당하셨다는 사실에 매우 분개하고 있었다. 그러나 정작 아이들을 부탁한다고 하자 그는 일언지하에 거절했다. 그의 흰 눈썹이 꿈틀거렸다.

"이곳 이름을 잘 아시지 않는가? 숭문관(崇文館)일세. 왜 무(武)보다 문을 숭상하겠는가? 먼저 올바른 사람을 만드는 것이 우리 도장의 목표일세. 여기에서 수련하고 나간 어느 누구도 자기 개인의 영달을 목표로 삼은 사람은 없었네. 사사로이 복수나 할 생각이면 아예 이곳에 발을 들여 놓지 않는 것이 좋을 듯하네."

그런 김천무를 이학균이 밤새 설득했다. 억울하게 돌아가신 중전 마마의 복수를 하는 것이 어찌 사사로운 원수 갚음이 될 수 있겠느냐 했다. 국왕 폐하께서도 원수를 갚기 전에는 절대로 눈을 감지 못하신다는 말씀을 바로 자기와 민영환의 앞에서 말씀하셨다고 했다. 아이들의 복수는 그 다음 문제라고 설득에 설득을 거듭했다. 박기룡도 가세했다. 어린 아이들조차도 큰 뜻을 품고 있는데, 우리가 모른 척한다면 어찌 어른이라고 할 수 있겠느냐며 스승을 잡고 늘어졌다.

김천무도 박기룡이 없으면 이 도장을 꾸려가기가 힘든 형편이었다. 20여 년 전에 자기로부터 5년간 수련을 받은 제자이다. 그가 해주에서의 생활을 접고 여기 산속에 들어와 합류한 지도 벌써 11년째이다. 지금은 그가 거의 모든 수련을 책임지고 있었다.

박기룡의 아내 해주댁은 김천무의 아내를 도와 이 도장의 살림을 도맡아 하고 있었다. 그의 딸 애연이와 소연이도 이곳 생활에 싫단 말 한마디 하지 않고 무럭무럭 잘 잘라 주었다. 벌써 여섯 살과 아홉 살이었다.

김천무의 가족이 떠난다면 이 도장도 좋든 싫든 문을 닫아야 할 판이었다. 요즘 누가 이런 산속에 틀어박혀서 몇 년씩을 보내려고 하겠는가? 더군다나 이제는 칼이 별로 쓸모가 없는 시대가 되었다. 총이 모든 것을 해결해 준다. 사냥도, 전쟁도, 그리고 복수조차도. 숭문관의 30년 전통도 이런 세태의 변화 앞에는 아무 소용이 없었다.

새벽 먼동이 터오를 무렵 김천무는 마침내 승낙했다. 아이들이 의지만 굳다면 기필코 조선 최고의 무사로 만들어 보겠다고 했다. 박기룡이 뛸 듯이 기뻐했다. 친구를 위해서 해 준 것이 아무 것도 없는데, 모처럼 하는 부탁을 들어주지 못할 것만 같아서 밤새 조마조마 했던 것이다.

그날 아침, 아들을 떠나보내면서 준호의 어머니 안씨는 차마 아들의 손을 놓지 못했다. 몇 달 전에 남편을 잃었는데, 이제는 장성한 아들이 언제 다시 돌아온다는 기약도 없이 평안도 땅으로 떠난다는 것이다. 아들마저 없다면 집안에는 달랑 열두 살짜리 딸만 남게 된다. 앞으로 이 집안을 어찌 꾸려가야 한단 말인가.

그래도 사내아이인 준호네의 사정은 좀 나은 편이었다. 여진의 어머니 배씨는 딸을 부둥켜안고 밤새 울며 몸부림쳤다. 아침이 되자 그야말로 초주검 상태가 되었다.

　세상에 이런 일도 있는가? 정혼한 딸을 혼인식도 치르지 못하고 떠나보내야 한다니. 애지중지하며 키운 무남독녀 외동딸이다. 내 어린 딸이 무슨 힘이 있다고 남편의 복수를 하고, 왕비마마의 복수를 한단 말인가. 과연 우리 모녀가 살아서 다시 만날 수는 있을까?

　밤새 아이를 붙잡고 하소연했다. 아직은 네가 어려서, 아무 것도 몰라서 그런 것이라고. 분명 네가 좀더 성숙하면 지금의 결정을 후회할 것이라고. 그러나 딸은 꼭 다문 입술을 단 한 번도 열지 않았다. 그 차가운 눈초리도 끝내 풀지 않았다. 오히려 옆에서 김서방이 보기에 딱했는지 아주머니, 아주머니, 하면서 달래 주었다.

　아침이 되었다. 문 밖에서 이학균 장령이 기다린다고 했다. 이학균 장령을 따라가던 여진이 뒤를 돌아보았다. 엄마는 보이지 않고 김서방과 석복이만 보인다. 여진은 얼른 고개를 돌렸다. 눈에 이슬이 맺혔다.

　어머니, 걱정 마세요. 제가 기필코 이 일을 해 내고야 말 것입니다. 머지않아 다시 만날 거예요. 김서방 할아범, 그리고 석복이 오라버니, 그때까지 어머니를 잘 부탁해.

　석복은 장령님을 따라가는 여진의 뒷모습에서 눈을 떼지 못했다. 여진이 사직골 고개를 내려가며 발걸음을 옮길 때마다 긴 머리에 드리운 빨간 댕기가 출렁거렸다. 그런 석복이의 아픈 마음도 모른 채, 무심한 봄바람은 꽃향기를 가득 품고 와서 석복이의 코끝을 스치고 지나갔다.

　이즈음 민영환 일행은 러시아로 향하는 장도에 올랐다. 지구를 한 바퀴 도는 길고도 험한 여행길이었다.

민영환과 윤치호, 그리고 다른 수행원 네 명이 인천에서 배에 오른 날은 4월 2일이었다. 그들은 배의 일정에 따라 중국과 일본을 거쳐 캐나다로 향하게 되어 있었다.

상해에 도착했을 때는 반갑게도 조선에서 갑신정변 전후에 국왕을 보필하며 벼슬하고 지냈던 묄렌도르프를 만났다. 그는 상해 해관에서 책임자로 근무 중이었다. 민영환 일행이 상해에 있는 동안은 계속하여 날씨가 흐리고 비가 왔다.

민영환의 배는 일본의 고베에 도착하여 석탄과 쌀, 채소 등 일용품을 싣고 다시 떠났다. 당시 이들 일행이 탔던 배는 화륜선(火輪船)이라 하여 석탄을 때서 그 힘으로 가는 동력선이었던 것이다.

4월 17일 민영환의 배는 요코하마에 당도하였다. 그의 일행은 여기서 의화군 이강에게 인사하였다. 의화군은 고종의 다섯 째 아들로 귀인 장씨의 소생이다.

의화군은 이제 겨우 스무 살의 나이로 일본대사로 임명되어 요코하마에서 지내고 있는 중이었다. 말이 좋아 대사이지, 실제적인 업무를 하는 것은 아니고, 단지 청일전쟁에서 이긴 일본의 전승을 축하하기 위해 보낸 왕족일 뿐이었다. 일종의 인질인 셈이다. 그는 지금 후쿠자와 유기치(福澤諭吉)가 설립한 게이오대학에서 수학 중에 있었다.

그들이 탄 배는 근 한 달만인 4월 29일이 되어서야 캐나다의 밴쿠버에 도착하였다. 일행 중에서는 유일하게 윤치호가 두 번째 방문이었다. 그는 재작년인 1894년 미국 유학길에 잠시 밴쿠버에 들른 적이 있었다.

그들은 며칠 동안 기차를 타면서 대륙을 횡단했다. 가도 가도 끝없는 산과 계곡, 그리고 강의 연속이었다. 삼나무와 노송들이 얼마나 우거졌던지, 기차 길 옆의 숲은 대낮인데도 어두컴컴했다. 기차 안에는 식당 칸이 있어서 먹고 자는 데는 불편이 없었다.

기차는 하루 종일 호수를 끼고 갔다. 옆의 승객들에게 물으니 슈피리어(Superior)라는 큰 호수라는 것이다. 그 넓이가 무려 조선 반도의 두 배나 된다고 한다.

5월 5일이 되어서야 같은 캐나다 땅의 몬트리올이라는 곳에 당도하였다. 민영환 일행은 여기서 다시 기차를 바꿔 타고 마침내 미국의 뉴욕에 도착하였다. 당시 민영환이 쓴 일기를 보면 그들 일행의 놀라움이 어느 정도였는지 미루어 짐작할 수가 있을 것이다.

우리 일행은 밤 9시가 조금 지나서 뉴욕에 도착하였다. 뉴욕은 제반 시설이나 규모가 몬트리올과는 비교가 되지 않았다. 적어도 몬트리올보다 100배는 더 크고 화려한 것 같았다. 눈이 황홀하여 이루 다 형용할 수 없으니, 세상에 이런 곳도 있나 싶은 심정이다. 우리가 머무는 곳은 월도프 호텔(Wordoff Hotel)이라고 하는 곳으로 10층 높이에 방이 1천 칸이나 되는 집이다. 머무는 손님이 항상 수천 명이 되며, 모든 것이 너무 편해 나그네가 미처 여행의 피로를 느낄 틈조차도 없다.

민영환 일행은 여기서 주미공사로 나와 있던 서광범을 만났다. 서광범의 안내로 센트럴파크에 놀러 갔다. 여기서도 그들은 벌어진 입을 다물지 못했다. 그들은 분수를 보고 '새와 짐승 모양을 한 것에서 물을 토해 낸다.'라고 기록하고 있다.

이들은 뉴욕에서 영국 상선으로 갈아타고 5월 16일에 영국 땅 리버풀에 도착하였다. 네델란드를 거쳐 기차로 독일의 베를린까지 와서 다시 러시아행 기차로 갈아탔다. 이틀 후인 5월 18일에 드디어 러시아 영토인 바르샤바에 도착하였으니, 곧 옛 폴란드의 수도였다.

민영환은 마침내 모스크바에 도착하여 러시아 황제 니콜라이 2세의 대관식에 참석하였다. 5월 26일의 일이다. 대관식은 크렘린 궁에서 거행되었다.

5월 30일에는 황제의 대관식을 기념하는 대규모 축제가 열렸다. 100만 명이나 되는 거대한 인파가 크렘린 궁전 앞 광장에 몰려들었다.

스물여덟 살의 젊고 늠름한 니콜라이 2세 황제를 보기 위해 러시아 사람들은 그야말로 숙기 살기식으로 황제 가까이로 몰려들었다. 게다가 나누어주는 맥주와 음식을 서로 먼저 받아먹으려고 밀고 밀리는 과정에서 밟혀 죽은 사람만 1,400명이 넘는다고 했다.

민영환은 그 후 수차례에 걸쳐 러시아측 고위 관료들과 회담을 하였다. 주요 안건들은, 국왕의 신변보호를 위한 군사고문단과 교관의 파견, 일본에 지고 있는 빚 300만 엔을 되갚기 위한 차관 제공, 그리고 조선-러시아 간 전신선가설 등의 문제였다. 그러나 만족할 만한 성과를 얻지는 못하였다. 타결된 것은 군사고문과 재정고문의 파견 정도였다. 그럼에도 불구하고 민영환 일행의 이번 여행을 크게 평가해야 할 이유는 여러 가지가 있었다.

우선 첫째로, 이 여행을 통하여 지구에 대한 지식의 폭을 넓혔다는 것이다. 민영환 일행이 떠난 해는 우리나라에서 처음으로 양력을 사용하기로 한 건양(建陽) 1년으로 서력으로 치면 1896년에 해당된다. 그들은 낮과 밤이 반대로 뒤바뀌는 시차에 대한 체험을 할 수 있었으며, 결과적으로 박규수와 같은 개화파 인사들의 주장이 결코 헛된 것이 아니었음을 확인하게 되었다.

둘째로는 문명의 이기(利器)에 대한 이해였다. 선박은 물론 기차와 전차를 직접 타고 여행해 봄으로써 과학의 발달이 어떻게 인간의 삶에 편리를 제공해주는지를 깨달았다. 그 반대로, 조선이라는 나라가 서양 나라들에 비하여 얼마나 많이 뒤떨어졌는지를 뼈저리게 느낄 수도 있었다.

셋째로는 동북 시베리아와 연해주에 거주하고 있는 조선 백성들에게 자긍심을 심어 주었다는 사실이다. 민영환은 귀국할 때 러시아 국경 연안에 살고 있는 백성들의 생활상을 직접 목격하였다. 그는 가는 곳마다 현지의 러시아 관원들에게 조선 백성들을 잘 보살펴 달라고 부탁하기도 했으며, 유민들의 집단 거주 지역을 직접 방문하여 그들을 위로하기도 하였다.

숭문관에 도착하여 김천무에게 아이들을 소개했다. 아이들이 왔다는 소식을 듣자 수련생들도 함께 할 식구가 늘었다면서 반가워하였다.

준호는 눈을 들어 사방을 둘러보았다. 어디를 보아도 산과 산이 이어지는 그야말로 첩첩산중이었다. 이야기를 들어보니 동쪽의 봉우리 너머에는 대동강이 흐르고, 서쪽으로는 청천강이 흐른다고 했다. 그러나 여기서 보이는 것은 오로지 산뿐이었다. 여진도 처음보다 많이 의기소침해져 있었다. 아마도 이렇게 깊은 산속일 줄은 모르고 따라 왔으리라.

그들의 눈에 비친 숭문관은 초라하기 짝이 없었다. 그냥 허름한 오막살이집 대여섯 채가 여기저기에 널려 있을 뿐이었다. 제법 너른 마당 앞에 큰 건물이 있었다.

준호는 안을 슬쩍 들여다보았다. 바닥에는 거적이 깔려 있었고, 벽의 한쪽으로는 칼, 창과 같은 병장기들이 가지런히 세워져 있었다. 조선 최고의 무사를 만든다고 하여 큰 기대를 하고 왔는데, 이렇게 허름한 곳에서 과연 무엇을 배울 수 있을지 한심한 생각이 들었다.

이학균은 김천무에게 안경수의 서한을 전달하였다. 이 무렵 안경수는 경무사(警務使)로 임명되어 조선 내의 모든 순검들을 총괄하는 자리에 있었다. 그의 편지는 구구절절이 아이들을 잘 조련하여 달라는 부탁이었다. 그것이 대 군주 폐하를 위로해 드리는 일임을 잊지 말라고 당부하였다.

여진이가 도착하자 제일 반기는 사람들은 여자들이었다. 김천무의 부인 정씨와 박기룡의 부인 해주댁은 이곳의 살림살이를 거들어 줄 처녀가 하나 늘었다며 좋아라했고, 애연이와 소연이는 언니가 생겼다며 흥분하여 어쩔 줄 몰라 했다.

준호는 남자 수련생들과 함께 지내기로 했고, 여진은 당분간 애연이와 소연이가 기거하는 내당에서 있기로 했다.

김천무가 이들을 맞이하고 나서 제일 먼저 한 일은 신발을 만들어 주는 일이었다. 김천무는 아이들을 커다란 한지 위에 서게 한 후 발의 모양을 그렸다. 그리고 종만이를 불렀다. 종만이는 수련생들 중에 제일 막내로 올해 열여덟 살이었다. 2년의 수련기간 중 지금까지 여덟 달을 마친 상태였다.

"네가 평양까지 다녀오거라."

"네, 관장 어른."

종만이는 말을 마치고 날아갈 듯이 산을 내려갔다. 그는 여진이의 구두를 만드는 일에 자기가 뽑혀서 가게 되었다는 사실이 너무 기뻤다. 어제 저녁에 도착할 때부터 여진을 유심히 보았다.

어쩌면 저렇게도 예쁠 수가 있을까? 새까만 눈동자하며 오똑한 코, 도톰하게 살이 오른 뺨, 하얀 목덜미, 그 밑으로 봉긋하게 솟은 젖무덤은 종만이의 가슴을 뛰게 만들었다.

가슴이 설레는 사람은 비단 종만이 뿐만은 아니었다. 일곱 명의 수련생들 모두가 찰랑대는 댕기머리 아가씨를 또 볼까하여 공연스레 내당을 기웃거렸다.

저녁을 마친 후, 김천무는 도사범 박기룡과 윤사범, 맹사범, 그리고 이학균을 자신이 기거하는 숙소로 불렀다. 준호와 여진도 함께 불렀다.

나머지 수련생들은 자기들끼리 야간대련 연습을 하도록 도장 안으로 들여보냈다. 관장 숙소는 숭문관 바로 뒤에 있었다. 김천무가 앞으로의 계획을 차근차근 설명해 주었다.

"훈련은 신발이 도착하고 나서부터 시작한다. 우선 준호에 대하여 이야기하겠다. 준호의 훈련기간은 3년으로 잡았다. 3년 내에 조선 최고의 무사를 만드는 것이 우리들의 목표이다. 우선은 기초체력을 기르는 연습을 할 것이다. 그리고 여진이의 경우는 1년만 이곳에서 지내도록 해라. 그게 여기 이장령께서 우리에게 제시한 요구사항이다.

기간이 짧다고 실망할 것도 없다. 그 사이에 우리들이 혹독한 훈련을 시켜서 언제 어떤 상황이라도 남자 두세 명 정도는 거뜬히 상대해 낼 수 있도록 만들겠다. 이 힘든 훈련을 감당해 내고 말고는 너희들의 마음가짐에 달려 있다."

이어서 박기룡 도사범의 주의사항이 전달되었다.

"이렇게 관장님과 장령님을 비롯하여 우리 사범들까지 모두 한 자리에 모인 것은 너희 둘의 의지를 확인하려는 의도에서이다. 이 자리를 빌어서 한 가지 꼭 당부할 일은, 바로 너희들의 행실에 관한 문제이다. 이틀간에 걸쳐서 보아 알겠지만, 여기는 남자 수련생들이 있는 곳이다. 하루 스물네 시간 그들과 함께 먹고 자며 생활해야 한다. 내가 듣기로는 너희들이 정혼한 사이라고 들었다. 그러나 여기서는 그냥 남남일 뿐이다. 절대로 남녀간의 기강을 어지럽히는 행동을 하지 마라. 만약 그런 일이 있다면 그 즉시로 되돌려 보낼 것이다. 여기 여러 어른들이 계시는 앞에서 맹세할 수 있겠는가?"

"네, 그럴 것입니다."

"끝까지 모진 훈련을 견딜 수 있겠는가?"

"네, 참고 견딜 것입니다."

일렁이는 촛불에 비친 아이들의 얼굴에서는 굳은 결의가 비쳤다. 어디서 들어왔는지 불나방 두 마리가 촛불 근처를 날아다녔다.

"받아 주시지 않겠다고 하는 것을 내가 간곡히 당부하여 이루어진 일이니라. 너희들이 마음을 단단히 먹고 훈련에 임하였으면 한다."

두 아이들을 너무 몰아치는 것이 안쓰러웠는지, 이학균 장령이 준호와 여진의 손을 하나씩 꼭 움켜쥐면서 거듭 당부했다. 이들은 고개를 끄덕여 대답을 대신했다.

보름쯤 지나서 종만이가 다시 평양을 다녀왔다. 그의 손에는 두툼한 소가죽으로 된 구두가 두 켤레 들려 있었다. 종만이는 반짝반짝 윤이 나는 구두를 여진이 앞에 내보이면서 자기가 수고하였음을 과시했다.

준호와 여진은 오래지 않아 김천무 관장이 왜 그토록 신발을 중시하는지 그 이유를 알게 되었다. 그들이 묘향산을 단 한 차례 올라 왔을 뿐인데도 그들의 짚신은 두 켤레나 다 닳아서 더 이상 신을 수가 없을 정도가 되었다. 짚신을 신고 무술을 연마한다는 것은 마치 맨발로 사금파리 위를 걸어 다니는 것이나 마찬가지처럼 위험한 일이었던 것이다.

훈련은 아침 해가 밝기 전부터 시작되었다. 일어나자마자 모두 앞마당에 모였다. 인원점검을 하고 간단한 체조를 했다. 그리고 곧바로 숭문관으로 들어가서 글공부를 했다.

두 시간 정도 글공부를 하고 나서 아침을 먹기 전에 옥수수를 뛰어 넘는 훈련이 있었다. 6월 초순인지라 아직 옥수수는 그다지 크게 자라지 않았다. 그것을 30 차례 반복하고 나서 세수를 하고 아침을 먹는다.

아침을 먹자 맹사범의 인솔아래 준호와 여진이는 묘향산 밑에까지 내려갔다 되돌아오는 훈련에 들어갔다. 한 식경 정도를 달려 내려가자 여진은 더 이상 뛰기가 힘들었다. 그러나 겨우 첫 번째 목적지인 하(下) 비로봉에 도착하였을 뿐이었다.

맹사범의 말에 의하면, 여기서도 칠성동, 천태동, 만폭동을 지나야만 오늘의 최종 목적지인 상원동에 도착한단다. 거기까지가 어른이 빨리 뛰어도 네 시간 정도가 걸린다고 했다. 그 거리를 내려갔다가 다시 뛰어 올라와야 하는 것이다.

옆의 개울에 가서 찬물로 얼굴을 씻으니 조금 정신이 드는듯 했다. 다시 맹사범이 앞서고 여진이 가운데, 그리고 준호가 맨 뒤를 따라왔다. 칠성동까지 가자 이젠 더 이상 움직일 수조차 없었다. 그런 그를 맹사범이 부축하며 겨우겨우 상원동까지 왔다. 벌써 해는 중천을 넘어갔다.

앞에는 너른 평지가 펼쳐졌다. 그러자 여진은 이대로 산을 내려갔으면 좋겠다는 생각이 들었다. 애당초 이런 고된 훈련 같은 것은 생각해 보지도 않았다. 그때는 그저 막연히 아버지와 중전마마의 원수를 갚아야 하셨다는 생각밖엔 없었다. 오늘 첫날의 훈련에 임하고 보니 도저히 자신이 갈 길이 아니라는 생각과 함께 경솔한 선택에 대한 후회가 밀려들었다.

그런 생각은 준호도 마찬가지였다. 너른 바위 위에 앉아서 허기진 배에 육포와 주먹밥을 꾸겨 넣었다. 맹사범의 말에 의하면 오늘 중으로 숭문관까지 돌아가야 한다는 것이었다. 자신이 없었다. 벌써 사타구니가 아파서 더 이상 움직일 수조차 없다. 여자인 여진이야 오죽하랴 싶었다. 오후가 조금 지났을 뿐인데도 벌써 숲 속은 어두컴컴했다. 이대로 간다면 아마 한밤중에도 도착하기가 쉽지 않을 것 같았다.

맹사범은 이들을 재촉했다. 준호와 여진은 아직 맹사범의 이름도 모른다. 중키에 호리호리한 체격, 산을 날듯이 뛰어다니는 그는 마치 한 마리의 노루 같았다. 그는 일체 말이 없었다. 그저 고갯짓으로, 손짓으로 이들을 통제할 뿐이었다.

오늘 겨우 한나절을 조금 넘게 내려 왔을 뿐인데도 벌써 이들의 옷은 군데군데가 찢어졌고, 팔과 손등은 나무에 긁혀서 피가 배어 나왔다. 그도 그럴 것이, 특별히 길이 있는 것도 아니었다. 사람들의 통행이 없으니 어찌 길이 있겠는가. 짐승들의 통행로 중 약간 다니기가 나을 것 같은 곳을 골라서 내려왔을 뿐이었다.

반환점인 상원동 너른 바위에서 얼마나 왔을까? 드디어 여진이 울기 시작했다. 집에서 고이 자란 처녀였다. 비록 아버지가 무관이라 이런 저런 험한 꼴을 보지 못한 것은 아니었지만, 그래도 직접 이렇게 혹독한 경험을 해보는 것은 처음이었다. 맹사범은 무정하게 앞서며 준호에게 눈짓을 할 뿐이었다. 알아서 데리고 오라는 시늉이다.

준호가 여진을 들쳐 업었다. 준호의 다리도 휘청댔다. 그래도 이를 악물고 또 한참을 올라갔다. 준호의 이마에서는 굵은 땀방울이 줄줄 흘러 내렸다. 여진은 등에 업혀서 그저 엉엉 울어대기만 했다.

그냥 산길이 험한 것이라면 그런 대로 견딜 만 했다. 정작 더 힘든 것은 길이 없다는 사실이었다. 나무를 꺾어가면서 가기도 했다. 산거미들이 쳐 놓은 거미줄이 수시로 얼굴에 달라붙기도 했다. 어느 곳은 바위 위를 기어서 올라가고 기어서 내려가야 했다.

칠성동까지 왔다. 저 앞으로 움막 같은 집들이 서너 채 희미하게 보였다. 여기가 마지막 동네란다. 이제 이 위로부터는 집도 없다지 않는가. 준호도 여기서는 한 발짝도 더 이상 움직일 수 없었다. 이번에는 맹사범이 여진이를 등에 업었다. 한 손으로는 움직이지 않으려 하는 준호를 잡아 일으켰다. 뒤를 돌아보니 조금 전 지나친 동네에서 불빛이 깜빡거린다.

맹사범은 마치 밤고양이처럼 불도 없는 깜깜한 산길을 잘도 올랐다. 그것도 여진이를 등에 업은 채로. 준호는 속으로 생각했다. 나도 훈련을 하면 사범님처럼 저렇게 가볍게 산길을 날아다닐 수 있을까?

다시 힘이 솟았다. 아버지 이경직 대감의 이름을 더럽히면 안 된다. 여기서 그만두고 돌아간다면 사내대장부로서 어찌 고개를 들고 다닐 수 있을 것인가.

이미 자정이 넘었다. 그때까지도 수련생들은 잠을 자지 않았다. 박기룡 도(都)사범을 찾아 와서는 지금이라도 이들을 찾아 나서야 되지 않겠느냐고 했다. 박기룡도 걱정이 되기는 매한가지였으나, 김천무 관장만은 묵묵히 앉아서 눈을 감고 있을 뿐이었다.

인채에서도 해주댁이 뜬 눈으로 밤을 새우고 있었다. 맹사범이야 원체 산을 잘 타는 사람이니까 잘못될 일이야 없다 쳐도, 아이들이 걱정이었다. 애연이와 소연이도 언니가 오지 않는다며 걱정하다가 조금 전에야 잠이 들었다. 해주댁은 땀이 송송 돋아 난 두 딸의 이마를 수건으로 닦아 주었다. 이것이 나의 운명인가? 언제까지 여기 산 속에서 틀어 박혀 살아야 하나?

해주 집에 계실 부모님들이 생각났다. 그녀의 집은 해주에서도 손꼽히는 부자였다. 같은 해주 출신인 박기룡의 집안도 꽤 풍족한 편이었다. 박기룡의 아버지는 아들을 이곳저곳에 보내어 무술공부와 글공부를 시켰다. 여기 숭문관에서만도 5년을 있었다. 그만하면 조선천지 어디에 내 놓아도 무인으로서 빠지지 않을 만한 실력이었다. 그러나 박기룡은 과거란 과거는 보는 족족 낙방했다. 서북인(西北人)에 대한 차별 앞에서는 제아무리 난다 긴다하는 실력이 있어도 소용없었다.

그럴 때에 혼인을 했다. 결혼 후 묘향산의 옛 스승을 찾았다. 언젠가 내가 못 이룬 꿈을 후배들이 이루어주기를 바라는 마음에서였다. 아무리 조정을 쥐고 흔드는 권문세가들이 미워도, 후진 양성만은 게을리 할 수 없다고 생각한 것이었다.

자(子)시도 훨씬 넘은 시각이었다. 밖에서 저벅저벅 발소리가 나더니 준호가 여진이를 업고 들어왔다. 여진이는 인사불성이었다. 서둘러 여진이의 신발을 벗겨보니 발가락에서 피가 나오고 있었다. 물을 떠와서 몸을 대강 씻겨주고 이불 위에 눕혔다.

여진은 집에 온 줄도 모르고 드릉드릉 코를 골며 잠에 빠져있었다. 가끔씩 헛소리도 했다. 오호, 불쌍한 것. 우리 불쌍한 무리에 하나가 더 늘었네. 이 일을 어찌할꼬? 해주댁은 여진의 손을 꼭 쥐어주었다.

다음 날에도 똑같은 훈련이 반복됐다. 아침밥을 먹고 나서 여진이는 무명천으로 발을 한 번 더 감았다. 훈련 이틀째에 돌아가겠다고 할 수는 없는 노릇이었다.

홀쩍이며 발을 싸매고 있는 여진이에게 꼬마 애연이가 다가왔다. 손에는 중전마마께서 하사하신 인형이 들려 있었다. 며칠 전 여진이가 선물한 것이었다.

"언니도 무사가 되려고 해?"

"응."

"언니, 힘들지?"

"아냐, 괜찮아."

"언니, 울지 마."

여진은 손등으로 눈물을 문질러 닦았다. 그 손으로 애연이의 손을 잡아 주었다. 각오를 새롭게 하고 나서자 전혀 못 움직일 것 같았던 몸이 또 움직여졌다. 신기하기만 했다. 몸이란 이런 것인가?

날씨는 어제와 마찬가지로 구름 한 점 없이 맑고 쾌청했다. 준호와 여진은 어제와 비슷한 시간에 돌아왔다. 여진의 발바닥에 상처가 있는 것을 고려한다면 괜찮은 성적이었다.

그렇게 며칠간을 똑같은 훈련만을 반복했다. 내일은 모처럼 하루를 쉰단다. 계곡에 가서 목욕을 해도 되고, 나무 밑에서 글을 읽어도 되고, 그것조차도 싫은 사람은 그냥 하루 종일 잠만 자도 된다는 것이다.

준호는 그날 밤 여진이와 함께 박기룡 사범을 찾아갔다. 그는 아직도 자지 않고 숭문관의 한쪽 구석에서 서안 앞에 앉아 있었다. 그의 그림자가 촛불에 길게 드리워졌다.

"사범님, 드릴 말씀이 있어요."

그가 몸을 뒤로 돌려 아이들을 마주 대하고 앉았다.

"응, 무슨 말이냐?"

"왜 그렇게 날마다 산만 뛰어다녀야 해요?"

"힘이 드는 모양이로구나."

"한양에서 듣기로는 축지법이라는 것이 있다던데."

"하하하, 축지법?"

그는 고개를 뒤로 제키더니 한참을 웃어댔다. 준호는 머쓱해서 옆에 있는 여진이를 돌아보았다. 잘못 말했나?

"그런 것은 세상에 없단다. 다 사람들이 만들어 낸 말이지."

그는 아이들을 번갈아 쳐다보더니 차근차근 앞으로의 계획을 알려주었다. 마치 아버지가 남매를 앉혀놓고 훈계하는 모습 같았다.

"애들아, 그 대신 경신술(輕身術)이라는 것은 있단다."

"경신술요?"

"그래, 경신술이다. 너희들이 날마다 옥수수를 뛰어넘고, 하루 종일 걸려서 묘향산 밑에까지 달려갔다 오는 것이 다 경신술의 기초란다."

"그렇지만 저기 있는 형들은 검술과 봉술 연습만 하던데 …."

"그 형들도 다 너희와 같은 과정을 거쳤단다. 너희들은 그들보다도 훨씬 더 혹독한 훈련을 해야만 한단다. 너희들은 그냥 무사가 아니다. 자객이란 말 들어 보았니?"

"네, 알아요."

이번에는 여진이가 대답했다. 그게 바로 내가 꿈꾸는 것 아닌가. 아버지의 원수, 중전마마의 원수를 갚기 위해서.

"그래, 너희들이 바로 자객이 될 거란다. 자객의 첫째 조건은 바로 감쪽같이 숨고, 눈깜짝할 사이에 공격하고, 그리고는 재빨리 도망하는 거란다. 여진이는 오늘 울지 않았구나?"

"네, 이젠 울지 않아요."

밤바람에 촛불이 흔들렸다. 서안 위에 있던 종이 한 장이 거적 위로 떨어져 내렸다. 준호가 눈을 들어 보니 거기에는 칼을 머리위로 치켜 든 사람의 그림이 그려져 있었다. 밑에는 무어라고 설명을 붙여놓은 글도 적혀 있었다.

26. 끝없는 훈련, 또 훈련

여진이 산에서 지낸 지도 벌써 석 달이 지났다. 처음에는 그토록 못 견딜 것 같았던 산 생활도 적응이 되니까 그런 대로 참고 견딜 만했다. 어머니와 떨어져서 지내야 한다는 게 항상 마음에 걸렸지만, 그럴 때마다 복수에 대한 집념이 그런 사사로운 생각들을 짓눌렀다.

이제는 준호와도 흉허물 없이 편하게 지내는 사이가 되었다. 여진은 준호가 자기의 이름을 처음 불렀던 날을 생각할 때면 지금도 슬며시 웃음이 나오곤 한다.

산에 들어 온지 한 달이 조금 지났을 때였다. 그날도 상원동 너른 바위에 앉아서 주먹밥을 먹었다. 여진이 인절미를 내밀었다.

"웬 떡이야?"

"응, 어제 밤에 작은 어머니가 만드셨대. 어서 먹어."

애연이, 소연이와도 친자매 이상으로 정이 들었다. 그러자 스스럼 없이 해주댁에게도 작은 어머니라고 부르게 되었다. 맹사범은 더 이상 함께 뛰어다니지 않았다. 이젠 둘이서도 충분히 다녀올 만큼 상원동까지의 길은 구석구석을 파악했으리라고 판단되었기 때문이었다.

"여진 낭자!"

준호는 한달이 넘도록 여진이의 이름을 부르지 못하고 있었다. 무어라 불러야 할지 막막했기 때문이었다. 오늘은 용기를 내어서 말을 걸어 봐야지 하면서도, 어떤 날은 옆에 있는 맹사범이 무서워서 못했고, 또 다른 날은 산에 올라가면 둘다 곧바로 잠에 골아 떨어져서 이름을 부를 기회가 없었다.

여진은 고개를 숙이고 있는 준호를 바라보면서 깔깔거리고 웃어대기 시작했다. 한참 동안을 배꼽을 잡고 웃던 여진이 머쓱해하는 준호를 보면서 면박을 주었다.

"여진 닝자가 뭐야, 여진 낭사가, 호호호!"

준호의 얼굴이 홍당무처럼 발갛게 되었다. 준호는 연신 뒤통수를 긁으면서 땅만 쳐다보았다.

숲 속에서는 가문비나무, 물푸레나무, 잣나무에서 짙은 향기가 배어 나왔다. 너른 바위 근처는 언제나 맑은 계곡물이 흐르고 하늘이 시원스레 탁 트여 있었다. 다른 곳은 우거진 나무들로 인하여 낮에도 어두컴컴했다. 여기저기서 울어대는 매미들과 풀벌레 소리, 산새들의 지저귀는 소리, 바위 밑을 스치고 흘러가는 계곡물 소리에 정신이 혼미할 지경이었다.

"그냥 여진이라고 해. 나도 준호라고 할게."

준호가 고개를 끄덕였다. 여진이, 내 사랑 여진이. 우리는 언제쯤 혼인할 수 있을까? 그런 말이 입속에서 맴돌았다. 여진이 그런 준호를 빤히 쳐다보며 말을 걸었다.

"준호야."

"응?"

"우리가 정말 참고 이 훈련을 다 마칠 수 있을까?"

"나도 처음엔 걱정이 되었어. 그런데 막상 해 보니까 못할 일도 아닐 것 같아. 3년만 참고 견디면 정말 조선 최고의 자객이 될 수 있을 것 같아. 벌써 몸이 처음에 올 때와 너무 많이 달라졌는걸."

이들이 죽기 살기로 날마다 산과 계곡을 뛰어다니자 놀라운 변화가 일어났다. 처음에는 겨우 자정이 되어야만 돌아올 수 있었는데, 한 달쯤 지나고 나서부터는 저녁 무렵 해가 뉘엿뉘엿 넘어갈 때면 산채에 당도할 수 있었다. 이제는 오후 해가 아직도 한참일 때 어김없이 되돌아 왔다.

석 달이 지나서부터 이들은 윤사범으로부터 유술과 격술을 배우기 시작했다. 작은 키에 다부진 체격을 하고 있는 윤사범은 유술의 기초자세인 낙법부터 가르쳤다. 흙바닥에 깔아 놓은 가마니 위에서 뒹굴자니 처음엔 등이 몹시 아프기도 했다. 그러나 그것도 처음 며칠 뿐이었다.

준호는 이제 자기도 다른 형들이 하는 것과 같은 훈련을 받을 수 있게 되었다는 게 여간 기쁘지 않았다. 선배들이 마당에 세워 놓은 굵은 나무등치에 칭칭 감아 놓은 새끼줄을 주먹으로 쿵쿵 칠 때면 얼마나 따라하고 싶었는지 모른다. 이제 그 꿈을 이룬 것이다.

여진은 훈련이 다 끝나고 수련생들이 쉴 때에도 쉬지 않고 연습했다. 손에서 피가 나는 것도 처음 며칠뿐이었다. 계속 하다 보니 이제는 제법 주먹도 단단해 졌다. 처음에는 막막하기만 하고 지겹기만 하던 훈련이 점점 재미가 붙었다.

그러던 여진에게 말 못할 걱정거리가 생겼다. 혼자서 며칠을 끙끙거리던 여진은 어느 날 잠자리에 들기 전, 해주댁에게 고민거리를 털어 놓았다.

"작은 어머니, 저 요즘 달거리(月經)가 없어졌어요."

고개를 푹 숙이고 말하는 여진이를 보며 해주댁은 드디어 올 것이 왔구나 하고 생각했다. 둘이서 날마다 산 밑까지 뛰어다니더니 저 아이가 결국은 일을 저지르고 말았구나.

"언제부터냐?"

"한 달쯤 된 것 같아요."

"너 그 사이에 준호 도령과 무슨 일이 있었던 건 아니냐?"

여진은 기겁을 하면서 뒤로 물러섰다. 놀란 모습이 역력했다. 건넌방에서는 애연이와 소연이의 숨소리가 고르게 들려왔다.

"아니에요, 작은 어머니. 아무 일도 없었어요."

"정말 맹세할 수 있어?"

"그럼요."

여진의 표정으로 보아서 거짓은 아닌 모양이었다. 그러면 왜? 그녀는 남편에게만 이 일을 살짝 물어보리라 마음먹었다.

다음 날 저녁, 남편과 잠시 이야기를 나누었다. 남편의 대답은 전연 엉뚱한 것이었다. 여진이가 이곳의 고된 훈련을 감당해 내다보니 몸에 변화가 생긴 것일 뿐이라는 설명이었다. 극한상황에서는 그런 일이 종종 발생한다고 했다. 그러면서 아내에게 여진이를 잘 달래주라는 당부의 말도 잊지 않았다.

　여진이는 열흘에 한 번씩 맞게 되는 쉬는 날이 너무 기다려졌다. 사람이 죽으라는 법은 없는지, 비록 깊은 산 속이지만 여기서도 그런 대로 즐거움이 있었다. 그 중 하나가 바로 여승들을 만나는 일이었다.

　산에 들어온 지 한 달쯤 되었을 때였다. 어느 날, 해주댁이 절에 가자고 했다. 여진이는 이 산속에는 보현사 하나만 있는 줄 알았다. 그러나 이야기를 들어보니 크고 작은 절이 수십 개나 된다는 것이었다. 그 중에 하나가 안심사라는 절인데, 거기는 여자 스님들만 있다는 게 아닌가.

　날마다 뛰어 다니던 길이 아닌 반대편, 서쪽으로 난 길을 따라 한참을 내려갔다. 처음으로 와 보는 길이었다. 묘향산의 서쪽은 상원동 쪽으로 나 있는 남쪽 길보다 훨씬 더 가파르고 험했다. 어느 곳에서는 까마득한 절벽이 한참을 이어지고, 곳곳에 기암괴석들이 즐비했다.

　그러나 그 경치는 남쪽과 비교할 바가 아니었다. 눈을 들어 보니 큰 시냇물이 굽이굽이 흘러가는 것이 한 눈에 내려다 보였다. 그 주변으로는 넓은 벌판이 끝도 없이 펼쳐져 있었다. 해주댁이 손가락으로 앞쪽을 가리켰다.

　"저 앞에 보이는 넓은 내가 백령천이고, 그 앞으로 아주 멀리 보이는 것이 청천강이란다."

　바위틈을 아슬아슬하게 비집고 지나가자 어디선가 목탁소리가 들려왔다. 그 소리를 따라 가파른 언덕을 넘어갔다. 그곳에 별천지가 펼쳐졌다. 사방이 움푹 들어간 곳에 서너 채의 기와집이 자리 잡고 있었다. 목탁소리는 바로 거기서 나는 것이었다. 절의 마당에 들어서니 승복을 걸친 젊은 여승 하나가 해주댁을 보며 반색을 하는 것이 아닌가.

"아이구, 우리 보살님 오셨네."

"잘 지내셨지요?"

해주댁은 마주 합장을 하여 예를 갖추었다. 그 젊은 여승은 옆에 서 있는 여진을 보더니 눈인사를 했다.

"여기 젊은 처자는?"

"네, 제 조카아이랍니다."

"오호, 그래요? 아이구, 예쁘기도 하셔라. 이렇게 예쁜 조카님을 왜 이제야 보여 주셔요."

젊은 스님은 눈을 흘기면서 해주댁을 나무랐다. 여진이 가만히 보니 이 절은 사방이 높은 봉우리에 가려져 있었다. 마치 커다란 항아리 속에 들어앉은 느낌이었다. 오후가 겨우 지났는데도 벌써 해가 서쪽 봉우리에 가려져서 그늘을 드리우고 있었다. 절은 규모가 작았지만 법당을 중심으로 작은 요사(寮舍)채가 세 채나 있었다.

그 후에도 쉬는 날이면 안심사를 찾았다. 하루는 아이들도 데리고 갔다. 길이 험해서 애연이와 소연이를 데리고 가기가 겁이 나기도 했지만, 그래도 아이들은 생각보다 산을 훨씬 잘 탔다. 산속에서만 자라서 그런 모양이었다.

안심사의 법당 앞에는 작은 연못이 있었다. 7월 말, 한여름의 더위가 한창 기승을 부릴 때였는데, 거기에는 신기하게도 연꽃이 피어 있었다.

"언니, 여기 좀 봐. 꽃이야, 꽃!"

애연이가 연꽃을 가리키며 소리질렀다. 소연이가 그런 동생을 보고 조용히 하라는 시늉으로 손에 입을 가져다 댔다. 법당에서는 불경외는 소리와 목탁소리만이 들려왔다. 스님들은 모두 안에서 예불을 드리고 있는 것 같았다.

여진이는 아이들과 함께 이곳저곳을 둘러보았다. 과연 산이 깊긴 깊은 모양이었다. 8월도 되지 않았는데 벌써 붉은 색으로 물든 단풍잎도 많이 눈에 띄었다.

"아이구, 오늘은 우리 귀여운 공주님들까지 오셨네."

젊은 여승은 법명을 혜련(慧蓮)이라고 했다. 나이는 스물 서넛 정도? 여진이는 이 스님이 너무 좋았다. 스님과 마주 하고 있으면 그 맑은 눈에 빨려 들어가는 것만 같았다.

지난 번에 찾아 왔을 때는 이런 저런 이야기 끝에 왜 스님이 되었느냐고 물어본 적이 있었다. 그러자 혜련은 반대로 여진에게 물었다.

"아가씨는 왜 산속에 왔어요?"

"응, 저는 무술 수련을 하기 위해서 왔지요."

"여자의 몸으로 무술 수련을 하다니. 무슨 말 못할 사연이라도 있나 보군요. 그래요. 실은 나도 말 못할 사연이 있지요. 여진이가 무술 수련을 하는 것처럼, 나도 부처님을 모셔야만 하는 운명이랍니다."

이런 이야기들이 오고 갔던 생각이 났다. 그래서 오늘은 스님의 아픈 곳을 건드리지 않기로 했다. 혜련 스님이 앞마당에 있는 작은 연못으로 이들을 데리고 갔다.

"연꽃은 한낮에 피었다가는 오후에 지지요. 지금이 막 꽃이 질 시간이랍니다. 연꽃에는 많은 전설이 있는데, 그 중에는 재미있는 이야기도 있어요."

"들려주세요, 네?"

여진이 미처 무어라고 대답하기도 전에 소연이와 애연이가 앞다투어 스님의 팔에 매달리며 졸라댔다. 혜련 스님은 연못 가장자리 넓적한 돌에 앉아서 이야기를 시작했다. 아이들은 귀를 종긋 세우고 이야기에 빨려 들어갔다.

"옛날 중국에 연꽃을 너무나도 좋아하는 선비가 살고 있었답니다. 그 선비는 돈이 많아서 집에 아주 큰 연못을 파고 거기에 연꽃을 많이 심었다지요. 그가 하루 종일 하는 일은 연잎을 바라보며 꽃이 피기를 기다리는 것이었대요. 꽃이 피면 그것을 잊어버릴까봐 그림으로 그려 놓곤 하였답니다.

하루는 그가 그림을 그리다말고 노곤하여 잠이 들었대요. 꿈을 꾸었는데, 붉은 꽃잎이 벌어지더니 그 속에서 잘 생긴 소년이 나오는 것이 아니겠어요? 조금 지나자 그 옆의 흰 꽃에서도 예쁜 소녀가 나오더랍니다.

선비는 너무 기쁜 나머지 옆에 있던 악기를 들어서 음악을 연주했지요. 그러자 음악소리에 맞추어서 아이들이 춤을 추더랍니다. 연꽃 사이를 이리저리 다니며 춤을 추던 아이들은 얼마 후 홀연히 꽃 속으로 사라지더래요.

선비가 깨어보니 꿈이더랍니다. 선비는 아이들을 삼켜버린 꽃이 너무 얄미워서 꽃잎을 몇 개 땄다지 뭐예요.

선비는 다음 날도 아이들을 보기 위해서 또 낮잠을 잤대요. 그랬더니 어김없이 아이들이 나와서 춤을 추더랍니다. 그런데 아이들이 조금 이상하더래요. 옷소매가 모두 떨어져 나간 옷을 입고 흐느껴 울면서 춤을 추고 있더랍니다.

그런데 그 다음 날부터는 꿈속에서 아이들이 더 이상 나타나지 않더래요. 아이들의 모습을 잊지 못하던 선비는 자기가 아이들을 직접 찾아보아야 하겠다고 연못 속으로 들어갔답니다."

"그래서 어떻게 되었어요?"

애연이가 초롱초롱한 눈망울을 굴리면서 스님을 올려다보았다.

"어떻게 되었을까요? 물속으로 들어갔으니."

"물에 빠져 죽었어요."

소연이가 대답했다.

"그래요. 물에 빠져 죽었답니다. 그래서 세상의 모든 나무나 풀도 그대로 놓아두어야 한답니다. 다 그 나름대로 이 세상에 나온 이유가 있기 때문이지요."

겨울이 되자 온 산이 눈으로 뒤덮였다. 그러자 자연스럽게 산을 뛰어다니는 연습을 줄이고, 실내에서의 연습이 강화되었다. 이제는 달리기, 유술, 격술, 은폐술에 검술이 추가되었다.

여진의 검술수련은 표창과 단검 위주로 진행되었다. 먼저 표창던지기이다. 한 뼘 정도의 표창을 다섯 발걸음 정도의 거리에서 나무에 던져 명중시키는 연습부터 했다. 원체 날카롭기 때문에 몇 번이나 손을 베었다. 그럴 때조차도 무명천을 둘둘 감고 연습을 계속했다.

머지않아 열 개 중 아홉 개는 맞출 수가 있게 되었다. 그러자 조금 더 거리를 늘렸다. 이제는 10보에서 던진다. 그것이 익숙해지자 다음에는 뛰어가면서 던지는 연습을 했다. 마지막으로는 목표물이 움직이는 상태에서 여진도 뛰어가며 던지는 연습이었다. 목표물도 움직이고 본인도 움직이는 고난도 기술이었다. 목표물은 언제나 박기룡 사범과 종만이가 도맡아 했다.

그들은 방패와 같이 생긴 것을 들고 숭문관 앞마당을 뛰었다. 목표가 움직이면서 어깨! 하고 소리치면 여진은 순식간에 목표물을 포착하여 표창을 날려야 한다. 그것도 정확히 어깨부분을 명중시켜야 하는 것이다.

두 개의 목표물이 항상 같은 방향에서 튀어나오는 것은 아니었다. 한 사람은 허리! 라고 외치며 지나가면, 다른 사람은 손! 하고 소리치며 다가올 때도 있었다. 그럴 때마다 여진은 단 한 치의 오차도 없이 그들이 말한 부분에 정확히 표창을 꽂아야 하는 것이다.

눈이 녹을 때 쯤이 되자 여진의 표창술은 가히 신기에 가깝게 되었다. 종만은 보호구를 하고 여진의 주위를 뛰어다니다가도, 손, 발, 가슴 등 말하는 곳마다 척척 표창이 꽂힐 때는 등허리에 식은땀이 흐르곤 하였다. 도대체 무엇이 저 여자아이에게 이토록 무서운 집념을 갖도록 만들었을까?

또 다른 검술 수련은 실내에서 하는 일대 일 대련이었다. 상대가 장검을 들고 공격해 오면 단검 두 자루로 그것을 막아내고 잽싸게 상대의 밑으로 파고들어 명치끝을 찌르는 연습이었다. 수련생들은 여진의 연습상대가 되지 않으려 슬금슬금 피했다. 막아내고 찌를 때,

명치끝에 여진의 목검이 닿기라도 하면 그야말로 숨이 턱 막히기 때문이었다.

그래도 종만이만은 항상 자진하여 여진의 상대가 되어 주었다. 종만이는 여진이와 대련할 때면 여진이의 몸에서 나는 살 냄새, 땀 냄새가 너무 좋았다.

급소를 공격하는 방법은 박기룡 사범이 대결 전에 일러 주었다. 거정세나(擧鼎勢)나 표두세(豹頭勢)로 위에서 내리치면 여진은 작은 단도 두 자루로 위에서 내리누르는 칼을 물리친 후, 곧바로 그 중 하나로 상대의 명치 끝이나 겨드랑이 사이를 가격하는 것이다.

종만이는 이 순간을 은근히 즐겼다. 자신이 목검을 들어 내리칠 때는 여진도 온 힘을 다해서 칼을 막아야 하기 때문에, 서로의 얼굴이 거의 마주칠 정도로 가깝게 된다. 이때 여진의 입에서 뿜어져 나오는 향긋한 냄새는 숨이 막힐 지경이었다. 까짓것, 설마 목검에 급소를 맞는다 해서 죽기야 하겠는가. 이런 배짱이었다.

여진이 단검대련 연습을 하는 중에 제일 힘든 때는, 상대가 탄복세(坦腹勢)나 어거세(御車勢)로 자신의 배를 찌르며 들어올 때였다. 상대의 장검을 짧은 검 두 자루로 뿌리치기가 여간 어렵지 않았다. 박기룡 사범은 이럴 때, 뒤로 한 발 물러나면서 상대와 거리를 유지하는 기술을 가르쳐 주었다.

이 연습광경을 항상 지켜보고만 있던 김천무 관장이 어느 날은 여진 앞에 두툼한 가죽 허리띠를 내밀었다. 표창 다섯 자루를 꽂고 단검 두 자루를 매 달 수 있는 허리띠였다. 그것을 허리춤에 꽉 동여매니 힘이 두 배로 생겨나는 것 같았다. 여진의 옷 속에는 언제나 아버지가 돌아가시기 전까지 허리에 동여매었던 옷고름이 있었다. 중전 마마께서 만들어 주셨다는 붉은색 비단 옷고름이었다.

지금껏 일년 가까이를 산에 있으면서 준호와 여진이 제일 힘들게 느꼈던 훈련은 자신의 몸을 숨기는 은폐술이었다. 아무 것도 없이 오로지 단검 한 자루만 가지고, 산 속에서 그것으로 구덩이를 파고 그 속에서 하루 밤낮을 꼬박 지내는 연습을 수도 없이 반복했다.

처음에는 땅만 파는 데도 몇 시간이 걸렸다. 그러나 그것도 자꾸 반복하다보니 나중에는 두더지 보다도 더 빠르게 땅을 파고 그 속에 들어가서 숨이 있을 정도가 되었다. 위에는 나뭇가지와 풀로 위장을 하여서 누구라도 알아보지 못할 만큼 완벽하게 숨는 기술을 터득한 것이었다.

구덩이 속에서 하루 종일 아무 것도 먹지 않고 지내는 훈련은 참으로 고통스러웠다. 그러나 그것도 점차 요령이 생겼다. 땅 속을 파다보니 지렁이나 이런 저런 벌레들이 나왔다. 그것들을 오물오물 씹으면 한결 허기가 덜했다. 그래도 그 속에서 용변을 참고 있는 것은 정말 참기 힘든 고통이었다.

꽃이 앞다투어 피는 시절인 3월에 숭문관에 반가운 손님들이 찾아왔다. 여진 일행이 온지 일 년이 다 되어가던 때였다. 바로 이학균이 민영환을 안내하여 온 것이었다. 이들은 평양에 들러 도목수 한사람을 데리고 왔다.

민영환은 작년 6월 모스크바에서 러시아 황제에게 고종의 친서를 전달하였다. 그 후, 러시아의 여러 도시들을 두루 살펴보고 하바로프

스크와 블라디보스토크를 거쳐 인천에 당도하였다. 그때가 10월이었으니 조선을 떠난 지 장장 일곱 달 만에 지구를 한 바퀴 돌고 귀국한 것이었다.

이학균이 민영환과 심상훈을 만난 때는 바로 그 즈음이었다. 이학균은 수련관이 너무 비좁고 허름하여 제대로 된 수련을 할 수 없다는 이야기를 꺼냈다. 그러자 심상훈이 제대로 된 수련관을 하나 지어주자고하여 이번에 평양에 들러서 이 일을 맡아 줄 도목수를 한 사람 구하여 동행한 것이었다.

민영환은 러시아에 체류하면서 로바노프 외상에게 필사적으로 매달렸다. 그래서 그로부터 조선에 군사 고문단을 파견하여 왕실을 보호하겠다는 결심을 얻어냈다.

고문단 일행은 민영환과 함께 그 해 10월에 조선에 들어왔다. 러시아 군사고문단은 장교 두 명, 하사관 열 명, 군의관 한 명으로 구성되었다. 조선 정부는 2천 명을 훈련시켜 줄 것을 요구했으나 이들은 우선 8백 명만을 양성하겠다고 하였다.

이렇게 돼서 이제 궁궐의 경비나 왕실의 경호는 일본식에서 러시아식으로 바뀌게 되는 것이다. 이때 민영환이 이들 8백 명을 전영(前營)으로 소속시키고 전영대장에 취임하였고, 이학균을 그 밑의 연대장에 임명한 것이다.

조선군이 몇 달간에 걸쳐서 강도 높은 훈련을 받아 어느 정도 자신이 생기자, 고종은 1897년 2월 20일에 경운궁으로 환궁할 것을 결정하였다. 러시아 공사관에서 꼬박 일 년을 지내다가 경복궁도 아니고 창덕궁도 아닌, 작고 초라한 별궁으로 옮겨 왔으니 실로 왕실의 수치가 아닐 수 없었다.

그러나 국왕이 이런 결정을 하게 된 이유는 여러 가지가 있었다. 우선 러시아 공사관과 가깝고, 외국인 선교사들의 거주지와도 가깝다는 게 첫 번째 이유였다. 또 궁이 작기 때문에 소수의 병력으로도 경비가 용이할 것이라는 게 두 번째 이유였다. 이미 여러 차례 난리를 겪었고, 급기야는 왕비까지도 잃은 임금이 아니신가.

이 궁궐은 원래 세조의 손자인 월산대군의 저택이었다. 광해군의 계모인 인목대비가 유폐되어 지내기도 한, 슬픈 역사가 깃들어 있는 곳이기도 하다. 후일 이 궁궐은 넉수궁이라는 이름으로 바뀌게 된다.

그해 4월 여진은 일본으로 건너갔다. 일본에 대하여 아는 것은 아무 것도 없다. 단지 한달 전에 민영환이 건네 준 일본어 독본 책을 틈틈이 공부한 것이 유일한 지식이라면 지식이었다. 도쿄에 도착하니 조선인 한 사람이 반갑게 여진을 맞이하여 주었다. 송영찬이었다.

민영환은 일본공사관에 참사관으로 근무하고 있던 친구 송영찬에게 여진의 일본체류와 학업을 잘 주선하여 주라고 신신 당부했다. 그의 집까지 가는 중에 여진은 도쿄란 곳이 이렇듯 번화한 동네인가 하고 벌어진 입을 다물 수가 없었다.

3층, 4층짜리 건물들이 여기저기 즐비하게 널려 있었고, 어느 곳에는 5층짜리 건물도 있었다. 여진은 길거리에 전차가 다니는 것을 보고 놀랐다. 수십 명이 한꺼번에 이동한다는 것은 조선에서는 꿈도 꾸지 못하는 일이었다. 여인네 하나를 나르기 위해 두 명의 가마꾼이 있어야 하질 않는가?

도쿄 여인들의 옷차림은 날아갈 듯이 화사했다. 꽃무늬가 있는 옷, 분홍색 옷 등, 서울에서는 보지도 못한 옷들을 입고 이리 저리 분주하게 다니는 여성들을 보며 여진은 자기가 어느 별천지에 왔다는 착각을 했다.

여진이 집에 당도하니 부인이 반갑게 맞아 주었다. 세 살짜리 아들이 하나 있었다.

닷새가 지난 어느 날, 송영찬이 퇴근하더니 내일부터 학교에 다니라고 했다. 일본인 실업가 나카야마 가케로(中山崎解有)라는 사람이 세운 중산고등공민학교라는 곳에 중학교 2학년으로 편입학을 시켜 놓았다는 것이었다. 중학교 3년 과정을 1년 반 만에 모두 마친다는 속성 과정이었다.

당시 일본은 공민학교법을 새로 만들어서 교육에 박차를 가하고 있던 때였다. 누구든지 일정 요건만 갖추면 학교를 설립할 수 있게 해 놓았다. 나카야마는 쌀장사로 많은 돈을 번 사람이었다. 그는 최근 몇 년 사이 조선과의 쌀 무역에서 엄청난 돈을 벌었다. 자기가 일자무식인 것을 평생 한탄하여 오다가 공민학교법이 생기자 학교를 하나 차린 것이었다.

학교는 송영찬의 집에서 한 시간 가까이 떨어진 거리에 있었다. 첫날은 송영찬의 부인 윤씨가 여진을 데리고 갔다. 윤씨 아주머니는 짧은 머리를 동그랗게 하고 옷도 초록색의 기다란 서양 옷을 입었다. 조선에서는 좀체 볼 수 없는 옷이었다.

학교는 3층 건물이었는데 지은 지 몇 년 되지 않은 듯 담장에 있는 나무들은 아직도 버팀목을 세워 놓고 있었다. 학교 안은 쥐죽은 듯 고요했다. 하얗게 깔려 있는 모래흙을 밟으면서 걸어가는 여진의 머리는 여간 복잡한 게 아니었다. 앞으로 일본 생활은 어찌 되려는 가? 과연 이 일을 감당해 낼 수 있을까?

윤씨 부인은 여진을 1층 교무실로 데려갔다. 4월이었지만 밖은 아직도 추웠다. 문을 열고 들어가자 뜨거운 열기가 확 쏟아져 나왔다. 세 명이 책상에 앉아서 무언가를 열심히 쓰다말고 이들을 쳐다봤다. 그중 한 사람에게 가서 인사를 하자 그는 자기의 옆자리에 윤씨를 앉히고는 몇 가지 필요한 사항을 적게 했다.

40내 중반쯤 되어 보이는 교무주임은 검정색 양복을 입고 있었다. 머리는 앞이마가 훤히 벗겨졌다. 남아 있는 머리에는 기름을 발라 뒤로 넘겼다. 머리가 반질거리며 윤이 났다.

한 10분쯤 지났을까? 그가 허리를 숙여 윤씨와 작별 인사를 하더니, 여진만을 데리고 층계를 올라가는 것이었다. 슬쩍 유리창 안을 들여다보니 학생들이 저마다 손을 들며 소리치고 있었다. 여진은 모든 것이 낯설었다. 3층짜리 건물도 서울에서는 보기 힘들었을 뿐만 아니라, 이렇게 유리창이 있어서 안이 훤히 들여다보이는 광경은 처음이었다.

여진을 데리고 온 선생님이 2-2라고 패찰이 씌어있는 교실 문을 열고 안으로 들어갔다. 일제히 학생들의 시선이 여진에게로 쏠렸다. 가만 보니 모두가 자기보다 어린 열 서너 살 정도밖에 되지 않은 듯 했다. 교무주임은 선생에게 귀속말로 몇마디 하고는 밖으로 나갔다.

선생이 여진을 교탁 앞으로 데리고 가서 무어라고 소개하자 아이들이 힘차게 박수를 쳐댔다. 그 말 중에 알아들을 수 있는 말은 여지노라고 한 말 뿐이었다. 여진이 정신을 차리고 가만히 살펴보니 모두 똑같은 옷을 입은 학생들이 60명은 되는 것 같았다. 여진만이 하얀 저고리에 검정색 치마를 입었을 뿐이었다.

여진은 뒷자리에 가서 앉았다. 수업시간은 영어 과목이었던 모양이다. 여진은 아무 말도 알아들을 수 없었다. 일본말도 제대로 알아듣지 못하는데 영어공부를 하다니! 그냥 시간이 어서 빨리 끝나기만을 바랄 뿐이었다. 드디어 종이 울리고 아이들이 떠들며 자리에서 일어났다.

여진은 창가에 서서 밖을 내다 보았다. 그러자 옆으로 학생 하나가 조용히 다가오더니 손수건을 건네주는 것이 아닌가.

"미치코."

여진이 무슨 말인지 몰라 그 아이를 빤히 들여다보자 다시 똑같은 말을 되풀이 했다. 자기의 이름이 미치코라는 모양이었다. 여진이 손을 내밀어 그 아이의 손수건을 받아 들었다.

"나는 여진이야."

"여지노?"

"아니 여진."

미치코라는 아이는 다른 아이들보다 나이가 더 들어 보였다. 잠시 후 또 다시 종소리가 들렸다. 떠들던 아이들이 후다닥 교실 안으로 뛰어 들어갔다.

이번 시간은 국어 시간이었다. 일본말과 문법, 문학을 가르치는 시간인 것이다. 조금 알기도 하는 글자들이 몇 자 나왔지만, 역시 못 알아듣기는 아까 영어시간이나 마찬가지였다.

학교 공부가 끝나고 정문을 나선 때는 오후 네 시쯤이 되어서였다. 윤씨 부인이 교문 앞에서 여진을 기다려 주었다. 그녀는 울면서 나온 여진의 손을 꼭 잡아 주었다. 눈물도 잠시, 여진의 머릿속은 놀라움으로 가득 찼다. 교실 가득 차 있는 여자아이들의 모습이 떠올라서였다.

아마도 이 학교만 해도 학생 수가 300명은 될 듯싶었다. 여자아이들이 가득가득 앉아서 저렇게 글을 깨우치고 외국 말을 배우고 있는데 조선의 사정은 어떤가. 그저 뒷방에 앉아서 고작해야 언문이나 배우고 뜨개질이나 하고 있질 않은가. 그것도 양반 집안이나 그런 것이지, 상민 집의 여자아이들은 아예 사람 축에도 들지 못하질 않는가.

여진도 아버지가 일본에 관해서 하시는 말씀을 여러 번 들었다. 그때마다 아버지는 왜놈, 왜놈 하면서 아주 미개한 사람들처럼 이야기하곤 했었다. 그러나 막상 와서 보니 미개한 쪽은 일본이 아니라 우리 조선이었다. 옆으로 기모노를 입은 일본여인이 여자아이의 손을 잡고 걸어가는 모습이 보였다. 예쁘게 차려입고 손에 장난감을 들고 가는 아이는 조선에서 보던 천대받고 사람 축에도 들지 못하는 여자아이의 모습이 아니었다.

준호의 무술 실력은 하루가 다르게 발전하여 갔다. 준호가 산에 들어온 지도 벌써 일 년 반이 지났다. 특히 그의 경신술은 수련생들 중에서 이제는 아무도 따라올 수가 없었다. 산 밑의 상원동까지 뛰어갔다 오는 것도 이제는 오후 한시경이면 다시 돌아올 정도가 되었다. 처음 시작할 때보다 무려 절반으로 시간이 단축된 것이었다.

그러나 맹사범은 여기서 만족하지 않았다. 이제는 양발에 모래주머니를 달아 주었다. 그냥 다녀오기도 어려운 가파른 산길을 모래주머니를 달고 뛰기는 정말 힘들었다. 그러나 그것도 해보니 견딜 만했다. 몇 달이 지나자 거의 비슷한 시간인 오후 한시가 조금 넘으면 돌아올 정도가 되었다.

옥수수 뛰어넘기는 여기에 오고 나서부터 줄곧 계속된 훈련이었다. 작년 8월 말, 옥수수가 다 여물어갈 때쯤에는 수련생들 중 아무도 걸리지 않고 뛰어 넘을 수 있는 사람이 없었다. 준호도 마찬가지였다. 그러나 준호는 겨울 내내 그 높이에 표시를 해 두고 도장의 앞마당에서 그것을 반복해서 뛰어 넘었다. 하루에 50여 차례씩 계속하자, 올해에는 발이 걸리지 않고 훌쩍 훌쩍 뛰어넘을 정도가 되었다.

검술도 상당한 경지에 도달했다. 세 명의 수련생들과 벌이는 삼대일 대련도 충분히 소화해 냈다. 세 명의 공격을 혼자서 막아내는 연습이었다. 이 대련에서는 뒤에서 공격해 오는 사람의 칼을 막기가 무척 어려웠다. 벌써 등을 찔리기를 수십 차례도 더 하였다. 그러나 박기룡 사범이 가르쳐 주는 기술대로 계속 연습하자, 얼마 후에는 뒤에 눈이 달린 사람처럼 척척 막아낼 수 있게 되었다.

10월 하순이 되었다. 다섯 명의 수련생들이 2년간의 수련을 마치고 하산할 때가 된 것이다.

10월의 마지막 밤에, 도장 앞마당에는 큰 잔치가 벌어졌다. 떠나는 수련생 다섯 명을 위한 송별잔치였다. 종만이를 비롯한 세 명과 준호만 남게 된 것이다. 내년 봄부터는 또 새로운 수련생들을 받을 작정이었다.

달이 환히 비추는 숭문관 앞마당은 멧돼지 고기가 지글거리고 옥수수 술이 돌며, 잔치 분위기가 한껏 무르익었다. 박기룡 사범은 떠나보내는 제자들에게 일일이 술을 따라주며 작별을 아쉬워했다.

수련생들도 이곳에서 2년간을 지내면서 사범들과 고운 정 미운 정도 많이 들었다. 날마다 목검과 봉을 마주 잡고 치고 때리고 한 지난날들은 정말 각고의 세월이었다.

이들은 떠나면서도 마음만은 홀가분했다. 준호와 여진이가 오고 나서부터 이곳의 여건이 눈에 띄게 좋아졌다. 올해는 평양에서 20여 명의 목수들과 일꾼들이 와서 옛날에 쓰던 낡은 건물을 헐어버리고 그 뒤에 훨씬 크고 넓은 새 건물을 지었다. 바닥도 거적이 아닌 반질반질한 나무로 깔았다. 그러나 무엇보다도 이들이 가장 자랑스러워하는 것은 커다란 나무액자였다.

숭무관(崇武館). 임금께서 직접 하사하셨다는 현판이다. 그러나 그 이름은 옛날의 숭문관이 아닌 숭무관이었다.

민영환의 보고를 받은 임금께서는, 지금껏 나라가 이토록 위기에 빠진 것이 결국은 문(文)만을 중시하여 생긴 일이라며 민영환을 꾸짖었다는 것이었다. 어찌하여 무사들을 양성하는 곳이 숭문관이냐고 역정을 내시면서 이름을 바꿔 달도록 하셨다고 한다. 감히 누구라서 임금께서 하사하신 이름을 타박할 것인가. 김천무 관장은 대궐 쪽을 향하여 엎드려 세 번 절하고 그 현판을 받았다.

이들 수련생들은 관장님의 지도를 받아 글공부를 할 때면 나라에 대한 충성심이 불끈불끈 솟아오르곤 하였다. 술자리가 한창 무르익었을 때에 김천무 관장의 일장 훈시가 있었다.

"내가 이곳에서 너희들을 성심성의껏 가르쳤다. 이제 너희들은 홀륭한 무인들이 되었다. 그러나 단 하나, 그리고 가장 중요한 것이 빠졌다. 바로 사격술이다. 그러나 여기서는 사격을 배울 수가 없다. 그런 형편은 너희들도 잘 알고 있을 것이다. 이제 너희들이 해삼위로 떠난다니 그곳에 가면 사격술을 열심히 배우도록 하여라. 그곳에서는 일본의 눈치를 보지 않고 마음껏 훈련받을 수 있을 게다."

이들은 연해주 쪽의 해삼위로 떠나기로 하였다. 러시아 사람들은 블라디보스토크라고 부른다는 곳이다. 그곳에서 활동 중인 항일 무장조직에 가담키로 작정한 것이었다.

아마도 음력으로 추석 다음 달의 보름인 모양이었다. 푸른 달빛이 온 산을 휘감고 있었다.

준호는 밝은 달을 보면서 여진을 떠올렸다. 여진이 일본으로 떠난 지도 반년이 넘었다. 여진은 지금쯤 일본에서 무엇을 하고 있을까? 고생이 심하지는 않을까?

밝은 달을 보며 가을바람을 맞으니 더욱 여진이가 보고 싶었다. 달님, 우리 여진이를 지켜주세요.

27. 가라, 중국 땅으로

여진이 학교에 다닌지 사흘째 되는 날이었다. 저녁에 들어 온 송영찬은 여진을 불렀다. 여진은 그때도 울고 있었다. 아무리 생각해도 이건 아닌 것 같았다. 일본말도 못하고 글씨는 더더욱 모른다. 그런데 중학교 2학년 과정을 따라가야 한단다. 그것도 2학년, 3학년 과정을 단 1년에 모두 끝내야 한다는 것이다. 밥도 먹지 않고 울고 있는 여진을 송영찬이 따뜻한 말로 위로하였다.

"여진아, 네가 조선에서 여기까지 올 때는 비장한 각오를 하고 왔을 것이다. 그 초심을 잃지 않도록 해라. 난 네가 충분히 따라 잡을 수 있을 거라 생각한단다."

"그래, 여진아. 넌 할 수 있을 거야."

옆에서 윤씨 부인도 거들었다. 천장에서는 30촉짜리 백열전구가 다다미방을 비추고 있었다.

이즈음 일본 대도시의 집들에는 거의 다 전깃불이 들어왔다. 그렇지만 농촌까지는 아직 아니었다.

송영찬의 집은 신주쿠(新宿)와 시부야 사이의 하라주쿠(原宿)라는 동네에 있었다. 일본식 옛날 집들이 다닥다닥 붙어 있는 동네이다. 그래도 그의 집에는 제법 운치가 있는 정원에 몇 그루의 소나무도 있었다. 소나무 사이 사이로는 대나무 숲이 잘 가꾸어져 있었다. 하라주쿠에서 걸어서 한 시간 정도만 가면 그가 근무하는 외교단지가 있다.

"아저씨, 저 그곳에서 퇴학 맞으면 어떻게 해요?"

여진이 불안한 눈을 들어 송영찬을 쳐다보았다. 전등 불빛에 눈물이 반짝였다. 그런 눈을 보는 송영찬의 마음도 편치 않았다.

"여진아, 그런 일은 없을 거야. 왜냐하면 네가 학교에 들어갈 때에 내가 돈을 좀 썼거든. 소학교 졸업장도 사고, 중학교 재학증명서도 다 돈 주고 산거야. 그러니까 네가 중학교 일학년을 마쳤다는 건 서류상으로는 완벽하단 말이지. 학교에서도 네가 사고를 치지만 않으면 너를 퇴학시키지는 않을 거야. 넌 잘 모르겠지만, 요즘 일본에선 학교마다 학생들을 더 받으려고 난리를 치고 있는 형편이란다."

"여진아, 친구들이 책도 사 주었다면서?"

그 말을 듣고 송영찬이 의아한 표정을 지으면서 부인을 돌아보았다.

"책을 사 주다니?"

"오늘요. 반 친구들이 사 줬대요. 영어책 한 권하고 수학책 한 권이래요. 소학교 6학년이나 중학교 1학년 정도가 배워야 하는 아주 기초적인 책이래요. 그 아이들 자비로 샀다는 걸요?"

윤씨 부인이 자랑스럽게 이야기했다.

등교 첫 날, 여진이 울면서 집에 돌아간 장면을 목격한 친구들이 모여서 상의했단다. 여진이 또래의 아이들은 나이가 많아서 은근히 소외되고 있었는데, 여진이가 들어오자 동료 하나가 늘었다고 좋아하던 참이었다. 그런데 그 친구가 울면서 집에 돌아간 것이었다.

오늘 학교가 끝나자 미치코와 친구들은 여진을 중고책방에 데리고 갔다. 거기서 자기들의 주머니를 털어서 여진이에게 책을 두 권 사 주었다. 그 책은 중학교에 막 입학한 학생들에게 꼭 필요한 기초 자습서였다.

"오, 벌써 여진이에게 좋은 친구들이 생긴 모양이로구나. 그렇다면 여진아, 더더욱 희망이 있질 않니? 넌 이제 아무 걱정하지 말고 앞으로 1년 동안 '여기 나 죽었소.' 하고 공부만 하란 말이다."

여진이 고개를 들었다. 그리고 대답했다. 입술이 꼭 다물어져 있었다.

"해 볼게요. 아저씨 말씀대로 죽기 살기식으로 공부에만 매달린다면 따라갈 수 있겠지요."

"그래. 잘 생각했다. 하면 되는 거야."

정원에서 달콤하면서도 진한 꽃향기가 바람을 타고 들어왔다.

"아주머니, 이건 무슨 꽃 냄새예요?"

며칠 되지 않았지만 여진은 일본사람들의 이런 아기자기한 정원이 참 신기했다. 이 사람들은 꽃밭을 가꾸어도 이집 저집이 거의 비슷비슷한 것 같았다.

모처럼 어두웠던 분위기가 여진의 이 말 한마디에 환해졌다. 윤씨 부인이 반색을 하면서 대답해 주었다.

"응, 이건 라일락이라고 하는 꽃이란다. 냄새가 아주 좋지? 우리도 귀국할 때 한 그루 캐다 심으려고 하고 있단다."

이 무렵 조선에서는 비록 쓰러져가는 나라였지만 그것을 어떻게 든지 일으켜 세우려는 고종의 마지막 몸부림이 있었다.

1897년 8월 16일, 고종은 연호를 광무(光武)라고 고치고 부국강병의 기치를 높이 세웠다. 10월 12일에는 문무백관을 이끌고 원구단(圓丘壇)에 나아가 황제 즉위식을 거행하였다. 후일에 조선호텔이 들어서는 자리이다.

국호를 대한이라 고쳤다. 호칭에서도 변화가 있었으니 임금, 또는 내 군주라고 부르던 호칭을 황제로, 왕후는 황후로, 왕세자는 황태자로 바꾸어 부르도록 했다. 왕의 아버지인 대원군은 대원왕으로 승격되었다.

황제 즉위 그 다음 다음 날, 독립신문은 사설을 통해 그날의 감격을 이렇게 표현했다.

광무원년 10월 12일은 조선사기(朝鮮史記)에서 몇 만 년을 지내더라도 다시 올 수 없는 제일 빛나고 영화로운 날이 될 것이다. 조선이 지난 몇 천년 동안을 왕국으로 지내오면서, 중국의 지배를 받고 근자에는 마치 청의 속국처럼 되었던 사실은 온 백성이 다 아는 일이라.

이를 통분히 여기시던 대 군주폐하께서 이 달 12일에, 조선역사 이래 처음으로 대 황제 위(位)에 오르시고, 국호를 대한이라 하셨으니,

이는 실로 진한, 마한, 변한의 삼한을 어우르는 큰 한(大韓)이라는 명칭이 아니고 무엇이랴. 아울러 황제 폐하께서는 이 날을 기하여 우리 대한이 자주독립국임을 선포하셨노라. 그러한즉, 어찌 조선인민이 되어 감격한 생각이 아니 들까보냐.

독립신문은 갑신정변의 주역이었던 서재필이 미국에서의 망명생활을 잠시 접고 조국에 돌아와 만든 신문이다.

서재필은 갑신정변 후 미국으로 망명하여 그곳에서 10년 간을 생활하였다. 그 사이 미국 시민권도 받고 미국 여자와 결혼도 하였다. 의학을 공부하여 의사가 되고 의원을 개업하였으나, 백인들의 유색인종에 대한 편견으로 크게 성공하지는 못하였다.

중전이 시해되고 나서 그를 옭아매고 있던 모든 규제가 풀리자, 귀국하여 중추원 고문이라는 직함을 받았다. 그는 주로 배재학당 등에서 후진들을 위한 강연을 하며, 미개한 민중들을 깨우칠 방도를 연구하였다.

귀국해서 그가 가장 공을 들인 일은 바로 신문을 만드는 일이었다. 오래지 않아 그 결실이 나타났다. 1896년 4월 독립신문이라는 한글 신문을 발행하게 된 것이다. 당시 서울에는 한성신보라는 신문이 있었으나, 주로 친일적인 내용이라 일반 백성들로부터 외면을 받았다.

미국에서 그곳 풍습을 익히고 의학박사가 되어서 돌아 온 그는 여전히 미국시민권과 미국 이름(Philip Jaisohn)을 갖고 있었다. 이러한 그의 배경은 당시 어지럽던 조선사회에서 활동하는데 큰 힘이 되어 주었다.

조선의 친미, 친러파 관료들은 그를 고문으로 추대하여 독립협회라는 단체를 결성하기에 이르렀고, 그 후 독립협회는 민족의 자긍심을 되찾는데 큰 역할을 하게 된다. 그 중 하나가 서대문 밖에 있던 영은문을 헐어버리고 그 자리에 독립문을 세우는 일이다.

원래 영은문(迎恩門)은 청국의 사신을 맞을 때 국왕이 그 앞에까지 가서 영접하던 장소였다. 그야말로 사대주의의 상징이라고도 할 수 있는 문이다.

황후의 장례식은 일본인들에게 시해당한 지 무려 2년도 더 지난 1897년 12월 22일에야 거행되었다. 그 동안은 국왕이 러시아 공사관으로 피신하는 등, 장례식을 치를 여건이 되지 않았었다.

장례 행렬은 21일 아침 8시에 경운궁을 떠났다. 대안문(大安門) 앞에는 왕비의 마지막 떠나는 모습을 보기 위해 밤새 수천 명의 백성들이 운집해서 기다리고 있었다.

왕비의 덕을 기리는 현수막들과 형형색색의 만장들이 끝없이 이어졌다. 이날 동원된 군인들만도 5천 명이요, 문무백관들만도 4천명, 경찰관도 7백 명이나 되었다. 수만을 헤아리는 백성들이 정동에서부터 청량리까지 거리를 가득가득 메웠다.

드디어 오후 한시에 명성황후의 관을 모신 상여가 나왔다. 수십명이 상여를 떠메고 앞뒤로 늘어진 줄을 잡고 따라가는 광경은 그야말로 장관을 이루었다. 백성들은 하얗게 몰려들어 중전마마, 중전마마를 외쳐댔다. 아침부터 대궐을 빠져나온 장례 행렬은 밤이 될 때까지도 끝을 모르고 이어졌다.

일본 측도 이날 바짝 긴장하여 조선 내에 주둔하고 있던 병력을 모두 풀었다. 만약에 있을 폭동에 대비해서였다. 그러나 다행히도 불상사는 일어나지 않았다.

밤이 되자 수천의 군졸들이 횃불을 대낮처럼 밝히고 무덤 주위를 지키고 있는 가운데, 왕비의 관은 여섯 번의 제사를 드린 후 마침내 땅속으로 매장되었다.

30여 년 전, 열여섯의 나이로 궁중에 들어올 때는 밝은 대낮이었다. 그때는 창덕궁에서부터 안국방의 감고당까지만 행렬이 이어졌었다. 그런데 지금은 노란 색, 붉은 색 등이 걸린 밤이다. 황실을 상징하는 그 등불은 경운궁에서부터 홍릉까지 장장 30리 길을 구불구불 이어지고 있는 것이다.

황제는 마지막 가는 아내의 모습을 보기 위해서 묘실 안에까지 내려갔다. 자신과 그 험난한 세월들을 함께 했던 황후가 이제는 시신조차도 없이 뼛가루 몇 개가 되어 땅 속에 묻히는 것이다. 백성들은 아직도 가지 않고 지켜 보면서 황후의 마지막 떠나는 길을 축복해 주고 있었다.

묘실에 서서 임금은 하염없이 눈물을 흘렸다. 평생의 반려자가 이제 영원히 곁을 떠난다고 생각하자 눈물이 흘렀다. 시신조차도 제대로 없다는 데 생각이 미치자 또 눈물이 나왔다. 그래도 수십 만의 백성들이 황후의 떠나는 길을 함께 해주는 사실이 감격스러워 또다시 눈물이 흘러 내렸다. 아, 나의 이 고통은 언제나 끝이 나려나. 내 대에 와서 조선 오백년 역사가 끝이 나려나. 그리된다면 장차 나는 무슨 면목으로 열성조들을 뵈올 것인가.

1897년 겨울 방학이 시작되기 전에 시험을 보았다. 일제고사라는 것이다. 여진은 이 시험에서 3등을 했다. 어떻게 이럴 수가? 여진은 도저히 자신이 믿어지지 않았다.

그동안 정말 죽기 살기로 공부에만 매달렸다. 송 참사관님이 복수고 뭐고 당분간은 잊으라고 해서 정말 그렇게 했다. 그러자 여름방학이 끝난 다음 시험에서 중간 정도를 했다. 그로부터 넉 달 후, 이번에는 3등을 한 것이었다.

이제는 일본어로 책을 읽거나 대화를 나눌 때도 어려움이 없었다. 영어도 할만 했다. 수학의 원리도 꽤 많이 깨우쳤으며 특히 역사 과목에 있어서는 언제든지 자신이 있었다.

다음 해에 있은 졸업식에서 여진은 당당히 우등상을 탔다. 일본말도 할 줄 모르던 조선 소녀가 일본에 온 지 불과 1년 만에 중학교 졸업식에서 우등을 한 것이다.

여진은 나카노(中野)에 있는 나카노여자고등학교를 지원했다. 송영찬이 그곳을 가라고 했다. 도쿄에서도 손꼽히는 명문 여자학교였다.

그곳에 합격하여 세라복을 입고 처음 등교하는 날, 여진은 감개무량했다. 일본에서 이렇게 글을 배우고 지내는 것이 너무 좋았다. 준호가 오면 복수고 뭐고 다 때려치우고 함께 결혼하여 살고 싶은 마음도 생겼다. 자꾸 편안한 생활에 젖어들자 그 옛날의 처음 마음을 회복하기가 어려웠다.

그럴때면 여진은 피묻은 붉은 옷고름을 꺼내어 어루만졌다. 그 옛날 중전마마께서 옷고름 두개를 이어서 만들어 준 것이라 했다. 아버지가 생전에 옷 속에 두르고 다녔던 유품이었다.

송영찬도 여진을 그렇게 내버려 두지 않았다. 숙소는 학교에서 그리 멀지 않은 곳으로 정했다. 큰 독채를 빌렸다. 교직생활에서 은퇴한 주인은 동경 생활을 접고 시골에 낙향하여 농사를 지으면서 지내고 있다고 했다.

집은 넓은 마당에 방이 세 개나 있었다. 정원수도 수십 그루였다. 방 두 칸에는 주인집 가구며 살림살이들이 가득 찼고, 여진이 쓸 수 있는 방은 하나뿐이었다. 이 집을 얻는 데도 심상훈 대감이 모든 경비를 다 보내 주었다는 것이다.

짐 정리가 다 끝난 3월 초의 저녁 무렵, 송영찬 참사관 부부가 왔다. 윤씨 부인은 시장을 보아 왔다면서 생선찌개를 끓인다, 야채를 볶는다 하면서 부엌을 바쁘게 오고갔다. 한참 후, 민어찌개와 맛깔스런 김치, 그리고 야채볶음 등, 제대로 된 저녁상이 차려졌다.

식사를 마친 후, 송영찬 부부는 여진과 이런저런 이야기를 나누었다. 먼저 윤씨 부인이 입을 열었다.

"여진아, 네가 중학교를 우등으로 졸업하다니 참 대견스럽구나. 난 네가 꼭 그렇게 될 줄 알았단다."

"다 아주머니와 아저씨가 도와주신 덕택이에요. 제가 어떻게 혼자서 그 엄청난 일을 했겠어요."

"내가 본국에 전보를 보냈단다. 민영환 공도 네가 잘 지내는지 수시로 안부를 묻곤 했었는데, 네가 우등상을 받고 졸업했다는 소식을 접하고는 너무 기뻤다고 하시더구나."

송영찬은 여진의 눈치를 살펴보고 나서 말을 이어나갔다. 여진도 이제는 어엿한 처녀가 되었다. 왜 아니겠는가? 벌써 여진의 나이 열여덟이니.

"여진아, 네가 일본에 온 지도 벌써 일 년이 지났어. 이제는 우리도 서서히 그 작업을 준비해야 될 때가 된 듯싶구나. 원체 황제 폐하의 성화가 자심하시니 민영환 공도 견디기가 아주 어려운 모양이더구나."

여진은 밀없이 송영찬의 이야기를 듣고 있었다.

"여진아, 왜 학교를 이쪽으로 정했는지 혹시 짐작이라도 가느냐?"

"아니요? 무슨 이유가 있나요?"

"여기시 도보로 20분 정도만 가면 이노우에 가오루의 집이란다. 그가 누군지는 알고 있지?"

순간 여진은 몸을 부르르 떨었다. 잠시 잊고 있었던 그 일이 이제 다시 시작되는 순간이었다.

"황후마마의 시해 사건에 가담했던 자들이 나카노에만 네 명이나 살고 있지. 그것도 반경 이십 리 안에 말이다. 그래서 이곳에 네가 다닐 학교를 정한 거란다. 앞으로 준호가 합류하려면 삼년은 더 있어야 한다더구나. 엊그제 외교 행랑 편으로 온 암호편지를 보니 김천무 관장이라는 사람이 준호를 중국에 보내어 더 많은 훈련을 받게 할 계획으로 있다더구나."

여진은 한숨을 크게 내쉬었다. 정혼한 사람을 앞으로도 어찌 3년씩이나 더 기다려야 한단 말인가.

이 때, 송영찬이 품속에서 종이 한 장을 꺼내어 다다미 위에 펼쳐 놓았다. 그는 창문을 한 번 쳐다보았다. 창밖에는 깜깜한 어둠만이 있을 뿐이었다. 그는 종이 위에 쓰여진 이름들을 하나하나 짚어가면서 설명을 시작했다.

"이것이 암살 대상자들의 명단이다. 그동안 본국 정부와 여러 차례 협의해서 추리고 추린 열 명이다. 제일 첫 번째로, 이노우에 가오루(井上馨)라는 사람은 황후마마의 시해를 주도한 장본인이다. 그의 큰 구상에서 '여우사냥'이라는 황후 시해작전이 시작된 거지. 두 번째로 미우라 고로(三浦伍樓)는 우리나라에서 공사로 있으면서 실제적으로 작전을 주도한 과격분자이다. 세 번째로, 이토 히로부미(伊藤博文)는 일본을 움직이면서 뒤에서 이 작전을 후원해 주고 묵인해 준 자이다. 그러니까 이들 세 명을 간단히 지칭하자면 주범, 공범, 종범이라고 할 수 있을 것이다."

윤씨 부인은 여진을 측은한 눈으로 바라보고 있었다. 여자의 생각으로도 이렇게 엄청난 일을 한갓 어린 아이에게 맡기는 것이 과연 잘하는 일인가하는 의심이 들었다. 남편의 결정, 아니 좀 더 크게 보면 나라에서 한 결정이 옳은 일인지 확신이 서지 않았던 것이다.

다다미 위 무쇠 화로에서 나오는 더운 열기가 온 방안을 가득 채우고 있었다. 송영찬은 일본식의 작은 난로를 싫어했다. 이 난로는 그가 일본 여기저기를 뒤져서 겨우 하나 구해 온 조선 화로였다.

"그 아래로 적혀 있는 미야모토, 호리구치, 구니토모, 쿠스노세, 그리고 다카하시 등은 모두 당시 옥호루까지 침입한 자들이다. 이들 중에 한 명이 황후마마를 죽였으리라고 짐작은 되지만 아직 정확히는 모른다. 이들은 서로 자기네들이 죽였다고 떠벌리고 다닌단다. 그래도 내가 이렇게 저렇게 조사한 바에 의하면, 그 다섯 명 중, 미야모토나 호리구치 중의 한 명이 황후마마를 죽인 시해범이라고 생각된다."

그의 설명이 계속됐다.

"아다치 겐조(安達謙藏)라는 인물은 한성신보사 사장으로 있으면서 40여 명의 일본 칼잡이들을 경복궁으로 데리고 간 인물이다. 그는 미우라 고로의 동향 후배이기도 한 인물이지. 또 황후 시해작전에서 아주 중요한 역할을 한 오카모도 류노스케(岡本有之助)는 이노우에 공사와 미우라 공사를 도와 황후시해 작전의 골격을 짠 인물이다."

"그 중에서 누가 아버지를 죽인 범인인가요?"

"그건… 여진아, 그건 아직 알 수가 없단다. 그날 전투 중에 돌아가셨기 때문에 아직 파악을 하지 못했단다. 내게 시간을 조금만 더 주려무나. 내가 꼭 알아보아 줄 테니까."

송영찬이 무척 미안한 표정을 지으며 하는 대답이었다.

"아버지는 대위 계급장을 달고 있는 군인이 쏜 총탄에 맞아 돌아가셨다고 했어요."

"그래, 나도 거기까지는 알고 있단다."

여진이 눈을 아래로 깔았다. 분노를 참고 있는 모습이었다. 그런 여진를 보면서 송영찬은, 자신이 여진의 입장이라도 그럴 것이라고 생각했다. 아무리 황후마마의 복수라 해도 어찌 자기 아버지의 원수를 갚는 일에야 비기겠는가?

송영찬이 조사를 게을리 한 것은 아니었다. 그러나 당시 조선에 출동했던 일본군들 중 대위 계급으로 있던 자들만도 열 여섯 명이나 되었다. 그 중에 누가 홍계훈 연대장을 죽였는지는 아직 알아낼 수가 없었다. 군대의 특성상 세간에 떠도는 소문도 별로 없었다.

준호는 묘향산에서의 3년을 다 마쳤다. 그해 12월, 김천무 관장은 준호를 불렀다.

"준호야, 여기를 떠나면 우선 황해도 해주부의 안태훈 진사 어른을 찾아가거라. 나와는 막역한 친구이니라. 안진사에게 아들이 세 명 있는데 그들 모두 호탕하고 사냥을 좋아하여 네가 가면 좋은 친구가 될 것이니라. 그 아이들과 함께 올 겨울을 나도록 해라. 함께 사냥하면서 지내면, 네가 총포술을 익히는 데도 도움이 될 것이다."

"그런 다음에는 일본으로 가나요?"

"아니란다. 내가 지금 중국에 연락을 취하고 있는 중이다. 네가 부족한 것을 그곳에서 마저 배우도록 하여라. 사격술도 배우도록 주선할 예정이다. 수련 기간은 2년으로 잡아 놓았다. 여기 저기 유명한 도장들을 다니면서 실전경험도 쌓도록 해라. 그런 연후에, 일본으로 건너가게 할 계획으로 있단다. 우리 숭무관 출신이 황후마마의 복수라는 엄청난 일을 맡게 되어서 얼마나 큰 영광인지 모른다."

이 무렵 김천무는 박기룡 사범과 함께 무예도보통지(武藝圖譜通志) 주해서를 거의 완성해 놓고 있었다. 무예도보통지는 정조 대왕이 백동수라는 장용영 장교에게 명하여 만든 책으로, 네 권이 한 질을 이룬다.

거기에는 창술, 검술, 궁술 등의 무기를 가지고 하는 싸움뿐만이 아니라. 마상 마술과도 같은 여러 가지 기예를 총망라하였다.

그러나 원체 구하기가 어려울 뿐더러, 세세한 부분까지 설명이 되어 있지 않아 가르치고 배우는 데 어려움이 있었다. 그래서 김천무와 박기룡은 이 책에 있는 각 동작 하나하나를 더욱 세밀하게 그림을 추가하여 누구든지 혼자서도 쉽게 터득할 수 있게끔 만드는 작업을 해왔던 것이다.

지난 5년 동안 그 작업이 거의 끝나서 지금은 마지막 정리를 앞두고 있었다. 이제 이 책을 수백 권 찍어서 조선 팔도는 물론이요, 멀리 러시아 땅의 해삼위에도 보낼 작정이었다.

준호가 떠나는 날, 숭무관은 울음바다가 되었다. 특히 소연이는 울고불고 하며 준호 오빠와 떨어지기 싫다고 몸부림쳐댔다. 지난 3년 동안, 서로 많은 정이 들었다. 소연이도 이제 해가 바뀌면 열두 살이 된다. 그동안 준호를 오빠처럼 생각하며 지내왔는데, 이제 떠난다고 하니까 그 상처가 이만저만이 아닌 것이다. 그런 소연이를 해주댁이 끌어안고 달래 주었다.

"소연아, 준호 오빠는 중국에 가서 2년만 배우다가 다시 돌아올 거야. 그깟 2년도 못 참아?"

2년 후에는 총 관장님을 만나려 잠시 들를 뿐이다. 그때는 또 어찌 달래 주어야 하나? 진짜 이별이 기다리고 있는데 ….

해주댁은 난감한 표정으로 하늘을 쳐다보았다. 눈이 오려는가? 하늘은 잔뜩 흐려 있었다. 치마폭에 얼굴을 묻고 있는 소연이의 따뜻한 온기가 해주댁의 몸을 타고 올라왔다.

황해도 해주부(海州附) 안진사 댁은 찾기가 어렵지 않았다. 그 집은 수양산 자락을 뒤로 두고 널찍하게 자리잡고 있었다. 가히 해주의 대 부호라 할만 했다. 준호는 김천무 관장이 써 준 소개장을 내 밀었다.

안진사는 정자관을 단정히 쓰고 앉아서 준호를 맞았다. 검은 콧수염과 굳게 다문 입술이 보통 강직한 성품이 아닌 것 같았다. 안진사는 김천무의 근황에 대하여 이런저런 것들을 물어 보았다.

"그래, 요즘 수련생들은 몇이나 되느냐?"

"네, 요즘은 많이 늘어 20명 가까이 됩니다, 어르신."

옆에는 스무 살 정도 돼 보이는 장정이 관심어린 눈으로 아버지와 준호의 대화를 듣고 있었다.

"여기 있는 아이는 내 큰 아들이니라. 네게는 형뻘이 될 것이다. 인사하도록 해라."

"이준호라고 합니다."

"안응칠이라고 하오. 중근이라고 부르기도 하지요."

손을 내밀어 덥석 잡는데 그 손에서 엄청난 힘이 느껴졌다. 눈은 푸른빛이 쏟아져 나오듯 형형했다.

"응칠아, 이 청년은 황후마마를 옆에서 보필하시다가 두 손이 잘려서 돌아가신 이경직 대감의 자제이니라. 충신도 그런 충신이 없으시니라. 그러니 앞으로 네가 동생처럼 잘 대해 주거라."

"네, 아버님."

안중근은 어려서 태어날 때 몸에 검은 점 일곱 개가 있었다하여 응칠(應七)이라고 불렸다. 사람들은 중근이라는 이름 대신 주로 응칠이라는 이름으로 불렀다.

사랑으로 돌아온 이들은 밤을 새워가며 이런 저런 이야기를 했다. 안중근도 무예에 관심이 많았던지라 준호의 산 생활 3년을 부러워하였다.

"나이는 몇이오?"

"네, 임오(壬吾) 생입니다."

"임오 생이면 1881년인가? 그러면 나보다 세 살이 아래로군."

"앞으로 제가 형님으로 모시겠습니다. 형님, 절 받으시지요."

"아니, 뭐 이렇게 까지 ···."

준호가 무릎을 꿇고 큰 절을 올리자 안중근도 황급히 맞절을 하였다.

"그래, 무예는 어느 정도나 배웠나?"

"무예라고 할 것도 없습니다. 그저 산을 뛰어다닌 것뿐이니까요."

준호는 그간의 수련과정을 소상히 이야기 했다. 여진이 일본에 가 있는 것도 이야기 했다. 그러나 황후마마의 복수를 할 계획이라는 이야기는 하지 않았다. 그 일은 아무에게도 말하면 안 될 비밀이었다.

해가 바뀌어 1월이 되자 폭설이 내렸다. 중근은 준호를 데리고 사냥을 떠났다. 수양산은 수양폭포로도 유명한 산이다.

"오늘은 박달봉까지 갈 작정이네."

중근이 앞장서고 정근과 공근, 그리고 준호가 뒤따랐다. 이들은 모두 장총을 하나씩 들고 갔다. 그것도 옛날에 엽사들이 쓰던 화승총이 아니었다. 윤기가 반질반질한 신식 사냥총이었다.

중근은 준호에게 기초사격 자세를 가르쳐 주었다. 50보 밖에 있는 벼락 맞은 나무의 둥치를 쏘아 보라고 했다. 모두 준호의 뒤로 물러섰다. 준호는 중근이 가르쳐 준 대로 무릎을 쪼그리고 사격 자세를 취했다.

"탕~."

순간 준호는 정신이 멍 했다. 귀에서 한동안 아무 소리도 들리지 않았다. 총을 쏠 때 뒤로 몸이 넘어가서 엉덩방아를 찧기까지 했다. 총이 나무 둥치에 맞았는지 어쩐지도 정신이 없어 제대로 보지 못했다.

"잘 했어."

뒤에서 삼형제가 박수를 치며 준호의 첫 사격을 축하해 주었다. 가까이 가서 보니 나무 둥치가 커다랗게 패어 있는 것이 보였다.

"처음 사격에 이렇게 목표물을 정확히 맞히다니 정말 기막힌 솜씨로군."

중근이 너털웃음을 터트리며 준호의 어깨를 두드려 주었다. 준호는 총에서 나는 화약 냄새를 맡으며 새삼 총의 위력을 실감할 수 있었다.

일행은 눈이 무릎 위까지 빠지는 산 속을 돌아다니며 수월찮은 수확을 올렸다. 꿩이 다섯 마리요, 토끼가 두 마리, 노루가 한 마리였다. 안중근은 사냥 솜씨를 보인다면서 날아다니는 새들도 여럿 맞추었지만 그것들을 찾아오지는 않았다.

준호가 보니 안중근 형제들은 이곳에 사냥을 자주 다닌 모양이었다. 산 속의 길하며 사냥꾼들의 오두막까지도 세세히 알고 있었다. 일행은 화전민이 버리고 간 오두막에 이르러 여장을 풀었다. 모닥불을 피워 놓고 잡아온 꿩과 토끼를 구웠다.

"정말 이 맛은 둘이 먹다가 하나가 죽어도 모르겠습니다, 그려."

둘째인 정근이 하는 말이었다. 정근은 준호와 동갑인 열여덟이었다.

"어떠냐? 준호의 솜씨가?"

"형님, 정말 대단하던데요? 총을 한 번도 잡아보지 않은 상태에서 꿩 한 마리와 토끼 한 마리를 잡는다는 건, 예사 실력이 아닙니다. 과연 무술수련을 삼 년간이나 하셨다더니 다르긴 다르십니다."

셋째인 공근이 준호를 추켜 세워주면서 거들었다. 이들은 밤이 깊어가는 줄도 모르고 이런저런 이야기꽃을 피웠다. 중근이 준호를 보면서 물어 보았다.

"자네의 학문은 어느 정도나 되나?"

"사서삼경 등 꽤 많은 책을 읽었습니다만, 보잘것 없습니다."

"음, 그래?"

이야기를 계속해 보니 안중근은 그다지 학문을 좋아하는 것 같지는 않았다. 그는 오히려 남아는 문(文)보다 무(武)로 뜻을 세워야 한다고 주장하는 편이었다.

"옛날에 초패왕 항우는 '글은 이름이나 적을 줄 알면 족하다.'라고 했다. 그럼에도 그의 이름은 후세에 길이길이 전하고 있질 않은가? 나는 대장부다. 나도 장차 이름을 남길 것이다. 그러나 문장가로서는 아니다."

준호는 안중근을 보면 볼수록 믿음직스러웠다. 이제 불과 스물 한 살밖에 되지 않았는데 어쩌면 이렇게도 의젓할 수 있을까? 아마도 4

남매 집안의 장남이라서 그런 면도 있는 것 같았다.

그들의 이야기는 끝이 없었다. 주로 안중근과 준호가 많이 이야기 했고, 동생들은 듣는 편이었다. 이야기를 들어보니, 그의 할아버지는 갑신년 전 해에 박영효 대감을 수행하여 일본에까지 다녀오기도 한 선각자라고 했다.

안중근 일행은 산에서 사흘을 지내다 돌아왔다. 산을 내려오는 중에도, 중근은 일부러 사냥감이 나타나면 준호에게만 총을 쏘도록 하였다. 준호에게 한 번이라도 더 사격 할 수 있는 기회를 주기 위함이었다.

준호가 중근 형제들과 어울려 지낸지도 어언 석 달이 지났다. 1899년도 벌써 3월로 접어들었다. 어느 날, 안중근의 집으로 성이 제 갈이라는 중국인 청년이 찾아 왔다. 그는 중국에서 준호를 데리러 온 사람이었다.

준호는 안중근 형제들과 작별을 고하고 해주항에서 배에 올랐다. 해주항은 뿌연 안개에 파묻혀 있었다. 갑판에 기대어 선 준호는 생각에 잠겼다. 위험한 일은 없을까? 다시 올 수는 있으려나?

준호 일행을 태운 중국 여객선 대련호는 산동 반도의 등주(登州)항에 도착했다. 300여 명의 승객들이 쏟아져 내리자 부두는 삽시간에 아수라장이 되어 버렸다. 가족을 찾는 소리, 배에서 내린 말들이 우는 소리, 짐을 실어 나르겠다고 외쳐대는 소리, 근처 여관의 호객꾼들의 외침소리 등등, 준호는 정신이 아득하여 잠시 멍하니 있었다.

제갈 청년은 그곳에서 말을 세내어 천진을 거쳐 산서성(山西省)

의 정정이라는 곳으로 갔다.

꼬박 사흘 길이었다. 제갈은 오는 도중에 보정이라는 곳을 지나치며, 여기서 오른 쪽 산 속으로 한 시간 정도만 더 들어가면 옛날에 조선국왕의 아버지가 잡혀 와서 3년 간 지내던 곳이 있다고 설명했다. 준호는 그곳이 말로만 듣던 보정부라는 곳임을 알 수 있었다.

마침내 다다른 곳은 태산(泰山)의 뒤쪽에 있는 죽미산(竹眉山)이라는 곳이었다. 죽미산은 골짜기가 끝이 없었다. 가도 가도 울창한 숲뿐이었다. 겨우 말과 사람이 다닐 만한 길 양 옆에는 산의 이름에 걸맞게 산죽이 엄청난 숲을 이루고 있었다.

거의 반나절 가까이를 들어가자 산채가 하나 나왔다. 산채의 입구에서 검은 옷을 입은 장정들 두 명이 보초를 서고 있다가 사람 키의 절반쯤은 되고도 남을만한 큰 징을 두드렸다. 징소리는 긴 여운을 남기며 산을 굽이굽이 돌면서 울려 퍼졌다.

잠시 후 안에서 네 명의 젊은이들이 뛰어나왔다. 그들은 두 주먹을 마주 잡아 예를 갖추더니 준호를 산채 안으로 데리고 들어갔다. 모든 사람들의 복장은 검은 색이었다. 계곡을 끼고 한참을 더 올라가자 나무로 지은 큰 건물이 눈앞에 보였다. 그 건물의 앞에는 '죽미산 흑룡방(竹眉山 黑龍房)'이라는 현판이 걸려 있었다.

큰 건물을 가운데 두고 그 양 옆으로는 대여섯 채의 작은 집들이 보였다. 집 앞에는 빨래를 해 넌 것인지 옷들이 어지럽게 널려 있었다. 왔다 갔다 하는 남자들 속에 여자들도 꽤 많이 눈에 띄었다.

준호는 그 건물 안으로 안내되었다. 여기가 아마도 수련장인 모양이었다. 역시 검정 옷을 입은 처녀가 몸을 살랑살랑 흔들면서 쟁반에 찻잔을 들고 왔다.

따뜻한 차를 마시자 온 몸이 날아갈 듯이 가벼워지는 느낌이었다. 준호는 이틀 동안 먹은 음식이 입에 맞지 않아 속이 거북하던 차였다. 그동안 더부룩하던 기분도 순식간에 싹 가시는 것이었다.

또 한참을 기다리자 아주 호리호리한 몸매의 남자가 나타났다. 코 밑으로는 팔자수염이 제법 멋지게 자라나 있었다. 나이는 사십대 후반쯤 되어 보였다. 무술 사범이라기보다는 마치 관청의 관원 같다는 생각이 들었다.

"먼 길에 오느라고 수고하였네. 나는 흑룡방파의 방주 류치국(劉緇鞠)이란 사람일세. 그대의 사부이신 김천무 관장은 나의 아버지의 제자이셨지. 지금은 아버지께서 연로하시어 내가 흑룡방 전체를 운영하고 있다네."

통역은 제갈 청년이 하였다. 준호가 눈을 들어보니 과연 조선에서는 보지 못한 병장기들이 양 옆에 가지런히 세워져 있었다.

다음 날부터 준호는 곧바로 수련에 들어갔다. 온 몸의 기를 한 곳으로 집중시키는 훈련이었다. 기 수련은 위창(魏暢)이라는 사범이 했다. 그는 60이 훨씬 넘은, 머리가 하얀 노인이었다. 그가 기 수련의 개요를 설명해 주었다.

"우주에는 수많은 기운이 있다. 그것을 끌어들여 한 번에 폭발시키는 것이 바로 내공의 핵심이다. 이는 단전호흡을 통하여 가능한데, 보통 사람은 한 삼년 정도쯤 되면 그 효과가 나타나기 시작한다. 그러나 그대는 이미 조선에서 무술을 닦아 상당한 경지에까지 이르렀다고 들었다. 그러니까 그대가 약간만 정신을 집중하면 이 기(氣) 수련의 요체를 금방 터득할 수 있을 것이다. 내가 장담컨대, 앞으로 정진하여 충분한 기가 쌓인다면 그대의 무예는 지금보다 세 배는 강해질 것이다."

이른 새벽부터 사범이 하는 대로 그대로 따라했다. 그렇게 하기를 한 달쯤 지나자 준호의 몸에도 약간씩 변화가 일어났다. 몸이 점차 가벼워지는 느낌이었다.

하루는 도장 안에 200명 가까운 수련생들이 총집합했다. 준호는 마룻바닥 한가운데로 불려 나왔다. 오늘의 이 시범은 순전히 준호를 위해서 하는 것이라 했다.

첫 번째는 격파술 시범이었다. 사범의 앞으로 앉은 키보다 약간 작은 통나무를 수련생 두 명이서 들고 나왔다. 한 아름은 될 것 같은 꽤 굵은 통나무였다. 그러자 다른 수련생 두 명이 도끼를 들고 그 앞에 섰다. 먼저 도끼질을 했다. 힘차게 한 번씩 했지만 도끼날만 박혀서 쩔쩔맬 뿐 나무에는 아무런 변화도 일어나지 않았다. 도끼가 박혔던 자리에는 흔적만 남았다.

이번에는 사범이 일어났다. 그는 그 큰 통나무 위에서 다섯, 여섯 번쯤 손을 뻗고 심호흡을 했다. 그리고는 눈을 부릅뜬 채로 손칼을 만들어서 그 통나무를 내리쳤다. 도끼질에 꿈쩍도 하지 않던 그 큰 통나무가 쩍! 소리를 내면서 갈라졌다.

준호는 하마터면 까무러칠 뻔했다. 구경하던 수련생들은 모두 힘차게 박수를 쳤다. 준호는 박수치는 것도 잊어버린 채 멍하니 쳐다보고만 있을 수밖에 없었다. 도저히 인간의 힘 같지가 않았다.

두 번째로 시범을 보인 사람은 위창 사범이었다. 그는 도장 한복판에 반듯하게 누웠다. 바로 준호의 앞이었다. 상체에는 아무 것도 걸치지 않았다. 그러자 수련생 하나가 그의 배 위에 얇은 나무판자 하나를 올려놓았다. 다시 다른 수련생들이 조금 전의 도끼를 들고 나왔다. 먼저 한 명이 있는 힘껏 도끼로 위 사범의 배를 내리쳤다.

순간 준호는 눈을 꼭 감았다. 도저히 볼 수가 없었던 것이다. 그러나 눈을 떠 보니 위 사범은 그냥 그대로 누워 있는데 나무판자만 박살이 났다.

두 번째 청년이 다시 똑같은 동작을 반복했다. 준호도 이번에는 눈을 뜨고 똑바로 쳐다보리라 작정했다. 그가 힘껏 내리치자 놀랍게도 도끼가 퉁! 하며 튀어 올랐다.

어렸을 때, 돼지 오줌보를 가지고 놀던 생각이 났다. 마치 돼지 오줌보에 바람을 잔뜩 집어넣고 그것을 내리누를 때 튀어나오는 반동처럼 도끼가 튀어 오르는 것이었다.

이번에는 세 번째 시범을 보일 차례. 앞에 나온 사람은 다름 아닌 김천무 관장의 스승이었던 류보기(劉補奇)라는 분이었다. 머리가 하얗고 몸도 하늘하늘했다. 아마 80 가까이 되지 않았을까 싶었다. 준호는 지금껏 그를 흑룡방에 들어오던 날 밤에 딱 한 번 보았을 뿐이었다.

류보기 스승도 준호의 바로 앞에 앉았다. 그는 눈을 감았다. 그리고 팔을 들어 자기 앞가슴 쪽으로 가볍게 갖다 대고 가끔씩 숨을 내쉬기만 했다. 그러기를 한 3분, 4분 정도 했을까?

그의 몸이 서서히 뜨기 시작했다.

준호는 가부좌를 한 채로 위로 둥둥 떠가는 그의 몸을 경이로운 눈으로 쳐다볼 뿐이었다.

그는 거의 사람 세길 정도는 올라갔다. 그의 머리가 천장에 막 닿으려고 할 때에 돌연 거칠게 휴~ 하면서 한숨을 내뱉었다. 그러자 그의 몸이 서서히 마룻바닥으로 내려앉았다. 그는 자세를 풀더니 조용히 일어나서 밖으로 나갔다.

모든 수련생들이 우레와 같은 박수갈채를 보냈다. 준호도 이번에는 정신을 차리고 따라서 박수를 쳤다. 준호는 속으로 생각했다. 아아, 중국에는 조선과는 전혀 다른 무예가 있구나. 이제야 왜 이렇게도 많은 청년들이 첩첩산중에 모여 드는지 그 이유를 알 만하구나. 참으로 무사로서 배울 것이 끝없이 많구나.

벚꽃이 만발했다. 그러기를 한 보름? 이제는 절정을 지나서 막 떨어지고 있는 중이었다. 벚꽃이 떨어져 내리는 나카노(中野) 공원은 마치 흰 눈이 내리는 것 같았다.

길게 늘어 선 꽃나무 밑을 두 명의 남녀가 다정스레 걷고 있었다. 준호와 여진이었다. 둘은 벤치에 앉았다. 준호가 여진의 머리 위에 떨어진 꽃잎을 손으로 털어 주었다. 사람들이 가끔씩 그들 앞을 지나쳤다. 그들은 대개 가족 단위였다. 개를 끌고 가는 아이들도 보였다.

해가 넘어가자 약간씩 바람이 불면서 날씨가 추워졌다. 준호는 외투를 벗어서 여진의 세라 복 위에 걸쳐 주었다. 고등학교는 두 달 전에 졸업했지만 여진은 아직도 세라복을 즐겨 입었다.

"중국에서는 어땠어?"

"많은 걸 배웠지. 여기 저기 도장을 찾아다니면서 실전 경험을 쌓은 게 무엇보다도 유익했던 것 같아. 중국 무예의 고수들도 대단하지만, 일본에서 나와 있는 검도 사범들도 상당한 고수들이더란 말이지.”

“힘들지는 않았어?”

“아무래도 자꾸 떠돌아다니니까 힘들었지. 그리고 중국은 지방마다 음식이 달라요. 말도 아주 다르고. 정말 넓기는 넓은 땅이더라. 어디는 바닷가인가 하면 어디는 첩첩산중, 또 어디는 끝없는 사막이 계속되고.”

“더 해줘.”

이제는 여진이 준호의 손을 꼭 잡았다. 얼마 만에 만난 것인가? 묘향산을 떠난 지 4년 만이다. 준호는 엊그제 밤에 도쿄에 도착했다. 어제는 하루 종일 잠만 잤다. 아마도 긴 여정에서 쌓였던 피로가 한꺼번에 몰아닥친 모양이었다.

“복건성의 복주라는 곳에서 만난 일본인 사범의 솜씨가 무서웠고, 귀주성의 회인이라는 곳에서 만난 계림방파 방주의 권법이 무서웠지.”

“귀주성이라면 중국에서도 저기 남쪽?”

“응, 굉장히 남쪽이지. 거긴 말도 풍습도 완전히 달라.”

준호는 2년을 흑룡방파에서 수련했다. 내공과 차력술도 상당한 경지에까지 이르렀다.

그러나 그가 정작 자신감을 얻은 것은 칼도 아니요, 차력술도 아니요, 내공의 힘도 아니었다. 이곳저곳 내로라하는 고수들과도 대련을 하여 많은 실전경험을 얻었지만 그것도 역시 아니었다.

그가 자객으로서의 자신감을 갖게 된 것은 바로 상해에서 만난 미국인 퇴역중령 맥퀸으로부터 전수받은 사격술이었다.

중국을 떠돌면서 각 도장의 사범들과 대결하기를 한 반년쯤 하였을까? 대충 유명하다는 사람들은 거의 다 만난 것 같았다. 그때 마침 상해에서 재미있는 무예시범 경기가 열렸다.

이름 하여 '동양과 서양의 만남'이라는 무술 경기였다. 중국무술을 대표하는 최고 실력자 세 명과 서양 무술을 대표하는 사격술의 달인 세 명이 벌이는 경기였다. 장소는 사람들이 항상 버글대는 홍구(虹九)유원지에서 열린다고 했다.

준호도 호기심이 발동해서 제갈 사형과 같이 그곳을 가보기로 했다. 벌써 제갈과는 2년 여를 함께 지내다보니 친형제 이상으로 가까워졌다. 흑룡방파에서 훈련받은 원생들은 모두가 사형, 또는 사제라고 불렀다. 여자 자매들의 경우는 사매(師妹)라고 불렀다.

이른 아침부터 군중들이 새까맣게 몰려들었다. 중국은 어딜 가도 사람들의 천지였다. 더군다나 오늘은 좋은 구경거리가 있다고 여러 날 전부터 광고를 해 댔으니, 유원지는 그야말로 인파로 넘쳐났다.

준호와 제갈은 아침 일찍 여관을 나서서 유원지로 향했다. 그곳에서도 경기가 열리는 제일 가까운 곳에 자리를 잡았다. 거기는 수양버들이 늘어져 있어서 한낮에도 시원할 것 같았다. 상해는 어딜 가나 물과 수양버들이 많았다.

오늘 경기는 세 가지 방식으로 진행된다고 했다. 첫째 방식은 열 보 이내의 아주 근접한 거리에서 등을 돌리고 있다가 동시에 마주보며 누가 먼저 적을 쓰러트리는가 하는 경기였다.

두 번째는 30보 밖에 과녁을 세워놓고 활과 총 중, 어느 것이 더 빨리, 더 정확히 목표물을 맞히는가, 그리고 마지막으로는 100보 떨어진 곳의 목표물을 쏘아 맞히는 경기였다.

경기는 너무나도 싱겁게 끝났다. 두 번째와 세 번째는 아예 상대가 되지 않았다. 그나마 첫 번째 근접거리에서의 싸움만 중국 선수들 세 명 중 두 명이 이겨서 겨우 체면 유지를 했을 뿐이었다. 먼 거리에서 화살과 총의 싸움은 그 파괴력이나 정확도 면에서 견줄 수가 없었다.

준호는 사격술을 배워야만 하겠다는 결심을 했다. 그 옛날 안중근 형제들과 사냥을 다닐 때도 총의 위력을 어느 정도 알고 있었지만 그때는 제대로 실감을 하지 못했다. 총을 쏘고 나서부터 다음 번 쏠 때까지 시간이 꽤 많이 걸렸다. 그렇게 느려서야 무엇에 쓸까 싶었다. 그러나 여기서 본 권총 사격술은 그야말로 전광석화였다.

그날부터 서양의 권총 사격술을 배우려고 이곳저곳을 알아보았다. 이런 준호를 본국에서 이학균 장군이 여러 모로 도와주었다.

당시 이학균은 궁궐 수비대의 총 책임자로 있었다. 그가 상해 영사관에 나와 있는 무관에게 사격술을 배울 수 있는 길을 열어주라고 지시했다. 그래서 소개 받은 사람이 미국의 퇴역군인 맥퀸 중령이었다.

그는 상해로 건너와서 벌서 2년째 중국 남방 방면군의 사격훈련 교관으로 지내고 있는 중이었다. 그에게 얼마인지는 잘 모르지만 아마도 많은 돈을 보내준 것 같았다. 그가 준호를 가르칠 때면 중국 병사들을 가르칠 때와는 대하는 태도부터가 전혀 달랐다.

그는 하루의 공식적인 일과가 끝나고 나서부터 매일 두 시간씩 준호에게 권총 사격술을 가르쳤다. 그렇게 일주일에 세 번씩, 어떤 때는 네 번씩 사격연습을 했다. 날이 밝을 때도 했고 밤이 이슥할 무렵에도 했다.

방면군의 사격훈련장은 상해 시내에서도 서북쪽으로 두 시간을 구불구불한 산길을 차로 가야하는 석비령(石碑嶺)이라는 곳에 있었다. 중국 남방 방면군 사격장 책임자에게는 맥퀸이 많은 뇌물을 준 것 같았다. 준호가 맥퀸과 같은 숙소를 쓰면서 사격 연습을 하는 것도 별로 문제 삼지 않고 다 묵인해 주었다.

밤에 하는 야간 사격술은 정말 힘들었다. 이곳저곳에서 불쑥불쑥 나타나는 표적을 실수 없이 맞추어야 하는 연습이었다. 항상 처음 자세는 가슴께에 찬 권총집으로부터 시작했다. 그곳에서 목표물을 보고 잽싸게 총을 뽑아 목표물을 겨냥해서 쏘는 연습이었다.

사격에 실패하면 혹독한 기합이 기다리고 있었다. 거의 자기 몸무게 가까이 되는 배낭을 짊어지고 사격장을 한 바퀴씩 도는 벌칙이었다.

처음 두 달 동안은 훈련받는 시간보다도 기합을 받는 시간이 훨씬 더 많았다. 그러나 야간 훈련은 묘향산에 있을 때에도 수없이 많이 받았던 훈련이었다. 곧 사격술이 어느 정도 뒷받침되자 명중률도 점차 높아졌다. 다섯 달쯤 접어 들 때는 열 발에 아홉 발은 명중시킬 수가 있었다.

그러자 맥퀸은 이런저런 자세를 요구했다. 땅에 뒹굴면서 쏘는 연습, 넘어졌다가 일어나면서 쏘는 연습, 땅 바닥에 떨어진 권총을 재빨리 주워들고 쏘는 연습, 여섯 발을 다 쏘고 난 다음 총알을 다시 끼워 넣고 쏘는 연습, 등등 변형된 자세에서의 사격 연습은 끝이 없었다.

그렇게 일곱 달 가까이를 연습하자 이제는 밝은 대낮이건 어두운 밤이건 권총 사격술만큼은 자신이 붙었다. 맥퀸도 매우 흡족해 했다. 그와 함께 이런 저런 이야기를 해 보니 조선에 그의 친구 윌리엄 다이라는 사람이 나가 있다는 것도 알게 되었다.

여진은 한 시간 가까이나 계속된 준호의 이야기를 눈을 초롱초롱 뜨고 귀담아 들었다. 남자들이나 좋아할 법한 이야기였지만 그토록 간절히 기다리던 준호가 아니었던가. 준호가 해 주는 이야기는 무엇이든 다 재미있었다.

그렇게 혹독하게 5년간을 수련하였다니 과연 자객으로서 충분한 실력을 갖추었을 것이란 생각이 들었다. 여진은 준호의 손을 꼭 움켜잡았다. 굳은살 투성이였다.

어느 덧 밤이 깊어 공원에도 사람들의 발길이 눈에 띄게 줄어들었다. 밤바람이 이제는 꽤 차가워졌다.

28. 공포의 도시 : 도쿄-오사카

　여진은 올 2월에 나카노 여자고등학교를 졸업하고부터는 송 참사관이 알려 준 열 명의 거주지를 더욱 더 집중적으로 파악하며 전국을 여행 중에 있었다. 그러던 차에 준호가 도착한 것이었다.

　도쿄 인근에만 모두 다섯 명이 있었다. 그 중에도 나카노에서 걸어서 두 시간 거리 내에 네 명, 그리고 기차로 한 시간 거리에 한 명이 살고 있었다. 그들은 호리구치, 데라자키, 오카모도, 그리고 국모 살해의 주범이라는 이노우에 가오루였다. 기차로 가야하는 하코네라는 곳에는 미야모토라는 군인이 영내거주하고 있었다.

　제일 먼저 도착한 곳은 호리구치가 사는 동네였다. 새들이 요란하게 울어댔다. 동네가 너무나 평온했다. 양 옆으로는 단층짜리 집들이 나란히 있었다. 꽤 잘사는 사람들의 동네 같았다.

　준호는 의아한 생각이 들었다. 이렇게 평온한 마을에 사는 사람이 어떻게 그런 잔인한 일을 벌일 수가 있을까? 도저히 동네와 사람이 서로 어울리지 않는 것만 같았다. 여기는 마치 하얀 도포를 입은 사람이 흰 수염을 쓰다듬으면서 천천히 대문을 열고 나와야만 할, 그런 동네 같았다.

여진은 집 앞을 지나치면서 지금까지 파악한 특성들을 모두 알려 주었다.

"이 집에는 호리구치라는 자가 살고 있어. 내가 그를 본 것은 딱 한 번이었어. 이 집 앞에서 마주쳤지. 일본 사람답지 않게 키가 후리후리하게 크고 아주 잘 생긴 미남이야. 지금 일본 외교부에서 근무하고 있지. 이제 꽤 높이 올라갔다나 봐."

준호는 말없이 여진의 설명을 들으면서 수시로 날카로운 눈을 들어서 그 집을 힐끗거렸다.

5월 중순인데도 도쿄의 아침나절은 끈적끈적했다. 준호는 일본에 온 지 얼마 되지 않았지만 일본사람들이 왜 그렇게 목욕을 자주 하는지 그 이유를 알 것 같았다.

"송 참사관님이 지금까지 알아 본 바로는, 호리구치라는 자가 바로 너의 아버님인 이경직 대감의 손목을 자른 자래."

그 말을 듣자 준호가 잠시 걸음을 멈추었다. 준호의 눈이 이글이글 빛났다.

"놈이 자는 방은 저쪽 끝이야. 날마다 저녁 여덟시 쯤 집에 돌아와서, 보통 새벽 한 시쯤까지 불이 켜져 있지. 초소는 여기 앞과 뒤 두 군데야. 파출소는 30분쯤 떨어져 있고."

준호는 아버지의 손목을 잘라 죽인 원수라는 말을 듣고 가슴이 벌떡벌떡 뛰는 소리를 들었다. 어쩌나 크게 방망이질을 해 대는지 옆에 함께 걷고 있는 여진이가 행여 그 소리를 듣지나 않았나하여 여진의 얼굴을 힐끗 돌아보았다. 아, 지난 5년 동안 피나는 훈련을 한 결실을 이제 막 맺으려 하는구나. 아버지, 조금만 더 기다리세요. 준호는 숨을 크게 들이쉬었다.

여진이가 어디서 남학생복을 한 벌 구해다 놓았다. 준호는 처음 입어보는 학생복이 어색해서 자꾸만 모자를 벗기도 하고 쓰기도 하면서 걸었다.

고등학교 교복을 입고 나란히 걸어가는 이들은 누가 보기에도 다정한 친구 사이로만 보였다. 이즈음 일본은 많이 개화되어 길거리에서 이렇게 함께 걷는 청춘남녀들을 어렵지 않게 볼 수 있었다.

둘은 두 시간 가까이를 걸어서 마지막에는 이노우에 가오루가 사는 동네로 왔다. 한 눈에 보기에도 아주 고급 부촌임을 알 수 있었다. 이노우에의 집 담장 안으로는 잘 가꾸어진 정원수들이 보였다. 군데군데 경비초소가 눈에 띄었다.

이노우에의 집 대문 앞에는 도쿄에서도 여간해서 보기 힘든 검정색 차도 세워져 있었다.

"여기는 아주 높은 사람들과 잘 사는 사람들만 사는 곳인데, 동네 이름은 히가시구치(東口)라고 해. 도쿄는 이렇게 몇 개의 도시로 되어 있는 셈이지. 경비초소들이 군데군데 아주 많아."

준호의 걸음으로 백 보나 될 정도로 담의 이쪽에서부터 저쪽까지의 거리가 멀었다. 집이 끝나는 지점에 초소가 하나 있었다. 검게 칠한 초소 안을 힐끗 들여다보니 검은 순사복을 입은 순사 하나가 고개를 숙이고 무엇인가를 종이에 적고 있었다. 아마도 근무일지를 쓰고 있는 것 같았다. 담은 벽돌담으로 사람 한 길이 조금 넘을 것 같은 데 그 위에는 유리병 깨진 것들을 꽂아 놓았다.

"충분히 뛰어 넘겠는데?"

"문제는 양 옆에 있는 초소야. 두 군데의 초소를 어떻게 피할 것이 냐 하는 거지. 내가 몇 번을 다녀보니까 언제든지 초소에는 한 명씩 만이 있었어."

"한두 명 정도야 문제될 것도 없지."

"저 앞으로 한참을 더 가면 자그마한 야산이 있어. 시로야마(白山)라고 부르는데, 그 산을 넘어가면 코마고메라는 동네가 나오지. 거기는 조금은 못사는 사람들이 사는 동네야. 일단 퇴로는 그쪽으로 잡는 게 좋을 것 같아."

이들은 그 동네를 벗어나서 전차가 다니는 큰 길가 앞으로 나왔 다. 밤 열시 정도가 되었는데도 전차에는 사람들이 많았다. 젊은이들 은 일부러 전차 문 옆에 매달려서 갔다. 그들은 전차가 정거장에 미 처 서기도 전에 전차에서 뛰어 내리곤 했다.

준호는 불과 얼마 전까지 지냈던 상해와 이곳이 얼마나 차이가 나 는지를 실감했다. 상해는 전차도 없다. 말과 마차, 그리고 고작해야 사람이 끄는 수레가 전부였다. 그리고 어디를 가나 노름하는 곳 천 지였다. 그런 곳에는 으레 사람들이 수십 명씩 모여 있었다. 마치 일 본과 중국의 국력차이를 보는 것만 같았다. 상해에 비하면 서울은 더 한심했다. 길거리마다 똥과 오줌이 넘쳐나고 ….

그들은 길거리에 있는 우동 집으로 들어갔다. 주인 사내가 이마에 수건을 두르고 가게 안이 떠나가라고 소리를 지르며 이들을 맞이했다.

"이랏샤이!"

여진은 능숙하게 우동 두 그릇을 시켰다. 뜨거운 김이 모락모락 나는 우동을 먹으면서 여진이 이곳 사람들의 생활상을 이야기 해 주었다.

목욕을 아주 자주 한다는 것, 깨끗하다는 것, 남에게 절대로 폐를 끼치지 않는다는 것, 친절하다는 것, 반면에 냉정하다는 것, 한 사람 한 사람은 힘이 없고 약할 것 같은데 많이 모이면 무서운 결집력이 발휘되는 민족이라는 것, 등등.

이 모두가 지난 4년 간 여진이 일본에 살면서 직접 몸으로 부딪치며 터득한 일본 사람들의 특성이었다.

그 다음 날은 기차를 타고 갔다. 한 시간 가까이를 와서 하코네(箱根)라는 동네에 내렸다.

기차에서 내리면서 준호는 다시 한 번 기차 정거장을 힐끔거렸다. 기차 안의 의자가 너무 편했다. 의자에는 부드러운 초록색의 천이 깔려 있었다. 어쩌면 그렇게도 푹신푹신할까? 팩! 팩! 소리를 내면서 미끄러지듯이 달리는 기차 안에는 수백 명도 넘는 사람들이 타고 있었다. 의자에 앉아서 신문을 보는 사람, 옆 사람과 이야기를 나누는 사람, 그 사이사이를 빵이며 음료수를 팔고 돌아다니는 상인 …. 아아, 어떻게 일본은 이렇게도 잘 사는 나라가 되었을까.

"여기는 도쿄 서부지역을 방어하는 일본군 2사단 본부가 있는 곳이야. 황후님을 칼로 직접 찔러 죽인 미야모토라는 놈이 근무하는 부대지. 확실히 이놈이 죽인건지는 아직도 불분명해. 하지만 중전마마

의 시해사건에 아주 결정적인 역할을 한 놈은 분명해. 그때는 소위였
는데 지금은 소좌로 있어."

"엄청나게 빨리 승진했네. 미야모토는 부대 안에 있니?"

"응, 아직 결혼은 하지 않고 장교 숙소에서 지낸대. 내가 거기까지
는 알아냈지."

미야모토의 부대는 사단 사령부에서도 반시간 정도를 더 걸어 들
어가는 논밭 속에 덩그러니 자리 잡고 있었다.

멀리 정문이 보였다. 그 양 옆으로는 작은 가게들 네 개가 다닥다
닥 붙어 있었다. 부대 장병들에게 이런 저런 물건들을 파는 점포들이
둘, 식당 겸 여관이 둘이었다. 여진은 그동안 세 차례 이곳을 찾아와
서 미야모토에 관한 정보를 이리저리 알아냈다. 그래도 그의 숙소가
부대 안 어디쯤에 있는지, 경비는 어떤지 등의 자세한 내막은 알 수
가 없었다.

정문의 위병소에는 대검을 총끝에다 꽂은 병사 둘이 부동자세를
하고 서 있었다.

이틀 동안 그곳을 눈여겨 파악해 둔 준호와 여진은 오사카로 갔
다. 오사카에는 한성신보사를 하던 아다치가 시의원이 되어 있었고,
주필로 있던 구니토모는 오사카 이치니치(大阪一日) 신문의 사장으
로 있었다. 또 서울에서 한성신보사 편집장을 하던 고바야카와는 출
판사를 경영하고 있었다.

송 참사관의 말에 의하면 이들은 황후 시해의 공로로 시해 후 일
년쯤 지나서 엄청난 포상금을 받았다고 했다.

두 사람은 그곳에서 이들 세 명의 근무처와 집을 자세히 파악한

후 이곳저곳 경치를 구경하며 돌아다녔다.

오사카 성에서는 도요토미 히데요시(豊臣秀吉)의 야심을 볼 수 있었고, 덴노지(天王寺)에서는 조선에서 보던 사찰과는 또 다른 깊이를 느낄 수가 있었다. 절의 경내는 엄청나게 깨끗했지만 왠지 묘향산에서 보던 보현사와 같은 정감은 일어나지 않았다.

여진과 준호는 이렇게 두 달 동안을 일본 각지를 돌아다녔다. 멀리는 북해도의 하코다테라는 곳까지 갔다. 그곳에 바로 황후살해 작전을 실행한 미우라 자작(子爵)이 요양차 가 있었기 때문이었다.

하코다테는 1859년 에도 막부가 미국의 포함외교에 굴복하여 문을 연 세 개의 항구 중 하나이다. 미우라의 별장은 일본 제2의 후지산이라고 불리는 유수산 밑의 노보리베츠 온천지대에 자리잡고 있었다. 평소 피부병을 앓고 있다는 그는 일 년이면 일곱, 여덟 달을 여기서 살고 있다고 했다. 유수산은 과연 활화산답게 지금도 하얀 연기가 모락모락 올라오고 있었다.

그 근처에는 비슷한 별장이 세 채가 같이 있었다. 대략 규모는 한 30평 정도쯤 될까? 집은 작았지만 그래도 별장이 차지하고 있는 땅은 천 평은 훨씬 넘을 것 같았다. 별장을 지키는 경비는 허술한 것 같아 보였다. 사흘을 그곳에서 함께 지내며 살펴보았지만 미우라의 모습은 보이지 않았다.

주변에 이리저리 알아보니 미우라는 여기서 겨울에는 주로 곰사냥, 여우사냥을 하면서 지낸다는 것이다. 여우사냥? 그 말을 듣자 여진과 준호는 서로의 얼굴을 쳐다보면서 의미 있는 웃음을 지었다. 그렇다. 여우사냥이다. 이번에는 미우라라는 여우를 잡기 위한 사냥이다.

7월 5일, 장마가 시작된 모양이었다. 아침부터 비가 오기 시작하더니 오후가 되면서는 폭우로 돌변하였다. 이 비를 뚫고 송 참사관이 찾아왔다. 짐꾼 하나가 비를 잔뜩 맞고 상자를 들고 들어왔다. 송 참사관이 그에게 돈을 건네자 연신 고개를 몇 번이나 굽실거리면서 돌아갔다.

그동안 후덥지근하고 끈끈했는데 모처럼 비가 오니 살 것 같았다. 나무 상자를 열었다. 거기에는 준호와 여진이가 그토록 기다리던 물건들이 들어있었다. 피스톨이 한 정, 총알이 그득 들은 작은 탄통이 하나, 석자는 됨직한 환도가 하나, 가죽허리띠에 표창이 다섯 개, 단검이 두 자루. 그 밖에 칼을 가는 숫돌도 있었다.

준호는 검정색에 반짝반짝 빛나는 권총을 들어보더니 매우 만족한 듯이 얼굴에도 대어보고 총구를 들여다보기도 하였다.

"고맙습니다. 참사관님. 제가 상해에서 훈련받을때 사용했던 총도 바로 이것이었거든요. 6연발 콜트 리볼버라고 하는 것이지요."

"다이 장군이 미국에 부탁해서 특별히 새것으로 구입했단다."

실탄 박스를 열어보니 200발은 넘을 것 같았다. 준호는 연신 싱글벙글이었다. 이번에는 환도를 뽑아 들었다. 스르렁~ 소리를 내면서 환도가 칼집에서 빠져 나왔다. 시퍼런 검광이 방안에 가득했다.

여진이는 가죽 허리띠를 둘러맸다. 거기에 다섯 개의 표창을 꽂았다. 단검 두 개도 매달았다. 옛날에 묘향산을 밤낮으로 뛰어 다니던 생각이 났다.

가죽 허리띠를 바짝 조여 매고 보니 새로운 힘이 솟는 것을 느꼈다. 그동안 자기가 원래 사명을 망각하고 여기의 편안한 생활에 젖어서 살아 온 것이 부끄럽다는 생각도 들었다.

"참사관님, 이 칼 좀 보세요. 이게 임진왜란이 끝나고 김막동이란 대장장이가 필생의 작업이라면서 만들은 명검이래요. 김천무 관장님이 스승님으로부터 물려 받으셨대요. 웬만한 칼도 벨 수 있다고 하셨어요."

밖에서는 번개가 번쩍였다. 곧 이어서 집이 무너져 내리는 것과도 같은 천둥소리가 들려 왔다. 여진의 믿기지 않는 듯한 표정을 보고 준호는 더욱 진지한 얼굴이 되어 설명했다.

"김천무 관장님께서 해 주신 얘기였어. 김막동이라는 대장장이가 무려 5년을 걸쳐서 만들은 명작이라고. 돌궐국에서 들여온 가장 최상급의 원석을 녹여서 만든 거래. 그것을 벼리고 벼리기를 5년간이나 했다고 들었어. 그래서 그냥 보통 숫돌로는 갈리지를 않는댔어. 여기 이 숫돌에만 갈아야 한다고 하셨거든."

그래도 송영찬 참사관의 표정은 시종 무겁기만 했다. 한참을 망설이던 송영찬이 입을 열었다. 거센 빗줄기가 유리창을 때리고 있었다.

"여진아, 그리고 준호야. 내가 이제 너희들을 죽음의 길로 내몰아야 한다는 게 영 내키지 않는구나. 물론 나도 처음부터 이 일에 개입하여서 누구보다도 그 내막을 잘 알지. 황제폐하의 성화가 심하시다는 것도 잘 알아. 오죽 답답하시면 몇 달 전에 고영근과 이일직이라는 자객을 또 일본에 보내셨겠니."

"참사관님, 걱정하지 마세요. 저희들은 기쁜 마음으로 이 일을 감당할 것입니다. 실은 지금껏 무기가 도착하기만을 기다렸지요."

준호가 송참사관의 걱정을 덜어 주려는 듯 씩씩하게 말했다.

"일단 첫 번째 거사를 한 후에 조선으로 피신하도록 해라. 한 번에 다 해치운다는 생각일랑 아예 하지 말거라. 또 그렇게 당할 만큼 호락호락한 놈들도 아니겠지만. 조선에 가서 얼마 큼 지내다가 잠잠해지면 다시 와서 또 시작하도록 해라. 우린 10년을 계획한 것 아니냐."

아, 조선 땅을 밟는다. 과연 그럴 수가 있을까? 여진의 가슴이 두근두근 했다. 벌써 집을 떠나온 지 5년이 지났다.

"우선 도쿄 인근에 있는 다섯 명을 처단할 겁니다. 이노우에 가오루도 포함되지요. 그러니 아저씨는 우리들의 퇴로를 확보해 주세요."

"얼마나 걸릴 것 같으냐?"

"빠르면 한 닷새? 늦어도 보름 안에 끝낼 겁니다."

"여기서 기차를 타면 니가타(新潟)로 빠져 나갈 수가 있다. 도쿄로 가는 기차나 도로는 차단하고 검문검색을 할 게 틀림없다. 너희들은 정반대로 도망가는 거다. 여진이는 잘 알겠지만, 니가타는 도쿄와는 정반대 방향이지. 그곳에 가면 영국인 애쉬필드(Ash Field)라는 선장을 찾아 가거라. 그 사람이 너희들을 조선으로 데려다 줄 거다. 내가 연락해서 닷새 후부터는 완벽하게 떠날 수 있도록 준비를 해 놓고 있도록 하마."

"모레쯤 여기 짐을 아저씨가 다 정리해 주세요."

"알았다. 그렇게 하마. 내가 더 도와줄 일은 없느냐?"

"그동안 아저씨 너무 고마웠어요. 아저씨와 아주머니 덕분에 여기서 고등학교까지 졸업했구요."

졸지에 이 자리가 이별을 하는 마지막 만남의 자리가 되고 만 것이다. 여진의 눈에서 눈물이 흘러 내렸다. 그런 여진의 손을 송 참사관이 꼭 잡았다.

"아내가 오겠다고 하는 것을 내가 말렸다. 우리 이대로 헤어지자 꾸나. 그리고 조선땅에서 다시 만나자. 너희들 몸조심해라. 상대를 너무 만만하게 보지 말고. 그리고 이건 …."

송 참사관이 주머니에서 주섬주섬 무엇인가를 꺼냈다. 학생증이 둘, 여행증명서가 둘, 그리고 아주 작은 유리병이 둘이었다. 여진이 손가락으로 작은 유리병을 가리키면서 물었다.

"무엇이에요?"

"청산가리라고 하는 독약이다. 만약에 잡히면 그것으로…."

주는 손도, 받는 손도 다 떨렸다.

"잘못되면 황제 폐하의 안위까지도 위태롭게 된다. 너희들 내 말 뜻을 알겠지?"

"네, 걱정 마세요. 잡히면 한 입에 털어 넣을 테니까요."

"그래, 부디 무사히 해 치워라. 나와 아내가 새벽마다, 밤마다 너희 들이 무사하기만을 기도할 것이다. 힘을 내거라."

장마 비는 며칠 동안 그칠 줄을 몰랐다.

도쿄시 부시장 오카모도 류노스케(宮本有之助)의 집 담장을 훌쩍 뛰어넘는 검은 그림자가 있었다. 발소리조차도 들리지 않았다. 새벽 두 시가 넘었다. 안에는 모두 잠들었는지 전깃불도 다 꺼져 있다.

"쨍그렁!"

유리창 깨지는 소리가 났다. 순식간에 방안으로 뛰어든 검은 그림 자는 이불을 젖히고 놀라 깨어나서 전등불을 켜려고 하는 남자의 바로 앞에 섰다. 콧수염을 기른 50대의 남자는 균형잡힌 탄탄한 몸매를 하고 있었다. 어느 사이에 그의 목덜미에는 시퍼런 칼날이 들이밀어져 있었다. 옆에서 놀라 깨어나려는 부인을 괴한은 간단히 한 발로 차서 기절시켜 버렸다.

사내의 목에서는 핏방울이 떨어져 내리고 있었다.

"네 이름은?"

"오카모도, 오카모도 류노스케."

"조선 국모의 살해범, 특별히 목숨만은 살려준다."

그 말과 동시에 검은 복면을 한 자객의 쇠망치 같은 주먹이 그의 안면을 강타했다. 복면 사내의 칼은 그의 허벅지 두 군데를 사정없이 찔렀다.

단 일격에 그는 비명소리조차 지르지 못하고 이불위로 무너져 내렸다. 자객은 다시 한 번 여인네의 앞가슴을 한 발로 내리 찍고 훌쩍 창문 밖으로 뛰어 내렸다.

비는 더욱 거세게 몰아쳤다. 새벽 세시가 다 된 나카노 공원은 개미새끼 하나 없었다. 괴한은 나카노 공원을 가로질러서 거침없이 달려 나갔다. 마치 맹수가 뛰어가는 것 보다 더 빨랐다.

그렇게 달려가기를 20여 분? 돌연 어느 집 앞에 우뚝 섰다. 대문 앞의 가로등이 문패를 밝히 비추어주고 있었다.

니혼바초(日本芽町) 22, 호리구치 구마이치(掘口九萬一). 대문에서 주소를 한번 힐끗 쳐다보더니 곧바로 집 뒤로 돌아갔다. 뒷담장이 한 길은 조금 넘을 듯했다. 사내는 획! 소리를 내면서 몸을 숫구쳐 집 안으로 사라져 갔다. 아직도 방 하나에는 불이 켜져 있었다. 현관문을 살며시 열었다. 문은 잠기지 않은 채로 있었다. 그래도 꽤 잘사는 사람인 듯 정원에 주목이며 소나무가 제법 운치를 풍기고 있었다.

"스르릉~"

칼집에서 나직한 쇳소리가 나면서 시퍼런 환도가 빠져 나왔다. 한 사람을 베고 찔렀는데도 칼에는 피 한 방울 묻어있지 않았다. 장지문을 열고 방안으로 들어서자 키가 훌쩍 큰 사내 하나가 마주 서 있었다.

"웬 놈이냐?"

"네가 호리구치?"

"그렇다. 일본검객 호리구치다."

"흐흐흐, 나는 조선에서 온 저승사자다."

호리구치는 정원에 무언가 살짝 내려 앉는 소리가 들리자 검대(劍帶)에서 칼을 집어 들었다. 석자 다섯 치의 장도였다. 기다리기를 일분? 예상대로 검은 복면으로 얼굴을 가린 자객이 소리 없이 들어오는 게 아닌가. 대담한 놈이다. 감히 이 호리구치의 집을 찾아오다니.

호리구치는 조선이라는 말에 몇 년 전의 궁궐 난입사건이 퍼뜩 머리에 떠올랐다. 그리고 앞에 있는 사내를 훑어봤다. 준수한 키에 검은 옷자락에서는 빗물이 줄줄 떨어져 내리고 있었다. 그가 서 있는 다다미는 이미 물로 흥건했다.

"무슨 일인가?"

호리구치가 칼집에서 칼을 빼면서 물어보는 말이었다.

"조선 국모의 원수를 갚으러 왔다. 자 순순히 칼을 받아라."

준호의 칼이 좌협세(左夾勢)를 취하면서 전등 불빛에 번쩍였다.

왼편으로 비켜서서 찌르고 들어가겠다는 생각이다. 호리구치도 상단세를 취했다. 먼저 내리치고 공격해 들어가는 자세이다.

"핫!"

호리구치의 칼을 겨우 막았나 싶었는데 어느 사이에 그의 2차 공격은 준호의 왼쪽 어깨를 파고들었다. 어깨에서 따끔한 느낌이 왔다. 고개를 돌려보니 검은 옷 사이로 붉은 핏방울이 배어져 나왔다. 준호는 씩 웃었다. 과연 일본 제일의 무사답다. 엄청나게 빠르다. 모처럼 호적수를 만났다고 생각했다.

열두 장 다다미방이다. 좁은 공간에서는 횡충세(橫衝勢)가 제격이지. 옆으로 가로질러 치는 검법이다. 기로 제압해야 하느니… 김천무 사부의 가르침이 떠올랐다.

준호의 칼이 짚단을 베어 버리듯 힘차게 호리구치의 허리를 가로질렀다. 호리구치가 칼을 들어 막을 때 돌연 그의 팔이 마비되는 것 같은 엄청난 충격이 왔다. 무시무시한 힘이 칼을 통해서 전해졌다. 칼을 들어보니 중간부분에서 두 동강이가 나 있었다.

칼이 칼을 벤다?

순간 호리구치는 당황했다. 두자 밖에 남지 않은 칼을 들어 자세를 하단세로 바꿨나 싶었는데 어느 사이에 자객의 칼은 자신의 앞가슴을 파고들었다. 미처 칼을 올려 막을 겨를도 없었다.

뒤로 주춤 물러난 호리구치가 벽에 기대어 자기의 앞가슴을 보았다. 칼은 갈비뼈를 깊이 찌른 것 같았다. 가슴에 뻐근한 느낌이 전해져왔다. 갑자기 기침과 함께 피가 울컥하고 올라왔다. 폐도 상했나?

잠시 생각할 여유도 없었다. 다시 상대의 현란한 공격이 계속되었다. 두 합, 세 합. 상대는 자신의 어깨를 노리는가 싶었는데 어느 사이 허벅지에 통증이 왔다. 오른쪽 손목이 잘려 나갔다.

망치로 오른 손을 두드리는 듯한 통증이 밀려왔다. 눈을 들어보니 앞에서 팔딱거리는 손목이 보였다. 그 옆에는 동강난 칼도 나뒹굴고 있었다.

아아, 이것이 조선의 무예인가? 조선에도 이런 자객이 있었단 말인가? 호리구치는 정신이 아득해져 왔다. 이때 밖에서 대문을 박차고 들어오는 발자국 소리가 어지럽게 들려왔다. 호루라기 소리가 길게 뒤를 이었다.

건넌방에서 칼 소리가 들렸다. 호리구치의 아내 미에꼬는 잠옷 바람으로 밖으로 뛰었다. 빗줄기가 사정없이 그녀의 온 몸을 때리고 지나갔다. 숨이 턱에 닿을 정도로 초소까지 뛰어 왔다. 순사 하나가 꾸벅꾸벅 졸다가 유리창을 두드리는 소리에 화들짝 놀랐다.

"자객이 들어 왔어요, 자객이."

"어디요?"

"저기 호리구치 차관 댁에!"

여인은 그 자리에 쓰러졌다. 정신을 차려보니 순사가 옆의 초소까지 달려가서 다른 순사 하나와 합세하여 뛰어가는 모습이 보였다. 초소를 붙잡고 일어선 미에꼬는 비틀거리면서 집으로 향했다.

순사들이 방에 들어 왔을 때는 이미 범인은 창문을 타고 밖으로 도주한 뒤였다.

30분 뒤, 이번에는 무로마치에 있는 다카하시 교감의 집. 교토(京都)에 있는 무로마치(室町) 거리를 본따서 만든 동네 이름이다.

새벽 세 시 반, 그때까지도 안방에는 불이 켜져 있었다. 자객은 살금살금 고양이처럼 방 옆으로 접근했다. 방안에서는 벌거벗은 남녀가 한참 방사를 벌이고 있었다. 자객은 왼쪽 어깨를 손으로 한 번 만져 보았다. 피는 멎은 것 같았다. 정원 쪽으로 서너 걸음을 물러난 자객이 몸을 날렸다.

"쨍그렁!"

유리 깨지는 소리와 동시에 남녀가 벌떡 침대에서 일어났다. 이들은 다다미 방 위에 침대를 두고 생활하는 모양이었다. 준호는 남자의 목을 손아귀에 움켜잡고 힘을 주었다.

"캑~캑!"

"이름이 뭐냐?"

"다카하시, 다카하시."

"조선의 국모를 아는가?"

사내가 안다는 뜻으로 고개를 끄덕였다. 다카하시는 을미사변 당시 낭인 패거리들을 이끌고 중전의 침소까지 들어온 인물이다. 그는 귀국하여 나카노 상업학교에서 교감을 역임하며 역사를 가르치고 있었다. 전날 밤 학교에서 원로교사의 퇴임을 기념하는 회식이 있었다. 선생들 30여 명이 참석한 회식자리라 끝날 줄을 몰랐다. 12시가 다 되어서야 회식이 끝났다. 한번 발동이 걸리자 술을 좋아하는 교사들이 놓아주지를 않았다.

2차로 친한 교사 세 명과 요정으로 자리를 옮겨서 새벽 두시까지 술을 마셨다. 옆자리에 앉은 나이 어린 게이샤가 어찌나 눈웃음을 쳐대던지 집에 오자마자 아내를 발가벗겨 놓고 육체놀음을 하던 중이었다. 그러나 원체 술에 만취한 상태에서 일을 치르다 보니 도대체 끝날 줄을 모르지 않는가. 그러던 중 날벼락을 맞은 것이었다.

침대 위에서 몸을 일으킨 여자의 명치 급소에 자객의 발이 닿았다. 여자는 입에 거품을 물면서 방 한구석으로 나뒹굴었다. 그 틈에 남자가 벗은 몸 그대로 뒤로 돌아서더니 문갑에서 권총을 꺼내려 하고 있었다. 흥, 이놈아. 내가 이래 뵈도 육군 대위로 제대한 몸이다. 몇 년 전에는 조선의 여우사냥 작전에서도 주역을 맡았었다.

그러나 자객의 손이 더 빨랐다. 그가 사내의 손을 수도로 내리쳤다. 사내의 손에 잡았던 권총이 다다미 바닥에 툭! 소리를 내면서 떨어졌다.

"이것이 조선의 황후마마가 저 세상에서 네게 보내는 선물이다."

준호는 사내가 알아듣지도 못하는 조선말로 몇 마디 내뱉고 가슴께에서 권총을 꺼냈다. 검은색의 총이 반짝거리며 전등불에 빛났다.

"픽!"

권총을 거꾸로 들어서 사내의 머리를 내려친 것이었다. 사내의 몸에서 똥오줌이 새어나왔다.

사내의 정신이 아득해지는데 이번에는 얼굴에도 엄청난 충격이 전해졌다. 주먹 한방에 이빨이 우수수 쏟아져 나왔다.

자객은 다시 창문을 통해서 밖으로 뛰쳐나왔다. 위층에서 자던 아들과 딸이 아래층의 소란소리에 잠이 깨어 황급히 밑으로 뛰어 내려왔다. 거기에는 벌거벗은 채로 널브러져 있는 어머니와 아버지가 있었다. 어머니의 입에는 허연 거품이 가득했다. 아버지는 머리와 안면이 온통 피투성이였다.

아들은 밖으로 뛰쳐나갔다. 멀지 않은 곳에 순사들의 주재소가 있었다. 열대여섯 살짜리 딸은 침대에서 얇은 홑이불을 내려서 어머니의 발가벗은 몸을 덮었다.

여진은 준호와 헤어져서 미야모토를 처단하겠다고 혼자서 떠나온 자신을 후회했다. 아무래도 준호와 힘을 합쳐서 하나하나를 처단하여야 할 것을 너무 무모하게 일을 벌인 것은 아닌가 하는 생각이 들었던 것이다. 그러나 준호도 자기 혼자서 네 명을 처치하고 니가타에서 합류하겠다고 하였으니 어찌 보면 자신만이 고집을 부린 것은 아니었다.

하코네(箱根)에 와서 부대 앞을 서성이며 마음을 정리했다. 제3대대를 반 바퀴쯤 돌아 부대 뒤로 왔을 때였다. 담장 옆에 수채 구멍 같은 곳에서 부스럭 대는 소리가 들렸다. 여진이 잠시 몸을 숨기고 지켜보니 그 속에서 한 명의 군인이 빠져나오는 게 아닌가. 그는 밖으로 나오더니 옷을 툭툭 털고는 아무 일도 없었다는 듯이 좁은 논둑길로 올라섰다.

거기서 여진과 마주치자 당황해하면서 멋쩍은 표정을 지었다. 바로 코앞에서 만났으니 자기가 개구멍으로 나오는 것을 다 보았을 것이었다.

여진은 모르는 척하고 가던 길을 가려고 몸을 돌렸다. 그러자 그 군인이 뒤에서 쫓아오면서 치근덕대기 시작했다. 그 군인은 동료들의 심부름으로 구멍가게에 가서 먹을 것을 사려고 막 빠져나온 것이었다. 거기서부터 구멍가게까지는 꽤 멀었다.

그들은 논길을 걸으며 이런 저런 이야기를 했다. 구멍가게나 동네도 부대 앞에만 있고 부대 뒤쪽은 그냥 넓은 논밭이었다. 건너로는 제법 큰 동네가 보였다.

젊은 병사는 자신이 혹시 꿈을 꾸는 것은 아닌지 생각했다. 시골 산촌 병영 근처에서 이런 예쁜 여인을 만날 줄이야. 이야기를 해 보니 도쿄에서 고등학교를 졸업하고 시골 이모 집에 내려 왔단다.

둘은 논두렁에 앉아서 한참을 이야기 했다. 그 병사는 자기는 고쿠기 다이지로(國枝大二郎)이며 고쿠사이(國際)대학에서 영문학을 전공하다 군에 입대했다고 소개했다. 여진이 자기도 내년에는 대학을 갈 계획이라며 말을 받아주자 고쿠기는 몸이 달았다. 그는 이번 수요일 밤에 또 만나 줄 수 없는지를 물었다.

자기네 부대가 내일 아침부터 사흘 동안 기동훈련에 들어간다는 이야기를 했다. 훈련이 끝나고 돌아오는 날은 수요일 저녁 무렵이라고 했다. 그날 저녁에는 병영 안에서 큰 파티가 벌어지는데, 그때는 자기도 외박을 받아 나올 수 있다고 했다.

고쿠기는 말을 하는 중간 중간에 영어를 자주 썼다. 여진은 확답을 요지조리 피하면서 필요한 것을 자꾸 물어 보았다.

"대대장님이 일본에서 제일가는 미남 검객이라면서요?"

"그 얘기는 어디서 들었어요?"

"우리 이모가 그러던 걸요."

"정말 최고의 검객이죠. 게다가 부대 통솔도 얼마나 잘 하시는데요. 우리 2사단의 12개 대대 중에서 우리 부대가 2년 연속 최우수 대대로 뽑혔다니까요. 다른 부대는 다 서른 대여섯 살이 넘은 중좌들이 대대장을 하지만, 우리 부대는 아직 서른도 되지 않은 미야모토 소좌님이 지휘관으로 있답니다. 옛날에 조선에 건너가서 큰 공을 세우셨대요. 부대원들 모두가 프라이드가 대단하지요."

"대대장님은 결혼 하셨겠네요?"

"아니요. 지금 스물아홉 살인데 여기 부대 안에 독신자 숙소에서 지내시지요."

"어머, 독신자 숙소에서요?"

"네, 바로 아까 내가 나온 개구멍 있지요. 거기서 오른 쪽으로 담을 끼고 죽 들어가면 독신자 숙소가 나와요. 그 제일 안쪽에 있는 게 바로 대대장 숙소지요."

"개구멍? 호호호, 재밌어라!"

여진이 깔깔대며 웃어대자 고쿠기는 얼굴이 벌겋게 달아올랐다. 해가 황금 들판을 비추면서 저물어가고 있었다.

좀더 이야기하자는 고쿠기를 뒤로하고 여진은 다시 부대 앞으로 와서 여관에 방을 잡았다.

여관의 바로 옆에는 커다란 양조장이 있었다. 창고가 세 개나 있는 양조장에서는 술 냄새가 진하게 풍겨 나왔다. 저녁을 먹고 2층 방에 자리를 잡은 여진은 잠을 청했지만 좀체 잠이 오지를 않았다.

밤이 되고부터는 심한 비바람이 몰아쳤다. 저녁 무렵에는 먹구름만이 간간히 몰려오더니 어느 사이에 폭풍우로 변하여 비를 뿌려대는 것이었다.

준호는 오늘부터 네 명을 처단하겠다고 호언장담하고 떠났다. 과연 그 일을 실수 없이 해 낼 수 있을까? 자기 걱정은 하지 말고 나만 잘 하고 니가타로 오라고 했다. 그곳에서 만나서 조선으로 돌아가면 곧바로 혼인하고 함께 살자고 했다. 앞으로는 더 이상 복수고 뭐고 하지 말고 아들딸 낳고 행복하게 살자고 했다.

준호가 잘 해 낼 것이란 믿음은 있지만 상대는 한 명도 아니고 네 명이나 되지 않는가. 물론 그것이 끝은 아니었다. 송 참사관님도 일단은 거기까지만 하면 한양으로 가서 쉬는 것을 말리지 않겠다고 하셨다.

다음 날 새벽, 날이 밝기가 무섭게 부대의 행군이 시작되었다. 맨 앞에서 부대기를 앞세운 병사가 나가고 그 바로 뒤를 미야모토로 보이는 대장이 전후좌우 네 명의 병사들의 호위를 받으면서 행진해 나갔다. 병사들은 모두 총에 칼을 꽂은 채로 행군하고 있었다. 등에는 커다란 배낭을 하나씩 짊어진 채 군가를 부르면서 씩씩하게 걸어 나갔다.

그들의 양 옆에는 동네 사람들이 나와서 박수를 쳐대며 이들의 장도를 축복해 주고 있었다. 어떤 소녀는 군인의 허리띠에 꽃을 꽂아주기도 했다.

사흘 동안을 그곳에서 지내면서 여진은 구멍가게에도 가고, 식당에도 가서 이런 저런 정보를 얻어냈다. 기동훈련은 일 년에 한 번씩 있는 큰 행사인데, 어떤 때는 병사들이 죽기도 한다고 했다. 그래서 훈련이 끝나고 돌아오면 아주 대대적인 잔치를 베풀어 주어서 군인들을 위로해 주는데, 그때는 여관에 빈 방이 없어서 방값을 보통 때보다 두 배씩 받는다고도 했다.

사흘째 되는 날 오후 다섯 시쯤 되자 마을 사람들이 하나 둘 길가로 나왔다. 해가 거의 서산에 넘어갈 무렵에 드디어 군가소리가 들리면서 부대가 들어오는 모습이 보였다. 여진도 여관의 창밖으로 부대원들의 귀환 광경을 지켜보았다.

갈 때보다는 많이 지친 모습들이었다. 그래도 그들은 여전히 씩씩했다. 맨 나중에는 말이 끄는 수레에 부상병들이 두 명 누워서 들어오는 모습도 보였다. 여진은 다시 한 번 미야모토 소좌의 얼굴을 자세히 보아 두었다.

하코네 역에서 마지막 열차는 밤 11시 반에 있다고 했다. 여기서부터 하코네까지는 여진이 빨리 달려가면 30분이면 갈 수 있을 것 같았다. 막차를 타려면 늦어도 10시 50분까지는 일을 끝내야 한다.

과연 그 시간에 미야모토가 혼자서 있을까? 모든 것을 천운에 맡기는 수밖에는 도리가 없었다. 송 참사관님에 의하면 미아모토나 호리구치, 두 명중 한 명이 황후마마를 살해한 범인이라고 했다. 내가 오늘 밤 조선의 국모를 살해한 범인을 처단하는 것이다. 오, 천지신명이시여, 제게 힘을 주소서.

여진은 여관 1층에서 저녁을 든든히 먹고 행장을 수습한 후 부대 뒤쪽으로 향했다. 개구멍으로 들어가서 개구멍으로 나온다. 되도록 다른 병사들은 건드리지 않고 미야모토만 처단한다. 논길을 가로질러 산으로 뛰어서 하코네 역까지 간다. 무기와 옷가지는 산중턱에 숨겨 놓는다. 이것이 여진의 작전이었다.

비가 그치고 나서 날씨가 하루 종일 쩅쩅했던지라 밤이 되었는데도 아직 주위가 그다지 깜깜하지는 않았다. 부대 뒤까지 오는 동안은 아무도 마주치지 않았다. 여진은 날쌔게 몸을 숨겨 수채 구멍 안으로 몸을 디밀었다.

안으로 와서 몸을 막 일으키고 나니 두병의 병사들이 여진을 바라보며 씩 웃고 서 있었다.

여진은 순간적으로 기지를 발휘했다. 그녀도 병사들을 보면서 어색하게 웃어 주었다. 그리고 손가락으로 장교들의 숙소 쪽을 가리켰다. 그런 후 병사들은 고개를 절레절레 흔들면서 개구멍 쪽으로 향하는 게 아닌가. 그들의 두런두런 주고 받는 소리가 들려왔다.

"누가 여자를 불렀지?"

"야마자키 소위가 가끔씩 부른다던데?"

"그래도 꽤 예쁜데."

여진은 가슴을 쓸어내리며 장교 숙소 쪽으로 뛰어갔다. 저쪽의 망루에서는 보초를 서는 병사가 있었으나 개구멍이 있는 쪽은 울창한 나무에 가려서 잘 보이지 않았다. 담을 따라 200보 정도 뛰어가자 작은 집들이 나왔다. 부대 안에서는 간간히 왁자지껄 하는 소리가 바람을 타고 들려왔다.

제일 뒤쪽에 있는 숙소로 갔다. 거기에는 불이 꺼져 있었다. 여진은 시계를 꺼냈다. 윤씨 부인이 여진의 고등학교 졸업 선물로 사준 작은 주머니 시계였다. 야광의 시계 바늘은 벌써 아홉시 반을 가리키고 있었다.

30분을 기다렸다. 밤 10시가 되었다. 또 다시 30분이 흘렀다. 이제 10시 30분이다. 오늘 거사를 치르고 기차를 타고 도피하기는 틀린 것인가? 이 일을 어찌한다? 계획을 수정해야 하나?

막 이런 생각을 하고 있을 때 밑에서 홍얼홍얼 하는 소리가 들렸다. 누군가가 부하 두 명의 부축을 받으면서 막사 쪽으로 걸어오고 있었다. 잠시 후 숙소에 불이 밝혀졌다. 여진은 창가에 바짝 붙어서 안을 살폈다.

"야, 야. 괜찮아. 너희들은 돌아가."

"넷, 돌아가겠습니다."

문을 쿵 닫고 나오는 두 명의 그림자가 멀어져 갔다. 잠시 후 목욕실에서 노래소리와 물소리가 들렸다. 살짝 안으로 숨어들었다. 입구에 들어서자 방이 먼저 나오고 목욕실은 저 안쪽으로 있었다.

방 안에는 마루가 깔려 있었고 그 위에 두꺼운 매트리스가 하나, 이불이 한 채, 그리고 책상 옆에 책장이 있고 거기에 수십권의 책이 꽂혀 있었다. 책상의 왼쪽에는 장총이 하나 세워져 있고 그 위에 권총이 달려 있는 넓은 가죽 허리띠가 걸려 있었다. 오른쪽으로는 옷을 넣을 수 있는 작은 옷장이 하나 있을 뿐이었다. 대대장의 숙소치고는 참 허술했다.

노래 소리는 계속 됐다. 더 기다릴까? 아니면 치고 들어갈까? 잠시 생각하는 사이에 미야모토가 푸우! 하는 긴 한숨소리를 내면서 방으로 들어섰다. 발가벗은 그의 몸매는 균형이 잡혀 있었다.

눈앞에 검은 옷을 입고 검은 복면을 한 자객이 서 있는 것을 본 미야모토는 화들짝 놀라는 기색이었다.

"누구?"

"미야모토인가?"

"그렇다."

"조선의 국모를 네가 죽였는가?"

"하하하!"

갑자기 미야모토는 호탕하게 웃음을 터트렸다. 그 사이에 주섬주섬 바지를 입었다. 술을 꽤 많이 먹은 것 같았지만 몸가짐은 전혀 흔들림이 없었다.

"조선에서 계집을 보냈구나. 하하하!"

"미야모토, 조선 국모를 시해한 혐의로 너를 처단한다. 그러나 목숨만은 살려준다. 우리 조선 사람들의 너그러운 마음씨에 감사해라."

이 말을 마친 여진은 품속에서 시퍼런 단도를 뽑아 들었다. 순간 미야모토의 눈빛이 달라지면서 책상 옆의 권총으로 손을 뻗치는 모습이 들어왔다.

"손!"

여진이 소리를 치면서 표창을 날렸다. 그녀의 손을 떠난 표창은 정확히 권총 쪽으로 손을 뻗고 있던 미야모토의 오른 손목에 꽂혔다. 미야모토가 재빨리 발을 뻗었다. 발이 그녀의 얼굴 앞을 바람을 일으키며 휘돌아갔다. 여진은 급히 몸을 뒤로 제껴서 그의 발차기 공격을 막아냈다.

여진은 속으로 신기하다고 생각했다. 묘향산에서 수도 없이 반복한 근접대련의 효과가 4년이 지난 지금 저절로 되살아나는 것이었다. 여진은 어느 사이에 미야모토의 가슴께까지 접근했다. 단검을 뽑았다. 이번에는 미야모토의 왼손을 잡아 책상 위에 올려놓으면서 칼로 힘껏 내리 꽂았다.

"악!"

미야모토의 비명소리가 온 방안을 울렸다. 다시 또 하나의 단검을 뽑아 미야모토의 턱밑에 들이 밀었다.

"미야모토, 홍계훈이란 사람을 아는가?"

"모, 모른다."

미야모토가 여진의 칼날을 피하려 목을 움츠리면서 하는 대답이었다.

"잘 생각해 보라. 여우사냥 작전 때 궁궐 문 앞에서 죽은 장군이다."

"사이토 중좌다. 사이토 중좌가 조선군 장군 하나를 총을 쏘아 죽였다고 자랑하는 것을 여러 번 들었다."

"그가 어디 있는가?"

"대본영에 있다. 대본영 작전운영 과장이다."

"목숨만은 살려 준다. 미야모토!"

"이 칼, 이 칼을 ⋯."

자기 손 위에 꽂힌 칼을 턱짓으로 가리키면서 미야모토가 숨넘어가는 비명을 지르고 있었다.

"네 부하들이 와서 빼 줄 것이다."

그 소리를 들었다고 생각한 순간 미야모토는 숨이 턱 막히며 정신이 아득해졌다. 조선 여인의 칼자루가 명치 급소를 찌른 것이었다. 문이 닫히는 소리가 모기소리만큼이나 작게 들렸다.

개구멍으로 급히 빠져나온 여진은 죽을힘을 다하여 건너 편 들판을 가로 질러갔다. 한참을 오니 논 한 가운데에 맑은 시냇물이 흐르고 있었다. 그곳에서 피와 땀에 젖은 옷을 벗고 대충 몸을 씻었다.

또다시 뛰어 건너편 동네의 뒷산으로 올라갔다. 벌써 몇 번을 와

보았던 장소이다. 큰 바위 옆 소나무 밑을 팠다. 거기에 칼과 혁대, 그리고 피 묻은 검정 옷을 벗어서 잘 묻어 두었다. 옷 보퉁이에서 학생복을 꺼내 입었다.

29. 복수의 칼을 받아라

새벽 네 시, 도쿄에서도 고관들만 모여 산다는 히가시구치(東口)의 와쇼마치(和吐町) 큰 골목이 시작되는 초입이다. 사방은 쥐죽은 듯 조용하다.

적막을 깨고 검은 옷을 입은 사내 하나가 골목 입구에 나타났다. 그의 한 손에는 술병이, 다른 손에는 옷 보퉁이가 들려 있었다. 사내는 몇 걸음을 위태위태하게 내달리더니 골목 어귀에 가서 푹 고꾸라졌다. 멀찌감치 떨어진 방범초소에서는 순사가 초소 창 밖으로 이 희한한 술주정뱅이를 물끄러미 쳐다보고 있었다.

주정뱅이는 술을 병 채로 꿀꺽꿀꺽 들이켰다. 비틀거리면서 다시 일어나더니 또 앞으로 위태로운 걸음을 옮겨 놓기 시작했다. 어느덧 그의 취한 몸은 초소 근처까지 다달았다.

200보쯤 떨어져 있는 두 번째 초소에서도 이 광경을 지켜보고 있었다. 초소에 몸을 의지하며 겨우겨우 일어난 사내가 안에다 대고 뭐라고 물어보는 모양이었다. 그런데 갑자기 첫 번째 초소에 불이 꺼졌다.

"응? 저 주정뱅이 놈이 전기 줄을 건드린 모양이군."

그놈이 비칠거리면서 일어나더니 이번에는 자기의 초소를 향해 오고 있었다. 순사가 초소 밖으로 나왔다. 주정뱅이는 그 사이 세 번을 넘어졌다, 일어났다 하기를 반복하며 어느 사이에 자기의 앞까지 다가왔다. 입에서는 진한 술 냄새가 풍겨 나왔다.

"빠가야로!"

순사는 자기에게 쓰러질 듯 달려드는 주정뱅이를 밀쳐내려고 손을 뻗었다. 다음 순간 순사는 숨도 쉬지 못한 채 사내에게 질질 끌려서 초소 안에 내동댕이쳐졌다.

준호는 얼굴을 복면으로 가렸다. 담장이 높다. 한 길 반 가까이는 될 것 같다. 평소 같으면 문제 될 것도 없는 높이이다. 하지만 지금은 벌써 두 시간 이상을 긴장하며 뛰어 다녔다. 몸이 지칠대로 지친 상태였다.

준호는 멀찌감치 물러서서 있는 힘을 다하여 담장을 향하여 내달렸다. 훌쩍 담장을 넘어들어 갔다.

"휙!"

담장 너머로 살짝 내려 온 준호의 허벅지에 따가운 통증이 느껴졌다. 손을 대어보니 옷이 찢어지고 그 사이에서 뜨거운 피가 만져졌다. 담장 위에 박아 놓은 유리 조각에 허벅지를 베인 모양이었다.

정원의 소나무 뒤에 몸을 숨기고 집안을 살펴보았다. 조용한 걸 보니 모두 잠든 모양이다.

소리 없이 현관으로 접근하여 살짝 손잡이를 비틀었다. 역시 잠겨 있었다.

평소 이노우에의 방이라고 생각해 오던 방 앞에 섰다. 단 삼분이다. 삼분 내에 해 치우고 나와야 한다. 유리창을 박차고 안으로 뛰어 들었다.

"응?"

방 안에는 아무도 없었다. 마루를 건너 옆방을 차고 뛰어 들었다.

"쉭!"

허공을 가르는 칼 소리가 들렸다. 몸을 굴리며 뒤를 돌아보니 문 바로 옆에 대도를 바닥으로 내린 늙은이가 잠옷 바람으로 서 있었다. 그가 다시 칼을 들어서 자신을 공격해 오려고 하고 있었다.

준호는 단검을 들어 그의 공격을 막아냈다. 그리고 힘차게 칼을 뻗어 상대의 옆구리를 찌르고 들어갔다. 순간 칼에 둔탁한 물건이 부딪치면서 산산조각이 났다. 뒤를 돌아보니 늙은 여인이 머리 위에 또 다른 도자기를 들고 던지려하고 있었다. 몸을 한 바퀴 돌리면서 여인을 향해 발길질을 했다.

"픽!"

발에 몸이 걸리는 묵직한 느낌이 왔다. 여인은 벽에 이마를 부딪치며 나가 떨어졌다. 준호는 여인이 어쩌면 죽었을지도 모르겠다는 생각을 했다. 다시 늙은이의 칼이 준호의 머리를 향해서 날아왔다. 몸을 살짝 비틀자 칼은 준호를 비켜가서 침대 위의 이불을 내리쳤다. 준호는 침대 위에 엎어진 노인을 칼등으로 힘껏 내리쳤다.

"어억!"

노인은 그대로 바닥으로 널브러졌다. 준호가 그의 턱 앞에 무릎을 꿇고 잠옷 자락을 움켜잡았다. 그를 바짝 끌어당기면서 물었다.

"이노우에 가오루인가?"

"그렇다."

"조선의 황후가 보낸 자객이다."

단검을 들어 막 어깨를 내리 찍으려는 순간, 밖에서 호루라기 소리가 요란하게 들려왔다. 순식간에 정원이 환하게 밝혀졌다. 몸을 일으켜 보니 시커먼 경찰복을 입은 순사들이 일곱, 여덟 명은 될 것 같았다. 그들은 총을 들고 집 안쪽을 겨누고 있었다. 안에다 대고 뭐라고 소리쳤다. 아마도 포위 됐으니 무기를 버리고 나오라는 소리 같았다.

한쪽 발밑에서 꿈틀대던 팔목을 향해 힘차게 단도를 내리 찍었다. 이노우에의 비명소리가 귀청을 때렸다. 현관문이 부서지는 소리가 나며 두 놈이 소총을 겨누고 뛰어들었다. 준호는 재빨리 칼을 왼손으로 옮겨 쥐고 품에서 권총을 빼냈다.

"탕! 탕!"

준호의 리볼버가 연거푸 불을 뿜었다. 두 명이 고꾸라지는 모습이 눈에 들어왔다. 준호는 창문을 박차고 밖으로 뛰어 나갔다. 나와 보니 다시 담장이 가로막고 있었다. 아, 저것을 또 어찌 뛰어 넘어야 하나?

세 놈이다. 준호가 눈을 들어보니 담 옆에 항아리가 보였다. 준호는 그 항아리를 밟고 담장 밑으로 뛰어 내렸다. 골목에는 어느 사이에 세 명의 순사들이 장총을 들고 이쪽을 노려보고 있었다.

"탕, 탕, 탕!"

준호의 리볼버가 연속으로 불을 뿜었다. 바로 그때 준호의 어깨에 불을 지지는 듯한 통증이 느껴졌다. 어깨에 총을 맞은 것 같았다. 준호는 죽을 힘을 다하여 초소 옆으로 가서 옷 보퉁이를 집어 들었다.

그리고 앞에서 총에 맞아 쓰러진 놈을 뛰어 넘어 그대로 도망쳤다. 몇 놈이 뒤따라오면서 총을 쏘아대고 있었다.

"탕!"

다시 한 놈이 거꾸러지는 게 보였다. 또 다시 방아쇠를 당겼다.

"철컥!"

어느 사이에 여섯 발을 다 쏜 것이다. 총알을 다시 넣어야 한다. 옷 보퉁이를 입에 물었다.

호주머니에서 총알을 꺼냈다. 겨우 세발을 집어넣었을 때 다시 앞의 초소에서 두 놈이 뛰쳐나오면서 준호의 앞을 가로 막았다. 준호는 온 몸의 기를 다 배꼽 밑으로 모았다. 다시 그들을 뛰어 넘었다.

"피융~"

귀 옆으로 총알이 스쳐 지나가는 소리가 들렸다.

달리는 상태에서 뒤를 향해 손을 뻗었다. 다시 한 놈이 총에 맞고 쓰러지는 게 보였다. 그 뒤로는 집안에서 뛰쳐나온 놈들 대여섯이 이쪽을 향해 총을 난사하고 있었다. 그러나 벌써 거리는 100보 이상 벌어졌다.

한참을 내 달려서 시로야마(白山) 산 속으로 숨어들었다. 야산이라고는 하지만 꽤 울창한 나무들로 뒤덮여 있어서 은신하기에는 제격이었다. 산 속으로 오다보니 계곡물이 졸졸 소리를 내며 흐르고 있었다. 배가 터지도록 물을 들이켰다.

평소 보아 두었던 곳을 파기 시작했다. 묘향산에서 수도 없이 반복했던 은폐술이었다. 20분 정도를 파자 가슴 정도까지 들어갈 만한 구덩이가 되었다. 숨기 전에 상처를 살펴보았다. 허벅지의 상처에는 피가 덕지덕지 달라붙어 있었다. 어깨에는 총알이 박힌 모양이었다. 계속하여 피가 흐르는 것이 상처가 심한 것 같았다.

옷을 찢어서 상처를 손과 이빨로 꽉 동여맸다. 구덩이 속으로 몸을 숨겼다. 위에 나뭇가지와 풀을 덮었다. 여간해서는 찾기가 쉽지 않을 것이었다.

꼼짝 않고 반나절을 버티었다. 다음 날 한 낮이 되어서 수색이 시작된 모양이었다. 저 멀리서 발자국 소리가 어지럽게 들려왔다. 제발 개만 데리고 오지 말아다오. 개만 …. 다행히도 개 짖는 소리는 들리지 않았다. 옆으로 웅성거리면서 지나가는 소리가 들렸다.

이번에는 훨씬 더 가까운 곳에서 발자국 소리가 들렸다. 바로 다섯, 여섯 보도 되지 않을 듯 싶었다. 그들도 그냥 지나쳤다.

침을 삼키면서 갈증을 참았다. 오줌을 손으로 받아서 다시 마셨다. 이제는 한밤중이 되었을 것이다. 살며시 나무를 헤치고 밖을 내다 보았다. 근처에는 아무도 없었다. 살금살금 계곡 쪽으로 내려갔다.

저 밑에서 불빛이 보였다. 두 놈이 불을 피우고 계곡을 지키고 있었다. 숨어 있다면 틀림없이 물을 찾아 나올 것이란 계산에서 매복을 심어 둔 것 같았다. 거리는 20보 정도 되었다.

준호는 물가로 접근했다. 손바닥으로 물을 떠서 마셨다. 그렇게 충분히 물을 마시고 있을 때까지도 놈들은 저희들끼리 이런 저런 이야기만 하고 있었다. 다시 구덩이로 가서 몸을 숨겼다. 얼마나 잤는지 모른다. 어깨에서는 더 이상 피가 흐르지 않았다. 그러나 상처 부위는 계속 욱신거리며 통증이 몰려 왔다. 이제는 정신도 가물가물해져 오고 있었다.

눈을 떴다. 또 한참을 잔 모양이었다. 머리를 만져보니 불덩이처럼 뜨거웠다. 이제 더 이상은 버틸 수가 없을 것 같았다.

준호는 구덩이를 나왔다. 밖은 깜깜했다. 짐은 모두 묻어 버리고 총과 단검만 들고 나왔다. 학생복으로 갈아입었지만 총과 칼을 든 학생이란 있을 수도 없는 모습이었다. 어차피 발각되면 죽음을 각오해야 할 것이었다.

산을 내려오면서 보니 살구나무에 살구가 잔뜩 열려 있었다. 살구를 배가 터지도록 따 먹었다. 배가 부르자 또다시 잠이 밀려왔다. 눈을 뜨려고 아무리 애를 써도 눈이 떠지지를 않았다. 안 돼. 여기서 잠들면 안 돼. 마음은 계속 그렇게 소리치고 있었지만, 몸은 정반대로 깊은 잠속으로 빠져 들어가는 것이었다.

서늘한 기운에 잠이 깨었다. 나무 위에서 이슬방울이 떨어지고 있었다. 나무 사이로는 별이 반짝인다. 준호는 나무를 꺾어서 지팡이로 삼고 산을 내려갔다. 저 멀리에서 불빛이 가물거렸다.

동네로 들어갔다. 짐작대로라면 여기는 고마코메라는 동네일 것이었다. 몇 차례 여진과 다녀 본 적이 있었다. 만일의 경우 산을 넘어 이쪽으로 피신할 계획을 세워 놓았던 것이었다.

성불의원(成佛醫院)이라는 작은 의원이 있다는 것도 알고 있었다. 이 동네를 살펴볼 때 여진이 병원 앞에서 이렇게 말했었다.

"부처님이 된다는 뜻이네?"

병원 앞에는 작은 돌부처도 하나 있었던 기억이 났다. 살금살금 그쪽으로 다가갔다. 골목 안을 살펴보았으나 인기척은 없었다. 매복도 없는 게 분명했다. 준호는 마지막 힘을 다하여 울타리를 넘어 병원의 뒤쪽으로 숨어들었다. 허벅지에 울타리의 끝부분이 닿자 다리를 도려내는 것 같은 통증이 밀려왔다. 유리창에 겨우겨우 매달려서 몇 번 두들겼다. 안에서는 인기척이 없었다. 다시 조금 더 세게 유리창을 두들겼다.

잠시 후 안에서 부스럭대는 소리가 들리더니 누군가가 현관 문 쪽으로 나오는 기척이 들렸다. 등불을 들고 있는 사람의 모습이 보였다.

"누구요?"

그 소리가 꿈속에서처럼 아주 가늘게 들려왔다.

준호가 눈을 떠보니 천정 위에서는 희미한 전등이 비추고 있었다. 고개를 돌려보았다. 나무로 만든 침대 위에 자신이 꽁꽁 묶여 있는 모습이 보였다. 팔목을 보았다. 총의 멜빵 같은 것으로 두 번이나 감아서 묶었다. 이놈들에게 꼼짝없이 잡혔구나.

평소 같으면 차력의 힘을 이용하여 이까짓 것 정도는 단번에 끊어 버리고 일어날 수 있겠지만, 지금은 몸을 움직이기조차 힘이 드는 상태였다. 그냥 기다려 보기로 했다. 어차피 한 목숨 죽는 것 무엇이 억울할까. 그래도 생각했던 대로 일차적인 임무는 다 완수하지 않았는가.

또다시 가물가물하며 막 잠이 들려고 할 때 위에서 누군가가 계단을 내려오는 소리가 들렸다. 두 명이었다. 등불을 들고 온 사람은 등을 준호의 얼굴께로 가까이 댔다. 머리가 하얀 늙은 의사였다.

"정신이 들었는가?"

그 뒤를 따라 온 젊은 여자가 고개를 빼고 준호를 들여다봤다. 한 서른 살은 되어 보였다.

이놈들이 나를 어찌 하려나?

"정신이 들었으면 말을 해 보게."

준호는 일본말을 할 줄 아는 게 그리 많지 않았다. 중국에서 지내면서 혼자 연습한 것과, 지난 몇 달 동안 여진과 함께 있으면서 배운 말 몇 마디가 전부였다. 이름이 무엇인가? 황후마마가 보낸 자객이다. 목숨만은 살려주마. 이런 짧은 말들이었다.

준호가 말없이 고개를 끄덕이자 의사는 뒤를 돌아보며 뭐라고 속삭였다. 여자가 준호를 묶어 놓았던 벨트를 풀어 주었다. 준호는 오늘이 며칠일까 하고 생각했다.

벽을 보니 희미한 전등 불 밑으로 달력이 보였다. 한 장에 열두 달이 다 들어있는 달력이었다. 손을 들어 달력을 가리켰다. 의사가 눈치를 채고 손가락 열 개를 다 폈다.

"7월 10일이라네."

10일? 그렇다면 내가 여기에 있은 지 벌써 이틀이나 지났나? 잠시후 여자가 이층으로 올라갔다 오더니 쟁반에 먹을 것을 들고 왔다. 깨죽이었다. 노인과 둘이서 준호의 목을 일으켜 세워주었다.

준호는 죽 한 그릇을 다 비웠다. 힘이 솟는 느낌이었다. 침대 위에 앉아서 몸을 살펴보니 어깨와 목에는 붕대가 칭칭 감겨져 있었다. 노의사가 콩알 같은 것을 손으로 집어서 준호 앞에 보여 주었다. 그리고 자기 손가락 하나를 길게 펴며 준호의 어깨를 가리켰다. 그만큼 깊이에서 총알을 빼냈다는 뜻 같았다.

준호는 아리가토를 연발했다. 정말 고마운 일이 아닐 수 없었다.

여자가 더듬더듬 조선말로 설명을 했다. 여자는 부모를 따라서 조선에서 3년을 살다 갑신년의 난리 통에 조선을 떠나 왔다고 말했다. 뒤꼍에서 다 죽어가는 준호를 의사 선생님과 아주머니, 그리고 자신이 들어다가 침대에 묶어 놓고 총알을 빼내고 치료를 했다는 것이었다.

여인의 말을 들어보니, 준호가 발견되던 날, 바로 그 전까지도 순사들이 병원 앞에서 보초를 서다가 돌아갔다는 것이었다. 준호가 그 시간에 내려 온 것은 정말 천운이라고 했다.

다시 깊은 잠을 자고나자 여인이 내려 왔다.

밤이나 낮이나 희미한 전등만이 비출 뿐이었다. 이야기를 들어보니 여기는 병원의 지하실이란다. 안방의 침대 밑으로 계단이 나 있어서 여간 해서는 찾기가 어렵다고 했다.

다음 날 눈을 뜨고 조금 있자 여인이 다시 내려왔다. 이번에는 구운 소고기 한 접시에 하얀 쌀밥이 한 공기였다. 다꾸앙이라고 하는 노란색 절인 무우 절임도 있었다.

조금 후에 노인이 들어 왔다. 손에는 신문지를 여러 장 들고 내려왔다. 준호는 노인이 준 신문을 펼쳐 보았다. 거기에는 이노우에 가오루의 얼굴이 대문짝만하게 실려 있었다. 한자와 일본글이 뒤섞여 있었다.

이노우에 가오루(井上馨) 백작 피습
다른 인사 세 명도 동시에 피습. 경찰관 수 명 부상. 조선에서 보낸
자객단의 소행으로 보임.

신문마다 거의 비슷한 내용이었다. 기사 내용에는, 자객들이 일본 인사들의 목숨까지 노린 것 같지는 않다고 했다. 모두가 생명에는 지장이 없다는 것이었다. 네 명 중 호리구치만이 중상일 뿐, 나머지 인사들은 한 달 정도만 치료하면 다 완쾌될 수 있는 부상이라고 했다. 경찰관들도 모두 다리나 팔에만 총상을 입었을 뿐이라고 했다.

해설기사는, 아직까지 범인들이 잡히지 않은 것을 보면 아마도 일당들은 모두 배를 타고 조선으로 도주한 것 같다고 했다.

그것뿐이 아니었다. 이번에는 의사가 다른 신문을 내 보였다. 도쿄 산요신문이라고 되어 있었다. 신문에서 잉크 냄새가 물씬 풍겨왔다. 아마도 오늘 아침에 온 신문인 것 같았다.

병영 내에서 대대장 피습
도쿄 인근의 모 사단에서 대대장이 피습되는 초유의 사태가 발생했
다. 범인은 복면을 한 3인조였다고 한다.

준호는 가슴을 쓸어 내렸다. 여진도 일을 무사히 마쳤구나. 그런데 어찌하여 3인조일까? 여진 말고도 다른 사람들이 있었나? 그러나 저러나 이 사람들이 나를 어찌하려나? 이들의 행동을 가만히 살펴보니 경찰이나 헌병에 넘기려고 하는 것 같지는 않았다. 이제는 몸도 묶어 두지 않은 상태였고, 비록 절뚝거리기는 하지만 충분히 방 안을 걸어 다닐 정도가 되었는데도, 친절한 태도에는 별다른 변화가 없었다.

이번에는 머리가 하얀 여인이 손에 생선회를 한 접시 들고 내려왔다. 첫눈에도 곱게 늙은 여인 같아보였다. 의사의 부인이었다.

옆에 있던 의사가 입을 열었다. 자기의 이름은 사사키(左左木)이고, 30년 전 미국에서 5년 간을 공부하고 돌아왔다고 했다.

간호원의 더듬거리는 통역이 계속됐다. 원장님은 독실한 불교신자라고 소개했다. 청일전쟁 때는 조선에 건너가서 일본 군인이건 청나라 군인이건 닥치는 대로 치료해 주었단다.

원장님 부부는 평소에도 불교의 가르침을 실천하면서 산다고 했다. 발에 밟히는 미물조차도 죽이지 않기 위해서 구두를 신지 않는다는 것이었다. 그러면서 노인의 신발을 가리켰다. 준호가 눈을 내려 바라보니 정말 노부부는 짚신을 신고 있었다. 투박하고 거친 조선의 짚신과는 달리 아주 가는 짚으로 만든 것이었다. 털오라기 하나 없이 매끈했다.

창문 밖에서 쓰러진 준호를 셋이서 겨우겨우 지하로 옮겨 놓고 치료해 준 것도 다 부처님의 가르침을 실천하기 위해서라고 했다. 준호가 신문에 난 사람들을 저격한 범인이라는 것도 다 알고 있다고 말했다. 간호사의 더듬거리는 통역이 계속됐다.

"주노가 일본 사람들 미워하면 우리도 주노 미워요. 그러면 우리도 조선 사람들 미워해요."

여진이 역에 도착했을 때는 기차가 출발하는 시간에서 겨우 3분이 남아 있었다. 다행히도 역에는 순사나 헌병들은 보이지 않았다. 3등 칸에 자리를 잡았다. 기차 안은 빈자리가 절반 정도 있었다. 여진은 바로 입구에 아무도 앉지 않은 빈자리로 가서 앉았다. 여진이 앉는 것과 동시에 기차가 출발했다. 칙~ 칙~ 하고 기차에서 수증기 내뿜는 소리가 들려왔다.

다음 역에서 점잖은 노신사 두 분이 들어 왔다. 그들은 자리를 둘러보더니 여진의 옆자리에 앉아도 좋으냐는 표정을 지었다. 여진이 자리를 약간 옆으로 비켜주자, 그들은 옆자리에 서로 마주보고 앉았다. 앞에 앉은 사람이 물었다.

"그 교복은 … 나카노 고등학교 학생인가?"

교복마다 표시가 나던 시대였다. 옷차림새를 보고 여진의 학교를 알아차린 것이었다.

"네, 그렇습니다."

"조선 학생 같아 보이는데?"

"네, 일본에 온지 5년 되었습니다."

"오, 그래? 우리는 목사들이라네. 내 이름은 사카나이이고 이분은 쓰다 목사님이시지."

"아, 그러세요."

여진은 두 사람에게 고개 숙여 인사를 했다. 사카나이라는 이름은 모르겠지만 쓰다 목사라는 이름은 신문을 통해서 많이 들어 본 이름이었다. 얼마 전에 도쿄에서 열린 집회에서는 10만 명이 넘는 인파가 몰렸다고 해서 신문에 크게 보도된 적도 있었다.

그들이 이런 저런 이야기를 하고 있을 때 기차가 다음 역에 정차하였다. 어두운 차창 밖을 내다보니 오다와라(小田原)라는 역 이름이 보였다.

이때 헌병 두 명이 기차에 올라탔다. 그들은 반대편 쪽에서부터 사람들을 일일이 검문하고 있었다. 여진은 당황했다. 어찌해야 하나? 여행증명서도 갖고 있고 학생증도 갖고 있다. 그러나 벌써 미야모토의 사건이 여기까지 알려졌다면 보통 문제가 아닐 것이었다.

그놈을 죽였어야 했다. 죽이고 나왔더라면 누가 죽었는지 모를 것이 아니겠는가. 그러나 이제 와서 후회한들 무슨 소용이 있을 것인가. 헌병들이 발걸음을 옮길 때마다 칼과 칼집이 부딪치는 소리가 요란하게 들려왔다.

어찌해야 하나? 맨손으로 저들과 대항할 수도 없고, 설사 한 놈의 급소를 치고 달아난다 해도 달리는 열차에서 뛰어내려서 과연 살아날 수 있을까? 또 그들의 포위망을 어떻게 뚫고 니가타까지 갈 것인가 ….

이제 헌병은 바로 앞자리의 사람을 검문하고 있었다. 그를 죽였어야 했어. 내 실수였어. 눈을 감고 이런 생각을 하고 있는데 헌병이 드디어 여진의 자리에 왔다. 운명에 맡기자.

"오이, 공민증(公民證)."

여진이 학생증을 내 보였다.

"마쓰시다 하나코(松下花子)가 맞나?"

"하이. 소우데스."

이때 옆 자리의 노 목사가 천천히 자신의 신분증을 내밀면서 말했다.

"나 쓰다 목사일세. 이 아이는 내 수양딸이네."

"핫, 목사님. 영광입니다."

쓰다 목사라는 말이 나오자 헌병의 태도가 갑자기 달라졌다. 그가 고개를 번쩍 들더니 부동자세를 하고 거수경례를 하는 것이 아닌가. 열차 내에 있던 사람들의 시선이 모두 이쪽으로 향했다.

"저 엊그제 목사님 부흥회에 참석해서 큰 은혜 받았습니다."

"그래, 고맙네."

"그럼 편안한 여행 되십시오."

다시 거수경례를 한 헌병은 여진의 학생증을 돌려주면서 다음 칸으로 총총히 사라졌다. 부하 한명도 묵묵히 그의 뒤를 따라갔다. 앞자리 목사의 신분증은 보지도 않았다.

쓰다 목사는 조금전 여진의 초조해 하던 모습을 보았다. 안 주머니에서 무슨 병에 든 알약을 꺼내는 것도 곁눈질로 보았다. 분명 쫓기고 있는 신분인 것 같았다. 쓰다 목사는 여진의 손을 꼭 잡아 주었다. 여진의 손은 땀으로 촉촉이 젖어있었다.

준호가 기차를 탄 것은 그로부터 열흘 후의 일이었다. 이제는 상처도 어느 정도 치료되고 검문도 한풀 꺾였을 것 같았다. 더 이상 늦어지면 영국 사람이 준비해 놓은 배편을 놓칠지도 모른다는 우려도 작용했다. 그러나 진짜 이유는 여진이가 보고 싶어서 더 이상 견딜 수가 없다는 점이었다.

준호는 아침 첫차를 탔다. 아무래도 그 편이 검문이 덜해도 덜할 것만 같았다. 준호는 그들과 집 안에서 이별을 했다. 밖으로 나와서 다른 사람들 눈에 뜨인다면 모두가 다 피해를 볼 수 있는 상황이었기 때문이었다.

다섯 시 반 기차에 올랐다. 한 시간 가까이를 가슴 졸이며 왔지만 다섯 개의 역을 거치는 동안 경찰이나 헌병의 모습은 보이지 않았다. 준호는 긴장이 풀리며 잠이 몰려오는 것을 느낄 수 있었다.

어렴풋한 꿈속에서 사사키 의사 선생님의 이야기가 들려왔다.

불살생계(不殺生戒)라는 것은 죽이지 않는다는 뜻보다도 더 넓은 뜻이 있지. 살생 같은 것을 멀리 피한다는 뜻 말일세. 아예 근처에도 가지 않는다고 해야 할까?

얼마나 잤을까? 돌연 팔에 차가운 손이 닿는 느낌에 눈을 번쩍 떴다. 거기에는 검정 옷에 흰 색 완장을 찬 순사가 서서 손을 내밀고 있었다. 준호는 입에 묻은 침을 닦아내며 호주머니에서 학생증과 여행증명서를 꺼내어 보여 주었다.

학생증에는 '일본중앙화교학교 고등과 3학년 이진보'라고 적혀 있었다. 여행증명서를 펼쳐 들었다. 때가 꼬질꼬질한 증명서에는, '위 사람은 일본주재 청국공사 이경방의 아들, 청국 북양대신 이홍장의 손자임을 증명함'이라는 문구 밑에 일본 외교부의 직인이 찍혀 있었다.

중국 놈들은 지위가 높은 집안이건 낮은 집안이건 모두 지저분하단 말이야. 이 여행증명서만 봐도 알 수 있지. 순사는 속으로 그런 생각을 하며 때가 꼬지지한 학생증과 신분증명서를 돌려주었다.

순사가 철컥거리는 칼 소리를 내며 건너 칸으로 넘어가자, 준호는 가슴을 쓸어 내렸다.

그는 송 참사관님의 두뇌가 참으로 비상하다는 생각을 했다. 자신을 중국학생으로 둔갑시킨 기술이며, 또 일본공사인 이경방의 아들로 위장시키려는 생각은 보통사람들로서는 상상조차 할 수 없는 절묘한 수법이었다.

중간에 기차를 두 번이나 갈아타고 거의 하루가 다 걸려서 도착한 하코네는 한가한 어촌이었다. 역 앞에 도착하여 부두로 가는 길이 어딘지를 물어보려고 하는 데 돌연 옆에서 팔을 붙잡는 사람이 있었다. 화들짝 놀라서 눈을 돌려보니 천만 뜻밖에도 그건 꿈에도 그리던 여진이 아닌가?

"아니, 너 여진이 …"

"준호야!"

둘은 서로를 부둥켜안고 한참을 있었다. 여진의 이야기를 들어보니 날마다 준호가 오는지 궁금하여 네 번씩 역에 나와서 기다렸다는 것이었다. 도쿄 쪽에서 오는 기차는 하루에 네 번이 있기 때문이었다. 역 광장을 건너오자 길옆에 파란 색을 칠한 트럭이 한 대 서 있었다.

머리와 턱수염이 노란 사람이 운전석에 앉아 있더니 그들에게 타라는 시늉으로 엄지손가락을 들어 올렸다. 차는 이십분 정도를 달려서 부두에 닿았다. 그때까지 여진은 준호의 손을 놓지 않고 있었다.

여진이 묵고 있는 곳은 커다란 창고에 붙어 있는 허름한 방이었다. 큰 창고의 문을 열자 그 안에는 산더미라는 말이 어울릴 것 같은 벼가 쌓여 있었다. 정미도 하지 않은 날 벼 상태 그대로였다. 여진이 설명했다.

"이건 운남(雲南)이라는 데서 들여 온 쌀이야. 여기는 이런 창고들이 열 개도 넘어."

"그래, 운남은 나도 알아. 중국에서도 아주 남쪽 끝에 있는 나라지. 프랑스하고 전쟁도 오래 했어."

애쉬필드(Ashfield)는 오랫동안 기다리던 주노가 왔다고 근사한 데 가서 저녁을 먹자고 했다.

준호가 간단히 씻고 옷을 갈아입고 따라 나섰다.

중국 식당에서 모처럼 배불리 먹은 준호와 여진은 창고로 돌아왔다. 창고 뒤를 돌아가자 방파제가 나왔다. 이들은 방파제에 나란히 앉아 밤늦게까지 이야기했다.

방파제에 파도가 출렁거렸다. 찝찔한 바닷물이 준호와 여진이 있는 곳까지 튀었다. 멀리 바다 가운데에 여러개의 불빛이 보였다. 아마도 오징어잡이를 하는 배들인 모양이었다.

준호는 이노우에를 비롯한 네 명을 처단한 이야기를 했고, 사사키 의사 부부를 만나 목숨을 건진 이야기를 했다. 여진은 병영까지 몰래 잠입하여 들어가서 미야모토를 저격한 이야기를 했다.

"그런데 왜 세 명의 자객이라고 신문에 났지?"

"아마도 내 생각에는 미야모토가 스스로 창피하니까 그렇게 말한 게 아닌가 싶은데? 여자 하나에게 당했다면 체면이 말이 안 되잖아. 그래도 난 지금도 모르겠어. 왜 쓰다 목사님이란 분이 나를 구해 주셨는지."

"정말 그 분이 아니었다면 여진이 너 큰일 날 뻔 했구나. 나도 사사끼 선생님 덕분에 살아나고 보니 일본 사람들이 새롭게 보이더라.

일본 사람이라고 다 나쁜 사람만 있는 건 아닌가 봐."

어느덧 새벽 두시가 넘었다. 숙소로 돌아와서 창문을 활짝 열었다. 열어 놓은 창문으로는 찝찔한 바닷물 냄새가 왈칵 밀려왔다. 방안에는 닭털 침낭과 베개가 두 개씩 있었다. 그 앞에는 권총도 한 자루가 놓여있었다.

"웬 총이야?"

"애쉬필드 아저씨가 혹시 치한들이 올지도 모르니까 갖고 있으라고 했어. 부두 노동자들이 많으니까 위험할지도 모른다면서 주신 거야. 그렇지만 가짜야. 총알도 없어."

다행히도 총을 사용할 일은 일어나지 않았다.

"배가 내일 모레 떠난다는 거야. 그래서 난 얼마나 마음을 졸였는지 몰라. 네가 그때까지 안 오면 어떻게 해야 하나 하고 말이지. 이렇게 왔으니 얼마나 다행인지 몰라. 송 참사관님도 도쿄에서 네 걱정 많이 하고 계셨어. 아까 오는 길에 애쉬필드 아저씨한테 도쿄로 전보 보내달라고 했어."

여진이 침낭을 깔면서 하는 말이었다. 준호가 여진의 등 뒤로 가서 꼭 끌어안았다.

"여진아!"

"아이, 왜 이래."

그러나 그것은 말뿐이었다. 이들은 누가 먼저랄 것도 없이 서로를 끌어안았다. 처음은 아니었다. 도쿄에서도 몇 달간을 동거해 오던 처지였다.

"준호야, 너 아버지 된다?"

"응? 무슨 소리야?"

"나 아기 가진 것 같아. 몸이 이상해."

"그래?"

준호의 입이 함지박만 하게 벌어졌다. 준호는 여진의 몸 위로 올라갔다.

찝찔한 바다 냄새에 섞여서 훈훈한 6월의 밤바람이 창문을 타고 들어왔다. 열어 놓은 창문의 방충망에 밤벌레들이 새까맣게 달라붙었다. 스물한 살과 스물두 살, 젊은 청춘남녀들이 내 뿜는 뜨거운 열기로 방안은 후끈후끈했다.

이들이 기쁨에 넘쳐서 질러대는 소리가 창밖으로 멀리멀리 퍼져나갔다. 동해바다를 건너서 조선 땅에까지.

하루 밤 사이에 동경에서만 네 명의 인사들이 자객들에게 습격을 당하자 일본은 발칵 뒤집혔다. 그것도 보통 평범한 시민들이 아니었다. 이노우에 가오루(井上馨)라는 현대 일본의 개국공신이 피습을 당한 것이었다.

다행히 병원으로 옮겨진 이노우에는 팔목만이 칼에 찍혔을 뿐, 생명에는 지장이 없었다. 다른 두 명도 마찬가지였다. 그러나 호리구치 국장만은 사경을 헤매고 있었다. 자객의 칼이 갈비뼈를 뚫고 들어가 폐에도 상처를 냈다는 것이 병원 측의 발표였다. 벌써 사흘이 지났는데도 깨어날 줄을 모른다는 것이다.

이토 히로부미 총리가 직접 나섰다. 이노우에는 자신의 동료이자 은사나 마찬가지가 아닌가. 그런 그가 괴한들에게 습격을 당했는데도 어찌 모른 척 할 수 있겠는가.

그는 긴급 각의를 소집했다. 경찰을 총 지휘하는 경무국장도 참석시켰다. 환갑을 맞은 그가 백발이 성성한 모습으로 각료들을 질타했다. 13명의 참석자들은 꼼짝 못하고 앞만 쳐다보고 있을 뿐이었다.

당일 오후에 도쿄지역 경찰서장들이 긴급 호출되었다. 장소는 도쿄 역 인근, 간다(神田) 지역에 위치하고 있는 경무국 대 회의실. 여덟 명의 서장들과 고등과장, 경비과장이 함께 참석했다. 나카이 경무국장이 서장들에게 호통을 쳤다.

"도대체 경비초소 근무를 얼마나 엉성하게 했으면 그놈들이 이노우에 백작의 집까지도 습격을 한단 말인가? 제군들은 이러고도 일본의 수도인 도쿄의 치안을 책임지고 있는 서장이라고 할 수 있겠나? 총리께서 내게 주신 시간은 단 5일이다. 5일 내에 범인을 색출하지 못하면 전원 옷을 벗을 각오로 임하라. 그리고 이번 사건의 총 지휘는 고등과장 기리노 도시아키(楝野利秋) 경무관이 맡는다. 각 서장들은 기리노 경무관의 지시를 받으라. 알겠나?"

회의를 마치고 사무실로 돌아온 기리노 경무관은 맨 밑바닥부터 다시 생각해 보기로 했다.

이번 사건의 피해자들에게는 한 가지 공통점이 있었다. 바로 조선의 왕비시해 사건에 직접적으로 가담한 전적이 있다는 사실이었다. 그렇다면 범인은 조선인, 그 중에서도 극렬 우익분자이거나 아니면 국왕의 명을 받은 자객들일 것이었다. 그런 이유로 이 사건을 수사과가 아닌 고등과로 배당한 것이리라.

그날로 특별수사반이 편성되고 도쿄 지역에 거주하고 있는 조선인들의 정밀조사에 착수했다. 도쿄에 살고 있는 조선인들은 모두 오백 명이 조금 넘었다. 그중에는 학생들이 절반 정도 되었고, 나머지는 조선에서 파견 나온 관리들, 조선과 일본을 왕래하는 상인들, 그리고 그 가족들이었다.

인근 지역의 경찰들까지도 차출되었다. 이틀이 지나자 거동에 이상이 있는 자들이 대략 50여 명 선으로 파악되었다. 다시 정밀 조사에 들어갔다. 남녀 학생 두 명이 최종 용의선상에 올랐다.

그러는 중, 이번에는 하코네에서 부대 안에 있던 육군 소좌가 피습당하는 사건이 발생했다. 군 측에서는 범인은 3인조 남자들이라고 알려왔다.

기리노 경무관은 경찰 경력 30년의 노련한 수사관이었다. 특히 정치와 관련된 외국인들의 범죄에 관한 한은 일본 내 최고의 권위자였다. 그런 그가 아무리 꿰어 맞추어도 앞뒤가 맞지를 않았다.

군 쪽에서는 분명 세 명의 남자라고 하였다. 그런데 용의자들은 남녀학생 두 명뿐이었다. 그렇다면 우리가 파악하지 못하고 있는 밀입국자들이 또 있었다는 말인가? 현장을 아무리 살펴보아도 단서가 될 만한 물건은 떨어뜨린 것도 없었다.

그는 이 사건의 수사가 생각보다 장기화 될 수 있다고 판단하고 한 달 간의 여유를 달라고 품신했다. 경찰복을 벗으라면 벗는 수밖에 없다고 각오했다. 위에서도 대안이 없었던지라 다시 한 달을 연기해 주었다. 기리노 경무관은 군과 협조하여 해결해 보리라 작정했다.

군 쪽의 수사는 2사단 헌병대에서 맡고 있었다. 헌병대장 가노 다헤이(加納太兵衛) 대위를 만났다. 그는 미야모토 소좌와 사관학교

동기라고 했다. 미야모토의 오른 손을 절단해야 할지도 모른다며 걱정이 이만저만이 아니었다. 칼에 찔린 오른 손에 균이 침투하여 항생제를 써도 계속 썩어 들어가고 있다는 것이었다.

그들은 상의 결과, 지금으로서는 없어진 학생들 두 명을 추적하는 일과, 일본과 조선의 모든 항구를 철저히 봉쇄하는 것밖에 별다른 해결책이 없는 것으로 합의했다.

한편 사건 당일, 개구멍에서 낯선 여자 하나를 목격한 병사들 두 명은 입을 다물 수밖에 없었다. 대대장이 피습당하고 나서 곧바로 세 명의 괴한들에게 당했다고 발표했다는 것이었다.

그러자 그들은 상황에 맞게 생각을 바꾸었다. 아마도 자신들이 마주 친 여자는 근처 여관에서 잠시 몸을 팔러 온 여자였던 모양이다. 군대에서는 5분이면 충분히 일을 마칠 수 있지 않던가? 그 후에 그 놈들이 들어 온 모양이다.

고등과 특별수사반에서 두 명의 신원을 파악했다.

김여진, 여자, 21세, 조선국 강원도 화천군 산음골에서 윤복동의 장녀로 출생, 조선국 경기도 평택군 진위면 김응조의 양딸로 입양, 1897년 3월 일본 입국. 나카노여자고등학교 졸업
홍준호, 남자, 20세, 조선국 한성부 회현방에서 홍국진의 2남으로 출생, 1901년 3월 일본 입국, 입국 후 더 이상 기록 없슴.

급히 군경 합동조사대 네 명이 조선 땅으로 파견되었다. 그러나

이들이 화천으로, 평택으로, 서울로 돌아다녀 알아 본 결과, 모든 서류가 다 가짜라는 것이 판명되었다. 화천군 산음골이라는 데에 윤복동이도 없었고, 경기도 평택에 김응조도 없었다. 물론 회현방의 홍국진도 가짜였다.

후일 이런 일에 대비하여 심상훈은 관리들에게 뇌물을 먹이고 서류를 모두 가짜로 만들은 것이었다. 그 작업에 엄청난 돈과 시간을 쏟아 부었다.

위에서의 닦달에도 불구하고 이 사건은 미궁에 빠져 버렸다. 기리노 경무관은 경찰 생활 32년에 종지부를 찍었다. 미야모토 소좌도 병상(病傷)으로 제대하였다.

그가 제대하자 명 지휘관이라는 소문도 사라지고 씻을 수 없는 치욕만이 그에게 따라 붙었다. 훈련시킬 때는 죽도록 시키고 풀어줄 때는 철저히 풀어준다는 그의 부대 운영 철학은 그가 승승장구 할 때는 그를 최고의 지휘관으로 만들었었다. 그러나 그가 제대하자 곧바로 치욕스런 비아냥거림이 나돌았다. 부대 안에서 술을 마시게 하고, 개구멍으로 병사들이 드나드는 것조차도 묵인해 준 한심한 지휘관이었다는 것이다.

피습당하고 두 달이 조금 지난 초가을 어느 날, 미야모토 소좌는 병원에서 음독 자살했다.

죽기 며칠 전, 미야모토는 병문안 차 방문한 친구 가노 다헤이 헌병대장에게 범인은 스무살 정도의 조선 여인이었다고 고백했다. 자신도 모르게 순간적으로 거짓말을 했노라고 실토했다. 대 일본 제국의 무사 정신에 씻을 수 없는 오점을 남긴 자신은 죽어 마땅하다고도 했다.

　가노 다헤이는 이를 갈았다. 고등학교 내내 한 몸이나 마찬가지로 절친했던 미야모토를 저 세상으로 보낸 계집을 온 조선 천지를 다 뒤져서라도 기필코 찾아내고야 말겠다고 굳게 다짐했다.

30. 아, 을사늑약(乙巳勒約)

　　1902년이 시작되자마자 일본과 영국이 손을 잡았다. 영일동맹이 체결된 것이다. 해군국이며 상업국인 영국은 일본과 손을 잡음으로써 러시아의 세력을 견제할 수 있는 이점이 있었다. 일본도 영국으로부터 조선 내에서의 권익을 보장 받았다. 일종의 묵인인 셈이다.

　　여기에 미국도 가세했다. 미국 정부도 동아시아 지역에서 러시아의 세력이 커지는 것을 원치 않았다. 루스벨트 대통령은 만약 조선이 러시아와 일본 중에서 어느 한쪽의 지배를 받아야만 할 운명이라면, 러시아보다는 일본의 지배를 받는 편이 더 나을 것이라고 판단했다.

　　이 무렵 러시아는 만주의 일부 지역을 점령하고 있었다. 그들은 거기서 그치지 않고 압록강 연안을 보호한다는 명분으로 군대를 파견하고 인근의 삼림을 마구 벌목하기 시작했다.

　　이미 조선 정부는 몇 년 전에 러시아에 압록강 지역과 울릉도에 대한 벌목권을 준 적이 있었다. 일본도 거의 비슷한 시기에 압록강

하류 지역에 들어와서 야금야금 벌채를 하면서 벌목권을 달라고 항의하였다. 어쩔 수 없이 일본에게도 벌목권을 내주었다. 그러자 여기에서 수시로 충돌이 일어났다.

다음 해 6월 일본 육해군의 통합참모 조직인 대본영은 장문의 보고서를 내각에 제출했다. 이른바 〈조선 문제 해결에 관한 의견서〉라는 것이다.

대일본제국이 조선반도를 우리의 영향 아래 두려는 것은 개국 이래 지금까지 변함이 없는 정책이다. 제국은 8면이 바다로 둘러싸여 있어 대륙진출을 하려면 오로지 조선 반도를 거쳐 가는 길밖에는 없는 형편이다. 또한 조선은 대륙과의 사이에 있어 유사시에는 완충지대의 역할도 해 주고 있음으로, 우리 제국의 국방에도 매우 긴요한 지역이다. 만약, 어느 강대국이 조선을 지배한다면, 그것은 곧 제국의 목줄을 틀어쥐고 있는 형국이나 다를 바가 없다 할 것이다.

지난 수년간 청국과 수없이 많은 충돌을 일으키며 드디어 조선을 우리의 속국과도 같은 보장지로 만드는데 성공한 것은 그 중 다행이라 할 수 있다. 그러나 최근 러시아는 만주의 동청철도(東靑鐵道)를 손아귀에 넣고 일부 만주지역을 그들의 영토에 편입시킴으로써 우리 제국의 이익을 위협하고 있는 실정이다. 러시아의 세력을 이대로 방치한다면 앞으로 수년 내로 조선은 러시아의 점령지가 될 가능성이 많다고 보아야 한다.

그러므로 우리 대일본제국은 빠른 시일 내에 러시아와 교섭하여 이 문제를 해결해야만 한다. 만약, 여의치 못하면 전쟁도 각오해야 할 것이다. 전쟁이 발발한다면, 대일본제국의 군대에게 충분한 승산이 있다는 것이 우리 대본영의 판단이다. 따라서 지금이야말로, 대일본제국의 백년대계를 위하여 조선 문제를 해결할 수 있는 절호의 기회임을 간과해서는 안 될 것이다.

이토 히로부미는 가네코 겐타로(金子堅太郞) 법무대신을 미국에 파견했다. 가네코는 루스벨트 대통령과는 하버드 대학 동창이고, 하버드 로스쿨까지도 졸업하였으므로 미국 내에 많은 지인들이 있었던 것이다.

그에게 맡겨진 임무는 일본과 러시아 사이에 전쟁이 발발할 경우, 미국이 일본편을 들어 줄 수 있도록 미국 내에 친 일본 분위기를 조성하라는 것이었다.

사전 정지작업이 다 끝났다고 판단한 일본은, 1904년 2월 러시아와 전쟁을 벌이기로 결의했다. 일본은 어느 전쟁이든 항상 선전포고 없이 하는 것이 그들의 전통이었다. 러일전쟁도 선전 포고 없이 먼저 기습공격을 가했다.

사세보 항을 출발한 주력 함대는 요동반도의 남단인 여순항에 있는 러시아 해군을 목표로 기습 공격을 감행했다. 러시아 해군은 항구 내로 들어오는 일본 어뢰정을 자신들의 경비정인 줄로만 알고 아무런 대비도 하지 않고 있다가 순식간에 공격당했다.

이 기습으로 러시아는 전함 두 척과 순양함 한 척이 침몰되었다. 또 다른 일본 함대는 제물포항에 정박해 있던 러시아 순양함 두 척을 공격하여 역시 격침시켜 버렸다.

그보다 앞서 일본 공사 하야시 곤스케는 조선 정부와 한일의정서를 체결하여 전쟁 시에 필요한 군수물자와 군사기지를 사용할 수 있는 법적 근거를 마련하였다. 이 의정서에 반대하던 육군참장 이학균은 서울에서 추방되었고, 탁지부대신이던 이용익은 일본에 납치되어 그곳에서 열 달을 지내게 된다.

한편 육지에서도 전쟁이 계속되었는데, 결과는 러시아 측에 계속 불리했다. 러시아 군은 병력 수는 많았으나 일본처럼 단일 민족이 아닌 여러 민족들로 구성되었고, 지휘체계 또한 혼란스러웠다. 반면에 일본 군대는 천황에 대한 충성심이 하늘을 찌를 듯해 어떤 전투에서도 물러설 줄을 몰랐다.

1905년 5월 러시아의 발틱 함대가 여순항에서 전쟁을 벌이고 있는 자국 해군을 지원하기 위해 대마도 해협을 통과하고 있었다. 당초 이 함대가 모항을 떠난 것은 1월 경이었는데, 지구를 반 바퀴나 돌면서 오다보니 그 사이 여순 함대가 일본에 항복했다는 기막힌 소식을 듣게 되었다. 베트남쯤 도착했을 때였다. 이제는 블라디보스토크 기지를 찾아서 돌아가는 수밖에 없었다.

총 38척의 대함대를 이끌고 있던 러시아의 로제스트벤스키 사령관은 함장들을 모아 놓고 회의를 열었다. 4개의 항로 중, 어느 항로를 통하여 러시아로 돌아갈 것인가를 결정하기 위함이었다. 그러자 다수의 함장들이 대한해협을 통과하자고 했다.

그들이 대한해협을 막 통과하려 할 때에 일본 연합함대의 공격을 받았다. 일본 연합함대 사령관 도고 헤이하치로(東鄕平八郎) 제독은 러시아의 발틱 함대가 분명 대한해협을 통과할 것이라 판단하고 함정들을 숨겨 놓고 기다리던 참이었다.

5월 17일, 무려 3만 킬로미터 가까이를 항해해 온 러시아 함대는 일본의 기습 공격에 제대로 싸워보지도 못하고 괴멸에 가까운 참패를 당했다. 38척 가운데 절반인 19척이 침몰하고 7척이 나포되었다. 나머지 12척 중 일부는 블라디보스토크로, 일부는 필리핀으로 도망쳤다.

전쟁이 끝난 후 도고 헤이하치로 제독은 일약 전쟁영웅이 되었다. 그가 평소에 제일 존경하고 흠모하던 인물은 바로 조선 수군의 이순신 제독이었다.

그렇다고 이 러일전쟁으로 인하여 일본이 큰 이익을 본 것도 아니었다. 러시아나 일본이나 모두 30만 명 가까운 사상자가 발생하였다.

러시아도 국내에서 혁명이 일어나 더 이상 전쟁을 감당하기 어려운 형편이었다. 그러나 피해는 일본에게 더 치명적이었다. 일본은 러일전쟁 중에 무려 20억 엔 가까운 전비를 쏟아 부어야만 했다. 이 돈은 자그마치 당시 일본의 5년 예산과 맞먹는 엄청난 금액이었다.

다급해진 일본은 미국의 루스벨트 대통령에게 매달렸다. 전쟁을 어서 빨리 끝낼 수 있도록 해 달라는 청탁이었다. 양측 다 필사적인 협상이었다. 일본은 하버드 출신이요, 외교의 귀신이라 불리는 고무라 주타로 전 조선공사를 파견했고, 러시아도 백전노장인 비테 전 외상을 파견했다.

드디어 8월 29일, 미국의 뉴햄프셔 주에 있는 작은 군항 포츠머스에서 강화조약이 체결되었다. 요약하면 다음과 같다.

- 러시아는 일본이 조선에 지배적인 권리가 있음을 인정한다.
- 북위 50도 이남의 사할린 섬은 앞으로 일본에 귀속된다.
- 러시아는 중국의 대련, 여순 지역에 대한 조차권을 일본에 양도한다.
- 동해, 오오츠크해, 그리고 베링해의 어업권도 일본에 양도한다.

얼핏보면 러시아가 모든 것을 빼앗긴 것처럼 보이지만, 러시아로서도 많은 실익이 있었다.

그 중 하나가 전쟁 배상금이었다.

어느 전쟁이든 패전국은 배상금을 물게 되어 있다. 그러나 당시 전비가 모자라 하루가 급했던 일본으로서는 전쟁배상금 문제를 가지고 회담을 계속 끌 수도 없는 형편이었다. 결과적으로 패전국인 러시아는 배상금 한 푼 물지 않고 전쟁을 끝낸 셈이 되었다.

그러나 이 조약의 핵심은 바로 제2조, '일본이 조선에 대하여 지배권이 있음을 인정한다.'는 내용이었다. 이로써 조선이라는 나라는 일본에 종속된 나라라는 사실이 국제적으로 용인되기에 이른 것이다.

이 조약이 체결되고 나자 일본이 조선을 보호국으로 만들려고 한다는 소문이 국내에도 퍼졌다.

바로 이러한 때에 미국 루스벨트 대통령의 딸인 앨리스가 뉴우랜즈 상원의원 부부등 여러 명의 수행원들과 함께 조선을 방문할 계획이라는 소식이 들려왔다.

민영환은 이 기회를 잘 이용하여 이들 미국 인사들에게 조선이 처한 상황을 이해시켜 보리라 작정했다. 마침내 9월 20일 앨리스 일행이 조선에 도착했다.

9월 26일 전동에 있는 민영환의 집에서는 성대한 연회가 베풀어졌다. 통역은 윤치호가 맡았다. 민영환, 이준, 이상재, 헐버트 등 많은 인사들이 참석하였다. 이 자리를 빌어 민영환은 조선이 처한 현실을 앨리스에게 설명하였다. 앨리스도 이날의 접대에 매우 만족하여 귀국하면 자기 아버지인 루스벨트 대통령에게 이러한 사정을 잘 설명하겠노라고 약속했다.

민영환은 사태가 급박하게 돌아가자 이준을 일본에 파견하여 일본 내의 형편을 알아오도록 했다. 이준은 함경도 북청 출신으로 민영환보다 두 살 위인 마흔다섯 살이었다. 그는 과거에 급제한 후 법관양성소에서 공부하고 검사보로 임명되었다. 그 후 일본에 유학하여 와세다대학 법학부를 졸업하고 돌아와서 전문 법조인으로 활약하며 독립협회에서도 활발한 활동을 한 경력이 있었다.

얼마 후 일본에서 귀국한 이준의 보고는 훨씬 심각한 것이었다. 일본 각의에서는 이미 조선을 보호국화 한다는 방침이 의결되었다는 소식이었다. 이를 위해서 이토 히로부미 전 총리가 조선에 건너오기로 되어 있다는 정보도 갖고 왔다.

이에 민영환은 이준을 상해로 급파하여 상해의 국제여론에 호소하여 일본의 행동을 견제하고자 하였다. 프랑스에 나가 있던 동생 민영찬에게 상해로 가서 이준을 돕도록 지시했다. 상해에는 친한파 인사이자 고종 황제의 특사인 헐버트와 고종 황제의 최측근인 이용익도 와 있었다.

헐버트(Homer Herbert)는 고종황제의 친서를 루스벨트 대통령에게 전달하는 임무를 띠고 있었다. 그는 앨리스와 함께 미국을 가면 대통령을 만나기가 훨씬 수월할 것이란 판단으로 상해에서 앨리스를 기다리고 있는 중이었다.

그러나 이들이 아무리 노력한다 해도 미국 대통령 루스벨트의 편견을 바꾸어 놓기는 애초부터 틀린 일이었다. 왜냐하면 그는 철저한 진화론의 신봉자였기 때문이었다.

찰스 다윈을 존경하는 그의 눈에 비친 조선이라는 나라는 미개하기 짝이 없고 야만적인 나라로 비쳐졌던 것이다. 그는 미국의 이익을 위해서는 일본이 조선을 보호하는 것이 좋을 것이라고 믿고 있던 사람이었다.

루스벨트 대통령은 그 다음 해에 러일전쟁을 종식시킨 공로를 인정받아 노벨 평화상을 수상하게 된다.

1905년 7월 25일, 일본 요코하마에는 80명의 귀빈들이 도착하였다. 그들은 필리핀으로 가는 길에 잠시 일본에 들른 미국 육군장관 윌리엄 하워드 태프트 일행이었다.

그 다음 날, 이들 일행은 천황을 알현하였다. 저녁에는 당시 총리이던 가쓰라 다로(佳太郎)가 제국호텔에서 성대한 연회를 베풀어 이들의 환심을 샀다.

미국 육군장관이 80명이나 되는 수행원들을 데리고 도쿄에는 왜 왔을까? 그 목적은 다름 아닌 필리핀을 미국의 속국으로 만들고자 함이었다. 마닐라를 가는 길에 일본에 먼저 들러서 일본과 밀약을 맺어 자기들의 필리핀에 대한 종주권을 인정받으려는 계획으로 있었던 것이다.

그 즈음에 대만을 점령하고 있던 일본은 호시탐탐 남쪽의 필리핀에 눈독을 들이고 있었다.

7월 27일 두 사람은 총리관저에서 다시 만났다. 그 자리에서 이들은 합의문을 작성했다.

1. 일본은 필리핀에 대하여 어떠한 침략적 의도도 갖고 있지 않으며, 미국의 필리핀 지배를 인정한다.
2. 동아시아의 평화를 위하여 미국, 영국, 일본이 동맹관계임을 재확인한다.
3. 미국은 일본의 조선에 대한 종주권을 인정한다.

이 내용은 곧바로 전보로 미국의 루스벨트 대통령에게 보고되었고, 그는 원문대로 승인해 주었다. 이것이 흔히 말하는 '가쓰라-태프트' 밀약이다.

그보다 불과 나흘 전, 루스벨트 대통령의 별장에 조선인 두 명이 찾아와 면담을 요청하였다. 이들은 다름 아닌 독립운동가 이승만과 하와이 교민대표 윤병구 목사였다.

당시 서른 살의 이승만은 미국 본토와 하와이를 오가며 독립운동을 하고 있었다. 루스벨트 대통령은 하버드대학 출신이다. 이승만도 하버드에서 대학원을 마쳤다. 이런 학연도 작용하였던지 그들은 우여곡절 끝에 루스벨트를 만날 수 있었다.

대통령을 만난 조선인 대표들은 하와이 교민들이 연명한 독립청원서를 보여 주었다. 루스벨트 대통령은 이 문서가 정식 경로를 통하여 접수된 문서가 아니므로, 만약 국무부에 접수되어 자신에게 보고되면 잘 검토해 보겠노라고 약속하고 이들을 돌려보냈다.

그러나 어찌하랴? 이미 4일 전에 태프트 육군 장관에게 전보를 보내어 일본의 조선에 대한 종주권을 인정해 버렸음에야.

이제 여러 방면에서 조선지배에 대한 타당성을 인정받게 된 일본은 더 이상 지체할 이유가 없었다. 일본 내각에서는 이 문제를 깊이 있게 심의했다. 그 결과 이토 히로부미 추밀원 의장을 조선에 보내어 우선 조선의 외교권을 박탈하기로 결정을 보았다. 명분은 병환 중인 고종황제를 위문하는 위문 사절이었다.

이토는 고종 황제를 배알하고 천황의 친서를 전달하였다. 그 자리에서 이토는 단도직입적으로 말했다. 그의 옆에는 하세가와 요시미치(長谷川好道) 일본군 사령관이 훈장을 주렁주렁 달고 긴 칼을 찬채 눈을 부라리며 서 있었다.

"폐하, 어서 빨리 보호조약을 체결하도록 하시지요. 어차피 그렇게 될 수밖에 없는 형편입니다."

"그렇게 중요한 일을 어찌 나 혼자서 결정한다는 말이오. 나는 못하오."

보호조약을 체결한다면 조선의 운명도 끝장이 아닌가. 누구보다도 이 사실을 잘 알고 있는 고종이었다. 고종은 최대한으로 시간을 벌어 보리라고 작정했다.

이토는 고종과 대신들을 회유하는 한편, 다른 쪽에서는 일진회와 같은 친일 조직을 동원하여 대중 집회를 열도록 했다. 친일 기관원들은 조선이 살아남는 유일한 길은 일본의 보호국이 되는 길뿐이라는 내용으로 백성들을 선동하며 전국을 돌아다녔다.

이토는 무력시위를 통하여 고종 황제를 압박하는 작전도 병행했다. 무장한 일본 군인들이 시내 곳곳을 행진하며 돌아다녔고, 성문마다 기관총과 야포도 배치했다. 경운궁 내에도 총에 착검한 일본 병사들이 군화소리를 요란하게 울리며 행진하고 다녔다.

이토 히로부미는 조선의 대신들을 그가 머무르는 손탁 호텔로 초대하였다. 손탁 호텔은 웨베르 러시아공사의 처형인 손탁(Sontag) 여사가 세운 호텔이다. 고종이 을미사변 즈음하여 왕실 소유의 땅 1,200평을 손탁에게 하사한 적이 있었다. 그녀는 그 땅 위에 러시아 건축기사 사바틴에게 2층짜리 건물을 짓게 했다. 이렇게 해서 객실 28개와 연회장이 있는 조선 최초의 서양식 호텔이 탄생한 것이다. 그는 강한 어조로 대신들을 윽박질렀다.

"어서 찬성하시오. 그렇지 않으면 언제 어디서 죽을지 모르오."

이 말은 찬성하지 않으면 죽여 버리겠다는 협박이었다. 아무리 그렇기로 대신들이 이 자리에서 찬성 또는 반대를 말할 수도 없는 형편이었다.

11월 7일 오후 세시에 수옥헌에서 어전회의가 열렸다. 고종황제가 용상에 앉았다. 회의장도 작고 용상도 초라했지만 그런 것이 문제는 아니었다. 지금은 나라가 살아남느냐, 망하느냐의 기로에 서 있는 순간이다.

무려 다섯 시간을 토론한 끝에 마침내 저녁 8시가 조금 넘어서 일본의 제안을 거부하기로 합의를 보았다.

옆방에서 회의결과를 초조하게 기다리고 있던 하야시 곤스케 공사는 이 소식을 듣고 깜짝 놀라 부랴부랴 이토 히로부미에게 연락했다. 이토는 하세가와 사령관을 대동하고 다시 고종을 알현하겠다고 궁으로 들어왔다. 그러나 고종은 일부러 그를 피했다.

"짐은 몸이 불편하여 만날 수가 없도다."

시종무관장 민영환이 이 말을 이토에게 그대로 전달했다. 그러나 이토는 그대로 물러가지 않았다.

"황제를 꼭 뵈어야 하겠소."

고종은 용상에 비스듬히 앉아 있었다. 피곤한 기색이 역력했다. 그러나 그런 것은 이토의 관심사가 아니었다. 이토는 어떻게든 보호조약을 체결해야만 할 입장이었던 것이다.

"폐하, 우리가 그동안 심사숙고하여 만든 안을 반대하시다니요. 정말 유감입니다. 그러나 이 안은 이미 천황폐하의 결재까지 난 것이기 때문에 반대하셔도 소용이 없습니다. 계속 거부하신다면 조선은 여러 가지로 곤란한 지경에 처할 것이라는 사실을 폐하도 잘 아시지 않습니까."

고종도 지지 않았다. 이제 그 옛날의 겁 많고 나약한 임금이 아니었다. 일본인들의 손에 사랑하던 황후마저도 잃었는데 더 이상 잃을 것이 무엇이란 말인가.

"그대들의 황제 앞에서 한 회의에서 결정되었다고 그것이 꼭 짐의 나라에서 그대로 받아들여져야 한다는 법은 없지 않소? 그래도 총리대신께서 그토록 강력하게 권하시니 내가 대신들과 다시 한 번 협의를 하여 보겠소. 우리나라에서는 중대한 사안이 있을 때 조정의 현직이나 전임 대신들과 협의를 하는 것이 관례로 되어 있소."

아직도 고종은 이토를 총리라고 부르고 있었다. 이토는 벌겋게 달아오른 얼굴을 하고 더 큰 목소리로 고종을 압박했다. 이번 보호조약을 관철시키지 못한다면 그의 체면도 말이 아니다. 자타가 공인하는 일본 내의 제1인자가 아닌가.

"폐하, 조선은 헌법정치를 하는 나라가 아니지 않습니까? 제 눈에는 폐하께서 자꾸 시간을 끌려고 하는 것으로 밖에 보이지 않습니다. 좋습니다. 그러시다면 본관도 생각이 있습니다. 이제 후회하셔도 소용이 없습니다."

말을 마치고 찬바람을 일으키며 나가는 이토를 고종 황제는 멍하니 바라보았다. 참으로 힘들고 험난한 세월이다. 한 고개를 넘어가면 또 다른 고개가 기다리고 있으니 ….

호텔로 돌아간 이토는 즉시 조선의 대신들을 불러 모았다. 그는 대신들에게, 한 사람씩 의견을 말해보라고 재촉했다. 참정대신 한규설이 먼저 입을 열었다. 조선의 참정대신은 일본의 총리대신이나 마찬가지이다.

"일본은 러일전쟁이 끝난 후 조선의 독립을 보장한다는 말을 수차례나 반복하였소. 그런 마당에 웬 보호조약이란 말이오. 난 반대요."

그러자 법무대신 이하영도 비슷한 의견을 냈다.

"이 조약의 내용은 실로 중대하외다. 따라서 공식 토의에 부쳐서 결정을 보아야만 할 것이오. 이런 자리에서 말할 사안이 아닌 것으로 사료되오."

학부대신 이완용도 이들의 말을 따라 반대의사를 밝혔다. 농상공부대신 권중현도 한규설의 주장이 옳다고 하였다. 결국 모두가 반대하고 나선 것이었다.

이때 막 회의 장소에 참석한 외부대신 박제순이 대궐로 돌아가서 이 문제를 다시 토의하자고 제안하였다. 조금 전까지 박제순은 일본 공사관에서 하야시 공사와 함께 이 문제를 놓고 몇 시간 동안 의논을 하고 온 참이었다.

이후 열흘 동안 열띤 토론이 벌어졌다. 막후에서 치열한 공작도 펼쳐졌다. 마침내 11월 17일, 한밤중 늦게까지 조약의 찬반을 묻는 회의가 진행되었다. 이토와 하야시, 그리고 하세가와 등 일본 핵심 3인방이 모두 지켜보고 있었다.

참정대신 한규설, 탁지부대신 민영기, 법부대신 이하영은 불가(不可)를 써 넣었다. 학부대신 이완용, 군부대신 이근택, 내부대신 이지용, 외부대신 박제순, 농상공부대신 권중현은 가(可)자를 썼다. 여덟 명 중 세 명이 반대요, 다섯 명이 찬성이었다.

이토 히로부미는 반대한 세 명을 방에서 나가게 하고 나머지 다섯 명만을 데리고 회의를 속개했다. 그들의 주장을 받아들여 약간의 수정을 가한 후 곧바로 외부대신 박제순에게 외부(外部)에서 쓰는 부인(部印)을 가져 오도록 하여 도장을 찍었다.

조약은 박제순(朴齊純)과 하야시(任勸助) 사이에 체결되었다. 황제의 옥새도 찍지 않은 채로 체결된 날치기 조약인 것이다.

조약에 찬성한 이들 다섯 명은 그때부터 을사오적(乙巳伍賊)이라는 낙인이 찍힌 채, 먼 후세에까지 두고두고 역적의 오명을 쓰게 되는 것이다.

1905년 11월 17일 자정이 훨씬 넘어서 체결된 보호조약, 을사년에 체결되었다고 하여 일명 을사보호조약이라고 알려진 전문 5조의 내용은 요약하면 이렇다.

1. 일본 정부는 조선의 외교 일체를 지휘 감독하고, 외국에 있는 조선인을 보호한다.
2. 조선 정부는 일본의 중개 없이는 외국과 조약을 체결할 수 없다.
3. 일본 정부는 조선 황제 밑에 한 명의 통감을 두고, 통감은 조선의 외교를 총괄한다.
4. 기존에 체결된 조일간의 조약은 모두 유효하다.
5. 일본 정부는 조선 황실의 안녕과 존엄을 유지한다.

민영환은 보호조약이 체결되었다는 소식을 접하자 끓어오르는 분노를 주체할 길이 없었다.

그는 원로대신 조병세, 이근명과 함께 대궐 앞에가서 무릎을 꿇고 조약의 폐기와 을사오적의 처단을 호소했다. 그후 며칠 간을 백방으로 뛰어다녀도 아무 소용이 없자 전동 이완식의 집으로 갔다. 이완식은 이학균의 절친한 친구로 무인 출신의 강골이었다.

그들 세 명은 밤새도록 나라의 안위를 걱정하였다. 새벽녘이 되어서 민영환이 비장한 어조로 마치 유언 비슷하게 말했다.

"여보게 학균, 난 목숨을 끊으려 하네. 내가 먼저 떠나더라도 황후마마의 원수를 갚는 일만큼은 계속하여 주게나. 아직 이노우에 가오루도 살아있고 이토 히로부미도 벌겋게 눈을 뜨고 있는데 내가 먼저 세상을 뜬다는 것이 원통하기 그지없네. 그러나 내가 죽음으로써 이 나라 이천만 동포들을 결집시킬 수 있다면 그보다 더 다행한 일이 어디 있겠나. 부탁이 또 하나 있네. 이준 공을 만나거든 내가 신신당부하더라고 꼭 전해주게. 어떻게든 잃어버린 나라의 국권을 다시 찾아야 할 것이라고 말일세."

"영환 공, 그 말씀 거두어 주시게나. 지금은 우리가 살아서 힘을 합쳐야 할 때일세. 자네가 죽는다고 무엇이 달라지겠는가."

이학균이 간곡한 말로 만류하였다. 옆에 있던 이완식도 거들었다. "우리들이 항일 무장조직의 구심점이 되어야 하지 않겠는가. 특히 영환 공은 황제폐하를 측근에서 모시는 사람이니 공이 중심이 되면 일을 도모하기가 훨씬 더 수월할 것이 아닌가."

두 명의 친구들이 끈질기게 설득하자 드디어 민영환의 마음이 조금 돌아서는 눈치가 보였다.

"근식이, 나에게 지필묵을 가져다 주게나. 내 할 일이 있네."

이근식은 민영환이 무언가 글을 써야 할 일이 있는 모양이라고 생각하며 벼루와 먹, 그리고 붓과 종이를 가져다주었다. 그리고 새벽 세 시 무렵이 되어서 잠자리에 들었다.

다음 날 아침, 이근식이 일어나서 민영환이 자던 방문을 열어보니 안에서 피비린내가 진동을 하는 것이 아닌가! 민영환은 단도로 할복 자살을 했던 것이다. 그 옆에는 그가 분명 밤을 꼬박 새며 썼을 유서 다섯 통이 가지런히 놓여 있었다. 그 중 한 통, 국민들에게 남기는 유서이다.

대한국민들에게,

오호라, 나라의 수치와 백성의 욕됨이 바로 여기까지 이르렀구나. 우리 인민은 장차 살기를 바라는 자는 반드시 죽고, 죽기를 바라는 자는 또한 삶을 얻으리니, 여러분은 이 깊은 뜻을 어찌 헤아리지 못하는가? 영환은 한번 죽음으로써 황제의 은혜에 보답하고, 이천만 동포에게 사죄하노라. 이제 바라건대 우리 대한동포들은 천만 번 분투하여 그대들의 뜻과 기개를 굳게 하여 학문에 힘쓰고, 마음을 모으고, 힘을 합쳐서 우리의 자주 독립을 회복해야 할 것이라.

언젠가 그날이 오면 영환은 황천에서 즐거워 할 것이라. 저 어둡고 깊은 죽음의 늪에서도 기뻐 웃으리로다.

1905년 을사년 11월 마지막 밤에

대한제국 육군부장(副將) 정일품 민영환

민영환의 순국 소식이 전해지자 전국에서 백성들이 분노하였다. 서울 장안의 사람들은 민영환의 집에 몰려가서 땅을 치며 통곡하였다. 이상설은 종로 거리로 뛰어나와 시민들을 모아놓고 피를 토하듯 일장 연설을 했다. 서른여섯 살 열혈청년의 피를 토하는 열변에 모든 청중들이 숙연해졌다.

"민영환 공이 죽은 오늘이야말로 바로 모든 대한 백성들이 죽은 날이외다. 오늘 우리가 슬퍼하는 것은 민영환 공 한 사람의 죽음 때문이 아니라, 바로 전 국민의 죽음 때문이외다."

그는 연설을 마치고 단 아래로 내려가서 땅에 있는 돌에다 머리를 받고 혼절하고 말았다.

사람들이 달려들어 머리가 깨지고 유혈이 낭자한 그를 들것에 실어서 급히 병원으로 옮겼다. 그는 한 달이 지나서야 겨우 회복될 수 있었다.

이상설은 일찍이 과거에 급제하여 탁지부 재무관 등을 역임하였다. 그는 평소 서양 학문에 관심이 많아 수많은 서양서적을 탐독하였으며, 헐버트 선교사로부터 신학문을 배운 깨어난 선각자였다.

민영환 뿐만이 아니었다. 조병세도 두 차례에 걸쳐 상소를 한 뒤, 국민들과 각국 공사들에게 보내는 유서를 남기고 음독자살하였다. 당시 79세였다. 그는 좌의정과 우의정을 역임한 원로로 명성황후의 장례식 때는 만장제술관으로 장례에 참여하기도 한 사람이다.

뒤를 이어 전 참판 이명재, 학부 주사 이상철, 전 참판 송병선, 진위대 병사 김봉학 등, 우국열사들의 자살이 뒤를 이었다.

나인영이란 사람이 있었다. 나철이라고도 부르는 사람이다. 전라도 보성의 벌교가 고향이다. 평소 민족의식이 투철한 사람으로 과거에 급제하여 관직생활도 하다가 일본으로 건너갔다. 일본 정계의 요인들을 만나며 조선과 일본이 좋은 이웃으로 함께 살아야 한다는 설득을 하며 돌아다니기도 했다.

그는 1905년 을사조약이 체결되었다는 소식을 접하고 부랴부랴 서울로 돌아왔다. 을사오적을 쳐 죽이기 위해서였다.

나인영은 지인들에게 돈을 빌려 무기를 구입하고 자객들을 끌어모았다. 먼저 5적의 우두머리 격인 박제순을 처단하기로 하고, 폭발물을 넣은 상자를 박제순의 집으로 보냈다. 보내는 사람은 미국인 명의로 하였다.

박제순은 그 상자를 열어보려다 말고 30여 년 전에 있었던 민승호의 폭사사건을 떠올렸다.

하인들에게 알아보도록 했더니 그 속에서 화약 냄새가 심하게 나더란다. 그래서 그 상자를 땅 속에 묻어 버렸다. 첫 번째 거사는 실패로 끝났다.

다시 자객들을 시켜 박제순, 이완용, 이하영을 척살하려고 몇 번이나 시도하였으나, 그때마다 번번이 자객들이 겁을 집어먹고 슬그머니 피하는 것이었다. 그들 올사오적의 주변에는 항상 10여 명의 일본인 순사들이 호위를 하고 있었다. 자객들은 순사들의 위엄에 감히 결행할 엄두를 내지 못하고 꼬리를 감추기에 급급했던 것이다.

돈으로 매수한 자객들로서는 안 되겠다고 판단한 나인영은 동지 중에 의협심이 강한 이홍래와 강원상을 동원하여 권중현을 처단하기로 하였다.

권중현의 집은 인사동에 있었는데 그들이 매복하고 기다린 보람이 있어서 마침내 저녁 무렵, 권중현이 퇴궐하여 사린교에서 막 내리려 하고 있었다. 권중현은 양복을 입고 있었다.

"이 역적 놈아 천벌을 받아라."

이홍래가 벽력같이 소리를 치며 달려 나간 것까지는 좋았으나, 막상 총을 꺼내려 하자 총이 저고리에 걸려서 빠져 나오지를 않는 것이었다.

이 틈에 권중현은 급히 대문 안으로 도망하여 집에 숨어 버렸다. 그러자 옆에 있던 일본인 순사들이 달려들어서 이들을 체포하였다.

나인영과 10여 명의 동료들은 모두 체포되어 징역 5년에서 10년 형을 선고받았다.

나인영은 후일 단군을 시조로 모시는 단군교를 창시하였으니 오늘 날의 대종교(大倧敎)이다.

상해에서 머물고 있던 이준은 을사늑약과 민영환의 자결소식을 듣고 귀국을 서둘렀다. 12월 초 서울에 도착한 이준은 모든 의욕을 상실한 채 두문불출하고 있었다. 다니던 교회조차도 발길을 끊고 골방에서 시름에 잠겨 있기만 했다.

민영환이 세상을 떠난 것은 그에게는 커다란 충격이었다. 민영환은 그가 진심으로 존경하고 따르던 인물이었다. 그와는 상동교회에서 청년회 활동을 함께하며 급속히 친해진 사이였다.

이때 감리교 상동교회의 담임목사로 있던 전덕기 목사가 이준에게 힘을 내라고 격려해 주었다. 이준은 다시 힘을 얻어 이곳저곳을 강연하며 다녔다. 이무렵 이준은 국민교육회 회장으로 있으면서 교과서 편찬 작업에도 열심을 내서 무지한 국민들의 계몽에 앞장섰다.

1906년 6월에 이준은 평리원 검사로 임명되었다. 지금의 고등검찰청과 비슷한 기구이다. 그를 검사로 임명한 사람은 법부대신 이하영이었다.

그가 평리원 검사로 있은 지 여섯 달 정도 지난 1907년 1월, 고종황제는 황태자비의 관례를 치르기 위하여 은사령을 반포하였다. 세자 척이 두 번째 부인을 맞아들이는 행사에 맞추어 죄인을 풀어주는 조치였다.

세자 척의 정비인 순명효황후 민씨는 민태호의 딸이었다. 이 불행한 세자빈은 1895년 을미사변 때 궁궐에 침입한 일본인 자객들에 의하여 엄청난 충격을 받은 바 있었다.

남편인 세자가 일본인들의 칼에 맞고 기절하였으며 자신도 피투성이가 되고 머리채가 끌리는 등, 참기 힘든 수모를 당하였다. 그녀는 그 때 받은 충격이 너무 커서 그 후 정신적인 시달림을 받아 시름시름 앓더니 1904년 9월 겨우 스물다섯 살의 나이로 이 세상을 하직하였다.

은사안, 즉, 사면안을 작성하는 것은 검사의 재량이었기 때문에 이준은 을사오적을 처단하려다 붙잡혀 옥고를 치르고 있는 나인영, 김인식, 기산도, 오기호 등을 대상자 명단에 포함시켰다. 그러나 법부대신 이하영 등은 이들의 사면을 허락하지 않았다.

이준은 상급자들의 부당함을 관계 요로에 계속 진정하였다. 그러자 이하영은 이준의 행동이 관인으로서 품위를 잃은 행동이라 하여 그를 재판에 회부하였다. 그는 재판에서 태형 1백대를 선고받았다. 당시의 법률은 태형 70대 이상의 형을 받은 자는 관직에 등용될 수 없었다.

그러자 이준을 평소에 아끼던 고종황제가 이준의 형벌을 3등 감하여 태형 70대 밑으로 하라고 지시했다. 황제의 도움으로 이준은 다시 검사로 재직할 수 있게 된 것이다.

1899년 5월에 네델란드 헤이그에서 제1차 만국평화회의가 열렸다. 이 회의는 러시아의 니콜라이 2세 황제가 '세계 만국이 전쟁으로 인한 재앙에서 벗어나려면, 군비확장을 제한해야만 한다.'라고 주장하며 회의를 제안한 데서 출발하였다.

그 후 1906년이 되자 제2차 만국평화회의가 열릴 것이라는 소문
이 나돌았다. 고종은 이 회의가 조선이 부당하게 일본에 지배되고 있
음을 온 천하에 알릴 수 있는 절호의 기회라고 생각하고 여기에 특
사를 파견할 구상을 갖고 있었다.

고종황제는 이상설과 이준을 특사로 파견하기로 하고 상트페테스
브르그에 나가 있던 이위종을 통역관으로 딸려 보낸다는 계획을 세
웠다. 그러나 문제는 자신의 신임장을 어떤 방법으로 이준에게 전달
하느냐 하는 것이었다. 이 무렵 이상설은 북간도에서 후진들을 가르
치고 있었다.

당시 일본 헌병들은 고종황제를 경운궁에 가두어 놓고 궁궐에 출
입하는 사람들을 일일이 몸수색까지 했기 때문이었다. 그것도 2중, 3
중으로 철저히 검사했다. 그래도 희망은 있었다. 바로 감리회의 헐버
트 선교사였다.

그는 고종의 외교 고문으로 있으면서 궁중의 출입이 비교적 자유
로웠다. 그는 궁궐 출입을 하면서 일본 헌병들의 검색과정을 눈여겨
보았다. 신발 속에 넣는다면 안전하리라는 확신이 들었다. 며칠 후
그는 황제의 신임장을 신발 속에 숨겨 가지고 나오는데 성공하였다.

대황제 폐하의 서찰을 밟고 다닌다는 게 마음에 걸리긴 했지만 지
금은 그런 것이 문제가 아니었다. 그는 황제의 신임장을 상동교회의
전덕기 목사에게 주었고, 다시 전덕기 목사는 이준에게 전달하였던
것이다.

해아밀사 신임장

우리나라의 자주독립은 천하열방이 모두 인정하는 바라.

그러나 1905년 11월 18일 일본이 우리나라에 대하여 공법을 어기

고 대신들을 협박하여 체결한 조약은 우리의 외교권을 박탈하여

열방과 우리와의 우호적인 관계를 단절시켰도다.

이에 짐은 통분함을 금할 길 없어, 전 의정부 참찬 이상설,

전 평리원 검사 이준, 전 주 러시아 공사관 참서관 이위종을

네델란드 해아에 파견하여 본국의 제반 사정과 억울함을 알리고

자 한다. 짐의 생각이 이렇건대 신들이 마땅히 그 직무를 다할 줄

로 안다.

광무 11년 4월 20일

한양 경성 경운궁에서

대 황제

전덕기 목사는 어떤 사람인가? 당시 서른 한 살의 전덕기 목사는 충청도 시골에서 태어나 서울로 와서 스크랜턴 의료선교사의 집에서 하인으로 지냈던 사람이다. 거기서 복음을 접하고 후일 전도사가 되고 목사가 되기에 이른 것이다. 그 역시도 애국심으로 똘똘 뭉친 젊은이로, 상동교회의 청년회를 이끌었으며 이승만, 주시경 같은 젊은이들과 친하게 지냈다.

황제로부터 밀서를 받은 이준은 1907년 4월 22일 아침에 집을 떠났다. 그는 떠나면서도 부인과 자녀들에게 자신의 일정을 말해주지 않았다.

"내 잠시 부산에 볼 일이 있어서 다녀올 것이오. 아이들과 잘 지내시오."

"네, 부디 먼 길에 몸조심 하세요."

이준은 아들 조승과 딸 금녕을 불러 놓고 잠시만 기다리라고 하였다. 아내 역시도 남편이 어디를 가는지, 어떤 임무를 띠고 가는지 대략 짐작은 하고 있었지만 그냥 모른체 하며 보낼 뿐이었다. 그러나 그날 아침이 그들에게는 이 세상에서 함께 한 마지막 시간일 줄이야.

이준이 부산에서 배편으로 러시아의 블라디보스토크에 도착한 것은 5월 9일이었다. 이준은 곧바로 북간도에서 서전서숙을 열어 후진들을 가르치던 이상설에게 전보를 쳤다.

이준과 이상설은 블라디보스토크에서 부호로 있던 상인 김학만, 최봉준, 최재형과 같은 유지들의 도움을 받아 필요한 여비를 장만하였다.

당시 블라디보스토크에는 일만 명이 넘는 한인들이 살고 있었으며, 그들 중에는 상업이나 군납업을 하여 크게 돈을 번 사람도 있었다. 서울을 떠나기 전 고종 황제께서 비밀리에 하사하신 활동자금 20만 원도 있었다.

5월 21일 이준과 이상설은 시베리아 횡단 기차를 타고 무려 1만 킬로미터, 즉, 4만 리를 달려 와서 마침내 러시아의 수도인 상트페테스부르크에 도착하였다.

이준과 이상설은 수소문 끝에 전 러시아 공사 이범진과 그의 아들 이위종을 만났다. 그들 부자에게 미리 전보를 치고 갈 수도 없는 형편이었다. 그만큼 이 일은 비밀을 요하는 작업이었다.

실제로 블라디보스토크나 상트페테스부르크에 이들 일행이 도착했을 때 일본의 정보망에 걸려들기도 하였다. 그러나 그들이 원체 비밀스럽게 움직였기 때문에 일본 정보 당국에서는 이들의 여행목적을 알 수가 없었다. 따라서 계속 추적을 하지 않았던 것이다.

친러파의 거두라고 알려진 이범진은 이경하의 아들이다. 낙동대감 또는 염라대왕으로 당시 세상 사람들을 벌벌 떨게 만들었던 이경하는 대원군 시절 포도대장, 병조판서 등, 요직을 두루 거친 인물이다. 이범진의 아들 위종은 아버지를 따라 미국과 프랑스에서 어린 시절을 보냈던 관계로 영어와 프랑스어, 러시아어가 모두 능통한 청년이었다.

이들은 이범진의 주선으로 전 러시아 공사였던 웨베르와 파블로프를 만났다. 그 두 명의 러시아 친구들이 도와주어서 마침내 니콜라스 2세 황제를 알현할 수 있게 되었다. 그들은 감격하면서 고종황제의 친서를 전달하였다.

대한제국 황제 이희(李熙) 삼가 대 러시아제국 황제폐하께 아룁니다. 오늘의 이 어려운 현실을 아무리 둘러보아도 호소할 곳이 없어 오직 폐하를 번거롭게 할 뿐입니다.

지금 네델란드 헤이그에서 만국평화회의가 개최된다 하오니 이 회의에서 우리나라가 당면하고 있는 어려움을 세계만방에 호소할 수 있

게 되면 그보다 더 다행스러운 일이 없을까 합니다. 대한제국은 러일전쟁 시에 이미 중립국이라는 사실을 만천하에 널리 선언하였는바, 지금의 정세는 대한제국이 무고히 화를 당하고 있다 할 것입니다.

페하께서 정상을 참작하시어 짐의 사절들로 하여금 그 회의에 참석하여 설명할 수 있게 선처해 주십시오. 그리하여 만국의 동의를 얻어낸다면 곧 우리의 주권이 회복될 것입니다.

그렇게만 된다면 우리 대한제국의 백성들은 황제폐하의 은덕을 두고두고 잊지 않을 것입니다.

저의 참뜻을 헤아려 주소서.

— 대한광무 11년 4월 20일 한양 경성 경운궁에서

친서를 받아든 러시아 황제는 특사들을 위로하면서 앞으로 힘껏 돕겠다고 약속하였다. 특사들은 한껏 희망에 부풀었다.

그들은 보름동안 그곳에 머물면서 회의장에서 낭독할 문안의 내용을 다듬는 한편, 불어로 번역하는 등, 바쁜 일정을 보냈다. 그러나 아무리 기다려도 러시아 외무부에서는 좋은 소식이 오지 않았다. 그렇다고 마냥 기다리고 있을 수만도 없었다.

다시 짐을 꾸린 이들은 6월 19일 상트페테르부르크를 출발하여 베를린으로 향했다. 그곳에서 호소문을 인쇄하고 6월 25일에 만국평화회의가 개최되는 네델란드의 헤이그에 도착하였다.

그러나 이들이 도착했을 때는 45개국 247명이 모인 제2차 만국평화회의가 개최된 지 이미 며칠이 지난 뒤였다. 서둘러 숙소를 융(De Jong)호텔에 정했다. 이 호텔은 여인숙과 비슷한 수준이었다. 이들은 호텔에 태극기를 걸어놓고 본격적인 활동에 들어갔다.

정사 이상설과 부사 이준, 그리고 통역관 이위종의 목적은 을사보호조약이 무효라는 사실과, 일본의 침략상을 세계 여러 나라에 낱낱이 폭로하는 것이었다.

이들은 회의장에 들어가기 위해 러시아 황제의 친서와 외부대신의 소개장을 들고 네델란드 외상이자 평화회의 의장인 후온데스를 찾아갔으나, 후온데스는 특사들의 회의장 입장을 허락하지 않았다. 이미 포츠머스 조약과 을사보호조약으로 대한제국의 외교권이 일본에 넘어 간 상태이기 때문에 이들에게 대표권이 없다는 것이 그 이유였다.

특사들은 허탈했다. 지금껏 몇 달 걸려 이곳까지 찾아 왔는데 막상 회의장에 입장 자격이 없다니 이렇게 분할 수가 어디 있는가.

회의 일정을 주의깊게 살펴보고 난 이들 특사 일행은, 평화회의에는 본회의 이외에도 수 많은 분과회의가 있다는 사실에 착안했다. 본회의에 입장이 안 된다면 분과위원회라도 들어가서 연설할 기회를 얻고자 노력했다. 그러나 그것조차도 여의치 않았다. 그래도 이들은 실망하지 않고 호소문을 영어와 프랑스어로 번역하여 각국 대표들에게 돌렸다.

이들이 여기저기 뛰어다니면서 모두 거절당하자 이들을 측은하게 여긴 사람들이 있었으니 바로 이 회의에 참석한 각국의 외신기자들이었다. 기자들은 대한제국 특사들의 활동을 연일 보도하여 주며 이들을 도왔다.

특히 영국 언론인으로 국제협회 회장인 윌리암 스테드가 〈평화회의보〉에 호소문 전문을 게재하여 주었다. 그것을 다시 런던타임스와 뉴욕타임스가 그대로 옮겨 실었다.

이들의 열성적인 활동은 기자협회를 움직여서 마침내 7월 9일, 기자클럽에 초대를 받아 연설할 기회를 얻게 되었다. 세계 각국에서 온 100여 명의 기자들 앞에서 스무 살의 어린 청년 이위종은 유창한 프랑스말로 열변을 토했다. 제목은 '한국을 위한 호소(A Plea for Korea)'였다.

이위종의 국제협회 연설이 있은 후, 각국의 신문에는 연일 한국의 사정을 알려 한국을 돕자는 기사가 나갔다. 그러나 이런 분위기도 잠시였다. 일본의 집요한 방해공작 앞에 각국의 외교관들은 등을 돌렸으며, 이준은 만국평화회의에 참석한 자신들 활동이 실패로 돌아갔음을 한탄하며 음식을 끊기에 이르렀다.

단식 며칠 만에 그는 지구의 반대편 나라 네델란드의 헤이그에서 마침내 운명하고 말았다. 1907년 7월 14일, 그의 나이 49세였다.

이위종은 7월 20일자 〈평화회의보〉에 다음과 같이 기고하였다.

이준 공을 잃은 것은 우리나라에 크나큰 손실이었다. 그는 강철과도 같은 체력의 소유자였다. 일본의 오만방자함이 그의 애국혼을 상하게 하여서 이준 공은 죽기 전 여러 날 동안 아무런 음식도 입에 대지 않았다. 운명하던 날, 그는 의식을 잃은 것처럼 잠들어 있었다. 그러다가 갑자기 일어나더니 부르짖었다. '우리나라를 도와주십시오. 일본이 우리나라를 짓밟고 있습니다.' 이것이 그의 마지막 유언이었다.

31. 피는 피를 부르고

　　1905년 12월 말에 이토 히로부미가 한국에 왔다. 을사보호조약에 따라 그가 초대 통감(統監)에 임명된 것이다. 일본의 개국 공신이요, 네 번이나 총리대신을 역임한 그를 한국에 보낸 것을 보면, 당시 일본에서 한국을 얼마나 중요하게 생각하는지를 누구라도 쉽게 짐작할 수 있을 것이다.

　　벌써 그가 부임한지도 일년 반이 지났다. 밖에는 뜨거운 태양이 작열하고 있는 한 여름의 7월 2일, 이토 통감이 경운궁의 덕홍전(德弘殿)에서 황제를 몰아 붙이고 있었다. 네델란드 헤이그에서 특사들이 이곳저곳을 뛰어다니며 을사조약의 부당함을 알리고 있다는 사실이 이토 통감에게 알려진 것이었다.

　　"허허, 황제 폐하. 차라리 일본에 선전포고를 하시지요. 본 통감도 모르는 사이에 그렇게 감쪽같이 밀사들을 파견하실 수가 있습니까?"

완전히 비아냥거리는 말투의 협박이었다. 옆에는 총리대신 이완용과 농상공부 대신 송병준이 함께 있었다. 고종은 연신 손수건으로 땀을 닦았다. 일본놈들이 강제로 입혀 놓은 누런색 군복이 무척이나 더운 표정이었다.

"짐은 모르는 일이오."

"몇 년 전에 자객들을 파견하여 이노우에 공과 네 명의 관료들을 척살하려 한 것도 분명 황제께서 하신 일이지요? 부정하셔도 소용이 없습니다."

"그 일은 몇 번이나 짐과 상관이 없는 일이라고 해명하지 않았소이까."

"흥, 정히 그렇게 본관의 입장을 곤란하게 만드신다면 저로서도 더 이상 황제 폐하를 보호해 드릴 수가 없습니다. 후회하셔도 소용없습니다."

이토는 바람을 일으키며 의자를 박차고 일어났다. 그는 덕홍전 밖에까지 따라 나온 이완용과 송병준을 불러 황제를 압박하도록 지시했다. 황제에게 일본으로 건너가 사죄를 하도록 만들라는 것이었다.

다음 날, 다시 이완용과 송병준이 황제를 알현했다.

"폐하, 일본이 저리도 강경하게 나오고 있사오니 아무래도 황태자 전하에게 양위하여 주시고 뒤로 물러나 계심이 좋을 듯합니다."

황제가 대노하여 이완용을 똑바로 쳐다보며 옥음을 높였다. 56세 황제의 수염발이 분노로 부들부들 떨리고 있었다.

"어허, 신하가 임금에게 왕위를 물려주라고 강요하다니. 도대체 경은 어느 나라의 신하인가? 일본의 신하인가?"

사면초가에 몰린 고종 황제는 이 사태를 해결해 보려고 7월 18일 밤에 측근인 박영효, 신기선, 민영휘, 민영소 등 원로대신들을 궁으로 불러 들였다. 전등 불빛 아래 용상에 비스듬히 앉은 황제의 모습은 처참하리만큼 측은해 보였다.

"경들도 대강 눈치를 채고 있겠지만 저들이 이토록 황제자리를 내놓으라고 하니 어찌하면 좋겠는가? 의견을 말해보라."

올 여름은 유난히도 더웠다. 비라도 한 번 뿌렸으면 좋으련만 날만 새면 뜨거운 태양이 쨍쨍하고 내리쪼였다. 모두들 이마에서는 땀을 줄줄 흘리고 있었다.

꼭 더위 뿐만은 아니었다. 분명 황제께서 퇴위를 하셔야만 이 위기를 모면할 것 같은데 어찌 그 말을 입 밖에 낼 수가 있단 말인가. 시간은 이미 새벽 한 시를 넘어섰다. 마침내 박영효가 입을 열었다.

"폐하, 신 박영효 불충을 무릅쓰고 아뢰옵니다. 양위(讓位) 이외에는 별다른 대안이 없는 줄로 사료되옵니다."

모두들 침을 꿀깍삼키며 황제의 반응을 기다렸다. 황제는 눈을 감은 채로 몇 분간을 있었다. 그러더니 마침내 결심한 듯 눈을 번쩍 떴다.

"국가의 대소사를 황태자로 하여금 당분간 대리케 할 것이니라."

7월 20일 황태자의 대리식이 궁중에서 거행되었다. 일본 정부는 즉각 황태자의 황제 즉위를 축하하는 전문을 보내왔다. 분명 고종은 자신을 대리하여 황태자가 잠시 대리로 직무를 보는 것이라고 하였음에도 불구하고, 일본은 황제즉위식을 축하한다는 내용으로 축전을 보내온 것이었다.

이완용이 그대로 답신을 보내려고 하자, 박영효가 반대하고 나섰다. 그대로 회신한다는 것은 황태자가 고종을 대신하여 황제 자리에 앉았다는 사실을 한국측에서 추인하는 꼴이 되기 때문이었다. 그러자 일본은 박영효를 비롯한 황제 쪽의 인사들을 모두 면직하고 체포해 버렸다.

며칠 후, 이완용 등 망국대신 일곱 명은 다시 입궐하여 재차 황태자에게 황제 자리를 넘겨주라고 고종을 압박했다. 더는 버티기가 어렵다고 판단한 고종황제는, 그들의 요구대로 황제 자리에서 물러나기로 하였다.

8월 12일, 그동안 써 오던 광무(光武)라는 연호도 폐지되고 융희(隆熙)라는 연호가 시행되었다. 조선의 마지막 황제 순종의 시대가 열린 것이었다.

순종은 창덕궁으로 이어하였고, 고종이 계신 경운궁은 덕을 쌓고 오래 사시라는 뜻으로 덕수궁(德壽宮)으로 개칭하였다. 고종황제에게는 태황제의 칭호가 주어졌다. 이 사실이 알려지자 다시 전국적으로 백성들이 들고 일어났다. 그들 중 많은 수는 산속으로 들어가서 의병이 되었다.

6년 간을 미궁에 빠져있던 이노우에 백작 피습사건은 엉뚱한 데서 실마리가 풀리기 시작했다.

어느 날 서울 종로경찰서의 고등계에 귀가 번쩍 뜨이는 정보가 입수된 것이었다. 몇 년 전 일본에 가서 이노우에와 네 명을 습격하고 돌아 온 자객들이 태황제를 알현하였다는 소문이었다. 더 구체적인 소문도 들어왔다. 그들이 바로 근처 사직골에 살고 있다는 것이었다.

바로 얼마 전, 황제의 자리를 일본의 강압에 못 이겨 아들 순종에게 넘겨 준 고종은 나날이 무료한 세월을 보내고 있었다. 궁궐에서 유폐된 채로 살아가는 신세이니 별로 찾아오는 사람도 많지 않았다.

고종은 심상훈이 보고 싶어졌다. 그 옛날, 갑신년의 난리 때 김옥균 등, 혁명군의 서슬이 시퍼럴 때도 그 위험을 무릅쓰고 자신과 중전을 찾아 왔던 기개가 있는 사람이었다. 그도 이제는 많이 늙었겠군. 민영환도 자결하여 세상을 떠나고 이제는 곁에서 말을 나눌 상대마저도 없는 형편이니, 그라도 오면 이런 저런 이야기를 하며 즐거울 터인데 ….

이것을 우연의 일치라고 해야 하나? 어느 날, 심상훈이 덕수궁을 찾아 온 것이었다. 그는 고종황제께서 강제로 퇴위되었다는 소식에 치를 떨며 일간 황제 폐하를 찾아뵙고 위로해 드려야 하겠다고 작심하고 서울로 올라왔다.

이학균의 집에서 기거하며 여러 차례 태황제 알현 신청을 넣었지만 계속 허가가 떨어지지 않아 애를 태우고 있던 중이었다. 이학균도 러시아 교관단이 철수한 후로는 집에서 칩거하고 있던 중이었다.

마침내 입궐허가가 떨어졌다. 이들이 고종을 알현하였을 때, 고종은 함녕전(咸寧殿)의 뒤뜰에서 국화를 가꾸고 계셨다. 노란 국화가 탐스럽게 피어 난 꽃밭에는 사이사이에 붉은 국화가 막 꽃망울을 터트리려 하고 있었다. 이들은 태황제를 보자마자 마당에 넙죽 엎드렸다.

"태황제 폐하, 그간 강녕하셨나이까?"

"오오, 어서 오게나. 이게 얼마만인가."

"소신들의 무례함을 용서하여 주시옵소서. 이제야 찾아뵙나이다."

"중전이 살아 계셨을 때 이 꽃들을 아주 좋아하셨지. 특히 여기 자줏빛 국화들을 말일세."

그 말을 하면서 고종은 눈을 들어 먼 하늘을 바라보았다. 고종의 주름 잡힌 눈에서는 눈물이 흘렀다. 커다란 느티나무 사이로 러시아 공사관의 뾰족한 첨탑이 보였다.

12년 만에 만나본 고종은 많이 수척해 지셨다. 얼마나 모진 세월이었던가? 그들은 태황제의 침전으로 가서 몇 시간을 담소했다.

태황제의 침전은 별로 호사로울 것도 없었다. 그저 침대가 하나 있고, 그 옆으로 작은 탁자에 의자가 네 개 있을 뿐이었다. 창문에는 커다란 휘장이 둘러쳐져 있었다.

고종은 이야기 끝에 여진과 준호를 만나고 싶다는 의사를 피력했다.

"그 아이들이 일본에 가서 정말 큰일을 했더구나. 참으로 장한지고. 그래, 그 아이들이 지금은 어디에 있는고?"

"네, 폐하. 여기서 그리 멀지 않은 곳에서 지내고 있사옵니다."

"그 아이들도 이제는 제법 나이가 들었겠지?"

"그러하옵니다. 이제는 스물 여섯, 일곱이 된 줄로 아옵니다. 폐하."

"오호, 그렇다면 짐이 그 아이들을 한 번 만나 볼 수는 없을까?"

심상훈과 이학균은 난감했다. 이 상황을 어떻게 모면할까. 태황제 폐하께서 하시는 말씀도 거역할 수 없고, 그렇다고 그들을 데리고 온다면 필경 또 다른 위험을 초래하지 않겠는가.

"폐하, 그렇게 된다면 필시 비밀이 새어 나갈 것이옵니다. 그러면 그 아이들뿐만 아니라 태황제 폐하까지도 위험해지실 수 있는 상황이 올 것이옵니다. 깊이 헤아려 주소서."

"다음 달에 궁내부에서 근무할 사람들을 뽑는다고 하던데, 그때 슬쩍 데리고 들어오면 아니 될까?"

둘은 서로를 쳐다보았다. 태황제 폐하께서 저리도 간청하시는데, 그렇다면 한 번 시도라도 해보아야 하지 않을까?

다음 달, 궁내부의 직원 여덟 명을 채용하는 때에 여진과 준호도 후보자명단에 넣어서 대궐에 들어오게 되었다. 이제는 옛날처럼 내시나 궁녀가 없었다. 궁궐에서 쓸 사람도 모두 추천을 받아 채용하여야만 했다.

여진과 준호에게는 벌써 다섯 살 난 아들이 있었다. 일본에서 돌아오자마자 낳은 아이가 벌써 다섯 살이 된 것이었다. 이름은 준호와 여진의 이름을 한자씩 따서 호진이라고 지었다.

그들의 생활은 그야말로 깨가 쏟아지고 있었다.

이 무렵 준호는 신태호란 사람이 운영하는 화신지물이라는 상점에서 책임자로 일하고 있었다. 서울 장안에서 종이류를 파는 가게 중에 제일 큰 규모의 가게였다. 신태호는 심상훈과 막역한 친구지간이었다. 일본에서 돌아 온 준호를 심상훈이 이곳에 천거한 것이었다. 종로에 있는 이 가게는 목조로 지은 2층 건물이었는데 일하는 사람만도 서른 명이 넘었다. 후일 이 자리에는 화신백화점이 들어서게 된다.

저녁 어스름 무렵에 준호와 여진은 태황제 폐하의 침전으로 안내되었다. 발에 밟히는 낙엽 소리가 스산했다. 태황제는 그들을 양팔에 끌어안고 한참을 울었다. 여진과 준호도 따라서 울었다.

"네가 열다섯인가 열여섯일 때 보았는데 이제는 이렇게 어른이 되었구나."

여진도 쏟아지는 눈물을 감출 수가 없었다. 태황제는 여진의 손을 놓지 않으셨다. 태황제 폐하의 손은 할아버지의 야윈 손, 바로 그것이었다.

"나도 너희들이 옛날에 그놈들을 죽이지 않고 그냥 온 것을 무척이나 섭섭하게 생각하였었다. 그러나 후일 두고두고 생각하여 보니 과연 현명한 처사였더구나. 만약에 그들을 모두 죽였더라면 그 일을 어찌 감당했을까하고 생각하니 지금도 몸서리가 쳐지는구나. 헤이그에서의 일 하나만 가지고도 이렇게 나를 몰아내지 않았더냐."

고종은 그 말을 하면서도 연신 밖의 동정에 귀를 기울이는 눈치였다.

그런데 그들이 태황제를 알현하고 돌아와서 한 달이나 되었을까? 하루는 석복이가 찾아와서 이런 말을 하는 것이었다.

"요즘 이상한 자들이 집 근처를 오간대유. 나두 몇 번 봤슈. 혹시 뭐 집히는 데라도 없남유?"

"석복 오라버니. 우리 역시도 그런 눈치를 채고 있었어요."

석복이는 여진이 집을 떠나자 곧바로 결혼하여 여진의 집 근처에 살면서 집일을 거들어 주고 있었다. 그것이 돌아가신 홍계훈 장군에 대한 마지막 의리라고 생각한 것이었다. 만약 그도도 없었더라면 여진의 어머니 배씨는 지난 10여 년 동안을 혼자서 버티지 못했을 것이다.

여진과 준호, 석복은 함께 모여서 그 일을 의논했다.

"아무래도 저놈들이 무언가 확실한 단서를 잡은 것 같아. 화신지물에도 벌써 형사 같은 놈들이 두 차례나 찾아와서 점원들한테 이런저런 것들을 물어보고 갔대. 내가 여기 오기 전에는 어디서 살았었느냐, 또 부인과 가족은 어떻게 되느냐, 그런 것들을 꼬치꼬치 물어보더라는 거야."

그들이 묘향산에 당도한 것은 그로부터 사흘 후였다. 묘향산에서는 모두가 난리였다. 김천무 관장을 비롯하여 박기룡 사범, 맹사범 등 어른들 뿐만이 아니라, 애연이도 여진의 품에 안기며 기뻐서 눈물을 흘렸다.

헤어질 때는 어린 아이였던 애연이는 벌써 다 큰 처녀가 되어 있었다. 해주댁도 여진의 손을 잡고 놓을 줄을 몰랐다. 이야기를 들어보니 소연이는 그 사이에 황주로 시집을 갔단다. 배를 두 척 갖고 있는 어부에게로 시집갔는데 신랑과 시부모가 그렇게 아껴줄 수가 없다는 것이었다.

밤을 새워가며 이야기꽃을 피우고 지낸 다음 날 아침, 여진은 도장 앞마당에 서서 산을 내려다보았다. 아침 안개가 자욱하게 낀 묘향산은 신령한 분위기까지 감돌았다. 어느 사이에 준호가 옆으로 와서 손을 꼭 잡았다.

감나무에서 잎사귀 하나가 준호의 어깨 위로 떨어져 내렸다. 늦은 가을이다. 눈을 들어보니 머리 위에는 다 말라 비틀어진 감이 하나에 잎사귀가 서너 개 붙어 있었다. 벌써 십년도 전의 일이었다. 그 옛날에 심상훈 대감 일행이 처음 이곳을 방문하였을 때 심고 간 감나무가 어느 사이에 많이도 자랐다.

숭무관은 그 사이에 놀라운 발전을 하였다. 사범이 다섯 명에 수련생들은 이제 서른 명으로 불어나 있었다. 그 사이에 건물도 세 채나 새로 지었다. 묘향산 숭무관이 독립군의 기초 양성소라는 소문이 퍼져 나가면서 국내의 뜻있는 사람들이 알게 모르게 많은 돈을 보내온다는 것이었다.

준호도 그들을 가르치며 하루하루를 바쁘게 보냈다. 준호의 무용담은 어느 새 훈련생들 사이에 전설처럼 퍼졌다. 그가 일본까지 건너가서 황후마마의 시해범들을 처단하고 왔다는 소문은 청년들을 들뜨게 했다.

묘향산에서 지낸 지 한 달이 채 안 되었을 때, 돌연 낯선 사람 하나가 산을 올라왔다. 여진이 저녁상을 차리려고 부엌에서 바쁘게 일손을 놀리고 있을 때였다. 땀에 전 그의 얼굴을 가만히 보니 시댁의 하인이었다. 급히 준호가 불려 왔다.

"아니, 유서방 아저씨가 웬일이세요?"

"서방님!"

유서방은 준호의 손을 잡고 울부짖을 뿐이었다. 여진은 덜컥 가슴이 내려 앉았다. 무슨 큰 일이 있지 않음에야 어찌 천리 길을 달려 왔겠는가. 순식간에 집안사람들이 모두 주위에 몰려들었다.

"서방님, 큰 일 났습니다요. 순사들이 식구들을 모두 끌고 갔습니다요."

유서방을 방으로 들였다. 차분하게 이야기를 들어보니 바로 닷새 전, 저녁 무렵에 종로경찰서에서 20여 명의 순사들이 들이닥쳐서 준호네와 여진네 식구들을 몽땅 묶어갔다는 것이었다. 그 옆에 살고 있던 석복이와 그의 처까지도 함께 끌고 갔다고 했다.

종로경찰서에서는 여진과 준호의 동태를 파악하여 도쿄에 있는 경무국으로 보냈다. 특별수사반의 반장을 맡고 있는 기리노 데시아키(棟野利秋)는 곧바로 수사반원들을 대동하고 서울로 왔다.

그 옛날의 화려했던 기리노 경무관이 아니었다. 이제는 겨우 부하네 명을 거느린 특별수사반 반장, 그것도 민간인 신분으로 수사고문이란 직책을 받아 겨우 수사반장 자리를 꿰차고 있는 형편인 것이다. 서울로 오는 배 위에서 기리노 반장은 이를 깨물었다. 이 모두가 그 젊은 년놈들 때문이야.

종로경찰서 지하에 있는 특별 취조실. 석복이 만신창이가 된 몸으로 고문을 받고 있었다. 그는 지난 사흘 동안의 모진 고문을 잘도 참아 냈다.

기리노는 서장으로부터 상황을 보고받은 후 즉시 지하실로 내려왔다. 서장은 자기가 경무관 시절에 오사카 경찰서에서 정보과장을 했던 자였다. 그는 대선배인 기리노 반장에게 깍듯이 경례를 부치며 상전으로 모셨다. 비록 지금은 민간인 신분의 일개 수사반장이지만, 아직도 기리노는 경찰 내부에 막강한 영향력을 행사하고 있었기 때문이었다.

지금까지 자백 받은 내용에는 별다른 게 없었다. 기리노 반장은 이런 고문방식으로는 입을 열 것 같지 않다는 판단을 했다. 들어보니 지금까지 시행한 고문은 채찍으로 때리기, 거꾸로 세워 놓고 코에 고춧가루 물 붓기, 손톱 사이에 대나무 끼우기, 물속에 머리 처박기, 밖에서 알몸에 물 붓기가 전부였다고 했다.

석복은 그 여러 가지 고문 중 알몸에 찬물을 붓는 것이 제일 고통스러웠다. 경찰서 뒷마당에 알몸으로 꿇어 앉혀진 석복의 머리 위로 순사 하나가 찬물을 갖다 부었다. 11월의 찬바람이 불어오자 그는 순간적으로 일어 죽는다는 게 바로 이것이구나 하는 생각이 들었다. 몸을 움직일 때마다 사각사각하는 살얼음 소리가 났다.

물을 밤새 퍼붓고 나서도 자백한다는 말이 나오지 않자 그들은 석복을 다시 지하실로 끌고 갔다. 덜 추운 지하실로 내려오자 몸이 근질거리고 잠이 쏟아졌다. 가려운 몸을 긁기 위해서 벽에다 몸을 비벼댔다. 바닥에 나뒹굴기도 했다. 여기저기서 피가 맺혀 나왔다.

가물거리는 정신 속에서도 석복은 다시 한 번 밖에 끌고 가서 물을 뿌려대면 이제는 자백하는 수밖에 없다고 생각했다.

"이시다키(石抱)를 준비하게."

그가 옆에서 부동자세를 하고 있는 서장에게 하는 말이었다.

그로부터 이틀 후, 주판고문(算盤責)이라고 불리는 이시다키가 시작되었다. 100여 년 전, 에도 시대에 유행했던 고문 방법이었다. 거친 자갈 위에 석복이 무릎꿇림하여 앉혀졌다. 손은 뒤로 꽁꽁 묶인 채로였다. 석복은 거의 초주검상태에 있었다. 석복의 무릎 위에 얇은 돌판이 하나 얹어졌다. 무게는 무려 40킬로에 달한다.

기리노 반장이 석복의 턱을 치켜 올렸다. 석복은 비명을 지르면서도 여전히 입을 열지 않았다.

"하나 더 추가!"

두장 째도 견디어 냈다.

"하나 더!"

세 장이 올라가자 석복의 얼굴이 파랗게 변했다. 그의 입과 코에서 침과 콧물이 줄줄 떨어졌다. 이 고문 방법은 보통 다섯 장이면 누구든지 입을 열고, 일곱 장이면 거의 다 죽는, 무시무시한 형벌이었다.

"다시 묻겠다. 여진과 준호는 어디로 도망갔나?"

지금껏 여진의 어머니와 준호의 어머니, 그리고 하인 네 명에게서 받아 낸 자백은 그저 이름 석 자 정도에 불과했다. 모두들 끝까지 입을 다물고 있는 것이었다. 또 사실 석복을 제외한 하인들은 여진과 준호가 어디로 갔는지 알지 못했다. 김서방이 그나마 조금 더 많이 아는 정도였지만, 그는 홍계훈 장군에 대한 충성심으로 똘똘 뭉친 사람이었다. 그래서 경찰은 석복이에게 집중적으로 고문을 가하고 있는 것이었다.

"몰라유. 빨리 죽여줘유."

"한 장을 더 추가해라. 지독한 놈이로구나."

석복의 무릎에 쌓인 돌 판은 이제 거의 턱 밑에까지 쌓아 올려졌다. 코에서는 콧물과 핏물이 함께 흘러내리고 있었다.

희미한 정신 속으로 홍계훈 장군의 다정스런 목소리가 들렸다. 석복아, 오늘 훈련은 견딜 만하더냐? 야. 근데 오늘은 많이 힘들구먼유.

그래. 그런 고통을 다 참아야 훌륭한 군인이 되는 것이니라. 알겠구
먼유.

"반장님, 죽은 것 같은데요?"

석복의 축 처진 고개를 치켜 올려보던 기리노 반장이 고개를 절레
절레 흔들면서 지하실 계단을 올라갔다.

"지독한 놈이로군. 아시다키에도 입을 열지 않다니."

또 다시 기리노의 수사는 벽에 부닥쳤다. 이들의 행방이 묘연한
것이었다. 그러나 그후 보름 간을 주변을 샅샅이 뒤진 결과 큰 수확
을 얻어 냈다. 그것은 석복의 옆집에 사는 정 노인이라는 사람으로부
터였다.

그는 거의 10년 전에, 석복이가 자랑스럽게 한 말을 들었다는 것
이었다. 홍계훈 장군의 딸이 아버지의 원수를 갚으려고 묘향산에 들
어가서 무술을 연마하고 있다는 것이었다.

그렇다면 필경 묘향산으로 다시 숨어들었을 것이다.

기리노는 반원들을 이끌고 평양으로 향했다. 평양경찰서에서는
기리노를 헌병대로 안내했다. 평양의 보통문을 지나 조금 올라가니
일본식으로 지은 커다란 건물이 나왔다. 둥그런 지붕은 영락없는 도
쿄역이요, 서울역이었다. '조선주둔군 평양 헌병사령부'라는 현판이
붙어 있었다.

마침 헌병대에서는 묘향산의 조선인들 훈련 거점을 들이 치려는
작전을 세워 놓고 있는 중이었다. 육군 쪽에서는 요즘 북간도와 블라
디보스토크의 조선군 무장세력 때문에 골머리를 앓고 있었다.

그런데 생포된 자들을 심문하여 보니 꽤 많은 숫자가 묘향산 출신이라는 것이었다. 그래서 조선주둔군 총사령관에게 토벌작전 계획을 올려놓고 허가가 떨어지기만을 기다리고 있는 중이었다.

　헌병대장의 접견실에서 잠시 기다리자 안에서 문이 열리며 큰 키에 호리호리한 사람이 누런 군복에 헌병이라는 완장을 차고 나왔다. 어디서 많이 본 듯한 얼굴이었다. 누굴까?

　아! 이렇게 반가울 수가! 그는 바로 6년 전에 도쿄의 2사단 헌병대장으로 있던 자가 아닌가. 콧수염을 길러서 잠시 알아보지 못한 것뿐이었다.

　"자네는 가노?"

　그의 성까지는 기억이 났는데 이름이 잘 생각나지 않아서 잠시 머뭇거렸다. 그도 얼른 알아보더니 기리노에게 부동자세로 거수경례를 했다.

　"기리노 경무관님? 저 가노 다헤이(加納太兵衛) 소좌입니다."

　"그래, 맞아. 가노 다헤이야, 다헤이. 이게 얼마만인가."

　둘은 서로 끌어안고 반가워했다. 그도 그럴 것이, 이노우에 백작 피습 사건의 책임을 지고 불명예를 떠안았던 두 사람이 5년 만에, 그것도 조선 땅에서 다시 만나게 될 줄이야 누가 알았겠는가. 함께 따라왔던 기리노의 부하들은 반장의 발이 이렇게 넓다는 사실에 놀라, 그저 멍하니 서 있을 뿐이었다.

　가노 소좌는 그간의 진행과정을 자세히 설명해 주었다.

　묘향산에 잠복시켜 놓은 정탐들의 보고에 의하면 한 달쯤 전에 두 젊은 남녀가 사내아이 하나를 데리고 산으로 올라갔다는 것이었다. 그들이 일본에서 우익 인사들을 습격한 사건의 범인임이 틀림없다는 것이다.

현재 그 산속에는 훈련생들 30명을 포함해서 모두 40여 명 정도가 살고 있다고 했다. 토벌작전에 대한 허가서도 어제 막 사령부로부터 도착해서 지금은 각 부대에서 병력을 차출 중이라고 했다.

묘향산 토벌작전에는 모두 360여 명의 병력이 동원되었다. 헌병이 2개 중대 240명에 경찰에서도 120명이 지원 나왔다. 총 지휘관은 가노 소좌였다. 작전 개시일은 12월 1일로 정했다.

이 무렵 묘향산에서도 앞으로의 대책에 대하여 연일 회의를 하고 있었다. 꼭 준호와 여진이 이곳에 들어와서 위험해진 일만은 아니었다.

그동안 15년 이상을 청년들을 훈련하여 그들 중 상당수가 여기저기로 스며들어 독립운동을 하고 있으니, 언젠가는 여기서 더 이상 훈련을 할 수 없을 것이란 판단은 진작부터 서 있었던 참이었다. 게다가 준호 일행이 이곳에 도착하고 나서부터는 이 산에 오르내리며 정탐을 하는 자들이 유난히 많이 눈에 띄었다.

김천무 관장은 몇 차례의 회의를 통하여 승무관을 북간도의 용정 쪽으로 옮기기로 하였다. 지난달에는 직접 용정에 가서 그곳의 사정을 알아보고 그곳의 인사들과 협의도 하고 온 터였다.

문제는 옮기는 시기였다. 지금은 11월 말, 한참 추위가 닥치고 있는 중이었다. 아무래도 내년 봄, 날씨가 따뜻해 질 무렵이 좋을 것이란 데 모두의 의견이 일치했다. 일본 경찰이나 헌병들이 그렇게까지 빨리 행동에 옮길 것 같지는 않았다. 여차하면 더 깊은 산 속으로 피하면 될 것이란 자신감도 작용했다.

이 무렵, 승무관에서는 동서남북 네 방향에 움막을 파 놓고 훈련생들을 산 밑으로 내 보내서 보초를 세워놓고 있었다.

그날은 바람이 몹시 거세게 불며 눈발도 뿌려대고 있었다. 새벽한 시가 좀 넘었을 때였다.

서쪽에서 총소리가 들려왔다. 그냥 총소리가 아니라 보초를 세워둔 훈련생이 쏘아대는 신호 소리였다.

총소리 한 방이 울리면 경계, 두 방이 연속으로 울리면 전투준비, 그런데 세 방이 연속으로 울린 것이다. 총소리 세 방은 대규모의 적이 올라오고 있으니 어서 빨리 짐을 챙겨 피신하라는 경고였다.

"각자 흩어져라. 여자들은 여진이가 인솔하고 박기룡 사범과 종만 사범이 보호하며 진귀봉 너머에 있는 실성암에서 만나자. 우리들은 뒤에서 이들과 대항하며 그쪽으로 피신할 것이다. 만약에 내일 점심 때까지도 우리들이 도착하지 않으면 여자들만 데리고 개천의 주홀산 의주사로 피신하거라. 진각스님은 나와 의형제를 맺으신 분이니 당분간은 보호해 주실 것이다."

망설이는 여진의 등을 준호가 떠밀었다. 호진이는 엄마의 등에 업혀서 잠이 가득한 눈으로 자꾸 아버지가 있는 쪽을 뒤돌아보았다.

여진 일행이 관음봉을 막 넘어갈 때였다. 뒤쪽에서 총소리가 요란하게 들리기 시작했다. 분명 승무관 사람들의 총소리는 아니었다.

승무관에는 총이라고 해 보아야 겨우 열 자루 뿐이었다. 그것도 보초들이 네 자루를 가지고 나갔고, 여기에 종만 사범이 또 한 자루를 가지고 왔으니 기껏 남아 보았자 다섯 자루 뿐일 것이었다. 그런데 지금 들리는 총소리는 수십 명이 쏘아대는 것 같았다. 콩 볶듯 동, 서, 남쪽에서 계속 총소리가 들려왔다.

여자가 다섯 명, 남자 어른이 두 명, 어린 아이가 한 명이었다. 초겨울의 서북풍이 무섭게 몰아쳐댔다. 다행히도 산에서만 살아 온 사람들이라 밤눈은 밝았다.

관음봉을 완전히 넘어오자 총소리는 점점 멀어져 갔다. 이들은 남겨둔 사람들이 어찌 되었을까하는 걱정에 연신 뒤를 돌아보며 길을 재촉하고 있었다.

이때 앞서가던 박기룡 사범이 갑자기 몸을 낮추면서 바위 뒤로 숨었다. 저 앞에서 이쪽으로 불빛이 비쳤다. 도쿄에 있을 때 많이 보았던 손전등이라는 것이었다. 곧 이어서 일본군인의 목소리가 울려 퍼졌다.

"도마렛!"

아, 앞쪽에도 적이 있구나. 일본 놈들이 사방을 포위한 것이야. 박기룡 사범은 어찌해야 이 위기를 벗어날까를 생각했다. 손전등이 있는 쪽을 좌우로 비켜 가기로 했다. 종만이와 여진이가 여자들 두 명을 데리고 가고, 자신은 아내와 딸 애연이를 데리고 가기로 했다. 그래도 종만이는 총을 가지고 있으니 어느 정도 안심이 되었다.

이삼십 보를 조심조심 바위를 더듬으며 올라가고 있을 때였다. 돌연 건너 편 쪽에서 10여 발의 총성이 들렸다. 여진이가 간 방향이었다. 계곡을 피해서 산의 7부 능선으로만 또 다시 몇 분을 갔다.

이제는 저들의 포위를 벗어났다고 바위에 걸터앉아서 막 가쁜 숨을 몰아쉬고 있을 때였다.

돌연 앞과 뒤에서 요란한 총소리와 함께 바위에 총알이 와서 부딪치며 불꽃이 튀는 것이었다.

"악, 여보!"

아내가 총에 맞았는지 바위 밑으로 데굴데굴 구르는 소리가 들렸다.

"엄마!"

애연이의 목소리가 산속을 울렸다. 또다시 10여 발의 총소리가 들려왔다. 아내를 찾아 밑으로 뛰어 내려갔다. 아내는 머리에 총을 맞은 것 같았다. 머리를 만져보니 뜨거운 피가 흐르는 게 느껴졌다.

다시 위로 올라갔다. 애연이가 조용했다. 딸이 있던 곳을 찾아서 가보니 애연이의 몸은 풀숲에 처박혀 있었다. 하얀 무명 저고리의 가슴에서는 뜨거운 피가 울컥거리며 나오고 있었다.

잠시 조용하던 숲속이 다시 두런두런 하더니 이어서 수십 발의 총탄이 쏟아져 날아왔다. 박기룡 사범이 납작 엎드리는데 갑자기 어깨가 뜨거워지면서 다리에 힘이 쭉 빠졌다. 뜨거운 피가 팔을 타고 흘러내리는 느낌이 들었다. 그리고는 정신이 가물가물해 왔다.

여진은 호진이를 들쳐 업고 얼마나 뛰었는지 모른다. 바위에 넘어지고 나무에 긁히고 얼굴에서는 피가 흘러내리고 있었지만 그런 것은 아무래도 좋았다. 어서 빨리 이 포위망에서 벗어나야 한다는 생각밖에는 아무 생각도 나지 않았다.

종만 오빠도 어디론가 떨어져 나가고 사모님도 잃어버렸다. 맹사

범의 부인인 신월댁도 바위 밑으로 미끄러져 내려가는 것을 어찌하지
못하고 그냥 지나쳐 왔다. 뒤에서는 연신 일본군들이 총을 쏘고 쫓아
오고 있는 형국이었다. 여기저기서 손전등 불빛이 비치고 있었다.

얼마나 달렸을까? 30분은 넘게 뛰어온 것 같았다. 등허리가 뜨뜻
했다.

"응?"

호준이가 오줌을 쌌나? 벌써 똥오줌을 가린지는 몇 해가 되었는
데? 포대기를 돌려서 아이를 앞쪽으로 했다. 아! 호준이의 목은 뒤로
제켜져 있었다.

"호준아!"

포대기를 벗겨내고 아이를 봤다. 아이의 가슴에서 아직도 뜨거운
피가 샘솟듯 배어나오고 있었다. 여진은 제정신이 아니었다.

"호준아, 호준아!"

그녀의 울부짖는 소리가 온 산에 메아리쳤다. 아직도 멀리서는 총
소리가 들려왔다.

진귀봉 건너편에 있는 실성암에 도착하자 날이 희뿌옇게 밝아오
고 있었다. 마당을 쓸고 있던 스님 한 분이 어둠 속에서 흐느적거리
며 다가오는 물체를 보았다. 그녀는 아기를 업은 채로 마당 앞에 오
더니 푹 고꾸라졌다.

여진은 오후 해질 무렵이 되어서야 눈을 떴다. 주위에는 스님 두
분이 걱정스런 얼굴을 하고 앉아 있었다.

"오, 이제야 정신이 드셨는가?"

"여기가 어디에요?"

"실성암이라 하오."

"다른 사람들은 아무도 안 왔나요?"

스님들은 아무 말도 하지 않았다. 그렇다면 모두가 다 죽임을 당했다는 말인가? 여진은 흐느껴 울다가 퍼뜩 정신이 들었는지 소리를 질렀다.

"호진이는?"

"바로 옆방에 뉘여 놓았다네."

스님들이 무어라 말릴 사이도 없이 이불을 걷어차고 일어나서 뛰어나갔다. 잠시 후 문이 덜컥대는 소리가 나더니 통곡소리가 온 절간을 뒤 덮었다.

"호진아, 호진아, 내 아들 호진아!"

"네가 가면 이 에미는 어찌 살라고, 호진아~."

두 스님은 밖으로 나와서 여진이 있는 방을 향해 목탁을 두드리며 연신 허리를 숙였다.

"옴마니 군다니 훔훔 사바하."

"나무아미타불 관세음보살."

여진은 아이의 시체에서 이틀간을 꼼짝도 하지 않고 있었다. 머리는 산발을 하고 눈은 넋이 나간 듯 멍하니 허공만을 쳐다볼 뿐이었다. 그런 여진에게 스님들이 억지로 입에 미음을 떠 먹여 주었다.

벌써 호진이의 시체에서는 썩는 냄새가 났다. 스님들이 아이를 강제로 빼앗아서 뒷산에 묻어 주었다. 여진은 안 빼앗기려고 고래고래 소리를 질러댔다.

닷새가 지났다. 여진이 옷을 추슬러 입고 길을 떠나려 하고 있었다.

"날씨가 이렇게 찬데 어디를 가려고?"

늙은 주지 스님이 물었다. 눈에 걱정이 가득했다.

"숭무관에 가 봐야겠어요."

여진의 눈은 많이 안정되었다. 밖에서는 바람소리가 요란하게 들려왔다. 그럴 때마다 처마 밑의 풍경(風磬)이 챙! 챙! 소리를 내며 울었다.

"그런 몸으로는 안 된다. 며칠 더 있다가 가거라."

스님이 흰 눈썹을 꿈틀대며 하는 말이었다.

"그래도 가야 됩니다."

여진은 비칠거리며 일어났다. 암자 뒤로 가서 아들의 무덤에 쓰러졌다. 무덤이랄 것도 없었다. 땅이 딱딱하니 깊이 팔 수도 없고 해서 그냥 조금 파고 흙과 돌을 얹어 놓은 것 뿐이었다.

한참을 울고 나서 발걸음을 옮겼다. 노스님이 안심이 되지 않아 젊은 동자승 한 명을 따라가게 하였다.

숭무관의 건물 일곱 채는 모두 불에 타고 시커먼 서까래만 을씨년스럽게 주저앉아 있었다.

마당 한가운데가 둥그렇게 올라와 있었는데 그 위에는 멍석이 세 장 덮여 있었다. 멍석을 바람에 날아가지 못하게 하려고 그랬는지 가장자리를 여러 개의 돌멩이로 눌러 놓았다.

동자승이 그것을 벗겨 내다 말고 뒤로 주춤 물러섰다. 아, 거기에는 죽은 사람들의 시체가 무더기로 쌓여 있는 것이 아닌가.

여진이 미친 듯이 달려들었다. 그녀는 시체를 하나하나 제켜가며 누군가를 찾고 있었다. 세 구의 시체가 옆으로 제켜졌다. 그 다음에는 목 없는 시체가 나왔다. 그 시체를 보는 순간 여진이 뒤로 벌렁 나자빠졌다. 마치 통나무가 넘어가는 것 같았다.

안 돌아가겠다고 하는 것을 억지로 떠메고 폐허가 된 숭무관을 나섰다. 열네 살 동자승은 눈앞이 캄캄했다. 그냥 가기도 힘든 험한 산길을 실신한 여인을 떠메고 가야하는 것이다.

12월 초의 짧은 겨울 해는 벌써 저만큼 내려앉았다. 서두르지 않으면 한 밤중에나 도착할 것이었다. 여진을 들쳐 업고 겨우겨우 100보나 왔을까? 돌연 앞쪽에 부스럭거리는 소리가 들렸다.

"누구요?"

동자승의 앞에서 건장한 청년이 고개를 들고 나타났다. 그는 솜바지 저고리를 입고 머리에는 털모자를 눌러 썼다.

"숭무관 쪽에서 오는 길인가?"

"그런데요 …."

"들쳐 업은 사람은?"

그가 가까이 와서 살펴보더니 얼른 받아 내렸다.

"여진 누나, 여진 누나!"

"누구신데요?"

흐느껴 우는 그에게 동자승이 물었다. 여진이에게 엎드려서 한참을 울고 난 청년은 여진을 등에 업었다. 천천히 걸음을 옮겼다. 여진은 실신한 채로 그대로 업혀져 있었다.

사방이 깜깜해질 무렵에야 실성암에 다다른 일행은 서둘러 여진을 뜨뜻한 방으로 옮겼다.

뜨거운 물수건으로 여진의 몸을 닦아주고 입에 미음을 떠 넣어주자 정신이 드는 모양이었다. 여진은 옆에 앉은 청년의 손을 잡더니 말없이 눈물만을 흘리고 있었다.

여진은 한 달 간 숭무관에 있으면서 이 청년을 여러 차례 보았다. 큰 키에 서글서글한 눈하며 활달한 성격이 준호를 많이 닮았기 때문에 특별히 정이 갔던 청년이었다.

청년의 이름은 정갑출, 나이는 스물 셋이었다. 2년의 수련을 마치고 이제 다음 달이면 산을 떠나간다고 기뻐하던 모습이 눈에 선했다.

갑출이 그간의 사정을 이야기해 주었다. 석간 스님이라고 불리는 주지스님, 동자승, 그리고 또 한명의 스님이 옆에서 함께 이야기를 들었다.

"새벽 한시가 좀 넘었어요. 산 밑에서 들려온 총소리에 우리 모두가 행장을 챙기고 떠났지요. 맹 사범님과 우리 일행은 모두 여섯 명이었는데 서쪽에 있는 안심사 쪽을 돌아서 가기로 방향을 잡았지요. 20분 쯤이나 왔을까? 갑자기 앞에서 총알이 비 오듯 하는 겁니다. 우리 여섯 명에게는 총이 한 자루 밖에 없었죠. 상대할 수는 없고, 이리 저리 도망한다고 뛰었지만 맹 사범님만 빼고 모두 다 잡혔어요. 잘은 몰라도 수백 명이 온 것 같았어요. 도망갈 곳이 없더라니까요.

산채로 끌려가니까 열 명쯤 잡혀 있더군요. 조금 있으니까 웅성웅성하면서 또 여러 명을 끌고 왔어요. 관장님과 준호 사범님도 있었어요. 그 분들은 남쪽으로 해서 도망갔는데 어디서 잡혔는지 모르겠어요. 날이 훤해서 보니까 스무 명 정도가 잡혔더군요. 그런데 모두를 마당 가운데 모이게 하더니 헌병대 대장이 관장님과 준호 사범님을 칼로 ….”

그 말을 하고 더는 말을 하지 못하겠는지 갑출은 엉엉 울음을 터트렸다.

“칼로 어떻게 했는데?”

여진이 고개를 들며 물었다. 그녀의 눈과 마주치자 갑출은 찔끔했다. 헝클어진 머리카락 사이로 파란 안광이 쏟아져 나왔다. 그것은 미친 여자의 눈이었다.

“그런 다음에는 ….”

갑출이 갑자기 더듬거리기 시작했다. 여진이 다그치며 물었다.

“칼로 어떻게 했냐니깐!”

“몸을 뒤로 묶어 놓은 채로 앞에서는 총을 겨누고 두 분을 나란히 세워 놓고, 그 소좌 계급장을 단 헌병대장이 칼을 휘둘러서 목을 ….”

“그 다음엔?”

“목이 땅에 떨어지니까 다른 헌병 한 명이 자루에다 주워 담았어요. 모두가 정신이 거기에 팔려있는 사이에 나는 절벽 밑으로 뛰어 내려서 죽어라고 내 달렸어요. 해월리에서 며칠간 숨어 지내다가 산채가 궁금해서 올라오던 중이었어요.”

32. 황궁의 총소리

을사조약이 체결되자 백성들의 거센 저항이 일어났다. 그중 하나는 대구를 중심으로 한 국채보상 운동이었고, 또 다른 하나는 해산 군인들이 중심이 되어 벌이는 의병 활동이었다.

일제는 10여 년 전부터 꾸준히 한국에 돈을 빌려 주었다. 그 주된 목적은 한국을 경제적으로 예속시켜 두자는 데 있었다. 그 결과 1907년이 되어서는 차관 금액이 무려 1,300만 원에 이르게 되었다. 이 금액은 당시에 일본인들이 집계한 한국의 6개월간 총 생산고와 맞먹는 금액이었다.

김광제라는 사람이 운영하는 대구의 광문사(廣文社)는 신교육 계몽운동을 하는데 필요한 교과서와 계몽잡지를 발간하는 인쇄소였다.

김광제는 충청도의 보령 출신으로 경찰에 투신하여 경무관까지 올라갔던 사람이다. 그러던 중, 일제가 을사늑약을 강제적으로 체결하였다는 소식과, 민영환 공이 자결하였다는 소식이 들려왔다. 그도 분연히 떨치고 일어났다. 조약의 부당함을 성토하고 친일파들을 몰아낼 것을 주장하는 상소를 올렸다.

얼마 후 그는 조정의 친일 대신들로부터 미움을 받아 벼슬을 박탈당하고 전라도의 고군산도에 유배되었다. 다행히도 그의 충절을 아까워하는 많은 사람들이 그를 풀어주라는 연명상소를 올려서 그는 귀양살이 두 달 만에 풀려나게 되었다.

가산을 모두 정리하고 대구로 내려온 김광제는 광문사라는 인쇄소를 개업하였다. 여기서 십여 년 연상의 서상돈이라는 우국지사를 만나게 되고, 그와 둘이서 힘을 합쳐 본격적인 독립투쟁을 하게 되는 것이다.

서상돈은 명성황후와 같은 해인 1851년 신미생으로 소금, 쌀, 면포, 지류 등으로 장사를 하여 크게 돈을 번 사람이다. 그 후 내장원의 경상도지역 시찰관이 되었다. 경상도 지역에서 정부를 대신하여 세금을 거두어들이고, 그 세금을 대납하는 직책이다.

독실한 천주교 신자로 아우구스티노라는 세례명을 갖고 있던 그는 과연 천주교도다운 발상을 했다. 바로 금연과 금주로 나라의 빚을 갚자는 생각이었다. 만민공동회의 회원으로도 활약한 바 있는 서상돈은 1907년 1월, 김광제와 함께 광문사의 이름을 대동광문회로 바꾸고 본격적인 국채보상운동에 나서기로 하였다.

이 운동의 소식은 빠르게 퍼져나갔다. 2월 들어서는 대구에서 국채보상을 위한 국민대회가 열리게 되었다. 이 운동은 대구뿐만이 아니라 서울을 비롯한 전국으로 퍼져나갔다.

그러자 우국적인 언론기관들이 여기에 가세하였다. 제국신문, 만세보, 대한매일신보, 황성신문 등이 여론을 주도하였다. 학교와 종교 단체도 가세하였다.

그 결과, 두달 뒤에는 3백만 원 가까운 돈이 모이게 되었다. 고종 황제께서도 솔선하여 담배를 끊으셨으므로 전 국민이 크게 감동되어 적극적으로 호응하게 된 것이다.

담배를 끊는 것만이 아니었다. 대구 남일동에서는 여성들이 폐물과 폐지를 모아서 이 운동에 보태자는 자발적인 모임이 생겨났다. 여성들이 적극적으로 가세하자 집안 장롱 속에 있던 패물이 하나 둘 나오게 되었다. 여성들이 벌떼처럼 들고 일어났다.

"반지를 팔자."

"패물을 모으자."

"찬거리를 줄이자."

이 운동은 제주도를 거쳐서 미국령 하와이까지로 확산되었다. 헤이그에 밀사로 파견되기 직전, 이준은 대구 대안동 국채보상부인회의 초청 연사로 부인들을 모아 놓고 연설을 하였다.

"나라를 사랑하는 마음에야 어찌 남녀의 구분이 있겠습니까. 우리 모두 합심하여 이 운동을 성공시킵시다."

불과 몇 달 사이에 6백만 원이라는 엄청난 돈을 모았지만, 이 일은 끝내 실패로 돌아가고 말았다. 일제는 이 기간 중에 더많은 돈을 빌려주어 부채는 오히려 운동 전보다 더 불어나 있었던 것이다.

그렇지만 나라의 빚을 갚기 위하여 온 국민이 자발적으로 나섰다는 것은 진정 큰 의미가 있는 일이었다.

이토 히로부미 통감은 하세가와 일본군 사령관과 하야시 외무대신과 손발을 맞추어서 한일신협약을 체결하였다.

정미년인 1907년에 체결되었다고 하여 정미7조약이라고도 부르는 이 조약에 의하여, 이제 한국에서의 사법권과 인사권도 모두 일본으로 넘어가 버렸다. 재판을 하는 일과, 고급 관리를 임명하고 면직시키는 일 모두가 통감의 재가를 받아야만 가능케 된 것이다.

더 큰 일은 그나마 일만 명 정도 남아있던 친위대와 진위대도 해산령에 따라 해산되기에 이른 것이다. 친일 내각은 수도 서울의 방위군을 친위대라 하고 지방의 군대는 진위대라고 이름 붙였다.

이 일은 순종이 황제의 자리에 앉자마자 겨우 4일 만에 일어난 일이었다.

드디어 7월 31일, 한국의 군부대신 이병무와 일본군 사령관 하세가와 요시미치(長谷川好道)는 한국군의 해산에 합의하였다.

8월 1일 오전 10시를 기해서 모든 무기를 반납하고 무장을 해제하라는 것이었다. 그러자 여기저기서 거센 반발이 일어났다.

시위대 제1대대 대대장인 박승환은 오랜 세월을 충직한 군인으로 근무한 사람이었다. 그는 군대 해산의 시간이 다가오자 침통한 표정으로 수하 중대장들을 불러 모으고 일장 훈시를 하였다.

"내 국가의 은혜를 입어 오늘까지 살아 왔거늘 이제 나라가 망하는 지경에까지 이르렀다. 이제 잠시 후면 여러분들도 사병들과 함께 모두 집으로 돌아가야 할 것이다. 참으로 면목이 없게 되었구나."

그는 부하들을 모두 서소문 연병장으로 나가게 한 뒤 권총으로 자결하였다. 대대장의 자결 소식은 부대원들의 피를 끓게 만들었다. 부위 남상덕이 단상에 올라가서 소리쳤다.

"대대장님은 스스로 목숨을 끊어 충절을 보이셨다. 우리 모두는 대대장님의 죽음을 헛되이 해서는 안 될 것이다. 누가 같이 싸우겠는가?"

그러자 여기저기서 힘찬 고함소리가 울려 퍼졌다. 이들은 무기고를 습격하여 이미 빼앗겼던 무기를 되찾았다. 곧이어 일본군과 치열한 총격전이 벌어졌다.

그러자 일본군은 무려 5개 대대에서 일천 명이 넘는 병력과 중기관총을 동원하였다. 한국군들은 열심히 싸웠으나 병력에서나 화력에서 밀릴 수밖에 없었다. 결국 두 시간에 걸친 싸움에서 한국군은 98명이 전사하고 500여 명이 포로가 되고 말았다.

그래도 잡히지 않은 한국군들은 서소문 밖 언덕으로 올라가서 끝까지 저항하였다. 그들은 도저히 가망이 없음을 알고는 눈물을 뿌리면서 서울을 탈출하여 산속으로 흩어졌다.

서울을 피로 물들인 이 싸움은 의병활동의 도화선에 불을 붙인 결과가 되었다. 지방에 있던 진위대 병사들이 무기를 탈취하여 무장하였다. 그러자 뒤를 이어서 원주에서 이인영이 의병의 횃불을 높이 들었다. 문경에서도 이강년이 신돌석 부대와 연합하여 왜놈들을 괴롭혔다. 전라도에서는 김용구, 기삼연, 송수익이 부하들을 이끌고 신출귀몰하며 일본군의 병참기지를 휩쓸고 돌아다녔다.

그러자 통감부에서는 일본 군인들만 가지고는 의병들에게 맞서기가 어렵다는 사실을 깨달았다. 그들은 의병대장에게 현상금을 걸었다. 이강년 오천 원, 신돌석 오천 원 등, 그 용맹의 정도나 평판에 따라서 적게는 천 원에서부터 많게는 오천 원까지의 현상금을 내 걸은 것이다.

과연 그 작전은 주효했다. 여기저기서 밀고가 들어왔다. 그러나 거기서 그치지 않았다. 이번에는 헌병 보조원을 모집한다고 방을 써 붙였다. 일제에 붙어 출세하려고 하는 자들이 벌떼처럼 몰려들었다. 불과 몇 달 사이에 4천 명의 헌병 보조원들이 선발되었다.

의병들에게는 이들이 일본 순사들이나 헌병들보다도 더 무서웠다. 그들은 의병들의 출신지역에서 살아온 자들이었기에, 의병들의 가족관계를 소상히 알고 있었다. 가족들을 고문하고 잡아 죽이는 데는 당할 수가 없었다.

일본군들은 의병들과 그 가족들을 차마 인간이 할 수 없는 잔혹한 방법으로 죽였다. 가죽을 벗겨 죽이고, 가마솥에 넣고 삶아 죽이고, 땅에다가 묻어 놓고 무 자르듯이 목을 쳐 죽이기까지 하였다.

도쿄의 황궁 니주바시 다리(二重橋), 황궁의 내원과 외원을 이어 주는 다리이다. 파랗고 노란 잔디가 마치 양탄자처럼 곱게 깔려 있는 위에 군데군데 아름드리 소나무들이 그 기품을 뽐내고 서 있었다. 마치 몇 마리의 학이 내려앉은 것과도 같이 고고하고 아름다운 소나무들은 모두 한국에서 캐다 심은 것들이다.

다리 밑으로는 여러 마리의 백조가 느릿느릿 헤엄치며 한가로이 노닐고 있었다. 일본 천황이 기거하는 이곳 황궁은 마치 시간이 멎은 곳처럼 고요하고 평화롭게만 보였다.

그 다리 위를 여덟 명의 근위대 병사들이 집총자세로 발을 맞추어 가며 다리를 건너가고 있었다. 그 앞에는 검은 색 근위군 복장에, 허리에는 붉은 색 벨트를 두른 대장인 듯한 장교가 그들을 인솔하고 있었다. 병사들의 검은 색 모자에 달린 붉은색과 노란색의 깃털이 가을바람에 나부꼈다.

여덟 명을 이끌고 순찰을 돌고 있는 사람은 바로 가노 다헤이(加納太兵衛)였다. 조선에서 근무하면서 이노우에 자작 피습사건의 범인인 이준호의 목을 베어오고, 의병들의 본거지인 숭무관을 소탕한 공로로 그는 중좌로 진급하였다.

한국에서의 3년 근무를 마치고 지금은 황궁 근위대, 180명의 총지휘자가 된 것이다. 군인으로서 최고의 영예인 천황을 최측근에서 보호하는 자리, 헌병의 꽃이라며 모두가 부러워하는 자리이다.

10월의 마지막 월요일, 오늘은 일주일간의 근무를 마치고 하루 집에서 쉬는 날이다. 그의 집은 황궁의 서쪽에 있는 오테몬(大手門) 다리 건너에 있었다.

집은 황궁에서 걸어도 30분이면 닿을 수 있는 거리였지만 그에게는 황실 경비대의 전용차가 주어졌다.

차에서 내린 그는 집 주변을 한 번 둘러보았다. 잔디가 곱게 깔려 있는 마당 주변에는 커다란 오동나무와 벚나무들이 빙 둘러쳐져 있었다. 가을바람이 제법 선선했다. 누렇게 변한 나뭇잎들이 여기저기에 나딩굴었다.

차에서 재빨리 뛰어나와 문을 열어주는 운전병에게 흡족한 미소를 지어 보낸 가노는 천천히 발걸음을 옮겼다. 여기서 조금만 더 근무하면 내년에는 대좌의 계급이 기다리고 있다. 대좌 뒤에는 장군?

이제 군인으로서 최고의 영광을 누리게 될 날도 머지 않았군, 흐흐흐
….

집으로 천천히 발걸음을 옮겨 놓는데 약간 이상한 생각이 들었다.
보통 때 같으면 집에서 차 소리를 듣고 아내와 아이가 뛰쳐나왔을
텐데 오늘은 조용한 것이다. 어디를 갔나?

결혼을 늦게 한 그는 아이가 이제 다섯 살이었다. 다른 친구들은
벌써 아이들이 중학교를 졸업했다, 고등학교를 들어갔다고 자랑인
데, 자기 아들은 겨우 다섯 살 코흘리개인 것이다.

그래도 아내 다카코(孝子)를 생각하면 가슴이 뿌듯하기만 하다.
자기보다 무려 열다섯 살이나 어린, 이제 겨우 스물 두 살인 것이다.

다카코는 보조개가 움푹 들어간 얼굴값을 하느라고 그런지 잠자
리의 기교가 뛰어났다. 그녀는 마치 허리가 없는 여자 같았다. 어찌
나 엉덩이를 잘 흔들어대는지 가노가 모처럼 집에서 쉬고 돌아가는
날이면 부하들이 그의 초췌해진 얼굴을 보고는 모두들 고개를 절레
절레 흔들곤 하였다.

그러나 젊은 부인을 데리고 사는 가노 중좌의 기쁨은 잠자리의 쾌
락 말고도 또 있었다.

사관학교 동창생들과 부부모임을 할라치면 친구들은 모두 삼십
후반이나 된 부인들을 데리고 온다. 그들에 비하며 아내 다카코는 이
제 한창 물이 오른 팔팔한 잉어가 아니고 무엇이랴.

모두들 그를 부러워했다. 도둑놈이라느니, 조카를 데리고 산다느
니 하면서…. 그게 무슨 상관이야. 그렇게 부러우면 너희들도 젊은
부인 데리고 살면 되지. 바보 같은 놈들.

그가 입속으로 '빠가야로, 빠가야로' 하면서 터져 나오려는 웃음을 참고 현관문을 열고 들어가자, 거기에는 한 폭의 지옥도(地獄圖)가 펼쳐져 있었다!

거실은 온통 피바다였다. 그는 비릿한 피 냄새에 잠시 현기증을 느꼈다. 아내의 하얀 잠옷은 피로 붉게 물들었고, 아들은 자기가 얼마 전에 사 준 영국제 장난감 자동차를 끌어안은 채로 피범벅이 되어 있었다.

가노는 허리춤에서 권총을 뽑아 들었다. 그때 등 뒤에 뭔가 차가운 것이 닿는 느낌이 들면서 조용한 목소리가 들려왔다.

"가노 다헤이!"

다음 순간 요란한 총소리와 함께 자신의 몸은 거실 마루 위로 나뒹굴었다. 간신히 몸을 일으켜 앞을 보니 검은 옷에 복면을 한 괴한이 자신을 노려보고 서있었다. 그의 손에 든 시커먼 권총에서는 연기가 천장으로 모락모락 올라가고 있었다.

복면을 벗었다. 검은 머리카락이 치렁치렁한 젊은 여자의 모습이었다.

"남편을 죽인 원수, 아들을 죽인 원수!"

그 말과 함께 총에서 불이 번쩍 튀는 것을 본 게 가노 중좌의 마지막이었다. 가노의 몸은 펄쩍 솟아오르면서 아내의 몸 위에 포개졌다.

이날 밤에 또 한 건의 살인 사건이 있었다.피살자는 대본영 군수참모 사이토 대좌였다. 13년 전 홍계훈 연대장을 권총으로 쏘아 죽인 자였다. 사이토 대좌는 이마와 가슴에 각각 한 발씩의 총을 맞고 그 자리에서 죽었다.

그로부터 한 달 후, 그러니까 11월의 마지막 월요일이다. 도쿄 중심부의 닌교쵸(人形町)에 있는 일본 전통식당 긴베에 쇼쿠토(金兵衛食堂)에서는 주연준비가 한창이었다. 오늘은 기리노 데시아키의 환갑잔치가 열리는 날이었다.

도쿄에서는 꽤 큰 식당의 별채를 통째로 다 빌린다고 빌렸지만, 수백 명의 전, 현직 경찰 간부들이 초저녁부터 모여들어서 연회장은 그야말로 발 디딜 틈조차 없이 꽉 차 버렸다.

주빈석 좌우에는 사미센을 뜯고 있는 게이샤들이 네 명, 트럼펫과 색소폰 등 서양악기로 음악을 연주하는 남자들이 여섯 명, 그 앞을 십여 명의 기모노차림 기녀들이 엉덩이를 이리저리 흔들며 음식을 내오고 있었다. 입구에는 방명록에 서명을 하는 손님들에, 왔다 갔다 하는 식당의 남녀 종업원들까지, 장내는 그야말로 떠들썩한 시장판을 연상케 했다.

참석한 사람들은 과연 기리노 전 경무관의 힘이 대단하긴 대단하구나, 하면서 속으로 감탄하고 있었다. 그들은 이리저리 부대끼면서 아는 사람들을 찾아 한담을 나누고 있었다.

기리노가 입구에 서서 밀려오는 손님들을 바쁘게 접견하고 있는데 어떤 게이샤와 눈이 마주쳤다. 그녀가 살짝 웃는듯하더니 손에 든 쟁반 밑에서 불이 번쩍 튀었다. 곧이어 총성이 두 발 울렸다.

총소리가 터지자 좁은 실내 공간은 순식간에 아수라장이 되었다.

접시를 떨어뜨리고 황급히 뛰쳐나가는 여자들, 불던 악기를 내 팽개치고 문을 열고 도망치는 악사들, 바닥에 샤미센을 내던지고 엎드러지는 게이샤들, 식탁 밑으로 숨는 종업원들, 몸을 납작 엎드리고

주위를 둘러보는 경찰 간부들, 죽어가는 기리노를 불러대는 가족들
….

기리노는 가슴 오른 쪽과 왼쪽에 각각 한발 씩의 총알을 맞았다. 가슴에서 뿜어져 나오는 붉은 피가 주위 사람들을 더욱 공포로 몰아넣었다.

그런 난장판을 뒤로하고 긴베에 쇼쿠토 식당 앞에서 태연히 인력거를 잡아타는 여인이 있었다. 그녀는 추운 겨울바람을 막으려고 한 것인지 검은 색에 흰 방울무늬가 들어 있는 스카프로 얼굴 전체를 감쌌다. 몸 전체를 덮은 검은색 외투에서 더욱 음산한 분위기가 풍겨나왔다.

"오사카센(大阪線) 구다사이!"

추위에 몸을 떨고 있던 인력거꾼이 허리를 몇 번 굽실거리더니 급히 인력거를 끌고 내달리기 시작했다. 여인은 개찰구를 빠져나가서 유유히 오사카 행 기차에 몸을 실었다.

또 한 달이 지났다. 경찰과 군에서 많은 인력을 풀어 범인을 잡으려고 해도 범인은 마치 수사기관을 비웃기라도 하듯이 잡힐 줄을 몰랐다.

그러던 차에 이번에는 오사카에서 폭탄이 터져 여섯 명이 큰 부상을 당하는 사건이 발생했다.

중상을 입은 사람들은 아다치 겐조(安達謙藏) 중의원 의원, 구니토모(國友) 오사카 이치니치(大阪一日) 신문 사장, 고바야카와 혼슈가쿠(本州閣) 출판사 사장이었으며, 경상자는 시바 시로(紫四郎) 오사카 대학 경제학과 교수와 소설가 기쿠치 겐조(菊池謙藏)였다. 그

밖에 식당 종업원 두 명이 팔과 다리에 가벼운 상처를 입었다.

다음 날, 일본의 전 신문에는 이들이 폭탄에 피습되었다는 사실이 거의 전면을 다 차지하였다. 오사카와 도쿄에서 동시 발행되는 아사히(朝日)신문은 이 사건을 다음과 같이 보도하였다.

여우의 저주 - 오사카에서 폭탄사고 발생

13년 전 조선에서 우리 우국지사들에 의하여 죽은 여우의 저주가 또다시 시작되었다. 본보(本報)는 몇 년 전에 호리구치 외무부 국장이 살해되고 이노우에 백작이 부상당한 사건을 일면 머리기사로 보도한 적이 있었다(1901년 6월 8일자 본보 참조).

그로부터 5년 후, 경찰과 헌병대에서 조선까지 수사관들을 보내어 그 범인들을 일망타진하였다는 소식에 대일본 황국의 신민들은 만세를 불렀다. 우리도 그 내용을 상세히 보도한 적이 있었다. 그것으로 모든 일이 끝난 줄만 알았다. 그런데 그것이 끝이 아니었다.

이번에는 당시 그 작전에 참가했던 현 대본영 군수 참모가 살해되고, 그 당시의 수사관들이 한 달 간격으로 목숨을 잃은 사건이 발생한 것이다. 게다가 어제 밤에는 13년 전 조선의 '여우사냥' 작전에 참여했던 일본의 우국지사들 여섯 명이 폭발물에 희생되는 사건이 오사카에서 터진 것이다. 그들 중 세 명은 생명이 위태롭다고 한다.

아, 진정 조선 여우의 저주는 다시 시작된 것인가.

전날 미나미 오사카(南大阪)에 있는 이신덴 음식점에서는 13년 전 조선의 여우사냥 작전에 참가한 낭인들의 모임이 있었다. 이 모임을 주선한 사람은 일본의 극우단체 흑룡회의 오사카 지부장을 맡고 있는 시바 교수였다. 오사카 지역에 거주하고 있는 옛 동료들만 모이기로 했는데 연말 망년회를 겸한 자리였던지라 모처럼 꽤 많이 마시고 취한 것 같았다.

이신덴은 1층짜리 식당으로 작은 방이 넷에 큰 방이 세 개 있는, 그다지 크지 않은 식당이었다. 이들은 한쪽 구석에 있는 다다미 열두 장짜리 제일 큰 방을 빌렸다. 밤 11시 가까운 시각에 돌연 식당의 한가운데서 천지를 뒤흔드는 폭음이 일어나더니 유리창이 날아가고 천장이 폭삭 주저앉았다.

폭탄은 한 개가 아니었다. 거의 같은 시각에 이번에는 반대편에서 또 하나의 폭탄이 터졌다.

그러나 두 번째 폭탄이 터지는 것을 제대로 알아차린 사람은 거의 없었다. 그땐 이미 방안에 있던 여섯 명은 온 몸이 파편에 만신창이가 되어 죽거나 기절하였으니까.

그날따라 날씨가 사납고 거센 바람이 불어왔다. 그렇지 않아도 12월의 추운 날씨에 돌풍까지 불어대자 오가는 행인도 많지 않았다.

폭탄이 터지고 식당에 불이 붙자, 길 건너에 서 있던 검은 색 승용차가 서서히 미끄러져 갔다. 차 오른 쪽에는 60대의 외국인 한 명이 운전을 하고 있었고, 왼쪽에는 젊은 여인이 검은 스카프를 머리에 두르고 의자에 비스듬히 기대어 있었다.

1월의 찬바람을 맞으며 여진은 배의 앞 고물에 서 있었다. 바닷바람이 상쾌했다. 얼굴에 찝찔한 물보라가 튀었다. 지난 열 달의 세월이 주마등처럼 스쳐 지나갔다. 묘향산을 나와 무작정 제천으로 갔다. 심상훈 대감에게 도움을 청했다. 중국으로 건너갔다. 옛날에 준호를 가르쳤다던 미국인 맥퀸을 만났다.

그로부터 다섯 달을 오로지 사격술에만 매달렸다. 다시 죽미산을 찾아갔다. 흑룡방파에서 또 다섯 달을 있으면서 차력과 내공, 격파술을 배웠다. 생각해보니 그 옛날 준호가 갔던 길을 그대로 따라 간 것이었다. 그리고 애쉬필드에게 전보를 쳐서 그의 도움으로 일본으로 건너왔다.

송영찬 대리공사님에게는 더 이상 신세를 지고 싶지 않았다. 그건 잘못하면 나라에 엄청안 누를 끼치는 행위였다. 태황제 폐하를 알현하였을 때 그런 사실을 깨달았던 것이다.

300톤 급의 쾌속선의 선실에서 키를 잡고 있는 영국인 애쉬필드는 머리가 터져나갈 지경이었다. 내가 어찌하여 이렇게까지 되었는가? 아무래도 모를 일이었다.

6년 전인가? 여진이와 헤어졌다. 그동안 잊고 지냈는데 어느 날 여진이에게서 전보가 한장이 날아들었다. 자신을 도와 달라고 하는 것이었다. 몇 년 만에 다시 만난 여진은 어딘지 정신이 나간 여자 같아 보였다. 옛날처럼 맑고 밝은 표정이 아니고 음울한 모습이었다.

49세의 나이에 런던의 미들섹스(Middlesex)에 처와 아들 하나 딸 하나를 남겨 놓고 왔다. 일본에 온지 벌써 12년째이다. 남들은 다 현지처를 두었지만 자기만은 신앙을 지키며 신앙의 가르침대로 살고자 했다. 뿌리 깊은 청교도 집안에서 자란 그였던지라 술도 거의 먹지 않았다.

좁은 공간에서 날마다 함께 지내다 보니 여진이와 자연스럽게 한 몸이 되었다. 영국 공사관에 가서 결혼 등록도 했다. 여진이 거의 사정하다시피 하여 마지못해 한 서류상의 결혼이었다.

집에 있는 아내가 걸렸다. 여진은 딸보다 겨우 두 살이 많을 뿐이었다. 총을 구해 달라고 해서 구해 주었다. 다음에는 시한폭탄을 구해 달라고 졸랐다. 네넬란드 상인들로부터 정말 어렵사리 폭탄을 구했다. 또 얼마 전에는 조준경이 달려 있는 저격용 총을 구해 달라고 했다. 총이 도착하자 이번에는 홋카이도로 간다는 것이었다.

그는 올해 환갑이었다. 딸 또래의 조선 여인이 너무 가련해서 정을 준 것이 자기도 모르게 자꾸 수렁 속으로 빠져 들어가는 것이었다. 여진의 손에 벌써 몇 명이 죽고 몇 명이 부상당했는가?

애쉬필드는 자기가 늘그막에 어찌하여 이렇게 엄청난 함정에 빠졌는지 모르겠다며 고개를 저었다. 이제 이번이 마지막이다. 더 이상은 없다. 그는 이렇게 생각하며 키를 돌렸다. 멀리 홋카이도(北海道)의 하코다데 항구가 보인다. 항구를 돌아서 히토츠베리 선착장으로 향했다.

미우라 자작은 오늘 막 사냥에서 돌아왔다. 벌써 10여 년째 하다 보니, 이제는 노루나 산양 따위로는 별 재미를 느끼지 못했다. 적어도 곰은 돼야 했다. 호카이도에는 흑곰과 불곰이 적지 않게 서식했다.

곰 사냥은 남자만의 운동이었다. 깊은 산 속으로 들어가서 곰을 찾아 눈 속을 헤매다 운 좋게 한 마리를 잡아가지고 내려올 때면 남자만이 느낄 수 있는 쾌감으로 온 몸이 찌릿했다.

네 명이서 곰 사냥을 떠났다. 옛날에 2사단장으로 있을 때부터 데리고 있던 부하들이었다.

지금은 모두 퇴역하여 도쿄의 변두리 지역에서 살고 있었다. 그들은 겨울이 되기만을 간절히 기다리며 지내는 사람들이었다.

몰이꾼들 여섯 명이서 곰을 들쳐 메고 왔다. 오늘 밤에는 노루고기에 술을 한잔 할 생각이었다. 벌써 하인들이 노루고기를 굽느라고 숯을 피우며 부산을 떨었다.

미우라는 뚱뚱한 몸집에 살이 더 많이 올라서 남들이 보기에는 꽤 둔해 보였다. 그러나 군 생활로 단련된 그는 매우 민첩했다.

그가 거구를 흔들면서 발코니에 섰다. 이제는 몸도 좋아져서 도쿄로 돌아가서 생활해도 아무 문제가 없었다. 공기가 맑은 곳에서 살았더니 피부도 깨끗해졌다. 그렇지만 그는 홋카이도의 매력에 빠져서 도쿄로 가고 싶은 생각이 전혀 없었다.

불현듯 나이를 생각해 보았다. 50인가? 60인가? 어허, 어느 사이에 내 나이 벌써 예순 세 살, 참 오래도 살았군. 아들과 딸은 벌써 다 출가시켰다. 집에는 늙은 마누라 혼자서만 지내고 있었다. 아내는 죽어도 도쿄의 화려한 생활을 버릴 수가 없다고 했다. 그래, 어차피 인생은 모두 혼자인 걸.

미우라는 지금까지 자기의 삶 중에서 가장 화려했던 시절이 언제인가를 떠 올려 보았다. 2사단 사단장 시절? 그때가 좋았어. 수도 도쿄의 방위를 내가 책임지고 있었으니까. 사관학교 교장 시절? 그래, 그때도 좋았지. 우리 대일본 제국의 장교들이 모두 다 내 손을 거쳐서 태어났으니까.

그래도 내 인생의 꽃은 조선에서 공사로 있던 두 달이었어. 짧은 시간이었지만 엄청난 일을 했지. 나 아니면 아무도 해 낼 수 없는 일이었어.

이노우에 공은 날마다 나에게 넋두리만 했었지. 조선의 왕비가 없어져야 할 텐데, 없어져야 할 텐데, 하고 말이지. 흥, 그렇게 염불만 한다고 되는 일이 어디 있나? 외교관이란 거의 다가 그래. 그냥 이쪽도 좋고 저쪽도 좋은 거지. 우리 군인들처럼 화끈한 맛이 없단 말이야.

비록 총리대신 앞에 몇 번 불려가서 혼이 나기는 했지만, 그래도 내가 아니었으면 그 일을 저지를 수 있는 사람은 없었지. 전 일본을 다 통틀어서도 말이지. 아마 내가 없었다면 지금쯤 조선은 러시아한테 먹히고 말았을 걸?

미우라의 별장 발코니가 겨우 내려다보이는 숲 속에서 흰 복면을 한 여진이 총을 겨누고 있었다. 어제 밤부터 꼼짝 않고 미우라의 별장을 노려보고 있는 중이다. 사방이 흰 눈으로 덮여 있는 산비탈에 구덩이를 파고 흰 옷을 뒤집어쓰고 있으니 여간해서는 알아볼 수가 없을 것이었다.

여진은 묘향산에서 매복 훈련을 받던 때가 떠 올랐다. 겨울에는 소나무 밑에 땅을 파야해. 그래야 나무의 온기를 받을 수가 있지. 여름에는 참나무 밑이나 호도나무 밑이 좋지. 서늘한 기운이 땅 속에 있거든. 매복의 전문가라던 윤 사범님이 해 주신 이야기였다.

동네 사람들의 말을 들어보니 미우라가 어제나 오늘쯤은 돌아올 때가 되었다고 했다. 보통 한번 사냥 나가면 열흘 쯤 지나면 오는데 이번에는 조금 늦어지는지 벌써 열이틀이 되었는데도 아직 오지 않고 있다고 했다.

그런 미우라가 오후 무렵에 도착한 것이다. 오리털 방한모로 무장을 하였지만 1월의 추위와 눈 속에서 하룻밤을 지새우는 것은 쉬운 일이 아니었다. 그래도 참았다. 중전마마의 복수가 아닌가.

미우라를 겨누고 있는 여진의 손이 떨렸다. 추위에도 떨렸고 긴장으로도 떨렸다. 여진이 겨누고 있는 총은 앞에 조준경이 달려 있는 것으로 거의 여진의 키만큼이나 길었다. 바람이 불 때마다 흰 눈이 여진의 얼굴 위로 사정없이 몰아쳤다.

조준경 안에 목표물이 들어왔다. 맥퀸 교관의 말이 떠올랐다. 정확히 가슴을 겨냥해야 하는 거야. 그가 가르쳐 준 대로 가슴을 겨누고 방아쇠를 당기는 손가락에 힘을 주었다. 호흡을 멈추고 가볍게 당긴다. 아주 서서히 ….

"사단장님, 고기 다 익었습니다. 이쪽으로 오시지요."

"그래? 알았네. 내 곧 가지."

미우라는 사단장이란 호칭을 제일 좋아했다. 교장도 아니고, 공사 (公使)도 아니고, 자작님도 아니었다.

그가 몸을 돌리는 순간 어깨에 심한 통증이 오면서 몸이 발코니 쪽으로 나가 떨어졌다. 엄청난 충격이었다. 곧 이어서 온 산을 뒤 흔드는 요란한 총소리가 들렸다. 총소리에 정원의 소나무에서 눈이 우수수 떨어져 내렸다.

히토츠베리 선착장에서 여진을 태우고 니가타 항으로 돌아가는 배 위에서 여진과 애쉬필드는 옥신각신 말다툼을 벌였다. 이노우에 가오루(井上馨)와 미우라 고로(三浦伍樓)에도 만족하지 못하고 기어코 이토 히로부미(伊藤博文)를 저격해야 하겠다는 것이었다.

애쉬필드는 지난 몇 달 동안 동거하면서 여진이 들려 준 한국의 민담이 생각났다.

옛날에 할머니가 집에 손자를 놓아두고 장에 떡을 팔러 갔다. 한 고개를 넘어가자 호랑이가 나타났다. 할멈, 할멈, 나 떡 하나 주면 안 잡아먹지. 떡을 하나 주었다. 또 한 고개를 넘어가자 그 놈이 다시 나타났다. 할멈, 할멈, 떡 하나 주면 안 잡아먹지. 또 하나를 주었다. 아흔 아홉 고개를 넘어가자 떡이 다 떨어졌다. 100번째 고개에서 그놈이 또 나타났다. 할멈, 이번에는 팔 하나만 떼어주면 안 잡아먹지. 다음 고개에서는 왼쪽 다리 …. 이렇게 해서 결국 다 털리고 몸통만 남았다는 이야기였다.

내가 바로 그런 꼴이 아닌가? 권총에, 폭탄에, 방한복에, 저격용 총에 ….

"유진(Eugene), 복수란 끝이 없는 거야. 이제 유진도 정상적인 삶으로 돌아가야 해."

"이토 하나만 더 하고요."

"이토 히로부미는 거물 중에서도 거물이야. 천황 다음가는 사람이라고. 그를 저격할 수도 없을뿐더러 성공할 수도 없어. 그래, 설령 유진의 말대로 이토를 처단했다고 하자. 그렇다고 세상이 바뀔 것 같나? 이젠 됐어. 그만큼 했으면 일본 사람들한테 충분한 경고를 한 셈이야. 이젠 자기 삶을 찾아갈 때야. 준호도 잊어버리고, 아들도 잊어버리고, 더군다나 나 같은 늙은이는 어서 빨리 잊어버려."

여진은 아무 말도 하지 않고 시퍼런 파도만 바라보고 있을 뿐이었다. 그런 여진의 뒤로 애쉬필드가 조용히 다가갔다. 그녀의 어깨를 끌어안았다. 바닷바람에 머리카락이 심하게 날렸다.

"유진, 제발 이젠 원래의 삶으로 돌아 가. 내가 미국으로 떠나는 길을 주선해 줄 테니까 미국에 가서 새 삶을 시작하도록 해. 내가 보기에 조선에 필요한 것은 교육이야. 무지한 국민들을 깨우칠 수 있는 교육이라고. 유진은 일본에서 많은 교육을 받았잖아? 미국에 가서 더 많은 걸 배워 오도록 해. 그리고 교육을 통해서 일본에 복수를 하도록 해. 그게 이기는 길이야."

33. 나? 대한국인 안중근

여진이 상해에서 미국행 여객선을 타고 뉴욕 땅을 밟은 것은 1908
년 4월의 일이었다.

그녀는 여기저기를 수소문해서 필립 제이슨을 찾아갔다. 한국명
으로 서재필이라는 사람이었다.

도쿄에서 대리 공사로 있던 송영찬은 신문지상에 계속 암살사건,
암살미수 사건이 보도되자 분명 여진이 일본에 다시 들어와 있을 것
이란 확신을 가졌다. 연락이 오면 어떻게든 말려 보리라고 작정하고
있었으나, 몇 달이 지나도록 여진으로부터는 아무런 연락이 없었다.

그러던 중, 상해 공사관의 무관으로부터 연락이 왔다. 웬 여인이
자신의 미국행을 도와 달라고 부탁을 해 왔다는 것이었다. 참고인으
로 일본 대리공사 송영찬의 이름을 들먹이더라는 것이다.

송영찬은 여진과 통화를 했다. 도청에 신경을 쓰면서도 서로의 의
사는 다 전달했다. 제발 더 이상의 무모한 짓을 하지 말라고 신신당

부했다. 이제 그것으로 족하다고 하면서. 여진은 순순히 그러겠노라고 대답했다.

송영찬은 그녀의 미국행을 도왔다. 서재필을 비롯하여 몇 명의 한국인들의 연락처를 알려 주었다. 그들에게 여진의 여비도 마련해 주도록 부탁했다.

윌크스배러에 있는 '디머 앤 제이슨'이란 가게를 찾기는 그리 어렵지 않았다. 그 즈음 서재필, 미국 명 필립 제이슨은 펜실배니아 대학 근처에서 문구점 겸 인쇄소를 하여 적지 않은 돈을 벌고 있었다. 미국 여자와 결혼하여 스테파니라는 딸도 두고 있었다.

그 전까지는 병원을 차렸으나 동양인 의사라는 말에 모두들 발길을 끊는 바람에 손해만 보고 문을 닫았다. 그럴 때 힐먼 고등학교의 후배가 문구 겸 인쇄 사업을 제안하여 동업을 시작한 것이었다. 백인들의 인종차별에 쓴맛을 톡톡히 본 서재필은 문구와 인쇄 사업으로 재기에 성공했다.

서재필에게서는 45세 중년 남자의 여유로움이 풍겨났다. 서재필도 이런 저런 경로를 통하여 여진과 준호의 활동상황을 잘 알고 있었다.

그는 여진을 정말 친동생처럼 대해 주었다. 여자의 몸으로 중전마마의 복수를 하기 위해서 일본 땅까지 건너갔다는 사실 만으로도 엄청난 일이었다. 그런데 그녀는 몇 명을 죽이고 부상까지 입히고도 무사히 살아서 온 것이었다. 더군다나 그들이 보통 평범한 사람들이 아닌 일본 내에서 상당한 지위에 있는 인사들이 아닌가.

여진과 서재필은 첫날을 거의 뜬눈으로 새웠다. 여진의 무용담은 밤을 새워도 다 하지 못할 지경이었다. 그도 그럴 것이, 열여섯 살부터 지금 스물아홉 살이 될 때까지 장장 14년 간의 복수극이 아닌가. 서재필은 가슴이 뜨거워졌다. 한편으로는 자신이 부끄럽게도 느껴졌다. 남자도 하지 못하는 일을 어린 여자의 손으로 해 내다니 ….

서재필의 각별한 보살핌 속에 여진의 미국생활은 점차 안정을 찾아가고 있었다. 가을에는 대학에도 들어갔다. 펜실배니아의 랭카스터에 있는 프랭크린 앤 마셜(Franklin & Marshall) 대학이었다.

서재필의 설명을 들어보니, 이 학교는 아펜젤러 선교사의 모교라는 것이었다. 그에 대하여는 일본에 있을 때도 여러 차례 이야기를 들은 적이 있었다. 배재학당이라는 학교를 세웠다는 이야기며, 6년 전 목포 앞바다에서 여객선 침몰 사고로 죽었다는 이야기도 들었다. 또 고종 황제께서 어려움에 처했을 때 선교사들과 힘을 합쳐 많이 도와드렸다는 이야기도 들었다.

여진은 비록 늦은 나이였지만 열심히 공부했다. 전공을 교육학으로, 부전공을 세계사로 정했다.

10월 27일 아침, 그 전날도 여진은 학교에서 내어 준 과제물을 하느라고 거의 밤을 꼬박 새우다시피 하였다. 잠을 자는 둥 마는 둥하고 일어나서 신문을 가지러 갔다.

문을 열고 나서니 10월의 가을 공기가 상쾌했다. 정원의 잔디를 밟으며 천천히 하늘을 올려다보았다. 너도밤나무와 떡갈나무들이 빽빽이 들어선 집 앞 공원에는 이른 아침부터 새들이 요란하게 노래하고 있었다.

우편함에서 신문을 꺼냈다. 요미우리(讀賣) 뉴욕판이었다. 거기에는 이토 히로부미의 얼굴이 대문짝만하게 실려 있었다.

이토 히로부미 전 총리 만주 하얼빈에서 괴한에게 피습

미국신문과 한인 신문에도 일제히 통쾌한 소식이 전해졌다. 첫 날의 보도에서는 생사에 관하여는 자세히 전해지지를 않았다. 그러나 그 다음 날 신문에 그가 현장에서 죽었다는 기사가 났다.

여진은 생전에 남편 준호가 안중근을 높이 평가하며 자랑스러워하던 장면을 떠 올렸다.

"눈이 서글서글한 게 장차 큰일을 할 인물로 보이더란 말이지. 그래서 의형제를 맺고 내가 형님으로 모시기로 했지."

안중근은 과연 영웅다웠다. 그는 조금도 주저함이 없었다. 다음은 후일 그가 옥중에서 기록한 내용의 일부이다.

오전 아홉시가 되어 인산인해를 이룬 가운데 이토가 탄 특별열차가 하얼빈 역에 도착하였다. 나는 찻집에서 앉아 차를 마시며 동정을 살폈다. 이토가 기차에서 내려오자 군악대가 울리고 의장대가 경례를 부치는 소리가 찻집 안에까지 들려왔다.

나는 곧 뚜벅뚜벅 용기 있게 걸어 나가서 군대의 바로 뒤에까지 이르렀다. 앞을 내다보니 러시아 군인들이 호위하고 오는 맨 앞에 작은 체구에 흰 수염을 나부끼면서 걸어오는 늙은이가 보였다.

나는 그자가 필시 이토일 것이라고 짐작했다. 곧 권총을 뽑아들고 그를 향해서 세 발을 발사했다. 그가 쓰러졌다. 그러나 곧 아차! 싶은 생각이 들었다. 만약 그가 이토가 아니라면 어떻게 할 것인가? 지금껏 이토의 모습을 본 적이 없었기 때문이었다.

그 뒤에 다시 대여섯 명의 일본인들이 오는데 그 중에서 제일 의젓해 보이는 놈이 이토일지도 모른다고 생각하여 다시 방아쇠를 당겼다. 세 발이 연속하여 나갔다.

그 사이에 러시아 헌병들이 나를 붙잡았다. 1909년 10월 26일 아침 9시 반경이었다. 나는 큰 소리로 만세를 세 번 외쳐 불렀다.

"대한제국 만세!"

"대한제국 만세!"

"대한제국 만세!"

안중근은 곧바로 여순감옥에 수감되었다. 그는 이곳에서도 당당했다.

"나는 대한국군의 참모중장 안중근이다. 만국 공법에 따라 나를 전쟁포로로 대우하여 달라. 나를 죄인취급하지 말라."

그로부터 5일 후, 안중근에 대한 1차 심문이 있었다.

문: 왜 이토 히로부미 전 총리를 살해하였는가?

답: 첫째, 한국의 명성황후를 살해한 죄요. 둘째, 한국의 고종황제를 폐위시킨 죄요….

1910년 7월은 무척이나 더웠다. 어느 날 서재필은 프린스턴 대학 졸업식장을 가자고 했다. 이승만이라는 사람의 박사학위 수여식이 거행된다는 것이었다.

여진은 그에 대하여 그동안 여러 차례 이야기를 들어 왔던지라 한 번쯤 보고 싶은 마음을 갖고 있었다. 한국에서 일제에 항거하다 옥에 갇혀서 발에 쇠고랑을 찬 채로 5년을 있었다고도 했다. 간신히 민영환 공의 도움으로 죽을 고비에서 풀려났다는 대목에서는 같은 동료의식을 느끼기도 했다.

프린스턴 대학교는 여진이 다니던 마셜대학과는 비교도 되지 않았다. 뾰족한 첨탑을 한 건물들이 즐비한 교정에 들어서자 마치 중세의 유럽으로 돌아 온 느낌이었다. 담장이넝쿨이 벽을 뒤덮고 있는 건물들이 한눈에도 고풍스러워 보였다.

이승만은 얼굴에 온화한 웃음이 떠나지 않았다. 30대 중반이라고 했다. 여진은 잠시 의아한 생각이 들었다. 저렇듯 순하게 생긴 사람이 어떻게 그런 일을 감당해 냈을까?

주위에는 꽤 많은 한국인들이 찾아와서 그의 박사학위 취득을 축하해 주고 있었다. 여진은 이 사람이 과연 어떻게 5년이라는 짧은 기간에 학사, 석사, 박사 모두 다섯 개의 학위를 딸 수 있었는지 신기하기만 하였다. 석사 학위만도 세 개가 아닌가? 게다가 그 대학들이 조지 워싱턴, 하버드, 그리고 프린스턴 대학 같은 미국에서도 최고의 명문 대학들이라니 더욱 믿어지지가 않았다.

이승만도 여진을 보고 무척이나 반가워했다. 그 역시도 여진의 이름을 진작부터 들어서 알고 있었던 것이었다.

중국식당으로 자리를 옮긴 그들은 이런 저런 이야기를 하면서 나라의 미래에 대하여 토론하였다. 그의 논리는 간단히 요약하면, 강대국들의 힘을 빌려서 그들로 하여금 국제적인 여론을 조성하여 일본이 한반도에서 철수하게끔 하여야 한다는 것이었다.

여진도 그 말에 상당부분 수긍이 갔다. 미국에 와서 살아보니 여기는 땅이 커도 보통 큰 것이 아니었다. 땅만 큰 것이 아니었다. 자동차며, 기차며, 배며 하는 교통수단도 발달하였을 뿐 아니라, 국민들의 문화생활과 의식까지도 한국 사람들과는 하늘과 땅 차이만큼이나 큰 격차가 느껴졌다.

이승만의 생각대로, 이런 강대국 사람들이 조금만 힘을 써 준다면 일본 세력을 물리치기도 그다지 어렵지 않을 것만 같았다.

가을로 접어들자 여진에게는 또 좋은 일이 생겨났다. 같은 학교 동양선교학과에 다니는 새뮤얼 어윈(Samuel Irwin)이라는 청년을 만난 것이었다. 그는 윌리엄스 대학에서 4년을 마치고 선교사의 꿈을 이루기 위해 다시 마셜 대학으로 온 청년이었다. 나이는 여진보다 세 살이 어린 스물여섯이었다. 노랑머리에 순박해 보이는 그와 몇 번 만나자 여진은 곧 사랑에 빠지고 말았다.

새뮤얼은 몇 년 전에 언더우드 목사가 미국을 순회 강연할 때 윌리엄스 대학에 와서 한 강연을 듣고 크게 감동하였다. 그렇게 선교사로 뜻있는 일을 할 수 있구나 하는 생각에, 자신도 한국에서 선교사로 일생을 마치기로 작정하였다고 했다.

새뮤얼은 한국에 관하여 이런 저런 이야기를 들을 때면 밤이 깊어가는 줄도 모르고 이야기 속으로 빨려 들어가곤 하였다. 여진도 너무나 순박하고 때 묻지 않은 그가 좋았다.

잔디가 파랗게 돋아나고 나뭇잎이 연두색에서 초록색으로 변하는 어느 봄날, 여진은 자신의 과거에 대하여 고백했다.

준호와 5년 동안 함께 산 이야기며, 아들 호진이가 죽은 이야기도 했다. 그리고 영국인 애쉬필드 노인과 동거했던 이야기도 했다.

여진은 새뮤얼이 당연히 노발대발 화를 낼 줄로 알고 장소도 학생들의 발길이 뜸한 대학교회 뒷마당으로 정했다. 그러나 그는 의외로 차분하게 듣고만 있었다. 준호와 호준이가 죽임을 당한 대목에서는 눈물을 글썽이기까지 했다.

이야기를 다 듣고 난 새뮤얼은 여진의 어깨를 끌어안았다. 그리고 한참을 가만히 있었다.

"난 다 이해할 수 있어. 유진을 사랑해."

"내가 처녀가 아닌데도?"

그러자 새뮤얼은 씩 웃었다. 흰 이를 들어 내보이며 천진난만한 웃음을 지을 때는, 마치 어린아이를 보는 것만 같았다.

"그게 무슨 큰 의미가 있어?. 어떤 마음을 가지고 사느냐가 중요한 거지."

둘은 여름 방학을 이용하여 새뮤얼의 콜로라도 집으로 인사도 드릴 겸 놀러갔다. 스프링스라는 산동네였다. 산이며 땅이 온통 붉은색이라는 점이 특이했다. 여기저기에 군대가 많이 주둔하고 있는 군사도시였다. 그의 아버지는 군대에서 대령으로 있었다.

부모들도 여진을 좋아했다. 아마 새뮤얼이 여진의 과거에 대하여 다 말한 모양이었다. 그들은 아들이 좋아하는 처녀라면 우리도 좋다며 며느리가 될 여진에게 이런저런 맛있는 음식을 만들어 주기에 여

넘이 없었다.

여진이 대학교 3학년일 때 결혼했다. 그 다음 해에 아들이 태어났다. 아들의 이름은 이삭(Issac)이라고 지었다. 한국말로도 벼이삭을 가리키는 이삭이라 좋았고, 성경의 인물 이삭이라 시부모님들도 좋아하셨다.

이삭이 세 살, 한국 나이로 네 살이 되었을 때 여진은 꿈에도 그리던 고국에 돌아왔다. 1914년 여름의 일이었다.

한국에는 아무도 그녀를 반겨줄 사람이 없었다. 어머니는 일본 경찰에 잡혀가서 고문을 받은 후 그 충격을 견디지 못하여 3년 만에 세상을 뜨셨다. 시어머님도 준호가 죽고 나서 시름시름 앓으시더니 5년 후에 돌아가셨다. 석복 오라버니는 경찰서에서 고문을 당하다가 죽었다.

그 사이 한국은 일본에 완전히 흡수되어 버렸다. 1910년의 한일합방조약으로 인하여 이제 한국이라는 나라는 아예 없어진 것이었다.

그래도 반가운 사람들이 많이 있었다. 일본에 나가있던 송영찬 대리공사가 귀국하여 외교부의 국장으로 근무하고 있었다. 여진은 송영찬 아저씨와 윤씨 아주머니를 끌어안고 얼마나 울었는지 모른다.

그 옛날 여진이 일본에 첫발을 내딛었을 때, 아주머니의 손에 이끌리어 중학교 2학년에 편입학 하던 때의 일이 떠 올랐다. 이 분들이 없었더라면 자신의 지금이 없었을 지도 모를 일이었다.

그들 부부도 여진을 보고는 마치 죽었던 조카가 다시 살아 돌아온 것 이상으로 반가워했다. 몇 날 밤을 밤새워가며 이야기로 꽃을 피웠다.

송영찬 국장은 여진 가족을 데리고 덕수궁으로 갔다. 태황제 폐하를 뵙기 위해서였다. 여진의 가슴은 설레었다. 얼마나 늙으셨을까? 정관헌(靜觀軒) 접견실에 앉아서 가만히 태황제 폐하의 나이를 더듬어 보았다. 어느 사이 63세가 되셨다니….

잠시 후 문이 열리며 앞에 나타난 태황제 폐하는 63세의 노인이 아니었다. 그야말로 늙고 꼬부라진 할아버지였다.

어쩌면 그 사이에 이렇게도 늙으실 수가 있을까? 여진은 미국 교회에서 꼬장꼬장한 할아버지들을 수없이 보아왔다. 그들은 70이 넘었는데도 젊은이들만큼이나 활동적이었다. 그런데 앞에 서 계신 태황제 폐하는 ….

눈물이 앞을 가렸다. 얼마나 마음고생이 심하셨으면 이렇게도 늙으셨을까. 여진이 흐르는 눈물을 닦고 있는데 태황제 폐하의 옥음이 들려왔다.

"오오, 내 딸 여진이가 다시 돌아오다니. 이게 얼마만이냐?"

여진은 태황제 폐하의 품에 안겨서 엉엉 소리 내어 울었다. 옆에서 이삭이 엄마의 치맛자락을 붙잡고 매달렸다.

"마미, 울지 마."

여진은 눈물을 닦고 남편과 아들을 소개했다. 모시적삼을 입고 짚신을 신은 새뮤얼과 이삭이 동시에 한국식의 큰 절을 했다. 태황제 폐하는 어리둥절해 하면서도 기쁜 표정을 감추지 않으셨다. 머리 위에서는 커다란 바람개비가 천천히 돌아가고 있었다.

"이삭아, 인사 드려야지?"

"안녕하세요?"

"오, 우리 꼬마 도련님이 한국말을 잘 하는구나. 누구한테 배웠지?"

"엄마한테서 …."

태황제 폐하는 이삭의 노란 머리를 쓰다듬으면서 옆에 서있는 귀부인을 소개했다.

"엄귀비 마마일세. 인사드리게."

뚱뚱한 몸매에 자애로운 미소를 짓고 있던 엄귀비는 여진의 앞으로 오더니 손을 꼭 잡아 주었다.

"엄귀비께서 교육 사업에 아주 관심이 많으시다네. 벌써 학교도 여럿을 세우셨지. 자세한 이야기는 천천히 하지. 자 들어오너라."

커피가 나왔다. 이삭을 위해서는 쌀 과자가 나왔다. 이삭은 처음 먹어보는 쌀 과자를 신기한 듯 연신 오물거리며 잘도 먹었다.

태황제 폐하는 커피를 홀홀 불어가며 식혀서 드시고 계셨다.

"여진아, 너도 커피를 좋아하느냐? 나는 요즘 하루에 열 잔 정도 먹지 않으면 잠이 오지를 않는단다."

용안에는 검버섯이 군데군데 피어 있었다. 웃으실 때마다 눈가장자리의 잔주름이 쪼글쪼글하게 보였다. 그래도 태황제께서는 연신 기쁜 표정을 감추지 않으셨다.

여진은 엄귀비 마마와 많은 이야기를 나누었다. 그녀는 여진에게 어느 한 학교에 매어있지 말고, 이 학교 저 학교를 다니면서 학생들에게 특강을 해달라고 당부했다. 아무래도 한 학교에만 매어있기는 여진의 풍부한 경험이 아깝다는 것이었다. 그리고 교육 정책에 조언을 해 달라고도 부탁했다.

여진은 그해 가을부터 선교사들이 세운 배재, 이화, 경신, 정신학교에서 강의하였다. 엄귀비 마마가 세운 진명, 숙명, 숭실학교도 돌면서 주로 서양 세계의 발전상을 소개하며 우리들도 더 분발하여야 한다고 강조하였다.

여진의 소문이 퍼지자 여기저기서 강의요청이 쇄도했다. 천도교에서 세운 보성 학교와 동덕 여학교에도 나갔다. 멀리 평양의 오산학교와 대전의 호수돈 여학교까지도 기차를 타고 오가며 강의했다.

여진은 학생들을 가르칠 때면 내 나라의 아이들을 가르친다는 사실에 가슴이 뿌듯했다. 그리고 시간이 지날수록 교육을 통하여 나라를 일으켜 세우라는 애쉬필드의 충고가 생각났다.

때로는 어린 자신에게 아내의 역할을 강요하기도 하였으나, 지금 생각해보니 그의 마음 속 깊은 곳에는 진정 여진의 앞날을 걱정해주는 마음이 있었던 것이었다.

학생들도 유진 어윈(Eugene Irwin) 선생님의 특강이 있는 시간이면 눈을 초롱초롱 뜨고 한마디도 놓치지 않으려고 했다. 이들이 앞으로 엄마가 되고 아버지가 되어 이 땅을 발전시킬 것이다. 언젠가 그날이 오면 일본 세력도 물리칠 수 있겠지.

남편 새뮤얼은 승동교회에서 교육 전도사로 일하게 되었다. 그도 승동교회에만 머물러 있지 않았다. 국내의 여러 교회를 돌아다니며 외국 문물과 기독교 신앙을 전파하기에 눈코 뜰 새 없이 바쁘게 지냈다.

그 사이 묘향산에도 다녀왔다. 남편과 아들의 무덤 앞에서 여진은 얼마나 울었는지 모른다.

눈이 퉁퉁부은 그녀를 새뮤얼이 꼭 끌어 안아 주었다. 산을 내려
오면서도 또 다시 눈물이 났다. 옛날에 이 험한 산길을 준호와 뛰어
다니던 때가 생각났기 때문이었다.

그렇게 바쁘게 지내다보니 어느 덧 한국에 온지도 5년이란 세월
이 훌쩍 지나고 1919년이 되었다. 여진의 나이도 이제는 어느덧 39
세가 되었다. 미국은 그 사이 잠깐 잠깐 두 차례를 다녀왔을 뿐이었
다. 이제 석달 후면 꿈에도 그리던 안식년 휴가를 맞게 된다. 여진과
새뮤얼은 그 옛날 선교사들이 했던 것처럼 미국 전역을 돌면서 한국
을 더 많이 알리고 미국인들의 지원을 당부할 계획을 세워 놓고 있
었다.

그런 꿈에 부풀어 있을 때 돌연 고종 태황제께서 승하하셨다. 새
벽에 목이 갑갑하다며 토한 후 배를 움켜잡고 괴로워하셨다는데 그
다음 날 아침에 승하하신 것이었다. 1월 21일의 일이었다.

고종 태황제께서는 전날 밤에 왕실의 일을 감시하고 있던 일본인
차관 구니와케와 영친왕(英親王)의 결혼문제를 놓고 밤늦게까지 언
쟁을 벌이다 새벽 무렵에야 겨우 침수에 드셨다고 했다. 이 무렵 영
친왕은 일본 황실의 마사코(方子)라는 규수와 정략적인 결혼이 예정
되어 있었다. 태황제는 이것이 영 마뜩치 않았던 것이었다.

영친왕 이은(李垠)은 엄귀비의 아들이었다. 황태자로 책봉이 되었
으나 이토가 일본에 유학시켜 신식 교육을 받게 한다는 명목으로 볼
모로 끌려간 지가 벌써 7년이나 지났다. 엄귀비는 이제나 저제나 아
들을 볼까 기다리다 결국은 먼저 세상을 뜨고 말았다.

점심때가 되자 태황제의 승하소식을 듣고 백성들이 하얗게 몰려들어 덕수궁 앞은 인산인해를 이루었다. 일제가 태황제 폐하를 독살하였다는 소문이 퍼져나가자 온 나라 안의 공기가 흉흉해지기 시작했다.

태황제의 국장일은 3월 3일로 정해졌다. 그 사이에 천도교와 기독교 간부들을 중심으로 한 전국적인 비폭력 만세운동의 거사계획이 착착 진행되고 있었다. 거사일은 장례 전전날인 3월 1일로 정했다.

민족대표 33인 중 불교계를 대표하는 한용운이 독립선언서를 낭독해 나갔다. '우리들은 조선이 자주독립국임과 조선인이 자주 국민임을 선언하노라.'로 시작된 독립선언서는 당대 최고의 문장가로 알려진 최남선이 작성한 것이다.

이날 아침부터 탑골공원에는 오천 명의 군중들이 모여 있었다. 이들은 독립선언서가 낭독되자 모자를 벗어 하늘에 던지고 태극기를 휘두르며 목청껏 만세를 불렀다.

이들이 공원을 나서자 수많은 시민들이 합류하였다. 일대는 덕수궁 쪽을 향하였고, 다른 일대는 남산 밑의 일본 공사관을 향하였다. 이날에만 전국에서 50만 명이 만세 운동에 참가 했다고 했다.

3월 2일에는 더 큰 규모로 만세운동이 일어났다. 일본 경찰 측은 이날 백만 명이 시위에 참가하였다고 추산하였다. 시위의 확산소식에 놀란 일본군과 경찰은 무력으로 진압하기로 내부 방침을 세웠다.

3월 3일 태황제 고종의 장례식이 거행되었다. 온 나라 안이 눈물바다였다. 장례식에서 여진은 실컷 울었다. 내 눈에 이렇게나 많은 눈물이 있었나 싶을 정도로 울었다.

장례식이 끝난 후 여진은 정동의 선교사 숙소로 돌아 와서 남편과 함께 태극기를 만들었다.

"마미, 나도 하나 그릴 테야."

이제 아홉 살이 된 이삭은 거의 한국 아이 정도로 한국말을 잘했다.

"그래, 우리 이삭도 절반은 한국 사람이니까 태극기를 만들어야지?"

다음 날 아침, 이들은 덕수궁 앞으로 나갔다. 그저께보다 훨씬 더 많은 사람들이 모여서 벌써부터 만세소리로 주변이 들썩거렸다.

이때 건너편 쪽에서 총소리가 들려왔다. 총소리는 점점 더 가까워지더니 마치 콩을 볶아대듯 쉴 새 없이 울려나왔다. 여기저기서 만세를 부르던 시민들이 나자빠졌다. 그들의 하얀 옷이 순식간에 피로 물들었다.

"만세! 만세!"

"탕! 탕!"

여진은 겁에 질린 이삭을 등 뒤로 숨겼다. 학생복에 검정 모자를 쓴 남학생들 다섯 명이 자기들의 키만큼이나 큰 태극기를 휘두르며 군중들의 앞 쪽으로 뛰어 나갔다. 그들의 구호에 맞추어서 군중들이 일제히 만세를 불렀다.

"만세, 만세, 만세!"

"탕, 탕, 탕~."

여학생들의 하얀 저고리가 피로 붉게 물들었다. 저건 이화학교 학생들인데 ….

여진은 계속 군중들의 뒤에서 망설였다. 선뜻 나서기가 겁났다. 지난 10년 동안 누려오던 행복이 깨어지는 것이 두려웠다. 여러 번의 죽을 고비를 넘기고서야 겨우 찾은 행복이 아닌가.

"대한독립 만세!"

열서너 살쯤 되어 보이는 어린 여학생들이 풀썩풀썩 쓰러졌다. 이젠 더 이상 망설일 수가 없었다. 여진은 태극기를 쥔 손에 힘을 주었다. 무작정 앞으로 달려 나갔다. 여학생들이 그녀를 알아보고 반가운 표정을 하고 있었다.

"유진 선생님이다. 유진 선생님이야!"

여학생들이 여진의 뒤를 따랐다. 여진은 큰 소리로 대한독립만세를 외쳐댔다. 갑자기 왼쪽 허벅지가 뜨끔했다. 화약 냄새가 코를 찔렀다. 그 순간 아버지 홍계훈 장군이 머릿 속에 떠올랐다.

"만세, 만세!"

이삭도 엄마 옆에서 만세를 부르며 작은 손에 태극기를 들고 열심히 흔들어 댔다. 고개를 들어보니 남편 새뮤얼이 십여 걸음 건너편에서 고등학교 교복을 입은 남학생들과 땅에 떨어진 커다란 태극기를 주워들고 힘차게 휘둘러 대고 있었다. 그의 노란 머리 위에서 태극기가 바람소리를 내면서 이리저리로 흔들렸다.

"대한독립 만세!"

진명학교 학생들 대여섯이 여진의 주위로 몰려들었다. 그들의 손에는 태극기가 들려 있었다. 각자 따로따로 만들은 듯, 모양도 크기도 제각각이었다.

"선생님!"

"유진 선생님!"

그들은 넘어져 있는 여진을 부축하여 일으켜 세워주었다.

"오, 너희들도 만세를 불러야지"

"만세!"

"만세!"

"대한독립 만세!"

학생들의 만세소리 저 편으로 중전마마의 모습이 보였다. 중전 마마는 다정한 미소를 지으시면서 그녀에게 손을 뻗고 계셨다. 하얀 소복 차림이었다. 중전 마마의 손에는 붉은 옷고름이 3월의 찬바람에 팔랑대고 있었다.

아버지로부터 물려받아 14년 간을 품속에 고이 간직했던, 이제 더이상의 복수는 없다며 태평양의 바다 속에 던져버렸던, 바로 그 붉은 비단 옷고름이었다.

〈 끝 〉

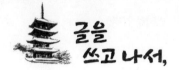

글을
쓰고 나서,

　명성황후의 일대기를 그린 역사소설을 한번 제대로 만들어 보고
싶었다. 역사적인 사실(史實)도 훼손하지 않으면서 독자들에게 읽는
재미까지도 줄 수 있는 책을.
　지금까지의 민비, 명성황후, 또는 고종이라는 제목의 책들이 거의
비슷 비슷하거나 반면에 또 어떤 책은 너무 상상력이 지나친 나머지
황당하기까지 했던 느낌이 없지 않았다.
　책을 쓰기로 작정한 후, 지난 3년간을 꼬박 이 책에만 매달렸다.
무려 200여 권의 책과 30여 편의 연구논문집을 뒤졌다. 나의 상상력
을 최대한 발휘했다.
　몇 명을 영웅으로 만들기로 작정했다. 홍계훈, 민영환, 심상훈, 이

학균, 이준, 안중근, 서재필, 이승만 같은 분들이다. 실제로 그들은 그 이상의 큰일을 하신 분들이다. 가공의 인물들도 만들어 냈다. 바로 여진과 준호이다.

다행히도 명성황후에 대하여 일생을 바치며 연구해온 많은 선배들이 계셨다. 바로 한양대학교의 이문형 교수님 같은 분들이다. 그분들의 연구결과를 종합해 보면, 명성황후의 시해는 단순히 미우라 고로(三浦伍樓) 한 사람이 저지른 범죄가 아니었다는 것이다. 이노우에 가오루(井上馨)가 앞에서 끌고, 이토 히로부미(伊藤博文)가 뒤에서 밀어 주었다는 게 학계의 공통된 견해였다. 더 크게 본다면 일본이라는 나라 전체가 관여한 일이라고도 볼 수 있는 사건이다.

그래서 이야기를 그렇게 전개해 나가기로 했다. 그런 발상이 바로 제1장 도입부분을 영국공사관 습격사건으로부터 시작하는 계기가 된 것이다.

여진과 준호를 통하여 신나는 복수극을 펼치리라 작정하였다. 그렇게 제2권의 중간 정도까지를 써 내려가고 있을 때, 돌연 난관에 봉착했다.

시해범들의 후손이라는 사람들이 여주의 명성황후 생가에 찾아와서 사죄를 하고 돌아간 것이었다. 물론 그런 일이 이번 뿐만은 아닐 것이다. 그러나 한창 처절한 복수극을 그리고 있는 마당에 그런 뉴스 보도를 접하고 보니 마음이 흔들렸다.

잔인한 방법으로 복수를 하리라 마음먹었었는데 그렇게 할 수가 없었다. 우리들에게는 중전마마를 시해한 흉악범이지만 그들에게는 자랑스러운 할아버지들일 것이 아닌가?

작가의 입장에서도 그것이 일시적으로는 통쾌할지 모르지만, 그건 결코 진정한 복수의 길이 아니란 생각이 들었던 것이다. 그래서 복수의 강도를 줄이기로 했다. '도쿄연쇄살인사건'으로 정했던 제28장의 제목을 '공포의 도시 : 도쿄-오사카'로 정하고, 실명으로 나온 시해범들을 죽이지는 않는 선으로 마무리한 것이다.

현실적으로도 일본사람들을 무작정 나쁘게만 표현할 수도 없었다. 실제로 수많은 옛 기록들을 살펴보면, 우리에게 도움을 준 일본사람들도 많이 있었기 때문이다. 그래서 쓰다 목사(실존인물)나 사사끼(가공인물)를 내세워서 그들로부터 도움을 받는 장면을 삽입하였다.

또 하나 설명을 필요로 하는 부분은 바로 종교의 문제이다. 이 책에는 외국 선교사들의 활약상이 꽤 많이 등장한다. 그러나 사실을 말하라면, 우리들이 이 땅에서 죽어간 외국 선교사들에게 진 빚은 이 책에서 묘사된 것보다도 훨씬 더 많다고 해야 할 것이다.

나는 이 책을 어느 특정 종교의 입장에서 쓰려고 하지 않았다. 그래서 개신교는 물론이고 천주교, 불교, 천도교, 심지어는 대종교에 이르기까지 골고루 설명해 보려고 노력하였다.

누가 날보고 이 책의 결론을 말하라고 한다면 나는, '사랑으로 하나 되자'라는 말을 들려 줄 것이다. 원수마저도 사랑하는 사람이 되자는 것이 내가 전하고자하는 핵심 메시지이다.

가장 근본적인 문제를 빼 먹었다. 명성황후를 어떻게 묘사할 것이냐의 문제 말이다. 명성황후가 미신을 좋아하고 민씨 척족들을 무분별하게 끌어들여 나라를 망쳤다는 것이 명성황후에 대한 대체적인 평가이다. 그러나 당시의 시대상을 제대로 이해한다면 꼭 그렇게만 평가할 수도 없을 것이다.

내가 어렸을 때인 1960년대만 하더라도, 아침에 아이들을 만나면 고무신을 홀쩍 벗어 하늘 높이 내던졌다. 그것이 바르게 서면 그날은 재수가 좋은 날이고, 뒤집어지면 재수가 나쁜 날이라고 믿었다. 당시

만 해도 병이 나면 병원보다는 (병원이 없기도 했지만) 무당 집에 찾아가서 굿을 했었다.

명성황후의 시기는 지금으로부터 대략 120년 전의 일이다. 이런 시대적인 배경을 참작한다면, 아들의 무병장수를 기원한다며 금강산 일만 이천 봉우리에 쌀을 한 섬씩 올려 주었다고 해서 비난할 일은 아닐 것으로 본다. 그 쌀을 누가 먹었는가? 새들이 먹었는가? 들짐승들이 먹었는가? 아니다. 결국은 스님들이, 백성들이 먹은 것이다.

명성황후 시기에 부패가 극심하였다는 것도 이해가 가는 부분이다. 부패는 조선 중기 무렵부터 이미 손을 쓰지 못할 정도로 심했던 현상이었지 그 시대에 특히 심했던 게 아니다.

그래서 이 책에서는 명성황후를 인자한 국모로 묘사하였다. 열강의 틈바구니에서 지아비인 고종을 도와 나라를 살려보려는 국모로 표현했다. 그것이 또 후손된 사람으로서 마땅히 해야 할 일이리라.

이 책을 집필하는데 커다란 도움을 주신 분이 있다. 바로 송영걸 박사님이다.

〈이등박문 연구〉라는 박사학위 논문을 참고하도록 허락해 주신 송영걸 박사님의 유가족께 깊은 감사를 드린다.

일본 대사관에서 무관으로 근무하시면서 그 바쁜 중에서도 훌륭한 자료를 남겨주시어 후학들에게 도움을 주시니 참으로 감사할 따름이다. 한 가지 아쉬운 점은, 송 박사님께서 박사논문을 발표하고 얼마 지나지 않아 유명을 달리하셨다는 사실이다. 살아 계셨더라면 이 책의 출간을 축하해 주셨을 터인데 ….

그분을 추모하기 위해 이 책에는 송영찬 참사관이라는 가공인물을 내세워서 여진과 준호에게 많은 도움을 주는 사람으로 묘사하였다.

이 책이 나오기까지 내조하며 기도해 준 아내, 아들에게 감사한 마음을 전한다. 그 밖에 여러모로 부족한 나를 기억하고 사랑하여 주시는 모든 분들께 다시 한 번 감사드린다.

- 가평의 연인산 집필실에서 다니엘 최

스펙을 뛰어넘어
– 취업하기 전에 알았으면 좋았을 것들

박인규·윤성·백인걸·최우수 지음 / 268쪽 / 18,000원

무토익으로도, 저스펙으로도 당당히 내로라하는 직장에 취업
한 선배들의 경험담을 들으라. 그들에게는 어떤
비장의 무기가 있었나? 여러분들의 선배 4명이 대기업
인사담당자 등 전문가들을 심층 인터뷰하여 만들은
취업 안내서의 결정판!

동북공정 – 중국의 음모를 분쇄하라

김경도 지음 / 356쪽 / 13,000원

아, 정녕 북한은 중국의 '동북제4성'으로 편입되고야 마는가?
중국의 동북공정 속에 숨겨져 있는 역사왜곡과 영토 확장
음모를 가장 정확히 파헤친 기념비적인 작품!

돈 벌어서 남주자

양승호 지음 / 올컬러 / 256쪽 / 정가 14,00원

남을 돕기 위해 기업을 경영한다고?

어려움에 처해 있는 자영업자들을 돕기 위해 기업을 경영한다
는 양승호 박사의 이타주의 경영!
그의 (황당한?) 경영이론은 과연 요즘같은 시대에 어려움에
처해 있는 사람들에게 한줄기 빛이 되고 우리 사회의 양극화
문제를 해결하는 처방이 될 수 있을 것인가?

착한 부자를 꿈꾸는
주니어 경제박사

권순우 지음 | 올컬러 | 208쪽 | 13,000원

어린이/청소년들에게 경제와 돈에 관하여 흥미를 갖게
해 주는 책! 경제란 무엇인가? 돈의 역사, 어떤 직업이 좋을까?
등등, 주니어들의 호기심을 자아낼 내용들로 넘쳐나는 책!
(금융감독원장 추천도서 / 여의도경제버스 부교재)

해외투자 전문가 따라하기
– 해외투자를 준비하는 사람들에게 최고의 안내서!

최우수·황우성·김수한 지음 | 올컬러(별책포함) | 200쪽 | 22,000원

언제까지나 좁은 국내 시장에만 머물러 있을 것인가?
한경TV, SBSCNBC 출연진이 공개하는 해외투자의 비법!
전문가 3명의 설명을 차근차근 따라 하다보면
어느 사이에 나의 투자실력도 쑥쑥! 수익률도 쑥쑥!

나는 **자랑스런** **흉부외과** 의사다

김응수 지음 / 280쪽 / 12,000원

한전병원 김응수 (전)원장의 흉부외과 이야기. 삶과 죽음
이 교차하는 응급실, 그 긴박한 순간에 적나라하게 드러나
는 환자, 환자가족, 그리고 의료진들의 생생하고도 가슴 뭉
클한 이야기들.

죽음 이후의 삶 –개정판

디팩 초프라 지음 / 정경란 옮김 / 신국판 / 339쪽 / 14,000원

타임지가 선정한 '세계를 움직인 100인' 중 한 명이자,
영혼문제의 대가인 디팩 초프라가 우리들에게 들려주는
삶과 죽음 이야기, 그리고 그 이후의 영혼여행 이야기.
프린스턴, UC 버클리, NASA등 전 세계의 유명 대학과
연구소의 석학들이 밝혀보려는 죽음 이후의 세계는
과연 어떤 것인가?

박정희의 기업가적 국가경영과 위기관리 리더십

전대열 지음 | 400쪽 | 14,000원

불과 18년이라는 짧은 기간에 대한민국의 가난을 몰아낸
대통령!
이땅의 젊은이들이 마음놓고 자랑해도 좋을 우리들의
지도자, 박정희를 재평가한다.

슬픔이 밀려올때

컬크 나일리 지음 / 지인성 옮김 / 240쪽 / 12,000원

이제 막 결혼하여 행복한 가정을 이루며 살아가고 있는
아들과 며느리의 삶을 지켜보는 것은 노 목사 부부의
크나 큰 기쁨이었다. 그러던 어느 날 아들의 갑작스런
죽음은 그들 가정에 엄청난 충격을 몰고 오는데…

문화의 벽을 넘어라
–선교와 해외봉사

드와인 엘머 지음 / 김창주 옮김 / 326쪽 / 13,000원

이 책은 선교나 해외봉사에서 필요한 지혜를
가르쳐 줄 뿐만아니라 국제사업 분야에서도
활용될 수 있는 통찰력을 제공한다.

4차원의 세계

유광호 지음 / 신국판 288쪽 / 13,000원

누가 구름을 사라지게 하고 비를 멈추게 하는가?
양자물리학과 양자생물학을 파고 들어서
마침내 밝혀낸 4차원, 그 신비의 세계!

박정희 다시 태어나다

다니엘 최 지음 / 430쪽 / 13,000원

박정희 대통령과 육영수 여사가 만일 비운에
돌아가시지 않고 천수를 다 하셨다면 대한민국은
과연 어떻게 변했을까?
본격적인 가상 정치, 경제, 군사소설.

가난이 선물한 행복

다니엘 최 지음 / 368쪽 / 11,000원

직장에서의 퇴출, 창업, 사업실패, 극빈층으로의 전락…
갑작스런 환경의 변화를 견디지 못한 아내는 급기야
불륜의 늪에 빠지고…

부부치유학

임종천 지음 / 332 쪽 / 14,000원

가정 치유사역의 전문가인 임종천 목사가 오랜
임상/상담 결과를 바탕으로 이룩한 부부 관계개선의
금자탑이자 건강한 가정을 꿈꾸는 사람들에게
선물하는 종합처방전.

악마의 계교

무신론의 과학적 위장 – 신은 만들어지지 않았다!

데이비드 벌린스키 지음 / 현승희 옮김 / 양장 254쪽 / 16,500원

이 책은 무신론 과학자들의 억지 주장 속에 숨겨져 있는
허구들을 낱낱이 들추어낸다. 그리고 그들의 공격으로
인해 고통당하고 있는 수백만의 믿는 사람들에게 자신감을
갖게 해 준다.

의학의 달인이랑 식사하실래요?

김응수·김명희 지음 / 올컬러 / 각권 280쪽 내외
1권 13,000원·2권 14,000원

닥터 콜롬보의 메디컬 에피소드 1·2

현직 병원장, 중학교 교사, 애니메이션 화가가 힘을 합쳐
완성한 청소년을 위한 메디컬 에피소드.
이 책보다 더 재미있는 의학 이야기는 없다!!!